BASTEI LÜBBE

James Grippando im Bastei-Lübbe Taschenbuchprogramm

12765: Im Namen des Gesetzes

James Grippando

Der Informant

Aus dem Englischen von
Lina Graf

BASTEI
LÜBBE

BASTEI-LÜBBE-TASCHENBUCH
Band 14286

Erste Auflage: Januar 2000

Originaltitel: THE INFORMANT
Originalverlag: HarperCollins, New York

Lizenzausgabe im Bastei Verlag Gustav H. Lübbe GmbH & Co.,
Bergisch Gladbach
Einbandgestaltung: Gisela Kullowatz
Titelbild: Tony stone
Satz: hanseatenSatz-bremen, Bremen
Druck und Verarbeitung: Ebner Ulm
Printed in Germany
ISBN 3-404-14286-1

Für Tiffany

Erster Teil

1. Kapitel

Gerty Kincaid befürchtete das Schlimmste.

Eine arktische Kältefront breitete sich aus, und Südostgeorgia machte sich auf den ersten Wintereinfall gefaßt. Laut Wetterbericht konnte bis zum späten Abend sogar Schnee fallen. Nach achtundsiebzig Lebensjahren war Gerty von dieser Nachricht nicht gerade begeistert. In der kleinen Stadt Hainesville war im Januar mit Eisstürmen und umkippenden Strommasten zu rechnen – und nicht mit duftigen, weißen Schneeflocken und einer friedlichen Winterlandschaft. Die Meteorologen konnten keine wissenschaftliche Erklärung dafür geben. So war es – und so würde es immer bleiben.

Mit dieser simplen Logik lebte man in der Stadt.

Es hieß, das Leben in Hainesville sei so vorhersehbar wie der liebliche Duft der Azaleen im Frühling und die Zwiebelernte im April. Genauer gesagt, die Ernte der Vidaliazwiebeln. Auf diese Zwiebeln gründete sich der ganze Stolz der Stadt, doch da echte Südstaatler nicht prahlen, wurden sie von niemandem weiter erwähnt. Hainesville hatte eine Ampel und 532 Einwohner. Das Schulgebäude, ein schlichter, weißer Holzkasten, beherbergte alle Schüler von der Vorschule bis zur zwölften Klasse. Das einzige Gotteshaus war die Baptistenkirche, erbaut aus roten Backsteinen, die in Georgia gebrannt wurden. Und es gab nur einen Doktor, eine eigentlich bereits pensionierte praktische Ärztin, die mit einer Parade samt Musikkapelle und der Überreichung des Rathausschlüssels geehrt worden war, als sie aus Atlanta hierher zog.

Am frühen Freitag abend blies ein heftiger Wind von Nordosten durch die Straßen der Stadt. Aus den Kaminen der alten Häuser, die noch immer ohne elektrische Heizung waren, quoll schwarzer Holzkohlerauch. Warm eingepackt in ihren beigefarbenen Trenchcoat und ihren karierten Wollschal, eilte Gerty den geschwungenen Weg zu ihrem Haus hinauf. Die vom eisigen Regen nassen Stufen vor ihrer Haustür glänzten im blassen, gelben Licht der Verandabeleuchtung. Es war gefährlich glatt, doch Gerty, die seit beinahe fünfzig Jahren, davon fast dreißig als Witwe, in dem alten, zweistöckigen weißen Holzhaus wohnte, hätte den Weg auch mit verbundenen Augen gefunden.

Ihre Einkaufstasche unter einen Arm geklemmt, wühlte sie in ihrer Handtasche nach den Hausschlüsseln. Sie besaß einen riesigen Schlüsselbund, einen Messingring mit Hausschlüsseln, Autoschlüsseln, dem Schlüssel zu einem alten Schuppen, der '67 abgebrannt war –, sogar mit Kofferschlüsseln, die sie noch nie benutzt hatte. Gerty behielt sie alle an ihrem Ring, denn sie hatte sich vorgenommen, dem Drängen ihrer Tochter, die ihr immer wieder vorschlug, zu ihr zu ziehen, erst nachzugeben, wenn sie die brauchbaren nicht mehr von den unbrauchbaren Schlüsseln unterscheiden konnte.

»Ach, verflixt«, murmelte sie. Ihre arthritischen Finger schmerzten, und die alten wollenen Handschuhe hinderten sie noch zusätzlich daran, den richtigen Schlüssel zu greifen. Der Schlüsselbund klimperte und klapperte wie ein Windspiel in ihrer zitternden Hand. Endlich hatte sie ihn gefunden. Sie öffnete die Tür und schlüpfte schnell hinein, damit nicht soviel kalte Luft in die Wohnung strömte.

Ein unheimliches gelbes Licht fiel durch die Lamellenfenster in der Tür und auf die handgestickte Spruchweisheit, die in einem goldenen Rahmen an der Wand hing. Gerty hatte die Petit point-Stickerei selbst entworfen und angefertigt. HILF DIR SELBST, stand da, SO HILFT DIR GOTT.

Sie drückte auf den Lichtschalter in der Diele, doch die

erwartete Beleuchtung blieb aus. *Muß ein Stromausfall sein.* Aber dann fiel Gerty auf, daß die Außenbeleuchtung am Haus noch brannte. *Vielleicht eine durch gebrannte Sicherung?*

Sie brauchte eine Minute, um Mantel und Schal ordentlich an der Garderobe aufzuhängen. Dann suchte sie in dem fahlen, gelben Licht erneut nach einem Schlüssel. Sie brauchte den Schlüssel für das Sicherheitsschloß. Ihre Enkelin, inzwischen eine Großstadtpflanze und nach eigener Aussage mit allen Wassern gewaschen, war über Thanksgiving aus Richmond zu Besuch gekommen und hatte das altmodische Schloß mit Vorhängekette und schwerem Riegel durch ein modernes Sicherheitsschloß ersetzt. Es war eines von der Sorte, für die man einen Schlüssel braucht, um aus dem eigenen Haus *heraus* zu kommen. Das sollte verhindern, daß Einbrecher von außen durch ein eingeschlagenes Fenster griffen und das Schloß von innen öffneten.

Gerty fand das reichlich übertrieben. Was würden sie sich als nächstes ausdenken – eine Blutprobe, bevor man sich an seinen eigenen Eßtisch setzen konnte? Sie wußte, daß sie damit den Zweck der Anlage zunichte machte, aber sie hatte sich angewöhnt, den Schlüssel einfach stecken zu lassen, wenn sie zu Hause war.

Gerty starrte in ihr Wohnzimmer. Ihre Augen hatten sich mittlerweile an die Dunkelheit gewöhnt, und sie konnte die geschwungene Rückenlehne ihres viktorianischen Sofas ausmachen. Durch die Verandatür fiel ein Lichtstrahl auf den in Eiche gerahmten Spiegel über dem Kamin. Die hundert Jahre alten Holzdielen knarrten unter ihren Füßen.

»General Lee?« rief sie. »Wo bist du, mein Guter?« In ihrer Stimme lag ein reuiger Ton. Sie hatte versprochen, spätestens um fünf zu Hause zu sein, und der General war ein Kater, der es nicht schätzte, auf sein Abendessen warten zu müssen.

»Komm, mein Schatz. Tut mir leid, daß ich so spät bin.«

Sie blieb an dem Tisch neben der Treppe stehen und drückte auf den Schalter der Kristallampe. Sie ging nicht an. Anscheinend war im ganzen Wohnzimmer der Strom ausgefallen. Doch seltsamerweise schien die Digitaluhr auf dem Tisch die richtige Zeit anzuzeigen. Gerty sah zu, wie die letzte Ziffer umsprang. 19.42 Uhr.

Sie ging durch den schmalen Flur auf die Küche zu. Auf halbem Weg war sie außerhalb der Reichweite des schwachen Lichts, das von der Veranda hereinfiel. Sie war nun von völliger Dunkelheit umgeben. Bei ihren nächsten Schritten mußte sie sich auf ihre Erinnerung verlassen. Sie tastete an der Wand nach dem Lichtschalter. Sie zuckte zusammen, als die Neonröhre über dem Herd kurz aufflackerte. Ihr Herz schlug schneller, doch sie beruhigte sich wieder, als sie sich in der alten, vertrauten Küche umsah.

»General –« begann sie, brach jedoch gleich wieder ab. Der hellrote Fleck auf dem Boden hatte sie stutzig gemacht. Zuerst glaubte sie, es sei Kaffee, den sie vielleicht am Morgen verschüttet hatte, aber der Fleck war zu dick und zu rot. Sie nahm ein Stück Küchenkrepp von der Anrichte, um ihn aufzuwischen und verzog das Gesicht, als sie spürte, wie glitschig die Substanz auf dem Linoleum verschmierte.

Sie stand langsam auf und entdeckte eine Spur von roten Tropfen, die in Abständen von etwa dreißig Zentimetern quer durch die Küche verliefen. Die meisten waren ganz klein, aber einige waren so groß wie eine Vierteldollarmünze. Die Spur endete an der Tür zum Garten, in die eine kleine Katzentür eingebaut war.

»General Lee?« rief sie mit vor Sorge bebender Stimme. *Hatte er sich im Dunkeln eine Pfote verletzt?* überlegte sie. *Blutete er? Womöglich hatte er sich nach draußen geschleppt, um im Gebüsch zu sterben.* Von Panik erfaßt, stürzte sie auf die Gartentür zu, doch sie war verriegelt, und es steckte kein Schlüssel im Schloß.

»Diese verdammten modernen Schlösser!«

Sie rannte aus der Küche durch den stockdunklen Flur ins Wohnzimmer. Keuchend und mit pochendem Herzen erreichte sie die Haustür, um die Schlüssel zu holen, die noch in dem Schloß stecken mußten, und blieb wie versteinert stehen.

Die Schlüssel waren nicht mehr da.

Ungläubig starrte sie auf das Schloß. Ihre Hände begannen zu zittern, doch sie stand immer noch reglos da, als sie die Dielen hinter sich knarren hörte.

Sie fuhr herum und schnappte nach Luft, als sie direkt in die Augen einer dunklen Gestalt blickte – der hünenhafte Mann, der hinter ihr stand, war von Kopf bis Fuß in Schwarz gekleidet und trug eine Art Kapuze und einen enganliegenden Stretchanzug. Sie wollte aufschreien, doch im selben Augenblick schoß seine Hand auf sie zu und drückte ihr die Kehle zu. Sie war von seiner Schnelligkeit völlig verblüfft, und unter der Gewalt seines Griffs wurden ihre Knie weich.

»Ich kriege ... keine Luft.« Ihre Stimme versagte, während sie verzweifelt um Luft rang.

»Das ist ... mir egal«, erwiderte er, ihre erstickte Stimme hämisch nachahmend.

Er drückte noch fester zu, das Messer blitzte auf. Er hielt es mit der flachen Seite direkt vor ihr Gesicht, und einen Augenblick lang sah sie ihre Todesangst in dem unheimlichen Spiegelbild. Sie konnte seine Stimme hören, sogar ein paar Worte verstehen. Er redete auf sie ein, verlangte irgend etwas. Die Angst und der Schmerz ließen alles verworren klingen. Das Zimmer begann sich zu drehen. Aber die Stimme wurde immer lauter.

2. Kapitel

Spezialagentin Victoria Santos starrte in den Lauf der Handfeuerwaffe, mit der der Scharfschütze aus einer Entfernung von nur zehn Metern sein Ziel anvisierte. Er hatte die klassische Haltung angenommen, die Beine weit gespreizt, die Arme ausgestreckt und den Revolver mit beiden Händen umklammert. Es gelang ihm nicht, die Waffe ruhig zu halten, und seine Augen schossen wild hin und her. Er zeigte alle typischen Merkmale eines nervösen jungen Polizisten, der verzweifelt versuchte, auf den Mann hinter der Geisel zu zielen.

Mit eisernem Griff hielt der Geiselnehmer ihr mit der einen Hand ein Messer an die Kehle und mit der anderen ihren Arm auf den Rücken verdreht. Sie spürte seinen heißen Atem im Nacken. Fast zwei Minuten lang hatte der Polizist ihn am Reden gehalten, aber er wurde zunehmend ungehalten und schien kein Interesse daran zu haben, mit einer lebenden Geisel zu entkommen.

»Lassen Sie das Messer fallen!« schrie der Polizist.

»Leck mich!«

»Fallen lassen! Sofort!«

Sie spürte das Messer hart an ihrem Kehlkopf. Plötzlich fiel ein Schuß.

»Au!« schrie sie.

Dunkelrote Flüssigkeit lief über ihre Stirn und über die Sicherheitsbrille aus Plastik.

In dem überfüllten Saal wurde das Licht eingeschaltet, als Kevin Price, der Leiter des FBI-Seminars über Verhandlungstaktik mit Geiselnehmern, das Gummimesser beiseite legte und an das Mikrophon trat. Er war ein alter Hase mit dreißig Jahren Berufserfahrung und mit seinen grauen Haaren und dem spröden Charme ein gutaussehender Mann. Ein dunkelblauer FBI-Regenmantel hatte seine gestreifte Krawatte und sein blütenweißes Hemd gegen Verunreinigung durch die Übungsmunition geschützt. »Vielen Dank, Officer Crowling.«

Der Freiwillige legte die Übungswaffe verlegen auf den Requisitentisch und verließ eilig das Podium.

»In diesen Krisensimulationen geht es nicht darum, jemanden bloßzustellen«, fuhr Price fort. »Vielmehr soll demonstriert werden, wie leicht es im Ernstfall dazu kommen kann, daß wir am Ende mit einer toten Geisel dastehen. Die direkte Konfrontation mit dem Gangster ist eine der heikelsten Situationen, in die ein Polizist geraten kann. Da sind nicht nur gute Instinkte gefragt, sondern die richtige Ausbildung. In Bruchteilen von Sekunden muß über die richtige Verhandlungstaktik entschieden werden. Und man kann durchaus das Falsche oder Richtige tun und sagen.«

Victoria wischte sich die letzten Reste roter Farbe von der Stirn. »Ich schlage vor, wir machen eine Viertelstunde Pause«, sagte sie, »und wenn wir weitermachen, werden wir uns darüber unterhalten, wie man es vermeidet, die Geisel zu erschießen.«

Ein leichtes Lachen ging durch die Menge, gefolgt von dem Scharren und Murmeln von zweihundert Polizisten, die den Saal verließen und zu den Toiletten strebten.

Victoria zog ihren Regenmantel aus. Auch wenn sie in dem wasserdichten Mantel in der Hitze der Scheinwerfer ins Schwitzen geraten war, hatte sie keinen Grund, sich zu beschweren – immerhin hatte er ihr Kostüm vor den roten Spritzern bewahrt. Sie lächelte Price an, während sie sich die Stirn rieb. »Ich seh wahrscheinlich aus wie ein Zyklop.«

Er trat näher an sie heran, um nachzusehen, wo die Übungspatrone sie getroffen hatte. Mit ihren fünf Zentimeter hohen Absätzen war sie genauso groß wie er – ein Meter achtzig.

»Ein drittes Auge kann manchmal ganz nützlich sein«, sagte er, ohne eine Miene zu verziehen. Dann lächelte er. »Aber im Ernst, so schlimm sieht es gar nicht aus. Ich wünschte, es gäbe eine andere Möglichkeit, diese Demos authentisch zu gestalten.«

»Ist schon in Ordnung«, sagte sie, während sie den Regenmantel zusammenfaltete. »Aber gestatten Sie mir eine Frage. Wie oft haben wir dieses Seminar jetzt schon durchgeführt?«

»Ach, du je! Sechs Jahre lang drei oder vier Vorstellungen pro Jahr. Etwa dreißig bis vierzig Mal, würde ich sagen.«

»Verstehen Sie mich nicht falsch, aber wie kommt es, daß ich immer die Geisel spiele und Sie den Geiselnehmer?«

Er wirkte perplex, so als habe er darüber noch nie nachgedacht. »Wahrscheinlich hab ich angenommen, daß das unwichtig ist.«

Sie zuckte die Achseln. »Vielleicht ist es unwichtig, vielleicht auch nicht. Ich wollte nur klarstellen, daß ich beide Rollen spielen kann. Außerdem«, fügte sie mit einem entwaffnenden Lächeln hinzu, »würde es mir wirklich Spaß machen, Ihnen mal die Kehle durchschneiden zu dürfen.«

»Ich werd's mir merken«, erwiderte er grinsend.

Eine Mitarbeiterin trat hinter dem Bühnenvorhang hervor. »Ms. Santos?« sagte sie. »Telefon für Sie. Der Anrufer hat gesagt, es sei wichtig.«

Victoria beschlich eine böse Vorahnung. Seit vier Monaten leitete sie die FBI-Spezialeinheit, deren Aufgabe es war, einen in den Staaten operierenden Serienmörder zu fassen. Es war mit Abstand die wichtigste Aufgabe, die ihr übertragen worden war, seit sie von der Abteilung für Geiseldelikte zur Abteilung für die Aufdeckung von Kindesentführungen und die Ergreifung von Serienmördern in Quantico, Virginia, gewechselt war. Und meistens bedeutete ein »wichtiger Anruf« schlechte Neuigkeiten.

»Sie können das Gespräch im Büro entgegennehmen«, sagte die Assistentin. Victoria folgte ihr durch die Dunkelheit hinter dem Vorhang zwischen Seilzügen und Requisiten hindurch bis in das neben den Toiletten gelegene Büro. Es war ein fensterloser Raum, kaum größer als ein Wandschrank, der bis oben hin mit Stapeln von Büchern und Akten vollgestopft war. Der Schreibtisch war so mit Papieren übersät, daß das Telefon unauffindbar gewesen wäre, hätte nicht ein rotes Lämpchen am Apparat geblinkt. Victoria schloß die Tür, um ungestört zu sein, und nahm den Hörer auf.

»Santos«, meldete sie sich.

»Pete Weston hier. Tut mir leid, daß ich Sie mitten aus Ihrer Vorstellung reiße, aber Sie hatten mich gebeten, mich zu melden, sobald ich was Neues hätte.«

Sie rieb den letzten Rest Farbe aus den Augenbrauen, dann kniff sie die Augen zusammen, um sich ganz auf das Gespräch zu konzentrieren. Dr. Weston arbeitete als DNA-Experte im Labor der FBI-Zentrale, einer von Hunderten von Fachleuten, auf deren Unterstützung sie angewiesen war.

»Sie brauchen sich nicht zu entschuldigen«, sagte sie. »Vielen Dank dafür, daß Sie bereit sind, an einem Samstag zu arbeiten. Irgendwelche Resultate?«

»Ja, aber es wird Sie nicht freuen.«

Sie seufzte, war jedoch nicht überrascht. »Was haben Sie rausgefunden?«

»Nun, ich habe mir als erstes die Proben von dem Tatort in Eugene, Oregon, angesehen. Sie werden sich erinnern, daß wir da ein paar Blutstropfen im Badezimmer gefunden hatten, um das Becken und die Wanne herum, ziemlich weit von der Leiche entfernt. Ich fürchte, daß wir leider die Möglichkeit, daß der Killer sich selbst geschnitten und eigene Blutspuren hinterlassen hat, ausschließen müssen.«

»Wie kommen Sie darauf?«

»Einer plötzlichen Eingebung folgend, habe ich das nicht identifizierte Blut aus Oregon mit dem Blut der anderen vier Opfer aus Cleveland, New York, Arkansas und Miami verglichen. Bei Miami habe ich eine Übereinstimmung festgestellt. Er muß das Blut von dem Opfer aus Miami mitgenommen haben, oder es war noch ein Rest an seiner Kleidung. Vielleicht hat er es absichtlich am Tatort verspritzt.«

»Sie meinen, er sammelt das Blut seiner Opfer?« fragte Victoria ungläubig.

»In gewisser Weise, ja. Aber das heißt nicht, daß Sie es mit einem Vampir zu tun haben. Wenn dem so wäre, würden wir wahrscheinlich Blut aus Kaffeetassen untersuchen.«

Victoria sagte nichts, obwohl sie dazu neigte, ihm zuzustimmen. Von dem psychologischen Profil, das sie gemeinsam mit Kollegen ausgearbeitet hatte, wußte sie bereits, daß es sich bei dem Killer keineswegs um einen durchgedrehten Wahnsinnigen handelte, einen sogenannten unkoordinierten Soziopathen, der dumm genug war, Blut, Haare oder Gewebe von sich selbst am Tatort zu hinterlassen, damit die Leute von der Spurensicherung ihre Plastiktütchen damit füllen konnten. Abgesehen davon allerdings wußte niemand so recht, *mit wem* sie es zu tun hatten. Die widersprüchlichen Signale machten den Fall so verwirrend, und beim Gedanken an eine weitere Sackgasse zog sich ihr Magen zusammen. »Wie sicher sind Sie, was die Übereinstimmung angeht?«

»So gut wie hundert Prozent.«

»Mir ist das sicher genug«, sagte sie. »In Anbetracht der Vorgeschichte war es wohl ziemlich unrealistisch, einen entscheidenden Durchbruch zu erwarten. Trotzdem vielen Dank, Doc. Sie leisten gute Arbeit.«

Sie legte auf und schob einen Stapel Bücher beiseite, um sich auf die Schreibtischkante zu setzen. Nach kurzem Nachdenken kramte sie ihr Diktiergerät aus ihrer Handtasche.

»Samstag, elfter Januar«, fing sie an. »Laborresultate legen Änderung des Täterprofils nahe. Die Grausamkeit der Taten, das Ausmaß des am Tatort angerichteten Blutbads und das Fehlen von Hinweisen auf eine Vergewaltigung legen nach wie vor unplanmäßiges Vorgehen nahe. Die ausgeklügelte Inszenierung sowie das zunehmende Frisieren von Beweismitteln dagegen lassen darauf schließen, daß der Täter mit äußerster Konzentration vorgeht und es gezielt darauf anlegt, die Polizei zu verhöhnen und die Ermittlungen zu behindern, so daß davon auszugehen ist, daß es sich bei dem Täter um einen intelligenten, planmäßig vorgehenden Serienmörder handelt.«

Sie hielt inne und holte tief Atem, als sei ihr gerade erst das ganze Ausmaß ihrer Schwierigkeiten bewußt geworden. Dann schaltete sie das Diktiergerät wieder ein. »Um es kurz zu fassen«, sagte sie mit ernster Stimme, »wir wissen nicht, ob der Täter gezielt oder spontan mordet. Anscheinend haben wir es mit einem einzigartigen soziopathischen Hybriden zu tun. Ein Killer, auf den zwei Beschreibungen passen.«

An jenem klaren, kalten Sonntag war der Gottesdienst um zwölf Uhr mittags zu Ende. Gegen 12.45 Uhr klingelte im Büro des Sheriffs von Candler County in Metter das Telefon. Die Angehörigen der Gemeinde arbeiteten gewöhnlich nicht am Wochenende, da es jedoch höchste Zeit war, Verpflegungsnachschub für die Knastbrüder auf der anderen Seite der Sicherheitsschranke zu bestellen, machte Barbara Easton Überstunden. Die Bibel hatte sie gelehrt, niemals am Sonntag zu arbeiten, aber als neunzehnjährige, alleinerziehende Mutter brauchte sie das Geld, um sich und ihr Kind zu ernähren. »Büro des Sheriffs«, meldete sie sich höflich mit leichtem Südstaatenakzent.

»Guten Tag.« Die Stimme des Mannes war völlig ruhig, sie verriet keinerlei Dringlichkeit. Allerdings klang seine Aussprache gedämpft und undeutlich, wie verstellt. »Ich möchte einen Mord melden.«

»Einen *Mord*? Sie meinen, jemand ist ermordet worden?«

»Das ist die einzige Art von Mord, die mir bekannt ist.«

»Wo? Ich schicke einen Krankenwagen.«

»Zu spät. Wie ich schon sagte: Sie ist tot.«

»Okay. Äh. Beruhigen Sie sich erst mal, ja?« Sie fingerte nervös an ihren Haaren herum, sprach mehr zu sich selbst als mit dem Anrufer. »Sind Sie sicher, daß sie tot ist?«

»Absolut sicher. Ich bin derjenige, der sie getötet hat.«

Sie öffnete den Mund, brachte jedoch kein Wort heraus. »Sie –« krächzte sie schließlich. »Sie rufen an, um Ihren eigenen Mord anzuzeigen?«

»Es ist nicht *mein* Mord, Mädel. Ich bin nicht tot. Ich bin der Mörder.«

Der herablassende Tonfall verlieh seinen Worten noch mehr Nachdruck. Barbaras Hände begannen zu zittern, sie konnte keinen klaren Gedanken mehr fassen. »Sind Sie – soll das ein schlechter Scherz sein?«

»Ich werde mich so deutlich ausdrücken, wie es mir möglich ist, Lady. Die letzte Person, mit der ich gesprochen habe, liegt jetzt als Leiche auf dem Fußboden in ihrem Schlafzimmer.«

Barbara hatte plötzlich einen Kloß im Hals. Sie arbeitete erst seit einem Monat als Sekretärin. In ihrer Ausbildung hatte man ihr nicht beigebracht, mit so *etwas* umzugehen, aber ihr Instinkt sagte ihr, daß sie ihn dazu bringen mußte, mit einem Polizisten zu reden. »Sir, möchten Sie mit dem Sheriff sprechen?«

»Ich möchte mit jemandem sprechen, der verdammt noch mal weiß, was er tut. Und zwar ein bißchen plötzlich.«

»Eine Sekunde.« Mit zitternden Fingern drückte sie die Halten-Taste, legte den Hörer neben den Apparat und hastete den Korridor hinunter. »Sheriff!« rief sie. »Kommen Sie, schnell!«

Sheriff John Dutton stand im Hinterzimmer neben der Kaffeemaschine und plauderte mit seinem Stellvertreter. Er war zweiundfünfzig Jahre alt, hatte sehr helle, sommersprossige Haut und welliges, rotes Haar, das bereits stark ergraut war. Nachdem er achtundzwanzig Jahre lang im Streifenwagen durch die Stadt gekreuzt und allabendlich mit seinen Kumpels im örtlichen Egg 'N You Diner zusammengehockt war, hatten sich etwa zwölf Kilo Übergewicht um seine Hüften angesammelt. Keuchend und mit vor Schreck weit aufgerissenen Augen stürzte Barbara ihm entgegen.

»Da ist ein Mann am Telefon«, stieß sie hervor. Ihre Brust hob und senkte sich, als sie nach Luft rang. »Er sagt, er hat jemanden ermordet.«

Der Sheriff sah sie ungläubig an, doch ihre Augen sagten ihm, daß sie es todernst meinte. Er ließ seinen Schoko-Donut auf die Anrichte fallen und rannte zum Telefon. Ein riesiger Schlüsselbund klimperte an seinem Gürtel, und seine dicken Oberschenkel in der engen Polyesterhose verursachten ein rhythmisches Geräusch, als sie beim Laufen aneinanderrieben. Er ließ sich in den Schreibtischstuhl fallen und hielt den Atem an. »Hat er sonst noch was gesagt?« erkundigte er sich schnell, bevor er das Gespräch entgegennahm.

»N-nee. Nur, daß er einen umgebracht hat. Aber seine Stimme klingt irgendwie komisch. Als ob er sie verstellt.«

Er nahm den Hörer in die Hand, zögerte und verzog das Gesicht. Seit Jahren hatte er immer wieder eine moderne Telefonanlage beantragt, aber der County-Etat reichte noch nicht einmal für ein Gerät aus, mit dem man die Notrufe aufzeichnen konnte, die unter der neuen Nummer 911 eingingen, von den Anrufen im Büro des Sheriffs ganz zu schweigen. »Geben Sie mir mein Diktiergerät«, bellte er.

Barbara eilte an seinen Schreibtisch an der gegenüberliegenden Wand, durchwühlte eine Schublade voller Kugelschreiber, Bleistifte und zerknülltem Schokoladenpapier und brachte ein Diktaphon zum Vorschein. Hastig reichte sie es dem Sheriff, der den Hörer abnahm, das Diktiergerät einschaltete und es an die Hörmuschel hielt. Er räusperte sich nervös, dann drückte er auf den blinkenden Knopf am Apparat. »Hallo, hier spricht Sheriff John Dutton. Mit wem spreche ich?«

»Prince Charles«, lautete die sarkastische Antwort. »Ich werde Ihnen wohl kaum unter die Nase reiben, wer ich bin, Sie Trottel.«

»Okay, kein Problem. Überhaupt kein Problem.« Er hatte den ruhigen, verständnisvollen Tonfall angeschlagen, mit dem er bei Dutzenden von Familienzwistigkeiten verhindert hatte, daß sie in einem Blutbad endeten. »Wie ich höre, wollen Sie einen Vorfall anzeigen.«

»Keinen *Vorfall.* Einen Mord.«

»Möchten Sie mir mehr darüber erzählen?«

»Was wollen Sie denn hören, Sheriff? Wie sie mich angefleht hat, sie zu verschonen? Oder wie sie geschrien hat, als ich sie getötet habe?«

Der Sheriff holte tief Luft, zwang sich, keine Gefühle zu zeigen. »Das heißt also, das Opfer ist eine Frau?«

»Jetzt kommen wir der Sache näher.«

»Wer ist es?« Er schloß die Augen aus Furcht, daß er sie kennen könnte.

»Sie heißt Gerty. Wohnt drüben in Hainesville.«

Er schlug sich mit der Hand vor die Stirn, das Gesicht schmerzverzerrt. In Hainesville gab es nur eine Gerty; auf der ganzen Welt gab es nur eine Gerty. Er schluckte seine Wut hinunter und zwang sich, seinen freundlichen Ton beizubehalten – Hauptsache, der Typ hörte nicht auf zu reden. »Wollen Sie mir wirklich nicht sagen, wer Sie sind, Partner?«

»Klar. Ich bin der Typ von nebenan, du Arschloch. Ich bin der Typ, der bei Piggly Wiggly hinter dir in der Schlange steht.«

»Haben Sie auch einen Namen?«

»Noch so 'ne blöde Frage, Sheriff, und ich werde Sie bitten müssen, das Mädel wieder an den Apparat zu lassen.«

»In Ordnung. Bleiben Sie dran, ja?« Er trank einen Schluck kalten Kaffee aus Barbaras Styroporbecher, ohne sich um die Lippenstiftspuren am Rand zu scheren. »Sagen Sie mir nur noch eins: Kannten Sie Gerty – oder hat sie Sie gekannt?«

»Bin ihr noch nie vorher begegnet. Hab sie noch nie gesehen.«

»Aber warum um Himmels willen haben Sie sie dann umgebracht?«

»Weil ich ein schlechter Mensch bin.«

»Also, Sie müssen doch irgendeinen Grund haben. Man bringt doch nicht irgend jemanden grundlos um.«

»Sie denken *viel* zu logisch, Sheriff.«

»Ich will nur wissen, warum Sie es getan haben. Das ist alles.«

»Okay. Ich sag Ihnen, warum.« Die Stimme klang plötzlich wütend. Er sprach jetzt langsam und akzentuiert, mit unheimlichen Pausen zwischen den einzelnen Worten, so als antworte ein anderer Teil von ihm. »Weil ... ich ... *Lust* dazu ... hatte.«

Der Sheriff zuckte zusammen. Er klang, als ob er das ernst meinte – der Typ hatte einfach *Lust* gehabt zu töten. »Wo ist sie jetzt? Wo ist der Leichnam?«

Der Mann seufzte, dann war Stille. Wertvolle Sekunden verstrichen. Der Sheriff spürte, wie sein Hals trocken wurde. Er fürchtete, er hätte ihn verloren. »Hören Sie, Partner. Wir wollen keine Spielchen spielen. Wo haben Sie die Leiche hingebracht?«

»Ich habe sie nirgendwo *hingebracht*. Ich faß' es einfach nicht, daß ihr Provinzbullen noch nicht hier seid. Scheiße, Mann, wenn ich hier sitzen und warten müßte, bis du und dein vertrottelter Hilfssheriff sie finden, wird *nie* jemand meine Arbeit zu schätzen wissen!«

»Wieso? Wann haben Sie sie denn getötet? Sagen Sie mir wenigstens das.«

»Vor zwei Tagen.«

»Und wieso rufen Sie erst jetzt an?«

»Ich war noch nicht fertig mit ihr.«

»Was soll *das* denn heißen?«

Er machte einen sarkastischen, gelangweilten Seufzer. »Es heißt, daß ich *jetzt* mit ihr fertig bin.«

»Sie verdammter Hurensohn! Was haben Sie mit ihr *gemachte«* Der Sheriff saß nur noch auf der Stuhlkante, das Gesicht rot vor Wut.

»Tut mir leid, Sheriff«, sagte der andere kühl. »Das war Ihre letzte blöde Frage.«

Es klickte in der Leitung, dann ertönte das Freizeichen.

3. Kapitel

Zwei Vergewaltigungen, neun Raubüberfälle und eine Schießerei mit tödlichem Ausgang. Nach dreizehn Jahren bei der MIAMI TRIBUNE hatte Mike Posten genug Verbrechen gesehen, um die tägliche Liste so emotionslos herunterbeten zu können wie: »Zwei Spiegeleier mit Speck und Toast«.

Mit einer Größe von einsfünfundachtzig konnte er, wenn nötig, einschüchternd wirken, und bei ein paar von den Typen, mit denen er zu tun bekam, war das absolut nötig. Er war ein angenehmer Gesprächspartner, ohne ein Süßholzraspler zu sein, hatte warme braune Augen und ein entwaffnendes Lächeln, das ihm früher einmal den Ruf eines Herzensbrechers eingetragen hatte. Seine Lehrer an der Journalistenschule hatten gemeint, er hätte, wenn er auch kein Schönling sei, das Talent und die Ausstrahlung, um es bei einem der größeren Nachrichtensender zu etwas zu bringen. Er hatte jedoch schon immer das gedruckte Wort als höchste Form des Journalismus betrachtet. Die Zeitung am Morgen hielt die Welt im Gleichgewicht. So respektlos er auch manchmal sein konnte, betrieb er sein Handwerk mit einer Hingabe, die ihm den Pulitzerpreis und die widerwillige Bewunderung seiner Kollegen eingetragen hatte.

Jener Montagmorgen war besonders anstrengend gewesen. Den größten Teil des Vormittags hatte Mike in »Little Havanna«, Miamis kubanischem Viertel, damit vergeudet, einen Betrunkenen zu interviewen, dessen Schuhe mit Erbrochenem beschmiert waren. Der Mann behauptete, er hätte in einer Mülltonne ein Paar Sportschuhe gefunden, in denen noch die Füße steckten. Normalerweise hätte Mike ohne Mittagspause durchgearbeitet, aber heute hatte er etwas Persönliches zu erledigen.

Der Mittagsverkehr rollte zügig über den MacArthur Causeway. Die sechs Spuren in Richtung Westen, die die Wolkenkratzer von Miami mit der vorgelagerten Insel Miami Beach verbanden, schienen durch das blaugrüne Wasser von Biscayne Bay zu pflügen. Nach Süden hin erstreckte sich der Government Cut, ein schmaler Wasserweg für Ausflugsdampfer und Lastkähne, der wie ein kilometerlanger Finger vom Atlantik her ins Landesinnere schnitt. Im Norden lagen kleine Inseln, von prächtigen Villen gesäumt, die irgendwann Leuten wie Al Capone oder Julio Iglesias gehört hatten.

Mike und Karen Posten fuhren in getrennten Wagen vom Sprechzimmer ihres Eheberaters zu einem Restaurant in Miami Beach. Sie war in ihrem Infiniti in Führung gegangen. Er folgte ihr in seinem schwarzen Saab Cabrio. Es war eine Metapher für den derzeitigen Status ihrer Beziehung, dachte Mike – getrennt, er in der Rolle des Verfolgers. Vor zwei Monaten hatte sie ihm nahegelegt, sich eine Wohnung zu suchen. Sie hatte geschworen, daß es keinen Geliebten gab. Sie fühlte sich weder physisch noch psychisch mißhandelt. Es gab keine finanziellen Probleme. Und vor allem gab es keine Leidenschaft in ihrer Beziehung. In acht Jahren Ehe hatten sie beide Karriere gemacht, und die Leidenschaft war der Gewöhnung gewichen. So hatte es jedenfalls ihr Berater formuliert.

»Hab sie verloren«, brummte Mike, als er nach Norden in den Ocean Drive einbog. Wahrscheinlich sahen Dutzende von Autos genauso aus wie ihres, schließlich handelte es sich bei dem Modell, das sie fuhr, um Floridas derzeitig beliebteste Luxuslimousine. Mike hätte einen Wochenlohn darauf verwettet, daß er eines Tages beim Polizeifunkabhören nicht etwa vernehmen würde, der Verdächtige sei in einer weißen, viertürigen Limousine entkommen, sondern daß es vielmehr demnächst heißen würde, der Verdächtige sei nicht in einem schwarzen Infiniti unterwegs.

Einige Blocks entfernt entdeckte er seine Frau, die gerade eins der Straßencafés betrat, die South Beach so attraktiv machten. Da es zwecklos war, auf dem Ocean Drive einen Parkplatz zu suchen, reihte er sich mit seinem Cabrio in die Schlange vor dem Parkservice ein, direkt hinter einem flammendroten Porsche, auf dessen Nummernschild die Buchstaben LEDIG DR prangten. Sollte jemals einer auf die Idee kommen, die Legalisierung von Drive-by-Shootings zu fordern, dann mußten Typen wie dieser Porschefahrer der Auslöser sein.

Der Ocean Drive war, zumindest in den Augen der Einheimischen, die Straße mit den schönsten und farbenprächtigsten Art Deco-Hotels der Welt. An einem sonnigen Nachmittag wie diesem tummelten sich auf dieser Flaniermeile leichtbekleidete Strandhäschen und alles, was sehen und gesehen werden wollte. Touristen schlürften Espresso und parlierten in einem Dutzend verschiedener Sprachen. Inlineskaters kurvten zwischen Passanten hindurch und entschuldigten sich für Rempler und Frontalzusammenstöße mit einem ziemlich coolen »Sorry«.

Mike hatte sich noch nie der sogenannten Schickeria von South Beach zugehörig gefühlt, auch wenn sein achtunddreißigjähriger Körper vom jahrelangen Schwitzen an der Ruderbank und seiner Leidenschaft für Sportarten wie Basketball und Squash immer noch gut durchtrainiert war. Als er mit Anfang Dreißig beginnende Geheimratsecken bei sich entdeckte, war er kurzfristig in Panik geraten, doch der Haarausfall hatte sich wieder gelegt, und inzwischen stand außer Frage, daß sein dichter, dunkler, leicht graumelierter Haarschopf ihm bis in seine mittleren Jahre erhalten bleiben würde.

Als er endlich sein Parkticket bekam, saß Karen bereits an

einem schmiedeeisernen Tisch unter einem Cinzano-Sonnenschirm. Er suchte Blickkontakt mit ihr und winkte ihr von weitem zu. In ihrem marineblauen Kostüm und ihrer Perlenkette wirkte sie ein wenig fehl am Platz, aber wie sie dasaß und sich mit der Speisekarte Luft zufächelte, sah sie trotzdem phantastisch aus. Sie trug ihr dichtes, braunes Haar schulterlang, links etwas länger als rechts – ein verwegener Schnitt für die jüngste Partnerin bei Saunders & Sires, der größten und vor allem spießigsten Anwaltskanzlei von Miami. Mit ihren zweiunddreißig Jahren war sie sechs Jahre jünger als Mike, aber sie besaß die unheimliche Fähigkeit, je nach Bedarf jünger oder älter zu wirken. In jedem Fall sah sie umwerfend aus – trügerisch schön für eine Frau, die das beste Juraexamen ihres Jahrgangs abgelegt und als Chefredakteurin für die UNIVERSITY OF MIAMI LAW REVIEW gearbeitet hatte.

Mike erreichte ihren Tisch, als der Kellner gerade zwei Teller Salat servierte.

»Ich hab's ziemlich eilig«, sagte Karen, »deshalb hab ich einfach für dich mitbestellt. Brathähnchen und gemischten Salat.«

»Klingt gut.« Er zog einen Stuhl heran, legte sich eine Stoffserviette über die Knie und beäugte mißtrauisch die glänzende Edelstahlschüssel, die seinen Salat enthielt.

»Sie servieren den Salat in Hundenäpfen«, erklärte Karen. »Deswegen heißt der Laden ›Das hundsgemeine Café‹. Raffiniert, was?«

»Das ist mehr als raffiniert«, erwiderte er grinsend. »Ich würde sagen, das ist etwa so originell wie die Vorstellung, daß in der Russischen Teestube die Vorspeisen in Teetassen serviert werden.«

Nachdem sie sich eine Weile über belanglose Dinge unterhalten hatten, aßen sie schweigend ihren Salat, nicht, weil sie sich nichts zu sagen gehabt hätten, sondern weil ihnen der Mut fehlte, über das zu sprechen, was sie bewegte. Erst als sie ihre Näpfe fast geleert hatten, gelang es ihnen, das Gespräch in ernstere Bahnen zu lenken.

»Die Therapiestunde ist heute gut gelaufen«, sagte Mike. »Findest du nicht?«

»Auf jeden Fall besser«, erwiderte sie achselzuckend. »Ich denke allerdings, daß wir noch einiges vor uns haben.«

Er starrte auf seinen Napf. Langsam kam er sich vor wie ein Hund. *Wirf mir einen Knochen zu, Karen.*

»Mike, bitte versteh mich nicht falsch, aber ich wünschte, du würdest nicht immer von mir erwarten, daß ich den Status unserer Beziehung kommentiere. Du scheinst dich einzig dafür zu interessieren, wie nahe wir einer Lösung unserer Probleme sind. Aber du redest nie über das, was wir tun müßten, um unsere Beziehung wieder in Ordnung zu bringen.«

»Tut mir leid. Mir hat einfach ganz gut gefallen, was Dr. Newsome heute über unser psychologisches Profil gesagt hat – daß wir uns so ähnlich sind.«

Sie zog die Augenbrauen zusammen. »Das hat sie nicht gesagt. Sie hat gemeint, daß wir jeweils das psychologische Spiegelbild des anderen sind.«

»Was bedeutet, daß wir genau gleich sind.«

»Es bedeutet, daß wir vollkommen *gegensätzlich* sind. Wenn man in den Spiegel schaut, ist alles umgekehrt.«

Er schaute verwirrt weg. »Tja, so kann man das auch sehen.«

»Wünschen Sie noch etwas?« unterbrach sie der Kellner.

»Nein, danke«, sagte Karen. Sie warf einen Blick auf ihre Uhr. »Tut mir leid, aber ich muß zurück in die Kanzlei. Ich habe um halb drei eine außergerichtliche Anhörung mit einem stellvertretenden Bankdirektor.«

»Soll das heißen, du hast keine Zeit mehr für das Hundekuchensoufflé?«

Sie lächelte und öffnete ihre Handtasche.

»Ich lad dich ein«, sagte er. »Du kannst die Rechnung übernehmen, wenn wir in der Russischen Teestube dinieren.«

»Abgemacht.«

Sie verabschiedeten sich mit einem flüchtigen Kuß. Er sah ihr nach, wie sie zu ihrem Auto ging, in der Hoffnung, sie würde sich noch einmal umdrehen, ihm vielleicht noch ein Lächeln schenken. Sie schenkte ihm keins.

Er bestellte sich noch ein Evian mit Zitrone, dann beobachtete er die Leute, die über den breiten Gehweg des Ocean Drive flanierten. Eine bildschöne Brünette in einem raffiniert geschlitzten Schlauchkleid stöckelte auf die FORD-Agentur zu. Ein altersschwacher Rentner schlurfte mit seiner Gehhilfe vorbei. Unglaublich, dachte Mike, South Beach war der einzige Ort auf der Welt, wo selbst der reaktionäre Bulle aus Brooklyn, der hier seinen Urlaub verbrachte, genauso ins Bild paßte wie der extravagante Transvestit, der mit sechs Pudeln an der Leine daherkam. Friedliche Koexistenz. Warum kam ihm dann das Gespräch mit Karen wie ein Boxkampf vor?

Um 14.10 Uhr hörte er über sein Handy zuerst seinen Anrufbeantworter im Büro und dann den in seiner Wohnung ab. Das heißt, Zacks Wohnung. Während er darauf wartete, daß es zum viertenmal klingelte, fiel ihm plötzlich auf, daß er seit fast zwanzig Jahren denselben besten Freund hatte. Karen schien mit niemandem länger als einige Monate in Kontakt zu bleiben. Vielleicht waren sie tatsächlich vollkommen gegensätzlich.

»Hallo«, meldete sich Zack.

»Idiot. Wieso nimmst du ab? Ich wollte nur meinen Anrufbeantworter abhören.«

»Mann, ich freu mich auch, deine Stimme zu hören, Alter.«

»Tut mir leid. Ist nicht grade mein glorreichster Tag heute.«

»Kein Problem. Jedenfalls blinkt kein Lämpchen an deinem Anrufbeantworter, es scheint dich also niemand zu lieben. Aber heute morgen ist ein Päckchen für dich angekommen. Irgendwie komisch. Es steht überall drauf: ›Wichtig. Sofort öffnen‹, dabei ist es noch nicht mal per Luftpost gekommen, das heißt, es ist seit drei Tagen unterwegs.«

»Von wem ist es denn?«

»Kann ich dir nicht sagen. Ich kann den Absender nicht lesen. Sieht so aus, als ob es in Atlanta aufgegeben worden ist.«

»Los, mach's auf.« Mike hörte, wie das Päckchen aufgerissen wurde, dann hörte er überhaupt nichts mehr, weil ein Jeep voller Brasilianerinnen in Bikinis mit voll aufgedrehten Lautsprechern vorbeifuhr.

»Hmm«, sagte Zack. »Das ist ja merkwürdig.«

»Was?«

»Es ist nur ein Blatt Papier. Steht nichts drauf, nur der Name einer Frau. Mit Schreibmaschine getippt. Kennst du eine Gertrude Kincaid?«

Mike blieb die Luft weg. Seit das erste Opfer in Miami gefunden worden war, verfolgte er die Spur der »Zungenmorde«. »Ich schreibe gerade an einem Artikel über sie.«

»Eine von deinen Quellen?«

»Nein. Ein Opfer. Sieht so aus, als ob sie die Nummer sechs ist, die auf das Konto von diesem Serienmörder geht, über den ich schon mehrmals berichtet hab. Erst heute morgen hab ich ihren Namen erfahren. Kleine Stadt in Georgia. Die Polizei hat gestern ihre Leiche gefunden, aber sie nehmen an, daß sie irgendwann am Freitag umgebracht wurde.«

»Freitag«

»Ja, wieso?«

»Wie ich schon sagte, das Päckchen ist drei Tage unterwegs gewesen. Und es ist am Donnerstag abgeschickt worden.«

Mike konnte plötzlich seinen eigenen Atem hören. »Rühr nichts an, okay? Laß alles so, wie es ist. Ich komme sofort.« Er schaltete das Handy ab und rannte zu seinem Wagen.

4. Kapitel

Die alle Rekorde brechende Kaltfront schob sich an jenem Montag nachmittag über das südliche Georgia. Eine unheimliche Dunstglocke aus grauen Wolken lag über der braunen, hügeligen Landschaft, die von dem plötzlichen Einbruch der arktischen Kälte in einen Schockzustand versetzt zu sein schien. Auf den Feldern entlang des Highway 46 standen Rinder dichtgedrängt beieinander, um sich gegenseitig vor dem kalten Nordwind zu schützen. Wo die langen Stacheldrahtzäune aufhörten, säumten kahle Eichen und Azaleen die stillen Straßen von Hainesville.

Spezialagentin Victoria Santos parkte ihren Mietwagen Marke Oldsmobile in der Peach Street vor dem Haus Nummer 501. Auf dem Briefkasten am Ende der Einfahrt stand der Name »Kincaid«. Als sie ihre Wagentür öffnete, fuhr gerade ein blauweißer Lieferwagen mit der Aufschrift ACTION NEWS ab. Sie ging davon aus, daß dies nicht die einzigen Medienleute waren, die während der letzten vierundzwanzig Stunden, seit man die Leiche entdeckt hatte, hier aufgekreuzt waren. Ein neugieriger Nachbar hinter einem weißen Lattenzaun beobachtete, wie sie sich unter den gelben Polizeiabsperrungen hindurch duckte und über die mit roten Ziegeln gepflasterte Einfahrt auf das Haus zuging. Drei Männer in braunen Lederjacken und dunkelbraunen Hosen, der Polizeiuniform von Candler County, standen auf der überdachten Veranda in dem durch ein weiteres gelbes Band abgesperrten, der Polizei vorbehaltenen Bereich des Tatorts. Es war so kalt, daß Victoria ihren Atem sehen konnte. Kleine Gesprächswölkchen kamen aus allen Richtungen, schienen miteinander zu wetteifern.

Victoria rieb sich die Hände und zog ihren Trenchcoat enger um sich, während sie leise über die Kälte fluchte. Sie war Welten entfernt von der feuchten Hitze Kubas, wo sie vor dreiunddreißig Jahren geboren worden war, und auch vom warmen Klima in Miami Beach, wo sie ihre Kindheit verbracht hatte. Seit zehn Jahren, seit sie die FBI-Akademie abgeschlossen hatte, lebte sie im Norden, doch sie hatte sich noch immer nicht an das Klima gewöhnt. Seltsamerweise war es heute morgen in Virginia wärmer gewesen als hier in Georgia, und sie hatte keine Zeit gehabt, sich nach dem Wetter zu erkundigen, bevor sie nach Savannah geflogen war, geschweige denn in Ruhe zu packen. Sie war mit der Bubird – wie die Mitarbeiter das FBI-eigene Flugzeug nannten – fünf Minuten nach einem dringenden Anruf ihres Chefs direkt von der Startbahn in Quantico hergeflogen.

»Santos, FBI«, sagte sie und zeigte kurz ihren Ausweis. Sie stand auf der vorletzten Stufe, direkt vor der Absperrung. »Ich suche Sheriff John Dutton.«

Die Blicke der Männer, die ihre Unterhaltung abrupt abbrachen, machten sie leicht nervös. Sie war größer als der Sheriff, aber eine Stufe tiefer als die Männer auf der Veranda kam sie sich viel kleiner vor. Wahrscheinlich hätten sie sie bei einem Gemeindeflohmarkt attraktiv gefunden, doch hier empfanden sie sie lediglich als Eindringling.

Sheriff Dutton trat einen Schritt vor, die Hände lässig auf die Hüften gestützt. Er kam so nah an sie heran, daß sie das Namensschild auf seiner Brust lesen konnte, aber er stellte sich nicht vor. »Ich nehme an. Sie sind die Unterstützung, die sie uns aus Washington schicken.«

»Nicht direkt aus Washington. Ich arbeite außerhalb von Quantico, Virginia. Vielen Dank, daß Sie uns benachrichtigt haben.«

»*Meine* Idee war das nicht, irgend jemanden zu benachrichtigen. Aber der Staatsanwalt wollte unbedingt die Bundespolizei einschalten. Weiß der Teufel, was er sich davon verspricht – wir kümmern uns schon selbst um unsere Angelegenheiten.« Er bedachte Victoria mit einem abschätzenden Blick. »Ich sage es Ihnen nur, Miß, *ich* leite diese Untersuchung.«

Noch keine fünf Minuten am Tatort, und schon watete sie knietief in Testosteron, dachte sie. »Ich bin absolut willens. Ihre Autorität zu respektieren, Sheriff. Allerdings sollten Sie wissen, daß meine Anwesenheit hier ihre Gründe hat. Ich habe in den letzten vier Monaten in fünf verschiedenen Staaten zusammen mit den jeweils örtlichen Behörden in fünf Mordfällen ermittelt, die vermutlich mit diesem hier in Verbindung stehen.«

»Was Sie nicht sagen ... Also, im Moment ist das hier der einzige Mord, an dem wir interessiert sind. In Hainesville gibt's nichts Wichtigeres als eine Angelegenheit, die die Gemeinde betrifft.«

»Das kann ich mir vorstellen.«

»Dann können Sie sich hoffentlich ebenfalls vorstellen, daß wir die Sache vollkommen im Griff haben. Der Tatort ist abgesichert. Das habe ich höchstpersönlich in die Hand genommen, um sicherzustellen, daß nichts verändert wird. Ich habe den ersten Bericht geschrieben, einen Grundriß gezeichnet, Fotos gemacht und einen Videofilm gedreht. Das können Sie sich alles ansehen. Aber ich lasse es mir nicht gefallen, daß hier irgend jemand mit 'ner Hundemarke aufkreuzt und sich ungefragt in meinen Fall einmischt.«

»Seien Sie versichert, ich möchte mit Ihnen zusammenarbeiten, um diesen Killer zu schnappen. Über den Tatort können wir uns später unterhalten. Zunächst möchte ich gern die Leiche sehen.«

»Die ist schon lange weg. Ein Leichenwagen hat sie gestern abgeholt. Die Leute von der Kripo haben sie zur Gerichtsmedizin in Macon gebracht.«

»Ich weiß, ich bin auf dem Weg dorthin. Aber ich hatte gehofft, Sie würden mich begleiten und mir ein paar Hintergrundinformationen geben. Ich bin sicher, daß Ihre Erkenntnisse auch für mich von großer Bedeutung sind. Ich hoffe, ich kann auf Sie zählen?«

Beinahe hätte sie auch noch mit den Wimpern geklimpert

– dabei hatte sie Mühe, ein ernstes Gesicht zu bewahren. Mit ihrer gerichtsmedizinischen Ausbildung hätte sie die Autopsie praktisch selbst durchführen können und brauchte keinen Provinzsheriff, der sie durch die Leichenhalle führte. Andererseits war es taktisch unumgänglich, zu Beginn einer Untersuchung den Beamten der örtlichen Polizei zu versichern, daß man nicht vorhatte, sie aus ihrem eigenen Fall zu drängen.

»Also gut«, sagte er, anscheinend geschmeichelt. »Ich fahre.«

Innerhalb von zwei Minuten waren sie im Streifenwagen unterwegs auf der Autobahn in Richtung Westen. Normalerweise diente das Bestattungsunternehmen von Cunningham als Leichenschauhaus für Hainesville. Doch der örtliche Gerichtsmediziner, der ansonsten als Notfallarzt im Kreiskrankenhaus von Candler County arbeitete, hatte bereits eine unnatürliche Todesursache diagnostiziert, und deswegen war die Leiche zur Obduktion ins gerichtsmedizinische Institut von Georgia gebracht worden. Es war eine einstündige Fahrt, größtenteils Autobahn, so daß Victoria reichlich Zeit hatte, ihre Aufzeichnungen noch einmal durchzusehen.

»Was können Sie mir über Mrs. Kincaid erzählen?« fragte sie, als sie schließlich von ihren Papieren aufblickte. Die Scheibenwischer flitzten quietschend über die Windschutzscheibe, wischten dicke Tropfen weg, die Vorboten des ersten Schnees seit über fünf Jahren in Candler County.

»Alter achtundsiebzig, Witwe. Ihr Mann, ein Abgeordneter, ist gestorben, als sie Anfang Vierzig war. Sie hat nie wieder geheiratet, hat ihre damals zweijährige Tochter ganz allein großgezogen und wurde vor fünfzehn Jahren als erste Frau zur Bürgermeisterin von Hainesville gewählt. Vor ein paar Jahren ist sie in Rente gegangen, aber sie kam immer noch zu jeder Stadtratssitzung. Lebte allein, fuhr überallhin im eigenen Wagen und stieg jedem aufs Dach, der ihr nahezulegen versuchte, sie sei vielleicht zu alt dafür. Als sie das letztemal einen Sonntagsgottesdienst verpaßt hat, muß Johnson noch Präsident gewesen sein, und die Tage, die sie in ihrem Leben krank war, kann man an einer Hand abzählen. Deshalb ist es gleich aufgefallen, als sie gestern früh nicht in der ersten Reihe in der Kirche saß.« Er drehte sich zu ihr und sah sie direkt an. »Und darum ist es so wichtig, daß ich das Tier zu fassen kriege, das sie umgebracht hat.«

»Und darum bin ich hier. Um Ihnen dabei zu helfen.«

»Ich weiß, warum Sie hier sind«, sagte er verächtlich. »Sie halten uns für ein paar Dorftrottel, die mit einem Mordfall überfordert sind, bloß weil hier seit der Zeit, als die Bösen in blauen und die Guten in grauen Uniformen rumliefen, kein Mord mehr passiert ist. Aber da irren Sie sich gewaltig, Miß. Wir wissen genau, was wir tun.«

»Da bin ich absolut sicher. Meine Anwesenheit hat nichts damit zu tun, ob Sie gute oder schlechte Polizisten sind.« Sie überlegte, wie sie ihm ihre Anwesenheit erklären konnte, ohne ihn zu beleidigen. »Haben Sie schon mal von CASKU gehört, Sheriff?«

Er zog die Augenbrauen zusammen und dachte scharf nach, schien sich jedoch nicht zu erinnern, um was es sich handelte. »Schon mal gehört. Das ist 'ne Abkürzung für ... irgendwas.«

»Es handelt sich um die Child Abduction and Serial Killer Unit, die FBI-Sondereinheit in Quantico, die sich auf die Aufklärung von Kindesentführungen und Serienmorden spezialisiert hat. Diese Einheit ist ziemlich neu, und sie wurde eingerichtet, um überall, egal ob auf lokaler, auf Staats- oder Bundesebene die zuständigen Beamten bei ihren Ermittlungen in Fällen von Kindesentführung oder bei der Ergreifung eines Serienmörders zu unterstützen. Meine Aufgabe besteht darin, dafür zu sorgen, daß Sie jede Art von Dienstleistung erhalten, die Sie brauchen – Fallanalysen, Erarbeitung von Ermittlungsstrategien, Koordination der technischen und gerichtsmedizinischen Ermittlungsergebnisse, Nutzung der

Dienste von FBI-Archiven und -Laboreinrichtungen. Außerdem koordiniere ich unsere Persönlichkeitsanalysen von unbekannten Serienmördern. Das nennt sich ›Profiling‹.«

»Jetzt, wo Sie's mir beschreiben, ich hab tatsächlich schon mal davon gehört. Von Ihnen kommen immer diese grauenhaften Formblätter.«

»Wahrscheinlich meinen Sie die Formblätter von VI-CAP, Violent Criminal Apprehension Program, das Programm zur schnelleren Ergreifung von Gewalttätern. Die Formblätter sind wirklich endlos lang, aber es ist einfach äußerst wichtig, daß die Informationen, die nach Quantico zurückfließen, so vollständig und so genau wie möglich sind, wenn sich die Mühe lohnen soll. Um die Täterprofile zu entwickeln, wurden zunächst bereits verurteilte Mörder wie Manson, Richard Speck und Ted Bundy befragt. Inzwischen verfügen wir über eine riesige Datenbank, die Täterprofile von praktisch jedem Serienmörder dieses Jahrhunderts umfaßt. Es geht darum herauszufinden, wie diese Typen funktionieren, was sie umtreibt, was sie vor, während und nach den Morden empfinden. Wir lernen immer noch dazu, aber die Spezialisten in Quantico können sich jetzt die Ermittlungsergebnisse in einem bestimmten Fall ansehen und daraus ein psychologisches Täterprofil entwickeln. Das gibt dann den Ermittlern vor Ort Anhaltspunkte, nach was für einer Art von Täter sie suchen müssen.«

»Aber wenn es sich, wie Sie sagen, um den sechsten Mord handelt, muß es doch inzwischen ein Täterprofil geben.«

»Es ist leider kein wirklich brauchbares. Dieser Fall ist besonders kompliziert. Wir nehmen an, daß es sich um einen männlichen Täter handelt, aber nur deshalb, weil es kaum weibliche Serienmörder gibt. Das klassische Opfer ist weiblich, zwischen fünfzehn und dreißig Jahre alt. In diesem Fall haben wir drei männliche und – Mrs. Kincaid mitgezählt – drei weibliche Opfer, die Altersspanne reicht von einunddreißig bis achtundsiebzig. Der klassische Serienmörder ist ein sadistischer Psychopath und Triebtäter, der sich seine Opfer innerhalb der eigenen ethnischen Gruppe sucht. Im vorliegenden Fall wurde keins der Opfer sexuell mißbraucht, drei der Opfer sind weiß, zwei schwarz und eins lateinamerikanischer Herkunft. Als ob das nicht schon verwirrend genug wäre, stammen die Opfer auch noch aus sechs verschiedenen Staaten und aus sechs sehr unterschiedlichen Orten. Manhattan. Eugene, Oregon. Miami. Cleveland. Fayetteville, Arkansas. Und jetzt Hainesville.«

»Da kann ich aber keinen roten Faden entdecken. Was veranlaßt Sie denn zu der Annahme, daß es einen Zusammenhang zwischen den Morden gibt?«

»Das verdanken wir wiederum dem VI-CAP. Mit Hilfe des Computers können wir Zusammenhänge zwischen Verbrechen aufdecken, die in verschiedenen Staaten begangen worden sind, die so niemals aufgefallen wären – Sie kennen ja den Witz von dem Killer, der in Oregon seinen Namen auf die Stirn des Opfers schreibt, während die Polizei in Cleveland, die denselben Täter sucht, keine Ahnung hat, gegen wen sie ermitteln soll. VI-CAP hat uns auf eine Übereinstimmung hingewesen, nachdem das dritte Opfer in Miami gefunden wurde. Es ist die sonderbare Vorgehensweise des Täters. Zugegeben, das ist die einzige Gemeinsamkeit zwischen den Opfern, die den Gedanken an einen einzigen Täter nahelegt, aber es ist ein sehr eindeutiger Anhaltspunkt. Eher eine Art Unterschrift als eine einheitliche Vorgehensweise: Alle Opfer wurden mit mehreren Messerstichen getötet. Und jedem Opfer wurde die Zunge aus dem Mund gerissen.«

Dutton zuckte zusammen bei dem Gedanken, wie schmerzhaft es war, sich auch nur auf die Zunge zu beißen. Plötzlich fiel ihm wieder das geronnene Blut auf Gertys Lippen ein. »Wenn Sie sagen ›herausgerissen‹«, sagte er vorsichtig, »meinen Sie doch sicher ›herausgeschnitten‹.«

»Teilweise.« Sie starrte aus dem Seitenfenster, tief in Gedanken an die fünf Opfer, die Gerty vorangegangen waren. »Aber hauptsächlich gerissen.«

Sie hörte den Sheriff einen tiefen Seufzer ausstoßen. Dann fuhren sie schweigend bis zur Leichenhalle.

»Sieht nach einem Herzinfarkt aus«, sagte Dr. Percy Akkerman, der Gerichtsmediziner. Er war klein und untersetzt und hatte einen sehr runden Kopf, der von graumelierten Stoppeln bedeckt war, nicht länger als ein Dreitagebart. Er stand am Kopfende des Obduktionstischs, seine grüne Chirurgenkleidung und Gummihandschuhe von diversen Körperflüssigkeiten befleckt.

Victoria betrachtete den nackten, grauen Körper der alten Frau. Zwei tiefe Einschnitte gingen jeweils von den Schultern durch die Brüste und trafen am Brustbein aufeinander. Ein längerer, noch tieferer Schnitt zog sich vom Brustbein hinunter bis zum Schambein und bildete zusammen mit den oberen Schnitten das klassische »Y« der Pathologen. Leber, Milz, Nieren und Eingeweide lagen säuberlich präpariert neben einem Stück Brustkorb auf dem Seziertisch hinter Dr. Ackerman. Die Leiche war im wahrsten Sinn des Wortes eine menschliche Hülle, erinnerte auf seltsame Weise an die ausgehöhlte Hälfte einer Wassermelone auf einem Vorspeisentisch. Victoria rieb sich ein wenig Wick-Vaporub unter die Nase, um den Gestank zu lindern. In Augenblicken wie diesen war sie davon überzeugt, daß der einzige Unterschied zwischen einem Serienmörder und einem Gerichtspathologen die medizinische Ausbildung war. Das und ein Gewissen.

»Sie meinen, Gerty ist an einem Herzinfarkt gestorben?« fragte Sheriff Dutton ungläubig.

»Was ich sage, ist, sie wurde buchstäblich zu Tode erschreckt. Medizinisch ausgedrückt, kann extreme Angst oder extremer Schrecken eine plötzliche und massive Ausschüttung von Epinephrin – besser bekannt als Adrenalin – auslösen, was wiederum Herzkammerflattern verursacht. Genau das scheint hier passiert zu sein. Allerdings möchte ich noch darauf hinweisen, daß ihre fortgeschrittene Arteriosklerose sie besonders anfällig für einen Herzinfarkt gemacht hat.«

»Tja«, sagte Victoria, »man kann wohl kaum jemandem den Schädel mit einem Brecheisen einschlagen und sich anschließend mit dem Argument verteidigen, der Schädel des Opfers sei zu dünn gewesen. Ein Mörder muß sein Opfer mit all seinen Schwächen und Verletzlichkeiten nehmen. Die Todesursache mag vielleicht ein Herzinfarkt gewesen sein, aber Sie sind doch sicher mit mir einer Meinung, daß es sich in diesem Fall um Mord handelt.«

»Absolut.«

Sie ging um den Tisch herum und sah genauer hin. »Versuchen Sie, mir zu beschreiben, was sie zu Tode erschreckt hat. War es etwas, das der Mörder ihr angetan hat? Oder sieht es so aus, als hätte sie ihn in der Tür stehen sehen, und das war bereits mehr, als ihr armes Herz verkraften konnte?«

»Gerty Kincaid war kein Angsthase«, schnaubte der Sheriff verächtlich.

»In diesem Fall«, seufzte Dr. Ackerman, »würde ich sagen, war ihr Herz zu ihrem eigenen Unglück viel zu stark. Ein plötzlicher natürlicher Tod wäre ein Segen für sie gewesen.«

Victoria wich die Farbe aus dem Gesicht, plötzlich kam ihr die kühle Luft, die aus der Deckenbelüftung strömte, eiskalt vor. »Sie gehen also davon aus, daß sie erst gestorben ist, nachdem er ihr die Zunge herausgerissen hat.«

»Der Mörder hatte sie fast ganz herausgerissen«, sagte Dr. Ackerman, wie um sich zu entschuldigen. »Das war der Grund, warum der Staatsanwalt Sie benachrichtigt hat, denn er glaubte an einen Zusammenhang mit den Zungenmorden, über die er in der Zeitung gelesen hatte.

»Okay«, sagte Victoria. »Aber folgendes ist wichtig: Glauben Sie, der Mörder hat das vor oder nach ihrem Tod erledigt?«

»Ich würde sagen, es war *perimortem* – beim oder kurz vor

dem Eintritt des Todes. Verschiedene Anzeichen deuten darauf hin, daß sie mißhandelt wurde. Sehen Sie hier«, sagte er, als er eine der Hände umdrehte, so daß der Handteller nach oben zeigte. »Sie hat sich die Fingernägel so fest in die Handfläche gedrückt, daß sie geblutet hat. Ich würde sagen, wenn jemand sich die Fingernägel *so* tief in die Haut drückt, läßt das auf anhaltende, unerträgliche Schmerzen schließen.«

»Einige der anderen Opfer wiesen die gleichen Symptome auf«, sagte Victoria ruhig. »Was können Sie mir über den Todeszeitpunkt sagen?«

»Der Körper war schon teilweise durch Verwesungsgase angeschwollen. Unter der Haut hatten sich einige Blasen gebildet, aus Nase und Vagina lief Flüssigkeit. Ich habe den Todeszeitpunkt auf Freitag festgelegt in der Annahme, daß sie seit etwa zwei, zweieinhalb Tagen tot ist. Eine genaue Uhrzeit zu bestimmen, ist sehr schwierig.«

Victoria nickte. Seine Untersuchungsergebnisse waren zweifellos fundiert, aber sie vermutete, daß seine Einschätzungen des Todeszeitpunkts durch die Zeitungsberichte beeinflußt waren, nach denen Gerty Kincaid am Freitag morgen zum letztenmal lebend gesehen wurde.

Dr. Ackerman verweilte noch zwanzig Minuten lang bei Ausführungen über Totenflecken und die Einzelheiten seiner Untersuchung, bis Victoria erklärte, es sei Zeit für sie, zu gehen. Schweigend gingen sie und Sheriff Dutton zum Parkplatz. Die Sonne war gerade untergegangen. Der graue Himmel färbte sich schwarz, und die Kälte hatte kleine Wassertropfen auf der Kühlerhaube des Streifenwagens zu Eis gefrieren lassen.

»Macht er gute Arbeit?« fragte sie beiläufig, als sie in den Wagen stiegen.

Dutton schaltete die Heizung ein, doch sie blies nur kalte Luft ins Wageninnere. »Wer? Dr. Ackerman? Er ist der beste Pathologe in Georgia – vielleicht sogar im ganzen Südosten der Vereinigten Staaten, auch wenn er nicht so einen schauerlichen Spitznamen hat wie ›der Meisterschlitzer‹ oder ›Dr. Blutrausch‹ und keine Würstchen mit Ketchup ißt, während er seine Autopsien macht. Bloß weil er ein Südstaatler ist, heißt das noch lange nicht, daß er so ein hinterwäldlerischer Trottel ist, wie man sie immer im Fernsehen sieht.«

»Ich wollte nicht andeuten, daß ich der Meinung bin, er sollte lieber Hirsche zerlegen. Nehmen Sie das nicht zu persönlich, Sheriff, aber Sie scheinen auf meine Fragen jedesmal ziemlich empfindlich zu reagieren.«

Er zögerte, schien sich sorgfältig eine Antwort zurechtzulegen, während er den Streifenwagen an der Ecke Oglethorpe Street und Second Avenue zum Stehen brachte. »Ich – empfindlich? Mag sein. Aber ich glaube, es entspricht eher dem, was Frauen sagen, wenn sie behaupten, daß sie doppelt so hart arbeiten müssen, um halb soviel Anerkennung zu bekommen wie Männer. Im Gesetzesvollzug geht es uns Kleinstadtpolizisten wahrscheinlich so ähnlich wie einer Frau beim FBI. Niemand traut einem zu, daß man es mit den Großen aufnehmen kann.«

Victoria lächelte vor sich hin. Sie war sich nicht sicher, ob sie ihn mochte, aber sie konnte ihn plötzlich verstehen.

Er zündete sich eine Zigarette an. »Ich meine, Sie werden doch bestimmt oft gefragt, wie eine Frau auf die Idee kommt, ihren Lebensunterhalt mit der Jagd nach Serienmördern zu verdienen.«

»Ja«, sagte sie mit einem schwachen Lächeln. »Manchmal, wenn mein Abendessen mal wieder aus einer Tüte Riopan besteht, frage ich mich das selbst.«

Er tat einen tiefen Zug an seiner Zigarette. »Und warum machen Sie es?«

Sie starrte aus dem Fenster, sagte lange nichts und wandte sich ihm wieder zu. »Ich tue es für die Opfer.«

Der Sheriff öffnete das Fenster einen Spaltbreit, um den Rauch entweichen zu lassen. »Sie wirken engagierter als die meisten. An ihren Fragen habe ich gemerkt, daß Sie hofften, die arme alte Gerty wäre gestorben, bevor dieses Monster ihr die Zunge herausgerissen hat.«

»Das war nicht nur Mitgefühl. Ich habe die Mitschrift von dem Anruf gelesen, die Sie mir geschickt haben – von dem sogenannten Geständnis. Gegen Ende des Gesprächs hat er gesagt, er sei erst einige Tage nach dem Mord mit ihr fertig gewesen. Das war einer der Punkte, die den Fall für das FBI so interessant gemacht haben. Daß er tatsächlich den Nerv hatte, überhaupt den Sheriff anzurufen, deutet darauf hin, daß er langsam anfängt, nach Aufmerksamkeit zu gieren. Aber davon abgesehen dachten wir, es könnte sich um den ersten Fall handeln, bei dem er das Opfer noch nach dem Mord mißhandelt hat. Wenn wir es mit Leichenverstümmelung zu tun hätten, würde das das Täterprofil erheblich ändern. Aber nach Ansicht Ihres Dr. Ackerman ist das nicht der Fall. Der Mörder hat versucht, ihr die Zunge kurz vor oder beim Zeitpunkt ihres Todes herauszureißen, genau wie in den anderen Fällen.«

»Aber warum hat er in diesem Fall aufgehört, bevor er die Zunge vollständig herausgerissen hatte? Glauben Sie, er wurde von jemandem überrascht?«

»Nein. Ich glaube, er hat aufgehört, weil sie an einem Herzinfarkt gestorben ist. Daraus schließe ich, daß dieser Psychopath mit einem toten Opfer nichts anfangen kann. Seine Handschrift ist es nicht, den Leuten die Zunge herauszureißen, tot oder lebendig. Seine Handschrift ist sadistische Folter.«

Dutton spürte, wie sein Mund trocken wurde. »Okay, Sie sagen, der Täter weiß mit toten Opfern nichts anzufangen, aber ich habe den Typen auf Band, und er sagt, daß er uns erst nach zwei Tagen angerufen hat, um uns über den Mord zu informieren, weil er noch nicht fertig war mit der Leiche. Was fangen wir denn damit an?«

»Ich würde sagen, es gibt zwei Möglichkeiten. Erstens, der Anrufer ist der Mörder, aber er lockt uns mit seiner Geschichte über sein Verhalten nach dem Mord absichtlich auf eine falsche Fährte. Zweitens, er ist nicht der Mörder – aber aus irgendeinem irrwitzigen Grund will er uns glauben machen, er sei der Täter.«

»Wieso sollte irgend jemand das wollen?«

Sie schüttelte seufzend den Kopf. »Ihre Vermutungen sind ebenso ergiebig wie meine. Aber eines ist sicher. Dieser Anruf und die Tonbandaufnahme müssen absolut vertraulich behandelt werden. Das letzte, was wir für unsere Ermittlungen brauchen können, ist ein landesweiter Medienrummel über einen Anruf, der möglicherweise nur gemacht wurde, um uns auf die falsche Fährte zu locken.«

»Keine Sorge. Das ist einer der Vorteile von kleinen Polizeistationen. Es gibt keine undichten Stellen.«

»Das will ich schwer hoffen«, brummte sie vor sich hin, während sie sich gleichzeitig darüber im klaren war, daß es auf der ganzen Welt keine Polizeistation ohne undichte Stellen gab.

5. Kapitel

Mike fuhr mit hoher Geschwindigkeit über den Bayshore Drive, auf die nackten Segelmasten zu, die wie ein Winterwald aus dem Yachthafen von Coconut Grove ragten. Kurz nach drei erreichte er das Apartmenthaus und fuhr mit dem Aufzug direkt bis zu Zacks Suite im zwanzigsten Stock.

Obwohl Zacks Karriere bei der NBA schon früh durch eine Knieverletzung ruiniert worden war, hatte eine riesige Abfindungssumme ihn davor bewahrt, sich einen neuen Beruf suchen zu müssen. Ein kurzes Gastspiel als Sportreporter bei der TRIBÜNE, zu dem Mike ihm verholten hatte, beendete er nach kurzer Zeit wieder, um sich seiner großen Leidenschaft zu widmen – dem Fliegen. Er kaufte sich ein kleines Geschwader von Wasserflugzeugen, mit denen er seriöse Geschäftsleute von Miami nach Palm Beach oder Key West und zurück flog. Aber am besten fühlte er sich, wenn er allein aufstieg, an der Küste entlang über türkisfarbene Riffe hinweg oder nach Westen über die Everglades mit ihrem wogenden braunen Riedgras kurvte.

Die Aussicht aus Zacks Penthouse war nicht weniger spektakulär. Von der durchgehenden Fensterfront und dem Eckbalkon blickte man direkt auf Biscayne Bay und die Skyline von Miami. Im Innern der Wohnung verspiegelte Wände, auf Hochglanz polierte Fußböden aus brasilianischem Marmor und moderne italienische Möbel, die so unbequem aussahen, daß es sich nur um teure Stücke handeln konnte.

»Es liegt in deinem Zimmer«, sagte Zack, als Mike durch das Eßzimmer hastete.

Seit Karen ihm vor zwei Monaten nahegelegt hatte, sich doch eine Wohnung zu suchen, bewohnte Mike Zacks Gästezimmer. Am Fußende des ungemachten Betts lagen eine leere Pizzaschachtel und die Fernbedienung für den Fernseher. Auf dem Kopfkissen, genau an der Stelle, wo Zack es fallen gelassen hatte, lag das offene Federal-Express-Päckchen aus Georgia. Mike trat über den Wäscheberg auf dem Fußboden und setzte sich auf die Bettkante, um das Päckchen näher in Augenschein zu nehmen. Zack stand gegen den Rahmen der offenen Zimmertür gelehnt und leckte sich die orangefarbenen Spuren einer Familienpackung Paprikachips von den Fingern.

»Vielleicht solltest du es lieber nicht anfassen«, sagte Zack.

»Guter Tip, Sherlock. Wäre doch zu dumm, wenn ich einen von deinen Pfotenabdrücken verschmieren würde.«

»Moment mal, Mann. Ich war bestimmt nicht neugierig. Du hast mich *gebeten*, es zu öffnen.« Er wischte sich die Hände an seinem Sweatshirt ab und sah zu, wie Mike den

Postvermerk auf dem Päckchen studierte – ohne es anzurühren. »Also, rufst du jetzt die Polizei an?«

Mike seufzte. »Erst red ich mit meinem Chef in der Redaktion, aber ich schätze, es wird uns wohl nichts anderes übrigbleiben. Ich meine, wenn dieser Typ das Päckchen am Donnerstag abgeschickt hat und diese Kincaid erst am Freitag ermordet wurde ... also, wenn er nicht der Mörder ist, wer ist er dann?«

»Aber warum sollte er sich ausgerechnet an dich wenden und nicht an irgendeinen anderen Journalisten?«

»Wahrscheinlich hat er auch andere angeschrieben, was weiß ich. Wir wissen nicht, ob ich der einzige bin – noch nicht. Was mich allerdings im Moment noch viel mehr beschäftigt, ist die Frage, woher er wußte, wohin er das Päckchen schicken mußte, nämlich hierher in deine Wohnung.«

Zack rieb sich nachdenklich das Kinn. »Das deutet meiner Meinung nach darauf hin, daß du tatsächlich der einzige bist, Alter. Vielleicht ist das so 'n kleines Machtspielchen. Seine Art, dir zu zeigen, daß er über eure Trennung Bescheid weiß und darüber, daß du zur Zeit nicht in deinem eigenen Haus wohnst. Wenn du einfach nur irgendein Journalist auf einer langen Liste wärst, würde er sich kaum die Mühe machen, sich über deinen Personenstand zu informieren.«

Mike schwieg und dachte über das nach, was sein Freund gerade gesagt hatte. »Gutes Argument. Wenn ich's mir überlege, ist es eigentlich ziemlich naheliegend, daß er auf mich kommt, immerhin arbeite ich für die TRIBÜNE.«

»Was ist denn so besonders an der TRIBÜNE?«

»Wenn er sich schon mit einer Zeitung in Verbindung setzt, sollte man annehmen, daß er sich eine aussucht, die in einer der Städte erscheint, wo seine Opfer gefunden wurden. Miami ist eine davon. Und die TRIBÜNE hat eine breite Leserschaft.«

»Ja, aber ist nicht auch ein Opfer in New York gefunden

worden?« fragte Zack grinsend. »Die haben doch da so 'n Blatt namens NEW YORK TIMES, oder?«

Mike wollte die Bemerkung gerade mit einem passenden Seitenhieb parieren, als das Telefon klingelte. Zack und er sahen sich erwartungsvoll an. *Was jetzt?* Schließlich, beim vierten Klingelzeichen, nahm Mike den Hörer ab. »Hallo.«

»Haben Sie mein Päckchen bekommen, Posten?«

Mike öffnete den Mund, aber es dauerte eine Weile, bis er die Worte herausbrachte. »Wer spricht da?«

»Regel Nummer eins, Arschloch: keine Fragen.«

Mike sah kurz zu Zack hinüber, der näher an das Telefon trat. »Yeah, hab Ihr Päckchen bekommen«, sagte Mike. »Es liegt hier vor mir. Ihren kleinen Brief hab ich auch gelesen.«

»Beeindruckt?«

»Yeah, klar. Um eine achtundsiebzigjährige Frau zu Tode zu quälen, muß man schon ein echter Held sein. Wer steht denn als nächstes auf Ihrer Liste, drei Tage alte Welpen, deren Augen noch geschlossen sind?«

»Du kapierst nicht, worum es geht, du Klugscheißer. Ich hab sie nicht ermordet. Ich hab's nur *vorhergesagt.*«

Mike zog die Brauen zusammen. »Wie meinen Sie das?«

»Genauso, wie ich's gesagt habe. Ich hab das Päckchen am Donnerstag abgeschickt, und der Mörder hat die arme alte Gerty am Freitag kaltgemacht. Ich hab vorhergesagt, daß sie die Nächste sein würde, und ich habe recht behalten. Ich weiß auch, wer das nächste Opfer sein wird. Und das übernächste und das überübernächste. Ich hab das System von diesem Killer durchschaut, und ich bin der einzige, außer mir wird das niemand mehr gelingen. Weil keiner so tickt wie der – außer mir.«

Mikes Gedanken rasten, aber er bemühte sich, seine Konzentration nicht zu verlieren. »Das ist ein widerliches Spiel, das Sie spielen.«

»Das ist kein Spiel, das ist ein Geschäft. Und zwar ein Geschäft, bei dem sowohl für Sie als auch für mich etwas herausspringt. Ich weiß, daß Sie darauf brennen, meine Vorhersagen zu hören – der Konkurrenz um eine Nasenlänge voraus zu sein. Welcher Journalist würde da nicht schwach werden? Ich werde Ihnen, und *nur* Ihnen, die Informationen geben. Eine schöne, große Exklusivstory. Das einzige, was ich erwarte, ist, daß Sie mir auch etwas geben.«

»Was zum Beispiel?«

»Geld, zum Beispiel. Jede Menge Geld. Fünfzigtausend für meine nächste Vorhersage.«

»Sie Dreckskerl, ich werde weder Ihnen oder sonst irgendeinem Informanten auch nur einen Pfennig bezahlen. Da sind Sie an den Falschen geraten.«

»Ich habe den Richtigen, keine Sorge. Bleiben Sie am Ball, dann verrate ich Ihnen vielleicht, warum. Citybank. Die Kontonummer finden Sie auf der Rückseite des Päckchens. Das Konto läuft auf den Namen Ernest Gill. Zahlen Sie das Geld bis Freitag in bar ein.«

»Sind Sie taub? Ich sagte, ich bezahle keine Informanten.«

»Sie werden bezahlen«, sagte der Anrufer süffisant. »Sie haben gar keine andere Wahl. Wenn Sie nämlich nicht bezahlen, werde ich meine Vorhersagen weiterhin einen Tag vor dem Mord abschicken, und zwar an Ihre Adresse. Und Sie werden sie regelmäßig erhalten. Einen Tag, nachdem man die Leiche gefunden hat.«

»Was für eine Vorhersage soll das denn sein?«

»Eine wertlose. Was Ihnen einmal mehr beweist: Man bekommt das, wofür man bezahlt.«

»Hören Sie –«

»Nein, *Sie* hören jetzt zu. Kommen Sie bloß nicht auf die Idee, die Bullen einzuschalten, sonst wird meine nächste Vorhersage sich auf Ihre nächste Umgebung beziehen. Kapiert?«

Mike wollte noch etwas erwidern, doch die Leitung war plötzlich tot.

6. Kapitel

Der Hauptsitz der TRIBUNE lag direkt an der Biscayne Bay. Panoramafenster in der Nachrichtenzentrale im fünften Stockwerk boten einen wunderbaren Blick auf den Hafen von Miami und auf Miami Beach. Seltsamerweise waren die Redakteure in Räumen am südlichen Ende des fünften Stocks untergebracht, bei denen es sich wahrscheinlich um die einzige an Miamis Küste verfügbare fensterlose Bürofläche handelte. Doch weder dieser Umstand noch die beigefarbenen Tapeten waren der Grund, warum die Büros beim Rest der Zeitungsmitarbeiter nur »der Elfenbeinturm« hießen.

Das größte Büro gehörte Aaron Fields. Er war zweiundsechzig Jahre alt, seit fünf Jahren Herausgeber und seit siebzehn Jahren Redakteur bei der TRIBÜNE. Im Umgang mit Menschen besaß er ein außergewöhnliches Talent, die Leute mochten ihn auch dann noch, wenn sie feststellten, daß er ein Schaumschläger war. Dichtes, silbergraues Haar und ein selbstbewußtes Lächeln verliehen ihm die Aura eines erfolgsgewohnten Mannes. Dieses Bild unterstrich er mit maßgeschneiderten Anzügen, die mehr kosteten, als ein Journalist monatlich verdiente – jedenfalls weit mehr, als Mike vor dreizehn Jahren verdient hatte, als Fields ihn eingestellt hatte.

Sein wuchtiger Schreibtisch, das Sideboard und die Regalwand aus Teak- und Rosenholz waren für sein Büro maßangefertigt worden. Auf marmornen Konsolen an den Wänden standen Plastiken von Remington, die typische Art, wie reiche, unsportliche Männer, die noch nie auf einem Pferd gesessen hatten, ihre Liebe zum Wilden Westen zum Ausdruck brachten. Hinter ihm war seine Sammlung seltener Erstausgaben ausgestellt, die zu lesen er nie die Zeit gefunden hatte.

»Soll das heißen, Sie wollen, daß wir diesen Verrückten

bezahlen?« fragte Fields. Die Füße in Cole-Haan-Schuhen auf dem Schreibtisch, lehnte er sich in seinem Sessel zurück, die Hände hinter dem Kopf verschränkt.

Mike rutschte nervös in seinem Ohrensessel herum, dann sah er zu Charlie Gelber, dem Chefredakteur, hinüber, der auf der Couch saß. Mike hatte zwanzig Minuten lang geredet, hatte die Sache in allen Einzelheiten dargestellt. »Im Moment bin ich einfach auf der Suche nach gutem Rat.«

»Wir bezahlen keine Informanten«, sagte Gelber verächtlich. »Wir sind schließlich nicht der NATIONAL ENQUIRER.«

Mike verkniff es sich, die Augen zu verdrehen. Gelber war ein achtundvierzigjähriger kreativer Typ mit einer weibischen Stimme, die um so affektierter wirkte, je mehr er versuchte, streng oder sarkastisch zu sein. Aufgrund seiner Angewohnheit, die Beine nach Frauenart übereinanderzuschlagen und seine Hand an die Wange zu legen, gab es Gerüchte, er sei homosexuell. Mike war jedoch schon vor langer Zeit zu dem Schluß gekommen, daß Gelber für einen sexuell aktiven Menschen viel zu wenig lächelte, egal ob homo oder hetero.

»Das eigentliche Problem besteht nicht darin, ob wir ihn bezahlen oder nicht«, sagte Mike. »Die Frage ist, haben wir die Möglichkeit, unseren Teil dazu beizutragen, daß ein Massenmörder gestoppt wird, der bereits einen Menschen in unserer Stadt getötet hat und nun im ganzen Land auf der Suche nach seinem Opfer Nummer sechs ist.«

»Ich bitte Sie, Mike.« Gelber neigte den Kopf zur Seite – und schon wanderte die Hand an seine Wange. »Verbrecher zu fangen, ist eigentlich der Job von Eliot Ness.«

Fields nahm seine Füße vom Schreibtisch. »Sagen Sie mir eins, Mike: Glauben Sie, daß er der Mörder ist oder nicht?«

»Könnte sein. Oder er arbeitet mit dem Mörder zusammen. Oder vielleicht ist er auch einfach das böse – oder auch das hellseherische – Genie, das er zu sein behauptet. Ehrlich gesagt weiß ich nicht, was die schlimmere Variante wäre. Bis jetzt weiß ich nur, daß er Geld sehen will, und wenn er es nicht bekommt, werde ich demnächst wieder über eine Leiche informiert, da bin ich mir sicher.«

Fields fuhr sich nachdenklich mit der Hand durchs Haar. »Sie glauben doch nicht im Ernst, daß wir einen Mord verhindern können, indem wir ihn bezahlen, oder? Egal ob er der Mörder ist oder nur ein Informant, muß er, wenn er finanziell davon profitieren will, daran interessiert sein, die Mordserie länger laufen zu lassen als A CHORUS LINE am Broadway. Machen wir uns nichts vor: Seine Vorhersagen können nur bestätigt werden, wenn die Morde geschehen. Wir mögen vielleicht die ersten sein, die von dem Mord an Opfer Nummer sieben erfahren, aber ich bin davon überzeugt, daß wir diese *Vorhersagen*, wie er sie nennt, niemals früh genug bekommen werden, um Opfer Nummer sieben, acht oder neunundzwanzig zu retten.«

»Da mögen Sie recht haben«, sagte Mike. »Aber ich verfolge diese Geschichte schon seit dem ersten Mord, und von meinen Informationsquellen bei der Polizei weiß ich, daß sie bisher nicht den leisesten Schimmer haben, wer der Täter sein könnte. Der Kontakt zu diesem Typen könnte sich als die einzige Möglichkeit erweisen, einen Hinweis zu finden, dieser Mordserie ein Ende zu setzen. Genauso wie das von der TIMES und der WASHINGTON POST veröffentlichte Manifest des Unabombers schließlich zu dessen Ergreifung führte. Es gibt keine Garantie dafür, daß wir Leben retten werden, aber wir sind verpflichtet, es wenigstens zu versuchen. Wir können nicht einfach die Arme heben und sagen, wir bezahlen eben keine Informanten, und dann so tun, als ob ich nie einen Anruf erhalten hätte.«

»Okay.« Gelber war aufgesprungen und ging, heftig gestikulierend, auf dem Perserteppich auf und ab. »Angenommen, wir bezahlen ihn. Was ist, wenn sich herausstellt, daß er tatsächlich der Mörder ist? Was glauben Sie, wie unsere Leser reagieren, wenn sie herausfinden, daß wir einem Serienmörder Geld und damit einen Grund gegeben haben, seine Morde weiterhin zu verüben?«

»Daran habe ich auch schon gedacht. Und genau aus diesem Grund sollten wir diese Sache nicht allein in die Hand nehmen. Ich denke, wir sollten in diesem Fall mit dem FBI zusammenarbeiten.«

Gelber blieb abrupt stehen. *»Was?* Wir sind unabhängige Journalisten und nicht Hilfssheriffs von irgendwelchen FBI-Agenten. Sind Sie übergeschnappt?«

»Das reicht, Charlie«, sagte Fields. Seine Augen zogen sich zusammen, und er sprach mit ruhiger, fester Stimme. »Mike, sind Sie *übergeschnappt.*«

»Ich weiß, daß wir da in ein moralisches Dilemma geraten, und vielleicht hat Charlie ja auch nicht ganz unrecht. Vielleicht sollte ein Journalist niemals einem FBI-Agenten gegenüber die Identität eines Informanten preisgeben – selbst wenn es sich um jemanden handelt, der dabei helfen könnte, eine Mordserie zu stoppen, oder der womöglich selbst der Killer ist. Aber der Informant, mit dem wir es hier zu tun haben, bietet nicht einfach Informationen über Verbrechen an, die bereits begangen wurden. Er will Geld für seine Vorhersagen über *zukünftige* Opfer – und es ist gut möglich, daß er selbst der Mörder ist. Das grenzt an Erpressung. Es ist eine einzigartige Situation, für die es keine Regeln gibt.«

»Es gibt eine Grundregel«, sagte Gelber, »und die lautet, daß Journalisten unabhängig sind.«

»Hören Sie«, sagte Mike, »der ganze scheinheilige Quatsch, der zu diesem Thema gefaselt wird, kann mir nicht weismachen, wir würden niemals mit den Hütern des Gesetzes zusammenarbeiten. Wissen Sie noch, im Juli '83? Ich hatte meinen Job erst zwei Monate vorher angetreten, als Terroristen die Frau von diesem ehemaligen Botschafter von Salvador hier in Miami gekidnappt hatten. Ich wußte am nächsten Tag Bescheid, aber dann hat das FBI uns gebeten – das heißt *Sie*, Aaron – die Story nicht zu veröffentlichen, weil die Entführer gedroht hatten, die Frau des Botschafters umzubringen, falls die Polizei eingeschaltet würde. Also haben wir die Geschichte nicht gedruckt, und auch bei den anderen Zeitungen in Miami ist sie nirgendwo erschienen. Als die Typen eine Woche später geschnappt wurden, hat das FBI sogar eine Erklärung veröffentlicht, in der es sich für die Kooperation der Medien in Miami bedankte.«

»Worauf wollen Sie hinaus?« fragte Gelber gereizt.

»Ganz einfach. Manchmal ist die öffentliche Sicherheit wichtiger als die Unabhängigkeit von Journalisten und das Recht der Öffentlichkeit auf Information.«

»Was schlagen Sie also in diesem Fall vor?« fragte Fields. »Und drücken Sie sich gefälligst präzise aus.«

»Ich schlage einen Kompromiß vor – einen, der uns ein gewisses Maß an Unabhängigkeit bewahrt und gleichzeitig der Polizei die Information liefert, die nötig ist, um den Killer zu schnappen. Wir bezahlen den Informanten für seine Vorhersagen, aber das FBI stellt das Geld zur Verfügung. Die bezahlen laufend irgendwelche Informanten, also dürfte ihnen das nicht allzu schwer fallen, und auf diese Weise verstößt die TRIBUNE praktisch nicht gegen ihr Prinzip, jede Form von Scheckbuchjournalismus abzulehnen. Ich werde allerdings nicht zulassen, daß das FBI meine Gespräche mit dem Informanten mithört oder sich auf andere Weise in meine Verhandlungen mit ihm einmischt. Das FBI erhält nur die Informationen, die ich weiterzugeben bereit bin.«

»Das ist ziemlich riskant«, sagte Fields. »Was springt denn für uns dabei heraus?«

»Wir helfen bei der Ergreifung eines Serienmörders«, sagte Mike. »Aber wenn es Ihnen um eine Art Gegenleistung geht, denke ich, können wir die Exklusivrechte an der Story erwarten, wenn das FBI den Mörder gefaßt hat.«

Gelber verzog das Gesicht. »Ich glaube, Sie machen gerade einen schweren Fehler. Ich würde mir keine Gedanken machen, wenn wir wüßten, daß Mikes Quelle tatsächlich der Killer ist. In diesem Fall würde es uns niemand übelnehmen, wenn wir uns an das FBI wenden. Aber wir wissen es nicht; im Gegenteil, der Typ behauptet gerade, *nicht* der Mörder zu sein. Wenn wir jedesmal zum FBI rennen, wenn wir glauben, einer unserer Informanten könnte *vielleicht* ein Verbrechen verübt haben, würden unsere Telefone stillstehen.«

Fields lehnte sich zurück und starrte nachdenklich an die Decke. »Schwere Entscheidung«, sagte er seufzend. »Was Sie vorschlagen, Mike, wird kaum zu rechtfertigen sein, falls es sich herausstellt, daß Ihr Informant nichts weiter ist als ein anonymer Anrufer, der darauf aus ist, sich zu bereichern, egal für wie verwerflich oder kriminell wir das halten. Sind Sie bereit, das Risiko auf Ihre Kappe zu nehmen?«

Mike starrte Fields durchdringend an. »Ich weiß nur soviel: Ich bin nicht bereit, das Leben eines weiteren Opfers zu riskieren, wenn wir dazu beitragen können, diesen Psychopathen dingfest zu machen. Sie vielleicht?«

Der Raum füllte sich mit Schweigen. Fields holte tief Luft und schaute Gelber an. Auf Mikes Frage gab es kein Gegenargument. »Ich werde ein Treffen arrangieren«, sagte er.

7. Kapitel

Die Nacht verwandelte die Fensterfront zur Biscayne Bay in eine Spiegelwand, und ohne die Aussicht wirkte das Nachrichtenzentrum so weit und leer wie eine Sporthalle. Die beigefarbenen Wände paßten perfekt zu dem strapazierfähigen Teppichboden und dem Neonlicht an der hohen Decke. Labyrinthartig angeordnete Trennwände teilten den Raum in Arbeitsplätze für etwa einhundertfünfzig Journalisten und Schreibkräfte, alle ausgestattet mit Bildschirm, grauem metallenem Schreibtisch und einem modernen Telefon, das anstelle des altmodischen Klingelzeichens ein gedämpftes Zirpen ertönen ließ. Im Moment herrschte einigermaßen Ruhe, aber in Stoßzeiten war der Raum mit dem Raunen von hundert verschiedenen Stimmen erfüllt. Mikes Arbeitsplatz befand sich irgendwo in der Mitte, wie ein Stück Käse eingeklemmt in ein ausgedehntes Versuchslabyrinth für Ratten.

Er lehnte sich in seinem Stuhl zurück, sein Gesicht nur von dem Glimmen des Bildschirmschoners auf seinem Monitor angeleuchtet. Er grinste über die vertraute Botschaft, die in großen grünen Buchstaben von links nach rechts über den Bildschirm wanderte, ein altes Zitat von Vince Lombardi, das Aaron Fields ihm an seinem ersten Arbeitstag eingebleut hatte. »Laß dich von Begeisterung anfeuern. Sonst wirst du gefeuert – mit Begeisterung.«

Seit dreizehn Jahren stachelte ihn dieser Leitspruch an, Überstunden zu machen – Nacht für Nacht. Wie oft hatte er Karen angerufen, um irgendwelche Verabredungen für den Abend abzusagen? Wie oft hatte er einfach vergessen, sie anzurufen oder sich bei ihr zu entschuldigen?

Er warf einen Blick auf ihr Foto auf seinem Schreibtisch – ein Schnappschuß, während ihrer Hochzeitsreise vor sechzehn Jahren aufgenommen, als er noch glaubte, Scheidung käme nur für die anderen fünfzig Prozent der Bevölkerung in Frage. Karen, in Shorts und Pullover mit Zopfstrickmuster, saß auf einem Haufen riesiger, grauer Felsbrocken an der Küste von Maine, hinter ihr die Brandung. Damals hatte er sich noch einmal neu in sie verliebt: Nachdem er das Foto gemacht hatte, war er ausgerutscht und in eine Spalte gestürzt. Sie war zu ihm heruntergeklettert, ohne sich um die Gefahr zu kümmern, so als gäbe es für sie nichts Wichtigeres auf der Welt, als zu ihm zu gelangen.

Er hatte sich nicht verletzt, also blieben sie noch eine Weile auf den Felsen sitzen, betrachteten den Sonnenuntergang und redeten. Damals hatten sie noch viel miteinander geredet, damals hatte es ihnen Spaß gemacht, kleine Geheimnisse auszutauschen.

Karen hatte eine Theorie dazu – eine, die einem Zeitungsreporter, der häufig mit anonymen Quellen zu tun hatte, recht plausibel erschienen war. »Es gibt nur zwei Sorten von Menschen, die sich vorbehaltlos alles sagen können«, hatte sie gesagt. »Fremde oder Liebende. Alle anderen taktieren bloß.«

»Das heißt also«, sagte er, »wenn man sich nicht liebt –«

»Ist man in gewisser Weise besser dran, wenn man es mit einem Fremden zu tun hat.«

Nach sechs Jahren Ehe fragte er sich, wann sie angefangen hatten zu »taktieren« – und ob sie den Punkt erreicht hatten, wo sie besser dran gewesen wären, wenn sie es mit Fremden zu tun gehabt hätten.

Sein Telefon klingelte, und er griff begierig nach dem Hörer in der Hoffnung, es sei Karen. Zu seiner Enttäuschung war es Aaron Fields.

»Ich wußte doch, daß ich Sie an Ihrem Schreibtisch erwischen würde«, sagte sein Chef anerkennend. »Hören Sie, ich wollte Ihnen nur kurz mitteilen, daß ich Ihr Angebot an das FBI leicht abgeändert habe.«

»Inwiefern?«

»Ich bin mit Ihnen einer Meinung, daß wir dem FBI nicht gestatten können, Ihre Gespräche mitzuhören. Allein die Vorstellung, eine Telefonleitung in unserer Nachrichtenzentrale könnte angezapft werden, macht mich schon nervös. Aber es gefällt mir auch nicht, daß Sie die Tips, die Sie von Ihrem Informanten erhalten, einfach an das FBI weiterleiten. Wir werden statt dessen vorschlagen, daß sie sich die nötigen Informationen auf demselben Weg besorgen wie alle anderen Leute auch – indem sie unsere Zeitung lesen. Wir allein behalten uns vor zu entscheiden, was wir drucken und was nicht.«

»Was heißt hier ›*drucken*‹? Wer sagt uns denn, daß der Typ die Wahrheit sagt?«

»Bei Gerty Kincaid hat er bewiesen, daß er die Wahrheit sagte.«

»Ich bitte Sie«, protestierte Mike. »Ausgerechnet Sie bestehen doch immer darauf, daß alles überprüft –«

»Manche Dinge ändern sich eben«, fiel ihm Fields ins Wort. »Ich verlange ja nicht von Ihnen, Ihre Prinzipien zu verleugnen. Streuen Sie Einschränkungen ein, so viele Sie wollen – unbestätigten Berichten zufolge ... es wird behauptet ... das Übliche. Aber die Zeitung braucht die Verkaufszahlen, die diese Geschichte uns liefern wird.«

Mike war sprachlos.

»Charlie stimmt in dieser Angelegenheit völlig mit mir überein«, sagte Fields. »Nach jedem Anruf Ihres Informanten eine Geschichte abzudrucken, entspricht sowieso viel eher unserer Rolle als unabhängige Journalisten, als irgendwelche Hinweise direkt ans FBI weiterzuleiten.«

»Trotzdem fühle ich mich nicht ganz wohl bei der –«

»Mike, Sie haben sich instinktiv richtig entschieden: Wir müssen mithelfen, daß dieser Killer gefaßt wird. Aber wenn wir ihn für seine Tips bezahlen und dann keine Story daraus machen, weiß Ihr Informant, daß wir mit der Polizei zusammenarbeiten. Vertrauen Sie mir, okay? Es kann nur so funktionieren. Und jetzt machen Sie sich wieder an die Arbeit, Sie Träumer«, scherzte er.

Mike stieß einen tiefen Seufzer aus, unsicher, was er von der ganzen Sache halten sollte. Er schaltete seine Schreibtischlampe aus.

Irgendwie hatte er keine Lust mehr, bis in die Nacht hinein zu arbeiten.

Den ganzen Tag lang war dichter Schneeregen gefallen. Gegen 21.00 Uhr zeigten die Außenthermometer Temperaturen unter Null an, und die Innenstadt von Atlanta war mit einer Eisschicht überzogen. Die meisten Büros hatten am Nachmittag früher Feierabend gemacht, damit die Leute vor der Dunkelheit sicher nach Hause gelangen konnten. Wer sich nicht schnell genug auf den Heimweg gemacht hatte, stand jetzt auf der Autobahn im Stau und fluchte über das Winterwetter und eine Massenkarambolage, die den Verkehr meilenweit zum Stillstand gebracht hatte.

Ein eisiger Windstoß warf Cybil Holland fast zu Boden, als sie aus dem Ritz-Carlton auf die Peachtree Street trat. Ausgebucht. Ebenso wie alle anderen innerstädtischen Hotels. Inzwischen hatten alle, auch Cybil Holland, jede Hoffnung aufgegeben, heute abend noch nach Hause zu kommen.

Sie zog ihren Burberry-Trenchcoat fester um sich, schlug den Kragen hoch und machte sich in dem eisigen Nordwind auf den Weg zur U-Bahn-Station in der Peachtree Plaza. Im Ritz hatte man ihr ein Zimmer im Buckhead Hotel, ihrer Dependance am anderen Ende der Stadt, in Aussicht gestellt, es ihr jedoch selbst überlassen, wie sie dorthin gelangte. Die U-Bahn war ihre einzige Hoffnung.

Mit eingezogenem Kopf kämpfte sie gegen den Wind und die eisigen, wäßrigen Schneeflocken an, die ihr gegen Stirn und Wangen schlugen. Im fahlen Licht einer Straßenlaterne sah es so aus, als ob der Schnee immer dichter wurde. Die Schaufenster von Macy's auf der anderen Straßenseite waren mit einer dicken Eisschicht überzogen. Das Ritz lag erst einen Block weit hinter ihr, aber sie hatte das Gefühl, bereits eine Meile weit gegangen zu sein. Sie war durchgefroren und mit einemmal auch ängstlich, denn mehr und mehr wurde ihr bewußt, daß sie allein auf der Straße war.

Ihre nackten Hände brannten vor Kälte. Sie blies auf ihre Fäuste, und ihr Atem hüllte einen großen, herzförmigen, von Smaragden eingefaßten Diamanten in einem Platinring in eine weiße Nebelwolke. Vorsichtshalber drehte sie den Ring nach innen, um die wertvollen Steine zu verbergen. Sie ging so schnell sie konnte, suchte mit ihren hohen Absätzen Halt auf dem eisbedeckten Gehweg. Die Straße stieg nur sanft an, aber mit dem Wind und dem Eis kam es Cybil so vor, als versuche sie, eine Skiflugschanze zu erklimmen. Als sie die Ecke erreichte, rutschte sie aus. Sie streckte die Arme aus, um den Sturz aufzufangen, als sie plötzlich ein brutaler Stoß, der aus dem Nichts zu kommen schien, auf den Gehweg warf.

Sie rutschte mehrere Betonstufen hinunter, über sich das Gewicht desjenigen, der sie gerammt hatte. Gemeinsam schlugen sie am Fuß einer Treppe auf, landeten in der stockfinsteren Tiefe des Lieferanteneingangs eines Restaurants. Eine behandschuhte Hand erstickte ihren Schrei, als sie angstvoll in die Augen eines Mannes mit Skimaske starrte.

Er kniete sich neben sie, packte sie am Haarschopf und schlug sie so heftig, daß sie das Bewußtsein verlor. Dann begann er, ihre Handtasche zu durchsuchen. Er fand ein nettes Bündel Scheine – ein paar Hunderter und einige Fünfziger.

»Reiche Zicke«, murmelte er.

Die leere Handtasche warf er weg und betrachtete ihre zur Faust geballte Hand. Als er ihre dicken Finger auseinanderbog, entdeckte er den Ring in ihrer Hand wie eine kostbare Perle in einer Auster. Er zog an dem Ring, aber er ließ sich nicht bewegen. Noch ein Ruck, und er saß auf ihrem Knöchel fest.

»Mach schon, du fette Kuh.«

Er drehte den Ring hin und her, spuckte auf ihren Finger um nachzuhelfen. Keine Chance.

Rasch öffnete er den Reißverschluß seiner Lederjacke und zog ein Tauchermesser mit einer zwanzig Zentimeter langen gezackten Klinge hervor. Dann drückte er für einen kurzen Moment die flache Seite der blitzenden Stahlklinge an ihre Lippen. Sie beschlug. Sie atmete, sie lebte noch. Seine Augen leuchteten auf, als erhöhe dies noch sein Vergnügen.

Wie auf einem Fleischerblock drückte er ihre Hand auf der untersten Stufe platt, Handfläche nach unten, und spreizte die Finger, um den Ringfinger zu isolieren. Der Knochen brach wie ein gefrorener Zweig, die Klinge knirschte auf dem vereisten Beton. Er zog den Ring von dem Finger, um die Steine mit einem zufriedenen Grinsen näher zu betrachten. Ein Diamant und Smaragde.

Die Beute steckte er in seine Jackentasche und umklammerte das Geldbündel. »Auf nach Kalifornien«, murmelte er und verschwand lautlos in der Nacht.

8. Kapitel

Victoria war zu dem Treffen mit Aaron Fields in Miami nicht gebeten worden. Anwesend waren der Spezialagent, der das FBI-Büro in Miami leitete und David Shapiro, Chef der Sondereinheit Kindesentführung und Serienmörder in Quantico. Nicht jede Bezahlung eines Informanten wurde auf so hoher Ebene verhandelt, aber das Angebot der TRIBUNE war eine außergewöhnliche Angelegenheit. Victoria erfuhr noch am selben Abend davon, als sie zu einer Routinebesprechung mit Shapiro zusammentraf. Die Entscheidung, wurde ihr mitgeteilt, lautete schlichtweg nein.

Der FBI-Hauptsitz war im J.-Edgar-Hoover-Gebäude untergebracht, doch selbst bevor Gerüchte aufkamen, daß Hoover gern in Frauenkleidern auftrat, hatte es niemand so genannt. Für die meisten war es einfach »häßlich«. Das asymmetrische Tetraeder bedeckte einen kompletten Block zwischen der neunten und der zehnten Straße auf der Pennsylvania Avenue, der vordere Teil sieben, der hintere elf Stockwerke hoch, so daß der Eindruck entstand, es könnte jeden Augenblick nach hinten umkippen. Die Außenwände bestanden aus unbehandeltem Beton, der von Löchern übersät war, die aussahen wie von Maschinengewehrfeuer verursachte Einschußlöcher. Victoria betrat das Gebäude um 9.00 Uhr früh durch den Diensteingang und ging direkt in das Büro von Tom Dougherty, stellvertretender Direktor der Criminal Investigative Division der FBI-Abteilung für Verbrechensbekämpfung.

Als Assistant Director war Doughertys Stellung mehrere Stufen höher als die von Victoria in der üblichen Vorgesetztenhierarchie angesiedelt. Seine Abteilung koordinierte die Arbeit von beinahe achtzig Prozent der FBI-Agenten, und er sichtete persönlich jedes einzelne Sitzungsprotokoll des Kontrollausschusses für konspirative Operationen, um zu prüfen, ob die als vorrangig eingestuften Anträge das Geld und das Risiko wert waren. Normalerweise würde Victoria sein Büro ebensowenig ohne vorherige Terminabsprache aufsuchen, wie sie auch nicht mal eben im Oval Office vorbeischaute. Aber das Angebot der TRIBUNE gefiel ihr einfach zu gut, und sie konnte es nicht guten Gewissens zulassen, daß ihre Chefs ablehnten, nur weil es dem Angebot an einer Sache mangelte, die beim FBI die wichtigste Voraussetzung für alles war: Priorität.

Dougherty fehlten mit seinen zweiundfünfzig Jahren noch zwei Jahre bis zum freiwilligen Rentenalter des FBI. Er hatte dichtes graues Haar und eine Kerbe im Kinn. Sein Kleidungsstil war konservativ – blauer Anzug, weißes Hemd und rote Krawatte. Victoria traf ihn vor seinem Büro an, das er gerade verließ, um zu einem Hearing auf dem Capitol Hill zu eilen. Seine Erlaubnis stillschweigend voraussetzend – er forderte sie nicht auf zu verschwinden –, folgte sie ihm den Korridor entlang, in den Aufzug und durch den Hauptausgang. Vor dem Gebäude wurde er von seinem Fahrer erwartet, einem gutaussehenden Mann, der sich regelrecht unterwürfig gebärdete und Dougherty weitaus mehr Ehrerbietung entgegenbrachte als Victoria. Bemüht, sich Gehör zu verschaffen, blieb sie ihm bis zu der offengehaltenen Wagentür auf den Fersen. Schließlich gestattete er ihr mit einzusteigen.

Vom pausenlosen Sprechen war sie beinahe außer Atem, als der Wagen sich in den Verkehr einfädelte. »Ich versichere Ihnen, Sir, daß es nicht meine Art ist, leichtfertig etwas über die Köpfe meiner Vorgesetzten hinweg zu unternehmen.«

»Das weiß ich zu schätzen«, erwiderte er trocken. »Ich bin nämlich sehr beschäftigt.«

Er wirkte ungeduldig, während sie ihr Anliegen vortrug, sah immer wieder auf seine Uhr, um deutlich zu machen, daß er eigentlich keine Zeit hatte. Sie gab ihm soviel an Informationen, wie in der Kürze der Fahrt möglich war, doch er schien unbeeindruckt.

»Ich kann es nicht oft genug betonen«, sagte sie. »Es passiert nicht alle Tage, daß wir eine solche Kooperationsbereitschaft von seiten der Medien erfahren. Wir könnten den Durchbruch erzielen, den wir dringend brauchen. Und im Vergleich zu den Kosten, die dieser Fall bisher verursacht hat, sind die Summen, die dieser Informant fordert, nahezu lächerlich.«

Er sah von der offenen Akte auf seinem Schoß auf; die Erwähnung von Geld schien seine Aufmerksamkeit erregt zu haben. »Offenbar geht es hier nicht nur um die Höhe der geforderten Summe. Das Justizministerium zahlt jährlich hundert Millionen Dollar an Informanten, von denen die meisten nichts als erbärmliche Kreaturen sind, die niemals auch nur einen halbwegs brauchbaren Hinweis ausspucken, wenn Sie mich fragen. Das eigentliche Problem liegt darin, daß wir ihm keinen einzigen Penny bezahlen können, wenn er der Killer ist. Wir kommen in Teufels Küche, falls sich herausstellt, daß er der Mörder ist und am Ende auch noch mit dem Geld der Steuerzahler davonkommt – womöglich Hunderttausende von Dollar, wenn die ganze Sache ausgestanden ist.«

»Ich bin ganz Ihrer Meinung. Das ist die Schlüsselfrage: Ist der Informant der Mörder?«

Er wirkte genervt, doch das war sein normaler Gesichtsausdruck. »Nun, was sagen unsere Analytiker denn dazu?«

»Sie tendieren zu der Ansicht, daß er der Mörder ist.« Sie sah Dougherty direkt in die Augen. »Aber ich glaube, sie irren sich«, sagte sie eindringlich.

»Tatsächlich?« erwiderte er mit einem herablassenden Lächeln. »Wie lange sind Sie schon bei der CASK-Einheit?« fragte er, während sein Grinsen langsam verschwand.

»Seit eineinhalb Jahren. Aber ich habe fünf Jahre in der Abteilung für Verhandlungsstrategien mit Geiselnehmern gearbeitet, wo ich einiges über die Psyche von Kriminellen gelernt habe. Tatsächlich hat sich während der letzten vier Monate niemand so intensiv mit diesem Fall beschäftigt wie ich. Und ich glaube einfach nicht, daß dieser Mann der Mörder ist.«

»Warum nicht?«

»Es gibt viele Gründe, die ich Ihnen in so kurzer Zeit nicht darlegen kann. Aber das beste Argument ist Ernest Gill.«

»Wer?«

»Gill – ein Pseudonym, das der Informant benutzt. Ich habe gestern abend mit einem Historiker vom Smithsonian Institut gesprochen. 1912 hat es auf der SS CALIFORNIA einen irischen Matrosen dieses Namens gegeben. Seine Heuer betrug fünf englische Pfund monatlich. Eine Bostoner Zeitung bezahlte ihm fünfhundert Dollar für seine Geschichte, nach der Lord Stanley, der Kapitän seines Schiffs, einfach weitergefahren ist, obwohl er Leuchtraketen gesehen hat, die von der TITANIC abgeschossen wurden.«

»Komisch, daß einer, der Geld für seine Geschichte verlangt, sich eine historische Figur als Vorbild sucht.«

»Eben. Auf Gills Geschichte hin wurden drei offizielle Untersuchungen gegen Lord Stanley eingeleitet, zwei in den Vereinigten Staaten und eine in England. Die Zeitung mag ihm viel Geld für eine Geschichte bezahlt haben, die völlig unglaublich klang. Aber es sieht tatsächlich so aus, als ob alles stimmte, was er behauptet hatte.«

»Mr. Gill ist also wieder da und läßt sich dafür bezahlen, daß er die Wahrheit sagt.«

»Ich schätze, das will er uns sagen.«

»Aber – so ganz kann ich Ihnen immer noch nicht folgen«, sagte er und zog eine Grimasse. »Wieso läßt sein Gebrauch des Namens Gill darauf schließen, daß der Informant nicht der Mörder ist?«

»Ganz einfach: Es ist zu pfiffig, zu amateurhaft, wie in einem schlechten Film. So was denkt sich ein eher einfältiger Mensch aus, der sich selbst für unglaublich schlau hält. Der Killer ist ein völlig anderer Typ. Er ist viel intelligenter, viel gerissener. Zumindest ist er das nach meiner Einschätzung.«

Dougherty sah sie ungläubig an. »Und das ist alles, was Sie zu bieten haben – daß sein Alias nicht zu Ihrem Täterprofil paßt?«

»Manchmal braucht man nicht mehr. Genau wie in dem Fall von diesem Yorkshire Ripper in den siebziger Jahren. Damals war ich natürlich noch nicht dabei, aber ich habe mich während meiner Ausbildung in Quantico mit dem Fall befaßt.«

»Was hat das mit unserem Fall zu tun?«

»Der Fall hat sich in England abgespielt. Nachdem die Polizei vier Jahre lang ermittelt hatte, gab es acht Opfer eines Serienmörders und nicht einen einzigen Verdächtigen – bis der Polizei eine Tonbandaufnahme zugeschickt wurde, auf der jemand behauptete, der Mörder zu sein. Das hat damals großes Aufsehen erregt. Die Aufnahme wurde im Fernsehen und im Radio abgespielt in der Hoffnung, jemand würde die Stimme erkennen. Hunderte von Polizisten haben in der Gegend, wo die Opfer gefunden worden waren, alle Leute abgeklappert und ihnen das Band vorgespielt. Und dann hat sich schließlich einer unserer Agenten das Band angehört, um den Experten in Bramshill einen Gefallen zu tun. Er wußte sofort, daß das Band ein Schwindel war. Er konnte es nicht beweisen, aber er war sich absolut sicher, daß er recht hatte, denn die Stimme auf dem Band entsprach nicht dem Täterprofil, das er mit Hilfe des Beweismaterials erstellt hatte. Und wissen Sie was? Er hatte recht. Der Mann, der das Band besprochen hatte, war nicht der Killer. Da hatte sich einer einen Scherz erlaubt.

Und ich bin davon überzeugt, daß es sich bei Mr. Gill um einen ebensolchen Fall handelt. Ich sage nicht, daß unser Informant ein Schwindler ist. Irgendwie scheint er tatsächlich etwas über die Morde zu wissen. Aber der Mörder ist er nicht. Da bin ich mir sicher.«

Dougherty stieß einen tiefen Seufzer aus. Victoria wartete angespannt ab, während er sich die Sache durch den Kopf gehen ließ. Es herrschte eine fast unerträgliche Stille. Er schüttelte den Kopf und wollte etwas sagen, doch sie kam ihm zuvor.

»Ich weiß, daß ich recht habe, Sir«, sagte sie voller Selbstvertrauen und mit fester Stimme.

Er sah sie lange und durchdringend an, doch sie zuckte mit keiner Wimper. Der Wagen kam vor dem Tor des Capitol zum Stehen.

»Okay«, sagte er schließlich beinahe widerwillig. »Geben Sie's mir schriftlich. Schicken Sie mir ein Memo, in dem Sie beantragen, daß wir diesen Informanten bezahlen und zwar aufgrund *Ihrer* fachmännischen Einschätzung, daß es sich nicht um den Mörder handelt. Wenn Sie bereit sind, Ihren Kopf dafür hinzuhalten, werde ich dafür sorgen, daß Ihnen das Geld bewilligt wird.«

Sie lächelte erleichtert, öffnete die Wagentür und reichte ihm die Hand. »Vielen Dank, Sir. Sie werden es nicht bereuen.«

»Ich weiß, daß *ich* es nicht bereuen werde«, sagte er ungerührt. »Dafür wird Ihr Memo sorgen.«

Sie stieg aus dem Wagen und schloß die Tür. Ihr Lächeln verschwand, als sie allein am Tor stand und der großen schwarzen Limousine hinterherblickte.

9. Kapitel

Victoria hatte sich mit Mike Posten um 14.00 Uhr im Café Mango's in Fort Lauderdale verabredet. Sie wollte, daß ihr erstes Zusammentreffen in der Öffentlichkeit stattfand, um es zufällig erscheinen zu lassen, und Mike hatte gebeten, einen Treffpunkt außerhalb von Miami zu wählen, damit er nicht irgendwelchen Bekannten begegnete.

Das Mango's war ein Eckcafé im Herzen des teuren Einkaufsviertels auf dem Las Olas Boulevard im Osten von Fort Lauderdale. Es handelte sich um einen älteren Stadtteil, der über die Jahrzehnte die wirtschaftlichen Hochs und Tiefs mitgemacht hatte, doch zur Zeit waren die Spuren des Aufschwungs unübersehbar. Schicke Kunstgalerien, Boutiquen und Antiquitätenläden florierten im Schatten von grazilen Palmen und ausladenden Eichen, die den Weg an jenen berühmten Strand wiesen, an dem Connie Francis einst »Where the Boys Are« gesungen hatte.

Victoria blieb vor dem Café stehen. Auf dem breiten Gehweg standen, durch einen kleinen Zaun und eine makellos geschnittene Hecke abgetrennt, einige kleine, runde Marmortische. Sie hatte ein Foto von Mike gesehen, aber sie hätte ihn auch so erkannt. Er mußte der Typ sein, der sich, während er sich über seine Tortillachips hermachte, immer wieder nervös umsah, als überlege er, welche der anwesenden Damen wohl die FBI-Agentin sein könnte – die alte, französisch sprechende Kanadierin zu seiner Linken oder das Claudia-Schiffer-Double zu seiner Rechten.

»Darf ich mich zu Ihnen setzen?« fragte sie ihn von hinten.

Er blickte auf und wischte sich die Reste der Zitrone von den Händen, die er gerade in sein Glas ausgedrückt hatte. Der Anblick der attraktiven Brünetten in einer ärmellosen weißen Bluse und karierten Shorts schien ihn zu verblüffen. Victoria nahm es gelassen, sie war sich des Eindrucks bewußt, den sie mit ihrer schlanken Figur und ihren langen, braunen Beinen auf Männer machte.

»Eigentlich erwarte ich jemanden«, sagte er.

»Ich weiß. Mich.« Sie streckte ihm ihre Hand entgegen. »Ich heiße Victoria Santos. Es wäre wohl zu auffällig, wenn ich Ihnen jetzt meinen Ausweis zeigen würde.« Sie nahm ihm gegenüber Platz.

»Ich hatte Sie mir ganz anders vorgestellt.«

Sie lächelte. »Nicht einmal FBI-Agenten tragen Trenchcoats bei dreißig Grad und Sonnenschein.«

Die Kellnerin brachte die Speisekarten, und Victoria bestellte eine Cola light. Mike goß den Rest Mineralwasser in sein Glas und drückte noch eine Scheibe Zitrone aus.

»Das ist alles Augenwischerei, wissen Sie«, sagte Victoria.

»Was?«

»Dieser ganze Zirkus um Mineralwasser. Sie könnten genausogut Leitungswasser trinken.«

»Arbeiten Sie für das FBI oder für das Gesundheitsministerium?«

»Ich kenne mich einfach mit diesen Dingen aus. Ist Ihnen schon mal aufgefallen, daß *Evian* rückwärts ausgesprochen wie *naiv* klingt?«

Mike kicherte. »Ziemlich witzig, so etwas von einer Frau zu hören, die ihre Brötchen damit verdient, psychopathische Killer dingfest zu machen.« Er nippte an seinem Wasser, dann fragte er: »Wie sind Sie überhaupt an so einen Job gekommen?«

»Sie sind ziemlich direkt.«

»Warum nicht?« Vorsichtig bohrte er ein bißchen weiter: »Ihre Beweggründe ...?«

Sie zögerte, dann gab sie ihm eine schnippische Antwort. »Ich hab als Kind für Efraim Zimbalist Junior geschwärmt.«

Mike nickte. »Aber Efraim hat keine Serienmörder verfolgt. Wieso haben Sie sich dafür entschieden?«

Sie seufzte. *Immer wieder dieselbe Frage.* »Tja, einerseits ist es *das* Frauenproblem. Die meisten Serienmörder sind sexuelle Sadisten, und die meisten ihrer Opfer sind Frauen.«

Er wartete darauf, daß sie noch mehr sagen würde, doch sie schwieg. »Mehr wollen Sie dazu nicht sagen?«

»Wie bitte?«

»Ihre Antwort. Sie ist so ... abstrakt, so unpersönlich. Fast ausweichend.«

Sie sah ihn verwundert an. Sie hatte diese Antwort schon hundertmal benutzt, und bisher war jeder damit zufrieden gewesen.

Er nahm einen Chip und tunkte ihn in die Chilisoße. »Interessant andererseits, daß Sie den Aspekt der Opfer anführen. Da fragt man sich, ob es in Ihrer Lebensgeschichte etwas gibt, das Sie veranlaßt, sich als Opfer zu fühlen.«

»Das ist eine sehr persönliche Frage.«

»Ich bin Journalist«, sagte er achselzuckend. »Für mich ist nichts ›zu persönlich‹.«

Sie hob eine Augenbraue. »Und ich bin FBI-Agentin. Für mich ist nichts zu abstrakt oder zu ausweichend.«

»Noch ein Evian, Sir?« fragte die Kellnerin.

»Nein«, erwiderte er, während er Victoria angrinste. »Einfach Leitungswasser.«

»Sie lernen schnell.« Sie schenkte ihm ein dünnes Lächeln, und dann bestellten sie. Für ihn einen Hamburger und für sie etwas Gesundes mit dem klangvollen Namen »New-Wave-Salat«. Nachdem die Kellnerin gegangen war, wurde Victoria ernst.

»Wir haben das Federal-Express-Päckchen untersuchen lassen, das Sie erhalten haben. Keine Fingerabdrücke außer denen Ihres Freundes und denen des Zustellers. Alles andere stimmt mit dem überein, was Sie bereits befürchtet hatten. Es ist mit Sicherheit am Donnerstag aufgegeben worden, und unsere Kollegen von der Gerichtsmedizin sind inzwischen zu dem Ergebnis gekommen, daß Kincaid nicht vor Freitag ermordet wurde. Es ist mir nicht gestattet, Einzelheiten über unsere Ermittlungen preiszugeben, aber ich kann Ihnen soviel sagen, daß der Sheriff von Candler County am Sonntag einen Hinweis erhielt, der ihn geradewegs zu Kincaids Leiche führte. Wir konnten uns keinen rechten Reim darauf machen, bis wir von Ihrem Päckchen hörten. Wir nehmen an, daß es da einen Zusammenhang gibt.«

»Inwiefern?«

»Wer auch immer Ihnen das Päckchen geschickt hat, wußte, daß es am Montag ankommen würde. Wir glauben, daß derselbe Mann am Sonntag im Büro des Sheriffs angerufen hat, aus Frust darüber, daß noch niemand die Leiche entdeckt hatte. Wenn Kincaid nicht als Opfer Nummer sechs identifiziert worden wäre, bevor das Päckchen am Montag bei Ihnen eintraf, hätte ihr Name Ihnen nichts gesagt. Außerdem hing die Glaubwürdigkeit des Informanten, der ja immerhin behauptet, die Morde voraussagen zu können, davon ab, daß der Gerichtsmediziner den Todeszeitpunkt auf Freitag festlegte, den Tag, *nachdem* er das Päckchen abgeschickt hatte. Je später die Leiche gefunden wurde, um so mehr würde der Verwesungsprozeß fortschreiten und um so schwieriger würde es werden, den Todeszeitpunkt genau zu bestimmen.«

»Was war das für ein Hinweis?«

»Tut mir leid. Das darf ich Ihnen nicht sagen.«

»Wir unterhalten uns seit fünf Minuten, und schon sind wir in der ›Kein-Kommentar-Zone‹ angelangt?«

»Ich habe Ihnen alles gesagt, was ich kann. Jedenfalls freuen wir uns, daß Sie mit uns zusammenarbeiten wollen, und wir sind bereit, die Bedingungen, die Ihr Verleger meinem Chef gestern abend gestellt hat, zu akzeptieren. Aber es gibt ein paar Grundregeln.«

»Okay. Schießen Sie los.«

»Wie Ihr Verleger sind wir der Meinung, daß es sich hier nicht um eine einmalige Angelegenheit handelt. Um seine Geldgier zu befriedigen, wird Ihr Informant Sie in Abständen immer wieder mit Hinweisen füttern. Also, Regel Nummer eins: Wann immer Sie von ihm hören, rufen Sie mich unter der Nummer an, die ich Ihnen geben werde. Lernen Sie sie auswendig und schreiben Sie sie nirgendwo auf. Übrigens, haben Sie einen Pager?«

»Ja, einen fürs Ortsnetz.«

»Wir werden Ihnen einen Skyper zur Verfügung stellen, damit ich Sie von überall im Land erreichen kann. Aber egal, ob ich Sie anrufe oder Sie mich, es wird nichts Wichtiges am Telefon besprochen. Wir verabreden uns zum Mittagessen oder auf einen Drink, immer in der Öffentlichkeit. Wir kleiden uns unauffällig, begrüßen uns wie Freunde, nicht wie Geschäftspartner – auf jeden Fall nicht wie ein Journalist und eine FBI-Agentin. Wir lächeln und scherzen, nur für den Fall, daß uns jemand beobachtet.«

Mike lehnte sich vor und kniff die Augen zusammen. »Die Abmachung lautet, daß Sie nur das bekommen, was ich in der TRIBUNE veröffentliche, und dann können Sie es lesen. Mein Verleger wünscht nicht, daß ich mich privat mit Ihnen treffe.«

»Kein Problem. Aber wir sollten uns vor jeder Zahlung zusammensetzen, um uns über die Logistik zu unterhalten. Wir können nicht davon ausgehen, daß er einfach jedesmal sagt, zahlen Sie fünfzigtausend bei der Citybank ein. Er könnte den Betrag ändern, er könnte überhaupt aufhören, sich einer Bank zu bedienen. Das muß ich wissen. Das Geld muß von Ihnen kommen – zumindest muß es so *aussehen*, als käme es von Ihnen. Aber ich kann Ihnen nicht einfach einen Koffer voll Bargeld aushändigen und es Ihnen überlassen, es dann zu zahlen, wenn Sie es für richtig halten. Ich brauche ein gewisses Maß an Kontrolle.«

»Soll das heißen, Sie werden weiterhin zahlen, auch wenn er den Betrag erhöht?«

»Das wird sich zeigen. Über fünfzigtausend wird sich niemand in unserer bürokratischen Mühle aufregen. Aber es wird sicherlich schwieriger werden, wenn die Sache sich zu lange hinzieht, oder wenn er anfängt, seine Forderung zu verdoppeln oder gar zu verdreifachen.«

Mikes Gedanken rasten. »Klingt vernünftig, würde ich sagen.«

»Gut. Denn meine Regel Nummer zwei wird Ihnen vielleicht weniger gut gefallen. Niemand darf etwas über die Abmachung zwischen der TRIBUNE und dem FBI erfahren. Bisher sind Sie, Ihr Verleger und Ihr Chefredakteur eingeweiht. Das sind bereits zu viele.«

»Also, Zack, mein bester Freund, weiß auch davon.«

Sie seufzte. »Wie gut kann er ein Geheimnis für sich behalten?«

»Sehr gut«, sagte Mike. »Machen Sie sich doch keine Sorgen wegen Zack. Meiner Frau muß ich es natürlich auch sagen.«

»Wieso?«

»Weil sie meine *Frau* ist.«

Victoria lächelte dünn. »Mike, ich arbeite für das FBI. Ich *kenne* den Zustand Ihrer Ehe.«

Er rutschte auf seinem Stuhl herum. »Was macht das schon für einen Unterschied, ob wir getrennt leben oder nicht? Ich kann Karen so etwas nicht vorenthalten.«

»Sie müssen. Wir können dieses Spiel nur spielen, wenn wir davon ausgehen, daß der Informant der Killer ist, oder daß es sich um jemanden handelt, der mindestens ebenso gefährlich ist, wenn nicht gefährlicher. Je mehr Leute in die Sache hineingezogen werden, um so größer ist das Risiko für alle Beteiligten.«

Mike wandte den Blick ab. »Okay«, sagte er seufzend. »Aber wenn wir sie im unklaren lassen müssen, bedeutet das auch, daß sie nichts unternehmen kann, um sich zu schützen, falls uns die Sache aus dem Ruder läuft. Der Informant hat bereits angedeutet, daß seine Vorhersagen sich auf Leute in meiner nächsten Umgebung beziehen könnten, falls ich mich an die Polizei wende. Ich will, daß sie beschützt wird – und zwar vierundzwanzig Stunden am Tag.«

»Das können wir tun, ohne daß sie je etwas davon mitbekommt. Ich muß das mit dem Büro in Miami absprechen, aber ich bin mir sicher, daß die da jemanden in der Personalabteilung haben, der die Bewachung Ihrer Frau für ein Karrieresprungbrett hält.« Sie warf einen Blick auf ihre Uhr. »Ich treffe mich sowieso in einer Dreiviertelstunde mit dem hiesigen Profile Coordinator, um mit ihm über die Ermittlungen in Miami zu sprechen. Tut mir leid, daß ich so in Druck bin, aber ich muß jetzt gehen.«

»Noch eine Frage«, sagte er, als sie sich erheben wollte.

Sie sah ihn an. Der Ausdruck in seinem Gesicht sagte ihr, daß ihn etwas beschäftigte. »Was gibt's?«

»Seit ich diesen Anruf erhalten habe, zerbreche ich mir den Kopf und frage mich immer wieder: Wieso ich? Bei all den Journalisten, die hinter der Story her sind – wieso sucht er sich ausgerechnet *mich* als sein Sprachrohr aus? Ich kann mir das nicht erklären. Sie vielleicht?«

Sie legte einen Zehndollarschein auf den Tisch, um ihren Anteil an der Rechnung zu begleichen und sah ihm direkt in die Augen. »Ich würde sagen, die Antwort darauf hängt von einer Frage ab.«

»Nämlich?«

»Davon, ob er ein Informant ist«, sagte sie, während sie eine Braue hochzog, »oder ob er der Mörder ist.«

Einen Moment lang starrten sie sich gegenseitig an, als fragte sich jeder von ihnen, was der andere vermutete.

»Wir hören voneinander«, sagte sie und stand auf. Mit zügigen Schritten machte sie sich auf den Weg und ließ Mike mit seiner Frage allein am Tisch.

10. Kapitel

Am Freitag abend hatte Karen die Metrorail genommen, die Hochbahn, die parallel zu der zu Stoßzeiten völlig verstopften Autobahn verlief und Miami mit seinen Vororten verband. Die Trasse mit den unbedachten Bahnhöfen verlief, von Betonstelzen getragen, etwa fünfzehn Meter über der Erde. Von ihrem Fensterplatz blickte Karen auf die Hochspannungsleitungen, die Baumkronen und die Schindeldächer eines einst ruhigen Vororts. Inzwischen waren die meisten Fenster mit eisernen Gitterstäben bewehrt, und Bürohäuser mit Stacheldraht umzäunt. Die silberne Schnellbahn hielt am Bahnhof Coconut Grove. Einige Passagiere stiegen aus, doch es wurden keine Sitzplätze frei. Noch drei Stationen. Karen war tief in Gedanken versunken, doch als der Zug wieder anfuhr, schreckte sie der Anblick eines Wachmanns auf, der, mit einer Pistole bewaffnet, auf dem Bahnsteig stand.

Häuser mit vergitterten Fenstern. Züge mit bewaffneten Sicherheitsleuten. Abteile voller einsamer Passagiere, die niemals mit irgendeinem Mitfahrenden sprechen. Sie mußte an einen Sommerurlaub denken, damals in den achtziger Jahren, als sie und Mike mit Interrail nach Berlin gefahren waren. Ihr Zug hatte mitten in der Nacht angehalten, und ein einziger Blick aus dem Fenster hatte genügt, um sie die unheimliche Stimmung an der Grenze zur DDR spüren zu lassen. Polizeihunde, die überall herumschnüffelten. Bewaffnete Grenzsoldaten, die kleine Spiegelkarren unter die Waggons schoben, um nach Flüchtlingen zu suchen. Sie und Mike waren in einem Sechserabteil zusammen mit einem polnischen Pärchen, das anscheinend Lebensmittel nach Warschau schmuggelte. Mike hatte ihnen seinen Seesack gegeben, um ihnen die Sache ein wenig zu erleichtern. Es war 2.00 Uhr, als sie endlich alle Pässe kontrolliert hatten. Als der

Zug den Bahnhof verließ, war Mike an ihrer Schulter fast eingeschlafen. Sie schaltete das Leselicht an und rüttelte ihn wach.

»Sag mal«, flüsterte sie leise, um die beiden anderen nicht zu wecken. »Wenn ich auf der einen Seite der Mauer lebte und du auf der anderen, was würdest du tun?«

Er öffnete die Augen einen Spaltbreit und kuschelte sich an sie. »Einen Tunnel graben«, sagte er voller Überzeugung, »um zu dir zu kommen.«

»Und wenn das nicht ginge?«

»Dann würde ich heimlich abhauen. Irgendwelche Leute bestechen, um rauszukommen. Stabhochsprung lernen und drüberspringen. Irgendwie würde ich's schon schaffen.«

»Aber was wäre, wenn es einfach keine Möglichkeit gäbe? Sagen wir, es wäre unmöglich. Du und ich müßten für immer und immer getrennt leben.«

Er runzelte die Stirn, ihm gefielen ihre Spielregeln nicht. »Ich weiß nicht, was ich dann täte.«

»Würdest du dich nicht in eine andere verlieben?«

»Karen«, stöhnte er.

»Würdest du?«

»Nein, niemals. Wieso fragst du mich so was überhaupt?«

Sie schwieg. Schließlich sagte sie ruhig: »Um zu sehen, ob du mich genug liebst.«

Er nahm ihre Hand. »Ist *über alles* nicht genug?«

Sie lächelte traurig. Es wäre genug, dachte sie – und so sicher müßte sie sich seiner Liebe sein, um ihm etwas erzählen zu können, was sie ihm schon seit langem sagen wollte. Aber sie fand einfach den Mut nicht.

»Nächster Halt Miami Süd«, verkündete der Lokführer mit krächzender Stimme. Karen schüttelte ihre Gedanken ab und machte sich zum Aussteigen bereit.

Der Zug verlangsamte seine Geschwindigkeit, und sie ging auf den Ausgang zu. Durch die Glastür zwischen ihrem und dem nächsten Waggon sah sie einen Mann, der sich nur mit ihr gleichzeitig zu bewegen schien. Sie sah noch einmal in seine Richtung, um ihn genauer zu betrachten. Er wandte sich abrupt ab, als habe sie ihn dabei erwischt, wie er sie anstarrte. Sie schätzte ihn auf etwa Mitte Zwanzig, leitender Angestellter – Nadelstreifenanzug, Schlips, Aktentasche. Er sah aus wie ein gewöhnlicher Bankangestellter oder Buchhalter, der jeden Tag mit der Hochbahn fuhr. Was sie jedoch irritierte, war, daß er sie immer mehr an den Typen erinnerte, den sie letzten Dienstag im Einkaufszentrum gesehen hatte.

Der Zug hielt an, und die automatischen Türen öffneten sich. Einige Leute stiegen ein, viele stiegen aus. Sie hatte ein komisches Gefühl – reine Intuition. Um sicher zu sein, blieb sie im Zug. Wie erwartet stieg auch Mr. Dienstag nicht aus. Die Türen schlossen sich, und der Zug fuhr an, nahm sie beide zur nächsten Station mit.

Ihre Gedanken rasten. Vielleicht war er einfach nur ein gutaussehender Typ, der versuchte, den Mut aufzubringen, um sie anzusprechen, dachte sie. Möglicherweise ein Verrückter, der ihr seit einer Woche nachstellte. Oder sie bildete sich alles nur ein. *Am nächsten Bahnhof steige ich aus,* beschloß sie. *Wenn er auch aussteigt, ist es keine Einbildung.*

Der Zug hielt am Datran-Bürohaus – der Endstation. Ihr wurde klar, daß hier alle aussteigen mußten, was bedeutete, daß es ihre Befürchtungen nicht bestätigen würde, wenn er ausstieg. Als die Türen sich öffneten, ging sie mit der Menge über den Bahnsteig und auf die Rolltreppen zu, die den Strom der Passagiere zwanzig Meter tiefer ins Erdgeschoß brachten. Jeweils zwei, drei Leute quetschten sich auf jede Stufe. Mit den Augen suchte sie den Bahnhof nach einem Wachmann ab, konnte jedoch keinen entdecken. Auf halbem Weg nach unten blickte sie über ihre Schulter zurück zum Anfang der Rolltreppe, wo die Menge sich drängelte. Auch er bewegte sich mit der Menge. Oder er verfolgte sie.

Unten angekommen verteilten die Leute sich auf eine Reihe von Drehtüren, die die Ausgänge des Bahnhofs bildeten. Karen jedoch machte plötzlich kehrt und sprang auf die aufwärts führende Rolltreppe. Sie war die einzige, die nach oben fuhr, denn kaum jemand wollte um diese Zeit in die Innenstadt. Sie fuhr dem abwärts strebenden Menschenstrom entgegen, näherte sich dem Mann, den sie sehen wollte. Sie wollte sich sein Gesicht einprägen, und sie wollte ihn wissen lassen, daß sie ihn jederzeit bei einer Gegenüberstellung identifizieren können würde.

Ihr Herz schlug heftiger, je mehr sich der Abstand zwischen ihnen verringerte. Sie zwang sich, genau hinzusehen, während sie sich vorstellte, wie sie ihn der Polizei beschreiben würde. Einsachtzig. Braunes Haar. Braune Augen. Möglicherweise Latino. Verzweifelt versuchte sie, irgendein besonderes Merkmal zu entdecken, aber ihre Nerven machten ihr einen Strich durch die Rechnung. Je näher er kam, desto weniger hätte sie ihn beschreiben können. Sie wartete darauf, daß ihre Blicke sich begegneten, aber als sie aneinander vorbeifuhren, wandte er sich ab. *Nicht das Verhalten eines Mannes, der mich einfach nur kennenlernen will.*

Sie erreichte den Bahnsteig im gleichen Augenblick, als er unten ankam. Alle Passagiere hatten es mittlerweile auf die Rolltreppe geschafft, so daß Karen sich ganz allein auf dem Bahnsteig wiederfand. Ihr Mut sank, als sie den Zug, mit dem sie gekommen war – die Fluchtmöglichkeit, mit der sie gerechnet hatte – abfahren sah. Die Hälfte der Lampen im Bahnhof waren dem Vandalismus zum Opfer gefallen, und ohne das Licht aus dem Zug wurde es noch dunkler auf dem Bahnsteig. Eine unheimliche Stille breitete sich aus, begleitet vom Summen der sechshundert Volt in den Bahnschienen.

Sie fragte sich, ob er ihr auf dem Weg nach oben gefolgt war, fürchtete sich jedoch, sich umzusehen. Sie langte in ihre Handtasche und fischte nach ihrem Reizgasspray. Vorsichtig und mit kleinen Schritten ging sie zur Rolltreppe zurück. Als sie nach unten spähte, sah sie nur seine Beine von den Knien abwärts. Er stand hinter einer Pepsi-Reklametafel am unteren Ende der Rolltreppe. Er hatte sich noch nicht bewegt. Aber er hatte den Bahnhof auch nicht verlassen.

Obwohl sie es kaum wagte, ihn aus den Augen zu lassen, ging sie schnell zum Rand des Bahnsteigs zurück, um nach einem Zug Ausschau zu halten. Keine Bahn in Sicht. Sie rannte zurück zur Rolltreppe und blieb wie gebannt stehen. *Er kommt herauf!*

Einer plötzlichen Eingebung folgend, riß sie den roten Nothebel herum und brachte die Rolltreppe zum Stehen. Er sah überrascht auf, und zum erstenmal begegneten sich ihre Blicke. Ihr blieb fast das Herz stehen. Sie betete, er möge die Flucht ergreifen. Aber er rannte auf sie zu, zwei Stufen auf einmal nehmend.

Sie schrie laut, aber er kam immer näher. Sie rannte auf den Aufzug zu, der sich am anderen Ende des Bahnsteigs befand. Auf Knopfdruck öffneten sich langsam die Türen. Der Widerhall seiner schneller werdenden Schritte sagte ihr, daß er es noch nicht aufgegeben hatte. Als sie in den Aufzug sprang, sah sie ihn bedrohlich näher kommen. Laut schreiend drückte sie immer wieder auf den untersten Knopf im Innern des Aufzugs, als könne sie dadurch die Türen bewegen, sich schneller zu schließen. Als der Mann nur noch drei Meter entfernt war, ließ sie den Knopf sein, stemmte sich mit ihrem ganzen Körpergewicht gegen die Fahrstuhltür und schob sie zu.

Atemlos ließ sie sich gegen die Aufzugswand fallen. Nach einem kurzen Moment der Erleichterung wurde sie von Panik erfaßt. Der Aufzug war ein vorsintflutliches Modell. Ihr Verfolger würde eher unten ankommen als sie. Sie riß den Bedienungskasten auf, hielt den Aufzug mit Hilfe der Notbremse ruckartig an und löste das Alarmsignal aus. Dann griff sie nach dem Telefonhörer.

»Hilfe!« schrie sie.

»Sicherheitsdienst«, meldete sich eine Männerstimme.

»Ein Mann – er verfolgt mich! Nadelstreifenanzug, auf dem Bahnsteig. Halten Sie ihn auf, bitte! Halten Sie ihn auf, bevor er entkommt!«

11. Kapitel

Bis zum späten Nachmittag hatte sich von der Bucht von San Francisco her eine dichte, eiskalte Nebeldecke über die Stadt geschoben und die Sichtweite am Union Square auf knapp hundert Meter reduziert. Der Union Square war ein makellos gepflegter ruhiger Park mitten im hektischen Treiben des Einkaufsviertels, bepflanzt mit Palmen, Eiben, akurat beschnittenen Buchsbaumhecken und liebevoll angelegten Blumenbeeten, symmetrisch um ein hochaufragendes Denkmal angeordnet, das an Admiral Deweys Sieg in der Manila Bay erinnerte. Der Berufsverkehr kroch langsam über die breiten Straßen rund um den kleinen Park. An einem Ende thronte, zeitlos wie das Pantheon, das Luxushotel St. Francis. Die Südseite wurde vom Kaufhaus Macy's flankiert. Ströme von Fußgängern eilten über die Gehwege, eingehüllt in warme Wintermäntel, um sich gegen die feuchte Kälte zu schützen.

Der dichte Nebel faszinierte Curt Rollins, der noch nie in San Francisco gewesen war. Er erinnerte ihn an London, an Jack the Ripper.

»Hallo, Süße«, sagte er zu einem jungen Mädchen auf dem Zebrastreifen. Sie zog ein angewidertes Gesicht und beeilte sich, die Straße zu überqueren.

Er ging auf der Post Street in Richtung Osten, auf das von Menschen wimmelnde Bankenviertel zwischen der Kearny Street und der Sansome Street zu, der Westküstenversion von New Yorks Wall Street. Vor dem Spielzeugkaufhaus F.A.O. Schwarz blieb er stehen, um sein Spiegelbild in einem der riesigen Schaufenster zu bewundern. Er trug verschlissene Levis-Jeans, eine Atlanta-Braves-Baseballmütze und einen dicken, marineblauen Parka, der ihn wesentlich kräftiger erscheinen ließ, als er es war. Seine Lederhandschuhe waren mit häßlichen Flecken besudelt, doch ansonsten war seine Secondhandkleidung, gerade erst bei der Heilsarmee erstanden, ziemlich sauber. Ein Paar robuste Wanderschuhe waren für das Pflastertreten auf den steilen Straßen von San Francisco genau das Richtige. Das viele Gehen machte ihn kurzatmig, denn trotz seiner erst zweiunddreißig Jahre entsprach seine gesundheitliche Verfassung der eines wesentlich älteren Mannes. In den sechs Jahren, die nach seiner Entlassung aus dem Gefängnis vergangen waren, hatte er weder einen Job noch eine anständige Wohnung gefunden. Seine hohlen Wangen und die gelbsüchtige Blässe verrieten einen von Alkohol- und Drogenmißbrauch geprägten Lebenswandel. Stets unrasiert und ungewaschen, war er permanent auf der Suche nach einem Schuß oder einem Schnaps.

»Hey, du Arschloch!« raunzte er sein Spiegelbild an.

»Selber Arschloch!« rief sein Spiegelbild zurück. Er griff sich nach Art dieser Mafiatypen aus New York in den Schritt und machte sich wieder auf den Weg.

An der Straßenecke zeigten blinkende Leuchtziffern über dem Eingang einer Bank die Uhrzeit an. Er hatte der TRIBUNE kein auf die Minute genaues Ultimatum gesetzt, aber er hatte gesagt, Freitag, und inzwischen hatten alle Geldinstitute an der Westküste geschlossen. Der Gedanke daran machte ihn ganz nervös: entweder waren fünfzig Riesen auf seinem Konto oder nicht. Es war an der Zeit, das herauszufinden.

Während er um die Ecke bog, sang er ein Stück seiner Lieblingsrockgruppe, Guns 'n' Roses, und versuchte, die schrille Stimme seines langhaarigen, am ganzen Körper tätowierten Idols Axl Rose nachzuahmen. Gleich würde die Stelle kommen, an der das Stück richtig gut wurde – irgendwas über eine Ex-Geliebte, die im Garten vergraben wurde –, als er beim Anblick des Geldautomaten mitten im Gesang verstummte. Er hatte nicht mitbekommen, zu welcher Bank der Automat gehörte, aber das spielte auch keine Rolle. Auf jeden Fall entdeckte er das »Cirrus«-Logo, was bedeutete, daß er mit seiner Kreditkarte an diesem Automaten Geld ziehen konnte. Er nahm seine Baseballmütze ab und zog sich statt dessen seine Skimaske über den Kopf, um sein Gesicht vor der Sicherheitskamera zu verbergen. Um auf dem Video etwa einen Kopf kleiner zu wirken als in Wirklichkeit, ging er vor dem Automaten leicht in die Knie. Dann schob er seine Kreditkarte in den dafür vorgesehenen Schlitz und tippte aufgeregt seine Geheimnummer ein.

»Guten Tag, Mr. Ernest Gill«, war auf dem Bildschirm zu lesen.

Rollins grinste. Unter diesem falschen Namen hatte er vor Wochen das Konto eröffnet, noch bevor er sich entschieden hatte, welchen Journalisten er anrufen sollte. Er drückte auf die Taste »Kontostand anzeigen« und wartete. Er bekam Herzklopfen, als er hörte, wie der Automat seinen Auszug druckte. Um das Konto zu eröffnen, hatte er nicht mehr als den Mindestbetrag eingezahlt, den Rest von dem Erlös, den er mit dem Verkauf einer gestohlenen Rolex erzielt hatte. Nach all den mühevollen Vorbereitungen würde er endlich wissen, ob er die lang ersehnte Glückssträhne endlich erwischt hatte.

Er riß den Auszug aus dem Schlitz und las: »Kontostand $ 50.100,00.«

»Jawoll«, murmelte er wie ein Tennisspieler, der gerade ein As aufschlägt. Wie benommen vor Aufregung, führte er einen kleinen Freudentanz auf. Er hatte sich vorgenommen, das Geld nicht anzurühren, bis er seinen Plan zu Ende geführt hatte, doch er konnte nicht widerstehen. Schließlich würde er sich ein paar neue Klamotten besorgen müssen, nachdem die Überwachungskamera ihn gefilmt hatte. Und die ganze Reiserei wurde auch immer teurer, das war mit dem Verkauf von geklautem Schmuck alles nicht mehr zu bezahlen.

Er hob den pro Tag erlaubten Höchstbetrag ab – sechshundert Dollar – zog sich die Skimaske vom Gesicht und reihte sich ein in den nicht abreißenden Strom von Menschen, die alle einer wichtigen Aufgabe entgegenzueilen schienen. Er rannte den letzten halben Block bis zur California Street, um die Cable Car noch zu erwischen. Es war ihm völlig egal, wohin die Bahn fuhr, Hauptsache *weg* von dem Geldautomaten. Und morgen oder übermorgen oder wann immer er wollte, würde er sich eine andere Bank mit einem Geldautomaten suchen – vielleicht am anderen Ende der Stadt oder auch in einem anderen Staat – und noch einmal sechshundert Dollar ziehen.

Trinkgeld im Vergleich zu dem, was Posten mir noch zahlen wird, dachte er selbstzufrieden.

Um 19.00 Uhr am Freitag abend arbeitete Mike immer noch an seinem Artikel für die Sonntagsausgabe der TRIBUNE, in dem er über von Touristen verübte Gewalttaten berichtete, sozusagen als Ausgleich für die üblichen Geschichten über Touristen als Opfer von Gewalt. »Touristen, die zuschlagen« sollte die Schlagzeile lauten. Selbst die TRIBUNEN war nicht gegen gelegentliche Abrutscher in Skandaljournalismus gefeit.

»Ich hoffe, daß Sie das bis Montag fertig kriegen«, sagte die Putzfrau, während sie den Inhalt seines Papierkorbs in einen großen, fahrbaren Mülleimer leerte.

»Wenn nicht, hat's jedenfalls Spaß gemacht, für Sie zu arbeiten, Chefin.« Sie erwiderte sein Grinsen und setzte ihre Arbeit am nächsten Arbeitsplatz fort. Mike nippte noch einmal an seinem dünnen Kaffee und wandte sich wieder seinem Bildschirm zu. Er feilte gerade an dem Absatz über einen Mord bei einem Hahnenkampf in Hialeah, als er direkt hinter sich eine Stimme vernahm.

»Michael.«

Er blickte von seinem Schreibtisch auf. Es gab nur eine, die ihn »Michael« nannte, und es geschah höchst selten, daß sie ihn so anherrschte. »Hallo Karen. Was machst du denn hier?«

»Zack hat mir gesagt, ich würde dich hier finden«, erwiderte sie trocken.

Er sah sie forschend an. Sie trug ein schickes Kostüm, wirkte jedoch zerzaust. Ihr Jackett saß nicht ordentlich, und ihr Haar war ungekämmt. Auf ihrer Oberlippe glänzten winzige Schweißperlen. Sie sah aus, als ob sie gerannt wäre, und sie war offenbar fuchsteufelswild. »Hab ich was falsch gemacht?«

Ihr Gesicht färbte sich noch dunkler.

Falsche Frage, dachte er. Normalerweise hätte sie ihn einfach angerufen, wäre sie nicht auf eine direkte Konfrontation aus gewesen. Er sah sich kurz im Raum um. Einige Kollegen saßen noch an ihren Schreibtischen und machten Überstunden wie er. »Sollen wir nicht lieber irgendwo reden, wo wir ungestört sind?« fragte er und deutete auf ein durch Glaswände abgetrenntes Zimmer. Sie folgte ihm in den Besprechungsraum und schloß die Tür hinter sich. Den Stuhl, den er ihr anbot, lehnte sie ab.

»Ich kann es nicht fassen, daß du so was tun würdest«, sagte sie.

»Daß ich was tun würde?«

»Versuch bloß nicht, es abzustreiten, damit machst du es nur noch schlimmer. Er hat mir alles gesagt.«

»Wer denn? *Was* hat er dir gesagt?«

»Ich hab heute abend einen Mann erwischt, der mir gefolgt ist. Erst hab ich ihn für irgendeinen Idioten gehalten, aber als die Leute vom Sicherheitsdienst ihn geschnappt haben, hat er gesagt, er wäre angeheuert worden, um mich zu beschützen. Natürlich hat er nicht gesagt, *wer* ihn angeheuert hat«, schnaubte sie verächtlich, »oder *wovor* er mich beschützen soll.«

Mike starrte sie mit offenem Mund an. Er war sprachlos.

Karens Augen füllten sich mit Tränen, als ihre Wut in Fassungslosigkeit umschlug. »*Du* hast ihn angeheuert. Das seh ich dir doch an den Augen an. Gott, ich hatte fast gehofft, es wäre nicht wahr, aber jetzt bin ich froh, daß ich den Weg hierher gemacht habe. Du hast tatsächlich einen Privatdetektiv angeheuert, um mich auszuspionieren, solange wir getrennt sind.«

»Nein«, stammelte er. »Das stimmt überhaupt nicht. Er ist kein Privatdetektiv. Er ist ... er ist nur zu deiner Sicherheit da. Ich wünschte, ich könnte es dir erklären, aber das kann ich nicht. Jetzt noch nicht.«

»Ich bin hierhergekommen, um das mit dir zu klären. Wenn du eine Erklärung anzubieten hast, dann laß sie mich hören. Und zwar *jetzt gleich.*«

Er überlegte krampfhaft, was er ihr sagen sollte. Daß er heimlich mit dem FBI zusammenarbeitete und daß er ihr nichts davon erzählt hatte, weil man sich nicht auf sie verlassen konnte? Das würde sie erst recht auf die Palme bringen. Er brauchte Zeit zum Nachdenken. »Tut mir leid«, sagte er, während er sich seine pochenden Schläfen massierte. »Ich kann im Moment wirklich nicht darüber reden.«

Ihre Lippen bebten vor Wut. »Dann haben wir uns nichts mehr zu sagen.« Sie riß die Tür auf und rannte hinaus.

»Karen, warte!«

In Sekundenschnelle durchquerte sie das Nachrichtenzentrum, rauschte an Mikes Kollegen vorbei, den Blick starr auf den Ausgang gerichtet. Er mußte laufen, um sie im Vorraum einzuholen. Verzweifelt drückte sie immer wieder auf die Ruftaste für den Aufzug, als er sie am Arm packte. Doch dann öffneten sich die Aufzugtüren, und sie riß sich los.

»Bitte«, sagte er, während er sie gequält ansah. »Das ist alles ganz anders, als du glaubst.«

Sie stand schon im Aufzug und bedachte ihn mit einem

eiskalten Blick. »Genau wie unsere Ehe.« Die Türen schlossen sich, und sie war verschwunden.

Er stand da, als hätte ihm jemand einen Schlag vor die Brust versetzt. Am liebsten wäre er hinter ihr hergerannt, aber er wußte, daß sie inzwischen viel zu wütend war, um vernünftig über irgend etwas zu diskutieren, und außerdem war dies der falsche Zeitpunkt für unüberlegte Handlungen. Alles der Reihe nach: Er ging zurück an seinen Schreibtisch, um Victoria anzurufen und ihr zu erklären, daß er seiner Frau reinen Wein einschenken mußte – ob es dem FBI gefiel oder nicht.

Das Telefon klingelte, als er gerade nach dem Hörer greifen wollte, und ließ ihn zusammenfahren. Beim nächsten Läuten nahm er ab. »Posten.«

Stille. Dann eine trockene männliche Stimme: »Mit den Sicherheitsvorkehrungen bei der TRIBUNE ist es nicht weit her.«

Mike zögerte, obwohl er die Stimme des Informanten sofort erkannt hatte.

»Sie.«

»Und noch etwas: Es ist ziemlich dumm von Ihnen, Ihren Computer anzulassen, während Sie im Haus rumlaufen. Wer weiß, wer sich an Ihren Dateien zu schaffen macht, wenn Sie nicht an Ihrem Schreibtisch sind.«

»Wovon reden Sie überhaupt?«

»Schalten Sie Ihren Computer an, denn werden Sie's schon sehen.«

»Der ist bereits an.«

»Gut. Gehen Sie in Ihre Systemsteuerung und aktivieren Sie den Bildschirmschoner.«

Mit einem Mausklick schloß Mike seine Dateien. Auf dem Bildschirm erschien das alte Lombardi-Zitat, Mikes persönlicher Bildschirmschoner.

»Okay, fertig.«

»Klicken Sie zweimal mit der Maus.«

Nach dem ersten Klick verschwand das Lombardi-Zitat, nach dem zweiten erschien eine neue Botschaft. »Timothy Copeland« stand da in großen, leuchtenden Buchstaben. Mike spürte, wie sich sein Magen zusammenzog. »Wo wohnt er? Wie kann ich es verhindern?«

»San Francisco«, lautete die mürrische Antwort. »Da gibt's nichts zu verhindern, es ist bereits heute morgen geschehen, aber ich konnte Ihnen nichts sagen, bevor ich nicht mein Geld hatte. Keine Sorge. Die Bullen haben die Leiche noch nicht gefunden. Sie sind der erste, der davon erfährt. Außer mir und dem Killer sind Sie der *einzige*, der davon weiß.«

»Wir hatten abgemacht, daß Sie *Vorhersagen* liefern, keine Blitznachrichten.«

»Das *ist* eine Vorhersage. Darum hab ich es vorher in Ihren Computer eingegeben, damit Sie sich davon überzeugen können, daß ich Sie nicht bloß nach der Tat benachrichtige. Lassen Sie das von Ihren Computerspezialisten überprüfen. Ich bin mir sicher, die können bestätigen, daß ich den Namen vor ein paar Tagen eingegeben hab.«

»Na und? Das nützt mir jetzt nichts mehr. Es ist zu spät, um den Mord zu verhindern.«

»Kommen Sie mir bloß nicht auf die moralische Tour. Geben Sie es zu, Sie und Ihresgleichen haben doch gar kein Interesse daran, irgendwas zu verhindern. Sie wollen bloß die ersten sein, die darüber berichten.«

»Finden Sie das besonders clever?« fragte Mike.

»Es ist nicht nur *clever*. Es ist genial. Beißen Sie nicht die Hand, die Sie füttert. Sonst beißt sie noch zurück.«

»Wie können Sie zulassen, daß diese Leute sterben – nur wegen Geld?«

»Menschen lassen jeden Tag andere Menschen wegen Geld sterben. Für viel mehr Geld, als ich es verlange. Zigarettenfirmen zum Beispiel. Chemiefabriken. Warum zum Teufel sollte ich das nicht auch tun?«

»Weil es falsch ist.«

»Das einzige, was hier falsch ist, Mutter Teresa, ist, daß *Sie* unsere kostbare Zeit vergeuden. Das ist eine heiße Geschichte. Es handelt sich um das erste homosexuelle Opfer, was ihre Verwirrung noch vergrößern wird. Und es ist das erste Opfer, das nicht allein gelebt hat. Ihr Mörder wird immer dreister. Timothys schwuler Lover liegt gefesselt und geknebelt im Kleiderschrank. Er wird überhaupt nichts aussagen können, aber er ist äußerst lebendig.«

»Das heißt also, der Mörder sucht sich seine Opfer nicht zufällig aus. Er hat es auf ganz bestimmte Leute abgesehen.«

»Nicht so schnell. Nächste Rate: hunderttausend Dollar, auf dasselbe Konto. Bis nächsten Freitag.«

Mike stand auf und ließ seinen Blick über das Labyrinth der Trennwände zwischen den Arbeitsplätzen schweifen. Er wollte sicher sein, daß niemand mithören konnte. »Was macht Sie so sicher, daß ich weiterhin zahlen werde?«

»Weil meine Informationen immer wertvoller werden. Wissen Sie, wie er die Zungen heraustrennt?«

Mike zögerte. Es schien ihm fast makaber, aber er ließ sich auf seinen Stuhl sinken und nahm einen Notizblock zur Hand. »Nein. Sagen Sie's mir.«

»Ein Tauchermesser. Zwei Einschnitte an der Zungenwurzel, einer auf jeder Seite, jeweils so tief, daß die Zunge zu ungefähr zwei Dritteln abgetrennt ist. So kann er die Zunge besser anfassen, etwa so wie bei einem von diesen T-förmigen Korkenziehern. Er trägt metallene Metzgerhandschuhe – solche, die Taucher zum Fischen mit Speeren benutzen. Nicht mal Aale oder Haie schaffen es, die durchzubeißen. Und dann reißt er kräftig. Gewöhnlich ein- oder zweimal. Bis –« Er machte ein schnalzendes Geräusch mit der Zunge, das sich anhörte, als würde eine Flasche entkorkt.

Mike hörte mitten im Satz auf zu schreiben. Einen schrecklichen Moment lang stellte er sich vor, wie einem Opfer eine solche Grausamkeit angetan wurde – bei lebendigem

Leib. Der Schmerz und das Blut, die Schreie und die Gewalt. Und doch beschrieb der Unbekannte ihm den Vorgang, als handle es sich um nichts weiter als die Betriebsanleitung für eine Stereoanlage. *Wenn dieser Typ der Killer ist, hat er Eis in den Adern.*

»Was ist los«, fragte der Anrufer kichernd. »Haben Sie sich auf die Zunge gebissen?«

Mike verzog das Gesicht. »Woher kennen Sie so viele – so viele Details?«

»Was glauben Sie denn wohl?«

»Entweder haben Sie zugesehen oder Sie haben es selbst getan.«

»So oder so, Sie haben die Exklusivstory. Sie müssen nur am Ball bleiben. Und sehen Sie zu, daß Ihre Zahlungen pünktlich eingehen.«

»Warten Sie!« sagte Mike, als er ein Klicken in der Leitung hörte, doch die Verbindung war abgebrochen. Seine Hände zitterten, als er den Hörer auflegte. Er holte tief Luft und schloß die Augen.

»Was war das denn für ein Gespräch?«

Er fuhr herum, als er die durchdringende Stimme hinter sich hörte. Es war Brenda Baines, eine erfahrene Journalistin, die ein Jahr nach Mike bei der TRIBUNE angefangen hatte und vom ersten Tag an in seinem Schatten stand. Seit er den Pulitzerpreis gewonnen hatte, verging keine Woche, ohne daß sie irgend jemandem gegenüber erklärte, er sei unter den Journalisten in Miami derjenige, der am meisten überschätzt würde. Mit ihrem glatten, schwarzen Haar und ihren großen, grünen Augen war sie eine exotische, wenn auch kühle Schönheit. Sie stand hinter einer brusthohen Trennwand im benachbarten Arbeitsplatz. »Haben Sie gelauscht?« fragte er vorwurfsvoll.

»Ich habe nur an meinem Schreibtisch gesessen und zufällig mitgehört.«

»Seit wann sind Sie schon da?«

»Lange genug, um zu hören, daß Sie über Zahlungen an einen Informanten gesprochen haben«, sagte sie mit einem durchdringenden Blick. »Und das ist eine eklatante Verletzung der Prinzipien bei der TRIBUNE.«

»Kümmern Sie sich verdammt noch mal um Ihre eigenen Angelegenheiten.«

»Wenn hier jemand die Regeln mißachtet, ist das allerdings meine Angelegenheit. Und ich weiß, was ich gehört habe.« Sie schnappte sich ihre Handtasche, drehte sich um und ging.

Mike ließ sich seufzend in seinen Stuhl sinken. »Timothy Copeland«, murmelte er frustriert. Ein siebtes Opfer war nicht vorgesehen gewesen. Keiner von seinen Kollegen hätte etwas über die Zahlungen erfahren dürfen. Und Karen – *wie zum Teufel soll ich die Sache mit Karen lösen?*

Eine Weile blieb er resigniert an seinem Schreibtisch sitzen, dann nahm er den Telefonhörer ab. Er drückte die Taste für eine gespeicherte Nummer und wartete. »Ich bin's, Mike«, sagte er ernst. Er hatte die Worte langsam ausgesprochen. »Aaron, ich brauch die erste Seite für morgen.«

12. Kapitel

»Exklusivbericht in der TRIBUNE«, stand am nächsten Morgen auf der Titelseite, »von Michael Posten.«

Kurz nach sieben klingelte das Telefon auf Mikes Nachttisch. Victoria Santos hatte soeben seine Story gelesen und bereits den nächsten Flug nach San Francisco gebucht – um 9.35 Uhr mit United vom Flughafen in Fort Lauderdale. Da sie sich immer noch streng an die Regel hielten, am Telefon nichts »Geschäftliches« zu besprechen, hatte Mike sich einverstanden erklärt, sich um 8.00 Uhr mit ihr zum Frühstück zu treffen. Wäre es nach ihm gegangen, hätten sie sich genausogut am Telefon unterhalten können. Als Journalist hatte er die Erfahrung gemacht, daß seine Informanten am Telefon häufig wesentlich redseliger waren als im persönlichen Gespräch. Er wußte jedoch gleichzeitig, daß FBI-Agenten stets die direkte Konfrontation suchten. Sie begründeten ihren Wunsch damit, daß sie die Reaktionen ihrer Gesprächspartner beobachten wollten oder daß Telefongespräche häufig unterbrochen würden. Mike wurde jedoch den Verdacht nicht los, daß sie in Wahrheit nur deswegen auf persönlichen Gesprächen bestanden, weil sie ihre Macht demonstrieren und ihr Gegenüber auf subtile Art einschüchtern wollten.

Mißmutig zog er karierte Shorts und sein letztes sauberes T-Shirt an, ein zwölf Jahre altes Erinnerungsstück an den letzten Papstbesuch in Miami. Irgendein Schlaumeier, der der Liebe aller aus Kuba stammenden Amerikaner für ihren Papst ein Zeichen setzen wollte, hatte aus Versehen zehntausend T-Shirts mit dem Aufdruck »La Papa«, die Kartoffel, bedrucken lassen, anstatt »El Papa«, der Papst. Mike hatte das T-Shirt bei der Pressekonferenz getragen.

Bei Tempo 140 schaffte er es in vierzig Minuten über die I-95 nach Fort Lauderdale. Victoria hatte Offerdahl's Bagel Gourmet auf der Seventh Street vorgeschlagen, eines der originellen Cafés, die dem ehemaligen Football-Profi von den Miami Dolphins, John Offerdahl, gehörten. Mike bestellte bei der gutgelaunten jungen Frau hinter der Theke eine Scheibe Siebenkorntoast mit Honigbutter und setzte sich dann zu Victoria an einen kleinen runden Tisch, den sie am Fenster ergattert hatte. Sie trug praktische Reisekleidung, enge Jeans und ein rotes Sweatshirt.

»Mmmmm«, sagte Victoria, während sie an ihrem Kaffee nippte und ihren Bagel genoß, »ich bin im Paradies.«

»Freut mich zu hören. Die letzten zwölf Stunden waren für mich die Hölle.«

Sie leckte sich mit der Zungenspitze einen Espressoschnurrbart von der Oberlippe. »Dieses Malheur mit Ihrer Frau tut mir leid. Wir hatten einen Anfänger auf sie angesetzt. Der Typ ist regelrecht in Panik geraten, als sie ihn entdeckte. Er hätte am besten einfach abhauen sollen. Statt dessen hat er versucht, sie einzuholen und sie daran zu hindern, daß sie die Polizei ruft. Immerhin hat er in bester Absicht gehandelt. Das hätte uns gerade noch gefehlt, daß Ihr Informant in den Nachrichten hört, ein Polizist aus Miami hätte aus Versehen einen FBI-Agenten verhaftet, der Ihre Frau beschützen sollte.«

»Also, ich weiß nicht, was er ihr gesagt hat. Aber sie hält mich jetzt für einen eifersüchtigen Ehemann, der einen Privatdetektiv angeheuert hat, um sie auszuspionieren.«

Ihre Augen leuchteten auf. »Lassen Sie sie in dem Glauben. Das ist absolut perfekt.«

»Es ist *nicht* perfekt. Wir reden hier über meine Frau – über mein *Leben*. Ich muß es ihr sagen.«

»Wenn Sie ihr auch nur ein Wort sagen, lassen wir die ganze Sache platzen.«

»Okay«, sagte er achselzuckend, »lassen wir sie platzen.«

»Wunderbar.« Sie lehnte sich, auf die Ellbogen gestützt, vor, als wolle sie mit ihm flirten. »Nur noch eine Frage, Sie großer Held. Was werden Sie tun, wenn es kein Geld mehr gibt und Ihr Informant richtig sauer wird?«

Seine Großspurigkeit war wie weggeblasen, und er schüttelte resigniert den Kopf. »Der Volksmund hat doch immer wieder recht. Keine gute Tat bleibt ungestraft.«

»Ich weiß. Sie fühlen sich ausgenutzt. Aber ich möchte Ihnen zu dem Problem mit Ihrer Frau etwas sagen. Und ich spreche als Frau zu Ihnen, nicht als Spezialagentin Victoria Santos, okay?«

»Klar.«

Sie holte tief Luft. Sie wählte ihre Worte sorgfältig und sagte: »Ich finde es äußerst vorschnell von ihr, sofort anzunehmen, Sie hätten einen Privatdetektiv angeheuert, um sie auszuspionieren. Das heißt, *vorschnell* ist nicht der richtige Ausdruck, ihre Reaktion ist eher *defensiv*. Es erinnert an die Zeile in ›Hamlet‹: ›Die Dame, wie mich dünkt, gelobt zu viel.‹ Ich möchte mir kein Urteil erlauben, aber vielleicht hat sie weniger der Gedanke, Sie hätten einen Detektiv angeheuert, in Panik versetzt, als vielmehr die Furcht vor dem, was dieser Detektiv herausfinden könnte.«

Seine Augen zogen sich zusammen. »Wissen Sie vielleicht etwas, das ich nicht weiß? Oder gehen Sie einfach davon aus, daß ich es als Journalist gewohnt bin, mich auf wilde Spekulationen zu verlassen?«

»Ich versuche nur. Ihnen zu helfen. Ich habe zu oft erlebt, wie das FBI Männer ins Gefängnis gesteckt hat, die sich allzusehr auf Frauen oder Freundinnen verlassen haben, die dieses Vertrauen nicht verdienten. Wir können nicht riskieren, daß einer von uns beiden bei dieser Sache draufgeht, bloß weil Sie denselben Fehler begehen.«

Er lehnte sich mit verschränkten Armen zurück. »Sind Sie jemals verheiratet gewesen?«

»Nein. Ich habe auch nichts gegen die Ehe. Darum geht es nicht. Ich bin nur noch nicht dem Richtigen begegnet.«

»Also, ich *habe* die Richtige gefunden. Wissen Sie, als Karen und ich geheiratet haben, sagte sie zu mir, die einzigen Menschen, die vollkommen offen miteinander sein können, sind Liebende oder Fremde. Wir haben es in letzter Zeit schwergehabt – was wahrscheinlich hauptsächlich meine Schuld ist –, aber wenn wir einander nicht mehr vertrauen können, wird es nur noch dieses Niemandsland für uns geben.« Er lehnte sich entschlossen vor. »Ich werde ihr die Wahrheit sagen.«

Sie sah ihn lange und nachdenklich an. »Okay, sagen Sie ihr die Wahrheit, aber sehen Sie zu, daß sie verdammt noch mal kapiert, was hier auf dem Spiel steht.«

Mike lächelte, zufrieden mit seinem kleinen Sieg.

Sie warf einen Blick auf ihre Uhr. »Mein Flug geht in vierzig Minuten. Was halten Sie also davon, wenn wir nun das Geschäftliche regeln?«

Mike nickte und schob seinen Pappteller beiseite. »Er verlangt hunderttausend bis Freitag. Auf dasselbe Konto.«

Ihre Augen weiteten sich. »Er fängt jetzt schon an, seine Forderungen zu *verdoppelnd*? Ich werde das mit meinem Chef besprechen müssen, aber bei den Informationen, die Sie erhalten, nehme ich an, daß das klargeht. Nur zu Ihrer Information: Er läßt sich seine Kontoauszüge an einem Automaten ausdrucken und hebt gleichzeitig Geld ab. Bisher den täglichen Höchstbetrag von 600 Dollar.«

»Ziemlich clever.«

»Ja. Wir können unmöglich alle Geldautomaten im Land beobachten lassen oder mit markierten Geldscheinen bestücken. Aber immerhin werden die Geldautomaten alle von automatischen Kameras überwacht, und mit jeder Buchung verrät er uns seinen Aufenthaltsort zu dem jeweiligen Zeitpunkt. Er hat sich beim Geldabheben eine Skimaske über den Kopf gezogen, um nicht erkannt zu werden, aber diese Automaten sind nicht besonders schnell, er geht also ein ziemlich hohes Risiko ein für 600 Dollar pro Auszahlung. Ich vermute, daß er im Moment ziemlich abgebrannt ist und dringend Geld braucht. Aber wenn er erst mal einen ordentlichen Batzen zusammen hat, wird er wahrscheinlich die ganze Summe auf einmal wegschaffen wollen. Wenn er das tut, werden wir ihn am Kragen haben, bevor er weiß, wie ihm geschieht.«

»Wann kriege ich das Geld?«

»Ich schätze, am Donnerstag. Aber zahlen Sie es erst am Freitag ein, wenn sein Ultimatum abläuft.«

Mike schüttelte seufzend den Kopf. »Komisch. Ich hab mich auf die Sache eingelassen in der Hoffnung, er sei der Killer. Aber bei dem Gedanken, daß er all das Geld einstreicht, bin ich mir gar nicht mehr so sicher, was ich mir wünschen soll.«

»Also, wer immer er sein mag, ich glaube nicht, daß es ihm ausschließlich um das Geld geht. Es macht ihm Spaß, uns vorzuführen. In San Francisco hat er, als Penner verkleidet, vor dem Geldautomaten einen regelrechten Freudentanz aufgeführt.«

Sie sah nach ihrer Uhr. »Verdammt, ich muß los.« Sie sammelte ihren Abfall ein, dann hielt sie plötzlich inne. »Ach, da fällt mir noch etwas ein. Ich weiß, wir hatten abgemacht, daß es Ihnen überlassen ist, was Sie drucken und was nicht, aber bitte, überlegen Sie sich gut, was Sie veröffentlichen. Sie haben unseren Ermittlungen großen Schaden zugefügt, als sie im Detail beschrieben, wie er die Zungen herausreißt. Das war seine typische Vorgehensweise. Durch Ihre Veröffentlichung könnten Nachahmer ermuntert werden, die uns die Arbeit beträchtlich erschweren.«

»Das heißt also, es war ziemlich schlau von ihm, mir diese Details zu verraten.«

»Ja, falls er wirklich der Mörder ist.«

»Glauben Sie das nicht?«

Sie dachte an das Memo, das sie für Dougherty geschrieben hatte, und zögerte einen Moment. »Sagen wir, was diesen Punkt betrifft, gehen die Meinungen beim FBI auseinander. Deswegen möchten wir, daß Sie ihn dazu bringen, weniger über die Morde als über den Mörder zu reden. Wir wissen bereits, *was* dieser Wahnsinnige mit seinen Opfern macht. Wir wüßten gern, *warum* er es tut.«

»Er ist verrückt, darum.«

Ihr Gesichtsausdruck wurde sehr ernst. »Nein. Ich glaube, er ist bösartig und sadistisch und weiß genau, was er tut. Das ist ein großer Unterschied.«

Sie erhoben sich gleichzeitig, und er hielt ihr die Tür auf. »Nicht für Timothy Copeland. Für ihn hat das überhaupt keinen Unterschied gemacht.«

Sie suchte in ihrer Handtasche nach ihren Autoschlüsseln. »Aber für seinen Freund.«

Er nickte, verstand, was sie meinte. »Falls der Freund doch irgendwas weiß, Sie haben ja meine Nummer.«

Sie öffnete ihre Wagentür, dann drehte sie sich mit einem verschmitzten Lächeln zu ihm um. »Dafür ist das FBI ja schließlich da – um dafür zu sorgen, daß Journalisten gutes Material für gute Stories kriegen.«

»Gut zu wissen, daß Sie sich über Ihre Prioritäten im klaren sind«, erwiderte er.

»Bis dann«, rief sie durch das Fenster und fuhr davon.

13. Kapitel

Eine halbe Stunde vor Sonnenaufgang parkte Victoria Santos ihren Wagen in der Nähe von Telegraph Hill, einer teuren Wohngegend an den steilen Hängen von San Francisco. Timothy Copeland hatte in einem bunt angestrichenen viktorianischen Haus mit Spitzgiebel eine zweigeschossige Wohnung bewohnt. Auf der Veranda ragte eine hohe Zypresse wie eine Nadel aus einem riesigen Pflanzkübel. Die rote Eingangstür war immer noch mit dem gelben Klebeband der Polizei abgesichert.

Victoria hatte den Tatort während der vergangenen zwei Tage mehrmals besichtigt, aber sie war noch keinmal um 5.30 Uhr früh hier gewesen, dem Zeitpunkt, zu dem Copeland den Ermittlungen zufolge mit großer Wahrscheinlichkeit ermordet worden war.

Victoria hatte es sich mit der Zeit zur Gewohnheit gemacht, den Tatort zu derselben Zeit aufzusuchen, in der der Mörder dort gewesen war. Zu wissen, wie kalt es um diese Tageszeit war, konnte ihr einen Hinweis auf die Kleidung des Täters liefern oder ihr sagen, ob er sich im Gebüsch oder in seinem Auto versteckt haben könnte, bevor er zur Tat schritt.

Das Treiben in und um die benachbarten Häuser konnte sie auf mögliche Tatzeugen aufmerksam machen. Das Wichtigste war jedoch, daß sie alles genau so sah, wie der Täter es gesehen hatte. Das ließ sie in diesem Fall eine Erklärung dafür finden, warum das Opfer seinen Mörder nicht hatte kommen sehen.

Die ruhige Straße war naß und schlecht beleuchtet, und die feuchte Kälte ließ sie frösteln. Sie zog ihre braune Lederjakke fester um sich und schlug die Wagentür zu. Einen Moment lang blieb sie stehen und lauschte. Nichts rührte sich. Für Victoria gab es nichts Unheimlicheres als Großstadtstraßen, in denen anstelle des hektischen Treibens Dunkelheit und tödliche Stille herrschten.

Vom Gehweg aus blickte Victoria erst nach Norden und dann nach Süden, suchte die Umgebung mit den Augen ab. Beide Seiten der Straße waren mit Autos zugeparkt. An der Straßenecke ein Stück weiter den Hügel hinauf sah sie im Schaufenster eines italienischen Lebensmittelladens einen Schinken hängen, doch der Laden war dunkel und offensichtlich geschlossen. Ein altes Lagerhaus aus rotem Backstein auf der gegenüberliegenden Straßenseite sah so aus, als sei es vor noch nicht allzulanger Zeit renoviert und in ein teures Apartmenthaus umgewandelt worden. Im ganzen Gebäude brannte nur in zwei Wohnungen Licht. Victoria nahm sich vor, auf die Nachtschwärmer oder auch Frühaufsteher gegebenenfalls noch einmal zurückzukommen. Auf der Straßenseite, wo Copeland gewohnt hatte, reihten sich lauter frischrestaurierte viktorianische Häuser aneinander. Einige hatten eingebaute Garagen, da sie jedoch alle sehr dicht an der Straße standen, hatte keines eine Einfahrt. Zwischen den einzelnen Häusern verliefen enge Gäßchen, gerade breit genug, um Mülltonnen darin aufzustellen. Schwach leuchtende Straßenlaternen verbreiteten fahles Licht in den Gäßchen; nur eins war stockdunkel – genau das gegenüber von dem Haus, in dem Copeland gewohnt hatte. Neugierig geworden, nahm

Victoria eine Taschenlampe aus ihrem Auto und überquerte die Straße.

Zur anderen Seite ging es leicht bergauf, und als sie auf dem Gehweg stand, war sie genau auf Augenhöhe mit Copelands Türrahmen. Sie sah zu der Straßenlaterne hinauf, die sich direkt über ihr befand, konnte jedoch nicht erkennen, ob sich jemand daran zu schaffen gemacht hatte oder ob die Birne einfach durchgebrannt war. Sie leuchtete mit der Taschenlampe in die schmale Gasse hinein. Auf beiden Seiten standen Mülltonnen aufgereiht, doch ganz besonders fiel ihr auf, daß das Gäßchen steil anstieg. Nach einem kurzen Blick zurück auf Copelands Wohnung machte sie sich auf den Weg den Hügel hinauf.

Das Klappern ihrer Absätze hallte zwischen den Mauern wider, und mit jedem Schritt aufwärts wurde die Gasse dunkler, schließlich wies ihr nur noch der Lichtkegel ihrer Taschenlampe den Weg. Im Rinnstein zu ihren Füßen lief leise plätschernd ein wenig Wasser auf die Straße zu. Inzwischen stieg das Gäßchen so steil an, daß sie sich vorbeugen mußte, um ihr Gleichgewicht zu halten. Sie ging um ein paar Mülleimer herum, dann blieb sie stehen und drehte sich um. Es war, als schaute sie durch einen Tunnel – eher noch wie durch ein Teleskop – genau in die Fenster von Copelands oberer Etage. Sie blickte direkt in das Schlafzimmer, in dem er ermordet worden war.

Mit ihrer Taschenlampe suchte sie den Boden an dieser Stelle ab. Der mit Rissen durchzogene Betonboden war naß, doch sie entdeckte mehrere dunkle Flecken, die noch nicht weggespült worden waren. Sie ging in die Hocke, um die Flecken näher zu untersuchen. Schwer zu sagen, aber es sah so aus, als hätte jemand mehrere Zigaretten mit der Schuhspitze ausgedrückt. Nachdem sie den Lichtkegel ihrer Taschenlampe ein paarmal hatte hin und her huschen lassen, fand sie ihre Vermutung bestätigt. Im Rinnstein, neben einer Mülltonne, lag eine aufgeweichte Zigarettenkippe. Jemand hatte dort gestanden und geraucht. Jeffrey Dahmer war Kettenraucher, fiel ihr plötzlich ein. Sie richtete sich langsam auf und starrte zu Copelands Schlafzimmer hinüber.

Von hier aus hatte der Mörder ihn beobachtete, dachte sie. *Er hatte seinem Opfer aufgelauert.*

Eine Sekunde später war sie zurück auf dem Gehweg und rannte über die Straße. Sie wollte das Licht im Schlafzimmer einschalten und zu der Stelle in dem Gäßchen zurückkehren, um zu sehen, was der Mörder gesehen haben mochte. Sie warf die Taschenlampe in ihren Wagen, nahm den Hausschlüssel aus ihrer Tasche und ging ins Haus.

Die Tür fiel mit einem hohlen Klacken hinter ihr ins Schloß. *Komisch*, dachte sie, *wie das Gehör immer sogleich registriert, wenn niemand zu Hause ist.* Sie schaltete den Messingkronleuchter in der Diele ein und ging dann über die mit einem Perserläufer ausgelegte Treppe nach oben. Sie hatte es zunächst noch eilig gehabt, wurde dann aber immer langsamer und blieb schließlich stehen. Die Bilder an der Wand gaben ihr das Gefühl, ein Eindringling zu sein – sie waren stumme Zeugen, die sie daran erinnerten, daß dieses Haus das Zuhause eines Menschen gewesen war, bevor es zum Tatort wurde.

Aus dem Ausmaß an Verwüstung, das die Polizei angerichtet hatte, schloß sie, daß die Kollegen erwartet hatten, in der Wohnung von zwei Homosexuellen jede Menge an Peitschen und Ketten und ähnlichem Gerät vorzufinden. Copeland und sein Partner waren allerdings seit über neun Jahren fest liiert gewesen. Keiner von ihnen gehörte zu der Sorte von Leuten, die sich in Abschleppschuppen herumtrieben und möglicherweise dort an einen sadistischen Killer geraten sein konnten. Als sie die beiden zusammen auf einem Foto sah, fiel ihr plötzlich wieder ein, was Mike Posten über Liebende und Fremde gesagt hatte – daß sie die einzigen seien, die wirklich offen miteinander sein konnten. Er hatte vergessen, *Opfer* zu erwähnen. Vor allem Mordopfer waren ganz besonders offen. Die Bücher, die sie lasen, ihre Lieblingsspeise, die Dichte ihres Schamhaars – all das wurde akribisch registriert und den Augen der Öffentlichkeit zugänglich gemacht.

Sie hatte deswegen häufig Schuldgefühle, dachte, die Opfer, die sie so gut kannte, seien die einzigen, die es verdienten, etwas über ihre Geheimnisse zu erfahren.

Sie ging auf das Schlafzimmer zu, als sie plötzlich wie angenagelt in der Tür stehen blieb. Ihr Blick fiel direkt auf das Fenster. Da im Zimmer kein Licht brannte, konnte sie draußen alles gut erkennen, die geparkten Autos, die Gehwege, das Apartmenthaus auf der gegenüberliegenden Straßenseite. Nur die kleine Gasse war stockfinster. Jeder hätte sich dort verstecken können, ohne daß Copeland es je bemerkt hätte.

Sie wollte gerade das Licht im Schlafzimmer anknipsen, hielt jedoch im letzten Moment inne. Mit zusammengekniffenen Augen starrte sie aus dem Fenster. Sie hätte schwören können, daß sie in dem dunklen Gäßchen einen winzigen, orangefarben glimmenden Punkt gesehen hatte. Ohne das Licht einzuschalten, trat sie vorsichtig auf das Fenster zu. Auf halbem Weg blieb sie stehen, um noch einmal genau hinzusehen. Der orangefarbene Punkt schien sich kaum merklich zu bewegen – auf jeden Fall war er noch da, ganz weit hinten in der Gasse auf der anderen Straßenseite.

Dort stand jemand und rauchte, dachte sie.

Ihr Herz begann wie wild zu klopfen. Aus zahllosen Täterprofilen, die in Quantico erstellt worden waren, hatte sie gelernt, daß ein bestimmtes Klischee oft bestätigt wurde, wenn es um Serienmörder ging: Sie kehrten tatsächlich an den Tatort zurück. Es hatte sogar nicht selten Fälle gegeben, in denen sie bei der Jagd nach ihnen »mitgeholfen« hatten, so sehr waren sie am Stand der Ermittlungen interessiert. Sie zog ihre Pistole aus dem Halfter und rannte die Treppe hinunter. Wenn sie schnell genug unten war, konnte sie ihm vielleicht den Ausweg aus der Gasse verstellen.

So schnell sie konnte, rannte sie aus dem Haus, die Stufen hinunter und über die Straße. Hinter einem geparkten Wagen vor dem Eingang zu der Gasse ging sie in Deckung und zielte über die Kühlerhaube hinweg.

»FBI!« brüllte sie. »Kommen Sie mit erhobenen Händen hier runter!«

Sie wartete einen Moment lang ab, während sie angestrengt nach dem orangefarbenen Punkt suchte. Er war verschwunden.

»FBI!« schrie sie und lauschte. Zunächst war nichts zu hören, dann ertönte von weit hinten in dem Gäßchen ein Geräusch wie von einer Tür, die zugeschlagen wurde. Plötzlich erkannte sie, daß es keine Sackgasse war – es mußte noch einen Hinterausgang geben. Sie schoß hinter dem Wagen hervor, schreckte jedoch vor der tiefen Dunkelheit zurück. Es wäre blanker Leichtsinn gewesen, ohne Deckung in eine dunkle Gasse zu stürmen. Sie rannte über den Gehweg einen halben Block weiter bis zur nächsten Gasse, die beleuchtet war.

»Scheiße!« In dem spärlichen Licht war deutlich zu erkennen, daß es am anderen Ende einen Ausgang gab.

Sie rannte die ganzen hundert Meter hügelan bis zu der engen Gasse, die hinter den Gebäuden verlief, hastete um die Ecke und weiter bergauf bis zu der Stelle, wo die dunkle Gasse endete. Wenige Meter vor dem Hinterausgang des Gäßchens blieb sie stehen. Das hölzerne Tor stand weit offen – plötzlich wußte sie, was für ein Geräusch sie gehört hatte.

»Verdammt.« Keuchend sah sie sich nach allen Richtungen um, doch die Straße war menschenleer. Mit gezogener Pistole starrte sie in die Dunkelheit. Der Gedanke, daß sie dem Mörder so nah gekommen war, flößte ihr Angst ein, doch sie ließ sich nichts anmerken.

Falls er sie von irgendwoher beobachtete, wollte sie ihn wissen lassen: Sie war diejenige, die ihn wie seine Zigarette zermalmen würde.

14. Kapitel

Am Mittwoch morgen konferierten Victoria und der Einsatzleiter des FBI-Büros in San Francisco per Internet mit ihrem Kollegen in Washington, der das Video analysiert hatte. Die Sicherheitskamera am Geldautomaten der Bank hatte den Informanten am letzten Freitag gefilmt, als er seine 600 Dollar abgehoben hatte, und Victoria hatte das Band an die Video-Abteilung des J.-Edgar-Hoover-Gebäudes geschickt.

Spezialagent Brent Schullman, etwa Mitte Fünfzig, hatte graublondes Haar und einen verbissenen Gesichtsausdruck, den er sich anscheinend während seiner frühen Jahre bei der Militärpolizei erworben hatte. Die großen, schwieligen Hände eines Mannes, der gern Autos reparierte oder Gartenarbeit verrichtete, schienen nicht so recht zu seinem Maßanzug und den goldenen Manschettenknöpfen zu passen. Victoria nahm an, daß seine Frau seine Kleidung aussuchte, und die Art, wie er seine Brille mit seiner seidenen Armani-Krawatte polierte, bestätigte ihren Verdacht.

Die beiden FBI-Agenten saßen nebeneinander vor dem Computer und dem riesigen Zwanzigzoll-Farbbildschirm. Victoria bediente Tastatur und Maus, als das Bild auf dem Monitor erschien.

»Guten Morgen«, ertönte Dr. Edelmans Stimme aus dem Lautsprecher.

Schullman fuhr zusammen, als hätte er erwartet, Edelmans Konterfei würde auf dem leuchtend blauen Bildschirm erscheinen. Victoria war seine Verwirrung nicht entgangen. »Wir werden auf unserem Bildschirm dasselbe sehen wie er auf seinem«, erklärte sie.

»Guten Morgen«, sagte sie in das Mikrophon. »Dr. Edelman, Spezialagent Brent Schullman sitzt neben mir. Er leitet die Ermittlungen hier in San Francisco. In Wirklichkeit ist er aber nur gekommen, um zu sehen, wie sein Computer funktioniert«, fügte sie grinsend hinzu.

Ein kurzes Glucksen war aus Washington zu hören, doch Schullman schien für ihren Humor keinen Sinn zu haben.

»Dr. Edelman, ich weiß, daß Sie Ihre Analyse noch nicht abgeschlossen haben, aber ich habe heute morgen aus dem Labor die Information erhalten, daß es sich bei den Zigarettenresten, die ich in der Gasse gefunden habe, um Zigaretten der Marke Marlboro handelt, und das Zigarettenpapier deutet darauf hin, daß sie an der Ostküste hergestellt und wahrscheinlich auch dort gekauft wurden. Das untermauert die Vermutung, daß derjenige, der dort in der Gasse gestanden und geraucht hat, kein Anwohner war und dort auch nichts zu suchen hatte. Nun würde es mich interessieren, ob Sie irgendwelche Anhaltspunkte dafür gefunden haben, daß der Mann auf dem Bankvideo Zigarettenraucher ist.«

»Verstehe. Sehen wir uns die Bilder einmal an, dann werde ich Ihnen sagen, zu welchen Schlüssen ich gekommen bin.«

Der Bildschirm flimmerte, und auf Victorias Monitor erschien das grobkörnige Schwarzweißbild, das die Sicherheitskamera der Bank aufgenommen hatte. Das Standbild zeigte unverkennbar einen Mann in einer Skimaske vor dem Geldautomaten.

»Wie Sie sehen«, sagte Dr. Edelman, »läßt sich nichts erkennen, was darauf hindeutet, daß der Mann Raucher ist. Keine Zigarettenschachtel in der Brusttasche und so weiter. Wenn ich es mit einem hochauflösenden Farbfilm zu tun hätte, könnte ich Ihnen wahrscheinlich sagen, ob seine Zähne von Nikotin verfärbt sind. Nicht bei diesem Video. Ich habe nach Aschespuren auf seiner Kleidung gesucht, aber auf einem Schwarzweißfilm ist so etwas extrem schwierig auszumachen.« Während er sprach, vergrößerte er die rechte Hand mit einem Zoom. »Sehen Sie sich den Daumen an.« Der Bildausschnitt wurde so lange vergrößert, bis die Daumenspitze den ganzen Bildschirm füllte. »Sehen Sie das kleine Loch? Der Handschuh ist bis auf die Haut durchgebrannt.«

»Wie bei jemandem, der sich mit Handschuhen eine Zigarette anzündet«, sagte Victoria.

»Genau.«

»Das scheint mir aber weit hergeholt«, sagte Schullman. »Woher wollen Sie wissen, daß es sich um ein eingebranntes Loch handelt? Vielleicht zieht er sich auch nur die Handschuhe mit den Zähnen aus und hat bei der Gelegenheit ein Loch reingebissen.«

Der Ausschnitt wurde noch einmal und so stark vergrößert, wie es eben ging, ohne das grobkörnige Bild in ein schwarzweißes Schneegestöber zu verwandeln. »Sehen Sie sich den Rand des Lochs genauer an«, sagte Edelman. »Er ist nicht ausgefranst, so wie man es erwarten würde, wenn das Loch durch Beißen oder Reißen entstanden wäre. Der Rand ist versengt. Das Loch ist durch Verbrennung entstanden.«

Victoria und Schullman starrten auf das Bild, bis sie beide überzeugt waren. »Okay«, sagte Victoria. »Gibt es sonst noch etwas?«

»Das ist vorerst alles. Ich rufe Sie an, sobald sich etwas Neues ergibt. Bis demnächst.«

»Vielen Dank, Dr. Edelman«, sagte sie, dann war die Leitung unterbrochen. Der Bildschirm verwandelte sich in eine leuchtend blaue Fläche, während sie sich in ihrem Stuhl zurücklehnte und nachdachte.

»Was halten Sie von dieser Theorie mit dem eingebrannten Loch?« fragte Schullman.

»Wenn Edelmann sagt, es stammt von einer Verbrennung, dann glaube ich ihm.«

»Aber wohin führt uns das?«

»Schwer zu sagen. Irgend jemand hat mich vor Copelands Haus beobachtet, und, wer immer das war, ist mir wahrscheinlich dorthin gefolgt.«

»Auf wen tippen Sie denn?«

»Zuerst dachte ich, es könnte der Mörder gewesen sein – ein Kettenraucher, der seinen Opfern auflauert und an den Tatort zurückkehrt, um herauszufinden, wie weit die Ermittlungen fortgeschritten sind. Jetzt sieht es eher so aus, als ob es der Informant gewesen sein könnte. Wir wissen, daß er hier in San Francisco gewesen ist, weil er den Geldautomaten benutzt hat. Und wenn Edelman recht hat, ist er wahrscheinlich Raucher. Ich weiß es einfach nicht«, sagte sie seufzend. »Alles, was ich gesehen habe, ist ein orangefarbener Punkt in der Dunkelheit. Es kann der Informant gewesen sein, es kann genausogut der Killer gewesen sein.«

»Mir scheint, daß Sie eine naheliegende Möglichkeit übersehen«, sagte Schullman.

»Und welche?«

»Daß der Informant der Killer ist.«

Ohne etwas darauf zu sagen, verließ sie das Programm mit einem Mausklick und schaltete den Computer aus.

15. Kapitel

Am späten Freitag abend fuhr Victoria mit dem Taxi zum Flughafen, um den Flug um 23.00 Uhr von San Francisco nach Washington zu nehmen. Es war an der Zeit, ihren Vorgesetzten Bericht zu erstatten. Während der vergangenen sechs Tage hatte sie nicht mit Schullman, sondern mit der Mordkommission von San Francisco zusammengearbeitet. Sie hatte ihren Kollegen sämtliche Erkenntnisse zugänglich gemacht, die sie in dieser Sache gesammelt hatte, und ihrerseits alle möglichen kleinen Puzzlestücke zusammengetragen, die sich aus den Ermittlungsergebnissen von sechs – nein, sieben – verschiedenen Abteilungen ergaben. Ein Kollege hatte ihre Arbeit mit der Seismologie im Falle eines Erdbebens verglichen, bei der jeder Mord einem Punkt auf der Richterskala entsprach und die Intensität und Komplexität sich nicht linear, sondern exponentiell erhöhte. Eine passende Analogie.

Der Freund des Opfers hatte der Mordserie einen ganz neuen Aspekt hinzugefügt, denn Timothy Copeland war der erste und einzige unter den Mordopfern, der nicht allein gelebt hatte. Unglücklicherweise hatte der Mörder den Freund mit einem Beruhigungsmittel für Tiere betäubt, so daß er keinerlei Aussage machen konnte. Aber allein daß es ihn gab, stellte eine so deutliche Abweichung von den bisherigen Morden dar, daß erneut die Möglichkeit eines Nachahmungstäters in Betracht gezogen werden mußte, vor allem, seit Mike Posten in seinem letzten Artikel genau beschrieben hatte, auf welche Weise der Mörder seinen Opfern die Zungen herausriß.

Fast eine ganze Woche war vergangen, seit sie zuletzt mit Mike gesprochen hatte. Sie hatte sich über ihre Kontaktleute bei der Bank vergewissert, daß er die hunderttausend Dollar rechtzeitig auf Ernest Gills Konto eingezahlt hatte. Ein- oder zweimal hatte sie während der Woche überlegt, ob sie ihn anrufen sollte, sich jedoch dagegen entschieden. Merkwürdig, aber die Wortgefechte mit ihm waren das, was ihr zur Zeit an ihrer Arbeit am meisten Spaß machte. Doch leider hatte eben alles seine Kehrseite: Sie wußte, daß ihr nächstes Gespräch wahrscheinlich eine weitere Leiche bedeuten würde.

Sie fragte sich, ob es wirklich so vergnüglich war, mit Mike Posten Sticheleien auszutauschen, oder ob der Rest ihrer Arbeit einfach allzu schrecklich war. Verstümmelte Leichen, blutige Tatorte – Erfahrungen, die sie irgendwie abstumpfen ließen. Aber etwas, an das sie sich niemals gewöhnen würde, war, für die Typen vom Morddezernat eine Quellc der Belustigung darzustellen. Heute abend war es besonders schlimm gewesen. Drei Kollegen von der Mordkommission von San Francisco hatten sie auf einen Drink zur

Happy Hour eingeladen, und sie war mitgegangen, um die Zeit bis zu ihrer Abfahrt zum Flughafen totzuschlagen. Sie waren in einer lauten, verrauchten, völlig überfüllten Bar gelandet. Sie und ihre Begleiter hatten sich zu viert in eine Nische gequetscht und saßen sich auf mit Kunstleder bezogenen Bänken zu zweit gegenüber. Während Victoria an ihrem Glas Chardonnay nippte, waren die drei Männer nach kurzer Zeit von ein paar doppelten Tequilas zum halben Preis betrunken.

»Hey, Santos«, sagte der älteste von den dreien. Er war kahlköpfig und so übergewichtig, daß seine Wangen über seinen Hemdkragen hingen. »Was ist das überhaupt für ein Name? Ist er puertoricanisch?«

»Kubanisch.«

Er leckte das Salz von seinem Handrücken, kippte noch einen Tequila hinterher und lutschte an einer Zitronenscheibe. »Kubanisch also, was?« Und dann fuhr er mit schlecht gespieltem mexikanischen Akzent fort: »Na, Señorita, wie wär's denn, woll'n Sie mir vielleicht 'ne Zigarre drehen?«

Die drei Männer lachten herzlich.

Na, wie wär's, willst du vielleicht deine cajones um den Hals tragen? dachte sie. Aber sie verdrehte nur die Augen und sah auf ihre Uhr.

Mit einem sarkastischen Grinsen zündete er sich eine Zigarette an. »Wissen Sie, mein Ex-Partner ist in Florida auf die Highschool gegangen. Er hat mir alles über kubanische Mädchen erzählt. Und wissen Sie, was er mir erzählt hat?« Er lehnte sich über den Tisch, als wolle er ihr ein Geheimnis anvertrauen. »Er hat gesagt, sie heben gern die Röcke hoch, aber dann kriegen sie die Beine nicht auseinander. Schließlich müßt ihr jungfräulich in die Ehe gehen.«

Das darf nicht wahr sein! Sie warf ihm einen wütenden Blick zu, dann nahm sie ihren Mantel und ihre Handtasche. »Ich würde sagen, das war das Stichwort für meinen Aufbruch.«

Er hielt sie am Arm fest. »Nicht so eilig, Schätzchen«, sagte er grinsend. »Bleiben Sie doch noch 'n bißchen. Wir versprechen Ihnen, Ihre Jungfräulichkeit zu respektieren.« Sie brachen in schallendes Gelächter aus.

Sie riß sich los und sah ihn mit vor Wut blitzenden Augen an. »Sergeant«, sagte sie, »das einzige, was noch abstoßender ist als die Vorstellung, Ihren widerlichen Schwanz in meinem Körper zu spüren, ist die Tatsache, daß ihr drei Vollidioten das auch nur im entferntesten lustig findet.« Sie drehte sich um und ging, ohne auf die Bemerkung von einem der drei zu reagieren, der erklärte, wie sehr es ihm gefiel, sie obszön reden zu hören.

Sie war drei Stunden vor ihrem Abflug am Flughafen, aber allein in der Bar *Zum Wolkenkuckucksheim* zu sitzen, war unvergleichlich besser, als noch dreißig Sekunden in Gesellschaft dieser drei Schwachköpfe zu verbringen. Um 22.00 Uhr hatte sie soviel Popcorn vertilgt, daß es ihr zu den Ohren rauskam, und war davon überzeugt, daß sie Ted Turner erwürgen würde, falls sie noch einmal mit ihm auf CNN »In dreißig Sekunden um die Welt« reisen müßte. Sie konnte es tatsächlich kaum erwarten, endlich in dem ausgebuchten Flugzeug zu sitzen und sich den für Inlandsflüge obligatorischen Kinoflop vom Vorjahr anzusehen.

Die Eiswürfel klimperten in ihrem Glas, als sie ihren zweiten Wodka Tonic austrank. Nachdem sie etwa eine Million Kilometer auf Dienstreisen für das FBI geflogen war, hatte Victoria gelernt, ihre Flugangst zu unterdrücken. In einem Metallrohr zehntausend Meter über der Erde zu *schlafen*, war allerdings etwas, das sie noch lernen mußte. Doch sie war sehr erschöpft, und mit der Hilfe von noch ein bißchen mehr Wodka würde sie es heute vielleicht schaffen.

»Noch einen Wodka Tonic?« fragte die Kellnerin.

Victoria reichte ihr das leere Glas. »Ja, bitte.«

Sie saß an einem Tisch am Fenster, von dem aus man das Rollfeld überblicken konnte. An den Tischen um sie herum herrschte ein stetes Kommen und Gehen im Rhythmus der Lautsprecherdurchsagen, die die Starts und Landungen der Flugzeuge ankündigten. Hinter ihr hatte sich ein Mann mit einem Rucksack auf fünf Stühlen ausgestreckt und schnarchte, als läge er auf dem Sofa in seinem Wohnzimmer. Ein Mann in einem eleganten Anzug hatte sich an den Tisch neben ihr gesetzt und war in ein Buch vertieft, das er im schwachen Licht einer Bierreklame las. Er schien etwa in ihrem Alter zu sein und war mit seinen kantigen Gesichtszügen durchaus der Typ Mann, der Victoria gefiel. Er hatte dichtes, dunkles Haar, und angesichts seines kräftigen, athletischen Körpers wirkten die kleinen Plastikstühle noch unbequemer als gewöhnlich. Seit er Platz genommen hatte, ertappte sich Victoria immer wieder dabei, wie sie über ihn nachdachte.

»Bitte sehr, Sir«, sagte die Kellnerin zu ihm. »Dewar's und Wasser. Hatten Sie Mineralwasser oder Leitungswasser bestellt, Sir?«

Er blickte von seinem Buch auf, so daß Victoria endlich etwas mehr von seinem Gesicht sehen konnte als nur sein markantes Profil. »Leitungswasser.«

»Gute Wahl«, sagte Victoria zu ihm, nachdem die Kellnerin gegangen war.

»Wie bitte?«

»Das mit dem Mineralwasser ist der reinste Betrug, wissen Sie.«

Er hob lächelnd sein Glas. »Das habe ich mir auch schon sagen lassen. Prost.«

Sie nippten an ihren Getränken, während sie einander ansahen. »Darf ich mich zu Ihnen setzen?« fragte er. »Ich bin hier ein bißchen zu nah an die Raucherabteilung geraten.«

Sie zögerte, dachte aber dann, warum nicht? Auch wenn er sich als Ekelpaket entpuppen sollte, schließlich ging ihr Flug in einer knappen Stunde. »Bitte«, sagte sie.

Sie tauschten die üblichen Floskeln aus – wo sie herkamen, wohin sie reisten –, bestellten sich jeder noch ein Getränk, wobei Victoria sich diesmal allerdings für ein Ginger Ale entschied. Er war Autohändler, verkaufte Corvettes, Bentleys und ähnliche klassische Automarken und war auf dem Weg nach Chicago, wo der umfangreiche Nachlaß eines reichen Mannes versteigert wurde, was wieder einmal bewies, daß man Geld nicht mit ins Grab nehmen konnte. Victoria beschrieb ihre »Arbeit für die Regierung« bewußt ungenau. Während sie eilig das Thema wechselte, fiel ihr der Titel des Taschenbuchs auf, das er auf den Stuhl zwischen ihnen abgelegt hatte. »DER BESTE WEG ZU EINER GUTEN BEZIEHUNG«, las sie laut vor. »Welche Frau bringt Sie dazu, dieses Buch zu lesen?«

»Eigentlich lese ich es gar nicht. Ich halte es nur hoch und starre auf die Seiten, wenn ich mich zum Beispiel auf Flughäfen aufhalte, bis eine attraktive Frau mich anspricht. Funktioniert immer wieder.«

»Und Ihrer Frau macht das nichts aus?« erkundigte sie sich lächelnd.

Er erwiderte ihr Lächeln, wurde dann wieder ernst. »Ich bin nicht verheiratet. Jedenfalls nicht mehr.«

»Sie sagen das, als sei es noch nicht lange her.«

»Wir führten schon lange keine Ehe mehr, als wir schließlich geschieden wurden. Wir sind immer noch befreundet. Es war nur ... Ach, das interessiert Sie sicher nicht.«

»Doch, doch, erzählen Sie's mir.«

»Na ja, um ehrlich zu sein« – er sah sie betreten an – »es lag am Sex.«

Victoria schluckte.

»Nicht daß kein Sex stattgefunden hätte. Es war nur nicht genug. Oder nein, auch das trifft es nicht ganz.« Er senkte seinen Blick. »Unser Sexualleben war einfach nicht abwechslungsreich genug. Verstehen Sie, was ich meine?«

Sie sah ihn mit großen Augen an, während sie einen Eiswürfel lutschte. »Na ja, da gibt es wohl die verschiedensten Möglichkeiten.«

»Bringe ich Sie in Verlegenheit?«

»Mich? Nein, nein«, erwiderte sie nervös.

»Ich möchte nämlich schon lange einmal die ehrliche Meinung einer Frau zu diesem Problem hören.«

»Ich werde mich bemühen, ehrlich zu sein.«

»Die meisten Frauen zieren sich eher. Aber versuchen Sie mal, mit einem Mann über Sex zu reden. Das einzige, was Sie dann von Ihrem Gesprächspartner erfahren ist, daß *er* natürlich keine Probleme hat. Womit ich natürlich nicht sagen will, daß *ich* irgendwelche Probleme hätte.«

»Natürlich nicht.«

Er mußte lachen. »Okay, das *Problem*, wenn Sie es so nennen wollen, war, daß ich eine Frau geheiratet habe, deren grundsätzliche Einstellung zu Sex darin bestand, daß sie nichts dagegen hatte. Das wußte ich natürlich, als ich sie heiratete. Verdammt, ich wußte es seit dem Tag, an dem ich sie kennengelernt hatte.«

»Sie haben am selben Tag, als Sie sie kennengelernt haben, mit ihr geschlafen?«

»Nein. Man braucht nicht mit einer Frau zu schlafen, um zu wissen, ob sie auf Sex steht. Männer können Frauen sofort richtig einschätzen.«

»Ach ja? Und wie?«

»Man sieht es ihnen an.«

»Sie können am Aussehen einer Frau erkennen, ob sie auf Sex steht?«

»Nein. Man erkennt es daran, wie sie einen ansieht. Blicke sind sehr erotisch. Sie zum Beispiel. Wie Sie immer wieder heimlich zu mir herübergesehen haben, seit ich mich an den Tisch gesetzt habe, wie Sie durch die Haarsträhne linsten, die Ihnen ins Gesicht gefallen war. Sehr sexy.«

Sie lächelte verlegen. »Und was schließen Sie daraus?«

»Ich bin mir nicht sicher. Aber sehen Sie? Ihre Gedanken gehen bereits in die richtige Richtung. Jede Kleinigkeit löst irgendeine Assoziation aus. Daran können wir es erkennen.«

»Und Ihre Frau hatte keine Assoziationen?«

»Doch, doch. Aber sie kapierte nicht, worum es wirklich ging. Ich habe immer gehofft, sie würde eines Tages diese sexuelle Sturm- und Drangzeit erreichen, über die so viel geredet wird. Aber das ist nie geschehen. Ich habe alles versucht. Ich kannte ihren Körper von Kopf bis Fuß, aber sie benahm sich immer noch so, als hätte ich unterhalb des Kinns überhaupt keinen Körper. Ich meine ... sind Sie sicher, daß Ihnen das nicht unangenehm ist?«

»Ich – nein, ist schon in Ordnung.«

»Meine Frau und ich müssen mehrere tausendmal miteinander geschlafen haben, aber ich wette mit Ihnen, wenn Sie mich und vier Männer hier in der Bar bitten würden, die Hosen fallen zu lassen und uns nebeneinander aufzustellen, würde sie meine – meine Männlichkeit nicht von den anderen unterscheiden können.« Er schien zu erröten. »Ich denke, ich sollte besser hier Schluß machen.«

Victoria wußte nicht, was sie sagen sollte. »Sie haben mir nicht einmal Ihren *Namen* genannt«, sagte sie schließlich.

»Ich bin Mike«, sagte er und streckte ihr seine Hand entgegen.

»Mike«, sagte sie grinsend, während sie an jemand anders dachte. »Schöner Name.« Sie schüttelte ihm die Hand, doch es war mehr als eine förmliche Geste. Sie drückten sich die Hände beide ein bißchen länger als nötig. »Ich bin Victoria.«

Die Haarsträhne war ihr wieder ins Gesicht gefallen. »Wissen Sie, ein anderer Mann namens Mike hat einmal zu mir gesagt, die einzigen Menschen, die wirklich offen miteinander sein können, sind Fremde oder Liebende.«

Er nickte bedächtig. »Da steckt eine Menge Wahrheit drin. Tja, ich glaube, ich habe eben mit Ihnen offener gesprochen, als ich es jemals mit meiner Frau getan habe.«

Sie sahen sich lange schweigend an.

»Wissen Sie«, sagte er, »ich bin ziemlich häufig in der Gegend um Washington. Hätten Sie Lust, sich irgendwann mal mit mir zu treffen? Ich meine, zum Mittag- oder vielleicht zum Abendessen.«

Ihr Lächeln verblaßte, doch sie sah ihn immer noch an. »Klar. Geben Sie mir doch einfach eine Visitenkarte.«

»Na ja, das würde es mir nicht gerade erleichtern, Sie anzurufen, wenn ich in die Stadt komme, nicht wahr?«

Sie zögerte, denn es war ihr Prinzip, niemals einem Fremden ihre Adresse zu geben. Aber vielleicht war das der Grund dafür, daß die einzigen Männer, denen sie begegnete, primitive Polizisten in überfüllten Bars waren, die ihre Augen verdrehten und sie baten, ihnen »eine Zigarre zu drehen«.

»Da haben Sie allerdings recht«, sagte sie. Sie nahm einen Stift aus ihrer Handtasche und schrieb ihre Telefonnummer auf eine Papierserviette. »Sie sind sich aber doch darüber im klaren, daß wir dann keine Fremden mehr wären.«

»Das macht nichts. Ich verspreche Ihnen, daß ich weiterhin vollkommen offen mit Ihnen sein werde. Nur über meine Exfrau werde ich nie wieder reden.«

Sie lachte in sich hinein, immer noch leicht beschwipst von den Wodka Tonics. »Damit kann ich leben«, sagte sie lächelnd.

Um 5.00 Uhr früh am Samstag war Curt Rollins ganz in Schwarz gekleidet – schwarze Jeans, Sweatshirt, Skimaske und Handschuhe. Eine schwarze Tasche, fest um seinen Bauch geschnallt, enthielt alles, was er brauchte. Er kniete hinter einem Gebüsch am Waldrand und beobachtete. Während der fünf Stunden, die er in seinem Versteck verbracht hatte, war die Temperatur um fünf Grad gefallen, aber es herrschte immer noch kein Bodenfrost. Er hatte eine halbe Schachtel Marlboro geraucht und nur noch eine übrig.

Das abgelegene Haus auf dem Hügel war vollkommen dunkel, nur das Licht auf der Veranda brannte. Dieses Haus war leicht. Nur ein Stockwerk. Keine Alarmanlage, keine Haustiere, keine Nachbarn. Er hätte schon längst loslegen können, doch irgend etwas hielt ihn zurück. Das weiße Holzhaus mit den blauen Fensterläden sah aus wie Hunderte oder auch Tausende andere, die er in seinem Leben gesehen hatte. Aber der schweflige Geruch nach Meerwasser, der kühle Wind, der durch die mit Fliegengitter eingeschlossene Veranda pfiff, und das einsame Klimpern des Windspiels verliehen der Umgebung etwas Vertrautes, das ihm unheimlich war. Alles erinnerte ihn an das erste Verbrechen, das er 1973 im Alter von zehn Jahren verübt hatte ...

Nach einem langen, langweiligen Sommertag näherte sich die Sonne dem Horizont, als er und sein bester Freund Frank über den Feldweg zum See hinuntergingen. Gleich würden sich die langen Schatten der Bäume über das Ufer legen und die Ochsenfrösche mit ihrem Quakkonzert beginnen. Curt trug sein Lieblings-T-Shirt von den Chicago Bears und viel zu große, abgelegte Jeans von seinem großen Bruder, die ihm frühestens in vier Jahren passen würden. Er hatte den gleichen kurzen Bürstenhaarschnitt wie sein Bruder, der bei den Marines war, und einen Arm voller Abziehbilder, die wie Tätowierungen aussahen.

»Laß uns Häuserschleicher spielen.«

Curt verzog das Gesicht. »Was ist das denn?«

»Weißt du denn überhaupt nichts?«

»Nee«, sagte er und verdrehte seine Augen zu einem Schielen. »Ich bin debilt.«

Frank verpaßte ihm einen Tritt in den Hintern. »Das heißt nicht *debilt*, du Debiler. Ich hab dir gesagt, du sollst dich nicht immer so blöd anstellen, sonst Spiel ich nicht mehr mit dir.« Frank war der Schlauere, aber er war für sein Alter zu klein. Dauernd hatte er Ärger mit anderen Kindern, die ihn »Franny« oder »Shorty« nannten. Curt war der einzige Junge, den er schlagen konnte, ohne sich von ihm eine einzufangen.

»Ich hab dieses Buch gelesen, das meine Mutter neulich gekauft hat«, sagte Frank. »Über einen Mann namens Manson. Der hat sich mit seiner Bande immer in Häuser geschlichen und alle Schubladen aufgemacht und so, und zwar als die Leute im Bett lagen und schliefen.«

»Ich geh in kein Haus rein, wenn die Leute zu Hause sind.«

»Bist du ein Feigling?«

»Nein. Aber das ist einfach bescheuert.«

Frank lachte verächtlich. »Du bist so ein Feigling, du würdest ja noch nicht mal in ein leeres Haus reingehen.«

»Klar, würd ich.«

»Beweis es. Laß uns in das Sommerhaus von den Dawsons unten am See gehen.«

Das weiße Holzhaus lag auf dem Hügel oberhalb des Loon Lake. Die Fensterläden waren immer noch für den Winter festgenagelt. Mit einem Stock hebelte Frank einen der blauen Lamellenläden auf der Rückseite des Hauses auf. Curt hob ihn hoch, damit er durch das Fenster spähen konnte. Frank schlug eine Fensterscheibe ein, schob das Fenster auf und kletterte hinein. »Los, komm«, rief er von drinnen.

Curt zog sich am Fenstersims hoch. Er versuchte, mit dem Kopf voran hineinzuklettern, doch ihm fehlte die Kraft in den Armen. Fr warf ein Bein über den Rand und versuchte es rückwärts. Schließlich war er von der Taille abwärts drinnen, suchte mit den Zehenspitzen blind nach einen Halt, bis er schließlich abrutschte und zu Boden fiel. Ein Tisch fiel um, und eine Lampe krachte zu Boden.

Curt sah sich um. Es war dunkel und muffig im Haus, aber in dem Licht, das durch das Fenster hereinfiel, konnte er erkennen, daß die Porzellanlampe in tausend Stücke zerbrochen auf dem Boden lag. »O nein«, stöhnte er.

Einer plötzlichen Eingebung folgend, flitzte Frank zu der zweiten Lampe auf der anderen Seite des Zimmers und warf sie vom Tisch. Dabei lachte er, als machte ihm das Spaß.

»Was *machst* du denn da?«

Frank lachte nur noch lauter. Seine Augen blitzten vor Aufregung, als er sich in dem Zimmer umsah. Er nahm einen

Schürhaken aus dem offenen Kamin und begann, damit Bücher aus den Regalen und Bilder von den Wänden zu reißen. Geschirr, der Fernsehapparat, Nippesfiguren – alles wurde zertrümmert. Curt brüllte ihn an, er solle damit aufhören, doch seine Stimme ging in dem Lärm unter.

Plötzlich hielt Frank keuchend inne. »Mach was kaputt«, rief er außer Atem.

Curt stand da und starrte ihn zitternd an.

»Wir haben das zusammen angefangen. Mach was kaputt!«

»Ich – ich will nicht.«

Den Schürhaken in beiden Händen rannte Frank direkt auf ihn zu und stieß ihn zu Boden. Curt lag auf dem Rücken, sein Freund stürzte sich auf ihn und drückte ihm den Schürhaken gegen den Hals. »Mach was kaputt! Oder ich bring dich um!«

Curt starrte ihn angstvoll nach Luft ringend an. »Okay«, krächzte er. Frank ließ ihn aufstehen, aber er blieb ihm dicht auf den Fersen, den Schürhaken wie einen Baseballschläger drohend über seinen Kopf haltend. »Den Spiegel«, sagte er und deutete auf die Stelle über dem offenen Kamin. »Wirf ihn runter.«

Curt holte tief Luft. Zögernd kletterte er auf einen Stapel Holzscheite und rüttelte an dem großen, in Eiche gerahmten Spiegel, während er sich mit einer Hand am Kaminsims festhielt. Der Spiegel ließ sich nicht bewegen.

»Fester!«

Mit beiden Händen versetzte Curt dem Spiegel einen heftigen Ruck. Als der Spiegel nachgab, verlor Curt das Gleichgewicht. Der Holzstapel unter seinen Füßen verrutschte, und er stürzte auf den harten Fußboden. Mit lautem Krachen landete der Spiegel auf seinem Fuß und zerbarst in tausend Stücke. Curt schrie vor Schmerz laut auf.

»Mein Bein!« Tränen liefen ihm übers Gesicht. Aus seiner blutenden Wade ragte ein dreieckiges Stück Spiegelglas von der Größe eines Pizzastücks.

»Stell dich nicht so an!«

»Laß uns hier abhauen!«

»Du machst alles voll Blut. Wegen dir werden wir noch geschnappt!« Frank rannte ins Schlafzimmer und kam mit einem Bettlaken zurück. Er wickelte seine Hand in den Stoff ein und zog die Scherbe aus Curts Bein. Curt schrie.

»Hör auf, dich wie ein Mädchen aufzuführen!«

Curts Stimme zitterte, er war völlig außer Atem. »Ich muß meine Mutter anrufen. Ich muß zum Arzt.«

Frank wickelte das Bettlaken um Curts Bein, aber es färbte sich sofort rot. »Häuserschleicher gehen nicht zum Arzt.«

»Aber das muß genäht werden.«

»Das kann ich auch machen. Ich hab meiner Mutter schon oft zugesehen, wie sie das in der Tierklinik macht. Es ist ganz einfach. Ich brauche nur Nadel und Faden.«

»Nein! Ich geh zum Arzt.«

»Das *kannst* du nicht! Du darfst keinem verraten, was passiert ist. Das ist genauso, wie wenn wir Armee spielen. Dieselben Regeln.«

»Ich will nicht mehr spielen.«

»Das ist kein *Spiel*«, brüllte Frank. »Du kennst die Regeln. Was sagst du, wenn du erwischt wirst? Gib mir eine Antwort! Oder ich trete dir ins Bein!«

»Tritt mich nicht!« schrie Curt. »Name, Dienstgrad und Nummer, das ist alles.«

»Wenn du zum Arzt gehst, bist du ein Verräter. Und Verräter sind das Erbärmlichste, was es auf der Welt gibt. Halt die Schmerzen aus. Halt sie einfach aus! ...«

Rollins biß sich auf die Lippe, er spürte es noch genau wie damals. Er blinzelte und schüttelte die Erinnerung ab. Er schaute nach Osten, wo der Horizont sich langsam orangefarben erhellte. Es würde bald hell sein, wenn er sich nicht beeilte. Er trat seine Zigarette aus, sammelte die Kippen vom Boden auf und steckte sie in seine Tasche, damit die Polizei sie nicht fand. Nach drei tiefen Atemzügen sprang er hinter dem Gebüsch hervor und schlich durch den Garten auf das dunkle, stille Haus des nächsten Opfers auf der Liste zu.

16. Kapitel

Im frühen Morgengrauen schlug Karen die Augen auf. Die Schlafzimmerwände waren in einem blassen Himmelblau gestrichen. Auf der Tür prangte ein postergroßes Foto der Abschlußklasse der Clearwater Highschool aus dem Jahr 1982. Von einem Regalbrett gegenüber dem Bett aus starrten sie Kermit, Pu der Bär und die anderen aus ihrer Kindheit übrig gebliebenen Plüschtiere an. Ein verlockender Kaffeeduft sagte ihr, daß der Tag in der Küche bereits begonnen hatte. Sie warf einen Blick auf den alten, herzförmigen Snoopy-Wecker auf dem Nachttisch, lehnte sich auf ihrem Kissen zurück und lächelte. 7.00 Uhr. Heute hatte sie eine ganze Stunde Schlaf mehr bekommen. *Wenigstens schläft Mom sich am Wochenende aus.*

Obwohl sie ihre Sekretärin angewiesen hatte, allen zu sagen, sie sei auf einer Dienstreise, war sie in Wirklichkeit für eine Woche zu ihrer Mutter gefahren, fort von Mike, ihrem Eheberater und ihren gemeinsamen Freunden, die es alle so gut mit ihnen meinten. Es gab Dinge, die sie mit sich allein ausmachen mußte, und es fiel ihr schwer, ihre Ehe in einem objektiven Licht zu sehen, solange sie in dem Haus wohnte, das sie und Mike gemeinsam eingerichtet hatten, und solange sie jeden Morgen in dem Bett aufwachte, das sie bisher mit ihm geteilt hatte.

Sie zog ihren Morgenmantel und ihre Pantoffeln an, bürstete ihr Haar, machte einen kurzen Abstecher ins Badezimmer und schlurfte verschlafen in die Küche.

»Guten Morgen, Liebes«, sagte ihre Mutter gutgelaunt. Sie war bereits geschminkt und schick angezogen in ihrer eleganten blauen Hose und der rosa Bluse, über die sie eine geblümte Schürze gebunden hatte. Sie stand vor dem Herd und briet Pfannkuchen.

Karen drückte ihr einen flüchtigen Kuß auf die Wange, dann schenkte sie sich eine Tasse Kaffee ein.

»Milch steht auf dem Tisch«, sagte ihre Mutter. »Ich habe um acht einen Termin beim Frisör. Ich dachte, vielleicht hast du ja Lust mitzukommen.«

Karen lächelte traurig. Selbst nach einem Jahr deprimierte sie immer noch die Vorstellung, daß ihre Mutter zu dem Witwenkränzchen gehörte, das sich jeden Samstagvormittag im Frisörladen traf. Sie fuhr sich mit den Fingern durchs Haar und sagte: »Ach ... ich glaube, lieber nicht.«

Ihre Mutter trug eine Platte mit Pfannkuchen auf den Tisch und setzte sich ihr direkt gegenüber. Karen starrte den riesigen Berg Pfannkuchen mit großen Augen an. »Mom, wir sind doch nur zu zweit. Oder hast du alle Nachbarn eingeladen?«

»Die guten sind oben. Die weniger guten liegen unten.«

Karen hob ihren Teller wie ein Bettler und lächelte anerkennend. »Ich nehme einen von den guten.«

Sie tränkte die Pfannkuchen mit all den guten Sachen, die sie selbst nie kaufte – echte Butter mit all dem Fett, echten Ahornsirup mit all den Kalorien. Sie aß schweigend, hörte nur halb hin, als ihre Mutter ihr aufzählte, was sie alles für den Tag geplant hatte. Nach einigen Bissen legte sie ihre Gabel weg und setzte den bedrückten Blick auf, mit dem sie während der letzten zweiunddreißig Jahre noch stets die Aufmerksamkeit ihrer Mutter erregt hatte.

»Was ist los, Liebes?«

»Mom, hast du Daddy gegenüber jemals Geheimnisse gehabt?«

Sie lehnte sich verblüfft zurück. »Wie kommst du denn jetzt darauf?«

»Hast du?«

Ihr Löffel klimperte in ihrer Tasse, als sie nervös ihren Kaffee umrührte. »Ich denke schon, sicher.«

»Ich meine keine Kleinigkeiten. Wichtige Dinge.«

»Jeder Mensch hat Geheimnisse, Karen.«

»Was war das größte Geheimnis, das du ihm gegenüber hattest?«

»Ach, du liebe Güte«, erwiderte sie seufzend. »Ich weiß es nicht.«

»Ich weiß, daß das sehr persönlich ist. Aber es ist wichtig.«

Sie sah in die bedrückten Augen ihrer Tochter und wußte, daß es wirklich wichtig war. »Na gut. Also ...« Ihr Blick wanderte ins Wohnzimmer hinüber, während sie überlegte. »Jetzt weiß ich's. Erinnerst du dich noch an Daddys ersten Lincoln? Diesen Mark IV oder wie der damals Anfang der siebziger Jahre hieß.«

»Das Auto hat er geliebt«, sagte Karen mit einem wehmütigen Lächeln.

»Ja, dieses Auto hat er wirklich geliebt. Ich war die einzige, die es außer ihm fahren durfte.«

»Ich kann mich noch nicht einmal daran erinnern, daß er dich je hat fahren lassen.«

»Ich hab's gefahren. Einmal. Ich bin genau bis ans Ende der Einfahrt gekommen. Das verdammte Vehikel war so lang, daß ich es glatt gegen den Briefkasten gesetzt habe.«

Karen mußte laut lachen, hielt sich jedoch dann den Mund zu. »Tut mir leid. Es ist nicht lustig.«

»Damals war es jedenfalls furchtbar. In seinem ganzen Leben hatte dein Vater sich noch nie ein teures, neues Auto geleistet. Es war erst zwei Wochen alt, und ich hab eine dicke Beule in die Stoßstange gefahren.«

»Und was hast du dann gemacht?«

»Glücklicherweise war dein Vater auf Geschäftsreise. Also hab ich es in die Werkstatt gebracht und reparieren lassen.«

»Hast du's Daddy erzählt?«

»Nein, nie.«

»Hattest du denn kein schlechtes Gewissen?«

»Manchmal. Aber ich fand, daß das eine der wenigen Situationen war, in denen es egoistisch gewesen wäre, ihm davon zu erzählen. Durch ein Geständnis von mir hätte er sich ja nicht besser gefühlt. Nur *ich* hätte mich erleichtert gefühlt, indem ich mein Gewissen bereinigt hätte. Er war so glücklich über dieses neue Auto. Wieso sollte ich ihm die Freude verderben?«

»Klingt vernünftig.«

»Natürlich tut es das. Aber das Problem ist, man kann für alles eine vernünftige Erklärung finden, Karen. Zum Beispiel dafür, daß man seinem Partner eine Affäre verschweigt. Warum so egoistisch sein und es dem Ehemann beichten? Es würde nur sein Bild von dir zerstören.«

»Wo hast du denn für dich die Grenze gezogen?«

»Ich habe sie einfach gezogen. Und das ist das eigentliche Problem mit Geheimnissen. Wie Nixon und Watergate. Die Vertuschung ist schlimmer als das Verbrechen selbst. Wenn du erst einmal etwas vor jemandem verschweigst, wird es von Tag zu Tag schwerer, ihm die Wahrheit zu sagen. Als dein Vater das Auto verkauft und ein neues angeschafft hatte, hätte ich ihm erzählen können, daß ich einmal eine Beule hineingefahren habe. So etwas Schlimmes war es ja nicht. Ein Auto ist schließlich nur ein *Gegenstand.* Aber die Tatsache, daß ich ihm das so lange verschwiegen hatte – das hätte ihn wirklich verletzt. Es ist wie die Büchse der Pandora. Er hätte angefangen zu überlegen, Moment mal, was für Geheimnisse hat meine Frau wohl sonst noch vor mir?«

»Also hast du's ihm nie erzählt.«

»Nein, nie.«

Eine Weile saßen sie schweigend da. Schließlich sah Karens Mutter sie besorgt an und fragte: »Liebling, gibt es etwas, das du Mike verschweigst?«

Karen starrte in ihre Kaffeetasse. »Ja. Und es ist genau so, wie du gesagt hast. Ich habe es so lange vor ihm geheimgehalten, daß ich nicht weiß, wie ich es ihm jemals sagen soll.«

»Ich bin sicher, er wird dich verstehen, wenn es sich nur um eine Kleinigkeit handelt.«

»Es ist aber keine Kleinigkeit. Im Gegenteil.«

»Wie schlimm ist es denn?«

Sie blickte auf, und ihre Augen füllten sich mit Tränen. »Mom«, sagte sie mit zitternder Stimme, »du weißt, wie schlimm es ist.«

Die Augen der alten Frau wurden traurig. Sie wußte es. Und an Karens Augen konnte sie erkennen, daß die Jahre des Schweigens es zu einem noch größeren Geheimnis gemacht hatten, als es je gewesen war. Sie erkannte, daß es zumindest in Karens Augen unaussprechlich geworden war.

Die Morgensonne erfüllte Zacks Penthousewohnung mit warmem Licht, doch Mike war nur halb wach. Sein Haar stand nach einer weiteren schlaflosen Nacht in alle Richtungen ab. Stundenlang hatte er sich im Bett hin und her gewälzt und über die seltsamen Ereignisse der vergangenen Woche nachgedacht. Es hatte fast etwas Makabres, wie plötzlich lauter Freunde und Kollegen von der NEW YORK TIMES, der WASHINGTON POST und von überall im Land bei ihm anriefen, um ihm zu gratulieren. Seine Exklusivstory vom Samstag war am Sonntag in allen anderen Zeitungen in den Schlagzeilen gelandet. Die Willkür, mit der der Mörder seine Opfer auszusuchen schien, und die Tatsache, daß er an völlig verschiedenen Orten im Land zuschlug, hatte die Mordserie zu einem Fall von nationalem Interesse gemacht: Jeder Ort konnte der nächste Tatort sein. Das Beste, hatte Aaron Fields bemerkt, sei jedoch, daß selbst der SAN FRANCISCO CHRONICLE – die Tageszeitung aus der Heimatstadt des Opfers – die Neuigkeiten nur mit dem Zusatz »laut Bericht in der MIAMI TRIBUNE« drucken konnte.

Wunderbar, dachte Mike. *Dreizehn Jahre lang hab ich mir den Arsch aufgerissen, und kaum zücke ich ein Scheckbuch, krieg ich die beste Geschichte meines Lebens.*

Allerdings tauchte in dem ganzen Gedankenwirrwarr auch immer wieder die bedrückende Vorstellung von weiteren möglichen Opfern auf. Mike wußte nur zu gut, daß der Mörder nach der letzten Zahlung sofort wieder zugeschlagen hatte. Jedesmal, wenn es ihm gelang, die Gedanken an die Morde zu verdrängen, brachte die Erinnerung an Karen ihn um den Schlaf. Seit Montag versuchte er, sie telefonisch zu erreichen, doch ihre Sekretärin hatte ihm beschieden, sie sei »auf Dienstreise und nicht zu erreichen«. Er fand es schrecklich, nicht mit ihr reden zu können, doch sie war offenbar nicht bereit, sich anzuhören, was er zu dem Debakel in der Hochbahn zu sagen hatte. In Gedanken spielte er immer wieder das perfekte Gespräch mit ihr durch, bei der er ihr alles erklärte und sie ihm alles verzieh. Er schlief nicht, aber er wußte, daß er träumte.

In Shorts und T-Shirt saß er verschlafen auf Zacks Ledersofa, starrte in den Fernseher, wo die Frühstücksnachrichten liefen, und nippte an seinem Kaffee, als das Telefon klingelte. Er schaltete den Fernseher ab und langte nach dem schnurlosen Telefon auf der Anrichte.

»Vielen Dank für die Kohle, Posten.«

Ein plötzlicher Adrenalinstoß ließ ihn vom Sofa aufspringen. Mit dem Hörer am Ohr ging er durch die geöffnete Glasschiebetür auf den Balkon. Er starrte hinunter auf das grüne Blätterdach und fragte sich, ob der Informant womöglich so nah war, wie er sich anhörte. »Bedanken Sie sich nicht. Das ist *Erpressung*.«

»Tut mir leid. Ich vergesse dauernd, daß ich Sie *zwinge*, der erfolgreichste Journalist von ganz Amerika zu werden.«

»Hören Sie, so früh am Morgen bin ich nicht dazu aufgelegt, Ihre albernen Spielchen zu spielen. Sagen Sie mir, wer der Mörder ist.«

»Für eine Antwort auf *diese* Frage müssen Sie Ihren Dispokredit aber mächtig erhöhen.«

»Sind Sie es?« fragte Mike.

In der plötzlich eintretenden Stille konnte Mike ein Klimpern in der Leitung hören, wie von einem Windspiel vielleicht – oder wie von Falleinen, die in der leichten Brise gegen die Masten von tausend Segelbooten schlugen. Einer Ahnung folgend, lehnte er sich über das Balkongeländer, reckte sich so weit vor, bis die Münzfernsprecherhäuschen auf der gegenüberliegenden Straßenseite am Yachthafen in sein Blickfeld kamen. Er konnte das BELLSOUTH-Logo auf dem Dach der Telefonzellen sehen, doch es war nicht zu erkennen, ob irgend jemand gerade telefonierte. »Also, was ist? Sind Sie der Mörder?«

»Versuchen Sie etwa, diesen Anruf zurückzuverfolgen? Reden Sie deswegen so viel Scheiße, um das Gespräch in die Länge zu ziehen?«

»Nein.«

»Würde Ihnen sowieso nichts nützen. Ich benutze ein öffentliches Telefon. Bis irgendeiner das gefunden hat, bin ich längst in einem anderen Staat.«

Ein öffentliches Telefon – und er klang, als sei er ganz in der Nähe! Mike lehnte sich noch einmal über das Geländer, versuchte verzweifelt, etwas Genaueres zu erspähen. Er befand sich im zwanzigsten Stock und führte sich auf wie ein Trapezkünstler. Als er nach unten sah, verlor er das Gleichgewicht. Im letzten Augenblick fand er, wild mit den Armen fuchtelnd, wieder Halt und ließ das Telefon fallen. Er hatte immer noch nichts erkennen können. »Ich versuche nicht, den Anruf zurückzuverfolgen.«

»Sie können mir viel erzählen. Es stinkt mir schon, daß ich mir darüber überhaupt Sorgen machen muß. Ich habe *Sie* unter Tausenden von Journalisten ausgesucht, weil ich dachte, ich könnte Ihnen trauen.«

»Ich bin absolut vertrauenswürdig.«

»Das reicht nicht. Ich vertraue Ihnen mein *Leben* an, Mann. Alles, was Sie riskieren, ist Ihr guter Ruf.«

»Dann riskiert wenigstens einer von uns etwas Wertvolles.«

»Immer derselbe alte Klugscheißer, was? Gut, daß wir uns nie begegnen werden. Könnte heikel werden.«

»Soll das eine Drohung sein?«

»Ich drohe nicht. Ich mache nur Vorhersagen – schon vergessen?«

Mike spürte, wie sein Magen sich zusammenzog. »Sie haben immer noch nicht meine Frage beantwortet. Sind Sie der Mörder?«

»Von mir kriegen Sie keine Antwort umsonst.«

»Wahrscheinlich sind Sie deswegen so was Besonderes.«

»Deswegen unterscheide ich mich von niemandem. Keiner sagt die Wahrheit, ohne daß er was dafür kriegt. Jeder erwartet doch für alles eine Gegenleistung. Macht, Respekt, Sex, Liebe. Ich will nur Geld. Verdammt – ich bin völlig unproblematisch.«

»Das ist alles andere als unproblematisch.«

»Aber nur, weil Sie es komplizierter machen als nötig, weil Sie dauernd an den falschen Stellen nach Antworten suchen.«

»Und wo sollte ich Ihrer Meinung nach suchen?«

»Versuchen Sie's mal mit dem Handschuhfach im Wagen Ihrer Frau.«

»Sie Dreckskerl. Lassen Sie meine Frau aus der Sache heraus.«

»Es ist ein echtes Sonderangebot, Posten. Opfer Nummer acht und neun. Ein verheiratetes Paar. Der erste Doppelmord. Wie dringend wollen Sie die Story haben? Dringend genug, um zur Tiefgarage am Flughafen zu fahren und den Wagen Ihrer Frau zu durchsuchen, während sie verreist ist?«

Die Vorstellung, daß der Kerl Karen verfolgte und über ihren Aufenthaltsort Bescheid wußte, machte Mike wütend.

Ihm wurde klar, daß es keine Möglichkeit gab, sich wirksam gegen einen gesichtslosen Feind zu schützen. Frustriert starrte er vom Balkon hinab und wünschte, er hätte eine bessere Sicht. »Von jetzt an«, sagte er erbost, »halten Sie sich ausschließlich an mich, oder das Geschäft platzt, Punkt, aus.«

»›Von jetzt an‹ – das gefällt mir. Es bedeutet, daß Sie dies als eine langfristige Geschäftsbeziehung betrachten. Das ist gut so, denn Ihre nächste Zahlung wird sich noch einmal auf hunderttausend belaufen. Und ich will das Geld bald sehen. Ich gebe Ihnen zwei Arbeitstage. Dienstag ist die Zahlung fällig.«

»Es *reicht. Stoppen* Sie einfach diese Morde, verdammt noch mal.«

»Immer mit der Ruhe, Sie Maulheld. Ich muß mich langsam auf die Socken machen, ich lege also jetzt auf, für den Fall, daß Sie doch versuchen, diesen Anruf zurückzuverfolgen. Aber bleiben Sie in der Nähe des Telefons, denn ich werde sie gleich wieder anrufen. Ich verspreche Ihnen, daß ich etwas für Sie habe, das gut und gerne hunderttausend wert ist.«

Es klickte in der Leitung. Mike lehnte sich sofort über das Balkongeländer, um zu sehen, ob jemand eine der Telefonzellen verließ. Von seiner Position aus konnte er nicht einmal das erkennen. Er überlegte, ob er schnell in den Aufzug springen oder gar die zwanzig Stockwerke über das Treppenhaus hinunterrennen sollte. Aber die Reichweite des schnurlosen Telefons beschränkte sich auf die Wohnung, und er wollte den zweiten Anruf nicht verpassen. Dann hatte er plötzlich eine Idee. Er eilte an seinen Schrank, schnappte sich sein Fernglas, stürzte aus der Wohnung, ließ die Tür offen und rannte bis zum Ende des Flurs an ein Fenster, in der Hoffnung, von dort aus eine bessere Sicht auf die Telefonzellen zu haben. Doch eine ausladende Eiche versperrte ihm auch dort den Blick.

»Verdammt!« Er eilte zurück zu Zacks Wohnung, blieb jedoch vor der Tür des Nachbarn stehen. Die Aussicht nach Norden! Er hämmerte mit der Faust gegen die Tür, wartete ein paar Sekunden, klopfte noch einmal. Ein verschlafener Mann im Schlafanzug öffnete die Tür, hatte jedoch die Sicherheitskette vorgelegt. Mißtrauisch spähte er durch den Türspalt.

»Es geht um Leben und Tod! Lassen Sie mich rein, *bitte.* Ich muß auf Ihren Balkon!«

Der Mann verzog das Gesicht und murmelte etwas auf Spanisch.

Scheiße! Zum hunderttausendsten Mal, seit er in Miami wohnte, wünschte Mike, er könnte Spanisch sprechen. *»Por favor,* äh ...«

In Zacks Wohnung klingelte das Telefon. Da die Tür offen stand, hörte Mike es im Flur widerhallen.

»Lassen Sie mich rein, nur für einen kurzen Augenblick – *bitte*!«

Der Mann zuckte die Achseln und schlug die Tür zu.

Das Telefon läutete immer noch. Mike rannte in die Wohnung und nahm den Hörer ab.

»Wieso haben Sie denn so lange gebraucht?«

Mike rang nach Luft. Die Stimme klang, als sei sie noch näher als zuvor. »Wo sind Sie?«

»Wo ich bin, wer ich bin, das spielt keine Rolle. Aber der Killer – der ist viel wichtiger. Also, holen Sie sich einen Stift und schreiben Sie schnell. Hier kommt Ihre Hunderttausend-Dollar-Story. Jetzt kommt, was die Polizeipsychologen ein Täterprofil nennen.«

Mike stand in der Tür, er war hin und her gerissen. Er konnte nach unten rennen auf die bloße Vermutung hin, daß er den Anrufer dort finden würde, aber bei der begrenzten Reichweite seines Telefons würde die Verbindung abreißen, und seine Story wäre zum Teufel – die ganze Hunderttausend-Dollar-Exklusivstory. Seine Schuldgefühle drehten ihm den Magen um, genau wie beim letztenmal, als er Aaron Fields angerufen hatte, um ihn zu bitten, ihm die erste Seite zu reservieren.

»Ich höre«, sagte er, als er die Wohnung betrat und die Tür schloß. »Schießen Sie los.«

17. Kapitel

Bei ihrer Ankunft am Flughafen in Washington freute Victoria sich auf die kurze Heimfahrt und ein schönes, heißes Schaumbad. Doch noch ehe sie am Gepäckförderband angekommen war, hatte sich ihr Traum von einem gemütlichen Abend in Wohlgefallen aufgelöst. Ein Kollege hatte sie am Flugsteig mit neuen Anweisungen erwartet, und kurze Zeit später saß Victoria wieder in einem Flugzeug und landete am Samstag vormittag um 10.30 Uhr in Tampa, Florida.

Clearwater Beach lag etwa vierzig Autominuten vom Flughafen entfernt. Victoria fuhr die ihr vertraute Strecke mit Tempomat und ließ ihren Blick immer wieder auf die unruhige See in der Bucht von Tampa hinausschweifen. In Gedanken erlebte sie noch einmal jene nervenaufreibenden Minuten, als sie am letzten Dienstag abend vergeblich Jagd auf den orangefarbenen Punkt in der dunklen Gasse gegenüber von Timothy Copelands Wohnung gemacht hatte. Die Situation erschien ihr wie eine Metapher für die gesamten Ermittlungen in diesem Fall: ein Hoffnungsschimmer, der aufblitzt und nur in die nächste dunkle Sackgasse führt.

Sie fragte sich, ob sie tatsächlich so nah an dem Killer dran gewesen war, versuchte sich vorzustellen, was im Kopf eines Serienmörders vor sich ging, der sie bei der Untersuchung des Tatorts beobachtete. Solche Fälle waren durchaus bekannt. Während ihrer Ausbildung hatte sie gelernt, daß Serienmörder – vor allem, wenn es sich um intelligente Täter handelte – sich häufig in die Ermittlungen einschalteten, manchmal nur wegen des Nervenkitzels, meistens jedoch, um sich über den Stand der Ermittlungen und über die Leute, die sie durchführten, zu informieren. Ted Bundy hatte als freiwilliger Helfer in einer Beratungsstelle für Vergewaltigungsopfer in Seattle gearbeitet und im selben Zeitraum mehrere Frauen in der Stadt ermordet. Edmund Kemper, der Co-ed-Killer von Kalifornien – mit einem IQ von 148, höher als Einsteins –, hatte so freundschaftlich mit der Polizei zusammengearbeitet, daß die glaubte, es mit einem Verrückten zu tun zu haben, als er schließlich anrief und die Morde gestand.

Plötzlich hatte Victoria eine Idee, die ihre müden Augen aufleuchten ließ. Sie nahm das Diktiergerät vom Beifahrersitz, hielt es sich vor den Mund und drückte auf AUFNAHME. »Vorschläge für die weitere Vorgehensweise: Erstens: Einberufung von Bürgerversammlungen in jeder betroffenen Gemeinde, um die Morde zu diskutieren. Veröffentlichung der Termine in der Lokalpresse. Überwachung der Versammlungen durch Zivilbeamte und Videokameras, da der Mörder möglicherweise dort auftaucht. Zweitens: In jeder betroffenen Stadt Bars und andere Treffpunkte durch Zivilbeamte überwachen lassen. Auf Leute achten, die durch besonderes Interesse an den Morden auffallen. Drittens ...«

Sie hielt inne und seufzte. Sie wußte, daß sie sich noch eine dritte Möglichkeit überlegt hatte, aber nach einer Nacht im Flugzeug hatte ihr Verstand sich abgemeldet. Sie befand sich ohnehin kurz vor der Ausfahrt, also schaltete sie ihr Diktiergerät aus und konzentrierte sich auf die Straße.

Fünf Minuten später fuhr sie durch eine ruhige Wohngegend mit lauter Einfamilienhäusern im Farmhausstil aus den fünfziger und sechziger Jahren. Die meisten Häuser waren während der letzten Jahre von jüngeren Familien modernisiert worden, die Dächer neu gedeckt und die Außenwände mit frischen Farben gestrichen worden. Dazwischen standen die Häuser der ursprünglichen Besitzer, die leicht an den alten Fensterläden und den rosafarbenen Plastikflamingos im Vorgarten zu erkennen waren. Nachdem sie die richtige Hausnummer gefunden hatte, parkte Victoria den Mietwagen am Straßenrand am Ende der Sackgasse.

Sie warf einen Blick in den Spiegel. Schlimmer Fall von zerknittertem Nachtfluggesicht, aber es würde reichen müssen. Sie ging auf das Haus zu und verglich noch einmal die Adresse. 415 Bell Aire Lane. Sie drückte auf die Klingel und wartete. Eine etwa sechzigjährige Frau mit rundem Gesicht öffnete die Tür. Sie hatte freundliche Augen, und mit ihren perfekt frisierten silbergrauen Haaren sah sie so aus, als käme sie gerade vom Friseur.

Victoria hielt kurz ihre Dienstmarke hoch, um sich auszuweisen. »Sind Sie Edith Malone?«

Besorgt zog die Frau die Brauen zusammen. »Ja«, sagte sie zögernd. »Worum geht es denn?«

»Es besteht kein Grund zur Aufregung. Ich bin gekommen, weil ich Ihre Tochter sprechen möchte.«

»Meine *Tochter*? Wieso? Ich hoffe, sie befindet sich nicht in Schwierigkeiten.«

Victoria steckte ihre Dienstmarke ein und erwiderte emotionslos: »Jedenfalls keine Schwierigkeiten, die sie verursacht hat. Darf ich bitte eintreten?«

»Ja, selbstverständlich. Kommen Sie herein«, sagte Edith Malone und hielt ihr mit zitternden Händen die Tür auf.

Victoria fuhr zum Flughafen, wo sie und Karen eine kleine, achtsitzige Propellermaschine bestiegen. Karen wirkte irritiert, und Victoria hatte großes Mitgefühl mit ihr. Diese Frau war allein wegen ihrer ehelichen Probleme für eine Woche zu ihrer Mutter gefahren, um dort in Ruhe über alles nachdenken zu können. Victoria überlegte, wie sie sich fühlen würde, wenn sie an einem Tag von einem wildfremden Mann in der Hochbahn verfolgt würde, nur um eine Woche später zu erleben, daß das FBI sie im Haus ihrer Mutter am anderen Ende des Staates aufspürte. Doch auf dem Flug nach Miami erklärte sie Karen die Sachlage.

»Wieso hat man mir das alles nicht schon früher gesagt?«

Victoria ließ sich Zeit mit ihrer Antwort. »In dem Augenblick, als wir erfuhren, daß der Informant die letzte Nachricht im Handschuhfach Ihres Wagens hinterlegt hatte, war uns klar, daß Sie in Gefahr schweben und wir Sie einweihen müssen. Sie sind inzwischen direkt in den Fall verwickelt. Solange Sie nicht wissen, was vor sich geht, können wir Ihnen unmöglich angemessenen Schutz bieten, den Sie von jetzt ab brauchen. Außerdem müssen Sie in der Lage sein, Ihre eigenen Vorkehrungen zu treffen und sich selbst zu schützen. Zu Ihrer eigenen Sicherheit haben wir sofort gehandelt, ohne Ihren Mann vorher darüber zu informieren.«

»Das beantwortet meine Frage nicht. Ich möchte wissen, warum man mich nicht *von Anfang an* aufgeklärt hat.«

Victoria wollte gerade antworten, hielt jedoch im letzten Moment inne. Schließlich erklärte sie: »Diese Entscheidung wurde gemeinsam von Ihrem Mann und dem FBI getroffen.«

»Wollen Sie damit sagen, Mike war damit einverstanden?«

»Ja, aber ich möchte nichts vorwegnehmen. Das soll er Ihnen selbst erklären, wenn wir ankommen.«

»Da bin ich aber sehr gespannt«, sagte Karen verächtlich.

Einige Minuten lang saßen sie schweigend nebeneinander, jede beim Dröhnen der Motoren in ihre eigenen Gedanken vertieft. Mehrmals sah Victoria heimlich zu Karen hinüber, die sich allmählich zu beruhigen schien. Schließlich begegneten sich ihre Blicke, und sie lächelten sich verlegen zu.

»Und«, sagte Karen, »wie gefällt es Ihnen, mit Mike zusammenzuarbeiten?«

»Gut. Völlig problemlos.«

»Mögen Sie ihn?«

»Ob ich ihn mag? Klar, sicher. Andererseits verbringe ich die meiste Zeit damit, psychopathische sexuelle Sadisten zu verfolgen. So gesehen wäre selbst Saddam Hussein der reinste Lichtblick.«

Karen lächelte. »Sie haben wirklich einen ungewöhnlichen Beruf. Ich frage mich –«

»Warum ich das mache«, beendete Victoria den Satz für sie. »Ihr Mann hat mir dieselbe Frage gestellt. Ich habe ihm meine Standardantwort gegeben.«

»Mike läßt sich von *niemandem* mit der Standardantwort abspeisen.«

»Das habe ich bemerkt. Er war überhaupt nicht begeistert und machte eine ironische Bemerkung darüber, daß ich mich wahrscheinlich aufgrund irgendeines Erlebnisses in meiner Kindheit als ewiges Opfer fühle.«

Karen zog interessiert die Brauen hoch. »Heißt das, Sie haben diesen Beruf gewählt, um Rache zu üben?«

»Ich bin kein Mitglied der Bürgerwehr, falls es das ist, was Sie meinen.«

»Tut mir leid, das habe ich nicht gemeint. Ich dachte nur, ich könnte Ihre Rachegefühle gut verstehen, wenn Sie, na ja, wenn Sie selbst Opfer wären. Ich könnte es verstehen, wenn eine Frau sich von solchen Gefühlen leiten ließe.« Sie rieb sich die Nasenwurzel, als hätte sie Migräne. »Wenn Sie selbst Opfer wäre.«

Victoria sah sie verwirrt an. »Geht es Ihnen gut?«

»Ja, ja, es geht mir gut«, sagte sie mit einem tapferen Lächeln. »Ich mußte nur gerade daran denken, wie schnell die Opfer vergessen werden. Ich könnte mir vorstellen, daß das für die Opfer das Schlimmste ist. Von Leuten umgeben zu sein, die etwas, was man selbst niemals vergessen kann, am liebsten so schnell wie möglich aus ihrem Gedächtnis streichen würden.«

Victoria zögerte, dann legte sie ihr vorsichtig die Hand auf den Arm. »Gibt es etwas, das Sie mir gern erzählen würden?«

»Nein, eigentlich nicht. Wahrscheinlich hat die Vorstellung, daß ein Serienmörder sich an meinem Handschuhfach zu schaffen gemacht hat, mich ein bißchen durcheinandergebracht. Aber ich würde Sie wirklich gern von Frau zu Frau etwas fragen. Hilft es Ihnen, sich mit der Verfolgung von Serienmördern zu befassen?«

»Wobei?«

»Dabei, das, was immer Sie dazu gebracht hat, diesen Beruf zu ergreifen, zu verarbeiten.«

»Ich möchte nicht, daß Sie annehmen, es gäbe irgendein großes, häßliches Geheimnis in meinem Leben.«

»Das tue ich nicht. Es interessiert mich einfach.«

»Ich rede nicht gern über mich selbst«, sagte Victoria vorsichtig und sah Karen in die Augen. Sie wirkte nicht neugierig, sondern schien ernsthaft interessiert. »Also, wenn Sie es wirklich wissen wollen, ich glaube, es hat etwas mit meiner ... sagen wir Familiengeschichte zu tun. Ich bin halb Jüdin, halb Kubanerin. Manchmal denke ich, meinem Chef wäre es am liebsten, wenn ich auch noch behindert wäre, dann würde ich noch eine weitere Minderheit abdecken, aber das ist eine andere Geschichte.

Mein Großvater mütterlicherseits ist in Auschwitz umgekommen. Mein Onkel – der Bruder meines Vaters – hat sechsundzwanzig Jahre in einem von Castros Gefängnissen für politische Häftlinge verbracht. Familienfeste waren bei uns der reinste Horror. Ein paar alte Säufer, die sich mit Sangria vollaufen ließen und sich darüber stritten, wer das Schlimmste durchgemacht hatte. Jedenfalls habe ich das als Kind so erlebt. Als ich älter wurde, haben mich die Geschichten dann immer mehr fasziniert. Ich fing an, mich dafür zu interessieren, was im Kopf von Kriminellen vorgeht, vor allem von solchen, die durchaus in der Lage sind, Gut und Böse voneinander zu unterscheiden und trotzdem immer wieder töten, ohne Reue zu empfinden oder auch nur das geringste Anzeichen eines schlechten Gewissens zu entwickeln.«

»Sie sind also eine von der Sorte Kriminalisten, die sich gern in die Gedankenwelt des Mörders versetzen.«

»Das würde ich nicht sagen. Ich versuche, den Mörder zu durchschauen, indem ich ihn mit den Augen des Opfers betrachte. Das heißt, ich krieche vielleicht nicht so tief in den Kopf des Mörders, wie das manche Kollegen tun. Aber der Blickwinkel des Opfers bringt mich dazu, weiter zu ermitteln, wenn andere längst aufgeben.«

Karen nickte nachdenklich. »Ich habe mir schon gedacht, daß Sie so sind.«

»Sie meinen, auf der Seite der Opfer?«

»Nein. Eine Frau, die nie aufgibt.«

Victoria hatte den Eindruck, eine Reserviertheit aus Karens Ton herauszuhören, die sie von den Ehefrauen der Männer, mit denen sie zusammenarbeitete, manchmal zu spüren bekam.

Schweigend sahen sie einander an. Dann wandten sie sich ab und schauten aus den kleinen, ovalen Fenstern über der Tragfläche auf Okeechobeesee unter ihnen.

18. Kapitel

Zum erstenmal seit zwei Monaten fuhr Mike nach Hause. Glücklicherweise war Karen ein Gewohnheitsmensch, und so war es ihm nicht schwergefallen, ihr Auto am Flughafen zu finden – sie parkte immer auf Ebene K wie »Karen«, damit sie sich ihren Parkplatz besser merken konnte.

Hätte er nicht einen Umschlag mit den Namen von zwei weiteren Opfern in der Tasche gehabt, wäre es ein gutes Gefühl gewesen, den Wagen in der Einfahrt zu parken und über den geschwungenen Plattenweg durch den Vorgarten auf das Haus zuzugehen. Wie auch immer sie ihre Ehekrise bewältigen würden, dieses rosafarbene Haus mit dem weißen Stuck würde ihm immer als ein schöner Ort im Gedächtnis bleiben, voller Erinnerungen an glücklichere Zeiten. Er erinnerte sich noch genau an den Tag, als er und Karen vor fünf, sechs Jahren die kleinen Hecken um die Blumenbeete gepflanzt hatten. Es hatte fast die ganze Zeit in Strömen geregnet. Am Ende waren sie lachend im Schlamm herumgerollt, waren ins Haus gerannt, hatten sich gegenseitig abgeseift und den Rest des Tages im Bett verbracht.

Es gefiel ihm, daß alles noch genauso aussah wie immer. Karen hatte nichts verändert. Ein gutes Zeichen, dachte er. Das einzige Problem war, daß nicht Karen, sondern Victoria Santos ihn in sein Haus eingeladen hatte.

»Kommen Sie rein«, sagte Victoria, als sie die Tür öffnete.

»Danke. Nett, daß das FBI mich in mein eigenes Haus einlädt.«

Sie hatte sich bei ihrem Anruf reichlich nebulös ausgedrückt, aber Mike hatte ihren Andeutungen entnommen, daß Karen ebenfalls da sein würde und daß sie endlich doch eingeweiht worden war. Dennoch schlug sein Herz einen Takt schneller, als er sie auf dem Wohnzimmersofa sitzen sah. Am liebsten hätte er sie in den Arm genommen, doch sie erhob sich langsam und wirkte beinahe abweisend. Ihre Distanziertheit verstärkte die Schuldgefühle, die ihn quälten, weil er ihr nicht von Anfang an reinen Wein eingeschenkt hatte.

»Es tut mir leid, daß du es auf diese Weise erfahren mußtest«, sagte er leise.

»Mir auch«, erwiderte sie knapp.

Victoria trat auf ihn zu. »Nur damit Sie Bescheid wissen, Mike, ich habe Karen heute morgen auf Befehl von Washington abgeholt. Als wir erfuhren, daß der Informant die letzten Vorhersagen in Karens Wagen deponiert hatte, sagten wir uns, daß es nur noch eine Frage der Zeit sein könne, bis Sie ihr alles erklärten. Also sind wir Ihnen zuvorgekommen.«

Mike versuchte immer noch, in Karens Gesichtsausdruck zu lesen, ob sie bereit war, ihm zu vergeben. Abrupt drehte er sich zu Victoria um, als hätten ihre Worte ihn gerade erst erreicht. »Moment«, sagte er in scharfem Ton. »Woher zum Teufel wußten Sie, daß der Informant etwas in Karens Wagen deponiert hatte, noch bevor ich dazu gekommen bin, Sie anzurufen, um Sie darüber zu informieren?«

Victoria sah ihn entgeistert an. »Ich – ich saß im Flugzeug, war für niemanden zu erreichen. Ich hatte angenommen, Sie hätten jemand anderen informiert.«

»Glauben Sie nicht, man hätte mir gesagt, daß Sie beauftragt wurden, meine Frau abzuholen und ihr alles zu sagen, wenn ich jemand anderen angerufen hätte? Ich habe niemanden angerufen.«

Sie dachte angestrengt nach. »Tja, ich denke, es spielt eigentlich keine Rolle, *woher* wir es wußten. Irgendwoher haben wir es erfahren.«

»Sie haben mein Telefon angezapft, stimmt's?«

»Nein!«

»Sie lügen. Sie haben mir versprochen, meine Integrität als Journalist zu respektieren. Es war abgemacht, daß das FBI das Geld zur Verfügung stellen und Sie nur das erfahren sollten, was ich in der TRIBUNE schreibe. Sie haben Ihr Versprechen gebrochen, die vertraulichen Gespräche zwischen mir und meinem Informanten nicht zu belauschen.«

»Davon weiß ich nichts, Mike, und Ihre Anschuldigungen allein beweisen überhaupt nichts.«

»Von der Sache mit Karens Auto können Sie nur erfahren haben, wenn das FBI das Telefongespräch zwischen mir und meinem Informanten mitgehört hat.«

Victoria schwieg.

Eine angespannte Stimmung erfüllte den Raum, und Mike, der Victoria eben noch ungläubig angestarrt hatte, wurde plötzlich wütend. Er begann, auf und ab zu gehen, zwang sich jedoch, ruhig zu sprechen. »Wissen Sie, bis jetzt war ich mir nicht sicher, ob ich die Charakterisierung des Täters, die mein Informant mir geliefert hat, veröffentlichen sollte oder nicht. Ich mußte an das denken, was Sie mir beim letztenmal gesagt haben, daß ich mit der Veröffentlichung der Einzelheiten darüber, wie er die Zungen herausreißt, Ihre Ermittlungen behindert hätte. Ich dachte, es könnte sich ebenso nachteilig auswirken, wenn ich darüber schreibe, was der Mörder für ein Mensch ist. Dem FBI ist es natürlich völlig gleichgültig, ob ich irgend etwas schreibe oder nicht, denn Sie hören ja mein Telefon ab. Aber jetzt kann das FBI meinetwegen zur Hölle fahren. Wenn Sie sich nicht an Abmachungen halten können, dann werde ich verdammt noch mal schreiben, was mir gefällt.«

»Mike, ich schwöre Ihnen, falls man Ihr Telefon angezapft hat, habe ich persönlich nichts davon gewußt.«

»Klar«, schnaubte er verächtlich. »Wenn Sie mir sowieso nur Märchen erzählen, ist es wohl besser, Sie gehen jetzt, Victoria. Ich habe mit meiner Frau zu reden.«

»Ich verstehe, daß Sie beide sich unterhalten müssen. Aber wir haben noch geschäftliche Dinge zu bereden.«

»Ich habe gesagt, es ist besser. Sie gehen jetzt«, erwiderte er kühl.

Sie wollte gerade protestieren, doch als sie Karens gekränkten Gesichtsausdruck sah, überlegte sie es sich anders. »Na gut«, sagte sie steif. »Auf Wiedersehen, Karen.«

Karen nickte, und Mike begleitete Victoria zur Haustür. Auf der Schwelle blieb sie stehen und sah ihm direkt in die Augen.

»Ich will Ihnen etwas sagen, Mike. Es ist wirklich unfair, mich vor Ihrer Frau als die Übeltäterin darzustellen. Aber lassen wir das. Was immer Sie Karen über unsere Abmachung erzählen, vergessen Sie nicht, daß wir es mit einem Serienmörder zu tun haben. Und ob Ihnen das klar ist oder nicht, aber inzwischen steht viel mehr auf dem Spiel – *weitaus* mehr. Es gab überhaupt keinen vernünftigen Grund für Ihren Informanten, die Namen der beiden Opfer in Karens Auto zu deponieren. Er hätte sie Ihnen genausogut wieder per Expreßbrief zuschicken oder Ihren Computer noch einmal benutzen – oder sie in *Ihrem* Handschuhfach hinterlegen können. Er hat Karen nur benutzt, um Ihnen zu zeigen, daß er Sie in der Hand hat. Er sagt Ihnen, daß er weiß, wer Ihre Frau ist, wo sie sich aufhält und was sie tut.«

»Das weiß ich.«

»Aber ich glaube nicht, daß Sie sich klarmachen, was das bedeutet. Um mich deutlich auszudrücken: Wenn unsere Experten in Quantico sich irren – wenn sich herausstellt, daß der Informant *nicht* der Serienmörder ist –, dann haben Sie es mit einem Informanten zu tun, der ebenfalls deutliche soziopathische Züge aufweist. Das ist kein gutes Zeichen«, sagte sie mit einem sarkastischen Unterton, »und es ist der falsche Zeitpunkt für Sie und mich, uns gegenseitig an die Gurgel zu gehen. Also, rufen Sie mich an, wenn Sie sich beruhigt haben. Denn es ist ziemlich gefährlich, das Spiel aufzugeben, bevor man weiß, gegen wen man eigentlich spielt. Und ich versichere Ihnen: *Wir wissen es nicht.*«

Sie drehte sich um und eilte die Stufen hinunter.

19. Kapitel

Die Sonntagsausgabe klatschte geräuschvoll auf die Stufen vor der Haustür der Familie Baines. Gewöhnlich schlief Brenda sonntags länger, doch heute war sie schon früh auf den Beinen. Fast zwei Monate lang hatte sie für einen Artikel über die Todesstrafe in Florida recherchiert, der für die Titelseite der heutigen Sonntagsausgabe vorgesehen war. Es war ihr wichtigstes Projekt seit über zwei Jahren, und sie konnte es kaum erwarten, den Artikel gedruckt zu sehen.

Brenda war vor neun Jahren vom MILWAUKEE JOURNAL zur TRIBUNE gekommen. Wegen ihres hellen Teints war sie als Bleichgesicht aus dem Norden aufgezogen worden, aber ihr glänzendes schwarzes Haar und die großen grünen Augen verliehen ihr das exotische Flair eines Covergirls. Damals waren sie und Mike Singles gewesen. Schon bald waren sie in den Mittagspausen zusammen essen gegangen, es folgten abendliche Rendezvous, und schließlich hatte sie regelmäßig drei Nächte pro Woche in Mikes Wohnung verbracht. Sie hatten im Bett gelegen, als Mike ihr erklärte, es sei höchste Zeit, daß die TRIBUNE ihren inkompetenten Mitherausgeber feuerte. Brenda hatte ebenfalls im Bett gelegen, als sie dem Mitherausgeber Mikes Bemerkung gesteckt hatte.

Seitdem hatten sie und Mike sich sozusagen nicht mehr in die Augen gesehen.

Brenda tastete auf dem Nachttisch nach ihrer Brille und schlüpfte so vorsichtig wie möglich aus dem Bett, um ihren Mann nicht zu wecken. Sie hatten sich am Abend zuvor geliebt, und sie konnte ihren Schlüpfer nicht finden, aber ihr seidenes Nachthemd war gerade lang genug, um das Wesentliche zu bedecken. Eilig lief sie auf die Veranda, wo der Wind ihr Nachthemd hochblies, als sie sich nach der Zeitung bückte. Beim Anblick der Schlagzeile blieb sie wie angewurzelt stehen, ohne sich ihrer Nacktheit bewußt zu werden.

Serienmörder schlägt wieder zu. Achtes und neuntes Opfer in Süd Carolina aufgefunden. Den Untertitel las sie laut vor: »Ein Exklusivbericht in der TRIBÜNE. Von Michael Posten.«

Mit vor Zorn rotem Gesicht blätterte sie hektisch in der Zeitung, auf der Suche nach ihrem Artikel. Er war nicht zu finden. Sie hatten ihn gestrichen. »Mistkerl!« schrie sie so wütend, daß ihre Katze erschrocken von der Veranda flüchtete.

Die Zeitung unter den Arm geklemmt, rannte sie ins Haus und schlug die Tür hinter sich zu. Sie ging schnurstracks zurück ins Schlafzimmer und warf die Zeitung aufs Bett.

»Sieh dir das an!«

Ihr Mann rieb sich den Schlaf aus den Augen. Er las die Schlagzeile und schüttelte den Kopf. »Tut mir leid für dich, Schatz. Sieht so aus, als ob dieser Arsch schon wieder einen Informanten bezahlt hat, um an seine Exklusivstory zu kommen.«

»O nein«, schnaubte sie wütend. »Dafür hat der noch lange nicht bezahlt.«

Victoria hatte es langsam satt, sieben Tage die Woche zu arbeiten, aber ihr nächster Situationsbericht war längst überfällig. Am Sonntag mittag fuhr sie zu ihrem Chef nach Hause, der in einer ländlichen Gegend in Virginia wohnte.

Der Februar mit seinen kahlen Bäumen und öden, braunen Feldern war nicht gerade die schönste Jahreszeit. David Shapiro wohnte in einem weißen, zweistöckigen Holzhaus mit einem hohen Giebeldach und einer Veranda rund ums Haus. Es war im späten siebzehnten Jahrhundert erbaut worden und hatte sowohl den Charme als auch die Unbequemlichkeit eines Museumsstücks.

Victoria und Shapiro saßen in zwei Ledersesseln im Arbeitszimmer im Erdgeschoß. Die mit dunklem Holz getäfelten Wände hätten einem zu jeder Tageszeit das Gefühl vermittelt, es sei Mitternacht, doch das leise knisternde Kaminfeuer wärmte ihre Gesichter. Aus Respekt vor ihrem Chef hatte Victoria auf ihre üblichen gemütlichen Wochenendklamotten verzichtet und trug statt dessen eine elegante dunkle Hose, hochhackige Schuhe und einen hellen Rollkragenpullover aus Kaschmir. Shapiro dagegen war mit seinen Jeans, Wanderstiefeln und einem alten Sweatshirt eher nach ihrem

Geschmack gekleidet. Auf dem Beistelltisch neben ihm stand eine leere, benutzte Kaffeetasse, und daneben lag eine zerdrückte Schachtel Camel.

Shapiro war neunundvierzig Jahre alt und seit fünfundzwanzig Jahren als Gesetzeshüter tätig, hauptsächlich bei der Bekämpfung von Gewaltverbrechen. Er war schon so lange beim FBI, daß es ihm müßig erschien, die Jahre zu zählen. Eindrucksvolle Bronzeplaketten an der kirschholzgetäfelten Wand erinnerten an seine Verdienste als Chef der verschiedenen Abteilungen, die er durchlaufen hatte, unter anderem die Abteilung für Kindesentführung und Serienmörder, die er zur Zeit leitete. Mit seinen einssiebenundsechzig war er kleiner als Victoria, doch seine durchdringenden Augen konnten jeden einschüchtern. Er war Kettenraucher und lächelte nur selten. Selbst jene, die ihn mochten, beschrieben ihn als einen Mann, der, nachdem er mehr ungelöste Morde bearbeitet hatte als sonst irgend jemand auf der Welt, einen unleidlichen Charakter entwickelt hatte.

»Wieso hat mir niemand etwas davon gesagt, daß wir das Telefon der TRIBUNE angezapft haben?« fragte Victoria gereizt.

Shapiro tat einen tiefen Zug an der dritten Zigarette, die er sich seit ihrer Ankunft angezündet hatte. »Die Leitung der TRIBUNE ist nicht angezapft. Die guten alten Zeiten von J. Edgar Hoover sind vorbei. Das FBI kann nicht einfach hingehen und die Telefonleitung einer Zeitung verwanzen.«

»Wollen Sie etwa bestreiten, daß Sie die Gespräche von Mike Posten mit seinem Informanten belauscht haben?«

»Ich sage, daß wir lediglich das Telefon in Zacks Wohnung angezapft haben. Ich würde nicht einmal versuchen, die Genehmigung zur elektronischen Überwachung der TRIBUNE zu beantragen. Aber einen Richter davon zu überzeugen, daß es notwendig ist, in der Penthousewohnung eines unverheirateten Schwarzen, der mit Wasserflugzeugen in und um Miami herumkurvt, die Telefone zu verwanzen, ist nicht besonders schwierig.«

Victoria schüttelte ungläubig den Kopf. »Wir haben Posten versprochen, seine Gespräche mit dem Informanten als vertraulich zu respektieren, Punkt. Und diese Zusage war nicht auf Gespräche vom Informationszentrum aus begrenzt. Wenn Sie nicht vorhatten, sich an diese Vereinbarung zu halten, hätten Sie mich darüber informieren sollen.«

»Wieso?« fragte er und sah sie scharf an. »Damit Sie wieder über meinen Kopf hinweg handeln konnten? Sich zum Beispiel persönlich an Assistant Director Dougherty wenden, um ihn zu bitten, die Wanzen wieder entfernen zu lassen?«

Victoria wandte sich seufzend ab und starrte in das Kaminfeuer. »Es tut mir leid, daß Sie immer noch wütend auf mich sind, aber ich bin nicht zu Dougherty gegangen, um Sie zu blamieren. Ich war einfach der Meinung, es sei ein schrecklicher Fehler, das Angebot der TRIBUNE abzulehnen. Sie hatten Ihre Entscheidung mir gegenüber als endgültig dargestellt. Es gab niemand anderen, an den ich mich hätte wenden können.«

Er nippte an seinem Kaffee. »Ich sage nicht, daß es ein Fehler war, mich zu kritisieren. Ich sage lediglich, daß das Konsequenzen hat.«

»Was für Konsequenzen?«

»Das angezapfte Telefon ist ein gutes Beispiel. Spezialagenten, die über den Kopf ihres Vorgesetzten hinweg handeln, sollten nicht erwarten, über jedes Detail der Operation in Kenntnis gesetzt zu werden.«

»Das ist kein kleines Detail.«

»Innerhalb des großen Rahmens ist es das. Wir haben schließlich einen Serienmörder zu fangen.«

»Falls Posten wegen der angezapften Leitung aussteigt, kriegen wir ihn womöglich nie.«

»Er steckt viel zu tief in der Sache drin, um jetzt auszusteigen. Wenn er vielleicht auch nicht um sein eigenes Leben fürchtet, so muß er um das seiner Frau fürchten. Wir sind die einzigen, die ihn schützen können. Und wenn er uns die Zusammenarbeit aufkündigt, kündigen wir ihm den Schutz auf.«

»Damit hab ich ihm schon einmal gedroht. Möglicherweise läßt er sich davon nicht mehr beeindrucken.«

»Dann sehen Sie zu, daß er sich beeindrucken läßt«, erwiderte Shapiro gereizt.

Victoria holte tief Luft, um ihren Ärger im Zaum zu halten. »Und wie soll ich das Ihrer Meinung nach bewerkstelligen?«

Er zündete sich noch eine Zigarette an. »Sagen Sie ihm die Wahrheit. Sagen Sie ihm, wenn er sich bisher noch nicht vor Angst in die Hose gemacht hat, wenn er mit dem Informanten geredet hat, dann sollte er das spätestens jetzt tun. Denn die bisherigen Ermittlungsergebnisse deuten darauf hin, daß der Informant der Mörder ist.«

»Ich verstehe nicht, wovon Sie reden.«

»Die Bänder. Wir haben die Stimme seines Informanten mit der Stimme auf dem Band verglichen, das Sheriff Dutton uns gegeben hat. Darum haben wir Postens Telefon in der Wohnung angezapft – um die Stimme des Informanten zu hören. Sowohl die elektronische Auswertung als auch die psycholinguistische Analyse legen den gleichen Schluß nahe: Die Anrufe wurden von derselben Person gemacht.«

»Wie kann man da so sicher sein? Der Anrufer in Hainesville hat offenbar seine Stimme verstellt, und die Aufnahme auf dem kleinen Diktiergerät, das der Sheriff an den Hörer gehalten hat, war denkbar schlecht.«

»Ich vertraue auf das Urteil unserer Experten«, erwiderte Shapiro trocken.

»Also gut. Nehmen wir an, sie haben recht. Wieso schließen Sie daraus, daß der Informant der Mörder ist?«

»Wieso?« fragte er ungläubig. »Weil er Dutton selbst ge-

sagt hat, daß er der Mörder ist. Ich weiß natürlich, daß das keine hundertprozentig verläßliche Aussage ist, aber wir können sie auch nicht einfach vom Tisch wischen.«

»Er ist aber *nicht* der Mörder.« Victoria richtete sich in ihrem Sessel auf und erklärte mit Entschlossenheit: »Möglicherweise hat der Informant gelogen, als er Sheriff Dutton gegenüber behauptete, er sei der Mörder, nur um uns auf eine falsche Fährte zu locken. Denn je länger wir brauchen, um den Killer zu schnappen, um so länger wird seine Geldquelle sprudeln. Aber noch wichtiger ist, daß der Anruf beim Sheriff auf einer Linie mit den anderen üblen Scherzen liegt, von denen ich von Anfang an gesprochen habe. Der Mann, hinter dem wir her sind, ist bei weitem nicht verspielt genug, um auf solche albernen Ideen zu kommen wie diese Ernest-Gill-Geschichte. Er würde auch keine solch unnötigen Risiken eingehen wie zum Beispiel, sich in die Büroräume der TRIBUNE einzuschleichen, um eine Nachricht auf Postens Computer zu hinterlassen oder beim Sheriff anzurufen, um einen Mord zu gestehen. Das sind die Jugendstreiche irgendeines Anfängers, der sich viel zu sehr bemüht, clever zu sein. Wir suchen keinen besessenen Räuber-und-Gendarm-Spieler. Wir suchen eine intelligente, effiziente Tötungsmaschine.«

»Na, dann wollen wir mal hoffen, daß Sie recht haben«, sagte Shapiro wütend, »denn eins verspreche ich Ihnen: Sollte es sich herausstellen, daß wir einen Serienmörder für seine Verbrechen bezahlen, dann werden Köpfe rollen. Aus diesem Grund habe ich dieses Arrangement von vorneherein abgelehnt.« Shapiro gab sich deutlich Mühe, sich zu beruhigen. »Hören Sie, lassen Sie Ihr Ego einmal für einen Moment außen vor, okay? Nehmen wir an, Sie irren sich und alle anderen haben recht. Dann sagen Sie mir eins: Wie wollen Sie den Killer daran hindern, sich mit dem Geld der Steuerzahler aus dem Staub zu machen?«

»Solange das Geld innerhalb des Banksystems bleibt, können wir es jederzeit im Auge behalten. Ich habe Kontakte zu allen wichtigen Schaltstellen, die mich über jede größere Geldbewegung auf dem laufenden halten.«

»Was ist, wenn er das Geld auf eine ausländische Bank schafft und sich hinter dem Bankgeheimnis verschanzt?«

»Da gibt es internationale Abkommen über gegenseitige Amtshilfe, die uns zustatten kommen. Die meisten der großen Bankgeheimniskrämer gehören zu den Unterzeichnern – die Schweiz, Mexiko, die Bahamas und etwa zwanzig weitere Länder.«

»Und wenn er sich auf irgendwelche anderen dunklen Kanäle verlegt?«

»Dann werden wir uns an Insider aus dem Bankwesen halten müssen, inoffizielle Informanten. Ich weiß, das klingt ziemlich riskant, aber Sie sollten eins bedenken: Wir werden nur dann in Bedrängnis geraten, wenn es sich herausstellt, daß er tatsächlich der Killer ist *und* ich aus irgendeinem Grund das Geld aus den Augen verliere.«

»Falsch. Nicht *wir* werden in diesem Fall in Bedrängnis geraten, sondern *Sie*. Sie waren es, die Assistant Director Dougherty ein Memo geschrieben hat, in dem Sie versichern, daß der Informant nicht der Killer ist.«

Victoria schluckte, doch dann nickte sie zustimmend. »Das ist richtig, Sir. Ich habe es geschrieben. Und ich stehe dazu.«

»Ja«, sagte er und drückte seine Zigarette aus. »Und Sie stehen allein.«

Gewöhnlich war der Sonntagnachmittag eine ruhige Zeit für Mike, doch nicht an diesem Sonntag. Seit sein letzter Exklusivbericht erschienen war, hatte sein Telefon nicht mehr stillgestanden. Der Wirbel ging ihm allmählich auf die Nerven, und seit 16.00 Uhr hatte er den Hörer nicht mehr abgenommen. Seit 17.00 Uhr nahm sein Anrufbeantworter keine Nachrichten mehr entgegen, weil das Band voll war. Ein paar Anrufer hatten nach fünf, sechs Klingelzeichen aufgegeben, doch diesmal hörte das Telefon überhaupt nicht mehr auf zu läuten. Etwa nach dem zwanzigsten Läuten nahm Mike den Hörer ab.

»Jetzt sind Sie der größte Zeitungsreporter Amerikas, was, Sie Wunderknabe?«

Die Stimme war irgendwie elektronisch verzerrt, und Mike wurde auf einmal ganz hellhörig. Es konnte die Stimme seines Informanten sein, aber er war sich nicht sicher. »Wer spricht da?«

»Ich bin derjenige, der Sie berühmt macht. Das geht alles auf meine Kosten.«

Mike zögerte irritiert. »Wovon reden Sie überhaupt? Wer sind Sie?«

»Das spielt keine Rolle. Bisher haben Sie Ihre Sache gut gemacht. Nicht nur die Knüller über die Opfer, auch die Einzelheiten über die Morde. Mann, das war exakte Berichterstattung. Ich war schwer beeindruckt, hab Sie sogar bewundert. Aber dann sind Sie mir wie der typische Journalist in den Rücken gefallen.«

»Sie meinen die Story von heute morgen?«

»Nein, ich meine den *Peanuts*-Cartoon im Feuilleton, Sie Idiot.«

»Was hat denn an der Story nicht gestimmt?«

»Was *hat* denn gestimmt?«

»Sagen Sie's mir.«

»Nichts.« Die Stimme wurde lauter, und trotz der Verzerrung war nicht zu überhören, daß der Anrufer wütend war. »Kein verdammtes Wort. Sie konnten einfach nicht widerstehen, stimmt's? Die Sache läuft gut an, und prompt kommen Sie sich vor wie der Oberexperte. Bloß weil Sie alles über die Morde wissen, bilden Sie sich ein, Sie wüßten alles über den Mörder. Aber ich will Ihnen mal was sagen: Sie haben keinen blassen Schimmer von mir.«

»Dann klären Sie mich doch auf.«

»Penisersatz. Sexuelle Verwirrung. Möglicherweise impotent. Sie haben kein Klischee ausgelassen, außer meiner *Mösenphobie.* Ihr sogenanntes psychologisches Profil ist billig, stereotyp, kompletter Schwachsinn. Und Sie haben *gewußt,* daß es Schwachsinn war.«

»Hören Sie, jetzt beruhigen Sie sich, okay? Ich würde nie etwas drucken, was ich nicht für richtig halte.«

»Sie Lügner! Sie würden alles drucken, um Ihre Scheißzeitung zu verkaufen. Was Sie schreiben und wen Sie dabei in die Pfanne hauen, interessiert Sie einen Scheißdreck. Hauptsache, Sie sind der erste, der es bringt. So läuft das doch bei euch Zeitungsärschen, stimmt's?«

»Hey, tut mir leid, wenn ich –«

»Sparen Sie sich das Gesülze.« Er sprach immer lauter und immer schneller. »Sie glauben, daß Sie damit durchkommen, was?«

»Ich –«

»Schnauze! Sie denken, hab ich mich halt geirrt, na und? Der Zeitungsknüller von heute dient schon morgen als Unterlage für's Katzenklo. Aber ich sehe das ganz anders, mein Lieber. Was wir heute schwarz auf weiß haben, haben wir immer schwarz auf weiß. Das hört nicht in der Altpapiertonne auf. Das ist jetzt schon im Internet. Wissen Sie, was das bedeutet? In diesem Augenblick lacht sich irgend so ein rotznäsiger, schlitzäugiger Zwölfjähriger in Singapur über mich halb tot. Es ist in der Library of Congress, Sie Arschloch. Wissen Sie, was das heißt? Für die nächsten verdammten zweihundertfünfzig Jahre werden sich kleine, rotznäsige Zwölfjährige über mich totlachen. Haben Sie das kapiert? Es wird *niemals* aufhören.«

»Wir können –«

»*Schnauze,* hab ich gesagt! Sie haben mich beleidigt. Ich bin *verleumdet* worden! Und das lasse ich mir nicht bieten!«

»Hören Sie, das können wir immer noch in Ordnung bringen. Was verlangen Sie von mir?«

Der schwere, unregelmäßige Atem des Anrufers ließ die

elektronisch verzerrte Stimme unheimlich klingen. »Ich will«, sagte er, jedes Wort einzeln aussprechend, »daß Sie Ihre verdammte Klappe halten.«

Dann knallte der Killer den Hörer auf die Gabel, und die Leitung war tot. Mike legte vorsichtig auf und vergrub den Kopf in den Händen. Mit Schaudern wurde ihm bewußt, daß er soeben mit einem Mann gesprochen hatte, der so klang, als sei er absolut in der Lage, anderen die Zunge herauszureißen – immer und immer wieder.

Zweiter Teil

20. Kapitel

Um 9.00 Uhr am Montag morgen traf Victoria in Quantico, Virginia, ein, um an einer Teambesprechung teilzunehmen. Die Sitzung fand in einem fensterlosen, von Neonlicht erleuchteten Raum im zweiten Untergeschoß statt. David Shapiro, Leiter der Abteilung Kindesentführung und Serienmörder, saß am Ende eines langen, rechteckigen Konferenztischs, zu seiner Linken Victoria, zu seiner Rechten Steve Caldwell und Arnold Freeland, zwei weitere CASKU-Agenten. Aus allen Nähten platzende Aktenordner waren zu krummen Türmen gestapelt, die sich wie Ruinen von antiken Säulen auf dem Tisch erhoben. Es waren insgesamt neun verschieden hohe Stapel, einer für jeden der ungelösten Mordfälle. An der Wand hinter Shapiro hing eine große Landkarte der Vereinigten Staaten. Die Stecknadeln mit den blauen Köpfen, die die Orte markierten, wo der Mörder zugeschlagen hatte, schienen wie wahllos über die Karte verteilt, von Miami bis San Francisco über Eugene und New York. Bei ihrer Ankunft hatte Victoria zwei neue Nadeln in South Carolina entdeckt – Opfer Nummer acht und neun, der erste Doppelmord.

Eine Stunde lang wurden die verschiedenen Opfer und Tatorte miteinander verglichen, wurden Schlüsse zur Person des Täters gezogen, die sowohl auf Intuition als auch auf Ermittlungsergebnissen basierten. Als die Rede auf Mikes letzten Artikel kam, wurde Victoria hellhörig.

»Fangen wir mit dem Täterprofil der TRIBUNE an«, schlug Shapiro vor.

»Dieses Profil ist kompletter Schwachsinn«, bemerkte Victoria.

»Seien Sie nicht so anmaßend«, sagte Caldwell. Caldwell wirkte mit seinem welligen, graumelierten Haar, dem schwarzen Brillengestell und einer kalten Pfeife zwischen den vom Tabak gelb gefärbten Zähnen wie der typische Intellektuelle und war allgemein bekannt als *der* Fachmann für Sexualdelikte und angewandte Psychologie. Er gehörte eigentlich der Investigative Support Unit an, der früheren Abteilung für Verhaltensforschung, die die ersten Täterprofile in der Geschichte der Kriminalistik entwickelt hatte, und war der CASKU »leihweise« zugeteilt worden. Zwischen der ISU und der CASKU hatte es einen heftigen Kompetenzstreit um die Entwicklung der Täterprofile gegeben, doch nachdem man sich darauf geeinigt hatte, daß die Kollegen von der CASKU ihre Täterprofile selbst erstellen würden, hatte der Chef der ISU Caldwell delegiert – angeblich, um die neue Abteilung bei der Entwicklung eines Programms zu unterstützen, wahrscheinlich jedoch, um einen hochintelligenten, aber unerträglich aufgeblasenen Großkotz loszuwerden.

»Das Profil in der TRIBUNE stimmt weitgehend mit dem Täterprofil überein, das wir erstellt haben«, fuhr Caldwell fort. »Ich glaube tatsächlich, daß wir es mit einem sexuell gestörten Mann zu tun haben. Möglicherweise impotent, wie Posten in seinem Artikel vermutet, was erklären würde, warum bei keinem der Opfer Anzeichen einer Penetration mit dem Penis zu finden waren. Im Extremfall könnte es sogar sein, daß wir einen Vergewaltiger vor uns haben, dem sein Penis ganz oder teilweise während eines erzwungenen oralen Verkehrs abgebissen wurde, was wiederum seine Gewalttätigkeit und seine orale Fixierung erklären würde. Die Zunge ist ein *Quasi*-Geschlechtsteil, das er sowohl Männern als auch Frauen abschneiden kann, das heißt, die Verstümmelungen sind in der Tat sexuell motiviert. Die große Vielfalt der

Opfer erinnert mich an den Fall Richard Ramirez. Nur waren bei Ramirez nicht nur die Opfer, sondern auch die Tötungsmethoden so unterschiedlich, daß niemand einen einzigen Täter hinter den Morden vermutet hätte. Diesmal sind lediglich die Opfer divergent. Aber in beiden Fällen ändert die Unterschiedlichkeit nichts daran, daß der *Grund* für die Morde letztlich immer derselbe bleibt.«

Victoria schüttelte den Kopf. »Ich glaube nicht, daß der Mörder der typische sexuell gestörte Frauenhasser ist. Es gibt zu viele männliche Opfer. Dieser Mann wird von etwas anderem getrieben. Hier geht es um Dominanz, Manipulation, Kontrolle.«

Caldwell nahm die Pfeife aus dem Mund und schüttelte herablassend den Kopf. »Dies ist ein klassischer Fall von psychosexueller Verwirrung. Ich nenne so etwas einen Osiriskomplex.«

»*Was* für einen Komplex?«

»Osiris«, erwiderte er mit einem verächtlichen Unterton, so als müsse jeder Trottel schon einmal davon gehört haben. »In der ägyptischen Mythologie wird der Gott Osiris getötet und zerstückelt. Seine Partnerin sammelt anschließend alle Körperteile ein, außer dem Penis, den findet sie nicht. Also baut sie ein riesiges Penisstandbild und befiehlt allen Ägyptern, ihm zu huldigen. Es ist die sprichwörtliche Suche nach dem nicht vorhandenen Penis und der Verehrung seines Ersatzes. Diesmal nimmt der Mörder die Zunge als Ersatz. In weniger extremen Fällen geht ein unzulänglich ausgestatteter Mann, der seine Frau oder Freundin beeindrucken will, vielleicht zum Chirurgen und läßt sich Fettzellen ins Scrotum injizieren. In primitiveren Kulturen – wie zum Beispiel bei den Sadhus in Indien – hängen sich die Männer kiloschwere Gewichte an den Penis, der dadurch so absurd in die Länge gezogen wird, daß sie ihn tatsächlich hinter ihrem Lendenschurz verknoten können. Wenn Sie die sexuelle Triebfeder hinter diesen Morden nicht sehen können, Victoria, dann kann ich nur annehmen, daß das eine Überreaktion auf den letzten Anruf ist, den Posten erhalten hat.«

»Ich reagiere auf überhaupt nichts. Ich habe diese Auffassung von Anfang an vertreten.«

Er seufzte ungeduldig. »Hören Sie, Sie sind ziemlich neu hier. Wir müssen von der Prämisse ausgehen, daß die wenigsten Serienmörder psychotisch, dagegen fast alle psychopathische sexuelle Sadisten sind. Dieses Muster hat sich immer wieder bestätigt, und zwar seit dem ersten Serienmörder, über den ausführliche Erkenntnisse vorliegen, einem Franzosen, von Beruf Metzger, der sich im neunzehnten Jahrhundert zum Orgasmus brachte, indem er Frauen erstach. Was glauben Sie wohl, warum es so wenige Serienmörder*innen* gibt? Die perversen sexuellen Phantasien, die einen Serienmörder antreiben, sind etwas, das ich nicht nur durch die Literatur, sondern auch durch zahllose Verhöre von Serienmördern begriffen habe – die ich alle durchgeführt habe, wenn ich das hinzufügen darf, lange bevor Sie auf die Idee kamen, es könnte Ihnen *Spaß* machen, als FBI-Agentin zu arbeiten.«

Sie quittierte den billigen Seitenhieb mit einem wütenden Blick und erwiderte dann mit beherrschter Stimme: »Also gut, Steven. Könnten Sie denn nur so zum *Spaß* einmal die Möglichkeit in Betracht ziehen, daß dieser Fall von Ihrem Muster abweicht?«

»Ich möchte ja nicht Partei ergreifen«, mischte sich Freeland ein, darauf bedacht, Caldwells Ego nicht zu verletzen, »aber ich halte es nicht für absurd, von der These auszugehen, daß all diesen Leuten überall im Land die Zunge herausgerissen wird, weil sie möglicherweise etwas Falsches gesagt oder mit der falschen Person gesprochen haben. Vielleicht liegt das Motiv nicht ausschließlich im sexuellen Bereich. Es könnte sein, daß er vielmehr in Erfüllung einer Mission handelt, ähnlich wie ein Attentäter.«

»Wenn man einmal genau überlegt«, sagte Victoria, »weist die Tatsache, daß er Timothy Copelands Lebensgefährten verschont hat, eher auf das Persönlichkeitsprofil eines Attentäters hin als auf das eines Sexualtäters. Der Mann tötet nur so viele Menschen wie unbedingt nötig, was ziemlich klug ist, denn jedes Opfer liefert uns zusätzliche Indizien.«

»Am besten, wir ermitteln in beide Richtungen«, sagte Shapiro, um den Disput zu beenden. »Wer möchte sich mit der letzten Version befassen?«

»Ich arbeite bereits daran«, sagte Victoria. »Ich versuche gerade zu ermitteln, ob es sich entweder bei den Opfern oder dem Täter um Zeugen der Staatsanwaltschaft handelt, oder ob sie irgendwie mit solchen Personen in Verbindung stehen.«

Shapiro zog eine Braue hoch. »Was haben Ihre Ermittlungen bisher ergeben?«

»Ich arbeite mit der Zentralstelle für die Betreuung von Zeugen zusammen. Wir haben die Namen von sämtlichen noch lebenden Zeugen sowie alle Personen überprüft, die unter Zeugenschutz gestellt wurden, seit Bobby Kennedy dieses Programm eingerichtet hat. Keine von diesen Personen gehört zu den Opfern. Soweit wir das bisher beurteilen können, ist auch keiner von ihnen mit einem der Opfer verwandt.«

Shapiro lehnte sich zurück und verschränkte die Hände hinter dem Kopf. »Und wenn wir die Sache einmal andersherum betrachten? Gibt es irgend etwas, das darauf hindeutet, daß einer von ihnen der Mörder sein könnte – oder mit ihm in Verbindung steht?«

»Das ist ein größeres Unterfangen«, sagte Victoria. »Es gibt zur Zeit etwa dreitausend Personen, die unter Zeugenschutz stehen, und jedes Jahr kommen um die zweihundert dazu. Viele von ihnen sind mit der Zeit verbittert. Durch die neue Identität verlieren sie ihre Vergangenheit, ihre Familien, es fällt ihnen schwer, in ihrem neuen Leben einen anständigen Job zu finden. Dann gibt es noch eine Menge Leute, die ursprünglich in das Programm aufgenommen werden wollten, die durch ihre Aussage ihr Leben aufs Spiel gesetzt haben und sich dann entschlossen haben, den Zeugenschutz abzulehnen, als ihnen klar wurde, was dieser Schritt bedeutet. Und das gilt nur für diejenigen, die für das Bundesprogramm in Frage kamen. Darüberhinaus haben wir es mit fünfzig Bundesstaaten zu tun, die ihre eigenen Programme haben.«

»Bleiben Sie dran, Victoria.«

»Das tun wir. Natürlich handelt es sich bei dem Zeugenschutzprogramm nur um die Spitze des Eisbergs. Allein auf Bundesebene gibt es zahllose Zeugen und Informanten, die mit dem Programm nichts zu tun haben. Wenn man dann noch all die Leute hinzuzählt, die einen Haß auf irgendeinen Informanten haben, wird die Liste endlos lang. Ich habe jeden Mitarbeiter, den wir erübrigen können, auf diese Sache angesetzt. Das heißt, alle, die berechtigt sind, geheime Dokumente einzusehen.«

Shapiro kniff nachdenklich die Augen zusammen. »Mir scheint, daß wir da etwas Offensichtliches übersehen.«

»Was denn?«

»Angenommen, unser Fall hat etwas mit Zeugen oder Informanten zu tun, dann muß es sich nicht unbedingt um Zeugen der *Staatsanwaltschaft* handeln. Die Opfer können genausogut Leute sein, die gegenüber den Medien Aussagen gemacht haben. Oder der Mörder ist der Informant von irgendeinem Journalisten.«

»Diese Leute stehen auf einer Liste, die wir niemals zu sehen kriegen werden«, erwiderte Victoria. »Selbst wenn wir eine rechtliche Handhabe hätten, wäre es logistisch nicht durchführbar.«

»Das ist richtig. Aber aus irgendeinem Grund hat dieser Informant sich einen ganz bestimmten Journalisten von einer Zeitung in Miami ausgesucht. Wir brauchen zumindest eine Liste von *seinen* Informanten.«

Caldwell schnaubte verächtlich und klopfte mit seiner Pfeife auf den Tisch, während er sprach. »Man wird wohl kaum von einem Journalisten, der den Pulitzerpreis gewonnen hat, erwarten dürfen, daß er das Vertrauen jedes Informanten bricht, mit dem er je zu tun hatte. Und ich glaube nicht, daß es irgendeinen Richter in Amerika gibt, der ihn dazu zwingen würde. Personen, die vertrauliche Informationen weitergeben, werden durch das Gesetz geschützt.«

»Ich hatte nicht vor, einen Richter zu bitten, ihn dazu zu zwingen. Aber ich denke, Victoria wird ihn überreden können.«

»Klingt delikat«, sagte Caldwell mit lüsternem Blick. »Sollte sie ihm etwa ein Angebot machen, das er nicht ablehnen kann?«

»Es reicht«, sagte Shapiro.

Victoria ignorierte die letzten Bemerkungen und sagte zu Shapiro: »Auch auf die Gefahr hin, daß ich mich vordränge, aber ich stimme mit Steve überein. Ich kann mir nicht vorstellen, daß ein Journalist seine Quellen preisgibt. Schließlich hat Postens Besessenheit, eine *möglicherweise* glaubwürdige Quelle zu schützen, zu unserem ungewöhnlichen Arrangement mit der TRIBUNE geführt.«

»Ich weiß, es ist eine schwierige Aufgabe«, sagte Shapiro, »aber Ihre Vorgesetzten wären äußerst beeindruckt. Vielleicht sogar so beeindruckt, daß sie ein gewisses Memo an Assistant Direktor Dougherty vergessen würden, in dem Sie erklären, daß der Informant nicht identisch mit dem Mörder ist.«

Sie wandte sich ab, doch dann sah sie ihm direkt in die Augen. »Ich will sehen, was ich tun kann«, sagte sie, »aber ich mache mir nichts vor. Ich weiß, daß es nur eine einzige Möglichkeit gibt, Sie dazu zu bewegen, dieses Memo zu vergessen.«

»Ach ja? Und die wäre?«

Sie ließ ihren Blick um den Tisch von einem zum andern wandern. »Wenn ich recht behalte.«

21. Kapitel

An jenem Montag nachmittag traf Victoria kurz nach 15.00 Uhr in Miami ein. In den kommenden Tagen würde sie mit jeder einzelnen der sechsundzwanzig Abteilungen der Kriminalpolizei auf Staats- und Bundesebene und mit acht verschiedenen FBI-Büros Rücksprache halten müssen, die an der Suche nach dem Serienmörder beteiligt waren. Nachdem Mikes »Täterprofil« auf der Titelseite der Sonntagsausgabe der TRIBUNE erschienen war, mußte sie allen erklären, auf welche Weise es mit dem vom FBI erstellten Täterprofil übereinstimmte und, wichtiger noch, inwiefern es *nicht* damit übereinstimmte. Shapiro hatte ihr aufgetragen, in Miami anzufangen.

Die Besprechung der Spezialeinheit fand im FBI-Büro im Nordwesten von Miami statt, einem großen, grauen Gebäude, in dem die meisten der 380 FBI-Agenten untergebracht waren – die fünftgrößte Abteilung des gesamten FBI. Victoria meldete sich bei der Empfangsdame an, die in der schmucklosen Eingangshalle im zweiten Stock in einer durch kugelsicheres Glas geschützten Kabine saß. An der Wand neben den Aufzügen hingen zwei Gedenktafeln mit den Namen der Agenten, die in Ausübung ihrer Pflicht ihr Leben geopfert hatten. Victoria kannte die Namen von Benjamin P. Grogan und Jerry Dove, zwei Agenten aus Miami, die in eine fürchterliche Schießerei geraten waren, in deren Verlauf 140 Schuß Munition verschossen wurden. Ihr Tod hatte das FBI veranlaßt, anstelle der traditionellen 38er Kaliber Smith & Wesson-Revolver als Dienstwaffe nunmehr halbautomatische Handfeuerwaffen auszugeben, die nicht klemmten, wenn Knochenfragmente von der zerschossenen Hand eines Agenten in die Patronenkammer gerieten.

Zu der Spezialeinheit in Miami gehörten Angehörige verschiedener Abteilungen von Staats- und Bundespolizei. Fast sechzig Beamte füllten den großen Schulungsraum im Erdgeschoß des FBI-Gebäudes. Victoria stand vor einer rechteckigen weißen Tafel an einem Lesepult. An der Seitenwand standen neun FBI-Agenten, und die Beamten der örtlichen Polizei und der Kripo füllten zehn Sitzreihen. Als sie ihren Blick durch den Raum schweifen ließ, fiel Victoria auf, daß der Anteil der grauhaarigen Köpfe unter den Anwesenden wesentlich höher war als gewöhnlich. Anscheinend hatte man ein paar erfahrene alte Hasen aus dem Ruhestand zurückgeholt, um bei der Jagd auf den Mörder zu helfen. Seit die Exklusivberichte über die Morde in der MIAMI TRIBUNE erschienen, stand die örtliche Kripo offenbar unter wachsendem Druck, einen Durchbruch in dem Mordfall von Miami zu erzielen.

Der Mord in Miami, der dritte, den der Serienmörder verübt hatte, war für die Konstruktion des Täterprofils äußerst interessant. Die Leiche eines glücklich verheirateten zweiundvierzigjährigen erfolgreichen Geschäftsmannes kubanischer Abstammung war im Kanal gefunden worden. Der Mörder hatte den Mann angefallen, als er am Abend seinen Eisenwarenladen abschloß, und anschließend die zungenlose Leiche in die Everglades geschafft und dort ins Wasser geworfen. Wenn ein Gewalttäter die Leiche seines Opfers versteckte, war das nach Victorias Erfahrung gewöhnlich ein Zeichen dafür, daß der Mord sorgfältig geplant worden war. Die ersten beiden Opfer waren dagegen gräßlich verstümmelt in ihren Wohnungen gefunden worden – ein Anzeichen für eine im Blutrausch begangene Tat. In Miami waren also die ersten Indizien aufgetaucht, die auf einen Killer mit uneinheitlicher Vorgehensweise hindeuteten, einen, der sowohl »planvoll« als auch »planlos« vorging – was eine weitere in einer langen Reihe von Anomalien war, die der Polizei Rätsel aufgaben.

Es wurde ruhiger im Raum, während ein neunseitiges Handout in jeder Reihe von links nach rechts weitergereicht wurde. Victoria schaltete das Mikrophon ein.

»Guten Tag zusammen«, sagte sie in das allgemeine Papiergeraschel hinein. »Jeder von Ihnen sollte inzwischen eine Kopie des aktuellen, vom FBI entwickelten Persönlichkeitsprofils des Serienmörders in Händen halten. Sie werden feststellen, daß an den früheren Versionen einige Änderungen vorgenommen wurden, allerdings nicht so viele, wie Sie vielleicht erwarten. Und damit wäre ich auch schon bei meinem Hauptthema für heute: Lassen Sie sich nicht von dem makabren Täterprofil aus der TRIBUNE vom Sonntag in die Irre leiten. Sie müssen unterscheiden zwischen der Alltagserscheinung des Mörders und der Person, zu der er sich entwikkelt, wenn er seine Verbrechen verübt.«

»Was soll das heißen?« fragte einer der Detectives. »Daß wir es mit einer modernen Version von Jekyll und Hyde zu tun haben?«

»Das klingt zwar ziemlich melodramatisch, aber die schizophrenen Züge des Täters könnten tatsächlich stärker ausgeprägt sein, als wir ursprünglich angenommen haben. Darauf werde ich gleich noch ausführlicher zurückkommen. Zunächst möchte ich mit Ihnen über das Persönlichkeitsprofil aus der TRIBUNE sprechen.«

Mit einem kurzen Blick bedeutete Victoria einem der Beamten neben der Tür, das Licht zu dämpfen. Dann schaltete sie den Overheadprojektor ein, legte eine Folie auf, und Mikes Artikel erschien auf der erleuchteten Wand hinter ihr.

»Gleich auf Anhieb können wir sagen, daß es sich bei diesem sogenannten Persönlichkeitsprofil entweder um das Machwerk von jemandem handelt, der keine Ahnung hat, oder von jemandem, der es bewußt darauf anlegt, uns in die Irre zu führen. Wir sind uns zum Beispiel sicher«, sagte sie, während sie auf die dritte Zeile zeigte, »daß der Täter auf keinen Fall homosexuell ist.«

»Eins seiner Opfer war aber schwul«, sagte einer der grauhaarigen Kollegen in der ersten Reihe.

Victoria verdrehte innerlich die Augen über seine Ausdrucksweise. »Ein anderes seiner Opfer war eine achtundsiebzigjährige Frau. Dadurch wird meine Großmutter noch lange nicht zur Tatverdächtigen.«

Sie nahm die Folie von dem Projektor, so daß nur noch ein leeres weißes Lichtrechteck an der Wand erschien. »Ich habe nicht vor, einem Zeitungsartikel mehr Zeit als nötig zu widmen, indem ich ihn Zeile für Zeile durchgehe. Sie sollten sich auf das FBI-Handout konzentrieren, nicht auf das, was in der Zeitung stand. Allerdings möchte ich zum Schluß noch eine Bemerkung dazu machen.«

Sie wartete einen Moment lang ab, bis sie sicher war, daß alle ihr aufmerksam zuhörten.

»Der Detailreichtum, den dieses Pseudoprofil aufweist, deutet darauf hin, daß der Informant mit den Tatorten genauestens vertraut ist oder zumindest mit den Berichten über die Tatorte und den entsprechenden Polizeifotos – möglicherweise sogar mit den vorläufigen Polizeiberichten. Außerdem verrät seine Wortwahl eine gewisse ... *Bildung* ist das falsche Wort. Man hat vielmehr den Eindruck, als sei ihm der typische Polizeijargon sehr vertraut.«

»Wollen Sie damit sagen, daß der Typ, der bei der TRIBUNE anruft, ein Bulle ist?« fragte der Grauhaarige aus der ersten Reihe.

Victoria sah ihre Zuhörer schweigend an, versuchte, mit ihrem Blick bis in die hinterste Reihe vorzudringen, doch in der Dunkelheit waren nur Schatten zu erkennen. »Damit will ich sagen, daß er sogar jetzt hier in diesem Raum sitzen könnte.«

Auf das Stichwort hin schaltete der Beamte an der Tür die Deckenbeleuchtung wieder ein. Was sie gesagt hatte, gehörte zu einem vorher genau abgesprochenen Plan. Einer vagen Vermutung folgend, hatten sie gehofft, daß einer der Anwesenden sich in der plötzlich eintretenden Helligkeit durch seinen Gesichtsausdruck verraten würde. Einige warfen ihren Nachbarn beklommene Blicke zu, doch niemand wirkte ungewöhnlich nervös oder aufgeregt. Das neueste Täterprofil des FBI war ja auch nicht unbedingt eine Überraschung.

Und wer immer der Mann sein mochte, er kannte jeden Trick – noch *bevor* sie dazu kam, ihn anzuwenden.

22. Kapitel

Victoria parkte den gemieteten Mercury Grand Marquis am hinteren Ende des asphaltierten Parkplatzes auf der Ostseite des Airport Hilton. Ein paar Kollegen hatten sie eingeladen, mit ihnen zum Abendessen auszugehen, doch sie wollte sich lieber entspannen und sich auf die morgige Besprechung mit der Spezialeinheit von Arkansas in Fayetteville vorbereiten. Auch wenn es diesmal nicht so eine große Gruppe sein würde wie in Miami, war der Druck nicht weniger spürbar. Keiner der Kollegen aus den Städten, in denen die Morde verübt worden waren, wünschte sich, daß sie sich in einer anderen Stadt wiederholten. Was die örtlichen Ermittler jedoch besonders umtrieb, war die unausgesprochene Angst, der Mörder könne zurückkehren und ihre Stadt erneut heimsuchen.

Die Sonne war vor einer Stunde untergegangen, und die Lichter des Flughafens blinkten in der Dunkelheit jenseits der Autobahn. Große Feigenbäume warfen dunkle Schatten unter den gelben Laternen, die den Parkplatz beleuchteten. Victoria schloß ihren Wagen ab und ging auf das Hotel zu. In der Ferne blinkten die roten Lichter einer Boeing 747 im Landeanflug.

Der Parkplatz war voll, und sie war noch ungefähr zweihundert Meter vom Hoteleingang entfernt. Ihre Handtasche unter den Arm geklemmt, ging sie allein zwischen den parkenden Autos hindurch. Als sie sich dem Gehweg näherte, hörte sie Schritte, die immer näher kamen. Sie begann, schneller zu gehen. Die Schritte wurden ebenfalls schneller. Sie warf einen Blick über die Schulter und sah eine einzelne, dunkle Gestalt. Victoria ging weiter, verließ jedoch den Gehweg. Die Schritte hinter ihr klangen auf dem Asphalt dumpfer als auf dem betonierten Gehweg. Sie trat wieder auf den Gehweg zurück – die Schritte taten es ihr nach. Sie machte sich bereit, nach ihrer Waffe zu greifen, dann blieb sie plötzlich stehen und fuhr herum.

»Ich hatte mir gedacht, daß ich Sie hier antreffen würde«, sagte die Stimme aus dem Dunkeln.

Sie seufzte und nahm den Finger vom Abzugshahn. »Auf diese Weise kann man leicht erschossen werden, Posten.«

»Weil ich mich an Sie heranschleiche?« sagte er und zog einen Umschlag aus seiner Jackentasche. »Oder weil ich das neueste vom FBI erstellte Persönlichkeitsprofil unseres Serienmörders mit mir herumtrage?«

»Woher haben Sie das? Wir haben noch nichts an die Presse gegeben.«

»Wenn man seit dreizehn Jahren über die Verbrecherszene berichtet, hat man zwei oder drei Freunde bei der Polizei. Was glauben Sie wohl, woher ich wußte, daß Sie das in dem Mietwagen waren?«

»Sind Sie hergekommen, um sich wichtig zu machen? Soll ich vielleicht beeindruckt sein, weil Sie es geschafft haben, das Profil in die Hände zu bekommen und mir bis auf den Parkplatz zu folgen?«

»Immer mit der Ruhe, Victoria. Ich bin nicht hergekommen, um Ärger zu machen, okay? Ich weiß, das FBI sieht es nicht gern, wenn seine Profile an die Öffentlichkeit geraten. Alles, was ich wissen will, ist, ob ihr Genies in Quantico glaubt, daß der Typ, der mich am Samstag angerufen hat, um mich über den Täter aufzuklären, derselbe ist wie der, der mich gestern angerufen hat, um seinen Unmut darüber abzulassen, daß das Profil hinten und vorne nicht stimmt.«

Victoria schluckte schwer und spielte nervös mit den Autoschlüsseln in ihrer Manteltasche. »Lassen Sie es mich folgendermaßen erklären: Die Charakterisierung des Killers in Ihrem Bericht ist so gräßlich und unvorteilhaft, daß man annehmen könnte, der Informant sei tatsächlich der Mörder. Das würde bedeuten, er ist derselbe Mann, der sich selbst für das verabscheut, was er tut.«

»Ich bitte Sie«, schnaubte Mike verächtlich. »Der Typ, mit dem ich gestern gesprochen hab, hat sich angehört wie ein völlig anderer Mensch.«

»Es ist noch nichts endgültig bewiesen, aber im Moment gehen wir davon aus, daß wir es nicht mit zwei Männern, sondern mit einem Psychopathen zu tun haben, der eine schizoide Persönlichkeitsstruktur aufweist. Er ist innerlich zerrissen, spielt abwechselnd den Informanten und den Mörder und spricht in zwei verschiedenen Stimmen mit Ihnen.«

»Sie halten ihn für schizophren?«

»Nicht wirklich schizophren. Es handelt sich eher um eine schizoide Persönlichkeitsstörung mit zwanghaften Zügen.«

»Wie kommen Sie darauf?«

»Es gibt Studien, die besagen, daß vierzig Prozent aller Serienmörder eine schizoide Persönlichkeitsstruktur aufweisen.«

»Aber woraus schließen Sie, daß das auch auf *diesen* Fall zutrifft?«

»Bitte«, sagte Victoria gequält, »verlangen Sie nicht von mir, Ihnen alle Einzelheiten preiszugeben.«

»Das tue ich nicht. Aber geben Sie mir irgendwas, verdammt noch mal. Ich bin nicht hinter einer Story her. Ich will nur begreifen, was sich da abspielt. Ich riskiere bei dieser Sache viel mehr als meinen Job. Das sind Sie mir schuldig.«

Sie seufzte. Sein verzweifelter Gesichtsausdruck gab ihr das Gefühl, daß sie ihm tatsächlich etwas schuldig war – auch wenn sie ihm nicht mehr bieten konnte als den Standpunkt des FBI. »In Ordnung. Aber das muß streng vertraulich bleiben.«

Er nickte.

»Nach Meinung unserer Experten handelt es sich sowohl bei dem Mörder als auch bei dem Informanten um Soziopathische Persönlichkeiten, allerdings von sehr unterschiedlicher Art. Der Mörder ist der typische Soziopath. Theoretisch müßte er deshalb leichter zu fassen sein, weil dieser Typ gewöhnlich weniger gerissen ist und dazu neigt, alle möglichen Spuren am Tatort zu hinterlassen. Der Informant dagegen ist nicht asozial. Er könnte Ihr Nachbar sein. Sehr intelligent, sehr schwer zu fassen. Die Tatsache, daß der Informant der Ted-Bundy-Typ ist, könnte der Grund dafür sein, daß wir solche Schwierigkeiten haben, den Mörder zu schnappen. Falls es sich bei dem Mörder und dem Informanten um ein und dieselbe Person handelt, könnte es sein, daß der schlauere Teil der schizoiden Persönlichkeit die Spuren verwischt, die der weniger clevere Teil hinterläßt.«

Mike nickte nachdenklich. »Die Vorstellung, daß mein Informant besonders intelligent sein soll, will mir nicht so recht einleuchten. Zugegeben, am Telefon klingt er ziemlich clever. Er versteht was von Computern, denn er war immerhin in der Lage, meinen Bildschirmschoner neu zu programmieren, um mir von Timothy Copeland zu berichten. Aber dann gibt es dieses Video von dem Geldautomaten in San Francisco, von dem Sie mir erzählt haben. Er hat dort einen Freudentanz aufgeführt wie ein Verrückter, in der Verkleidung eines Junkies, der auf Parkbänken schläft.«

»Nach Ansicht der Analytiker handelt es sich dabei nicht um eine Manifestierung seiner Killerpersönlichkeit, falls Sie das meinen. Sie halten es für ein Tarnungsmanöver. Er wußte, daß er an dem Geldautomaten gefilmt werden würde, da die meisten Geldautomaten mit Sicherheitskameras ausgestattet sind. Darum hat er auch eine Skimaske getragen. Er ist kein Schwachkopf, Mike. Offenbar kennt er sich sogar mit der Telefontechnik aus, denn er hat jedes Gespräch mit Ihnen gerade rechtzeitig abgebrochen, um zu verhindern, daß wir den Anruf zurückverfolgen konnten. Wir haben es mit einer sehr komplexen Persönlichkeitsstörung zu tun – falls unsere Experten recht haben.«

»Und es stört Sie kein bißchen, daß die elektronisch verzerrte Stimme vom letzten Gespräch sich anhörte, als ob sie zu einer völlig anderen Person gehörte?«

»Unser Experte von der technischen Abteilung sagt, er könnte eine Art Geschwindigkeitsregler benutzt haben. Aber davon abgesehen kann sich die Stimme eines Schizoiden völlig verändern, wenn eine andere Persönlichkeit die Oberhand gewinnt.«

Mike dachte über das nach, was sie gerade gesagt hatte, dann schüttelte er den Kopf. »Mich überzeugen Sie nicht davon, daß der Killer und der Informant ein und dieselbe Person sind. Nennen Sie es Instinkt, aber ich sage Ihnen, da draußen läuft ein Wahnsinniger rum, der schlauer und perverser ist als der Killer und der diese Morde besser durchschaut als Sie. Das flößt mir eine Heidenangst ein. Und ich glaube, das versetzt auch Sie in Angst und Schrecken.«

Victoria starrte ihn an und schluckte. »Ich muß in den nächsten Tagen fünf Städte aufsuchen. Ich melde mich bei Ihnen.« Als sie sich umwandte und auf das Hotel zuging, war sie sich sehr wohl dessen bewußt, daß sie seiner Vermutung nicht widersprochen hatte.

23. Kapitel

Um 7.30 Uhr verließ Mike das Hilton und machte sich auf den Weg zu Jacks Zweitwohnung im ehemaligen Bohemien-Viertel Coconut Grove. An der Kreuzung am Ende der Virginia Street leuchteten seine Scheinwerfer direkt in die Schaufenster eines dunkelgrünen Gebäudes. Die Fenster gehörten zu SENOR FROG'S, einem mexikanischen Restaurant, das, wenn man dem Schild über der Eingangstür glaubte, »seit 1109« existierte. In Wirklichkeit war 1109 die Hausnummer, doch das Restaurant war tatsächlich ein Wahrzeichen des Grove. Früher waren er und Karen oft hierhergekommen, hatten Riesenportionen Nachos verdrückt und Margaritas geschlürft und viel gelacht. Das war nicht im zwölften Jahrhundert gewesen, doch manchmal kam es Mike so vor.

Sein Autotelefon klingelte, als er um die Ecke bog. Wieder auf gerader Strecke angelangt, nahm er ab.

»Hallo Karen«, sagte er lächelnd. »Ich habe gerade an dich gedacht.«

»Mike, du mußt sofort herkommen.« Ihre Stimme klang besorgt, beinahe panisch.

»Was ist los?«

»Hier ist die Hölle los. Die ganze Nacht hat das Telefon geklingelt, und jetzt stehen sie alle mit ihren Wagen vor dem Haus.«

»Wer?«

»Na, wer wohl? Deine lieben Kollegen von Presse und Fernsehen. Gratuliere. Das Hauptthema in den Nachrichten heute abend ist mein Mann, der Journalist – der *Scheckbuch*journalist.«

Mikes Magen zog sich zusammen. »Ich bin gleich da.«

Er wendete sofort und raste nach Süden in Richtung Coral Gables, vorbei am Campus der University of Miami. Als er vom Granada Boulevard abbog, den rechts und links mit hohen Mauern umgebene Anwesen säumten, war es nur noch einen halben Block bis nach Hause. In dieser Gegend zu wohnen, konnten er und Karen sich nur leisten, weil sie beide berufstätig waren. Das Laub von großen Feigenbäumen und ausladenden Eichen bildete ein dichtes Blätterdach, so daß der Mond kaum noch zu sehen war. Die einsame Straßenlaterne an der Straßenecke tauchte Mikes Vorgarten in fahles, gelbes Licht. Mit zusammengekniffenen Augen konnte er an drei

Übertragungswagen, die am Straßenrand parkten, die Logos der Fernsehkanäle 4, 7 und 10 erkennen. Ein weiterer Wagen blockierte die Einfahrt. Auf dem Gehweg war ein Gewirr von Kabeln zu sehen, die zu den Kameras auf den Schultern einer Handvoll Reporter gehörten. Überall standen und liefen Leute in Hemdsärmeln in der lauen Abendluft herum. Mike erkannte die blonde Frau mit Mikrophon, die gerade dabei war, im Seitenspiegel eines der Wagen ihr Make-up in Ordnung zu bringen.

Er konnte es kaum fassen, daß seine Art der Berichterstattung in die Schlagzeilen gekommen war. Andererseits kannte er sich im Nachrichtengeschäft aus und wußte, daß in Miami einfach nicht genug Verbrechen verübt wurden, um die Sendezeit der örtlichen Nachrichtenmagazine auch nur annähernd zu füllen.

Um dem Rummel zu entgehen, fuhr er bis zur nächsten Parallelstraße. Die Riviera-Siedlung war so angelegt, daß die Häuser mit der Vorderseite zur Straße und mit den Gärten zueinander standen. Er parkte vor dem alten, im spanischen Kolonialstil erbauten Haus, dessen Garten an seinen grenzte. Er stieg aus seinem Wagen und schlich durch den Garten seines Nachbarn, im stillen betend, daß niemand auf ihn schießen würde. Er ging schneller, als der Lattenzaun in der Dunkelheit in Sicht kam, der die beiden Gärten trennte. Dann sprang er über den Zaun und landete auf der anderen Seite auf seinem eigenen Rasen.

Nachdem er sich aufgerappelt hatte, blieb er eine Weile in der Dunkelheit stehen und starrte über den nierenförmigen Swimmingpool hinweg auf die breiten Glasschiebetüren auf der Rückseite seines Hauses. Da das Licht im Wohnzimmer brannte, konnte er drinnen alles erkennen, einschließlich Karen, die auf dem Sofa saß. Sie trug einen blauen Strickpullover und Shorts und saß mit ausgestreckten Beinen da, die Füße auf dem Wohnzimmertisch. Sie las in irgendeiner Zeitschrift und lutschte an einem – falls seine Erinnerung ihn nicht täuschte – Weight-Watchers-Schokoladeneis. Er hatte das Gefühl, er könnte die ganze Nacht dort stehen bleiben und ihr zusehen, ohne bemerkt zu werden. Doch dann dachte er, daß *jeder* dort stehen und Karen beobachten könnte, und bei dem Gedanken lief es ihm eiskalt über den Rücken. Er lief über den Rasen und klopfte leise an die Glastür.

Karen fuhr bei dem Geräusch zusammen und hätte beinahe aufgeschrieen, bis sie sein Gesicht hinter der Fensterscheibe erkannte. Sie öffnete die Tür und ließ ihn herein.

»Tut mir leid«, sagte er. »Vorne konnte ich mich nicht blikken lassen. Da draußen ist ja 'ne halbe Armee aufmarschiert. Wo zum Teufel sind überhaupt die Leute, die dich beschützen sollen?«

»Vor dem Haus. Sie benutzen einen Ü-Wagen, um nicht aufzufallen.«

»Na, da hast du aber was von. Was wäre denn gewesen, wenn ich –«

»Wenn du ein wahnsinniger Serienmörder wärst?« beendete sie seine Frage. »Sie haben mir einen Notrufmelder gegeben für den Fall, daß irgendwas schiefgehen sollte.« Sie zeigte ihm ihr Handgelenk, an dem sie etwas trug, das aussah wie eine Armbanduhr, nur daß anstelle des Zifferblatts ein roter Knopf zu sehen war. »Sie wollten nicht in meine Privatsphäre eindringen.«

»Also, meine Kollegen vom Fernsehen scheinen da weniger zimperlich zu sein. Sieht so aus, als ob sich unsere Trennung noch nicht herumgesprochen hätte.«

Karen runzelte die Stirn. »Dafür hat sich diese Geschichte um so schneller herumgesprochen. Sie haben es in allen Nachrichten gebracht: Mit Pulitzerpreis geehrter Journalist bezahlt Informanten, der möglicherweise ein Serienmörder ist. – Woher haben die das überhaupt?«

»Es muß von Brenda Baines kommen. Sie hat an dem Abend, als du ins Nachrichtenzentrum gekommen bist, gehört, wie ich mit dem Typen telefoniert habe, und sie muß wohl mehr mitbekommen haben, als ich dachte. Bei der hab ich nicht gerade einen Stein im Brett, weißt du. Sie ist die einzige, der ich zutraue, daß sie so etwas durchsickern läßt, anstatt sich mit der TRIBUNE auseinanderzusetzen.«

»Es ist furchtbar, was die alles über dich berichten. Hast du denn gar keine Nachrichten gesehen?«

»Nein. Ich war, äh, im Airport Hilton. Mit Victoria.«

»Großartig«, sagte sie. »Es reicht nicht, daß ich mitanhören muß, wie ihr beide euch in unserem Haus wie ein altes Pärchen streitet. Jetzt trefft ihr euch auch noch in Hotels.«

»Hör mal –«

»Tut mir leid«, sagte sie seufzend. »Hör mich bloß an, ich rede schon so, als sei ich einer Seifenoper entsprungen.«

»Stimmt«, erwiderte er lächelnd.

»Ich hab das Gefühl, das wird mir alles zuviel. Ich hab das FBI am Hals, das Fernsehen im Vorgarten, mein Mann verkehrt mit einem Serienmörder.« Sie wandte sich um und fuhr sich mit der Hand durchs Haar, während sie sich im Spiegel betrachtete. »Und jetzt auch noch diese Eifersüchtelei. Das ist doch zum Kotzen.«

»Anscheinend ist dir unsere Ehe eben doch noch etwas wert, das ist alles.«

Sie sah ihm in die Augen. »Ja, was machen wir denn da?«

»Wir könnten die Medien informieren«, sagte er mit einer Kopfbewegung in Richtung Haustür.

Ihre Augen leuchteten auf. »Ich habe eine bessere Idee. Laß uns doch die Typen da draußen und all den anderen Quatsch einfach vergessen. Wir beide setzen uns zusammen auf das Sofa und reden.«

»Gute Idee.«

Ein schwaches Lächeln huschte über ihre Lippen, dann wurde sie ernst. »Ich komm mir wie eine Heuchlerin vor, seit ich dich so zusammengestaucht hab, weil du mir nichts von deinem Deal mit dem FBI erzählt hattest.«

»Wie meinst du das?«

»Ich habe, na ja ... auch meine Geheimnisse – Dinge, von denen ich dir schon sehr lange erzählen wollte.«

»Was für Geheimnisse?« fragte er mißtrauisch.

»Etwas über mich. Ich mache mir schon lange schreckliche Vorwürfe, weil ich dir nichts davon gesagt habe. Aber alles hat zwei Seiten. Ich kann mich an zahllose Nächte erinnern, in denen ich im Bett lag und hörte, wie du im Nebenzimmer mit irgendwelchen Informanten telefoniert und mit Engelszungen versucht hast, ihnen Informationen zu entlokken. Du warst immer so geduldig mit denen, so verständnisvoll. Manchmal wünsche ich mir, du wärst mir gegenüber auch so. Vielleicht hätte ich mich dann schon früher öffnen können.«

»Na ja«, sagte er. »Dann laß uns jetzt darüber reden.«

Plötzlich ertönte das schrille Piepen seines Skypers.

Sie sahen sich an. Die Zeit schien stillzustehen. Schließlich senkte Mike den Blick.

»Verdammt. Ich glaube, das ist Aaron Fields Privatnummer.«

»Kann das nicht warten?«

»Karen, es passiert nicht alle Tage, daß mein Verleger mich von zu Hause anruft. Wahrscheinlich sieht er sich gerade die Nachrichten an. Ich sollte ihn besser zurückrufen.«

Sie seufzte und schüttelte den Kopf. »Du mußt das Telefon wieder einstöpseln. Ich hab den Stecker rausgezogen, als diese Reporter dauernd anriefen.«

»Es dauert nur eine Minute, versprochen. Vergiß nicht, was du mir sagen wolltest.«

»Okay.«

Er rannte in ihr Arbeitszimmer und schloß das Telefon an. Dann spähte er durch die Jalousien nach draußen. Es waren noch mehr Reporter angerückt. Mit einem unguten Gefühl im Magen nahm er den Hörer auf und wählte Aaron Fields Nummer.

Victoria stieg aus der Dusche und schlüpfte in den weißen Frotteebademantel, der zur Ausstattung ihres Hotelzimmers gehörte. Ihr nasses Haar hatte sie in ein Handtuch eingedreht. Zu müde und zu beschäftigt, um irgendwelche alten Freunde in Miami anzurufen und mit ihnen auszugehen, ließ sie sich ihr Abendessen vom Zimmerservice bringen und aß im Bett, während sie noch einmal den Autopsiebericht von dem Fall in Arkansas durchging. Erst nachdem sie bereits die Hälfte ihres proteinhaltigen Bohnensalats aufgegessen hatte, wurde ihr bewußt, daß sie tatsächlich dabei war, eine Mahlzeit zu sich zu nehmen, während sie gleichzeitig etwas über »Blutungen in der Augenbindehaut« las oder »leichte Blutungen in den Hirnschleimhäuten, verursacht durch erhöhten Druck im Gehirn zum Zeitpunkt des Todes«.

Auf dem Nachttisch klingelte das Telefon. Sie nahm den Hörer ab und klemmte ihn sich zwischen Kinn und Schulter. Es war Tony Costello, ein FBI-Agent aus Atlanta, Victorias Kontaktmann in Georgia seit dem Mord an Gerty Kincaid.

»Hallo, Victoria. Tut mir leid, daß ich Sie so spät noch belästige, aber ich glaube, wir haben da etwas für Sie, was mit diesen Zungenmorden zusammenhängen könnte. Haben Sie heute abend die Nachrichten gesehen?«

»Nein, ich sitze nur bei einem Abendessen zu zweit mit einer Leiche.«

»Hä?«

Sie schüttelte den Kopf. Die Jagd auf einen Serienmörder verlieh einem eine seltsame Art von Humor. »Schon gut. Worum geht's?«

»Um es kurz zu fassen, da braut sich eine Kontroverse über Postens Berichterstattung über die Morde zusammen, und die Medien spielen die Sache ganz schön hoch.«

»Was für eine Kontroverse?«

»Das weiß ich nicht so genau, und das ist auch nicht der Grund meines Anrufs. Aber ein Typ aus Atlanta – Reggie Holland – hat sich die Nachrichten angesehen, und in dem

Bericht, den er gesehen hat, wurden einige Artikel von Posten im Detail diskutiert, unter anderem der, den er nach dem Mord an Copeland in San Francisco geschrieben hat. Sie wissen schon, der Artikel, in dem er beschreibt, auf welche Weise der Mörder die Zungen seiner Opfer heraustrennt – zwei kleine Einschnitte an beiden Seiten der Zungenwurzel mit einer gezackten Klinge.«

»Genau. Ich habe ihm damals gesagt, er hätte das nicht bringen dürfen.«

»Tja, vielleicht war es gar nicht so schlecht, daß er das so detailliert beschrieben hat, denn genau das war es, was Holland aufhorchen ließ. Seine Frau – sie heißt Cybil – ist an einem Montag in Atlanta überfallen worden, und zwar am Tag, nachdem die Leiche von Gertrude Kincaid in Candler County gefunden wurde.«

»Heißt das, wir haben ein weiteres Opfer?« fragte sie besorgt.

»Tja, das ist eben die Frage. Sehen Sie, Mrs. Holland wurde nicht ermordet, und ihr wurde auch nicht die Zunge herausgerissen, aber wer auch immer sie überfallen hat, hat ihr den Finger abgeschnitten, um an ihren Verlobungsring zu kommen. Der Täter wurde nie gefaßt, und nach dem, was ich bisher in Erfahrung gebracht habe, hat die Polizei in Atlanta kaum Anhaltspunkte, denn die Frau wurde bewußtlos geschlagen und kann sich an fast nichts erinnern. Aber an der Art der Verletzung war zu erkennen, daß er ein Riesenmesser benutzt haben muß, und zwar eins mit einer gezackten Klinge – ein Taschermesser zum Beispiel –, um den Finger abzuschneiden.«

»Mr. Holland glaubt also –«

»Er glaubt, was *ich* glaube. Der Killer hatte am Wochenende in Hainesville zugeschlagen, und am Montag versuchte er, in Atlanta, der nächstgelegenen großen Stadt, unterzutauchen. Dann ist ihm das Bargeld ausgegangen, oder wie auch immer, und die Frau mit dem Diamantring war zum falschen Zeitpunkt am falschen Ort.«

Victoria nahm ihren Notizblock von dem Aktenberg auf ihrem Bett und notierte sich einen Gedanken, der ihr durch den Kopf ging. Sie hatte plötzlich das Gefühl, das konnte das entscheidende Indiz sein – der Mörder hatte endlich einen Fehler gemacht. »Haben Sie mit der Frau gesprochen? Hat sie ihren Angreifer gesehen?«

»Sie hat überhaupt nichts gesehen. Sie wurde von hinten angefallen und eine Treppe hinuntergestoßen. Anschließend hat sie fast eine Woche lang im Koma gelegen.«

»Hat man das Messer gefunden?«

»Nein.«

»Also, haben wir denn überhaupt irgend etwas in der Hand?«

»Den Finger«, sagte Costello. »Sie konnten ihn nicht wieder annähen, und jetzt liegt er in einem Behälter mit flüssigem Stickstoff im Georgia State Crime Lab, dem Kriminallabor in Decatur. Die von der Kripo wollten, daß er aufbewahrt wird. Sie hoffen, daß sie, falls das Messer jemals gefunden wird, die Klinge anhand der Schnittverletzungen an dem Finger identifizieren können.«

»Wenn sie das Messer bis jetzt nicht haben, werden sie es wahrscheinlich nie finden.«

»Stimmt«, erwiderte er. »Aber ich dachte, wenn man den richtigen Gerichtsmediziner daransetzt, könnte man vielleicht die Stichwunden an unserem Opfer aus Hainesville mit den Schnittwunden an dem Finger in dem Labor vergleichen. Es wäre doch gut zu wissen, ob unser Killer derselbe Mann ist, der den Diamantring in Atlanta geraubt hat. Ich könnte ein paar Kollegen losschicken und jedes Pfandleihhaus in der Stadt durchsuchen lassen, um festzustellen, ob er ihn womöglich versetzt hat. Vielleicht hat einer der Pfandleiher den Kerl sogar zu Gesicht bekommen.«

Victoria saß kerzengerade im Bett, ihre Mundwinkel verzogen sich zu einem hoffnungsvollen Lächeln. »Gar nicht schlecht, Tony. Machen Sie mir für morgen früh einen Termin mit dem Georgia State Crime Lab. Ich werde dafür sorgen, daß wir den richtigen Pathologen daransetzen.«

24. Kapitel

Mike nahm sich einen Augenblick Zeit, um seine Gedanken zu ordnen, bevor er die Nummer wählte. Als erstes rief er jedoch die Auskunft an, um sich zu vergewissern, daß es tatsächlich Aarons Nummer war, die auf seinem Pager aufgeleuchtet war. Sie war es. Aaron nahm beim ersten Läuten ab, als habe er neben dem Telefon gesessen und auf den Anruf gewartet.

»Was zum Teufel ist da los, Mike?«

Mike hielt den Atem an. »Ich weiß es auch nicht genau. Für mich kommt das ebenso unverhofft wie für Sie. Aber Sie sind offenbar verstimmt –«

»Da haben Sie verdammt recht. Wir haben es mit einer ernsten Krise zu tun. Mein Telefon steht nicht mehr still. Und das sind nicht irgendwelche Käseblätter aus der Provinz, die den Wirbel machen. NEWSWEEK, TIME, das Fernsehen. Sie sind alle darauf angesprungen. Auf NIGHTLINE läuft heute abend sogar eine Sondersendung über Ethik im Journalismus – und zwar anläßlich der Zahlungen, die wir angeblich an Ihre vertrauliche Quelle geleistet haben. Ich muß heute abend im Fernsehen auftreten und meine eigene Zeitung verteidigen. Jetzt geht dieselbe Debatte wieder los, wie '88, als das ganze Land darüber diskutierte, ob diese Reporter aus Miami zu weit gegangen waren, als sie sich vor Gary Harts Stadtwohnung im Gebüsch versteckt hatten. Nur daß das Geschrei diesmal noch viel schlimmer ist. Zwei von meinen Redakteuren haben mir mit Kündigung gedroht, wenn ich Sie nicht sofort feuere.«

Mike seufzte tief. »Und was machen wir jetzt?«

»Wir haben immer gewußt, daß wir irgendwann mit der ganzen Sache an die Öffentlichkeit gehen müssen. Zugegeben, wir hatten alle gehofft, wir könnten damit warten, bis wir den Serienmörder gefangen hätten. Ich habe keine Ahnung, wer die Presse über unser kleines Geheimnis informiert hat, aber ich war es bestimmt nicht. Und Charlie war es auch nicht.«

»Wollen Sie etwa mich beschuldigen?«

»Es können nur Sie gewesen sein. Vielleicht haben Sie es nicht mit Absicht getan, aber Sie müssen irgendeinen Fehler gemacht haben. Und wir haben von Anfang an eins klargestellt: Wenn Sie einen Fehler machen, dann sind *Sie* es, der baden geht. Nicht ich, nicht Charlie. Und vor allem nicht die TRIBUNE. Das war unsere Abmachung.«

Mike holte tief Luft. »Und was meinen Sie damit?«

»Was ich meine, ist, daß ich im Moment nur eine Möglichkeit sehe, die Sache zu regeln. Tut mir leid, Mike, aber ich muß Sie suspendieren.«

»Und weswegen?«

»Ich kann nicht einfach den Aufstand der Redakteure vor meiner Haustür ignorieren. Irgendwie *muß* ich schließlich reagieren.«

»Das ist doch Scheiße!«

»Wir haben keine andere Wahl. Sie können nicht einfach vor die Kameras treten und leugnen, daß Sie einen Informanten bezahlen. Das wäre eine glatte Lüge. Und wir können genausowenig preisgeben, daß Sie mit dem FBI zusammenarbeiten, sonst ruft Ihr Informant nicht mehr an, und dann ist alles umsonst gewesen. Oder, noch schlimmer, falls Ihr Informant glaubt. Sie hätten ihn reingelegt, wäre womöglich Ihr Leben in Gefahr. Ob wir wollen oder nicht, wir müssen diese Sache bis zum Ende durchstehen.«

»Aaron, wir reden hier über meinen guten Ruf. Zählen dreizehn Jahre denn überhaupt nichts?«

»Doch, natürlich. So sind wir doch überhaupt erst in diesen Schlamassel geraten. Wenn nicht Sie, sondern jemand anders mit so einem Vorschlag auf mich zugekommen wäre, hätte ich ihn sofort abgewürgt. Und wenn Sie es nicht wären, würde ich Ihnen nicht die Chance geben, alles wiedergutzumachen.«

»Wiedergutmachen? Da muß ich wohl was falsch verstanden haben.«

»Ich gestatte Ihnen, mit Ihrer Berichterstattung über die Serienmorde fortzufahren, obwohl Sie suspendiert sind. Die einzige Bedingung lautet, daß ich mich um alle Erkundigungen nach angeblichen Zahlungen an irgendwelche vertraulichen Quellen kümmere. Ich verlange nicht von Ihnen, daß Sie lügen – verweisen Sie einfach jeden, der etwas wissen will, an mich.«

»Und wie soll ich das rechtfertigen?«

»Sagen Sie die Wahrheit. Die Geschichte ist noch nicht abgeschlossen, und Sie befürchten, daß ein Kommentar von Ihnen das Verhältnis zu ihrem Informanten gefährden könnte. Die TRIBUNE ist bemüht, die Sache intern zu regeln, und Sie gehen davon aus, daß Sie am Ende von allen Vorwürfen befreit werden. Punkt, aus.«

»Das ist der helle Wahnsinn.«

»Vertrauen Sie mir. Egal, wieviel Druck unsere Konkurrenten in den Medien machen, ich werde sie schon in Schach halten, und Sie können in Ruhe Ihren Job machen. Hoffentlich werden Ihre Berichte helfen, den Mörder zu fassen, dann werden wir am Ende kein nennenswertes Problem mehr haben. Aber vergessen Sie nicht: Wir sitzen im selben Boot. Das einzige, was wir im Moment tun können, ist, daß ich den Dummen spiele und den Medien einen vom Pferd erzähle, bis Sie diese Sache zum Abschluß gebracht haben.«

»Sie sagen im Grunde genommen nichts anderes als: Fangen Sie mir einen Serienmörder, und alle unsere Probleme sind gelöst.«

»Haben Sie vielleicht einen besseren Vorschlag?« fragte Fields eindringlich.

Mike sank in seinem Stuhl zurück. »Sie sind die Liebenswürdigkeit in Person, Aaron.«

»Ich muß los. Bleiben Sie an der Sache dran.«

Mike hörte ein Klicken in der Leitung. Er hielt sich eine Hand an die Stirn, während seine Gedanken rasten.

»Können wir jetzt reden?« fragte Karen. Sie stand mit vor der Brust verschränkten Armen in der offenen Tür.

Er zuckte zusammen. »Tut mir leid, aber ich muß Aaron zur Vernunft bringen. Er hat mich wegen dieses Schlamassels suspendiert.«

»Hat das nicht Zeit bis morgen früh?«

»Nein, wirklich nicht. Das wird alles von Minute zu Minute schlimmer. Er hat heute abend einen Auftritt in NIGHTLINE.«

»Aber das fängt doch erst in drei Stunden an.«

Er sah nach der Uhr und dann Karen an, hoffnungslos frustriert. »Es geht um meine Karriere. Meinst du nicht, ich sollte hingehen?«

»Ich kann dir nicht sagen, was du tun sollst.«

Er sah erneut nach der Uhr und dann wieder sie an. In ihren Augen las er, daß es vielleicht passiert wäre. Wenn sie auf dem Sofa geblieben und nicht unterbrochen worden wären, hätte sie sich geöffnet, ihn vielleicht sogar gebeten, über Nacht zu bleiben.

»Karen, ich muß da wirklich hin.«

»Dann geh.«

Er stand auf und versuchte, ihr einen Kuß auf die Lippen zu drücken, doch sie wandte sich ab. Sein gezwungenes Lächeln wirkte eher wie eine Grimasse. Er wandte sich um und eilte auf die Terrassentür zu. Karen folgte ihm und sah zu, wie er die Schiebetür öffnete. Auf dem Rasen blieb er noch einmal stehen und sah sie sehnsuchtsvoll an.

»Ich rufe dich an, sobald ich das hier geregelt hab. Versprochen.«

Sie verschränkte ihre Arme und schüttelte den Kopf. »Überschlag dich bloß nicht«, sagte sie und verschloß die Tür.

Karen wartete vergeblich auf Mikes Anruf. Sie wußte, wie wichtig ihm seine Karriere war, aber er schien nicht begriffen zu haben, wie wichtig das war, was sie ihm hatte sagen wollen. Um Mitternacht stöpselte sie das Telefon aus und ging zu Bett.

Nachdem ihr Wecker sie um halb sieben geweckt hatte, stellte sie ihn erneut auf 9.00 Uhr. Sie versuchte immer noch einzuschlafen, denn sie wollte wenigstens ein paar Stunden Schlaf abbekommen. Selbst nach zwei Monaten hatte sie sich immer noch nicht daran gewöhnt, ohne Mike zu schlafen, und nach einer Woche bei ihrer Mutter fühlte sie sich noch weniger zu Hause in ihren vier Wänden. Die vertrauten Geräusche aus der Küche kamen ihr überhaupt nicht mehr vertraut vor. Vorbeifahrende Autos schienen direkt vor dem Haus anzuhalten. Stunden vergingen, während sie mit weit offenen Augen in der Dunkelheit dalag und auf Schritte lauschte. In den frühen Morgenstunden wurde ein leeres Haus zu einem auf beängstigende Weise von seltsamen Geräuschen erfüllten Ort.

Sie lag auf dem Rücken und dachte an ihren sogenannten Personenschutz. Vielleicht reichte der Notrufmelder nicht aus. Als sie Mike an der Terrassentür gesehen hatte, war sie vor Schreck stocksteif geworden – es war ihr nicht einmal in den Sinn gekommen, auf den Knopf zu drücken. Vielleicht waren die Agenten aus dem Wagen vor dem Haus frühstükken gegangen oder eingeschlafen. Vielleicht lagen sie mit herausgerissener Zunge im Straßengraben.

In einem Zustand zwischen Wachen und Schlafen versuchte sie, sich vorzustellen, was es für Mike bedeutete, mit jemandem zu tun zu haben, der möglicherweise ein Mörder war. Sie überlegte, ob sie in der Lage wäre, mit so einer Situation umzugehen, ob sie es fertigbrächte, mit jemandem zu reden, der so psychotisch war. Über diese Gedanken schlief sie endlich ein und wurde auf eine andere Bewußtseinsebene getragen, in eine andere Zeit ihres Lebens ...

Ein kalter nordischer Wind blies von Kanada her durch die Collegestadt Ithaca und trieb einen Dauerregen vor sich her, der gegen Karens Fensterscheiben trommelte. Schon wieder eine schlaflose Nacht, in der sie Stunden damit verbrachte, an die Decke zu starren. Sie fand es schrecklich, allein zu leben, und sie war immer noch wütend auf ihre ehemalige Zimmergenossin, die das Studium geschmissen, ihr die komplette Miete überlassen und sie dazu verdammt hatte, bis zum Ende des Wintersemesters allein in der kleinen Wohnung zu bleiben.

Draußen war ein kurzes, dumpfes Geräusch zu hören, wie ein Schlag gegen die Außenwand. Sie setzte sich im Bett auf und horchte. Der Wind heulte vor ihrem Fenster, doch sonst war alles still. Als sie sich langsam wieder auf ihr Kissen zurücksinken ließ, lauschte sie immer noch so angestrengt, daß sie hören konnte, wie die Federn unter ihrem Kopf zusammengedrückt wurden.

Sie fuhr vom Bett auf, als sie das dumpfe Geräusch von neuem hörte. Plötzlich hatte sie einen trockenen Mund, und ihr Herz raste. Sie horchte, doch um sie herum war nur Stille. Der digitale Wecker zeigte 4.27 Uhr. Auf ihrem Nachttisch stand das Telefon, aber sie hatte den Uni-Wachdienst schon so oft umsonst alarmiert, daß die Sicherheitsleute sie schon als kleine Hysterikerin bezeichneten. Sie holte tief Luft, dann schlug sie die Bettdecke zurück und stand auf.

Sie trug ein Baumwollnachthemd, das ihr bis zu den Oberschenkeln reichte, darunter einen schmalen Slip und dicke, weiße Socken an den Füßen. Vorsichtig einen Fuß vor den anderen setzend, ging sie den Flur entlang, einen langen, dunklen, mit grünem Teppich ausgelegten Tunnel. An der Wohnzimmertür blieb sie stehen. Das Zimmer war dunkel bis auf den schwachen Schimmer von dem Nachtlicht, das sie in der Küche angebracht hatte. Sie fuhr zusammen, als die Heizung ansprang. Sie schluckte schwer und versuchte, sich zu beruhigen. *Werd erwachsen,* sagte sie sich im stillen. *Werd nicht wieder hysterisch.*

Sie ging ein paar Schritte weiter, dann blieb sie stehen und schlang die Arme um sich. Es war kühl, regelrecht kalt, obwohl die Heizung lief. Draußen pfiff der Wind, drinnen blähten sich die Vorhänge – als sie sah, daß das Fenster offen war und der Regen hereinfegte, blieb ihr fast das Herz stehen. Noch bevor sie schreien konnte, legte sich eine Hand über ihren Mund, spürte sie etwas Feuchtes, Schweres in ihrem Rükken, das sie zuerst auf die Knie und dann auf den Bauch zwang. Sie trat und schlug verzweifelt um sich, doch er saß auf ihren Nieren. Sie bekam keine Luft, und sie konnte sich nicht befreien. Wieder versuchte sie zu schreien, aber seine große, behandschuhte Hand schloß sich nur noch fester um ihren Mund, und als sie verzweifelt nach Luft rang, stieg ihr der Gestank der alten Lederhandschuhe in die Nase.

»Halt die Klappe«, knurrte er und blies ihr seinen nach Whiskey stinkenden Atem ins Gesicht. »Halt einfach die –«

Wie eine Rakete schoß sie von ihrem Kissen hoch. Ihre Hände zitterten, als sie sich panisch umsah und sich in der Dunkelheit ihres eigenen Schlafzimmers zu orientieren versuchte. Ihr Nachthemd war durchgeschwitzt. Doch alles war still.

Ihr Atem wurde ruhiger, während sie sich den steifen Nakken massierte. Schon wieder schlecht geträumt. Immer wieder derselbe Alptraum. Schlimmer als ein Alptraum. Es war allzu real.

Wenn es nur ein Traum gewesen wäre.

25. Kapitel

Eiskalte Luft strömte aus den Deckenschächten der Klimaanlage und verbreitete im Obduktionsraum des Georgia State Crime Lab eine Atmosphäre wie im Kühlhaus eines Schlachthofs. Nach einer Stunde in der eisigen Kälte mußte Victoria Santos ihren langen Wintermantel überziehen. Als heißblütige Halbkubanerin war ihr jede Form von Kälte ein Graus.

Weißes Licht wurde von den weißen, sterilen Wänden und den polierten Fußbodenfliesen reflektiert. An einer Wand stand ein langer, schmaler Wagen, der für den Transport von Leichen diente. In der Mitte des Raums stand ein glänzender metallener Obduktionstisch, mit Löchern übersät, durch die Wasser und Körperflüssigkeiten in den dafür vorgesehenen runden Metallbehälter unter dem Tisch abfließen konnten. Das Ganze sah aus wie eine überdimensionale Käsereibe auf einer riesigen Konservendose. Auf dem Tisch befand sich eine Art Seziertablett für Kleinteile. Auf dem Tablett lag Cybil Hollands gefrorener Finger.

Victoria stand neben dem Tisch und starrte auf den violett gefärbten Stummel mit dem rosa Nagellack unter der gleißend hellen Untersuchungslampe. Neben ihr stand Dr. Leslie Harmon., eine hochgewachsene Schwarze vom gerichtsmedizinischen Institut von Fulton County, die den größten Teil ihrer Arbeitszeit genau hier in diesem Obduktionsraum in Decatur verbrachte. Tony Costello, der stämmige Kollege aus Atlanta, stand hinter der Ärztin. Auf der anderen Seite des Tisches beugte sich Chester Burns über das Tablett. Er war ein neunundvierzigjähriger, international anerkannter Gerichtsmediziner, der dafür, daß er ein wandelndes Lexikon für Messer und Stichwunden war, erstaunlich oft lächelte. Victoria hatte ihn aus dem Forensic Science Research and Training Center, dem FBI-eigenen gerichtsmedizinischen Forschungsinstitut in Quantico, mitgebracht.

»Wir haben Glück«, sagte Dr. Burns, wie immer lächelnd. Er starrte immer noch mit zusammengekniffenen Augen hinter seiner Goldrandbrille auf den Finger. Er trug einen frischen weißen Laborkittel und hatte eine Halbglatze, die von einem dichten, schwarzen Haarkranz eingerahmt wurde. Er richtete sich auf und trat einen Schritt zurück. »Es handelt sich um einen sehr sauberen Schnitt. Glücklicherweise hat der Mann, der die Frau überfallen hat, den Finger nicht abgesägt. Das Sägen hätte das Gewebe zermalmt und den Knochen zersplittert. Das würde mich vor große Probleme stellen.«

Victoria hörte angestrengt zu. Er war teilweise schwer zu verstehen. Burns war taub, worin Victoria stets eine gewisse Ironie gesehen hatte – die Toten sprachen zu dem Tauben.

»Sehen Sie hier«, sagte er, während er auf den Finger deutete. »Der Schnitt ist glatt durchgegangen, wie mit einem Beil auf dem Fleischerblock. Die Spuren von der gezackten Klinge des Messers sind deutlich erkennbar.«

Victoria lehnte sich vor. Um besser sehen zu können, beugte sie sich so dicht über den Finger, daß sie die kleinen blonden Härchen erkennen konnte. »Was können Sie bisher feststellen?«

Er lächelte. »Ich stelle fest, daß meine Taubheit Sie nervös macht. Sie sprechen übertrieben deutlich. Reden Sie einfach wie immer – ich bin es mein Leben lang gewohnt, von den Lippen zu lesen.«

Victoria blinzelte verlegen. »Tut mir leid. Lassen Sie mich meine Frage trotzdem anders formulieren. Was können Sie im Gegensatz zu mir feststellen?«

»Ich werde einen Gipsabdruck machen und genauere Messungen vornehmen müssen, um sicher zu sein. Ich muß mir die Fotos ansehen. Dann brauche ich einen Radiologen, um mir meine Erkenntnisse bestätigen zu –«

»Das alles wird Tage dauern«, unterbrach ihn Victoria. »Ich brauche jetzt Antworten. Was sagt Ihnen Ihr Gefühl? Ist das das Werk unseres Serienmörders?«

»Das werde ich Ihnen nie sagen können.«

»Wieso nicht?«

»Vielleicht hat jemand sein Messer benutzt.«

»Sie glauben also, daß dasselbe Messer, das Gertrude Kincaid getötet hat, auch Cybil Hollands Finger abgetrennt hat.«

»Wenn Sie von mir verlangen, das vor Gericht auszusagen, lautet meine Antwort nein. Wenn Sie wissen wollen, ob ich genug gesehen habe, um Ihnen zu raten, diese Spur zu verfolgen, dann lautet meine Antwort eindeutig ja.«

Victoria nickte. »Das war es, was ich wissen wollte.« Sie schaute über ihre Schulter nach Tony Costello. Der Anblick des großen, hartgesottenen Italieners, der vor Kälte zitterte, ließ sie innerlich grinsen – sie hatte ihm geraten, seinen Mantel mitzunehmen. »Geh'n wir«, sagte sie.

Tony nickte eifrig und rieb sich die Hände warm, während er hinter ihr her in die Vorhalle ging. Nach dem eiskalten Obduktionsraum wirkte die Vorhalle wie eine Sauna. Er half Victoria aus dem Mantel, dann schaute er ihr in die Augen.

»Sieht so aus, als ob es in Ihrem Fall eine neue Priorität gibt – nämlich einen Ring mit einem herzförmigen Diamanten und Smaragden zu finden.«

Victoria blickte nachdenklich vor sich hin. »Aber irgend etwas stört mich – irgend etwas, das mit dem zeitlichen Ablauf von all dem zu tun hat.«

»Wie meinen Sie das?«

»Sagen wir, es war dasselbe Messer – sagen wir, wer auch immer Mrs. Kincaid am Freitag in Südgeorgia überfallen hat, ist auch am Montag über Mrs. Holland hergefallen.«

»Ihr Gerichtsmediziner hat soeben behauptet, das sei durchaus möglich.«

»Aber wenn das der Fall ist, dann werden unsere Experten

in Quantico ihre Theorie, daß der Informant der Mörder ist, noch einmal gründlich überdenken müssen.«

»Wieso?«

»Der Informant hat sich eine seltsame Art und Weise einfallen lassen, um Mike Posten darüber zu informieren, daß das nächste Opfer nach Kincaid Timothy Copeland in San Francisco sein würde. Er hat Postens Computer so manipuliert, daß Copelands Name auf seinem Bildschirmschoner erschien. Um das zu tun, mußte er sich in das Redaktionsgebäude schleichen. Das heißt also, er hat einen Einbruch begangen, und deshalb haben unsere Kollegen in Miami den Fall übernommen – das Büro nach Fingerabdrücken abgesucht, das volle Programm. Sie haben nicht das Geringste gefunden, aber bei der Überprüfung des Computers konnten sie über den Systemmanager feststellen, daß die Programmierung genau um 8.26 Uhr am Dienstag morgen vorgenommen wurde – drei Tage, bevor Copeland ermordet wurde.«

»Und das bedeutet?«

»Das bedeutet, falls diese Schizophrenie-Theorie stimmt – falls der Informant der Mörder ist –, dann hat er es geschafft, innerhalb von weniger als zwölf Stunden von der Peachtree Street in der Innenstadt von Atlanta zum Bürogebäude der TRIBÜNE in Miami zu gelangen. Er war an einem Abend in Atlanta und am nächsten Morgen in Miami.«

»Na und? Es ist nur ein zweistündiger Flug.«

»Genau. Aber es gab keine Flüge. Gestern abend, nachdem Sie mich angerufen hatten, habe ich über diesen Zusammenhang zwischen Atlanta und Miami nachgedacht und ein paar Erkundigungen eingezogen. Ich wollte mir zum Beispiel Passagierlisten besorgen. Aber derselbe Schneesturm, der Cybil Holland in der Innenstadt von Atlanta festgenagelt hat, hat dafür gesorgt, daß der Flughafen am Montag abend für fünf Stunden, und zwar bis 1.00 Uhr früh, geschlossen werden mußte.«

»Und was ist mit der Zeit danach? Selbst wenn er erst um

halb sechs geflogen wäre, hätte er rechtzeitig in Miami sein können, um den Computer um 8.26 Uhr zu manipulieren.«

Victoria schüttelte den Kopf. »Denken Sie mal drüber nach. Der Typ ist ein polizeilich gesuchter Serienmörder. Er hat gerade einer Frau den Finger abgeschnitten. Wahrscheinlich hat er ihren Diamantring in der Jackentasche, und vielleicht hat er sogar sein Lieblingsmesser im Gepäck. Glauben Sie, der würde fünf Stunden lang wie eine Ratte im Käfig am Flughafen herumsitzen in der Hoffnung, irgendwann einen Flug nach Miami zu bekommen?«

»Okay«, sagte Tony und nickte. »Dann ist er also gefahren.«

Victoria seufzte bekümmert. »Es stimmt, wenn man von den Untersuchungsergebnissen ausgeht, ist der typische Serienmörder, der an weit voneinander entfernten Orten zuschlägt, ein eingefleischter Langstreckenfahrer. Aber von Atlanta nach Miami fährt man gut vierzehn Stunden.«

»Man kann es auch in zwölf schaffen. Ich hab es mit einem Kumpel zusammen mal in dreizehn Stunden bis runter zum Joe-Robbie-Stadion geschafft, um in letzter Minute Tikkets für die Super Bowl zu ergattern. Zugegeben, wir mußten uns beim Fahren abwechseln und haben keine Pause gemacht. Ich bin mir nicht sicher, ob ich es allein geschafft hätte.«

Die letzten Worte hingen in der Luft, als wäre ihnen gerade das sprichwörtliche Licht aufgegangen. Schließlich sprach Tony aus, was sie beide dachten: »Sie glauben, er hatte einen Mitfahrer?«

»Zum Beispiel den Informanten?«

Tony zuckte die Achseln. »Das wäre immerhin eine Möglichkeit. Vielleicht arbeiten die beiden ja auch zusammen.«

»Wie Bianchi und Buono«, sagte Victoria abwesend.

»Wer?«

»Kenneth Bianchi und Angelo Buono. Sie waren Vettern. Gemeinsam waren sie der Würger von Kalifornien.«

Tony rieb sich die Schläfen, als fühle er sich überwältigt. »Es reicht. Wenn ich meine Leute losschicken soll, um die Pfandleiher nach einem Mann zu fragen, der versucht hat, einen Diamantring zu versetzen, dann müssen Sie mir schon sagen, wonach wir suchen. Sind es zwei Männer, die zusammenarbeiten, zwei, die sich gegenseitig austricksen, oder ein Wahnsinniger mit multipler Persönlichkeitsstruktur?«

Sie starrte an ihm vorbei auf die Tür zum Obduktionsraum. »Genau das müssen wir herausfinden.«

26. Kapitel

Mike wachte um Punkt 7.30 Uhr auf. Auf dem Rücken liegend starrte er auf den sich lautlos drehenden Ventilator über seinem Bett und fragte sich, wie es kam, daß seine innere Uhr jedesmal, wenn er eigentlich ausschlafen konnte, so präzise funktionierte wie der Countdown für einen Space-Shuttle-Start.

Um 7.31 Uhr war das leere Gefühl da. Suspendiert. Sein Treffen mit Aaron gestern abend hatte daran nichts geändert. Zum erstenmal seit dreizehn Jahren würde er nicht vor dem Frühstück in der Leichenhalle vorbeischauen und den über Nacht Verblichenen einen guten Morgen wünschen. Er würde sich nicht in den Knast begeben, um sich mit den üblichen Verdächtigen zu unterhalten, und auch nicht die Notfallstationen der Krankenhäuser abklappern, um die blutige Wahrheit über die Straßenkämpfe der letzten Nacht in Erfahrung zu bringen. Verdammt, er vermißte das alles schon jetzt.

Er hatte zuviel überschüssige Energie, um herumzusitzen und sich im Fernsehen anzusehen, wie Willard Scott in TODAY einer Frau, die immer noch eine begeisterte Fallschirmspringerin war, zum hundertsten Geburtstag gratulierte. Es war ihm egal, ob er suspendiert war oder nicht – wenn er die richtigen Stories brachte, würde Charlie Gelber sie nicht ablehnen. Deshalb vertrieb er sich den Vormittag auf dem Polizeirevier auf der Suche nach Informationen über diese vornehme Kongreßabgeordnete, die vorgab, beim Ducken mit dem Kopf im Schoß eines zwanzigjährigen Mitfahrers gelandet zu sein, weil angeblich auf ihr Auto geschossen worden war. Unnötig zu erwähnen, daß der Jüngling neben ihr rein zufällig nicht ihr Ehemann war und mit offenem Hosenschlitz dasaß.

Wütend über die Art, wie der Deal mit dem FBI nach hinten losgegangen war, verbrachte er den Nachmittag damit, Termine zu machen. Aaron hatte ihm unmißverständlich zu verstehen gegeben, daß es nur eine Möglichkeit gab, das Arrangement zu verteidigen, nämlich indem er Resultate produzierte – und das bedeutete, daß ihm nichts anderes übrigblieb, als den Killer dingfest zu machen. Also überwies er die hunderttausend Dollar, die an diesem Nachmittag um halb vier auf seinem Konto eingingen, prompt auf Ernest Gills Konto bei der Citybank, lange, bevor das Ultimatum des Informanten ablief.

Anschließend machte Mike eine ausgedehnte Autofahrt, um wieder einen klaren Kopf zu bekommen. Hauptsächlich wegen des Februars lebte er in Florida. Kühle Brise, blauer Himmel. Er spürte die Wärme der Spätnachmittagssonne auf seiner Haut wie die Hand eines alten Freundes, die die Kraft hat zu heilen. Selbst eine Fahrt über die Autobahn war mit dem offenen Cabrio hundertmal besser als die Winter in Chicago, die er als Kind ertragen mußte. Der Geruch von Salzwasser in der Luft war ein angenehmer Ersatz für Streusalz in den Stiefeln. Er fuhr mit 130 km/h auf die Stelle zu, wo die Autobahn sich teilte und er sich zwischen zwei sehr verschiedenen Möglichkeiten entscheiden mußte: der Strand oder die Innenstadt. Er dachte an den Text eines alten Songs von Bruce Springsteen, »Hungry Heart«, über einen Typen, der die falsche Abfahrt nahm und einfach weiterfuhr. Keine Chance, dachte er. Nicht mit Mike Posten. Flucht kam nicht in Frage.

Plötzlich fuhr er zusammen, als ihm ein gebrochenes Versprechen einfiel. Karen. Gestern abend hatte er ihr versprochen anzurufen, sobald er die Sache mit Aaron geklärt hatte.

Mike wußte, daß sie dienstags und donnerstags abends zum Aerobic-Training ging. Das Training fing um sechs an. Er nahm die nächste Abfahrt, hielt an einem Blumenladen, um einen dicken Entschuldigungsstrauß zu kaufen, und fuhr dann durch Nebenstraßen zum Fitneßstudio.

Während er mit den Augen den Parkplatz absuchte, wurde er hellhörig, als er in den Radionachrichten die Stimme von Aaron Fields hörte, der zu der Anschuldigung des Scheckbuchjournalismus Stellung nahm. Mike hielt an und drehte die Lautstärke auf.

»Ich kenne Mike Posten seit dreizehn Jahren«, tönte Fields Stimme aus dem Radio. »Ich versichere Ihnen, ich habe ihn zu diesem Vorwurf sofort zur Rede gestellt, und er hat mir versichert, daß alle Berichte jeder Grundlage entbehren, die behaupten, er habe unrechtmäßig einen Informanten für die Exklusivstories über diese Morde bezahlt.«

Mike schaltete das Radio aus. Es war ihm nicht entgangen, wie raffiniert Fields das Wort »unrechtmäßig« eingeflochten hatte. *Hätte Politiker werden sollen, der gute Aaron.*

Er entdeckte Karen, die gerade über den Parkplatz ging, doch sie bemerkte ihn nicht – oder, falls sie ihn gesehen hatte, ignorierte sie ihn. Sie trug ein graues Kostüm und ein weinrotes Halstuch – offenbar ihre Gerichtssaalverkleidung –, die Sporttasche hatte sie über die Schulter geschlungen. Als er gerade aus seinem Wagen steigen wollte, um zu ihr zu laufen, piepste sein Skyper.

»Nicht schon wieder«, stöhnte er. Er warf einen Blick auf das Display. *Dringend,* lautete die Nachricht. *Bitte um Rückruf. VS.*

Er verzog das Gesicht, hin und her gerissen. Ein Teil von ihm sagte: Sieh zu, daß du Karen erwischst. Ein anderer Teil sagte: Ruf Victoria zurück. Es war genauso wie am Abend zuvor, als Aaron angerufen hatte, als nichts, was er hätte sagen können, richtig gewesen wäre. »Verdammt.« Er nahm sein Handy und wählte Victorias Nummer. Sie nahm nach dem ersten Klingeln ab.

»Ich kann nur hoffen, daß es wirklich dringend ist«, sagte er, während er Karen im Fitneßstudio verschwinden sah.

»Es geht um das Konto von Ernest Gill bei der Citybank. Die Viertelmillion Dollar, die wir Ihrem Informanten gezahlt haben.«

»Was ist damit? Ich habe das Geld heute nachmittag überwiesen.«

Sie zögerte einen Augenblick, dann sagte sie argwöhnisch: »Es ist weg. Alles.«

»Weg – wie denn?«

»Er hat es ins Ausland geschafft. Per telegrafischer Überweisung.«

»Aber damit müssen Sie doch gerechnet haben.«

»Wir wissen seit einigen Wochen, daß er Geldbewegungen per telegrafischer Überweisung vorgenommen hat, konnten jedoch bisher jeden seiner Schritte minutiös nachverfolgen. Die Spur führte heute nachmittag ins Ausland, gleich nachdem Sie die Überweisung gemacht haben. Antigua. Dort gibt es die strengsten Gesetze der Welt, was das Bankgeheimnis betrifft. Schlimmer als in der Schweiz und auf den Cayman-Inseln.«

»Aber wenn Sie wissen, daß das Geld nach Antigua gegangen ist, können Sie dann nicht feststellen, wo genau es gelandet ist?«

»Da können Sie genauso eine Münze ins Meer werfen. Man sieht, wo sie im Wasser auftrifft, aber man hat keine Ahnung, wo sie landet. Antigua ist eine der Zufluchtstätten, mit denen die USA kein Abkommen zum Austausch von Informationen hat, die durch das Bankgeheimnis geschützt sind. Ich kann von hiesigen Banken Unterlagen über Geldtransfers nach Antigua bekommen, aber die dortigen Banken geben mir keine Auskunft darüber, wohin das Geld wandert, wenn es einmal dort ist. Ich bin vollkommen auf die Zusammenarbeit mit Insidern angewiesen, wenn ich nachvollziehen will, welchen Weg das Geld von nun an nimmt. Wir mußten natürlich immer damit rechnen, daß Ihr Informant sich hinter dem Bankgeheimnis verschanzen würde, aber ich habe ihm einfach nicht zugetraut, daß er sich einen der wenigen Orte auf der Welt aussuchen würde, die uns das Leben richtig schwer machen.«

Mike winkte einem alten Mann ab, der Mangos auf der Straße verkaufte. »Glauben Sie, er wird sich das Geld auszahlen lassen und abhauen? Ist das Spiel vorbei?«

»Ich weiß es nicht. Darum rufe ich Sie an. Wir müssen uns eine Strategie zurechtlegen für den Fall, daß er noch mal anruft.«

»Das will ich aber schwer hoffen, daß der noch mal anruft. Wenn wir den Typen nicht schnappen, dann werde ich in die Geschichte eingehen als der Schmierenjournalist, der nichts Besseres zu tun hatte, als einen Serienmörder dafür zu bezahlen, daß er munter weitermordet.«

»Keine Sorge«, sagte sie und dachte an das Memo, das sie Assistant Director Dougherty gegeben hatte. »Sie sind nicht der einzige, dessen Existenz auf dem Spiel steht.«

27. Kapitel

Die Kuckucksuhr an der Wand schlug dreimal und hallte in der Dunkelheit des kleinen Hauses nach. Niemand fuhr zusammen, außer dem Mann im Flur, einem Fremden im Haus.

Er war eine eindrucksvolle Gestalt, bekleidet mit einem schwarzen, gummierten Taucheranzug, der keinerlei Fusseln oder Fasern als Spurenmaterial für die Polizei am Tatort hinterlassen würde. Eine gummierte Kappe sorgte dafür, daß auch kein einziges Haar von seinem Kopf zurückbleiben würde. In den dünnen, reißfesten Taucherhandschuhen konnte er seine Hände ungehindert gebrauchen, ohne Fingerabdrücke zu hinterlassen. Sein Gesicht war mit schwarzer Theaterschminke bedeckt, so daß es in der Dunkelheit völlig unmöglich war, irgendwelche Gesichtszüge auszumachen. Als das alberne Zwitschern der Kuckucksuhr verklungen war, ließ ein Lächeln seine weißen Zähne aufblitzen. Die Absurdität angesichts der todernsten Situation schien ihn zu amüsieren.

Curt Rollins bewegte sich mit ruhiger Sicherheit durch den dunklen Flur, der zum Schlafzimmer führte. Er wurde von Tag zu Tag sicherer, lernte bei jedem Opfer dazu. Der Taucheranzug war die neueste Verbesserung seiner Ausstattung. Geräuschlos setzte er einen Fuß vor den anderen, entschlossen, aber geduldig. Am Ende des Flurs blieb er stehen und betrachtete die Fotos an der Wand. Sie sahen aus wie eine große Collage, nur ordentlicher, denn jedes Foto war gerahmt. Eine Gruppe von Frauen im Studentenalter, die sich in Skianzüge gekleidet lachend auf der Spitze eines schneebedeckten Bergs in den Armen hielten. Ein Diplom von der George-Washington-University – Bachelor of Science, 1981. Eine hübsche junge Blondine zusammen mit einer älteren Frau, wahrscheinlich ihre Mutter.

Rollins überflog kurz die ganze Sammlung, als sein Blick an einem in Gold gerahmten Schwarzweißfoto gleich neben dem Diplomzeugnis hängenblieb. Es zeigte einen grauhaarigen, etwa siebzigjährigen Mann in der Robe eines Richters. Vielleicht ihr Vater, möglicherweise auch ihr Großvater. Mit ernstem Blick posierte er vor einem mit juristischen Büchern gefüllten Regal, die Hornbrille in der rechten Hand. Er lächelte nicht wirklich, doch in seinem Gesicht lag das trockene Lächeln des Machtmenschen, das Gesetz und Ordnung und lange Gefängnisstrafen verhieß. Rollins starrte in die Augen des Richters, erregt von der Vorstellung, daß ihre Blicke sich trafen. Sie waren sich natürlich nie begegnet, aber er sah aus wie alle Richter – einschließlich des vertrockneten alten Bastards, der ihm vor neun Jahren eine Gefängnisstrafe aufgebrummt hatte.

Rollins dachte nicht gern an jenen Tag, aber die scheußliche Erinnerung war so deutlich, als wäre das alles erst gestern geschehen. Selbst die kleinsten Details waren ihm im Gedächtnis geblieben. Das kalte Neonlicht auf dem blanken Marmorboden, Mahagonipaneele mit glänzenden Messingbeschlägen, der junge, nervöse Pflichtverteidiger, der ihm zugeteilt worden war. Aber vor allem erinnerte er sich an den kalten, bedrohlichen Gesichtsausdruck des alten Richters, als er von der Richterbank herab den Urteilsspruch verkündet hatte.

»Der Gefangene möge sich erheben«, sagte der Gerichtsdiener.

Rollins und sein Verteidiger standen Seite an Seite. Zu ihrer Linken, hinter dem polierten Mahagonitisch, direkt neben der Geschworenenbank, stand der Staatsanwalt. Der Staatsanwalt und Rollins' Rechtsanwalt trugen beide einen Nadelstreifenanzug, als gehörten sie zum selben Team. Neben der Tür stand ein bewaffneter Wachmann, bekleidet mit der üblichen grauen Hose und dem frischgebügelten blauen Blazer. Auf der Empore hinter ihm hatten sich an diesem vielversprechenden Vormittag eine Reihe Chicagoer Polizisten in mitternachtblauen Uniformen als Zuschauer eingefunden. Alle im Saal wirkten würdevoll, außer dem Gefangenen in seinem orangefarbenen Anzug, die Hände mit Handschellen auf dem Rücken gefesselt. Er kam sich vor wie der Hofnarr. Alles, was ihm fehlte, war eine Schellenmütze.

»Mr. Rollins«, sagte der Richter, den Namen fast ausspukkend.

Er schaute zu dem finsteren Gesicht des Richters hinauf, bemüht, seine Verachtung zu verbergen. Er sagte nichts.

Der Richter starrte ihn wütend an und deutete mit seinem Hammer auf ihn. »Es macht mich jedesmal zornig, wenn ich einen Polizisten als Angeklagten vor mir sehe. Aber dieser Fall hat mich überzeugt, daß es nichts Erbärmlicheres auf der Welt gibt als einen Polizisten, der den Namen eines V-Mannes an einen Drogendealer verkauft. Wir können Gott danken, daß er nicht ermordet wurde, und ich wünschte, ich könnte Sie lebenslänglich einsperren lassen. Ich verurteile Sie zur Höchststrafe von sieben Jahren Gefängnis.«

Der Richter schlug mit dem Hammer, und alles war vorbei. Sieben Jahre im Staatsgefängnis. Für einen Polizisten kam das einem Todesurteil gleich.

Die Kuckucksuhr schlug die Viertelstunde. Rollins holte tief Luft, um seine Erinnerungen abzuschütteln, und konzentrierte sich auf das, was vor ihm lag. Er stand in der Tür zum Schlafzimmer. Die Szene, die sich ihm darbot, schockierte ihn nicht, denn sie sah fast genauso aus wie all die anderen. Sie lag immer noch auf dem Bett, auf dem Rücken ausgestreckt. Ihre Hände und Füße waren mit Elektrokabeln gefesselt. Von der Taille aufwärts nackt, trug sie immer noch ihren rosafarbenen Slip mit weißer Spitze. Brust und Bauch waren mit so vielen Stichwunden übersät, daß man sie nicht mehr zählen konnte. Die weißen Laken waren blutgetränkt. Ihre herausgerissene Zunge lag auf dem Kopfkissen neben ihr.

Rollins wollte die grausige Szene aus der Nähe betrachten, doch als er das Zimmer betrat, wurde er von hinten angefallen. Noch bevor er Zeit hatte zu reagieren, wurde ihm der Arm auf dem Rücken verdreht und ein Messer an die Kehle gedrückt.

»Keine Bewegung«, sagte sein Angreifer.

Vor Angst und Schmerz wurde Rollins stocksteif, versuchte, jede falsche Bewegung zu vermeiden. Sein Herz raste, und sein Atem ging kurz und hektisch. Er spürte, wie die scharfe Klinge sich langsam durch die Gummikappe arbeitete, die er über den Kopf gezogen hatte und jeden Augenblick seinen Adamsapfel treffen mußte. Sein Mund war so trocken, daß er kaum sprechen konnte.

»Tu mir nicht weh, bitte! Ich bin's – Curt. Curt Rollins.«

»Curt?« In seiner Stimme lagen Zorn und Verblüffung, doch sein Griff wurde nur noch fester. »Du verdammter Idiot.«

28. Kapitel

Ein Streifen Morgensonne fiel durch das Oberlicht in das dunkle, mit schwarzem Marmor geflieste Badezimmer. Aus einer verglasten Duschkabine quoll dichter Wasserdampf und beschlug die mit Facettenschliff versehenen Spiegel und die vergoldeten italienischen Armaturen an der in den Boden eingelassenen Badewanne. Von den kristallenen Kerzenleuchtern an den Wänden tropfte Kondenswasser, so daß sie aussahen wie Eiszapfen, die im warmen Frühlingsnebel tauten.

Frank Hannon stand nackt in dem unbeleuchteten Badezimmer und ließ sein dichtes aschblondes Haar von Kaskaden heißen Wassers umspülen. Bei seiner Größe von über einem Meter neunzig stieß er mit dem Schädel fast an den Duschkopf. Das Wasser prallte in alle Richtungen von seinem durchtrainierten Körper ab. Er schloß die Augen und genoß es, wie das heiße Wasser an seinem muskulösen Bauch hinunterlief. Zwischen seinen Schultern, die er wie ein Bodybuilder anspannte, floß ein wahrer Sturzbach über seinen kräftigen Rücken. Das Ritual hatte therapeutischen Wert. Auf diese Art und Weise konnte er sich nach einem Mord stundenlang entspannen.

An diesem Vormittag fand er jedoch keine Ruhe. Curt Rollins bedeutete eine Störung, mit der er nicht gerechnet hatte.

Wenn er es sich genau überlegte, paßte alles zusammen. Rollins, ein ehemaliger Bulle, war zweifellos im Überwachen und Auskundschaften von Tatorten geschult. Wer wäre wohl besser dazu geeignet, ihn heimlich zu beobachten, Beweise zu sammeln und dann seine Geschichte an die Presse zu verkaufen? Er konnte sich nur nicht erklären, wie ihm Rollins auf die Schliche gekommen war.

Das hypnotische Rauschen des Wassers versetzte ihn zurück in ihre gemeinsame Kindheit, das einzige, was ihm im Zusammenhang mit Rollins einfiel. Es war an dem Tag, an dem Curt und er dieses Haus am See verwüstet hatten, vor über zwanzig Jahren ...

Der neunjährige Frank hatte sich in dem Baumhaus hinter dem Haus seiner Eltern versteckt. Die Sonne war schon vor Stunden untergegangen, und er hatte allein dort in der Dunkelheit ausgeharrt, seit Curt mit seinem zerschnittenen Bein nach Hause gehumpelt war. Zwischen den großen Ahornblättern hindurch konnte er im Mondlicht den großen Garten bis zur Straße hin überblicken. Ein weißer Bonneville fuhr vor und parkte in der mit Kies bedeckten Einfahrt. Der Motor wurde ausgeschaltet, aber die Scheinwerfer brannten weiter. Sein Vater stieg aus und trat in den Garten.

»Frank!« brüllte er, als riefe er einen Hund.

Ohne sich zu rühren, beobachtete Frank, wie ein blauer Impala mit weißem Dach hinter dem Bonneville hielt. Eine dünne, blonde Frau stieg aus und zündete sich eine Zigarette an. Curts Mutter. Sie wirkte aufgeregt und nervös. Sie ging um ihren Wagen herum und öffnete die Beifahrertür. Curt humpelte heraus. Er ging auf Krücken, und sein Bein war vom Knie bis zum Knöchel weiß bandagiert. Frank wußte sofort, daß er beim Notarzt gewesen war.

Frank hielt den Atem an, als ein dritter Wagen in die Einfahrt bog. Ein Streifenwagen. Der Sheriff.

»Frank, komm sofort her!« rief sein Vater.

Er kletterte von dem Baum, rannte über den Rasen und

blieb am Ende der Einfahrt stehen. Er starrte direkt in das blendende Licht der Scheinwerfer, in dem die Erwachsenen wie dunkle Schattengestalten wirkten. Wenn er die Augen zusammenkniff, konnte er ihre Gesichter erkennen. Sein Vater stand mit vor der Brust verschränkten Armen da und blickte finster drein. Curts Mutter schien noch wütender zu sein als beim letztenmal, als er ihre Unterwäsche von der Wäscheleine im Garten geklaut hatte. Der Sheriff trug seine übliche braun-beige Uniform und den breitkrempigen Hut, doch was Frank besonders auffiel, war die große Pistole in seinem Halfter. Curt versteckte sich hinter seiner Mutter, er traute sich nicht einmal, seinen Freund anzusehen.

»Bist du in das Sommerhaus eingebrochen?« wollte sein Vater wissen.

»Nein.«

Er schlug ihm mit der flachen Hand ins Gesicht. »Lüg mich nicht an!«

»Ich hab überhaupt nichts getan.«

Sein Vater wandte sich zu Curt um und sah ihn eindringlich an. »Curt, bist du in das Sommerhaus eingebrochen?«

Auf seinen Krücken humpelnd, versuchte Curt, sich noch weiter hinter seiner Mutter zu verstecken. »Ja, Sir«, antwortete er leise.

»Und warum hast du das getan?«

Curt zögerte. »Weil – weil Frank mich dazu gezwungen hat.«

Mit wirbelnden Fäusten ging Frank auf ihn los. »Du kleine Ratte! Du bist eine feige, stinkende Ratte!«

Der Sheriff packte ihn und hielt ihn zurück. Frank trat mit den Füßen um sich, brüllte und biß den Sheriff in seinen behaarten Arm. Der Sheriff schrie vor Schmerz auf, als es Frank gelang, sich zu befreien. Doch sein Vater erwischte ihn am Hemd, warf ihn zu Boden und kniete sich auf ihn, so daß er sich seinem Griff nicht entwinden konnte.

»Curt, du feige Ratte!« Er lag flach auf dem Bauch, mit

der Wange im feuchten Gras. Sein Vater drückte ihm ein Knie fest in den Rücken.

Der Sheriff tätschelte Curt liebevoll den Kopf. »Du hast das richtige getan, junger Mann. Es ist immer am besten, man sagt die Wahrheit.«

Der Vater packte Frank an den Haaren, riß ihn fast vom Boden hoch. Sein Atem roch scharf nach Whiskey. »Du weißt, wo du diesmal hinkommst, nicht wahr? – Nicht wahr, du kleiner Scheißer?«

Frank wußte es. Als er vor einem Monat auf dem Friedhof erwischt worden war, hatte er es ihm angedroht. Vor einem halben Jahr war ein siebzehnjähriges Mädchen aus der Highschool vergewaltigt und erstochen worden. Man hatte ihren nackten Körper im Wald gefunden. Es war seit Jahrzehnten der schlimmste Vorfall in der Stadt gewesen, und eine der Lokalzeitungen hatte die Wunden der Ermordeten in grausigem Detail beschrieben. Frank hatte jede Zeile verschlungen. Die Fotos und Zeitungsausschnitte einschließlich der Todesanzeige, aus der hervorging, wo sie beerdigt worden war, hielt er unter seinem Bett versteckt. Jeden Abend, wenn er in sein Bett schlüpfte, zog er seinen Schlafanzug aus und las die alten Zeitungsartikel. Er dachte an das Mädchen, träumte von ihr, stellte sich vor, daß sie ihm beschrieb, wie es war, als man ihr die Kehle aufschlitzte. Der Mord wurde nie aufgeklärt, und als die Zeitungen schließlich aufhörten, davon zu berichten, hatte Frank sich leer und unbefriedigt gefühlt. Ein paar Wochen später hatte er angefangen, mit dem Fahrrad an dem Haus ihrer Eltern vorbeizuradeln. Ein paarmal hatte er angehalten und vom Gehweg aus das Haus betrachtet, und einmal hatte er sich sogar bis auf die Veranda geschlichen und auf die Stufen gesetzt. Schließlich hatte er sich darauf verlegt, Post aus dem Briefkasten der Familie zu stehlen und sie nach verspäteten Beileidsbriefen oder Zeitschriften durchsucht, die das Mädchen vielleicht abonniert haben könnte. Eines

Abends fuhr er an dem Supermarkt vorbei, wo sie nach der Schule als Kassiererin ausgeholfen hatte, und anschließend zum Friedhof, um ihr Grab zu suchen. Die Erde mit dem frischen Gras war noch nicht ganz abgesunken, und es war leicht herauszufinden, wo sie lag. Er ging um das Grab herum, fühlte sich magisch von ihm angezogen. Er stellte sich darauf, setzte sich darauf, legte sich sogar darauf – bis er einen unwiderstehlichen Drang verspürte, darauf zu pissen. Und das tat er, mitten auf den Grabstein. Ein Friedhofswärter hatte ihn erwischt und seine Eltern angerufen. Der erbärmliche Verräter.

Sein Vater riß ihn erneut an den Haaren. »Ich habe dich gewarnt, du kleiner Bastard. Wenn du das nächstemal über die Stränge schlägst, landest du im Knast. Und das habe ich ernst gemeint. Sheriff, tun Sie Ihre Pflicht.«

Mit finsterem Blick nahm der Sheriff eine Rolle schwarzes Isolierband aus der Hosentasche, kniete sich neben Frank und fesselte ihm die dünnen Handgelenke wie mit Handschellen auf den Rücken.

»Ich hab keine Angst vor dem Knast«, schnaubte Frank verächtlich. »Und vor dir hab ich auch keine Angst, du blödes Schwein.«

»Du hast mich mit Sheriff Nettle anzureden«, sagte der Sheriff streng. Er packte Frank am Arm und stellte ihn auf die Füße.

»Keine Sonderbehandlung, Sheriff«, sagte sein Vater augenzwinkernd. »Behandeln Sie ihn wie jeden anderen gewöhnlichen Verbrecher.«

Der Sheriff lächelte dünn. »Wir wissen schon, wie man mit solchen faulen Äpfeln umgeht.« Er bugsierte in auf den Streifenwagen zu. »Los, beweg dich, du Knirps.«

»Nenn mich nicht Knirps, du Fettsack. Und was ist mit Curt? Wieso kommt der nicht mit?«

Der Sheriff öffnete dic hintere Tür des Streifenwagens und schob ihn hinein. »Mach dir um den keine Gedanken. Du hast schon genug zum Nachdenken.« Die Tür wurde zugeschlagen.

Frank starrte Curt wütend durch die Heckscheibe an, als der Streifenwagen losfuhr. Mit Blaulicht und Sirene rasten sie durch die Straßen, wie bei einem echten Notfall. Sie überfuhren jede rote Ampel bis zum Polizeirevier. Frank kam sich wichtig vor. Er stellte sich vor, er sei der Präsident – oder noch besser, jemand, der den Präsidenten und dessen gesamte Familie ermordet hatte.

Das Gefängnis lag in einem Stadtteil, in dem Frank noch nie gewesen war. Es gab weder Bäume noch Gras. Nur mit Brettern vernagelte Häuser und Müll am Straßenrand und jede Menge übel aussehende Typen, die in Grüppchen an den Straßenecken standen und rauchten. Ihre dunklen Gestalten im fahlen Licht der Straßenlaternen flößten Frank Angst ein, doch er ließ sich nichts anmerken. Der Streifenwagen hielt an der verwitterten Bordsteinkante. Der Sheriff stieg aus und führte Frank auf die Polizeistation im ersten Stock.

Drinnen liefen jede Menge Leute herum, hauptsächlich Männer. Einige waren in Uniform, andere in Zivil. Ein Mann, der überhaupt nichts anhatte, saß an eine Bank gekettet und kotzte sich auf die Füße. Sämtliche Schreibtische waren mit Akten und Zeitungen übersät. Im Hintergrund spielten drei Männer Basketball mit Hilfe eines Papierkorbs. Alle anderen redeten ununterbrochen und machten so viel Lärm, als befänden sich tausend Menschen im Raum. Es erinnerte Frank daran, wie es im Klassenzimmer zuging, wenn sie Hausaufgaben machen sollten und den Lehrer zur Verzweiflung brachten.

»Na, wen haben wir denn da?« fragte der Gefängnisbeamte am Tresen.

»Leck mich«, erwiderte Frank aufsässig.

Die Bullen grinsten sich an. »Du bist wohl ein ganz harter Bursche, was?« sagte Nettle, während er das Isolierband von

Franks Handgelenken entfernte. »Hände auf die Handflächendetektoren.«

Frank lehnte sich gegen die Wand, aber er mußte die Arme hoch über den Kopf heben, um an die mit einem Raster versehene Markierung zu gelangen, auf die die Gefangenen ihre Hände zu drücken hatten. Während der Sheriff ihn abtastete und seine Hosentaschen durchsuchte, fiel Frank auf, wieviel kleiner seine Hände waren als die Markierungen an der Wand.

»Der kommt in Einzelhaft«, sagte Nettle zu seinem Beamten. »'n echt gefährlicher Typ.«

»Eine Zelle für mich allein? Super! Dann kann ich mir ja einen runterholen.«

Der Beamte stutzte verblüfft, dann sah er in der Liste hinter seinem Schreibtisch nach. »Wir können ihn in Zelle elf stecken. Hornsby hat schon wieder eine von den Glühbirnen gefressen, den mußten wir heute morgen auf die Krankenstation verlegen.« Er warf Frank einen kurzen Blick zu. »Manche Typen würden alles tun, um hier für 'n paar Tage rauszukommen.«

Frank verzog das Gesicht und kniff die Augen zusammen. »Wollt ihr Clowns nicht erst meine Fingerabdrücke abnehmen?«

Nettle schüttelte den Kopf. »Wozu? Hier kommst du sowieso nicht mehr raus. Jedenfalls nicht lebendig.«

Der Gefängnisbeamte drückte auf einen Knopf hinter dem Tresen, und die schwere Metalltür öffnete sich langsam und geräuschvoll. Nettle fesselte die Handgelenke seines Gefangenen erneut mit Isolierband auf dem Rücken, diesmal noch fester als beim erstenmal, und führte ihn durch einen langen Gang, vorbei an den Arrestzellen für diejenigen, die nur über Nacht festgehalten wurden.

In den Zellen war es laut, und sie waren völlig überfüllt, schlimmer, als Frank es je im Fernsehen oder in Zeitschriften gesehen hatte. Die eisernen Gitterstäbe wirkten dicker, die

Betonwände kälter. Es stank so schlimm wie damals, als er die Toiletten im Umkleideraum in der Schule verstopft hatte. Wenn er bis zum Ende des Korridors schaute, konnte er überall Hände und Arme sehen, die zwischen den Gitterstäben hindurchlangten. Es sah so aus, als hätten die Wände Gliedmaßen. Obwohl er versuchte, keinen der Gefangenen anzusehen, fiel ihm einer besonders auf. Er hockte mit nacktem Oberkörper an der Wand, die Hände in der Unterhose. Frank wandte sich ab, doch dann entdeckte er die Frau in der gegenüberliegenden Zelle. Sie war häßlich, mit ihrem strähnigen, blonden Haar und mehr Make-up im Gesicht als Catwoman. Sie trug eine enge Stretchhose, die ihr zwei Nummern zu klein zu sein schien. Frank zuckte zusammen, als sie ihm eine Kußhand zuwarf.

Sein Herz begann schneller zu schlagen, doch er biß sich auf die Lippen, um die Kontrolle zu bewahren. »Lauter Verlierertypen«, sagte er großspurig. »Ich hab meine eigene Zelle verdient.«

Am Ende des Korridors blieben sie vor einer fensterlosen Zelle stehen. Der Sheriff schloß die Tür mit einem Schlüssel an seinem Gürtel auf und drückte auf den Lichtschalter außerhalb der Zelle. Das Licht über der Tür ging an, aber die Birne über dem Waschbecken fehlte. Genau wie der andere Bulle gesagt hatte. Hornsby hatte sie gefressen.

»Rein mit dir«, sagte Nettle.

Frank stolperte in die Zelle. In einer Ecke hing ein rostiges Waschbecken, daneben ein Loch im Fußboden, aus dem es wie aus einem Abwasserkanal stank. Auf einer Seite stand eine Pritsche, die genauso lang war wie die Wand. Der Sheriff setzte sich neben ihm auf die Bettkante und entfernte das Isolierband von seinen Handgelenken. Vom anderen Ende des Korridors waren zwei Männer zu hören, die sich heftig stritten. Dann war plötzlich eine dritte Stimme zu hören – ein Mann, offenbar ein Verrückter, gab Laute von sich wie von einem Tier. Franks Hände begannen zu zittern, als das Klebeband entfernt wurde. Der Sheriff unterdrückte ein Grinsen und sagte leise und ernst: »Weißt du, was die hier drinnen mit neunjährigen Jungs machen?«

»Was denn?«

»Sie machen Mädchen aus ihnen.«

Frank rieb sich die Handgelenke, um die Blutzirkulation anzuregen. »Aus mir können die kein Mädchen machen.«

Der Sheriff drehte das Isolierband zu einem Ball und steckte ihn sich in die Hosentasche. »Das hat der letzte Junge, den wir hier hatten, auch gesagt. Aber als er rauskam, konnte er nicht mehr laufen. Wir haben ihn neben einen von diesen dreckigen, stinkigen Typen gesperrt, die du draußen in den Straßen gesehen hast. Und kaum hatten wir das Licht ausgemacht, ist der große Typ zu dem Jungen in die Zelle geschlichen. Und weißt du, was er dann gemacht hat?« Er wartete einen Augenblick, um die Wirkung seiner Worte sinken zu lassen und sicherzugehen, daß Frank ihm auch zuhörte. Dann beugte er sich vor und flüsterte heiser: »Das Schwein hat seinen Hosenschlitz aufgemacht und ihn dem Jungen direkt in den Mund gesteckt. Der arme Kerl konnte hinterher nicht mehr sprechen.«

Frank mußte schwer schlucken, um die Beherrschung nicht zu verlieren. »Wieso konnte er nicht mehr sprechen?«

Der Gesichtsausdruck des Sheriffs wurde plötzlich todernst. »Weil es so scheußlich geschmeckt hatte, daß der Junge sich die eigene Zunge rausgeschnitten hat.«

Instinktiv befühlte Frank seine Zunge. Er glaubte dem Sheriff jedes Wort.

Zufrieden grinsend stand der Sheriff auf. »Schlaf gut, Frank.« Er verriegelte die Zellentür und schaltete das Licht aus.

Es wurde stockfinster in der Zelle. Mit einemmal fühlte Frank sich keineswegs mehr unbesiegbar. Er stürzte auf die Gitterstäbe zu, um näher beim Licht zu sein, doch der Lichtschein aus den schwachen Birnen im Korridor erreichte die hinteren Zellen nicht. Es war so dunkel, daß er noch nicht einmal die hintere Zellenwand sehen konnte. Das Herz schlug ihm bis zum Hals, aber er kämpfte mit aller Macht gegen seine Angst an. Niemand würde aus ihm ein Mädchen machen. Niemals. Im Gegenteil, er hatte seinen Entschluß bereits gefaßt. Er würde immer nur das tun, was er wollte, und zwar dann, wann er wollte. Und eins war sowieso verdammt sicher, er würde sich nie wieder erwischen lassen. Denn er würde fortan dafür sorgen, daß es keine Zeugen gab. Sollte ihn jemand beobachten und versuchen, ihn zu verraten, dann würde der schon sehen, was er davon hatte.

Plötzlich wurde er stocksteif, denn er glaubte, ein Geräusch gehört zu haben. Er schnappte nach Luft, als er meinte, es erneut zu hören. Vielleicht kam es aus der Zelle neben ihm. Seine kurzen, hektischen Atemzüge waren so laut, daß es ihm schwerfiel, das Geräusch auszumachen, also hielt er den Atem an und lauschte noch angestrengter. Da war es wieder – Schritte, die sich näherten ...

Hannon fuhr zusammen, als das Licht über der Duschkabine anging. Ihm dröhnte der Schädel von der Erinnerung an die Ereignisse, die zwanzig Jahre zurücklagen. Er drehte das Wasser ab und lauschte.

»Charlie?« rief eine Frauenstimme. »Bist du das, Liebling?«

Er war so in Gedanken versunken gewesen, daß er einen Augenblick lang beinahe vergessen hätte, daß »Charlie« der Name war, unter dem sie ihn kannte. Er wickelte sich in ein Badetuch und trat aus der dampfenden Dusche. »Hallo, Valerie.«

Sie war eine unscheinbare und doch recht attraktive Brünette Ende Vierzig, mit der Figur einer Frau, die ständig auf Diät lebt. Ihre im Sonnenstudio erworbene Winterbräune war vollkommen gleichmäßig, und ihre Beine sahen in ihrem kurzen, weißen Tennisrock umwerfend aus. Hallendoppel, vermutete Hannon, denn draußen war es höchstens 5 Grad.

»Ich habe nicht gedacht, daß du so bald zurück sein würdest«, sagte sie lächelnd. »Wie war's denn?«

»Äh – ganz okay, glaub ich. Ich hab ihr System wieder zum Laufen gebracht. Aber diese Leute brauchen keinen Computerfachmann, die sollten lieber mal in die Bibliothek gehen und sich das Buch COMPUTER FÜR IDIOTEN ausleihen.«

Sie trat näher an ihn heran und fuhr zärtlich mit der Hand über seinen wohlgeformten Brustkorb. »Tja, es weiß eben nicht jeder zu schätzen, wie brillant du bist. Aber solange du deine Valerie hast, macht es ja nichts, daß sie dich unter Wert bezahlen.«

»Hast du mich vermißt?«

Sie lächelte verführerisch und drückte ihm einen Kuß auf den Mundwinkel. »Ich werde dir zeigen, wie sehr.« Sie zupfte an dem Badetuch, das er sich um die Hüften gewickelt hatte, und führte ihn zum Fußende ihres französischen Betts. Der Inhalt seiner ledernen Reisetasche lag auf dem Federbett verstreut, obenauf das Buch DER BESTE WEG ZU EINER GUTEN BEZIEHUNG.

»Liest du das noch immer?« fragte sie ungläubig.

Er schlang seine Arme um sie und biß ihr spielerisch ins Ohrläppchen. »Das hab ich dir doch erklärt. Ich les es eigentlich gar nicht. Ich halte es mir einfach vor die Nase, wenn ich in einem Café oder sonstwo sitze, bis eine gutaussehende Frau mich anspricht.«

»Du Schwerenöter«, sagte sie, ließ sich rücklings auf das Bett fallen und zog ihn mit sich. Schwer atmend öffnete sie ihre Schenkel und schob seinen Kopf sanft auf ihr Becken zu. Am liebsten hätte sie ihm einfach das Badetuch von den Lenden gerissen, doch sie wußte, daß er sie nur auf eine Art beglücken würde.

»Zieh dir noch eine Unterhose an«, flüsterte sie ihm ins Ohr, »und mach mich verrückt nach meinem Charlie.«

Zärtlich streichelte sie sein Gesicht. Doch plötzlich fuhr

sie zusammen, als er begann, sie zu kitzeln. Sie stieß verspielte Schreie aus und erwischte ihn in dem Gerangel aus Versehen mit ihrem Diamantring am Kinn. Er blutete wie nach einem Schnitt mit dem Rasiermesser.

»Oh, es tut mir so leid, Liebling«, sagte sie, während sie die kleine Wunde rieb.

Er zuckte nur die Achseln. Dann nahm er ihre Hand und küßte die Blutspuren von dem Ring, den er ihr aus Atlanta mitgebracht hatte – ein herzförmiger Diamant in Platin gefaßt und mit zwei Smaragden auf jeder Seite.

Er mußte grinsen, behielt jedoch seinen Gedanken für sich:

Es war nicht das erste Mal, daß dieser Ring mit Blut beschmutzt wurde.

29. Kapitel

Vom Balkon der Penthousewohnung aus schaute Mike auf die Biscayne Bay hinaus. Es war ein kühler, frischer Morgen, die Februar-in-Florida-Version einer arktischen Kältefront. Von der angenehmen Kälte inspiriert, zog er Shorts, T-Shirt und Laufschuhe an und brach zum Joggen auf.

Er lief über den asphaltierten Weg nach Norden am Bayshore Drive entlang, einer vielbefahrenen, dreispurigen Straße in Coconut Grove, die zwar nicht direkt am Wasser entlang verlief, der unregelmäßigen Küstenlinie jedoch mehr oder weniger folgte. Im Osten, zu seiner Rechten, lagen der Yachthafen und die Uferpromenade mit ihren Cafés und Souvenirläden, und jenseits der Straße ragten moderne Apartmenthäuser in den Himmel. Ausladende Eichen und Flammenbäume boten reichlich Schatten. Es herrschte dichter Verkehr, doch in der leichten Brise, die von der

Bucht her wehte, war der Anteil der Abgase verschwindend gering.

Hundert Meter voraus, kurz vor dem Eingang zum Park, bog ein mitternachtblauer Mercedes vom Bayshore Drive ab und bremste so scharf, daß er auf dem mit Kies bedeckten Parkplatz kurz ins Rutschen kam. Durch die getönten Scheiben war der Fahrer des Wagens nicht zu erkennen. Dessen Motor lief noch. Mike verlangsamte seinen Schritt und ging langsam weiter. Der Mercedes rührte sich nicht von der Stelle. Schwarze Dieselabgase quollen aus dem Auspuff. Wer immer in dem Wagen saß, schien auf ihn zu warten.

Mike blieb stehen und überlegte angestrengt, ob er in letzter Zeit irgendwelche besonders bissigen Artikel über Drogenhändler geschrieben hatte. Neugierig geworden, stützte er sich mit dem Fuß auf der Leitplanke ab und machte ein paar Dehnübungen, während er den Wagen unauffällig beobachtete. Der Mercedes blieb weiterhin mit laufendem Motor stehen.

Er fiel wieder in einen leichten Trab, verließ den Weg und überquerte die Straße. Dabei bemerkte er, wie der Wagen den Parkplatz verließ und wieder auf den Bayshore Drive zurückfuhr. Mike bog in eine Seitenstraße, die durch ein vornehmes Wohnviertel führte. Es war, als liefe er in einen Tunnel. In dieser Straße gab es keine Vorgärten. Angesichts der stetig steigenden Kriminalität hatten die Besitzer der Nobelvillen ihre Grundstücke ausnahmslos mit zwei Meter hohen Mauern und schmiedeeisernen Toren gegen die Außenwelt abgeschirmt. Als er die Straße zur Hälfte durchlaufen hatte, blickte er über die Schulter nach hinten. Der blaue Mercedes bog vom Bayshore Drive ab und kam direkt hinter ihm her. Mikes Herz begann zu rasen. Die hohen Mauern zu beiden Seiten der Straße ließen ihm keinen Fluchtweg offen. Ein plötzlicher Adrenalinstoß ließ ihn wie ein Sprinter davonschnellen. Der Wagen fuhr jetzt schneller. Mike keuchte und rang nach

Atem bei diesem aussichtslosen Rennen, und seine Beine fühlten sich an wie aus Blei.

Hinter sich hörte Mike den Motor des Mercedes aufheulen, während er an lauter eisernen Toren vorbeirannte, die alle verriegelt waren. Der Wagen war nur noch etwa sieben Meter von ihm entfernt, als Mike die Straßenecke erreichte. Er tat so, als wolle er nach links abbiegen, wandte sich jedoch im letzten Moment nach rechts, doch der Fahrer ließ sich nicht täuschen. Mit quietschenden Bremsen blieb der Wagen mitten auf der Kreuzung stehen, so daß Mike beinahe mit ihm kollidiert wäre. Die Beifahrertür wurde aufgestoßen.

»Steigen Sie ein«, befahl Aaron Fields.

Schwitzend und keuchend hatte Mike Mühe zu sprechen. »Warum zum Teufel verfolgen Sie mich?«

»Warum zum Teufel laufen Sie vor mir davon?« schnappte Fields. »Los, steigen Sie schon ein.«

Mike holte tief Luft, dann rutschte er auf den Beifahrersitz und schloß die Tür. Aaron fuhr langsam los, zurück in Richtung Bayshore Drive. Mike richtete das Gebläse direkt auf sein Gesicht und drehte die Klimaanlage voll auf. »Wissen Sie«, sagte er, während er die kühle Luft einatmete, »es wäre mir lieber, Sie würden mich feuern, anstatt mich zu verfolgen.«

»Ich verfolge Sie nicht. Ich habe auf dem Weg in die Stadt von meinem Autotelefon aus bei Ihnen angerufen, und Ihr Freund sagte mir, Sie seien beim Joggen. Als ich Sie gesehen habe, bin ich abgebogen und habe auf Sie gewartet – und dann rennen Sie auf einmal in eine andere Richtung, als wollten Sie nicht mit mir reden. Was mich annehmen läßt, daß an den Gerüchten vielleicht doch was dran ist.«

»Was für Gerüchte?«

Er hielt an einer Straßenecke und sah Mike kurz an. »Daß Sie mir was vorenthalten. Charlie Gelber hat mich heute morgen angerufen. Man hat heute früh in Virginia die zehnte Leiche gefunden. Und Sie haben den Bericht nicht gebracht.«

»Das ist das erste Mal, daß ich davon höre«, erwiderte Mike verblüfft.

»Das möchte ich Ihnen gern glauben. Aber im Nachrichtenzentrum heißt es. Sie hätten die Schnauze voll, weil ich Sie suspendiert habe.«

Fields bog in den Bayshore Drive und fädelte sich in den Berufsverkehr ein. »Moment mal«, sagte Mike. »Sie glauben offenbar, ich hätte wie üblich einen Anruf von meinem Informanten erhalten und dann die Exklusivstory sausen lassen, nur um es Ihnen heimzuzahlen?«

Fields verzog das Gesicht, als sei es ihm peinlich, eine solche Anschuldigung zu erheben. »Soll ich es vielleicht für einen Zufall halten, daß Ihr Informant genau an dem Tag, als ich Sie suspendiert habe, aufgehört hat, sich bei Ihnen zu melden? Versetzen Sie sich doch mal in meine Lage.«

»Nein. Versetzen Sie sich lieber in meine. Ich bin mit diesem Vorschlag an Sie und Charlie herangetreten, weil ich glaubte, Sie hätten ein ebenso großes Interesse wie ich daran, einem Serienmörder das Handwerk zu legen. Aber in dem Augenblick, als etwas schiefging, haben Sie mich suspendiert.«

»Sie sind doch noch immer an der Story.«

»Na, vielen Dank auch, daß Sie mich weiterhin für Sie schreiben und die Verkaufszahlen in die Höhe treiben lassen.«

Der Mercedes geriet heftig ins Schaukeln, als Fields plötzlich auf den Seitenstreifen fuhr und den Wagen mit quietschenden Bremsen zum Stehen brachte. An seinen Schläfen traten zwei violette Adern hervor. »Ist es das, was Sie glauben, nachdem wir uns seit dreizehn Jahren kennen? Daß ich Sie *benutze*?«

»Nein«, erwiderte Mike seufzend. »Es ist nur ... seit diese ganze Sache angefangen hat, kommt es mir so vor, als hätten Sie sich verändert, oder als hätte ich mich verändert, oder vielleicht liegt es auch an unserem ganzen verdammten Metier.

Früher, als Sie noch Chefredakteur waren, da sind wir auch Risiken eingegangen – aber das waren nicht die Art Risiken, die mich dazu gebracht haben, meine ganze Einstellung in Frage zu stellen. Heutzutage geht es vor allem um Verkaufszahlen.«

Fields schüttelte den Kopf. »Und was zum Teufel ist dagegen einzuwenden, wenn ein Herausgeber seine Zeitung verkaufen will?«

»Nichts, solange das nicht das einzige ist, was Ihnen wichtig ist.«

»Und was ist *Ihnen* wichtig, Mike?«

»Mir sind die Leute wichtig, über die ich schreibe.«

»Wirklich? Sie sind Ihnen *wichtig*?«

»Sicher. Neulich hat meine Frau noch davon gesprochen, wie oft sie mich stundenlang mit ihnen am Telefon hat reden hören. Mit Opfern, mit deren Familienangehörigen, mit Tatzeugen. Ich habe Stunden damit zugebracht, mit ihnen am Telefon zu reden, sie zu trösten. Ich hatte fast den Eindruck, daß Karen regelrecht eifersüchtig war.«

»Okay. Und wie viele von diesen Tausenden von Leuten, die Sie über die Jahre getröstet haben, haben Sie noch einmal angerufen, nachdem die Story in der Zeitung erschienen war? Sie wissen schon, einfach, um sich zu erkundigen, wie es ihnen geht. Wie sie zurechtkommen.«

Mike senkte den Blick.

»Hab ich's mir doch gedacht«, sagte Fields grinsend. Er machte einen tiefen Seufzer und legte Mike väterlich eine Hand auf die Schulter. »Es geht mir nicht darum, Sie soweit zu bringen, daß Sie sich wie ein Arschloch vorkommen, Mike. Ich will Ihnen nur sagen, daß Ihnen diese Leute nicht so wichtig sind, wie Sie glauben, genau wie mir das Geld nicht so wichtig ist, wie die Leute behaupten. Wir sind Journalisten. Wir interessieren uns für eine gute Story. Und wenn wir gute Journalisten sind, dann interessieren wir uns für die Wahrheit. Wenn wir bei der Gelegenheit auch noch ein bißchen Geld verdienen und ein paar Freunde gewinnen, um so besser. Aber das ist es nicht, was uns antreibt, das kann es nicht sein, sonst könnten wir nicht mehr unbefangen schreiben. Sie und ich, Mike, wir werden von derselben Kraft angetrieben. Deswegen bin ich schon zum drittenmal verheiratet«, sagte er halb scherzhaft, »und deshalb haben Sie noch nie für einen anderen Verleger gearbeitet.«

Mike fuhr sich durchs Haar; seine Hände waren naßgeschwitzt, und er hatte eine Gänsehaut. Er hatte Fields immer gemocht, doch die Vorstellung, ihm ähnlich zu sein, beunruhigte ihn mit einemmal. Er öffnete die Beifahrertür. »Ich versichere Ihnen, Aaron: Ich habe kein Interesse daran. Ihnen etwas vorzuenthalten. Sollte der Typ sich bei mir melden, bekommt die TRIBÜNE die Story.«

Fields lächelte, als Mike ausstieg. »So kenne ich meinen Mike«, sagte er augenzwinkernd.

Mike zwang sich, das Lächeln zu erwidern, dann schlug er die Tür zu. Er mußte plötzlich an die Geheimnisse denken, die Karen ihm nie preisgegeben hatte, und daran, wie er jedesmal, wenn sie zu reden bereit war, auf Geheiß von Leuten wie Fields auf und davon war.

Immer noch naßgeschwitzt stand er allein in einer Staubwolke und hatte das Gefühl, mehr als ein Fitneßtraining absolviert zu haben.

30. Kapitel

An jenem Nachmittag wachte Frank Hannon um zehn vor zwei auf. Auf dem weißen Kopfkissenbezug neben sich fand er eine Nachricht vor. Valerie hatte eine Verabredung zum Mittagessen in einem Country Club und wollte anschließend in der Chevy Chase Mall bummeln gehen. Sie würde wahrscheinlich nicht vor dem Abendessen zurück sein. Perfekt.

Er stand auf und ging nackt über den blanken Holzfußboden zu einem begehbaren Kleiderschrank, der größer war als die meisten Schlafzimmer. Valeries Hosen hingen ordentlich nebeneinander an einer Kleiderstange, die quer durch den Raum ging, dann gab es noch eine Stange für ihre Partykleider und zwei weitere für ihre Alltagskleidung. Eine ganze Regalwand diente zur Aufbewahrung von Schuhen und Handtaschen. An einer Wand befanden sich eingebaute Schubfächer aus Plexiglas für Gürtel und Unterwäsche. Eine winzige Ecke im hinteren Teil des Raums war alles, was Valerie ihm überlassen hatte, doch mehr brauchte er nicht.

Er zog eine khakifarbene Hose und ein dunkelblaues Hemd mit Button-down-Kragen an – ein adretter Stil, mit dem er Valeries Herz gewonnen hatte. Gestern war es ziemlich mild gewesen. Er schlüpfte in das Ralph-Lauren-Jackett mit dem karierten Futter, das sie für ihn gekauft hatte, nahm die Autoschlüssel vom Nachttisch und machte sich auf den Weg in die Garage.

Er blieb kurz am Küchentisch stehen, wo Valerie die WASHINGTON POST neben einer leeren Kaffeetasse mit roten Lippenstiftspuren liegen gelassen hatte. Interessiert blätterte er die Seiten um, ohne gleich zu bemerken, daß er auf der Titelseite gelandet war. *Zungenmörder schlägt in der Nähe der Hauptstadt zu*, lautete die Schlagzeile. *Zehntes Opfer in McLean, Virginia, gefunden.*

Lächelnd überflog er den Artikel. Mike Posten oder die MIAMI TRIBÜNE wurden nirgendwo erwähnt. Das war der Beweis: Rollins war der Informant.

Er nahm sich eine Dose V-8-Gemüsesaft aus dem Kühlschrank und machte sich entschlossen auf den Weg. Da er den Raumstrahler über Nacht eingeschaltet gelassen hatte, war es angenehm warm in der Garage. Valeries Jaguar stand noch da, also war sie wohl von einer ihrer eingebildeten Freundinnen abgeholt worden. Er setzte sich in den Volvo und fuhr zu dem nur wenige Blocks entfernten Einkaufszentrum.

Leichter Regen setzte ein, als er in den Parkplatz bog. Das hypnotische Geräusch der Scheibenwischer versetzte ihn wieder zurück in jene Nacht, die er damals als Junge im Gefängnis verbracht hatte. All die alten Gefühle stiegen wieder in ihm auf, sein Haß auf alle Bullen, auf seinen Vater – und auf Curt ...

Vor etwa zwanzig Jahren war er an dem Morgen, an dem er aus dem Gefängnis entlassen wurde, schnurstracks zu Curt gegangen – dieser Ratte. Die Nacht im Gefängnis hatte ihm eine Lehre sein sollen, hatte sein Vater gesagt. Das war sie gewesen. Und er war gleich zu Gurt gegangen, um ihm beizubringen, was er gelernt hatte.

Curt hatte seinen Freund schon kommen sehen und versucht abzuhauen, aber mit seinen Krücken kam er nicht weit. Frank erwischte ihn hinter dem Haus. Die Krücken flogen in hohem Bogen davon, als sie sich über den Rasen wälzten. Frank riß Curts Hosenbein auf und zerrte den Verband ab. Curt schrie, doch das erregte Frank nur. Mit bloßen Händen riß er die Fäden aus der Wunde. Curt brüllte nach seiner Mutter, so als hätte er noch nicht genug. Frank schlug ihm wie wild mit den Fäusten ins Gesicht, prügelte ihn fast bewußtlos und hörte erst auf, als sein Gesicht vollkommen blutüberströmt war. Er keuchte vor Erschöpfung, doch seine Wut war immer noch nicht verraucht. Curt lag stöhnend auf dem Rücken, Frank kniete über ihm und hielt ihn fest. Die Geschichte von dem Jungen, der sich seine eigene Zunge herausgeschnitten hatte, war ihm immer noch frisch im Gedächtnis, und sie nährte seine Wut und verlieh ihm Kraft. Er packte Curt an den Haaren und sprach ihm direkt ins Gesicht.

»Du bist ein Mädchen!« schrie er. »Eine kleine Quasselliese.«

»Sie haben mich gezwungen, es ihnen zu sagen«, stöhnte

Curt, kaum noch in der Lage zu sprechen. »Sie haben mich gezwungen –«

Frank spuckte ihm ins Auge. »Sie haben ein *Mädchen* aus dir gemacht! Sie haben gedacht, sie könnten dasselbe mit mir machen, aber das haben sie nicht geschafft, und das werden sie auch niemals schaffen.« Er drückte Curt die Kehle zu und zischte: »Denn wenn mich jemals nochmal einer verpfeift, dann reiß ich ihm die Zunge aus dem Hals, das schwöre ich.«

Frank sprang auf, trat Curt gegen das Bein und ließ ihn jammernd und vor Schmerz stöhnend liegen ...

Das Quietschen der Scheibenwischer riß Hannon aus seinen Gedanken. Es hatte aufgehört zu regnen, und er schaltete die Wischer ab. Er parkte den Volvo in einem abgelegenen Bereich hinter dem Einkaufszentrum, neben den Mülltonnen. Brotkörbe aus Plastik und zusammengedrückte Pappkartons aus dem Supermarkt türmten sich neben dem Volvo auf wie die Mauern einer Festung. Frank ging um das Gebäude herum, an den automatischen Eingangstüren des Supermarkts vorbei. Im Schaufenster des Zoogeschäfts neben dem Getränkemarkt tummelten sich eine Handvoll zwei Wochen alte Collies in einer Kiste. Ein kleines Mädchen sah ihnen mit leuchtenden Augen zu, doch Hannon schien sie nicht zu bemerken, als er den Laden betrat. Er brauchte nur neunzig Sekunden, um zu bekommen, was er suchte. Den Pappkarton unter dem Arm, ging er zurück zu seinem Wagen.

Er sah sich kurz über die Schulter um, während er in seiner Hosentasche nach dem Autoschlüssel fischte. Als niemand zu sehen war, öffnete er den Kofferraum. Sein Passagier zuckte bei dem plötzlichen Lichteinfall zusammen. Hände und Füße waren ihm auf den Rücken gefesselt. Ein silberner Klebestreifen bedeckte seinen Mund. Die Spritze und die Flasche Ketamin, ein Beruhigungsmittel für Tiere, mit dem Hannon ihn betäubt hatte, lagen zu seinen Füßen. Rollins starrte zu ihm auf, immer noch benebelt, immer noch in seinem schwarzen Taucheranzug. Er kniff die Augen zusammen, um sich gegen das Sonnenlicht zu schützen. Die Luft stank nach Urin.

»Du stinkst wie die Pest«, sagte Hannon höhnisch. »Wenn du so weitermachst, haben wir bald die Bullen auf dem Hals.« Mit einem süffisanten Lächeln öffnete er die Pappschachtel. »Aber das hier müßte sie eigentlich von unserer Fährte ablenken.«

Er kippte die Schachtel wie einen Eimer, und etwas Pelziges fiel heraus. Rollins wand sich und stieß einen unterdrückten Schrei aus, als eine der Ratten auf seiner Brust landete und die andere an seinem Bein entlanglief.

Hannon lachte vor sich hin, während er angewidert auf Rollins hinabblickte. »Das sind nur kleine Nagetiere, ganz harmlose, kleine Laborratten.« Seine schwarzen Augen zogen sich vor Verachtung zu Schlitzen zusammen. »Betrachte sie als Familienangehörige, Curt.«

Er schlug den Kofferraum zu, setzte sich hinters Steuer und fuhr schnell davon.

31. Kapitel

Die Straße, die sich in Serpentinen den Berg hinaufwand, endete in einem Wäldchen aus kahlen Birken und Ulmen. Im Sommer versperrte das dichte Laub den Blick auf den See im darunterliegenden Tal, doch jetzt im Februar bildeten die Blätter einen braunen, matschigen Teppich auf dem Waldboden. Bis Sonnenuntergang war es noch eine Stunde. Der Himmel hatte sich eingetrübt und war so grau wie die stumpfen Granitgipfel der Shenandoah-Berge, die aus dem höher gelegenen Nadelwald ragten.

Frank Hannen folgte den Hinweisschildern zu der Feriensiedlung und dem Merry Moose Inn nach links in eine morastige Einfahrt. Wie ein Strandbuggy schaukelte der Volvo durch die Pfützen und Schlaglöcher. Die Zufahrt bestand aus einem besonders breiten Trampelpfad, der sich durch den Wald schlängelte. Hannon lachte in sich hinein, als er sich vorstellte, wie Rollins und seine pelzigen Freunde im Kofferraum hin-und hergeworfen wurden. Auf der Lichtung vor dem Gasthaus stellte er den Motor ab und stieg aus.

Das alte Bruchsteinhaus hatte ein spitzes Dach und eine mit Fliegengittern versehene Veranda. In der Nähe war das Rauschen eines Bergbachs zu hören. Weit und breit war kein Fahrzeug in Sicht, nur ein Bootsanhänger, der mit einer Plane bedeckt war.

Die Fliegengittertür quietschte, als Hannon sie öffnete und die Veranda betrat. Er spähte durch das rautenförmige Fenster in der Eingangstür, konnte jedoch nichts erkennen. Er klopfte, klopfte noch einmal, diesmal mit den Fäusten. Genau, wie er gehofft hatte: Das Gasthaus war im Winter geschlossen.

Er stieg wieder ins Auto und fuhr an dem Gasthaus vorbei auf eins der abgelegenen Ferienhäuser in der Nähe des Bachs zu. Der Weg wand sich durch das Gelände und wurde noch holpriger. Vor der vierten Hütte, die von immergrünem Gebüsch umgeben war, hielt er an. Sein Auto würde weder von dem Gasthaus noch von den anderen Ferienhäusern aus zu sehen sein.

Die Holzhütte war klein und hatte Fensterläden vor den Fenstern. Ein Vorhängeschloß sicherte die Eingangstür, es schien jedoch reichlich Spiel zu haben. Hannon lehnte seine Schulter gegen die Tür, und nach zwei kräftigen Stößen riß das Schloß aus dem Rahmen. Er wischte die Spinnweben fort und betrat einen Raum mit groben Fußbodendielen und einem alten Holzofen. Im hinteren Teil des Raums befanden sich eine Kochnische und eine Toilette. Das Bett an der anderen Wand hatte weder Sprungfedern noch eine Matratze. Ein hölzerner Tisch und ein paar Stühle waren ordentlich in einer Ecke gestapelt. Er drückte auf den Lichtschalter, doch der Strom war offenbar abgeschaltet.

Er ging zum Auto zurück und nahm einen Seesack vom Boden vor der Rückbank. Unter dem Beifahrersitz holte er einen Revolver hervor und überprüfte die Patronenkammer, um sicherzugehen, daß er mit sechs Patronen geladen war. Dann ging er um den Wagen herum und öffnete den Kofferraum.

Ein übler Gestank schlug ihm entgegen und ließ ihn einen Schritt zurückweichen. Eine der Ratten flüchtete sich quietschend unter den Ersatzreifen. Rollins, immer noch gefesselt und geknebelt, kniff bei dem plötzlichen Lichteinfall die Augen zusammen und spähte jammervoll zu ihm auf. Als Hannon ihm den Lauf des Revolvers gegen die Schläfe drückte, begann er, laut zu wimmern.

»Schnauze«, sagte Hannon. Mit seiner freien Hand löste er die Fesseln an Rollins' Fußgelenken. »Steig aus.«

Ängstlich schwang Rollins erst ein Bein über den Rand des Kofferraums, dann das andere, und stieg aus. Seine Beine wackelten, und er hatte anscheinend Mühe, aufrecht zu stehen. Hannon hielt ihm den Revolver in den Nacken und schubste ihn auf die Hütte zu.

»Rein da«, befahl er.

Rollins stolperte vorwärts. Hannon folgte ihm, in der einen Hand den Revolver, in der anderen den Seesack, den er sich über die Schulter geworfen hatte. Als sie über die Schwelle traten, versetzte er Rollins einen heftigen Stoß, so daß dieser gegen den Balken in der Mitte des Raums stürzte. Er befahl Rollins, sich mit dem Rücken an den Balken gelehnt auf den Boden zu setzen, dann fesselte er ihn mit einem Seil aus seinem Seesack fest an den Holzbalken. Anschließend nahm er einen Stuhl von dem Stapel in der Ecke des Zimmers und setzte sich Rollins gegenüber. Er lehnte sich vor und riß das Klebeband von Rollins' Mund.

Rollins stöhnte auf, dann dehnte er seine Lippen als versuche er zu gähnen.

»Hunger?« fragte Hannon. Er nahm eine Packung getrocknete Feigen aus seiner Tasche und stopfte Rollins eine in den Mund. Als der Gefangene sie gierig verschlang, fütterte er ihm noch eine Handvoll. Erst als die halbe Packung leer war, begann Rollins zu reden.

»Was hast du mit mir vor?« fragte er kauend.

Hannon steckte die restlichen Feigen zurück in seine Tasche und öffnete eine Flasche Pepsi. »Durst?« fragte er.

Rollins legte den Kopf in den Nacken und ließ sich von Hannon Pepsi-Cola in den Hals schütten. Die Flüssigkeit lief ihm über Kinn und Hals, doch es gelang ihm, das meiste zu schlucken, während er gleichzeitig argwöhnisch zu Hannon aufsah.

»Darf ich mal aufs Klo?«

»Nein.«

»Wieso nicht?«

»Weil es mir lieber ist, du pißt dir in die Hose, als dich hier rumlaufen zu lassen. Kleines Machtspielchen.«

Ihre Blicke trafen sich, dann wandte Rollins sich ab. »Was hast du mit mir vor? Ich will es wissen.«

Hannon lehnte sich zurück und verschränkte selbstgefällig die Arme, sagte jedoch nichts.

Rollins leckte sich einen Rest Pepsi von den Lippen. »Laß mich leben, okay? Bitte, laß mich leben.«

»Komisch«, sagte Hannon. »Ich könnte dich innerhalb von dreißig Sekunden dazu bringen, daß du mich anflehst, dich zu töten.«

Rollins' Augenlider zuckten nervös. »Das bringt dir doch nichts, Mann«, erwiderte er mit zitternder Stimme. »Ich hab 'ne ganze Menge nachgedacht, als ich in deinem Kofferraum lag. Du und ich, wir könnten doch Partner werden. Wir könnten die Kohle teilen, fifty-fifty.«

»Partner?« fragte Hannon belustigt.

»Yeah. Diese Ärsche von der MIAMI TRIBÜNE haben schon ’ne Viertelmillion Dollar ausgespuckt. Das können wir ewig so weitermachen. Du bist doch schlau, du läßt dich schon nicht erwischen.«

»Das ist ja wirklich interessant. Das Problem ist nur, daß zwei Menschen, die Partner sein wollen, Vertrauen zueinander haben müssen. Das geht nur mit Offenheit und Ehrlichkeit.«

»Ich hätte dich schon lange an die Polizei verpfeifen können. Aber das hab ich nicht. Wieso sollte ich das jetzt tun? Du kannst mir vertrauen, Mann.«

Hannon schüttelte seufzend den Kopf. »Ich kann dir nicht trauen oder irgendwas glauben, was du sagst. Daran könnte nur eins etwas ändern.«

»Und was?«

Hannon langte tief in seine Tasche. Langsam zog er ein langes, glänzendes Tauchermesser mit einer gezackten Klinge heraus.

»Schmerz«, sagte er und hielt Rollins das Messer vor die Nase. Im letzten verbliebenen Tageslicht blitzte die Klinge gefährlich auf. »Schmerz ist ein erstaunlich guter Lügendetektor.«

Rollins wand sich in seinen Fesseln. »Mann, warum willst du das tun? Du kannst mir wirklich vertrauen. Ich bin immer dein Freund gewesen, hab dich immer respektiert. Selbst als wir noch in der Schule waren, hab ich dich nie aufgezogen wie die anderen Kinder.«

Hannon sah ihn durchdringend an. »Weißt du noch, wie sie mich genannt haben?«

»Klar. Kinder können grausam sein, Mann.«

»Und alles bloß, weil ich in elf Monaten dreißig Zentimeter gewachsen bin. Mein Alter, das Arschloch, hat mich gezwungen, dieses Korsett zu tragen. Ich hab mich mit dem Ding bewegt wie ein Monster. Frank-Hannon-stein«, sagte er verbittert. »Das war ich.«

»Aber sieh dich doch jetzt an. Du siehst doch aus wie ein Zuchthengst.«

»Mike Posten hast du aber was ganz anderes erzählt«, sagte Hannon ungehalten. »Du hast mich als impotent beschrieben.«

Er grinste verlegen. »Okay, das hab ich gesagt. Aber das gehört doch zum Spiel. Ich liefere denen genug korrekte Einzelheiten über die Morde, damit sie mich weiterhin bezahlen, aber ich gebe ihnen natürlich völlig falsche Informationen über den Mörder, damit sie dich nicht schnappen. Ich hab sie doch von Anfang an auf 'ne falsche Fährte gelockt, als ich diesen Provinzheini in Georgia angerufen und so getan hab, als sei ich der Killer. Ich hab's ja schon mal gesagt, Mann: Wir könnten ewig so weitermachen.«

»Bis du mich verpfeifst.«

»Mach ich nicht.«

»Du hast mich aber schon mal verpfiffen.«

»Da waren wir doch noch Kinder. Neun Jahre alt. Ich hab meine Lektion gelernt, als du ... na ja, du weißt schon.«

Hannons Augen leuchteten plötzlich auf. »Daher wußtest du also, daß ich es war, stimmt's? Wegen meiner Drohung. Ich hab dir gesagt, ich würde dir die Zunge rausschneiden.«

Rollins verzog den Mund zu einem selbstgefälligen Grinsen. »Ich hab im Fernsehen einen Bericht über die Morde gesehen – und, yeah, da ist mir plötzlich ein Licht aufgegangen. Also hab ich mich nach dir erkundigt und rausgefunden, daß du ungefähr zur gleichen Zeit, als diese Zungenmorde angefangen hatten, aus dem Knast entlassen worden warst. Ich hab dich gefunden und bin dir gefolgt. Und dann bin ich auf diese Idee gekommen. Ich dachte mir, ich brauche nur rauszufinden, wer deine nächste, äh, Zielscheibe ist, und die Story an die Presse zu verkaufen.«

»Da hast du ja mit Posten den Richtigen erwischt«, sagte Hannon trocken.

Rollins spürte, daß er sich auf gefährliches Terrain begab.

Er zog es vor, die Bemerkung zu übergehen. »Eigentlich hatte ich gedacht, du würdest dich durch das, was ich gemacht habe, geschmeichelt fühlen. Wenn man bedenkt, was für eine Publicity die Morde durch mich bekommen haben.«

»Du willst wohl nur mein Bestes, was?« sagte Hannon. Seine Augen verwandelten sich zu schmalen Schlitzen. »Du machst mir nichts vor. Wenn diese Quelle erst mal aufgehört hätte zu sprudeln, hättest du mich verpfiffen – für eine fette Belohnung.«

»Nein. Ich hatte nie vor, dich zu verpfeifen.«

»Und warum sollte ich dir das glauben?«

»Weil ...« Rollins schluckte schwer, während er verzweifelt nach einer Antwort suchte. »Weil ich schon viele Gelegenheiten dazu gehabt hätte und es nicht getan hab.«

»Was für Gelegenheiten?«

»Damals in der Schule. Ich war dir auf die Schliche gekommen, Frank. Du hast vielleicht gute Noten bekommen, und du hast vielleicht deiner Mutter weisgemacht, du wolltest Tierarzt werden, genau wie sie. Aber ich wußte, daß es keine Zukunft als Arzt war, die dich dazu brachte, diese – diese Dinge zu tun. Wie zum Beispiel, du wirst dich wohl erinnern, als wir in der achten Klasse waren, wie jemand in den Bioraum eingestiegen ist und allen Schlangen die Zungen rausgeschnitten hat? Der Direx hat nie rausgefunden, wer das war. Ich wußte, daß du es warst. Aber ich hab dichtgehalten.«

Hannon fuhr mit dem Finger vorsichtig an der scharfen Klinge entlang. »Schlangen«, sagte er mit einem nachdenklichen Lächeln. »Wußtest du, daß eine Schlange nichts mehr riechen kann, wenn man ihr die Zunge rausschneidet? Selbst die gefährlichsten Schlangen können sich nicht mehr orientieren und ihre Beute aufspüren. Ohne Zunge könnte eine Schlange noch nicht mal einem Floh was zuleide tun.« Sein Blick wurde eiskalt, als er Rollins direkt ansah. »So ähnlich ist das bei einem Verräter.«

»Hör mich an, Mann« – Rollins Stimme zitterte – »ich bin

kein Verräter. Ich hasse Verräter. Ich bin als Bulle in den Knast gewandert, weil ich die Namen von Polizeispitzeln an die Kokaindealer verkauft hab. Ich hatte nie vor, dich zu verpfeifen. Hier geht es nur um Geld, um nichts anderes. Es ist ein Geschäft, das ist alles.«

Hannon lehnte sich noch weiter vor und hielt Rollins die Spitze des Messers ans Kinn. Er drehte das Messer langsam um, bis ein paar Tropfen Blut aus der zitternden Unterlippe quollen.

»Bitte«, wimmerte Rollins.

»Geld, wie?« sagte Hannon leise und ruhig. »Wenn das alles ist, dann würde ich sagen, du bist nicht mehr im Geschäft – und zwar endgültig. Es sei denn, du sagst mir, wo das Geld ist.«

32. Kapitel

Der Sheriff von Fairfax County ließ sich mehrere Stunden Zeit, bevor er das FBI um Unterstützung bat, doch am späten Nachmittag erhielt Victoria endlich ihre Anweisungen. Sie fuhr direkt von ihrem Büro in Quantico zum Tatort. Der Himmel war verhangen, und die einsetzende Dämmerung verdunkelte die braune Winterlandschaft. Gegenüber dem roten Backsteinhaus mit den braunen Dachschindeln standen zwei Einsatzwagen der Polizei geparkt. Ein Deputy mit einer Stablampe in der Hand regelte den Verkehr und trieb die Gaffer zum Weitergehen an. Ein Kastenwagen mit der Aufschrift »Fairfax County Coroners Office« blockierte die Einfahrt. Victoria parkte ihren Oldsmobile am Straßenrand direkt gegenüber dem Vorgarten, den die Polizei mit fluoreszierendem Band abgesperrt hatte. Sie zeigte dem Deputy auf der Straße kurz ihren Dienstausweis und ging dann hinüber zum Sheriff, der neben dem Wagen des Gerichtsmediziners stand. Sie knöpfte ihren Mantel zu und trat forsch, aber freundlich auf ihn zu.

»Victoria Santos«, stellte sie sich vor und streckte ihre Hand aus. »FBI.«

»Sheriff Woodson«, erwiderte er brüsk. »Ich bin verdammt beschäftigt.« Die Baritonstimme paßte zu seiner stämmigen Figur. Mit seinem glattrasierten Kinn, seinen polierten Schuhen und seiner Hose mit Bügelfalte wirkte er wie aus dem Ei gepellt. Victoria vermutete, daß er früher beim Militär gewesen war, möglicherweise ein Vietnamveteran. Er drehte sich um und konzentrierte sich wieder auf die Tatortskizze auf seinem Klemmbrett.

Victoria trat einen Schritt näher und spähte über seine Schulter. »Für einen Mord, der innerhalb des Hauses verübt wurde, haben Sie den Tatort ziemlich weiträumig abgesperrt. Wurde das Opfer draußen überwältigt und ins Haus geschleppt?«

Er sah nicht von seinem Klemmbrett auf. »Möglich.«

Sie lächelte in sich hinein. *Noch so ein Provinzsheriff, der sich vom FBI nicht reinreden lassen will.* »Ich habe gehört, es soll einen Tatzeugen geben«, sagte sie.

Er blätterte die Seite um und kritzelte etwas an den Rand. »Kann sein. Das Opfer ist Pamela Barnes, eine dreiunddreißigjährige geschiedene Mutter, die hier mit ihrem elfjährigen Sohn Alex lebte. Dem Jungen ist nichts geschehen. Der Killer hat ihn mit einer Droge betäubt und im Schrank eingesperrt.«

»Welche Droge?«

»Die Blutuntersuchung hat ergeben, daß es sich um Ketamin handelt. Auf der Straße nennen sie das Zeug ›Special-K‹.«

»Ich weiß. Es ist ein Beruhigungsmittel für Tiere. Ich frage mich langsam, ob unser Mörder vielleicht eine Ausbildung in Veterinärmedizin oder zumindest irgend etwas mit Tieren zu tun hat. Das ist das zweitemal, daß er dieses Mittel benutzt hat.«

Der Sheriff blickte von seinem Klemmbrett auf, zum erstenmal schien er interessiert. »Wo hat er das schon mal benutzt?«

»Es gab einen ähnlichen Fall in San Francisco – der Mord an Timothy Copeland. Der Mörder hat den Lebensgefährten des Opfers betäubt und dann im Schrank eingesperrt. Unglücklicherweise konnte der Mann sich jedoch an nichts erinnern.«

Der Sheriff schob sich das Klemmbrett unter den Arm. »Nun, in diesem Fall scheinen wir mehr Glück zu haben.«

»Inwiefern?«

»Es sieht so aus, als ob der Junge sich an etwas erinnert.«

Victorias Herz schlug schneller. »Was hat er gesagt?«

»Im Moment redet er noch wirres Zeug. Was verständlich ist – er ist völlig traumatisiert. Aber ich glaube, er weiß viel mehr, als er bis jetzt artikulieren kann. Wahrscheinlich sträubt er sich auch gegen die Erinnerung. Die Frage ist, wie wir ihn aus seinem Schneckenhaus locken.«

Sie dachte einen Augenblick lang nach, dann leuchteten ihre Augen auf. »Ich weiß, wer die Richtige ist, um Ihnen dabei zu helfen. Eine Freundin von mir ist in Washington für die Arbeit mit dem Lügendetektor zuständig. Wir haben zusammen an der Akademie studiert. Sie arbeitet mit Hypnose und kann ausgezeichnet mit Kindern umgehen. Sie hat uns schon häufiger in Fällen von Kindesentführung geholfen.«

»Hypnose? Kommen Sie mir nicht mit irgendwelchem Hokuspokus. Ich würde lieber einfach abwarten, ob der Junge sich an was erinnert.«

»Dies ist keiner von den Fällen, bei denen Sie es sich leisten können, lange abzuwarten, ob irgend etwas passiert. Wir haben es mit einem Mörder zu tun, von dem wir *wissen*, daß er wieder morden wird.«

»Möglich«, brummte er. »Aber das heißt noch lange nicht, daß wir eine Séance abhalten sollten.«

»Ich rede nicht von einer Séance. Wir rufen keine Geister an oder setzen ihn unter Drogen oder sonstwas. Hypnose ist nichts weiter als ein psychologisches Hilfsmittel, das dem Jungen hilft, sich zu entspannen, seine Ängste zu vertreiben. Tun Sie es wenigstens dem Jungen zuliebe. Wir sollten versuchen herauszufinden, was er weiß, bevor er Alpträume bekommt, damit die Psychologen ihm helfen können, damit umzugehen.«

Er seufzte, doch ihr letztes Argument schien ihm einzuleuchten. »Ich bin immer noch nicht von dieser Idee begeistert.«

»Lassen wir seinen Vater entscheiden«, sagte Victoria. »Da der Junge noch minderjährig ist, brauchen wir sowieso die elterliche Zustimmung. Wenn der Vater zustimmt – sind Sie dann damit einverstanden?«

Er dachte einen Moment lang darüber nach. »Meinetwegen. Aber wir haben den Jungen schon den ganzen Tag bearbeitet. Geben wir ihm und seinem Vater wenigstens eine Nacht Zeit, um zu trauern. Wir können uns morgen früh auf dem Revier zusammensetzen.«

»Um wieviel Uhr?« fragte Victoria.

»Sagen wir, um zehn?«

»Ich rufe meine Freundin an. Wir werden da sein.«

Der Sheriff nickte. Victoria beeilte sich, ihr Autotelefon zu erreichen, bevor er dazu kam, seine Meinung zu ändern.

Bei Einsetzen der Abenddämmerung war die Temperatur in den Bergen auf unter fünf Grad gefallen. Obwohl es in der Hütte so kalt war, daß Rollins' seinen Atem sehen konnte, sammelten sich kleine Schweißperlen auf seiner Oberlippe. Aus seinem Mundwinkel lief Blut. Er saß noch immer gegen den Pfosten gelehnt auf dem Fußboden, die Hände auf den Rücken gefesselt. Hannon saß ihm gegenüber mit Handschuhen an auf dem Stuhl und klopfte sich beim Reden mit der flachen Seite des Messers in seine Hand.

»Das ist deine letzte Chance, Curt. Wo hast du das Geld versteckt?«

Rollins leckte sich die trockenen Lippen und schluckte. »Wie ich schon sagte. Als Polizist hab ich jede Menge mit Geldwäsche zu tun gehabt, daher wußte ich, wie man so was macht.«

Hannon zog die Klinge wie ein Rasiermesser über Curts Kinn. »Ich will das genauer wissen.«

Rollins Lippen bebten. »Ich hab zwar nicht damit gerechnet, daß Posten sich an die Bullen wendet, aber falls er es doch tat, konnte ich keinen Koffer mit Bargeld von ihm in Empfang nehmen. Sie könnten den Koffer ja markiert haben. Also hab ich ihn das Geld auf ein Konto bei der Citybank überweisen lassen. Die ersten fünfzigtausend hat er in bar eingezahlt, aber die größeren Zahlungen hab ich ihn überweisen lassen, damit er nicht mit so einem Riesenkoffer voll Scheinen auffiel und für einen Drogendealer gehalten wurde. Ein bißchen von der Kohle hab ich mit meiner Karte an so einem Geldautomaten abgehoben, um Bargeld in der Tasche zu haben. Aber mit dem Rest wollte ich die Sache ganz profimäßig angehen.«

»Was soll das heißen – ganz profimäßig?«

»Ich hab soviele Überweisungen vorgenommen, wie ich konnte, ohne mein Konto leerzuräumen, um meine Spur möglichst zu verwischen. Dreitausend auf eine Bank in Wyoming, siebentausend auf eine Bank in New York und so weiter, jeden Tag. Als ich eine Viertelmillion Dollar zusammenhatte, hab ich alles nach Antigua überwiesen. Und sollte tatsächlich irgend jemand meine Bankbewegungen verfolgt haben – gegen die Bestimmungen zum Schutz des Bankgeheimnisses in Antigua kommt keiner an.«

»Und wie kriegst du das Geld zurück?«

Rollins schluckte schwer, vor Angst wie gelähmt. Er wußte, wenn er es Hannon ermöglichte, an das Geld zu kommen, würde er damit sein eigenes Todesurteil unterschreiben.

»Ich hab dich was gefragt, Curt«, wiederholte Hannon, jedes Wort einzeln betonend. Die Spitze seines Messers bohrte sich in Rollins' Haut.

»Antigua«, erwiderte Rollins verzweifelt. »Ich fahre nach Antigua, hebe das Geld ab, kaufe mir eine Zweihundertfünfzigtausenddollaryacht und segle damit zurück nach Miami.« Inzwischen hatte er angefangen zu hyperventilieren. »Außerhalb der USA registriert die IRS keine großen Barkäufe. Und wenn die Bankgeheimnisgesetze von Antigua die Bullen nicht von meiner Fährte abbringen, dann werde ich sie mit Sicherheit dadurch abschütteln, daß ich das Geld in eine Yacht stecke. Dann kann ich mit dem Boot machen, was ich will, ich kann es entweder behalten oder verkaufen oder auch als Sicherheit für einen Kredit benutzen.«

»Wo sind die Unterlagen über deine Konten?«

Eine vage Hoffnung ließ Rollins' Augen aufleuchten. »In meiner Wohnung in Brooklyn. Hey«, sagte er und versuchte zu lächeln, »wir fahren zusammen hin, Mann. Du und ich, wir beide. Wir sind Kumpels, Partner, genau wie früher.«

Hannon sah ihn mit kalten Augen an, dann stand er auf. Er beugte sich zu Rollins hinab und schnitt mit einer schnellen Handbewegung die Fesseln von den Handgelenken seines Gefangenen.

Rollins zitterte vor Angst und Erleichterung. Er rieb sich die wunden Handgelenke und blickte dankbar zu Hannon auf.

»Geh'n wir«, sagte Hannon. »Ich will die Bankbelege haben.«

»Natürlich«, erwiderte Rollins, während er sich mühsam erhob. Die scheinbare Befreiung ließ ihn wieder klarer denken, und er begann zu improvisieren. »Aber du weißt ja, daß die Bankbelege dir ohne mich nichts nützen. Das ist keine normale Bank mit einem normalen Konto und einem Geldautomaten. Ich mußte dort persönlich vorsprechen, um das Konto zu eröffnen, und ich habe besondere Vorkehrungen getroffen, damit nur ich persönlich das Konto wieder auflösen und das Geld abheben kann. Ich kann es nicht telegrafisch überweisen oder die Bank bitten, mir mit der Post einen Scheck zu schicken. Du brauchst mich. Ich bin der einzige, der in die Bank gehen und das Geld abheben kann.«

Hannons Augen zogen sich zusammen. »Erstaunlich, wie gut du unter den gegebenen Umständen noch zu bluffen verstehst.«

»Ich bluffe nicht. Es sind zuviele FBI-Agenten hinter dem Geld her. Ich konnte doch nicht riskieren, daß einer von denen einfach in die Bank marschiert und das Geld vom Konto abräumt.« Er musterte Hannons Gesicht, um zu sehen, ob er ihm die Geschichte abkaufte, dann fuhr er fort: »Komm schon, Alter, wir werden gute Partner. Ich zeig dir die Bankbelege, und dann sorgen wir dafür, daß die Quelle nicht aufhört zu sprudeln.«

Hannon starrte ihn ungerührt an, dann verzog er den Mund scheinbar zu einem Lächeln. »Okay. Du hast dir also ein bißchen Zeit erkauft.«

»Gut. Kann ich jetzt aufs Klo?«

»Ich fürchte, nein«, erwiderte er und schüttelte den Kopf. »Zurück in den Kofferraum.«

Rollins sah ihn entgeistert an. »Bis nach Brooklyn? Komm schon, Mann, da drin stinkt es wie die Ratten, die du da reingeschmissen hast.«

Hannon verzog keine Miene. »Genau wie du, Curt. Du stinkst genau wie eine Ratte.«

33. Kapitel

Hannon kam kurz vor 10.00 Uhr früh in Brooklyn an und parkte seinen Volvo am Straßenrand vor dem alten Backsteingebäude, in dem Rollins wohnte. Für einen Februarabend waren die Temperaturen sehr mild, viel wärmer als in den Bergen von Virginia. Die Straßen waren naß, aber bei den weißen Flecken, die auf den ersten Blick wie Schnee aussahen, handelte es sich in Wirklichkeit um Müll, der sich in den Straßenrinnen gesammelt hatte. Mehrere Straßenlaternen waren ausgebrannt, die in doppelter Reihe geparkten Autos auf der gegenüberliegenden Seite sahen so aus, als wären sie nicht mehr bewegt worden, seit Reagan Präsident war. Vor fünfzig Jahren war dies wahrscheinlich ein malerisches Viertel gewesen, doch die Zeiten hatten sich geändert.

Hannon konnte keine Passanten auf dem Gehweg entdekken, aber er wollte nicht riskieren, den Kofferraum zu öffnen. In dem Volvo gab es in der Lehne der Rückbank eine kleine Klappe, die man öffnen konnte, um Skier zu transportieren, die man durch diese Öffnung schob, so daß sie halb auf der Rückbank und halb im Kofferraum lagen. Er öffnete die Klappe und zuckte zurück, als ihm der beißende Gestank entgegenschlug.

»Wo ist der Schlüssel, Curt?« fragte er, während er den widerlichen Geruch wegwedelte.

»Bind mich los, okay? Ich kann das hier drin nicht mehr aushallen.«

»Halt die Klappe, oder ich stopf sie dir wieder. Wo ist der Schlüssel?« Eine Weile lang hörte er Rollins in der Dunkelheit herumrumoren. Der Gestank wurde immer unerträglicher. »Curt!«

»Ich hab keinen Schlüssel. Es ist ein Vorhängeschloß mit Zahlenkombination. Zwanzig-elf-siebzehn.«

Hannon verschloß die Klappe, stieg aus dem Wagen und

ging über den mit Schlaglöchern übersäten Gehweg auf das Haus zu. Mehrere Betonstufen hinter einem eisernen Gittertor führten zu Rollins' Kellerwohnung. Sie erinnerten Hannon an die Stufen in Atlanta, wo er dieser Frau den Finger abgeschnitten hatte, um an ihren Diamantring zu kommen. Die Eingangstür war mit einem Vorhängeschloß versehen, genau wie Rollins gesagt hatte. Wo früher das Schloß gewesen war, befand sich ein Loch in der Tür. Es sah so aus, als ob jemand es mit einem Brecheisen geöffnet hätte.

Er löste das Vorhängeschloß und öffnete die Tür zu einer winzigen Wohnung, in der ein beinahe ebenso beißender Gestank herrschte wie in seinem Volvo. Es war der Müll. Seltsam, dachte er, daß jedermanns Müll denselben Gestank zu entwickeln schien. Er schaltete das Licht an und ging direkt in die Küche, aus der der Geruch kam. Er nahm den Mülleimer und leerte seinen Inhalt mitten auf den Fußboden. Alter Kaffeesatz, leere Milchkartons und Konservendosen und etwas, das aussah wie eine Jahresration Grießbrei, breiteten sich auf dem Linoleum aus. Nachdem er alles ausgeschüttet hatte, schaute er in den leeren Eimer. Wie Rollins ihm versichert hatte, klebte auf dem Boden ein in Plastikfolie versiegeltes Päckchen.

Hannon legte das Päckchen auf die Küchenanrichte und öffnete es vorsichtig. Drei große Umschläge kamen zum Vorschein. Der erste enthielt Kontoauszüge mit einer detaillierten Auflistung von diversen telegrafischen Überweisungen auf ein geheimes Nummernkonto bei der Charter Bank in Antigua. Zweihundertundfünfzigtausend Dollar. Nicht gerade ein Lottogewinn, aber es würde ihm die Möglichkeit geben, Valerie fallenzulassen, falls sie zu neugierig werden sollte. Der Betrag spielte auch eigentlich keine Rolle. Es war einfach *sein* Geld; er hatte es sich verdient, indem er dem alten Curt etwas zum Ausspionieren geliefert hatte.

Der zweite Umschlag enthielt eine Geburtsurkunde, einen in Florida ausgestellten Führerschein und eine Sozialversicherungskarte für einen Mann namens Ernest Gill. Das Foto allerdings zeigte Rollins mit Brille, Schnurrbart und grauen Schläfen, die ihn älter aussehen ließen. *Das Konto bei der Citybank.*

Im dritten Umschlag befanden sich ähnliche Papiere für »Eric Venters«, einschließlich eines US-Reisepasses. Der Führerschein war in New York ausgestellt. Auf dem Foto wieder Rollins in einer anderen überzeugenden Verkleidung. *Das Konto in Antigua.*

Grinsend schob Hannon die Umschläge zurück in das Päckchen. Jetzt mußte er sich entscheiden. Er konnte Rollins Venters spielen und das Geld abheben lassen, oder er konnte Venters spielen und es selbst tun. Die Geburtsurkunde und die Sozialversicherungskarte waren brauchbar – sie enthielten kein Foto, wirkten jedoch echt. Alles, was er brauchte, war ein Paß, und der war in New York so leicht zu bekommen wie ein Hot dog. Er konnte sich in Venters verwandeln, bevor die Sonne wieder aufging.

Ein Problem allerdings war seine Größe. Rollins war einsfünfundsiebzig groß, und als er ihn vor der Hütte wieder in den Kofferraum quetschte, hatte er etwas davon erwähnt, daß die Bank genaue Angaben über ihre Kunden in den Akten hatte – einschließlich der Körpergröße. Das konnte tatsächlich stimmen. Aber soweit Hannon über ausländische Banken informiert war, konnte er sich kaum vorstellen, daß man dort ausgerechnet besonderes Augenmerk auf die Größe eines Kunden hatte – und selbst wenn sie die Angaben überprüfen sollten, wie wahrscheinlich war es, daß sie seine Identität in Frage stellten?

Blieb nur noch eine Frage: Was sollte er mit Curt machen?

Hannon verschloß das Päckchen und verließ die Wohnung. Bei dem Gedanken an die verschiedenen Möglichkeiten breitete sich ein hämisches Grinsen auf seinem Gesicht aus.

Valerie St. Pierre kam kurz nach 23.00 Uhr nach Hause. Aus

dem Einkaufsbummel mit ihren Freundinnen war ein gemeinsames Abendessen mit anschließendem Kinobesuch geworden. Ein bißchen zuviel Wein hatte ihre Wangen gerötet, und sie summte eine Melodie aus DAS PHANTOM IN DER OPER vor sich hin, als sie ihre Einkaufstüten von Lord & Taylor auf dem Küchentisch abstellte.

»Charlie?« rief sie.

Es war still im Haus. Sie warf einen Blick ins Wohnzimmer, dann schaltete sie das Licht im Treppenhaus an und ging nach oben ins Schlafzimmer.

»Liebling, sieh mal, was ich dir mitgebracht hab.«

Das Schlafzimmer war dunkel, ebenso das Bad. Sie sah sich verdattert um. Dann entdeckte sie das blinkende rote Lämpchen am Anrufbeantworter. Sie setzte sich auf die Bettkante und drückte die Abspieltaste.

»Hallo, Baby, hier ist Charlie.« Beim Ertönen von Hannons Stimme wurde sie sofort hellhörig. »Es tut mir schrecklich leid, aber ich habe einen Notruf von diesem Steuerberaterbüro bekommen, das ich neulich vernetzt hab. Die haben irgendeinen komischen Virus, der ihre Computer so langsam arbeiten läßt, daß sie davor einschlafen. Jedenfalls mußte ich heute nachmittag nach Pittsburgh fahren. Ich weiß noch nicht, wann ich zurückkomme. Aber ich mach das wieder gut. Versprochen.«

Sie schaltete den Anrufbeantworter aus und ließ sich mit einem enttäuschten Seufzer auf das Bett sinken. Als sie gerade nach der Fernbedienung für den Fernseher greifen wollte, die auf dem Nachttisch lag, entdeckte sie seine lederne Reisetasche in der Zimmerecke. Sie stand noch immer da, wo er sie am Vormittag abgestellt hatte, neben dem weißen Tennisdress, das er ihr vom Leib gerissen hatte. Diese Tasche nahm er sonst immer mit, wenn er auf Geschäftsreisen ging. Sie fragte sich, warum er sie diesmal dagelassen hatte.

Sie glitt vom Bett und kniete sich neben die Tasche auf den Boden. Einen Moment lang zögerte sie, weil sie sich vorkam wie eine Schnüfflerin, doch es steigerte nur ihre Aufregung, als sie mit der Hand über das weiche Leder fuhr. Langsam öffnete sie den Reißverschluß und spähte in die Tasche.

Sie enthielt einen Rasierer und eine Zahnbürste und andere interessante Dinge. Als ihr der Geruch seines Aftershave in die Nase stieg, huschte ein Lächeln über ihr Gesicht. Der Anblick der weiten Boxershorts entlockte ihr ein Grinsen. Er genierte sich, die knappen Slips zu tragen, die sie ihm geschenkt hatte. Für so einen großen, kräftigen Mann hatte er kaum etwas, um solche Unterhosen auszufüllen. Aber das machte ihr nichts aus. Er wußte, was sie am liebsten mochte, und immer, wenn er sein Gesicht zwischen ihren Schenkeln vergrub, war er ihr Goldjunge mit der magischen Zunge.

Magisch und unermüdlich. Der Gedanke daran, wie er sie auf den Rücken warf, ließ sie lustvoll erschauern. Sein muskulöser Körper glitt jedesmal über ihre Brüste und ihren Bauch und verschwand langsam hinter dem Venushügel. Sie stellte sich vor, wie er ihr sanft das Kopfkissen unter den Hintern schob, beide Pobacken mit seinen riesigen Händen packte und sie auf sich zu zog, während sie ihm ihren Körper entgegenreckte, um seinen Kuß zu empfangen. Unwillkürlich begann sie, sich durch ihre engen Jeans zu streicheln. Erst ganz sanft, dann allmählich immer heftiger rieb sie sich auf die gleiche Weise, wie er sie zu erregen wußte. Ihr Atem ging immer schneller, doch dann zog sie ihre Hand abrupt weg. Ihr war plötzlich aufgefallen, daß die Vorhänge immer noch offen waren, und da das Licht im Zimmer brannte, konnte jemand, der draußen vorbeiging, leicht hereinsehen.

Für den Bruchteil einer Sekunde empfand sie diese Vorstellung auf seltsame Weise erregend. Immer noch auf den Knien, war sie hin und her gerissen zwischen dieser prickelnden neuen Freiheit und ihren alten Hemmungen, die dazu geführt hatten, daß sie sich stets verkrampfte. Sie holte tief Luft, fürchtete sich vor ihren eigenen Gefühlen. Kein Mann hatte sie je dazu gebracht, sich so hemmungslos hinzugeben.

Sie beschloß, auf ihn zu warten. Vielleicht würde er schon bald wieder da sein.

Sie wollte gerade aufstehen, als sie innehielt. Im Seitenfach der Tasche fiel ihr wieder dieses Buch auf, von dem er scherzhaft behauptete, es noch nie gelesen zu haben. Ihre Augen leuchteten neugierig auf, als sie das Buch aus der Tasche zog und es aufschlug. Die Seiten fühlten sich seltsam steif an, so als hätte er es vielleicht tatsächlich noch nie gelesen. Sie öffnete das Buch an der Stelle, an der eine Serviette als Lesezeichen steckte. Die Serviette wirkte gebraucht, als hätte er sich einen Drink genehmigt. Auf der Rückseite hatte jemand etwas mit Kugelschreiber notiert. Vorsichtig nahm sie die Serviette heraus und las: *Seien Sie kein Fremder. Victoria ... 555-9511.*

Wut überkam sie, und ihre Hände zitterten, als sie die Zeilen noch einmal las. Ihre Augen füllten sich mit Tränen, doch sie hätte am liebsten geschrien, nicht geweint. Sie warf das Buch zu Boden.

»Du Schlampe«, zischte sie wütend. »Laß ja deine Finger von ihm.«

Am Donnerstag morgen durchquerte Hannon Long Island City in Queens Richtung La Guardia Airport. Es herrschte klares und angenehm kühles Wetter, doch da er die Heizung in seinem Volvo voll aufgedreht hatte, war er so naßgeschwitzt, daß er mit dem Rücken regelrecht am Sitz klebte. Er hätte gern ein Fenster einen Spaltweit geöffnet, wollte jedoch kein Risiko eingehen. Seine wertvolle Fracht mußte schön warm bleiben.

An der Kreuzung Jackson Boulevard und Vernon Boulevard, mitten im Geschäftsviertel der Gegend, hielt er an einer roten Ampel. Über Fleischerläden, Imbißstuben und zweigeschossigen Häusern ragten die riesigen Schornsteine des alten Pennsylvania Railroad-Kraftwerks in den Himmel. Auf den Gehwegen wimmelte es von Pendlern, die sich wie Ratten in die U-Bahnschächte drängelten. *Alles Ratten,* dachte er. Genau wie Curt.

Auf der Suche nach einem abgelegenen Ort bog er in der Nähe eines leerstehenden Lagerhauses in eine Seitenstraße ein. Ein paar mit Brettern vernagelte Gebäude am Ende der Straße erschienen ihm vielversprechend. Er nahm den Fuß vom Gas und fuhr in eine enge Gasse. Hinter einem riesigen, mit Brettern, zerbrochenen Dachschindeln und verbogenen Rohren überfüllten Müllcontainer hielt er an.

Hannon ließ den Motor und die Heizung weiterlaufen, als er aus dem Wagen stieg und die Tür zuschlug. Er hob die Arme über den Kopf und streckte sich. Die kühle Luft tat gut. Er ging um den Wagen herum und öffnete den Kofferraum.

Rollins verzog das Gesicht, als plötzlich Licht in sein dunkles Gefängnis fiel; Hannon wich vor dem ungeheuerlichen Gestank zurück. Eine weiße Ratte flüchtete sich unter eine Decke.

»Wo sind wir?« fragte Rollins erschöpft. Die lange Zeit im Kofferraum war nicht spurlos an ihm vorübergegangen.

»Antigua.«

Rollins blinzelte angestrengt, denn seine Augen hatten Mühe, sich an das helle Morgenlicht zu gewöhnen. Er war zu schwach, um Hannons Sarkasmus mit einer passenden Antwort zu quittieren.

»Tut mir leid wegen der Unbequemlichkeit, Partner«, sagte Hannon.

Rollins lag auf der Seite, die Hände auf den Rücken gefesselt. Er blickte ängstlich auf und brachte dann ein gezwungenes Lächeln zustande. »Heißt das, daß du mich jetzt losbindest?«

Hannon stützte sich mit einem Fuß auf der Stoßstange ab, schob sein Hosenbein hoch und zog das Messer aus der Scheide. »Was glaubst du denn?« erwiderte er trocken.

Rollins schluckte, während sein Blick nervös zwischen dem Tauchermesser und Hannons ausdruckslosem Gesicht hin und her huschte. Blitzschnell schoß Hannons Hand vor. Rollins schrie auf, dann starrte er entgeistert die kleine weiße Ratte an, die Hannon mit seinem Messer aufgespießt hatte. Hannon warf das tote Tier fort und wischte die blutige Klinge an der Decke sauber.

»Wie ich schon sagte, wir sind jetzt Partner«, sagte Hannon mit einem kühlen Grinsen. »Wir beide fahren jetzt nach Antigua.«

Rollins seufzte so tief, daß er vor Erleichterung zitterte. »Du meinst es also ernst?«

»Aber sicher doch ... Mr. Venters.«

Rollins grinste selbstgefällig. »Ziemlich clever, was? Das ganze Zeug ist 1a-Qualität. Die Sozialversicherungskarte hab ich mir höchstpersönlich abgeholt. Los, komm schon«, sagte er mit einer auffordernden Kopfbewegung. »Bind mich los.«

Hannon durchschnitt zuerst die Fesseln an seinen Füßen, dann an den Handgelenken.

Rollins streckte eine Hand aus. »Hilf mir hier raus.«

»Vergiß es«, sagte Hannon. »Wir mögen vielleicht Partner sein, aber ich weigere mich, dich vorne sitzen zu lassen, solange du so bestialisch stinkst.«

»Scheiße, Mann, ich halt das hier drin nicht mehr aus.«

»Nur noch ein paar Minuten, ich versprech's dir. Das ist das letztemal, daß du im Kofferraum bleiben mußt.«

Rollins brummte etwas vor sich hin, dann seufzte er resigniert. »Na gut. Aber *wenn* ich noch länger als fünf Minuten hier drin bleiben muß, wird aus unserer Fifty-fifty-Abmachung sechzig-vierzig.«

»Wie du willst, Partner.« Sie grinsten sich gegenseitig zu, als Hannon den Kofferraumdeckel zuschlug.

Vorsichtig öffnete er die hintere Tür auf der Fahrerseite. Aus dem Wageninnern schlug ihm eine Hitze entgegen wie aus einem tropischen Gewächshaus. Ein riesiger Leinensack bedeckte die gesamte Rückbank und hing teilweise bis zum Boden. Als plötzlich kalte Luft von außen hereindrang, begann sich etwas in dem Sack zu bewegen – ganz langsam, wie zwei Liebende in einem Schlafsack.

ZOOFACHGESCHÄFT FÜR EXOTISCHE REPTILIEN stand auf dem Sack.

Hannon zog seine Lederhandschuhe über und durchschnitt die Schnur, mit der der Sack an einem Ende zugebunden war. Es entstand noch mehr Bewegung auf dem Rücksitz, und ein Teil des Sacks rutschte vom Sitz auf den Boden. Vorsichtig öffnete Hannon den Sack ein kleines Stück weit, darauf achtend, daß er die Öffnung von sich weg hielt. Gleich erschien der Kopf einer burmesischen Python.

Als Hannon sie hinter dem Kopf packte, begann die Schlange zu züngeln.

»So ist es gut, mein Junge. Laß deine Zunge spielen, damit du die Ratte riechst.« Er öffnete die Klappe in der Rückbank, die in den Kofferraum führte. Diesmal freute er sich über den beißenden Gestank. Er spürte, wie die Schlange in Richtung Kofferraum strebte. Sie züngelte ununterbrochen, hatte Witterung aufgenommen. Als Jugendlicher hatte Hannon seiner Mutter häufig in der Tierklinik geholfen und oft genug mit Schlangen hantiert, um zu erkennen, welche aggressiv waren. Der Verkäufer in der Zoohandlung hatte nicht gelogen: diese Schlange war mit Lebendfutter aufgezogen worden.

»Es gibt Frühstück, Monty. Hol dir die Ratte.«

Als er den Kopf losließ, glitt die Schlange zielstrebig durch die kleine Öffnung in der Rückenlehne. Fasziniert sah Hannon zu, wie das vier Meter lange Reptil mit seiner glatten, schön gemusterten Haut nach und nach in dem Loch verschwand. Der Schlangenkörper war vorne ziemlich dünn, wurde zur Mitte hin immer dicker – an der dicksten Stelle so umfangreich wie eine reife Wassermelone – und dann wieder dünn.

Ein markerschütternder Schrei ertönte aus dem Kofferraum. »Frank, *nein*!«

Hannon schloß die kleine Klappe. Er lachte vor sich hin,

als die Schreie immer lauter und verzweifelter wurden. Der heftige Tumult, der in dem Kofferraum ausbrach, erinnerte ihn an Tarzans Kampf mit der Riesenanakonda in irgendeinem Urwaldfluß. Er dauerte fast eine volle Minute.

Dann trat plötzlich Stille ein. Eine unheimliche Stille.

Hannon stellte sich vor, wie die Schlange sich mehrmals um Curt herumwickelte, ihm die Arme an den Körper preßte und ihn unbarmherzig würgte, während ihr Opfer vergeblich nach Luft rang. Inzwischen war die Schlange wohl gerade dabei, ihre Kiefer auszuhaken. Er wußte, daß Schlangen ihre Beute stets mit dem Kopf zuerst verspeisten. Stundenlang würde das Reptil dann versuchen, sich mit dem Maul über die Schultern vorzuarbeiten. Das würde der Riesenschlange wahrscheinlich niemals gelingen, und sie würde bei dem Versuch irgendwann verenden. Eine ordentliche Mahlzeit bestand für diese Würgeschlange in dem größten Stück Fleisch, das in ihr Maul paßte. Für sie war Curt nichts weiter als eine überdimensionale Ratte. Schlangen waren einfach total blöd.

Fast so blöd wie Curt.

34. Kapitel

Pünktlich um 10.00 Uhr trafen Victoria und ihre Freundin Freeda Schnabel im Büro des Sheriffs von Fairfax County ein. Sie hatten sich vor zehn Jahren während ihrer viermonatigen Grundausbildung in Quantico kennengelernt, wo sie gemeinsam in einem Zimmer untergebracht waren. Nach dem Abschluß ihrer Ausbildung waren sie in verschiedene Außenstellen versetzt worden – Victoria nach New Orleans und Freeda nach Sacramento –, aber sie hatten den Kontakt über die Jahre stets aufrechterhalten. Am Ende waren sie in Abteilungen gelandet, die nur wenige Meilen voneinander entfernt lagen, doch die Kluft zwischen dem Ausbildungszentrum in Quantico und dem FBI-Hauptquartier in Washington wurde nicht unbedingt in Meilen gemessen.

Wie Victoria erwartet hatte, gelang es Freeda mühelos, den Vater des Jungen davon zu überzeugen, daß Hypnose das richtige war. Freeda war fünf Jahre älter als Victoria, Mutter von drei Kindern und hatte in Los Angeles als Familientherapeutin gearbeitet, bevor sie zum FBI gekommen war. Von ihren Erfahrungen in der Familienberatungsstelle konnte sie immer noch profitieren.

Um 10.40 Uhr leuchtete über der Tür zum Verhörzimmer der Polizei ein rotes Lämpchen auf. Es war ein Signal von Freeda. Sie hatte darauf bestanden, daß niemand außer ihr und dem Vater des Jungen anwesend war, während das Kind hypnotisiert wurde. Victoria und der Sheriff gingen leise in die kleine Kammer neben dem Verhörzimmer. Durch einen von ihrer Seite durchsichtigen Spiegel konnten sie alles im Nebenzimmer beobachten, ohne selbst gesehen zu werden. Sollte der Junge also plötzlich aufwachen, würde er nur Freeda und seinen Vater sehen – und nicht lauter Fremde.

Der elfjährige Alex Barnes hing schlaff in seinem Sessel, die Augen geschlossen, als wäre er gerade eingeschlafen. Er war ein schmächtiger Junge mit Sommersprossen auf den Wangen und einer kleinen Stupsnase. Er trug Jeans und ein übergroßes T-Shirt und an den Füßen die bei Jugendlichen zur Zeit beliebten teuren Hightop-Basketballschuhe mit Klettverschluß, die man mit Luft aufpumpen konnte, damit sie besser saßen. Victoria stellte sich vor, wie glücklich seine Mutter gewesen sein mußte, als sie es sich leisten konnten, ihm diese Schuhe zu kaufen.

Freeda saß dem Jungen direkt gegenüber, rechts neben ihr sein Vater. Er war ein unscheinbarer, leicht pummeliger Typ mit einem fliehenden Kinn. Alex sah wohl eher seiner Mutter ähnlich, dachte Victoria.

Der Sheriff sah Victoria an und sagte leise: »Glauben Sie, daß wir aus dem Jungen was rausbekommen?«

»Ich weiß es nicht. Ich nehme an, der Killer war sich nicht sicher, wie hoch er das Ketamin für ein Kind dosieren mußte. Offenbar hat er ihm zu wenig gegeben. Vielleicht hat der Junge etwas gehört, das er nicht hören sollte.«

Der Sheriff schaltete den Lautsprecher ein, und Victoria konnte nun alles hören, was im Nebenraum gesprochen wurde.

»Alex«, sagte Freeda sanft, »was siehst du?«

Der Junge schüttelte nur den Kopf.

»Kannst du irgend etwas sehen?«

»Es ist dunkel«, sagte er mit bebender Stimme.

»Wo bist du?«

Er zog kurz die Schultern hoch. »Ich weiß nicht.«

»Wie fühlst du dich?«

»Ich bin ganz müde.«

Hinter dem Spiegel warf der Sheriff Victoria einen Blick zu und verdrehte die Augen. »Natürlich ist er müde, er ist schließlich unter Hypnose.«

»Nein«, erwiderte Victoria. »Es ist das Beruhigungsmittel, das der Mörder ihm gegeben hat. Sie hat ihn zurück in den Schrank versetzt.«

Freeda rutschte näher an ihren Patienten heran. »Ich möchte, daß du dich gut konzentrierst, Alex. Konzentrier dich auf das, was du hören kannst.«

Wieder zog er die Schultern hoch, doch diesmal auf übertriebene Weise, wie ein Kind, das etwas zu verbergen hat.

Freeda wartete einen Moment ab, dann fragte sie: »Kannst du etwas hören?«

Der Junge sagte nichts.

»Sag mir, was du hören kannst, Alex.«

Plötzlich machte der Junge sich ganz steif. »Zeit«, sagte er kaum hörbar.

Freeda rutschte noch näher an ihn heran und fragte in beschwörendem Ton: »Zeit für was, mein Schatz?«

Sein kleines Gesicht nahm einen gequälten Ausdruck an. »Er will ... die Zeit wissen. Sag's ihm doch einfach, Mama!«

Er hatte plötzlich so schrill geschrien, daß alle im Raum zusammenfuhren. Er machte mehrere kurze, hektische Atemzüge, dann trat Stille ein. Vorsichtig drang Freeda weiter in ihn. »Was noch, Alex?«

Seine Lippen zitterten, anscheinend vor Angst. »Farbe.«

»Du siehst Farben?«

»Welche Farbe? *Welche Farbe hatte es?«* Er schrie aus vollem Hals und wand sich in seinem Sessel. Im nächsten Augenblick rollte er sich zusammen und hielt sich die Ohren zu. Er zitterte am ganzen Körper, sagte jedoch nichts.

Freeda lehnte sich zurück und ließ dem Jungen Zeit, sich wieder zu erholen. Beklommen verfolgte Victoria das Geschehen durch die Glasscheibe.

»Was zum Teufel ist das für ein Quatsch?« brummte der Sheriff.

»Das ist kein Quatsch«, sagte sie ruhig. »Anscheinend hat er so eine Art Verhör mitbekommen – den Mörder gehört, der von seinem Opfer etwas wissen will.«

»Ein Serienmörder, der sein Opfer nach der Uhrzeit fragt?«

»Hören Sie einfach zu«, sagte Victoria.

Während der Junge sich schluchzend immer tiefer in den Sessel drückte, herrschte um ihn herum angespannte Stille. Er verzog das Gesicht, wie um Geräusche abzuwehren, als versuche er, nicht hinzuhören. Plötzlich verkrampfte sich sein ganzer Körper, und er fiel schreiend zu Boden.

»Mama!«

Sein Vater sprang auf und beugte sich über ihn. »Das reicht!«

Durch die Stimme des Vaters wurde der Junge aus der Hypnose geweckt. Victoria schloß die Augen, als der Mann seinen zitternden Sohn in die Arme nahm.

»Tja«, sagte der Sheriff, »das war ja wohl ein Schlag ins Wasser. Es sei denn, Sie nennen ein traumatisiertes Kind ›Fortschritt‹.«

Victoria hatte keine Lust, sich mit dem Sheriff darüber zu streiten, was das Beste für den Jungen sei. Im Augenblick wollte sie nur weg. Sie verließ den Raum und flüchtete auf die Damentoilette.

Zwei Minuten später kam Freeda dazu. »Alles in Ordnung, Victoria?«

Sie stand da, auf das Waschbecken gelehnt, und starrte ihr erschöpftes Gesicht im Spiegel an. »Ja, alles in Ordnung.«

»Du machst aber nicht den Eindruck, als ginge es dir besonders gut.«

Victoria richtete sich auf, immer noch in den Spiegel starrend. »Du kennst mich doch. Ich bin ziemlich stoisch veranlagt. Aber ab und zu haut's mich einfach um. Wenn ich so ein unschuldiges Kind sehe, das für sein Leben gezeichnet ist ...« Sie schwieg einen Augenblick lang, dann drehte sie sich um und sah ihrer Freundin in die Augen. »Das erinnert mich an eine Nichte, die ich einmal hatte.«

»Das tut mir leid«, sagte Freeda voller Mitgefühl. »Davon habe ich nichts gewußt.« Sie trat einen Schritt näher. »Ist das erst kürzlich passiert? Ich meine, daß du sie verloren hast?«

»Kommt mir jedenfalls so vor. Eigentlich ist es schon lange her. Sie war acht Jahre alt. Heute wäre sie zwanzig. Zwanzig und hübsch, und ihr Leben läge vor ihr.« Die Erinnerung ließ sie mit den Tränen kämpfen. »Alle sagten damals, sie sähe mir sehr ähnlich.«

Freeda legte ihr eine Hand auf die Schulter. »Möchtest du mir erzählen, was geschehen ist?«

Victoria holte tief Atem, um ihre Fassung wiederzugewinnen, dann schüttelte sie den Kopf. »Sagen wir einfach, es waren nicht die Serienmörder, die mich auf die Idee gebracht haben, für die Abteilung Kindesentführung und Serienmörder zu arbeiten.«

Sie schenkte ihrer Freundin ein kurzes, dankbares Lächeln, dann verließ sie den Raum.

Hannon verließ New York um 12.00 Uhr, 13.00 Uhr Antigua-Zeit. In Puerto Rico stieg er in eine Maschine der LIAT, der kleinen, in Antigua ansässigen Fluggesellschaft »Leeward Islands Air Transport«, die dafür bekannt war, daß das Gepäck der Reisenden häufig an einem anderen Flughafen landete.

Um sein Gepäck machte sich Hannon allerdings keine Sorgen, denn er hatte nichts weiter als eine kleine Reisetasche bei sich, die er mit an Bord nahm. Den Rest seiner Kleider hatte er in New York zusammen mit der großen Ratte, der kleinen Ratte und einer vier Meter langen Schlange verbrannt. Der Volvo, den er für zweihundert Dollar an einen Schrotthändler verkauft hatte, war inzwischen in einer Schrottpresse gelandet. Hannons wichtigste Verhaltensregel lautete: Zerstöre alles, was als Beweismittel dienen könnte; benutze niemals nach einer Tat dasselbe Auto, dieselben Schuhe oder dieselbe Zahnpasta. Entsprechend seiner Devise war alles, was er anhatte, die khakifarbene Hose, die Wildlederschuhe, das rosafarbene Hemd und der marineblaue Blazer, nagelneu, am selben Vormittag mit Bargeld aus Rollins' Wohnung erstanden. Es war die typische Kleidung eines Geschäftsmannes auf den Westindischen Inseln.

Um 17.22 Uhr, etwa eine Stunde vor Sonnenuntergang, landete das Flugzeug in Antigua. Der Bird International Airport war ein verkehrsreicher Flughafen, der den Flugverkehr zwischen den Inseln bediente, sozusagen der O'Hare der Karibik. Kleine ein- und zweimotorige Propellermaschinen starteten und landeten fast pausenlos, während Hannon von der Landebahn auf das Terminal zuging. Bei der Paßkontrolle wurde nicht einmal sein Paß gestempelt. Es stellte sich heraus, daß Bürger der Vereinigten Staaten keinen Paß brauchten. Ein Führerschein und eine Geburtsurkunde reichten völlig aus.

»Was ist der Anlaß Ihrer Reise?« wollte der Zollbeamte in seiner Glaskabine wissen. Er sprach mit einem leichten englischen Akzent. Sein Ton allerdings klang betont mechanisch, was bei einem Zollbeamten auf einer winzigen Insel, die jährlich von neunzigtausend Touristen heimgesucht wurde, kaum verwunderlich war.

»Ich bin geschäftlich unterwegs«, sagte Hannon. Dann fügte er grinsend hinzu: *»Und* zum Vergnügen.«

Er mietete sich am Flughafen einen Geländewagen und fuhr in den Süden der Insel. Die nördlich gelegenen Inseln der Kleinen Antillen waren wesentlich flacher als die vulkanischen Inseln im Süden, und die Straßen verliefen weitgehend gerade, ohne gefährliche Kurven. Dafür gab es Schlaglöcher in Hülle und Fülle, und während Hannon Slalom fuhr, um die Krater zu umgehen, mußte er sich ständig daran erinnern, auf der linken Seite zu fahren, wie in England. Rechts und links der Straße staubtrockene Landschaft, ausgetrocknete Sträucher und verfallene Windmühlen, letzte Überbleibsel aus den dunklen Zeiten der Sklaverei und der Zuckerplantagen. Doch damals wie heute war die spektakuläre Küste der überwältigendste Anblick. Antigua hat insgesamt 366 Strände.

Hannon nahm ein Zimmer im Admiral's Inn, einem restaurierten Hotel aus dem achtzehnten Jahrhundert, dem Herzstück von Nelsons Dockyard. Die alte Werft lag in einem historischen Viertel im berühmten English Harbour mit restaurierten Läden, Hotels und Restaurants und dem Flair einer Hafenstadt. Da das »Ad« nicht in Strandnähe lag, waren die Zimmer für die Verhältnisse auf Antigua relativ preiswert. Aber vor allem war es von dort nicht weit zur Charter Bank, wo am Montag morgen um 9.00 Uhr eine Viertelmillion Dollar für Eric Venters bereitliegen würden.

Hannon brachte Reisetasche und Jackett auf sein Zimmer und begab sich an die Bar auf der Hotelterrasse. Im warmen Licht der untergehenden Sonne schlürften Hotelgäste tropische Cocktails und tanzten im Schatten von australischen Kiefern zu den melodischen Klängen einer Steeldrum-Band. Die Drinks wurden von einer jungen Frau gemixt, deren Bewegungen erkennen ließen, daß sie Rhythmus im Blut hatte. Hannon schätzte sie auf etwa Mitte Zwanzig. In ihrem langen schwarzen Haar steckte eine rosafarbene Hibiskusblüte, und in ihren dunklen, geheimnisvollen Zügen zeigte sich die exotische Schönheit, die besonders für die Mischlingsfrauen auf den Inseln typisch war. In ihren hautengen weißen Shorts und der bunten, unter den runden Brüsten geknoteten Bluse zog sie die Blicke aller Männer auf sich. Hannon gefiel, was er sah, und er nahm beiläufig Blickkontakt mit der Bardame auf. Sie brach ihr Gespräch mit einem Stammkunden am anderen Ende des Tresens ab und kam zu ihm herüber.

»Wie wär's mit einem Feigendaiquiri, junger Mann?« sagte sie.

Er verzog das Gesicht, als hätte sie ihm etwas Ungenießbares angeboten.

Sie lachte. »Ist schon okay. In Antigua ist eine Feige eine Banane.«

»Sie haben mich überredet: Ich gebe Ihnen einen aus.«

»Tut mir leid«, erwiderte sie lächelnd. »Ich darf während der Arbeit nicht trinken.«

»Und nach Feierabend?«

»Vielleicht.« Ihr Ton klang ermutigend. Sie legte eine Papierserviette auf den Tresen und berührte dabei wie aus Versehen seine Hand. »Was trinken Sie denn gewöhnlich?«

»Einen Belt-and-suspenders-Martini.«

»Und was ist das?«

»Geschüttelt *und* gerührt.«

Sie grinste ihn an und griff nach dem Mixer. »Ich mache Ihnen einen Vorschlag. Wenn Ihnen der Feigendaiquiri nicht schmeckt, gebe ich Ihnen den Martini aus.«

»Kann ich Ihnen vertrauen?« fragte Hannon.

»Natürlich«, sagte sie. »Die Frage ist nur, kann ich Ihnen vertrauen?«

»Es gibt nur eine Möglichkeit, das herauszufinden«, erwiderte er grinsend.

Sie zwinkerte ihm herausfordernd zu. Mit einem verführerischen Lächeln lehnte sie sich vor und erlaubte ihm einen tiefen Blick in ihr Dekolleté. »Sie sind ganz schön verwegen«, sagte sie kokett.

Er lachte in sich hinein und sah ihr direkt in die Augen. »Sie würden sich wundern. Das garantiere ich Ihnen.« Dann verschwand sein Grinsen, und er wurde ernst.

Verlegen lächelnd schenkte sie ihm den Daiquiri ein und sah zum anderen Ende der Bar hinüber. »Bin gleich wieder da«, sagte sie.

»Hey, wie heißen Sie eigentlich?« fragte er, als sie gerade gehen wollte.

»Dominique«, erwiderte sie über ihre Schulter hinweg.

Er nickte, wie um zu sagen, daß ihm der Name gefiel. Er sah ihr nach, als sie zu den anderen Gästen hinüberging, dann betrachtete er das einzelne lange, schwarze Haar in seiner Hand. Sie hatte nicht einmal bemerkt, wie er es von ihrem Kopf gezupft hatte. Sie errötete lächelnd, als ihre Blicke sich erneut begegneten. Höflich erwiderte er ihr Lächeln, während er die Haarsträhne zwischen Daumen und Zeigefinger aufrollte. Dann wandte er den Kopf ab und schob sie sich unter die Zunge.

35. Kapitel

Am Samstag nachmittag stellte Victoria ihre schlammverschmutzten Baseballschuhe vor der Küchentür ab und schlurfte auf Socken über den Linoleumboden zum Kühlschrank. Es waren noch acht Wochen bis zur Softball-Saison, aber das plötzliche Frühlingswetter hatte ihren Trainer zu einem Freundschaftsspiel am Samstag nachmittag animiert. Sie hatte ihr Haar zu einem Pferdeschwanz zusammengebunden, der hinten aus ihrer Baseballmütze hing.

Dafür, daß sie seit dem letzten Herbst nicht mehr gespielt hatte, hatte sie in diesem aussichtslosen Match keine schlechte Figur abgegeben. Eine riesige Schürfwunde auf ihrer linken Hüfte erinnerte sie daran, wie sie wie eine Verrückte über den halbgefrorenen Boden auf die dritte Base gehechtet war. Sie verzog das Gesicht vor Schmerz, während sie sich vorsichtig aus ihrer engen Hose schälte.

Nachdem sie den Schaden etwas genauer in Augenschein genommen hatte, schmerzte ihre Hüfte erst recht.

Sie humpelte zum Kühlschrank hinüber und nahm eine Tüte gefrorene Erbsen aus dem Tiefkühlfach. Sie hatte die Tüte schon seit Monaten; tiefgekühltes Gemüse eignete sich hervorragend zum Kühlen von Wunden. Stöhnend stützte sie sich auf den Küchentisch, während sie ihr Hausmittel auf die verletzte Stelle drückte. Schwer zu sagen, ob die Kälte den Schmerz linderte oder alles noch schlimmer machte. Auf jeden Fall half das Eis gegen eine Schwellung. Bis Dienstag würde sie vielleicht sogar wieder problemlos sitzen können.

Das Telefon klingelte. Es hing an der Wand, am anderen Ende der Küche. Victoria mußte plötzlich laut lachen, denn sie kam sich vor wie in einem von diesen Telefon-Werbefilmen, unfähig, das Telefon zu erreichen, weil sie mit einem Eisbeutel auf dem Hintern über dem Küchentisch hing. Wären Sie jetzt nicht froh, wenn ihr Telefon eine Rückruftaste hätte?

Sie hörte, wie ihr Anrufbeantworter ansprang, doch der Anrufer legte auf. Eine Minute später klingelte das Telefon erneut. Irgend jemand hatte offenbar keine Lust, sich mit dem Anrufbeantworter abspeisen zu lassen. Sie legte die Erbsen beiseite und hechtete nach dem Telefon.

»Hallo«, sagte sie mit zusammengebissenen Zähnen.

»Ist Charlie da?« Es war eine Frauenstimme, die Victoria unbekannt war.

»Tut mir leid, hier gibt es keinen Charlie.« Sie verzog das Gesicht vor Schmerzen und wollte gerade wieder auflegen.

»Ich weiß, daß er nicht bei Ihnen wohnt. Ich will nur wissen, ob er da ist.«

Victoria zögerte. Die Frau klang aufgeregt und vorwurfsvoll. »Wer spricht dort?«

»Eine Freundin von Charlie. Sind Sie auch eine Freundin von ihm, Victoria?«

»Woher kennen Sie meinen Namen?«

»Weil Sie Charlie Ihre Telefonnummer gegeben haben.«

Victorias Gedanken rasten. »Ich habe Ihnen doch schon gesagt: Ich kenne keinen Charlie.«

»Sie lügen. Ich habe gelesen, was Sie auf die Papierserviette geschrieben haben. ›Seien Sie kein Fremder.‹ Und darunter haben Sie Ihren Namen und Ihre Telefonnummer notiert.«

Victoria war verwirrt. *Daran* erinnerte sie sich natürlich. Aber er hatte gesagt, er hieße Mike, nicht Charlie. »Ich habe keine Ahnung, wovon Sie reden. Aber wenn Sie mich noch einmal anrufen, werde ich die Polizei verständigen.« Sie knallte den Hörer auf und holte tief Luft.

Du Idiotin, dachte sie. Sie hatte Frauen Unterricht in Selbstverteidigung erteilt und sie jedesmal dringend davor gewarnt, Fremden ihre Telefonnummer zu geben. Drei Wodka Tonic hatten sie offenbar zu der Sorte Agentin werden lassen, bei der man nicht darauf achten durfte, was sie tat, weil es in diametralem Gegensatz zu dem stand, was sie sagte. Er war charmant und gutaussehend gewesen, aber das war keine Entschuldigung. Sie kam sich vor wie dieser Fallschirmspringerlehrer, von dem sie in der Zeitung gelesen hatte. Er war ohne Fallschirm aus dem Flugzeug gesprungen. Wenn man um die Sicherheit anderer besorgt ist, vergißt man leicht, an die eigene Sicherheit zu denken.

Am liebsten hätte sie die ganze Sache einfach ignoriert, aber falls sie es mit einer krankhaft eifersüchtigen Ehefrau oder Geliebten zu tun hatte, wäre es vielleicht besser, ein paar Vorkehrungen zu treffen, um den Schaden in Grenzen zu halten. Sie humpelte in ihr Schlafzimmer, wo der Anrufspeicher zwischen dem Telefon und einem gerahmten Foto ihrer Mutter auf ihrem Nachttisch stand. Sie drückte die Wiederholungstaste. Sogleich erschienen die Namen und Telefonnummern ihrer letzten drei Anrufer auf dem Display. Die letzten beiden stammten von derselben Frau. Mit dem Namen konnte sie allerdings nichts anfangen.

Sie nahm den Hörer ab und rief einen Freund in der Ermittlungsabteilung des FBI an.

»Hallo, Sam, Victoria Santos hier.«

»Hallo, wie geht's? Lange nicht gesehen.«

»Ich weiß, es sieht so aus, als ob ich nur anriefe, um dich um einen Gefallen zu bitten, aber riskiere es trotzdem.«

»Okay«, sagte er lachend. »Ich setze es auf deine Rechnung.«

»Ich hab gerade so einen komischen Anruf erhalten«, sagte sie nachdenklich. »Ich weiß nicht, wer es war. Ich dachte, du könntest vielleicht etwas Näheres über die Anruferin in Erfahrung bringen. Sie heißt Valerie St. Pierre.«

»Klar. Wann brauchst du die Information?«

Sie überlegte einen Augenblick, und je mehr sie überlegte, um so mehr weckte der Gedanke ihre Neugierde. Irgendwie hatte dieser Anruf wirklich etwas äußerst Seltsames.

»So bald wie möglich.«

An jenem Samstag nachmittag schlief Hannon allein in seinem Hotelzimmer. Die lange Autofahrt, der Flug und die Suche nach einer burmesischen Python während der letzten beiden Tage hatten ihn geschafft. Nachdem er seinen Mittagsschlaf beendet hatte, kaufte er sich in der Hotelboutique ein paar Sandalen, Baumwollshorts und ein kariertes Hemd.

Dann ging er unter die Dusche und nahm ein spätes Mittagessen in seinem Zimmer zu sich, während er die Unterlagen für das Konto bei der Charter Bank studierte.

Um 16.15 Uhr nahm er die Papierserviette von seinem Nachttisch, auf der Dominique ihre Telefonnummer notiert hatte. Über eine Stunde war vergangen, bis er ihr die Nummer entlockt hatte. Gestern abend hatte sie bis nach Mitternacht bedient und deshalb heute abend frei. Er rief sie an, um sie zu fragen, ob sie Lust hätte, ihm die Insel zu zeigen.

»Abgemacht«, sagte sie, und Hannon lachte still in sich hinein.

Gegen 17.00 Uhr holte er sie mit seinem Jeep vor ihrer Wohnung in St. Johns ab. Sie trug abgeschnittene Jeansshorts und ein weißes Netz-T-Shirt über einem gelben Badeanzug. Ihre Brüste wirkten voller und runder, als er sie in Erinnerung hatte, und es schien ihr zu gefallen, daß er das bemerkte. Die rosafarbene Hibiskusblüte fehlte, doch ihr langes schwarzes Haar umspielte ihre Schultern und streichelte ihre Haut bei jeder Bewegung.

Hannon nahm ihr die Decke und die Kühltasche ab, die sie mitgebracht hatte. »Zum Strand?« fragte er.

»Nein. Zum Boggy Peak. Wir haben nicht genug Zeit, um die ganze Insel zu besichtigen, aber von dort oben kann man eine Menge sehen. Ich dachte, wir könnten ein paar Bier trinken und dabei zusehen, wie die Sonne untergeht.«

Er lächelte zustimmend, dann fädelte er sich in den Verkehr ein. Unterwegs sah er immer wieder kurz zu ihr hinüber, fasziniert davon, wie ihr Haar in dem offenen Wagen im Wind wehte.

Von St. Johns aus führte die Straße an der Küste entlang, vorbei an einigen der schönsten Strände der Insel, die am Fuß der Shekerly-Berge lagen, der höchsten Berge von Antigua. Dominique dirigierte ihn auf eine Straße, die von Cade's Bay aus steil nach Norden ins Landesinnere führte. Zu beiden Seiten der Straße erstreckten sich Ananasplantagen, von denen aus sich braune Feldwege durch das fruchtbarste und schönste Gebiet der Insel schlängelten. Die Vegetation auf den Hügeln im Südwesten war fast so üppig wie im tropischen Regenwald. Auf einer Höhe von etwa vierhundert Metern angekommen, waren sie von Riesenpalmlilien und farbenprächtigen exotischen Blüten umgeben.

Sie parkten am Ende der Straße und gingen zu Fuß unter hohen Bäumen und durch dichtes Gestrüpp weiter. Der schmale Pfad, falls es denn tatsächlich einen gab, war kaum auszumachen. Dominique ging zielstrebig voraus, während Hannon sich immer wieder den Kopf an niedrig hängenden Ästen stieß. Schließlich gelangten sie an eine kleine Lichtung am Berghang, von der aus sie einen wunderbaren Blick auf den Teil der karibischen See hatten, der sich nach Süden bis Guadeloupe und nach Norden bis St. Kitts erstreckte. Direkt vor ihnen, im Westen, stand die untergehende Sonne wie ein orangefarbener Ball über dem Horizont.

Dominique breitete die Decke aus und warf Hannon eine Dose kühles Bier zu. »Die beste Aussicht auf der Welt«, sagte sie. »Komm, setz dich.«

Hannon setzte sich neben sie auf die Decke. Sie lag auf ihre Ellbogen gelehnt, die langen Beine ausgestreckt. Der Fußweg hatte sie beide leicht ins Schwitzen gebracht, und Hannon konnte ihre braunen Nippel durch den gelben Badeanzug erkennen. Während sie an ihrem kühlen Bier nippten, erläuterte Dominique ihm die Landschaft, auf die sie hinunterblickten. Direkt vor ihnen lagen Frye's Point, Darkwood Beach und Johnson's Point, kilometerlange Sandstrände, die noch für den Tourismus erschlossen werden mußten.

»Als ich klein war, gab es noch viele Strände wie diese dort unten. Wenn man sonntags mit der Familie dorthin fuhr und es hatten sich bereits andere Leute im Sand niedergelassen, fuhr man einfach weiter zum nächsten Strand. Heutzutage muß man schon Glück haben, wenn man pro Strand nur ein Hotel vorfindet.« Ihr Blick wanderte langsam zum Horizont, wo die

Sonne sich gerade anschickte, in der glitzernden See zu versinken. »Nirgendwo auf der Welt bin ich so gern wie hier«, sagte sie mit einem wehmütigen Lächeln. »Manchmal wünsche ich, ich könnte einfach für immer hierbleiben.«

Hannon grinste und trank sein Bier aus. Dann öffnete er eine neue Dose und starrte hinaus auf die Segelboote. Von weitem sahen sie aus wie elegante weiße Schwäne, die majestätisch über das Wasser glitten.

Plötzlich leuchteten ihre Augen erwartungsvoll auf. »Hey, vielleicht sehen wir ja einen grünen Blitz.«

»Was ist das? Ein Comic-Held von Antigua?«

»Nein«, erwiderte sie lachend. Dann setzte sie sich auf, ganz aufgeregt, weil er noch nie davon gehört hatte. »Es ist eine Inseltradition. Kurz bevor die Sonne ganz untergeht, erscheint am Horizont ein dünner, grüner Streifen. Man kann ihn nur an Orten sehen, wo kein Staub in der Luft liegt und wo es keine Luftverschmutzung gibt, wie hier in der Karibik. Selbst dann sieht man ihn nur selten. Aber es heißt, es bringt Glück, wenn man ihn sieht.«

Er sah sie überrascht an, ihr Enthusiasmus kam ihm merkwürdig vor. »Ich glaube eigentlich nicht an das Glück.«

»Das solltest du aber«, sagte sie und rückte näher an ihn heran. Sie neckte ihn mit ihren Blicken. »Ich wette, du hast jede Menge Glück und weißt bloß nichts davon. Hat dir schon mal jemand aus den Händen gelesen?«

Er schüttelte den Kopf.

»Soll ich?« fragte sie mit einem verschmitzten Lächeln.

Er zögerte, dann entspannte er seine Hand, als sie sie vorsichtig nahm, und öffnete seine Finger. Sie saß im Schneidersitz vor ihm und starrte auf seine Handfläche.

»Wow«, sagte sie, während sie mit dem Fingernagel an einer der Linien entlangfuhr. »Ich sehe, du wirst einmal reich werden. Oder vielleicht bist du es auch schon.«

»Noch nicht, aber bald«, sagte er und mußte an die Charter Bank denken.

Sie nahm noch einen Schluck von ihrem Bier, dann betrachtete sie die nächste Linie. »Das hier ist deine Lebenslinie.«

»Ist sie lang?«

»Sieht eher so aus, als ob du eigentlich schon tot sein müßtest. – Nein, das war nur Spaß«, sagte sie dann und versetzte ihm einen freundschaftlichen Stubs mit dem Ellbogen. »Ja, sie ist lang. Und ich würde sagen, sie deutet auf ein glückliches Leben hin.«

»Wie kommst du darauf?«

Sie hielt ihre flache Hand neben seine, um einen Größenvergleich zu haben. »Weil du die größten Hände hast, die ich je gesehen habe«, sagte sie mit hochgezogenen Brauen. »Und ein Mädchen muß nicht aus den Händen lesen können, um zu wissen, was das bedeutet.«

Abrupt zog er seine Hand fort. Er stand auf, und plötzlich lag ein eiskalter Blick in seinen Augen, als er auf sie herunterblickte.

»Was ist denn los?« fragte sie verblüfft.

»Das glaubst du wohl, was?« sagte er voller Häme. Jede Freundlichkeit war aus seinem Gesicht verschwunden. »So ein großer, starker Kerl muß bestückt sein wie ein Hengst.«

»Ich hab doch nur Spaß gemacht.«

»Ich kann es nicht leiden, wenn man sich über mich lustig macht.«

»Tut mir leid. Reden wir einfach über was anderes, okay?«

Er holte tief Atem, doch sein Gesicht lief rot an. »Nur deswegen hast du mich hierher gebracht, stimmt's?«

»Was?«

»Um den größten Schwanz zu sehen, den du je gesehen hast.«

Sie zuckte zusammen. »Nein.« Ihre Lippen begannen vor Angst und Wut zu zittern. »Das interessiert mich überhaupt nicht.«

Seine Augen zogen sich zusammen, und er blickte voller Verachtung auf sie hinab. »Du lügst.«

Sie schluckte. »Ich – ich glaube, ich möchte jetzt nach Hause fahren.« Sie wollte aufstehen, doch er stieß sie wieder zu Boden.

»Bleib sitzen!« Sie versuchte, von ihm weg zu rutschen, doch er setzte brutal einen Fuß auf ihren Knöchel und hielt sie fest, als hielte er eine Ratte am Schwanz.

»Du tust mir weh.« Sie langte nach ihrem Knöchel, doch sein Blick ließ sie zurückzucken.

»Hast du gedacht, du könntest hier eine Live-Pornoshow erleben? Damit du deinen Freundinnen was zu erzählen hast, wenn du wieder zurückkommst?«

Sie drückte sich ängstlich in die Decke. »Bitte, beruhige dich doch«, sagte sie mit zitternder Stimme. »Ich werde niemandem irgendwas erzählen. Laß mich einfach los.«

»Lüg mich nicht an! Du hast mich verraten. Ich weiß, daß du mich verraten hast!«

Eine Träne lief über ihre Wange. »Ich kenne dich doch überhaupt nicht! Wovon redest du überhaupt?«

»Ich rede von mir! Du hast über *mich* geredet!«

Ihre Angst schlug in Panik um, als sie sah, wie sein Gesichtsausdruck sich veränderte. Es war, als spräche er mit jemand anderem.

Sie fegte eine Mücke aus ihrem Haar, dann zwang sie sich, ihm in die Augen zu sehen.

»Hör zu«, sagte sie verzweifelt. »Es tut mir leid, daß ich etwas Falsches gesagt habe. Bitte. Ich gehe zu Fuß nach Hause. Ich kenne mich hier aus. Laß mich einfach gehen.«

»Gehen?« sagte er mit einem sadistischen Grinsen. »Ich dachte, du hättest gesagt, du würdest am liebsten für immer hierbleiben.«

Ihr Mund öffnete sich, doch es kamen keine Worte. Es wurde langsam dunkel, doch sie sah, daß er in seine Hosentasche langte.

»Für immer ist ziemlich lange, Dominique.«

Sie starrte noch immer auf seine Hand, die er jetzt wieder

aus der Tasche zog. Sie hielt etwas, das in eine weiße Stoffserviette eingewickelt war.

»Für immer«, sagte er mit leiser, bedrohlich klingender Stimme. »Hat dir noch nie jemand gesagt, daß man sich gut überlegen soll, was man sich wünscht?«

Er ließ die Serviette fallen, und ein Messer kam zum Vorschein.

Sie wollte schreien, doch da stürzte er sich schon auf sie und drückte sie zu Boden. Sie konnte weder schreien noch beißen, nicht einmal atmen. Ihr Schädel schien zu bersten unter dem Druck der Hand, die ihr Gesicht und ihren Kopf vom Kinn bis zum Scheitel bedeckte.

Es war die größte Hand, die sie je gesehen hatte.

36. Kapitel

Die Charter Bank von Antigua machte am Montag morgen um 9.00 Uhr auf, doch Hannon wollte nicht zuviel Aufmerksamkeit auf sich ziehen, indem er die Bank als erster betrat. Er ließ sich Zeit für ein englisches Frühstück mit pochierten Eiern und Tomaten, das er allein in seinem Hotelzimmer zu sich nahm, während er die Bankunterlagen studierte, die er Rollins abgenommen hatte.

Um fünf vor zehn begann er, seine Verkleidung anzulegen.

Sein Gesicht war durch die Selbstbräunungscreme, die er am Abend zuvor aufgetragen hatte, bereits einen Ton dunkler geworden. Braune Kontaktlinsen verbargen seine kalten, blauen Augen. Der blonde Haarschopf verschwand unter einer braunen Perücke. Der Epoxitkleber auf der Nase war ihm höchst unangenehm, was er jedoch ignorierte, denn er wußte, daß sein kantiges Profil mit der künstlichen Gumminase, die er damit befestigte, nicht wiederzuerkennen sein würde. Mit

Hilfe von ein paar Polstern, die er sich um die Hüften schnallte, verlieh er sich einen leichten Schmerbauch. Mit dem buschigen Schnurrbart und der Hornbrille, die seine Verkleidung vervollständigten, sah er schließlich aus wie ein Geschäftsmann aus dem Mittelwesten der Vereinigten Staaten.

Er suchte in seiner Aktentasche nach dem richtigen Paß. Seine Verkleidung war viel zu warm für das tropische Klima, Hannon hatte keine Lust, den ganzen Tag damit herumzulaufen. Da er sich jedoch vorsorglich zwei verschiedene Legenden zurechtgelegt hatte, brauchte er sich darüber keine Gedanken zu machen. Auf Antigua eingereist war er als Charles Ackroyd, »Charlie«, der nordische Gott, der damals in Maryland Valeries Herz und Brieftasche gewonnen hatte. Bei der Bank dagegen würde er als Eric Venters auftreten – die große, dunkle, nicht gerade gutaussehende Kreation, die ihn aus dem Spiegel anstarrte. *Perfekt.*

Gegen 11.00 Uhr kam er mit seinem Jeep in St. Johns an, der Hauptstadt und überhaupt einzigen Stadt der Insel. Fast ein Drittel der Gesamtbevölkerung von Antigua lebte in dieser alten Stadt, die schon seit Jahrhunderten auf den sanften Hügeln oberhalb der großen Bucht angesiedelt war. In der Nähe des Bootshafens waren Fischer damit beschäftigt. Hummerkörbe und Fischnetze zu flicken. Viele der alten Straßen waren immer noch von zweigeschossigen, aus Holz und Stein erbauten Häusern gesäumt, deren Balkone die schmalen, von Rissen übersäten Gehwege überschatteten. Die Charter Bank befand sich mitten in dem moderneren Einkaufzentrum, zwischen Boutiquen und Computerläden.

Hannon parkte seinen Jeep direkt vor der Bank. Er trug dieselbe khakifarbene Hose und den blauen Blazer, die er auf dem Flug von New York hierher angehabt hatte, dazu, um sich einen seriöseren Anstrich zu geben, ein frisches weißes Hemd und eine dezent gestreifte Krawatte. Die Fahrt in dem offenen Geländewagen über die All Saints Road war angenehm kühl gewesen, doch jetzt machte sich die Hitze bemerkbar. Er tupfte sich den Schweiß von der Stirn und stieg aus.

Nach wenigen Schritten blieb er verblüfft stehen. Die Charter Bank wirkte gar nicht wie eine richtige Bank. Am Eingang hingen vielmehr die Schilder von mindestens einem Dutzend Banken – es war alles vertreten von der »Charter Bank of Antigua« bis hin zu so einem albernen Namen wie »Joe's Bank of the Carribean«. Er hatte schon von Bankparadiesen im Ausland gehört, doch diese sogenannten Banken waren viel kleiner, als er erwartet hatte.

Er öffnete die Glastür und betrat einen Raum, der weder mit Ledersofas noch mit teuren Kunstwerken oder aufwendigen Holztäfelungen ausgestattet war. Die kahlen Wände waren beigefarben gestrichen, das Mobiliar einfach und zweckmäßig. Zwei Frauen saßen vor metallenen Schreibtischen und arbeiteten an ihren Computern. Neben ein paar Faxgeräten führte ein leger gekleideter Mann ein Telefongespräch. Es gab keine Schalter, und Hannon konnte weder Sicherheitskameras noch Wachpersonal entdecken. Er hatte das Gefühl, als befände er sich in einem Reisebüro anstatt in einer Bank.

Eine der Frauen stand von ihrem Schreibtisch auf. »Kann ich Ihnen helfen, Sir?«

»Ja«, sagte er selbstbewußt. »Mein Name ist Eric Venters. Ich möchte mein Konto auflösen. Aber zunächst möchte ich an mein Tresorfach.«

»Ich kann mich um das Tresorfach kümmern«, sagte sie. »Wegen der Kontoauflösung müssen Sie sich an Mr. Jeffries wenden. Kommen Sie bitte mit.«

Hannon folgte ihr zu einer Kabine in der Ecke, wo Bankkunden ungestört die Stahlkassetten aus ihren Tresorfächern öffnen konnten. Mit angehaltenem Atem wartete Hannon ab, während sie seinen Paß und seinen Führerschein mit ihren Unterlagen abglich und hoffte, daß sie den Größenunterschied nicht bemerken würde. Es ging jedoch alles glatt. Wie er vermutet hatte, besaß die Bank zwar eine schriftliche Personenbeschreibung, aber kein Foto, das mit dem in seinem Paß verglichen werden konnte. Diese Art von Formalitäten würde die Klientel aus dem Milieu der Drogenschmuggler und Geldwäscher, von denen das Bankparadies hier lebte, sicherlich abschrecken. Nach zwei Minuten kehrte sie mit einer rechteckigen Stahlkassette zurück, die sie vor ihm auf den Tisch stellte.

»Geben Sie mir Bescheid, wenn Sie fertig sind«, sagte sie.

»Vielen Dank.« Hannon sah sich nach allen Seiten um, bevor er die Kassette öffnete, um sicherzugehen, daß ihn niemand beobachtete. Dann hob er erwartungsvoll grinsend den Deckel an. Die Kassette war völlig leer, bis auf eine 9mm-Pistole und drei Magazine mit Munition.

Das Abheben des Geldes war zweifellos der gefährlichste Teil von Rollins' Plan gewesen. Bisher gab es keine Anzeichen, die darauf hindeuteten, daß die TRIBUNE das FBI eingeschaltet hatte. Aber selbst wenn das FBI seine Agenten auf den Fall angesetzt hatte, reichten die Gesetze zum Schutz des Bankgeheimnisses auf Antigua wahrscheinlich aus, um sie abzuschütteln. Andererseits war allgemein bekannt, daß es Informanten gab, die gegen hohe Bezahlung Bankgeheimnisse preisgaben. Selbst Rollins war schlau genug gewesen, sich eine Waffe zu besorgen für den Fall, daß etwas schiefging.

Hannon zog sein Jackett aus und wickelte es um die Pistole und die Munition, damit niemand hörte, wie er die Waffe lud. Dann zog er das Jackett wieder an, steckte die geladene Pistole in die Brusttasche und die übrigen Magazine in die Hosentasche. Er verschloß die Stahlkassette und stand auf, um der Bankangestellten zu verstehen zu geben, daß er fertig war. Es dauerte eine Weile, bis sie ihm ihre Aufmerksamkeit schenkte, da die Bank großen Wert darauf legte, ihre Kunden nicht in ihrer Privatsphäre zu stören. Schließlich kam sie zu ihm herüber.

»Mr. Jeffries wird sich jetzt um Ihre Kontoauflösung kümmern«, sagte sie.

Hannon nickte und ging zu Jeffries' Schreibtisch hinüber. Jeffries war beleibt, etwa zwanzig Jahre älter und einen Kopf kleiner als Hannon. Er hatte dünnes, pechschwarzes Haar und einen graumelierten Schnurrbart, den er offenbar nicht mit derselben Sorgfalt färbte. Er begrüßte Hannon mit höflichem Lächeln und einem kräftigen Händedruck und bat ihn, ihm gegenüber Platz zu nehmen.

»Mrs. Flannery hat mir gesagt, daß Sie Ihr Konto bei unserer Bank auflösen wollen«, sagte er mit einem deutlichen westindischen Akzent.

»Ja. Ich möchte den Betrag in bar ausgezahlt haben. In amerikanischen Dollar.«

»In bar«, erwiderte er mit einem leicht sorgenvollen Blick. »Verstehe. Na, das sollte kein allzu großes Problem sein, wie ich hoffe. Ich habe jedenfalls schon einmal Ihren Kontostand überprüft. Ihr Guthaben beträgt zweihundertachtunddreißigtausend Dollar. Die Gebühren bei telegrafischen Überweisungen sind leider recht hoch, nicht wahr?« sagte er mit einem Bankierslächeln. Als Hannon nicht reagierte, schob er drei Formulare über den Tisch. »Wenn Sie bitte hier, hier und hier unterzeichnen würden.«

Hannon überflog die Formulare, dann unterschrieb er eins nach dem anderen. Er hatte die Unterschrift am Morgen über eine Stunde lang geübt, um sie möglichst perfekt zu beherrschen.

Der Banker lächelte. »In Ordnung. Wenn Sie bitte einen Augenblick Geduld hätten.« Er erhob sich, durchquerte den Raum und verschwand hinter einer verschlossenen Tür. Hannon blieb scheinbar gelassen sitzen, war jedoch auf der Hut. Er nahm an, daß man die Dokumente mit der hinterlegten Unterschriftprobe verglich. Nach einer Minute öffnete sich die Tür, und Jeffries kam, immer noch lächelnd, auf ihn zu. Ein gutes Zeichen.

Er legte freundlich eine Hand auf Hannons Schulter. »Es dauert noch einen ganz kleinen Augenblick«, sagte er. Dann ging er an einen der Computer.

Hannon beobachtete ihn aus dem Augenwinkel. Er konnte weder den Bildschirm sehen noch erkennen, was Jeffries tat. Den Kontostand jedenfalls brauchte er nicht mehr zu überprüfen. Hannon betrachtete die Papiere, die vor ihm auf dem Schreibtisch lagen. Es handelte sich um den Konto-Eröffnungsantrag, eine Übersicht der Kontobewegungen – und eine Fotokopie der bei der Bank hinterlegten Unterschriftsprobe. Ein leichtes Mißtrauen regte sich in ihm. Wenn die Fotokopie der Unterschrift hier auf dem Schreibtisch lag, was hatte Jeffries dann in dem Hinterzimmer gemacht?

Er sah noch einmal zum anderen Ende des Raums hinüber. Jeffries telefonierte. Aus der Entfernung konnte Hannon jedoch nicht verstehen, was er sagte. Er versuchte, von Jeffries' Lippen zu lesen oder etwas aus seinem Gesichtsausdruck zu schließen, doch der Banker kehrte ihm den Rücken zu. Schließlich legte er auf. Er wählte erneut – noch ein Anruf. Hannon sah zu den beiden Frauen an ihren Computern hinüber. Keine von beiden nahm Blickkontakt zu ihm auf. Jeffries hatte jetzt aufgehört zu telefonieren und kam auf ihn zu. Er lächelte immer noch, doch sein Lächeln wirkte vollkommen künstlich.

»Alles in Ordnung, Mr. Venters. Ich habe ein paar Beziehungen spielen lassen. Es dürfte nur noch etwa eine Dreiviertelstunde dauern.«

Hannon verzog das Gesicht. »Eine Dreiviertelstunde? Wieso?«

»Ihr Bargeld. Wir bewahren grundsätzlich kein Bargeld im Haus auf. Es muß von der Eastern Caribbean Zentral Bank herübergebracht werden. Ich bin sicher, daß man Ihnen das erklärt hat, als Sie Ihr Konto eröffnet haben.«

Hannon lächelte nervös. »Oh, ja, natürlich. Das muß ich ganz vergessen haben.«

»Kann ich Ihnen für die Wartezeit eine Tasse Kaffee anbieten?«

»Nein, danke.« Hannon lehnte sich seufzend in seinem Sessel zurück und dachte angestrengt nach.

Jeffries griff nach dem Telefonhörer, hielt jedoch plötzlich inne und lächelte. »Ich möchte nicht unhöflich erscheinen, Mr. Venters, aber ich muß ein paar geschäftliche Gespräche für einen anderen Kunden führen. Würde es Ihnen etwas ausmachen, dort drüben Platz zu nehmen?« Er deutete mit einer Kopfbewegung auf einen Stuhl neben der Tür.

»Kein Problem«, sagte Hannon und erhob sich. Ihn beschlich ein ungutes Gefühl, während er den Raum durchquerte. Rollins hatte nichts davon erwähnt, daß die Bank kein Bargeld im Haus aufbewahrte. Andererseits würde es zu diesem Idioten passen, das wichtigste Detail zu vergessen. Hannon setzte sich und suchte Blickkontakt mit Jeffries. Auf dem Gesicht des Bankers lag noch immer dasselbe künstliche Lächeln. *Dieses dämliche Grinsen geht mir verdammt auf die Nerven.*

Hannon nahm eine Zeitschrift vom Beistelltisch. Während er so tat, als läse er, sah er sich nach den Ausgängen um. Anscheinend war der Haupteingang der einzige Fluchtweg. Die Tür zum Hinterzimmer war verriegelt – Jeffries hatte einen Schlüssel benutzt. Ohnehin war unklar, wohin die Tür führte oder ob es dort hinten noch einen Ausgang gab. Hannon sah noch einmal zu Jeffries hinüber und dann zu den Frauen an den Computern. Sie schienen alle ihrer ganz normalen Arbeit nachzugehen. Nichts Ungewöhnliches. Sollte Jeffries andererseits die Polizei verständigt haben, würde die ihm geraten haben, genau das zu tun, bis sie eintraf.

Hannon warf einen Blick auf seine Uhr. Zehn Minuten waren vergangen. Er schwitzte fürchterlich in seiner Verkleidung. Bei dem plötzlichen Gedanken, seine Gumminase und der Schnurrbart könnten durch den Schweiß verrutschen, drehte sich ihm der Magen um. *Wirst du jetzt schon paranoid?* fragte er sich.

Er ließ seinen Blick durch den Raum schweifen, bemüht, die Ruhe zu bewahren. Eine der beiden Frauen stand auf und ging durch die hintere Tür. Es war diejenige, die seinen Paß mit den Unterlagen in den Akten verglichen hatte. Vielleicht war ihr der Größenunterschied doch aufgefallen. Möglicherweise erinnerte sie sich auch an Rollins, als er das Konto eröffnet hatte. *Vielleicht hätte ich das Arschloch am Leben lassen sollen.*

Zwanzig Minuten vergingen, und die Frau kam immer noch nicht zurück. Die andere stand auf und verschwand durch dieselbe Tür. Jetzt waren nur noch er und Jeffries im Raum. Hannon rutschte auf die Stuhlkante. Seine Nerven waren aufs äußerste angespannt. Plötzlich hörte er, wie ein großer Lastwagen direkt vor der Tür hielt.

Jeffries blickte von seinem Schreibtisch auf. »Das werden sie sein«, sagte er. »Was sagt man dazu? Fast zwanzig Minuten früher als erwartet.«

Hannon verspürte einen plötzlichen Adrenalinstoß. Auf den Inseln geschah niemals irgend etwas früher als erwartet. Die Tür ging auf. Zwei Männer in Uniform gingen voraus, beide mit Seitenwaffen in den Halftern. Hannon gefiel ihr Gesichtsausdruck nicht. Das waren garantiert Bullen. Einer Eingebung folgend, griff er nach seiner Pistole.

»Vorsicht!« brüllte Jeffries und warf sich hinter seinen Schreibtisch.

Der erste Wachmann zog seine Waffe aus dem Halfter, aber Hannon war schneller. Er traf den Mann mit zwei Schüssen in die Brust, noch bevor dieser dazu kam abzufeuern. Sein weißes Hemd färbte sich dunkelrot.

Der zweite Wachmann ging hinter einem Blumenkübel in Deckung. Schießend rannte Hannon zur Tür. Der Mann stürzte zwischen die Computer und landete als lebloses Bündel neben der Pflanze. Die Frauen im Hinterzimmer schrien, als sie die Schüsse hörten, doch Hannon ließ sich nicht aufhalten. Er stürzte aus der Tür und rannte auf seinen Jeep zu, während er in seiner Hosentasche nach dem Autoschlüssel fischte. Der Motor sprang sofort an, und Hannon fuhr mit quietschenden Reifen los. Er trat das Gaspedal durch und raste mit 150 km/h davon, vorbei an Autos, Fußgängern und einer Herde verblüffter Ziegen.

Dritter Teil

37. Kapitel

Mike saß auf dem Sofa und sah sich abwechselnd auf drei verschiedenen Programmen, die alle behaupteten, dieselbe »Exklusivstory« zu bringen, die Elf-Uhr-Nachrichten an, als das Telefon klingelte. Gerade kam ein entsetzt dreinblickender Reporter ins Bild, der, umringt von »aufgebrachten Bürgern«, die sich offensichtlich darüber freuten, im Fernsehen zu sehen zu sein, einen »schockierenden Live-Bericht« über Krawalle in irgendeinem Stadtviertel brachte. Mike schaltete den Ton ab, während der Reporter mit seiner Sensationsmache fortfuhr. Falls jemand wissen wollte, wie eine Kakophonie *aussieht*, schoß es Mike plötzlich durch den Kopf, brauchte er sich nur die Abendnachrichten bei abgedrehtem Ton anzusehen.

Er langte über den Couchtisch hinweg nach dem schnurlosen Telefon. Am Apparat war Zack, der aus Key West anrief, um Bescheid zu sagen, daß er für ein paar Tage nicht in der Stadt sein würde. Mike konnte im Hintergrund Gelächter und Live-Musik hören. Zack klang leicht angetrunken und atemlos, als hätte er getanzt.

»Und noch was«, sagte Zack. »Ganz wichtig. Die Putzfrau kommt morgen, und ich hab meinen FGR auf der Kommode liegen lassen. Kannst du den irgendwo verstauen?«

Mike grinste. Der FGR war Zacks »fetter Goldring«. Dauernd befürchtete er, die Putzfrau könnte ihn klauen und sich von dem Erlös ihr eigenes Dritte-Welt-Land kaufen. »Ich seh gleich nach«, sagte Mike. »Viel Spaß.«

Er legte das Telefon ab und schaltete per Fernbedienung den Ton am Fernseher wieder ein. In den Nachrichten wurde gerade ein Bericht über Lady Di gebracht – was für die meisten amerikanischen Nachrichtensender so ziemlich alles war, was unter »internationale Nachrichten« lief. Er wollte schon abschalten, als sich tatsächlich noch ein Bericht über Antigua anschloß.

»Ein seltsamer Vorfall erregte die Gemüter in der Hauptstadt von Antigua«, verkündete der Nachrichtensprecher. »Zwei Sicherheitsleute einer Bank wurden von einem Mann niedergeschossen, der *sein eigenes* Geld von einem Konto der Bank abheben wollte.«

Mike fiel sofort wieder ein, daß Victoria gesagt hatte, das Geld sei auf einer Bank in Antigua verschwunden. Er drehte den Ton lauter und hörte gespannt zu.

»Der Schütze, den die Polizei als einen Weißen von etwa einsneunzig Größe beschreibt, hatte heute morgen die Charter Bank of Antigua aufgesucht, um sein Konto aufzulösen, das ein Guthaben von fast einer Viertelmillion US-Dollar aufwies. Als die Sicherheitsleute mit seinem Geld eintrafen, zog der Mann aus unerklärlichen Gründen einen Revolver und eröffnete das Feuer, bei dem beide Wachleute getötet wurden. Anschließend floh er *ohne* das Geld. Das ist doch eine verrückte Welt, nicht wahr? Von dem Verdächtigen fehlt zur Zeit jede Spur.

Und zum Schluß der internationalen Nachrichten hören wir noch Kitty Van Dorn, unsere Korrespondentin in Mailand, mit einem Exklusivinterview des italienischen Star-Models –«

Mike schaltete den Apparat ab, starrte jedoch weiterhin auf die leere Mattscheibe. Seine Gedanken rasten. Der Mann war Amerikaner. Er wollte eine Viertelmillion Dollar abheben, denselben Betrag, den er an seinen Informanten gezahlt hatte. Die Bank lag auf Antigua, genau dort, wo Victoria das Geld vermutete. Das konnte einfach kein Zufall sein. Das mußte ihr Mann sein.

Mike bemühte sich, seine Gedanken zu ordnen. Er müßte sich Einblick in die Polizeiakte verschaffen, möglicherweise hatten sie ein Phantombild des Verdächtigen. Er müßte mit den Bankangestellten reden oder mit irgendwelchen sonstigen Zeugen der Schießerei.

Er nahm das Telefon in die Hand und begann, Victorias Nummer zu wählen, brach jedoch nach den ersten Ziffern ab. Wenn die Story bereits in den Abendnachrichten von Miami gesendet wurde, mußte das FBI bereits informiert sein. Victoria mußte dieselben Schlüsse gezogen haben wie er, aber *sie* hatte *ihn* nicht angerufen.

In Ordnung, dachte er. *Wenn sie's nicht anders haben will, dann macht eben ab jetzt jeder auf eigene Faust weiter.* Dann wählte er eine andere Nummer.

»Ich möchte einen Flug von Miami nach Antigua buchen«, sagte er. »Ja, heute abend. Eine Person.«

Als Mike auf seinem Weg zum Flughafen bei Karen ankam, war sie gerade dabei, zu Bett zu gehen. Eigentlich hatte sie ihm immer noch nicht verziehen, wie er sie bei seinem letzten Besuch allein gelassen hatte, um Hals über Kopf zu Aaron Fields zu eilen, doch der besorgte Blick in seinen Augen ließ sie ihren Groll vorerst vergessen. Sie spürte, daß er einfach von jemandem, dem er vertraute, hören wollte, daß er das Richtige tat, denn er blieb gerade lange genug, um ihr zu erklären, warum er es tat. Es ging nicht nur darum, das Geld wiederzubeschaffen. Das Geld war die einzige Verbindung, die zu seinem Informanten bestand, und der Informant war die einzige Verbindung zu dem Serienmörder. *Das* war die einzige Spur, die er hatte.

Das Ganze klang völlig logisch, so wie er es darstellte. Ihre Kollegen aus der Anwaltskanzlei wären wahrscheinlich auf ähnliche Weise an die Sache herangegangen. Einen Augenblick lang fragte sie sich, ob das nicht der eigentliche Makel an ihrer Ehe war, diese ihnen beiden eigene, für Anwälte und Journalisten typische Fähigkeit, ihre Gefühle beiseite zu schieben und so verdammt objektiv zu sein. Was konnte man schon von einer Ehe erwarten, in der die Gefühle stets außen vor gelassen wurden?

Um 2.00 Uhr lag sie immer noch hellwach im Bett und lauschte dem Wind, der um das Haus fegte. Über die Wände huschten Schatten von den Ästen, die sich vor der Straßenlaterne im Wind bogen. Sie schaltete den Fernseher an, um sich von der x-ten Wiederholung einer alten TV-Serie einlullen zu lassen, empfand die Seifenoper jedoch nur als deprimierend. Sie schaltete den Apparat wieder aus und ließ sich in Erwartung einer weiteren schlaflosen Nacht in ihre Kissen sinken.

Die Terrassentür, die zum Pool führte, klapperte im Wind, der inzwischen stärker geworden war. Die Schatten wurden länger und tänzelten wie wild über die Zimmerwände. Obwohl sie und Mike schon seit einer Weile getrennt lebten, fühlte sie sich bei dem Gedanken, daß er dabei war, das Land zu verlassen, noch einsamer und verletzlicher. Als sie noch klein war, hatte sie sich immer die Decke über den Kopf gezogen, um sich vor den Monstern zu verstecken, die im Wandschrank lauerten. Heute jedoch lauerten die Dämonen in ihrem Kopf. Sie verfolgten sie seit ihrer Collegezeit, als dieser Mann in ihr Fenster im Studentenheim gestiegen war und sie ins Bett gezwungen hatte ...

Endlich ließ er von ihr ab. Es ging ihr nicht schnell genug, doch sie wagte nicht, ihn von sich wegzustoßen, aus Angst, er könne von vorne anfangen.

Der kalte Revolverlauf unter ihrem Kinn ließ sie reglos auf dem Rücken verharren. Die Vergewaltigung hatte sie stumpf über sich ergehen lassen, doch jetzt fühlte sie sich wie aufgerissen. Als er sie im Flur angefallen hatte, war sie mit dem Kopf gegen die Wand geschlagen und hatte sich die Knie und Ellbogen aufgeschürft. Ihr rechtes Auge war zugeschwollen, und sie hatte Blut im Mund, weil sie sich auf die Lippe gebissen hatte. Das war der Preis, den sie dafür bezahlte, daß sie sich gewehrt hatte.

Sie öffnete die Augen, als sie endlich das Gewicht seines Körpers nicht mehr auf sich spürte. Sein breites Gesicht wirkte verschwommen, von einem dunklen Nylonstrumpf entstellt. Sein Atem stank immer noch nach Whiskey. Selbst in der Dunkelheit konnte sie ihre eigenen Blutflecken auf seinem Bon-Jovi-T-Shirt erkennen. Ihr Nachthemd lag völlig zerrissen am Fußende des Bettes. Sie betete, es möge vorbei sein, während sie allmählich den Raum um sich herum wieder klar wahrnahm.

Er kniete aufrecht zwischen ihren Beinen auf dem Bett. Endlich nahm er den Revolver von ihrem Kinn.

»Eine Bewegung, und du bist tot«, sagte er.

Sie starrte an die Decke und wartete auf die Geräusche, die ihr sagen würden, daß er seinen Reißverschluß zuzog und seinen Gürtel schloß – auf irgendein Zeichen, das ihr signalisierte, daß es vorbei war. Aber sie hörte nichts. Sie ließ ihren Blick langsam an der Zimmerdecke entlang wandern, über den Ventilator, zu seinem Kopf, seinen Schultern und weiter an seinem Körper hinunter. Plötzlich hielt sie den Atem an. Er war gerade dabei, seinen Penis mit Spucke zu befeuchten. *Er fängt noch einmal von vorne an!*

Ihr Hals wurde trocken, und sie zitterte von Kopf bis Fuß, doch gleichzeitig ballte sie die Fäuste, um die Kontrolle über ihren Körper wiederzugewinnen. Als er sie zwischen den Beinen mit seiner Spucke beschmierte, verzog sie das Gesicht, ohne einen Ton von sich zu geben. Aus dem Augenwinkel warf sie einen Blick auf den Nachttisch. Instinktiv schob sie eine Hand unter das Kissen neben ihr. Ganz langsam arbeitete sie sich vor, bis sie ihren Arm so weit ausgestreckt hatte, wie es ihr möglich war. Sie klammerte sich am Rand der Matratze fest und holte tief Luft, um all ihre Kräfte zu sammeln.

»Du bist knochentrocken, du Schlampe«, sagte er, während er mit der nassen Hand versuchte, seine Erektion wiederherzustellen.

Seine momentane Unaufmerksamkeit ausnutzend, schoß sie blitzschnell hoch, packte das Telefon und schlug es mit voller Wucht gegen seinen Kopf. Mit dem Knie trat sie ihm in die Leistengegend. Noch bevor er Zeit hatte zu reagieren, schlug sie ihm mit dem Telefon den Revolver aus der Hand, der quer durch den Raum flog und vor dem Kleiderschrank landete.

Er schrie auf vor Schmerz und stürzte mit der Hose um die Knie vom Bett. Karen, völlig nackt, versuchte, an den Revolver zu kommen, doch er erwischte sie am Bein und riß sie zu Boden. Sie zerkratzte ihm das Gesicht mit den Fingernägeln, spürte sein Blut auf ihren Händen, als sie ihm mit den Fingern in die Augen stach. Endlich bekam sie den Revolver zu fassen, doch im nächsten Augenblick packte er sie mit einer Hand an der Kehle und mit der anderen am Handgelenk. Sie fuchtelte wild mit der Waffe herum, während sie verzweifelt versuchte, sich aus seinem Griff zu befreien.

»Gib her!« brüllte er, doch sie biß ihn in den Arm.

Plötzlich zerriß ein ohrenbetäubender Knall die Luft. Ein Schuß hatte sich gelöst. Ein heißer Blutschwall ergoß sich über Karens Gesicht. Sein schlaffer Körper begrub sie unter sich.

Sie versuchte zu schreien, brachte jedoch keinen Ton heraus. Mit aller Kraft schob sie ihn zur Seite, bis er leblos auf dem Teppich neben ihr lag. Auf Händen und Knien kroch sie in die entfernteste Zimmerecke, so weit fort von ihm wie möglich. Mit angezogenen Knien kauerte sie an der Wand, von hysterischem Schluchzen geschüttelt. Der Revolver in ihrer Hand fühlte sich schrecklich schwer an, aber sie wollte ihn nicht loslassen. In der Dunkelheit starrte sie zu ihm hinüber. Er lag völlig reglos da. Schließlich wandte sie ihre Augen ab, konnte den Anblick nicht mehr ertragen. Tränen liefen ihr über die Wangen, und sie versuchte nicht, sie aufzuhalten, als sie ihr Gesicht in ihren Armen vergrub.

Plötzlich lief es ihr eiskalt über den Rücken, als sie ein seltsames Geräusch hörte. Sie hob den Kopf und horchte. Es war eine leise, schwache Stimme.

»Hilf mir.«

Ihr schlug das Herz bis zum Hals. Mit zitternder Hand schob sie eine blutige Strähne aus ihrer Stirn und starrte in die Dunkelheit. Verwirrt und verängstigt lauschte sie angestrengt, bis sie das Geräusch wieder hörte – diesmal ein bißchen lauter.

»Bitte, hilf mir.«

Durch ihre tränengefüllten Augen konnte sie erkennen, wie Blut aus seinem Mund quoll. »O mein Gott«, murmelte sie. »Du lebst ja noch ...«

Ein schriller Ton zerriß jäh die Stille. Ihr blieb fast das Herz stehen, als sie in ihrem Bett hochfuhr. Es war nur der Wecker. Sie stieß einen tiefen Seufzer der Erleichterung aus, doch ihre Hände zitterten, als sie sich an ihrem Laken den Schweiß abwischte. Erschöpft langte sie zum Nachttisch hinüber und schlug auf den plärrenden Wecker. Halb sieben. Zeit zum Aufstehen. Zeit, zur Arbeit zu gehen.

Zeit, so zu tun, als sei das alles nie geschehen.

38. Kapitel

Ein paar Stunden vor Morgengrauen zogen Wolken auf und verdeckten die Sterne und den Halbmond über Südost-Antigua. Eine warme, gleichmäßige Brise kräuselte das tiefblaue Wasser vor English Harbour. Die felsige Atlantikküste, seit Jahrtausenden den rauhen Kräften von Wind und Meer ausgesetzt, bot einen gänzlich anderen Anblick als die sanft geschwungenen Sandstrände auf der karibischen Seite der Insel. Das Wasser hatte zahllose kleine Buchten und versteckte

Höhlen in den Kalkstein gefressen, die schon seit Jahrhunderten Schmugglern als Versteck und Unterschlupf dienten.

Eine Armada von Segelbooten war vor der Küste vor Anker gegangen, einige nur für die Nacht, andere für die ganze Saison. Zu jeder Yacht gehörte ein Schlauchboot, das entweder seitlich im Wasser lag oder an Deck vertäut war und mit dem die Besatzung an Land gehen konnte. Alle Arten von Booten, von der kleinsten Jolle bis zu Dreißig-Meter-Hochseeseglern, dümpelten verschlafen dort auf der dunklen See, und jedes von ihnen segelte unter einer anderen Flagge. Auf einigen klapprigen Hausbooten drehten sich kleine Windmühlen, die Stromgeneratoren antrieben, sonst regte sich nichts. Zu dieser frühen Stunde war kein Mensch an Deck, so daß die leeren Boote mit ihren kahlen Masten wie eine schwimmende Geisterstadt wirkten.

Hundert Meter von der Küste entfernt schwamm Frank Hannon lautlos wie ein Krokodil auf Beutejagd auf eine zehn Meter lange Sloop zu.

Seit fast sechzehn Stunden führte er einen Plan aus, zu dem seine hübsche Begleiterin aus dem Admiral's Inn ihm unwissentlich verholfen hatte. Dominique hatte ihm in aller Ausführlichkeit von der Beschaffenheit der Insel erzählt, bevor er sie für immer an ihrer Lieblingsstelle hinterlassen hatte, einem Ort, der so versteckt lag, daß niemand sie jemals finden würde.

Kurz nach seiner Flucht aus der Bank war er auf einen Gemüsewagen gesprungen, der in Richtung Boggy Peak fuhr, nach Dominiques Beschreibung das, was auf Antigua als tropischer Regenwald galt. Den Tag über hatte er sich in den Hügeln zwischen üppig wuchernden, großblättrigen Pflanzen versteckt gehalten, weit entfernt von Flughafen und Yachthäfen, wo es von Polizei wahrscheinlich nur so wimmelte. In der Abenddämmerung hatte er sich zu Fuß auf den Weg gemacht zu den Sporthäfen im Südosten der Insel, war im Schutz der Mangroven an der Küste entlanggewandert. Als

Schutzwall gegen Erosion und Stürme umgaben die Mangroven die Insel teilweise wie ein undurchdringliches Dickicht. Da sie in etwa dreißig Zentimeter tiefem Wasser wuchsen, war Hannon auch vor den Spürhunden der Polizei sicher. Den Moskitoschwärmen und den zahllosen winzigen Insekten allerdings konnte er nicht entkommen, nur seine lange Hose und sein langärmeliges Hemd hatten ihm den Weg durch das Gestrüpp halbwegs erträglich gemacht. Angesichts dieser Strapazen war sein Hunger ein vergleichsweise geringes Problem gewesen. Dominique hatte ihn vor den kleinen, apfelähnlichen und tödlich giftigen Früchten des Schellenbaums gewarnt. Die grünen Bananen auf dem Fig Tree Hill hatten nicht schlecht geschmeckt, viel besser als die Baumaustern und Nacktschnecken, die an den wasserumspülten Wurzeln der Mangroven festsaßen.

Bis zum Einfall der Dunkelheit hatte er sich eine Stelle auf einem Hügel ausgesucht, von dem aus er eine kleine Bucht überblicken konnte. Von hier aus würde er die Insel verlassen. Es war zu riskant, sich an die großen Schiffe im Frachthafen oder die Yachtclubs und Hochseefischkutter heranzumachen, wo die Polizei mit Sicherheit nach ihm Ausschau halten würde. Obwohl er in der Bank eine Verkleidung getragen hatte, würden seine Größe und sein muskulöser Körperbau ihn möglicherweise verraten. Jeder überdurchschnittlich große Amerikaner, der versuchte, das Land zu verlassen, würde sich verdächtig machen. Seine einzige Chance war, die Insel mit einem der unzähligen Boote zu verlassen, die fern von jedem Hafen und fern jeder Polizeikontrolle vor der Küste vor Anker lagen.

Mit sicheren, ruhigen Zügen näherte Hannon sich lautlos dem Heck der Sloop. Das Boot von achtern zu entern, wo eine Leiter zu dem mitgeführten Schlauchboot führte, war das Sicherste. Schon hatte er die unterste Sprosse erreicht.

Das Boot schaukelte sanft auf dem nachtschwarzen Wasser. Falleinen schlugen in der leichten Brise gegen den Mast und erzeugten ein hohles Klimpern wie von einer rostigen Sprungfeder. Langsam und sicher, mit der Kraft eines Turners, erklomm Hannon die Leiter Sprosse für Sprosse. Er bewegte sich so lautlos wie der Küstennebel, denn er wußte, daß ein einziger Tritt gegen den Rumpf oder ein Schlag gegen die Leiter im Innern des Schiffs wie ein Trommelschlag widerhallen würde. Das würde mit Sicherheit den Besitzer wecken – der wahrscheinlich eine Schußwaffe besaß.

Er schwang erst ein Bein über die blankpolierte Reling, dann das andere. Lautlos wie ein Schatten huschte er über das Deck. Hinter dem Cockpit kauerte er sich dicht auf den Boden, von wo aus er direkt in die Kajüte blicken konnte, deren Tür weit offen stand. Es war dunkel dort unten, doch er konnte den Herd in der Kombüse ausmachen und steuerbord eine leere Koje. In der Koje auf der Backbordseite schien jemand zu liegen. Als er angestrengt lauschte, konnte er sogar jemanden atmen und schnarchen hören. Der einsame Kapitän schlief.

Hannon umklammerte das Fischermesser, das er einem Fischer am Pier gestohlen hatte, und schlich auf die offene Kajütentür zu.

Sein Adrenalinspiegel stieg mit jedem Schritt. Er wußte genau, was geschehen würde, so wie er es auch bei allen anderen vorausgesehen hatte. Nie griff er ein Opfer an, ohne die Tat vorher in Gedanken bis ins Detail durchzuspielen, stets darauf bedacht, seinen Traum vom perfekten Verbrechen zu verwirklichen. Noch nie war er diesem Traum so nah gekommen. *Ich bin die Perfektion in Person.*

Hannon beugte sich über den Schläfer, darauf wartend, daß dieser seine Anwesenheit spürte. In sein Laken eingewickelt, sah der Mann aus wie ein wettergegerbter alter Seemann. Seine rundlichen Wangen waren von zwei Tage alten Bartstoppeln bedeckt. Grinsend kitzelte Hannon ihn mit der Messerspitze an der fleischigen Nase. Es bereitete ihm ein sadistisches Vergnügen zu sehen, wie der Mann eine imaginäre Fliege verscheuchte. Nachdenklich, als ob er überlegte, was er als nächstes tun sollte, fuhr er leicht mit der flachen Klinge über seine Lippen. Dann piekste er ihn kurzentschlossen in die Wange.

»Au! Was zum Teufel –«

Hannon packte den Mann am Hals und hielt ihm das Messer vor die Augen. »Eine Bewegung, und du bist tot.«

Der Mann starrte ihn verständnislos an. Sein ganzer Körper begann zu zittern, als ihm klarwurde, daß dies kein Traum, sondern die Wirklichkeit war. Die Augen traten aus ihren Höhlen, während er verzweifelt nach Luft rang.

»Was immer Sie haben wollen«, sagte er mit zitternder Stimme. »Nehmen Sie es.«

Hannon drückte ihm die Klinge gegen die Wange und flüsterte: »Ich will Puerto Rico sehen. Und ich will, daß *Du* mich dorthin bringst.«

Der Aufenthalt in San Juan hatte länger gedauert als erwartet, so daß Mike erst nach neun ermüdenden Stunden in Antigua ankam. Das Flugzeug landete kurz vor 10.00 Uhr auf dem Bird International Airport. Da Mike nur Handgepäck hatte, ging er direkt zur Paßkontrolle. Er stellte sich in der längeren Schlange an, denn der Mann am Ende der kurzen Schlange sah so aus, als hätte er eine Bazooka in der Tasche und würde den Verkehr endlos aufhalten.

Die Zollbeamten trugen dunkelblaue Uniformen und Schirmmützen. Einer saß hinter dem Schalter und kontrollierte die Pässe, ein anderer stand am Ende des Förderbands, um die Gepäckstücke zu überprüfen, hatte jedoch bisher noch keinen Koffer geöffnet. Angesichts dieser laschen Sicherheitsmaßnahmen schien die Schlange sich äußerst langsam vorwärts zu bewegen. Als Mike endlich an der Reihe war, schob er seinen Paß über den Tresen.

Die junge Farbige in Uniform sah sich das Paßfoto an und blickte dann zu Mike auf. Er lächelte verlegen, dann sah er beiläufig zu dem anderen Beamten am Ende des Förderbands hinüber, der seinen Blick mit ausdruckslosem Gesicht erwiderte. Mike wandte sich wieder der Frau am Schalter zu, die gerade einen Computerausdruck studierte. Zweifellos war dies der Grund, warum alles so langsam voranging. Irgendeine Liste von flüchtigen Kriminellen, dachte Mike. Nach den Morden in der Bank vor knapp vierundzwanzig Stunden konnten die Grenzkontrollen nicht scharf genug sein.

Schließlich blickte die Frau auf. Mike lächelte, in Erwartung, seinen Paß zurückzuerhalten. Doch sie erwiderte weder sein Lächeln, noch händigte sie ihm seine Papiere aus. »Würden Sie bitte mit mir kommen?« sagte sie.

Mike war völlig verblüfft. »Verzeihen Sie, was gibt es denn für ein Problem?«

Ihre Augen zogen sich zusammen. »Kommen Sie bitte mit«, wiederholte sie etwas bestimmter.

Mißtrauische Blicke von den anderen in der Warteschlange. Die alte Frau hinter ihm machte einen Riesenschritt zurück, wie um klarzustellen, daß sie nicht zu ihm gehörte. Mike wollte keine Szene provozieren. »In Ordnung«, sagte er achselzuckend. »Lassen Sie uns die Sache klären.«

Sie winkte zwei weitere Beamte zu sich – zwei kräftige Männer mit breiten Schultern und Stiernacken und eindrucksvollen Schußwaffen in den Halftern. Die drei Grenzer – einer hinter ihm und einer auf jeder Seite – führten ihn durch einen sterilen, tür- und fensterlosen Korridor mit blankem Betonboden und gleißender Neonbeleuchtung. Ihre Schritte hallten von den kahlen Wänden wider.

»Würden Sie mir bitte erklären, was das alles zu bedeuten hat?« fragte Mike.

Er bekam keine Antwort. Sie bogen um eine Ecke und blieben vor einer Tür am Ende des Korridors stehen. Die Frau löste einen Schlüssel von ihrem Gürtel, schloß die Tür auf und forderte ihn mit einer Kopfbewegung auf einzutreten. »Hier entlang, bitte.«

Mike lachte nervös in sich hinein. »Was ist das denn, das Verhörzimmer?«

»Ja«, erwiderte sie trocken.

Sein gezwungenes Lächeln verschwand. »Hören Sie, ich möchte Ihnen keine Schwierigkeiten machen, aber ich frage mich, was Ihnen das Recht gibt, mich festzuhalten. Soll das etwa eine Verhaftung sein?«

»Das überlassen wir der Polizei. Die Kollegen werden jeden Augenblick hier sein. Ich schlage vor, Sie nehmen einfach Platz und arbeiten mit uns zusammen.«

Er betrachtete die versteinerten Gesichter seiner drei Begleiter. »Darf ich telefonieren?«

»Später«, beschied sie ihm.

Der größere der beiden Bewacher trat einen Schritt vor, so als wolle er Mike klarmachen, daß er sich nun entscheiden müsse, ob er den Raum freiwillig betreten oder hineingezwungen werden wollte. Mit einem resignierten Seufzer ging er in das Verhörzimmer. Hinter ihm wurde die Tür geschlossen, und er hörte, wie der Schlüssel sich von der anderen Seite im Schloß drehte.

Mike war allein im Raum. »Willkommen in Antigua«, murmelte er vor sich hin.

39. Kapitel

Zwei Stunden vergingen, bis die Tür sich endlich wieder öffnete. Ein elegant gekleideter Mann in einem marineblauen Blazer, grauer Hose und mit einer Krawatte mit Schottenkaro, die die roten Sommersprossen auf seiner schwarzen Haut betonte, betrat den Raum. Wie viele Bewohner Antiguas hatte er offenbar sowohl afrikanische als auch angelsächsische Vorfahren. Er war ein gutes Stück kleiner als Mike und etwa zwanzig Jahre älter. Er langte in seine Brusttasche und zeigte Mike seine Polizeimarke. »Detective James Dewberry«, sagte er mit dem inseltypischen Akzent. »Polizei von Antigua – Mordkommission.«

Mike schlug das Herz bis zum Hals, doch er sagte nichts. Dewberry nahm auf dem Klappstuhl auf der anderen Seite des rechteckigen Tisches Platz. Dann nahm er einen kleinen Spiralblock aus seiner Brusttasche und drückte auf seinen Kugelschreiber.

»Mr. Posten, sagen Sie mir doch mal, was Sie nach Antigua führt.«

»Man soll hier gut tauchen können.«

Er nickte bedächtig. »Das stimmt. Wir nehmen das hier bei uns sehr ernst. Fast so ernst wie Mord.« Sein Gesichtsausdruck verfinsterte sich. »Gestern früh sind in der Charter Bank of Antigua zwei Sicherheitsbeamte ermordet worden. Wir haben Grund zu der Annahme, daß Sie über Informationen verfügen, die uns zu dem Mörder führen könnten.«

Mike hätte am liebsten gefragt, ob den Mordopfern die Zungen fehlten, ließ es jedoch bleiben, weil er nicht preisgeben wollte, wieviel er wußte. »Ich? Wieso ausgerechnet ich?«

»Haben Sie schon mal den Namen Eric Venters gehört?«

»Nein, nie.«

»Aber Sie kennen den Namen Ernest Gill?«

Mike schwieg.

Dewberry lehnte sich vor. »Lassen Sie mich Ihnen ein paar Dinge erklären, bevor wir uns auf die üblichen Spielchen einlassen. Wir wissen, daß ein Mann, der den Namen Eric Venters benutzte – wir sind davon überzeugt, daß der Name falsch ist – ein Konto bei der Charter Bank in St. Johns eröffnet hat. Gestern morgen hat er die Bank aufgesucht, um das Konto aufzulösen und das Geld abzuheben. Fast eine Viertelmillion US-Dollar. Natürlich wird bei einer Bank wie der Charter Bank nicht so viel Bargeld aufbewahrt. Normalerweise rufen Kunden daher vorher an, um einen Termin zu vereinbaren, damit das Geld für sie bereit liegt, wenn sie eintreffen. Entweder hat Mr. Venters das nicht gewußt, oder, was wir für wahrscheinlicher halten, er wollte niemanden im voraus wissen lassen, daß er vorhatte, hierher zu kommen. Der Bankangestellte hat sein Bestes getan, um das Geld so schnell wie möglich zu beschaffen. Soweit wir das aufgrund der Zeugenaussagen rekonstruieren können, haben die Anrufe und die Wartezeit Mr. Venters äußerst mißtrauisch gemacht. Als die Sicherheitsleute schließlich mit dem Geld eintrafen, hat er sie offenbar für Polizisten gehalten, einen Hinterhalt gewittert und das Feuer eröffnet. Zwei Männer wurden tödlich getroffen.«

Mike schüttelte seufzend den Kopf. »Das tut mir außerordentlich leid.«

»Ich fürchte, es wird Ihnen noch mehr leid tun zu erfahren, daß der Polizei durch den Mord an den Sicherheitsleuten die rechtliche Grundlage zur Aufhebung des Bankgeheimnisses in diesem Fall an die Hand gegeben ist.«

»Ich weiß nicht, ob ich Ihnen folgen kann.«

»In Antigua ist das Bankgeheimnis unantastbar, es sei denn, die Polizei ermittelt in einer Angelegenheit, die unter hiesigen Gesetzen als Verbrechen gilt. Steuerhinterziehung, Geldwäsche – so etwas ist in Antigua kein Verbrechen. Mord natürlich schon.«

»Das heißt also, wegen der Morde hatten Sie Gelegenheit, die Herkunft des Geldes zu ermitteln.«

»Wir konnten das Geld zurückverfolgen bis zu einem gewissen Herrn namens Ernest Gill. Und schließlich bis zu Ihnen. So kam es, daß Ihr Name zusammen mit dem von Ernest Gill und Eric Venters auf dem Computerausdruck bei der Paßkontrolle erschien.«

Mike nickte. »Und was haben Sie jetzt mit mir vor?«

Dewberry lehnte sich in seinem Stuhl zurück. »Ich werde Ihnen keine Bambussplitter unter die Fingernägel jagen, falls Sie so etwas erwarten sollten. Antigua ist schließlich ein zivilisiertes Land. Für einen Amerikaner wirken Sie recht höflich. Ich hoffe, Sie werden mich freiwillig zum Polizeirevier begleiten, um sich mit unserem Lieutenant zu unterhalten. Wir möchten Sie außerdem bitten, sich das Phantombild des Killers anzusehen, das wir anhand von Zeugenaussagen angefertigt haben. Und wir möchten«, fügte er bestimmt hinzu, »daß Sie sich einem Lügendetektortest unterziehen.«

»Und was ist, wenn ich mich weigere, mit Ihnen zusammenzuarbeiten?«

»Das wäre jammerschade. Ich würde sagen, daß ich sehr entgegenkommend bin, und ich hatte gehofft, wir könnten uns wie Gentlemen einigen. Wie ich schon sagte: Ich kann Sie nicht zwingen, mit uns zu reden. Aber genausowenig können Sie uns zwingen, Ihre Verwicklung in diese Sache für uns zu behalten.«

»Was wollen Sie damit sagen?«

»Es besteht kein Zweifel«, sagte er sehr leise und sehr ernst, »daß Sie irgendwann erklären müssen, wieso der Mann, der zwei Sicherheitsleute in einer Bank auf Antigua ermordet hat, dabei war, zweihundertfünfzigtausend amerikanische Dollar abzuheben, deren Herkunft bis zu Ihnen zurückverfolgt werden kann. Sie können mich aufs Revier begleiten und unseren Ermittlungsbeamten die Sache in aller Stille erklären. Oder Sie können ein Flugzeug nehmen und die Geschichte Ihren Kollegen von der amerikanischen Presse erklären – und ich bin mir sicher, die werden sich freuen zu erfahren, daß ich ihnen eine bemerkenswerte Fortsetzung bieten kann zu der für Sie so blamablen Geschichte über die Bezahlung von Informanten.«

Mike bekam einen trockenen Mund bei dem Gedanken daran, wie Aaron Fields das letztemal beim ersten Anzeichen von schlechter Publicity gekniffen hatte. Er starrte dem selbstgefälligen Polizisten in die Augen, in der Hoffnung, ein

Zeichen dafür zu entdecken, daß er bluffte. Doch der Detective zuckte mit keiner Wimper.

»In Ordnung«, sagte er resigniert. »Ich komme mit Ihnen.«

Dewberry lächelte zum erstenmal, wenn auch nur schwach. »Ich wußte, daß Sie sich für das Richtige entscheiden würden.«

»Ich wußte gar nicht, daß ich eine Wahl hatte«, erwiderte Mike, während sie auf die Tür zu gingen.

Vor dem Flughafen wartete ein Streifenwagen mit einem steifen, uniformierten Polizisten am Steuer auf der rechten Seite. Mike und der Detective setzten sich auf die Rückbank. Der kleine blauweiße Wagen fädelte sich schnell in den Verkehr ein, und Mike versuchte gerade, seine Beine unterzubringen, als er plötzlich sein Spiegelbild im Seitenspiegel an der Fahrerseite entdeckte. Seine Haare klebten ihm am Kopf, und er brauchte eine Rasur. Er sah müde aus, wie einer, der seit einundvierzig Stunden nicht geschlafen hatte. Oder waren es zweiundvierzig? Er stellte seine Uhr eine Stunde vor auf 13.00 Uhr Ortszeit, während der Fahrer die Schlaglöcher auf der Straße umfuhr.

Er sah weder Straßenschilder noch landschaftliche Besonderheiten, an denen er sich hätte orientieren können, nur Schwärme von Silberreihern wie weiße Punkte in der Landschaft verstreut, und hier und da kleine Wellblechhütten mit verbogenen Fernsehantennen. Sich zu verirren war offenbar ein besonderer Kick für Touristen, die die Insel ohne bestimmtes Ziel auf Motorrädern durchquerten, doch für einen Mann, der aus dem Fenster eines Streifenwagens starrte, konnte dieses Gefühl seine Ängste nur erhöhen.

An der Stelle, wo die Straße sich gabelte, war ein pfeilförmiges Holzschild mit der Aufschrift »St. Johns 3 km« an einen Telegrafenmast genagelt.

»St. Johns«, sagte Mike. »Komisch, ich komme gerade aus San Juan.«

Dewberry warf einen Blick auf das Schild, dann bemerkte er trocken: »Der ist ganz schön rumgekommen.« Den Rest der Fahrt verbrachten sie schweigend.

Das Polizeihauptquartier lag etwas abseits des Touristenviertels und der Strandpromenade. Dewberry führte Mike direkt in das Verhörzimmer, einen kleinen, in beige gestrichenen Raum mit einem Resopaltisch und vier Klappstühlen in der Mitte. Die Wände waren kahl – keine Bilder, keine Uhr. Bei geschlossener Tür und heruntergelassenen Jalousien war dies die Art von Raum, in dem die Auskunft des Verhörbeamten die einzige Möglichkeit war, die Tageszeit festzustellen.

Mike setzte sich an den rechteckigen Tisch. Dewberry saß ihm gegenüber und schlürfte heißen Tee aus einem Styroporbecher. Über eine Stunde lang löcherte er ihn mit Fragen, die er ihm ebensogut im Flughafen oder auf der Fahrt hierher hätte stellen können, so daß Mike den Verdacht nicht los wurde, daß er ihn lediglich für den echten Verhörspezialisten weich klopfen wollte. Kurz vor fünf trat ein hochaufgeschossener, schlaksiger Mann von etwa vierzig Jahren ein, der für einen Polizisten einen auffallend sauberen englischen Akzent sprach.

»Lieutenant Brenford A. V. Scot«, sagte er steif und streckte eine Hand aus.

Der Mann sah wirklich aus wie ein Brenford A. V. Scot, dachte Mike, während er ihm die Hand schüttelte, oder zumindest wie dessen westindische Version. Er war höflich und formell und mit einem leichten Anflug von Dünkel. Sein dichtes schwarzes Haar trug er an der Seite gescheitelt, und er hatte eine affektierte Art, sich immer wieder eine Locke aus der Stirn zu streichen. Seine Frisur wirkte zu jugendlich für ihn, wenn sein Gesicht auch etwas Jungenhaftes hatte. Er nahm neben Dewberry, Mike direkt gegenüber, Platz.

»Dies kann ein ganz kurzes Gespräch werden«, sagte Scot. »Oder auch eine schrecklich lange Unterhaltung. Das liegt ganz bei Ihnen, Mr. Posten.«

Mike seufzte. Scot schien irgendeine geistreiche Bemerkung von ihm zu erwarten, doch es mangelte ihm an Energie.

»Über Interpol haben wir in Erfahrung gebracht«, fuhr der junge Lieutenant fort, »daß Sie eine eindrucksvolle Artikelserie über einen gewissen Serienmörder verfaßt haben. Darüberhinaus wurde uns zu verstehen gegeben, daß man Sie öffentlich beschuldigt hat, größere Summen an einen Informanten gezahlt zu haben. Das mag stimmen oder nicht, wir wissen aber mit Sicherheit, daß Sie zweihundertfünfzigtausend Dollar bei der Citybank auf das Konto eines Gentleman namens Ernest Gill eingezahlt haben. Und wir wissen natürlich ebenfalls, daß ein Mann, der den Namen Eric Venters benutzte, zwei Sicherheitsleute erschossen hat, als er versuchte, dieses Geld von der Charter Bank hier in Antigua abzuheben.«

Mike verzog keine Miene.

»So«, fuhr Scot fort, »und jetzt will ich Ihnen sagen, was *wir glauben*. Wir glauben, daß Eric Venters derselbe ist wie Ernest Gill. Wir glauben, daß Ernest Gill Ihr Informant ist.« Er lehnte sich vor, das Gesicht todernst. »Und wir glauben, daß Sie uns sagen werden, wie wir ihn finden können.«

Mike rieb sich das Gesicht und unterdrückte ein Gähnen. »Glauben Sie, was Sie wollen. Aber ich kann Ihnen weder sagen, wer mein Informant ist, noch wo Sie ihn finden können.«

Scot lächelte aufgesetzt höflich. »Bitte, mißverstehen Sie uns nicht, alter Junge. Wir verlangen nicht von Ihnen, daß Sie zugeben, einen Informanten bezahlt zu haben. Wir wünschen lediglich, daß Sie uns über seine Identität aufklären.«

»Ich weigere mich ja nicht, es Ihnen zu sagen. Aber ich weiß einfach nicht, wer oder wo er ist.«

Scot zog skeptisch eine Augenbraue hoch. »Das trifft sich ja ausgesprochen gut, nicht wahr, Mr. Posten?«

»Ich meine es vollkommen ernst.«

»Wir auch«, sagte Scot.

Dewberry stand langsam auf, lehnte sich über den Tisch und starrte Mike wütend an. »Ich kenne Ihre Sorte ganz genau«, sagte er drohend. »Sie sind einer von diesen großspurigen, selbstgerechten amerikanischen Journalisten, die darauf brennen, in die Abendnachrichten zu kommen, indem sie sich eher einlochen lassen, als die Identität ihrer vertraulichen Informationsquellen preiszugeben. Aber ich kann Ihnen nur raten, solche Spielchen nicht mit uns zu versuchen.«

Mike starrte ebenso wütend zurück und versuchte gleichzeitig, seinen Gegner einzuschätzen. Dewberry schien nur darauf zu warten, daß er eine falsche Bewegung machte, schien nach einem Vorwand für einen Tobsuchtsanfall zu suchen. Er spürte, daß dieser Polizist bereits mehr als einem Journalisten begegnet sein mußte, der ihn hatte auflaufen lassen.

Scot lehnte sich vor, wie um die beiden Streithähne zu trennen, und drückte Dewberry zurück auf seinen Stuhl. »Was Detective Dewberry Ihnen zu erklären versucht, Mr. Posten, ist, daß in Antigua schon mancher Journalist im Gefängnis gelandet ist. Um mich noch deutlicher auszudrükken, es war Detective Dewberry höchstpersönlich, der 1985 den Besitzer und Herausgeber einer Zeitung namens OUTLET verhaftet hat wegen der Veröffentlichung von verleumderischen Artikeln, in denen unsere Regierung der Kindesentführung und ich weiß nicht was für Verbrechen beschuldigt wurde. Die Verhaftung hat damals international einiges Aufsehen erregt – möglicherweise haben Sie sogar davon gehört. Irgendwann hat das britische House of Lords die Gefängnisstrafe aufgehoben. Ich nehme allerdings nicht an, daß Sie große Lust verspüren, in einer unserer Gefängniszellen Quartier zu beziehen, bis Ihr Anwalt Ihren Fall vor ein britisches Gericht gebracht hat. Nicht wahr, Mr. Posten?«

Mike rückte sich auf seinem Stuhl zurecht und nahm eine aggressivere Haltung an. »Wie ich schon sagte, Lieutenant.

Ich kann meine Quelle nicht preisgeben, da ich nicht weiß, wer mein Informant ist. Aber ich kann Ihnen folgendes sagen: Ihr überaus eloquenter Vortrag, Ihr juristischer Exkurs eingeschlossen, haben mich einen Entschluß fassen lassen.«

Scot lächelte kaum merklich, so als erwarte er von einem würdigen Gegner das Eingeständnis einer Niederlage. »Und die lautet, alter Junge?«

Mike sah ihm direkt in die Augen. »Selbst wenn der Name meines Informanten auf meiner Stirn tätowiert stünde, wären Sie der Letzte, der ihn zu sehen bekäme.«

Das versöhnliche Lächeln verschwand, und Scots Gesicht lief rot an vor Wut. »Das werden wir noch sehen.« Er wandte sich an Dewberry. »Sieht aus, als hätten wir einen Gast. Sperren Sie ihn ein.«

Der Detective war sofort an Mikes Seite, zerrte ihn vom Stuhl und fesselte ihm mit mehr Gewalt als nötig die Hände mit Handschellen auf dem Rücken. Mike versuchte, sich zu widersetzen, beherrschte sich jedoch dann und nahm die Schmerzen hin.

»Wo soll ich ihn hinbringen?« fragte der Lieutenant.

Scot saß noch immer am Tisch. Er blickte auf, zögerte einen Augenblick und sagte dann mit zusammengekniffenen Augen: »Sie wissen schon, wo er hingehört.«

Nervös registrierte Mike die Blicke, die die beiden austauschten, wie zwei Insider, die denselben Gedanken hatten. Er bereitete ihnen jedoch nicht die Genugtuung, die naheliegende Frage zu stellen.

»Ich würde gern mit meiner Frau telefonieren«, sagte Mike.

Ohne seine Bitte zu beachten, schob Dewberry ihn durch die Tür. »Geradeaus«, bellte er. Er blieb dicht hinter Mike, als sie den Korridor entlang gingen, stieß ihn ab und zu in den Rücken, bis sie vor einem Aufzug mit einer stählernen Scherengittertür ankamen.

»In den Aufzug.«

Die beiden Männer standen Schulter an Schulter in der engen Kabine, als Dewberry die Gittertür verschloß und den Aufzug per Knopfdruck in Gang setzte. Es entstand ein lautes Summen, doch es war kaum Bewegung spürbar. Mike fragte sich, ob sie tatsächlich aufwärts gefahren waren, als der Aufzug im ersten Stock mit einem Ruck zum Halten kam. Der Detective zog das Scherengittertor auf und schob ihn hinaus.

Den Rücken zum Aufzug, war Mike ringsum von dicken, eisernen Gitterstäben umgeben. Dewberry stieß ihn vorwärts, und ihre Schritte hallten von dem glatten Betonboden wider. Mike fühlte sich an eine Führung durch Alcatraz erinnert, nur daß die Luft hier heiß und abgestanden war. Eine Küchenschabe flüchtete durch die Gitterstäbe in die Dunkelheit. Vor der Metalltür, die zu dem Zellenblock führte, blieben sie stehen, und Dewberry entfernte die Handschellen von Mikes Handgelenken.

Hinter der Tür, umgeben von Schaltpulten und Kontrollämpchen, saß in einem kleinen Raum ein bewaffneter Wachmann. Er lächelte den Detective zur Begrüßung wie einen alten Bekannten an, dann öffnete er eine Klappe, durch die auf einem Metalltablett eine dunkelblaue Gefängnisuniform und ein Paar Strandsandalen gereicht wurden.

»Ziehen Sie das an«, sagte Dewberry. »Ihre Sachen legen Sie auf das Tablett.«

Mike leerte seine Taschen, zog sich bis auf die Unterwäsche aus und legte alles auf das Tablett. Die Uniform war ihm ein bißchen zu klein, und sie stank nach Erbrochenem. Dewberry legte ihm die Handschellen wieder an. Der Wachmann konfiszierte Mikes Habseligkeiten, dann betätigte er einen Hebel. Das eiserne Gittertor klapperte wie eine alte Achterbahn, als es sich langsam öffnete.

Mike starrte in einen schlecht beleuchteten Korridor. Er zählte zwanzig Zellen, zehn auf jeder Seite. Jede Zelle hatte etwa die Größe eines begehbaren Kleiderschranks. Es war zu dunkel, um etwas Genaueres erkennen zu können, aber die Zelle direkt hinter dem Tor schien mindestens vier Gefangene zu beherbergen.

»Wir legen ihn mit Watts zusammen«, sagte der Detective zu dem Wachmann.

Die beiden Männer tauschten dieselben verschwörerischen Blicke aus, die Mike eben zwischen Scot und Dewberry beobachtet hatte.

»Von den Gittern zurücktreten!« brüllte der Wachmann in den Korridor. Mit einem Knopfdruck auf seinem Schaltpult löste er einen schrillen Signalton aus.

Ein dumpfes Gemurmel ging durch den Zellenblock. In dem dämmerigen Licht konnte Mike nur Schatten erkennen, als die Gefangenen ans hintere Ende ihrer Zellen schlurften. Nachdem wieder Ruhe eingetreten war, schob Dewberry ihn von hinten an. Gemeinsam gingen sie durch den Korridor.

»Augen geradeaus«, kommandierte Dewberry.

Während sie an den Zellen vorübergingen, konnte Mike aus dem Augenwinkel ein paar Gefangene erkennen. Einer hatte lange Dreadlocks. Ein anderer, mit nacktem Oberkörper, war über und über von Tätowierungen bedeckt, wieder ein anderer hatte Arme wie Baumstümpfe. Er hatte das Gefühl, als gehörten die Männer zu einer Gefängnisbruderschaft. Sie schienen es kaum erwarten zu können, ihn in ihre exklusive Gesellschaft aufzunehmen. Er spürte, wie sein Mund trocken wurde, als sie das Ende des Korridors erreichten. Sie waren an allen zwanzig Zellen vorbeigegangen, doch seinen Zellengenossen hatte er noch nicht zu Gesicht bekommen.

»Und welcher von denen ist Watts?« fragte er schließlich.

Dewberry deutete mit einer Kopfbewegung auf die dunkelgraue Wand – doch plötzlich bemerkte Mike, daß es sich nicht um eine Wand handelte. Es war eine schwere Eisentür, die direkt in die Wand eingelassen war. In der Mitte befand sich ein Schlitz, gerade groß genug, um einen Blechnapf hindurchzuschieben. Durch den Schlitz konnte Mike nichts als Dunkelheit erkennen.

Dewberry stieß die Tür mit einem kurzen Fußtritt auf. Ein markerschütternder Schrei ertönte aus dem Innern der Zelle, eine Art Urschrei, der mit einem durchdringenden Kreischen begann und mit einem tiefen Knurren endete.

»Das ist Watts«, sagte Dewberry, hämisch grinsend.

Mike zuckte zusammen, als erneut ein Schrei die Stille zerriß. Dieses Gebrüll schien nicht aus einer menschlichen Kehle zu stammen. »Das ist vollkommen zwecklos, wissen Sie. Sie könnten mich genausogut zusammen mit Charles Manson einsperren, und ich könnte Ihnen immer noch nicht den Namen meines Informanten nennen. Ich habe tatsächlich keine Ahnung.«

»Natürlich nicht«, sagte Dewberry, während er ihn durch die Tür schob. »Und wenn Sie das morgen früh immer noch behaupten, werden wir Ihnen das vielleicht sogar glauben.«

40. Kapitel

Lieutenant Scot saß an jenem Morgen schon früh an seinem Schreibtisch im Polizeihauptquartier und studierte die Aussage eines Zeugen aus der Charter Bank. Zu seiner Rechten lag auf einer Serviette ein angebissenes Blaubeermuffin, daneben ein leerer Teebecher und eine mit Papieren überquellende Ablageschale. Dunkle Ränder um seine Augen zeugten von wenig Schlaf, doch sein frischgebügeltes weißes Hemd war bis zu den Manschetten zugeknöpft, und seine Krawatte saß so akurat wie für die Sonntagsmesse gebunden.

Seine Assistentin steckte den Kopf in die Tür. »Eine Amerikanerin ist hier wegen Michael Posten«, sagte sie mit gedämpfter Stimme.

Scot blickte überrascht von seiner Arbeit auf. »Seine Frau?«

»Nein. Sie sagt, sie kommt vom FBI.«

»Das FBI? *Hier*?« Einen Augenblick lang zögerte er verblüfft, dann sprang er von seinem Stuhl auf, warf das Muffin in den Papierkorb, steckte den leeren Becher in seine Schublade und ordnete die Papiere auf seinem Schreibtisch.

Seine Assistentin verdrehte die Augen, als hätte sie ihren Chef nicht zum erstenmal bei seiner Imagepflege beobachtet. »Ich schicke sie zu Ihnen.«

»Ja, tun Sie das«, sagte er, während er eilig mit der Hand sein Haar glättete. »Und lassen Sie Dewberry ebenfalls kommen.«

Detective Dewberry traf als erster ein, und die beiden Polizisten begrüßten Victoria mit höflichem Lächeln. Sie trug ein graues Kostüm, das für das Inselklima zu warm wirkte, doch es schien einer FBI-Agentin angemessen. Eduardo Ortega, ein gutaussehender junger Kollege vom FBI-Büro in Miami, war an ihrer Seite. Nachdem sie sich kurz vorgestellt und eine Tasse Tee dankend abgelehnt hatten, nahmen Victoria und Ortega auf dem Sofa vor dem Fenster Platz. Dewberry setzte sich in den alten englischen Eichenstuhl gegenüber dem Schreibtisch.

»Ich muß zugeben«, sagte Scot, der wieder hinter seinem Schreibtisch Platz genommen hatte, »es überrascht mich doch sehr, daß das FBI sich in mein Büro begibt.«

»Nun, schließlich haben Sie um unsere Unterstützung gebeten.«

»Tatsächlich?« fragte er mit einem Seitenblick zu seinem Kollegen.

»Äh, ja«, sagte Dewberry. »In gewisser Weise. Sie werden unsere Aufregung verstehen, Miss, als wir zwei brauchbare Fingerabdrücke von Mr. Venters in der Bank entdeckten. Unglücklicherweise brachte die Datenbank von Interpol nichts zutage. Da der Mann Amerikaner war, hofften wir, vielleicht eine Entsprechung in der Datenbank des FBI zu finden.« Er sah zu Scot hinüber, so als sei diese Erklärung eher für seine Ohren bestimmt als für Victorias.

Sie lächelte schmallippig, denn ihr war sofort klar, wer hier das Sagen hatte. »Nun«, sagte sie, »wir haben in der Tat eine Entsprechung für Sie.«

»Hervorragend!« rief Scot strahlend aus, doch sein Lächeln verschwand ebenso schnell wieder. »Aber ... warum haben Sie und Mr. Ortega den weiten Weg bis hierher gemacht, um uns das mitzuteilen?«

»Weil die Sache einen Haken hat«, sagte Victoria. »Ich habe Anweisung, die Informationen nur unter einer Bedingung an Sie weiterzuleiten.«

»Und die wäre ...?« fragte er mißtrauisch.

»Sie liefern uns Michael Posten aus.«

Scot rutschte nervös auf seinem Stuhl herum. »Woher wissen Sie überhaupt, daß wir ihn haben?«

»Das geht Sie wirklich nichts an, Sir.«

»Wieso wollen Sie ihn haben?« erkundigte er sich.

»Wir glauben, daß er gegen amerikanische Devisengesetze verstoßen hat, indem er Geldtransfers ins Ausland eingefädelt hat.«

Scot lehnte sich nachdenklich zurück. »Um die Wahrheit zu sagen, wir haben Mr. Posten nur festgehalten, weil wir hofften, er könnte uns sagen, wo wir Mr. Venters finden. Wenn das FBI uns darüber aufklären kann, wessen Fingerabdrücke wir gefunden haben, werden wir ihn wohl nicht länger brauchen.«

Dewberry nickte ihm kaum merklich zu, wie um seine Schlußfolgerungen zu bestätigen.

»Dann kann ich ihn also mitnehmen?« fragte Victoria.

»Selbstverständlich«, erwiderte der Lieutenant achselzukkend. »Zeigen Sie uns einfach Ihren Fang.«

Victoria sah ihn fragend an.

»Die Fingerabdrücke«, erklärte er verlegen.

Victoria nickte zustimmend, dann öffnete sie ihre Aktentasche und entnahm ihr einen Umschlag. »Wie Sie schon sagten, gehören die Fingerabdrücke einem amerikanischen Staatsbürger, und zwar einem verurteilten Verbrecher.« Sie erhob sich und legte den Umschlag auf Scots Schreibtisch.

Die beiden Polizisten beugten sich vor, um den Inhalt des Umschlags neugierig zu betrachten.

»Sein Name ist Curt Rollins.«

Laut scheppernd öffnete sich die Tür zu Isolationszelle Nummer zwei. Beim ersten Lichtstrahl, der in die Dunkelheit fiel, sprang Mike von seinem Platz in der Ecke der Zelle auf.

Augenblicklich setzten die Schreie wieder ein.

Watts trug weder Hemd noch Schuhe, nur die dunkle Gefängnishose, die ihm viel zu weit war. Sein zotteliger Bart und eine dichte Körperbehaarung machten es unmöglich, sein Alter einzuschätzen, das irgendwo zwischen fünfundzwanzig und fünfundvierzig liegen mochte. Er hatte sich angewöhnt, sich seine Exkremente in die Haare zu schmieren, die dadurch von seinem Kopf abstanden wie die Stacheln eines Stachelschweins. Er hatte breite Schultern und muskulöse Arme, aber sein Bauch wölbte sich schlaff über seinen Hosenbund. Eine dicke, rote Narbe, die anscheinend von einer Messerstecherei herrührte, zog sich fast über seinen ganzen rechten Arm. Mike entdeckte zwei Tätowierungen, eine auf seinem Arm, die andere mitten auf der Stirn – ein drittes Auge, wie das eines Zyklopen.

Als die Tür sich öffnete, stürzte Watts auf den Ausgang zu, nur um im nächsten Augenblick zurückzuschnellen, wie ein Hund an der Feine. Er war an Hüfte und Knöcheln an die Wand gekettet, so daß er kaum einen Meter Bewegungsfreiheit besaß.

Mike blinzelte, bis seine Augen sich an das Licht gewöhnt hatten. Seine Klcidung war mit feuchten, braunen Flecken besudelt. Überall an den Wänden um ihn herum klebten nasse Stücke Toilettenpapier. In der Zelle stank es nach starken Desinfektionsmitteln und menschlichen Exkrementen.

Dewberry, der in der Zellentür stand, hielt sich die Hand vor den Mund, um sein Grinsen zu verbergen. »Wie ich sehe, hat Mr. Watts mal wieder die Latrine in Handarbeit geleert. Er scheint ja auch schon treffsicherer zu werden.«

Mike starrte ihn wütend an. »Holen Sie mich augenblicklich hier raus.«

Watts knurrte und schlenkerte wie ein Bär mit den Armen, doch die Ketten hielten ihn auf sicherer Distanz.

»Sie sind ein echter Glückspilz, Posten. Wir hatten vor. Ihren Zellengenossen heute abend von seinen Ketten zu befreien.«

»Und wer hat Sie dazu gebracht, es sich anders zu überlegen? Amnesty International?«

»Das FBI. Sie haben zwei Agenten geschickt, um Sie zu verhaften.«

Mikes Gedanken rasten. Das konnte nur Victoria sein – aber wieso *verhaften*?

Der Detective packte ihn am Arm und führte ihn durch den Korridor in den Duschraum. Er wartete, bis Mike sich geduscht und seine eigenen Sachen angezogen hatte. Anschließend geleitete Dewberry ihn durch das Eisengittertor, an dem Wachmann vorbei und in den vorsintflutlichen Aufzug. Die Tür öffnete sich im Erdgeschoß, wo Victoria ihn zusammen mit einem hochgewachsenen jungen Mann, offenbar einem Kollegen vom FBI, erwartete. Mike wollte gerade etwas sagen, doch Victoria kam ihm zuvor.

»Ist das Mr. Posten?« fragte sie Dewberry.

Mike war zunächst verblüfft, bemerkte jedoch im nächsten Augenblick, daß sie ihm ein Zeichen gab. Die angebliche Verhaftung machte ihn immer noch mißtrauisch, aber was immer sie vorhatte, war garantiert besser als eine weitere Nacht zusammen mit Watts in der Zelle.

»Er gehört Ihnen«, sagte Dewberry.

Victoria sah dem Detective zu, wie er Mike die alten Handschellen abnahm. Kaum waren seine Hände frei, packte sie ihn demonstrativ am Arm und fesselte ihn erneut mit ihren flexiblen Plastikhandfesseln. Sie zog sie extra stramm, so daß sie ihm in die Handgelenke schnitten.

»Au!« Er sah sie empört an, wie um zu sagen: »Das haben Sie absichtlich gemacht.«

Sie lächelte mit den Augen, dann herrschte sie ihn an: »Kommen Sie ja nicht auf dumme Ideen, Posten.«

Sie bedankte sich überschwenglich bei Dewberry, dann bugsierte sie ihren Gefangenen eilig durch die Eingangshalle und zur Tür hinaus, bevor irgend jemand Gelegenheit hatte, es sich anders zu überlegen. Sie führte Mike am rechten Arm, Ortega ihn am linken über die rissigen Gehwege von St. Johns. Victoria steuerte das kleine Grüppchen an Fußgängern vorbei und um die reichverzierten gußeisernen Pfosten herum, die die alten Balkone an den Häusern stützten. In sicherer Entfernung von der Polizeistation hielt sie abrupt vor einem BMW, der am Straßenrand geparkt stand.

Mit geübtem Griff entfernte sie die Handschellen. »Au, verdammt! Geht das nicht ein bißchen vorsichtiger?«

»Steigen Sie einfach ein«, sagte sie, während sie die Wagentür aufriß. Mike rieb sich die Handgelenke und rutschte auf den Beifahrersitz. Ortega stieg hinten ein. Victoria lief um den Wagen herum, setzte sich ans Steuer und fuhr eilig los. Sie bearbeitete den Steuerknüppel wie ein Testpilot und raste in Richtung Flughafen.

»Ich möchte wissen, was hier gespielt wird.«

Sie schoß auf die Überholspur, an einem alten, rostigen Pritschenwagen vorbei. »Das meiste wissen Sie bereits. Ebenso wie wir sind Sie zu dem Schluß gekommen, daß diese Morde in der Bank kein Zufall waren. Da ich Ihnen gesagt hatte, daß wir das Geld in Antigua aus den Augen verloren haben, dachte ich mir gleich, daß Sie neugierig werden und hierher kommen könnten, um der Sache auf den Grund zu gehen. Also haben wir Sie beschatten lassen«, sagte sie, während sie ihrem Kollegen auf dem Rücksitz einen kurzen Blick zuwarf. »Ortega hat sich an Ihre Fersen geheftet. Und das war ein Glück.«

»Und was sollte diese Farce mit meiner Verhaftung?«

Sie konzentrierte sich kurz auf die Straße, bevor sie eine rote Ampel überfuhr. »Wir haben der Polizei von Antigua nichts von Ihrer Zusammenarbeit mit dem FBI erzählt. Das letzte, was wir gebrauchen können, ist, daß sich noch eine Gerichtsbehörde in den Fall dieses Serienmörders einschaltet. Ich habe schon genug Probleme damit, die amerikanischen Behörden unter einen Hut zu bringen. Aber ich mußte ihnen irgendwas erzählen, um sie dazu zu bringen, daß sie Sie an mich auslieferten. Also hab ich ihnen weisgemacht, wir wären wegen Devisenvergehen hinter Ihnen her.«

»Das wäre ja ein passender Schluß«, sagte Mike. »Der Scheckbuchjournalist, der so blöd ist, daß er es am Ende sogar schafft, den Segen des Bankgeheimnisses auf Antigua zu vergeigen.« Er schüttelte seufzend den Kopf. »Sie haben mich einfach eingesperrt. Sie wollten, daß ich ihnen erzähle, wer ein Typ namens Eric Venters in Wirklichkeit ist.«

»Ich hab's ihnen gesagt. Darum haben sie Sie laufen lassen.«

»Und woher wissen Sie, wer er ist?«

»Die Polizei von Antigua hat das FBI um Unterstützung bei der Identifizierung von Fingerabdrücken gebeten, die sie in der Charter Bank gefunden haben. Ein Abdruck war frisch und stammte von der Stahlkassette aus dem Tresorfach, der andere war auf dem Antragsformular für das Konto und stammt von demjenigen, der vor einigen Monaten dieses Konto eröffnet hat. Unsere Datenbank konnte beide Fingerabdrücke identifizieren.«

Mike hielt den Atem an. »Gehören die Fingerabdrücke ein und derselben Person?«

»Zwei verschiedenen Personen.«

Er seufzte, unsicher, ob er sich darüber freuen sollte oder nicht. »Und wer sind diese Personen?«

Victoria sah ihn kurz an, dann konzentrierte sie sich wieder auf den Verkehr. »Das kann ich Ihnen nur sagen, wenn auch Sie bereit sind, mir zu sagen, was Sie wissen. Und erzählen Sie mir nicht, Sie können nicht reden, weil einer von den beiden zu Ihren vertraulichen Informationsquellen gehört oder sonst irgendwelchen Quatsch von wegen Schweigepflicht.«

Mike rieb sich die Augen. Er hatte während der letzten achtundvierzig Stunden kaum geschlafen, und er war sich nicht sicher, ob er klar genug denken konnte, um in einer solchen moralisch kniffligen Frage die richtige Entscheidung zu treffen. Doch die Neugier ließ ihn nicht allzu lange überlegen. »Nun sagen Sie mir schon, um wen es sich handelt.«

»Die Fingerabdrücke auf dem Antragsformular der Bank stammen wahrscheinlich von Ihrem Informanten, da er derjenige ist, der das Konto eröffnet hat. Sein Name ist Curt Rollins.«

Mike dachte angestrengt nach. »Tut mir leid. Nie von ihm gehört. Vielleicht fällt's mir wieder ein, wenn Sie mir mehr über ihn erzählen.«

Sie sah ihn von der Seite an, wie um sich zu vergewissern, daß er nicht bloß versuchte, Zeit zu gewinnen. »Er ist zweiunddreißig Jahre alt, ein ehemaliger Polizist. Nach drei Jahren bei der Polizei in Chicago kam er vor Gericht, weil er die Namen von Informanten an Drogendealer verkauft hat. Er bekam damals sieben Jahre, wovon er fünf im Hochsicherheitsgefängnis von Joliet abgesessen hat – was für einen Polizisten die ewige Verdammnis bedeutet. Seit seiner Entlassung war er arbeitslos und hat in einer Kellerwohnung in Brooklyn gehaust.«

»Eigentlich komisch, nicht wahr? Ein Typ, der *verurteilt* wurde, weil er Polizeispitzel verraten hat, bietet sich mir als Informant an.«

»Nach dem, was sein Bewährungshelfer und der Gefängnispsychologe ausgesagt haben, ist Rollins im Grunde genommen der totale Verlierer. Ein innerlich zerrissener Typ, der zeit seines Lebens mit seiner Rolle als Informant gekämpft hat. Einerseits verabscheut er Verräter. Als Teenager hat er einer Jugendbande angehört und mehrere Jugendstrafen wegen Einbruchs, Brandstiftung, Autodiebstahls abgesessen. Er war immer derjenige, der geschnappt wurde, und zwar deswegen, weil er nicht besonders schlau war. Es war ein Glück für ihn, daß er als Erwachsener nie verurteilt wurde, sonst hätte er nie in den Polizeidienst eintreten können. Nach Aussage seines Bewährungshelfers jedenfalls hält Rollins sich für das Opfer von Verrätern. Selbst als er vor den Haftentlassungsausschuß treten mußte, zeigte er sich wütend und aufgebracht darüber, daß er für jedes kleine Vergehen geschnappt worden war, während andere sogar mit Mord davonkamen. Offenbar ist die Angst, geschnappt zu werden, das einzige, was verhindert hat, daß er sich zu einem echten Kriminellen entwickelte. Und die Eifersucht auf erfolgreichere Kriminelle war sozusagen der Grund, warum er Polizist geworden ist.«

»Das heißt also, er wollte die Leute nicht einsperren, weil sie das Gesetz gebrochen haben, sondern weil er es nicht ertragen konnte zuzusehen, wie andere das Gesetz brechen und davonkommen.«

»Genau. Meiner Meinung nach war es derselbe Neid, der ihn dazu brachte, andere zu verpfeifen, trotz seines Hasses auf die Leute, die ihn verpfiffen hatten.«

Mike schüttelte den Kopf. »Das klingt alles ziemlich logisch. Aber nichts von all dem kommt mir irgendwie bekannt vor.«

»Das überrascht mich nicht. Wenn Sie beide sich früher schon einmal begegnet wären, hätten Sie das bei all den Telefongesprächen, die Sie mit ihm geführt haben, irgendwann gemerkt. Es sieht übrigens so aus, als würden Sie wohl nicht mehr von ihm hören. Wir haben seine Wohnung in Brooklyn durchsucht. Sah ziemlich verwüstet aus. In der Küche hatte jemand den Mülleimer auf den Fußboden ausgeleert. Aber von ihm selbst keine Spur. Die Nachbarn haben ihn nicht mehr gesehen, und er hat sich auch nicht mehr bei seinem Bewährungshelfer gemeldet. Außerdem war er anscheinend ein ziemliches Muttersöhnchen. Aber zu ihrem Geburtstag letzte Woche – keine Karte, kein Anruf.«

»Sie glauben, er ist untergetaucht?«

»Wollen Sie meine Meinung hören? Er ist tot. Wenn er noch lebte, wäre er nach Antigua gekommen und hätte das Geld persönlich abgeholt, vor allem nach all der Mühe, die es ihn gekostet hat, es hierherzuschaffen. Aber das werden wir wohl erst mit Sicherheit sagen können, wenn wir den Mann geschnappt haben, der seine Fingerabdrücke auf der Tresorkassette hinterlassen hat.«

»Und wer ist das?«

Sie antwortete nicht gleich. »Noch einmal, Mike. Ich habe den Behörden in Antigua seinen Namen noch nicht genannt. Ich will sichergehen, daß kein Fehler gemacht wird – wir suchen einen äußerst intelligenten Serienmörder, nicht irgendeinen Verrückten, der sich mit ein paar Sicherheitsleuten in einer Bank in Antigua ein Feuergefecht geliefert hat. Wenn ich Ihnen seinen Namen nenne, müssen Sie ihn unbedingt für sich behalten. Und Sie müssen mir alles sagen, was Sie über diesen Mann wissen. In diesem Fall können Sie sich auf keine Schweigepflicht berufen.«

»Ich habe Ihnen bereits mein Wort gegeben, verdammt. Nennen Sie mir schon seinen Namen.«

Sie schaute zu ihm hinüber, als erwarte sie eine Reaktion. »Frank Hannon.«

Mike starrte ausdruckslos vor sich hin. Eine Weile saß er schweigend da, dann sagte er einfach: »Hannon.« Seine Stimme klang emotionslos, und doch schien so etwas wie ein Wiedererkennen mitzuschwingen.

»Sie kennen ihn?«

Mike wandte sich ab. Er spürte, wie sich ihm der Magen umdrehte, als er aus dem Fenster schaute. »Ich glaube, niemand kennt Frank Hannon wirklich.«

41. Kapitel

An jenem Nachmittag nahmen sie einen Direktflug von St. Johns nach Miami. Nachdem Victoria ein paar Leute vernommen hatte, von denen sie sich ein paar Informationen über Frank Hannon erhoffte, flog sie am späten Nachmittag nach Washington weiter und fuhr am frühen Abend auf direktem Weg zur FBI-Akademie in Quantico.

Um 20.00 Uhr kam die gesamte Mannschaft, die auf den Fall angesetzt war, zu einer Besprechung im Konferenzsaal im ersten Stock zusammen. Victoria nahm am Kopfende des langen Tisches neben dem leeren Sessel Platz, der für David Shapiro, ihren Abteilungsleiter, vorgesehen war. Steve Caldwell und Arnold Freeland, die Spezialisten von der CASK-Einheit, saßen auf der einen Seite des Konferenztisches, auf der anderen zwei weitere FBI-Agenten, die an dem Fall arbeiteten. Victoria hatte erwartet, mit Fragen überhäuft zu werden, doch die Kollegen saßen schweigend da und warteten auf Shapiro. Ein erwartungsvolles Knistern lag in der Luft dieses karg und zweckmäßig eingerichteten Raums. Um den mit Walnußholzimitat furnierten Tisch herum, an dessen vom vielen Gebrauch beschädigten Ecken die Spanplatte sichtbar war, standen lauter gleich aussehende gepolsterte Bürostühle. Die weiß gestrichenen Wände und das gleißende Neonlicht verbreiteten eine fast unangenehme Helligkeit. An einem Stab in der Ecke hing schlaff die amerikanische Flagge.

Der Raum wurde dominiert von einer riesigen weißen Tafel, die auf einem Gestell am Ende des Tisches aufgebaut war, direkt neben Shapiros Stuhl. An der Tafel befestigt war ein großes Blatt Papier mit dem Querschnitt durch einen Ozeandampfer, die PENINSULAR II, und sieben ausführlichen Plänen der einzelnen Decks, auf denen die Lage der Korridore und der einzelnen Kabinen dargestellt war.

Um zwei Minuten nach acht kam Shapiro in den Konferenzsaal geeilt und nahm neben Victoria Platz. »Schießen Sie los«, sagte er.

Victoria ärgerte sich über seinen barschen Ton, der das Schweigen der anderen Kollegen noch zu unterstreichen schien. Offenbar hatten einige der Anwesenden Schwierigkeiten zu akzeptieren, daß Victoria mit ihrem berüchtigten Memo an Assistant Director Dougherty genau richtig gelegen hatte: Der Informant war nicht der Mörder. Dieses Thema wollte sie jedoch vorerst aussparen.

Sie nahm den langen Zeigestock von der Kreideablage hinter ihr und trat auf die Tafel zu.

»Vor zwölf Jahren«, begann sie, »hat Frank Hannon auf der PENINSULAR II in Kabine Nummer 503 eine zweiundzwanzigjährige Frau vergewaltigt. Die Kabine befindet sich hier«, sie deutete mit dem Zeigestock auf die Stelle, »auf dem Unterdeck. Er wurde verhaftet, vor Gericht gestellt und zu einer zwanzigjährigen Haftstrafe verurteilt, wovon er zwölf Jahre abgesessen hat, bis er vor acht Monaten auf Bewährung entlassen wurde. Der erste der sogenannten Zungenmorde wurde genau einen Monat nach seiner Freilassung verübt.«

Freeland verdrehte die Augen. »Das hört sich ja an wie dieser alte Werbespot mit Willie Horton«, murmelte er, gerade laut genug, daß jeder es hören konnte.

Victoria ignorierte die Bemerkung. »Jetzt, da wir wissen, daß Frank Hannon in die Mordfälle verwickelt ist, ist der rote Faden, der die Opfer miteinander verbindet, leicht zu erkennen: Sie waren alle in der Nacht der Vergewaltigung Passagiere auf der PENINSULAR II.«

Sie legte den Zeigestock auf den Tisch und nahm einen roten Filzstift zur Hand. »Sie waren nicht nur auf demselben Schiff, sondern bewohnten nebeneinanderliegende Kabinen auf demselben Deck. Es handelte sich um preiswerte Einzelkabinen auf dem untersten Deck, die unter der Wasserlinie lagen und folglich keine Bullaugen hatten. Solche Kabinen sind interessant für Leute mit wenig Geld, die nach Billigreiseangeboten Ausschau halten – wie zum Beispiel die junge Frau, die vergewaltigt wurde. Sie hatte die Kabine Nummer 503«, sagte sie und markierte die Stelle mit einem roten Kreis.

»Hannons erstes Mordopfer hatte die Kabine Nummer 501.« Sie markierte sie mit einem roten Kreuz. »Das nächste Opfer bewohnte die Nummer 502. 503, wo sein Vergewaltigungsopfer untergebracht war, hat er überschlagen und mit 504, dann mit 505 und so fort, genau der Reihe nach weitergemacht.«

»Frage«, sagte Caldwell und hob lässig die Hand. »Wie ist Hannon an die Namen der Passagiere gekommen?« fragte er, die kalte Pfeife zwischen die Zähne geklemmt.

»Als wir die Gerichtsakten von Hannons Verhandlung studierten, haben wir festgestellt, daß sein Anwalt im Zuge der Prozeßvorbereitungen die Passagierliste angefordert hat. Wir nehmen an, daß er sich eine Liste von potentiellen Tatzeugen oder anderen Verdächtigen anlegen wollte.«

Caldwell zog eine Augenbraue hoch wie ein alter, erfahrener Richter, dann lehnte er sich vor und nahm die Pfeife aus dem Mund. »Wenn es gleichzeitig in unseren Akten eine Liste der Mordopfer gibt, wie kommt es dann, daß bisher niemandem diese Verbindung aufgefallen ist?«

Victoria sah ihn wütend an. Offenbar wollte er ihr nahelegen, daß sie etwas übersehen hatte. »Der einzige Mensch, dem diese Verbindung hätte auffallen können, ist Hannons Anwalt, und der ist tot. Er ist vor acht Jahren an Krebs gestorben. Selbst wenn er noch lebte, möchte ich bezweifeln, daß er auf die Idee gekommen wäre, die Namen zu vergleichen. Diese Passagiere hatten nichts mit der Gerichtsverhandlung zu tun. Sie waren nichts weiter als ein paar Namen in den Akten eines Strafverteidigers – ein paar von dreitausend Namen, wenn man die Besatzungsmitglieder hinzuzählt. Keiner von diesen Leuten ist jemals als Zeuge vor Gericht erschienen, denn die wenigen, die befragt wurden, haben alle ausgesagt, sie hätten nichts gesehen. Sie müssen ebenfalls bedenken, daß diese Passagiere sich vor der Kreuzfahrt nie im Leben begegnet waren, und nach der Reise sind sie alle wieder ihrer Wege gegangen. Überlegen Sie mal: Können Sie sich noch an die Namen der Leute erinnern, die während Ihres Urlaubs vor zwölf Jahren das Hotelzimmer neben Ihnen belegt hatten?«

»Wahrscheinlich nicht«, brummte Caldwell. »Aber was wird denn, nachdem wir nun wissen, wer die nächsten Opfer auf seiner Liste sind, unternommen, um diese Leute zu benachrichtigen und zu schützen?«

Shapiro meldete sich zu Wort. »Das habe ich veranlaßt. Wir haben uns nicht an die Medien gewandt, falls Sie das andeuten wollten. Das würde ihn nur dazu veranlassen unterzutauchen – oder, noch schlimmer, zum Amokläufer werden lassen. Auf keinen Fall darf Hannon Wind davon bekommen, daß wir wissen, wer der Mörder ist. Wir haben die Kollegen in den Außenstellen beauftragt, auf diskrete Weise zunächst Kontakt mit den potentiellen Opfern aufzunehmen – das heißt mit allen, die auf dem Deck, wo die Vergewaltigung stattfand, untergebracht waren – und schließlich mit jedem, der an dieser Kreuzfahrt teilgenommen hat, Passagiere wie Besatzungsmitglieder. Die Medien werden aus der Sache herausgehalten.«

Caldwell verzog das Gesicht. »Diese Heimlichtuerei würde mir viel besser gefallen, wenn wir wüßten, *warum* er es auf diese Leute abgesehen hat.«

»Wir wissen, warum«, sagte Victoria und ließ ihren Blick von einem zum anderen schweifen. »Und genau da kommt Michael Posten ins Spiel.«

Die Birne in der Garagenlampe war ausgebrannt, aber die alte Gaslaterne gab Mike genug Licht zum Lesen. Obwohl er nach der Trennung ausgezogen war, waren seine Unterlagen an ihrem alten Ehrenplatz verblieben – in der Garage. An der gesamten Längswand, von den Gartengeräten in der Ecke bis zur Waschmaschine am anderen Ende, stapelten sich vom Boden bis zur Decke stabile Kartons, die die Aktenordner mit sämtlichen Artikeln enthielten, die er je für die TRIBUNE geschrieben hatte. Da waren korrigierte Entwürfe, handgeschriebene Notizen, ein paar alte Telefonnotizen. Irgendwo in den Kartons befand sich sogar die erste Ausgabe, die er als Chefredakteur der Collegezeitung INDEPENDENT FLORIDA ALLIGATOR herausgegeben hatte.

Mike saß im Schneidersitz auf dem Betonfußboden, umgeben von Kartons, die er aus dem Stapel gezogen und im Halbkreis um sich aufgestellt hatte. Vor ihm lag ein Stoß vergilbter Zeitungen. Die Gaslaterne, die neben ihm auf dem Boden stand, erleuchtete nur einen kleinen Bereich, ähnlich wie ein Lagerfeuer, und das leise Zischen der Gasflamme war das einzige Geräusch, das die Stille durchbrach. Eine hungrige Mücke umkurvte Mikes Ohr, um sich dann auf seiner Wange niederzulassen, wo Mike sie erschlug, ohne sich weiter um den kleinen Blutfleck zu kümmern, den sie auf seiner Wange hinterließ. Er drehte nur die nächste Seite um.

Er war gerade dabei, eine seiner Geschichten über Frank Hannon zu lesen, die er vor zwölf Jahren für die TRIBUNE geschrieben hatte.

Plötzlich huschte ein Schatten vorbei und riß ihn aus seinen Gedanken. Mit angehaltenem Atem warf er einen kurzen Blick über seine Schulter.

»Karen«, sagte er und stieß einen Seufzer der Erleichterung aus. »Wieso bist du noch auf?«

Sie trug einen weißen, seidenen Morgenrock, der in der Taille mit einem Gürtel zusammengehalten wurde. Im Licht der Laterne konnte Mike erkennen, wie ihre Brüste sich unter dem dünnen Stoff abzeichneten. Ihr Haar war zerzaust, so als hätte sie sich im Bett hin und her gewälzt. Sie setzte sich auf einen Stapel Kartons neben der Laterne.

»Ich kann nicht schlafen. Nicht nach allem, was du mir über Hannon erzählt hast.«

»Tut mir leid. Ich wollte dich nicht beunruhigen. Ich dachte einfach, es wäre besser, wenn du alles weißt.«

»Es braucht dir nicht leid zu tun. Nichts zu wissen, ist viel schlimmer.« Sie brachte ein schwaches dankbares Lächeln zustande, dann betrachtete sie die Zeitungsausschnitte, die über den Boden verstreut lagen. »Und was suchst du jetzt?«

»Das ist absolut frustrierend«, sagte er seufzend. »Ich habe das Gefühl, ich hätte die ganze Zeit wissen müssen, daß es Hannon ist. Verdammt, ich habe schließlich den Hinweis an die Polizei weitergegeben, der zu seiner Verurteilung geführt hat.«

»Mach dir keine Vorwürfe. Bei all dem, was du für die Zeitung schreibst, sind zwölf Jahre eine Ewigkeit her. Du hast doch keins seiner Opfer gekannt, wie solltest du also auf die Idee kommen, die Verbindung herzustellen? Außerdem mußtest du doch annehmen, daß Hannon noch acht Jahre im Gefängnis abzusitzen hatte.«

Mike setzte ein zynisches Grinsen auf und schüttelte den Kopf. »Der Haftentlassungsausschuß hat ihn einen Mustergefangenen genannt. Kannst du dir so etwas vorstellen?«

»Wenn er so ein guter Gefangener war, hätten sie ihn lieber im Gefängnis behalten sollen.« Sie sah ihn an und lächelte. »Ich mache mir Sorgen um dich. Willst du nicht versuchen, ein bißchen Schlaf zu bekommen?«

»Ich kann nicht schlafen. Hannon ist auf einem Rachefeldzug. Mir ist inzwischen klargeworden, daß er sich in den Kopf gesetzt hat, in Erfahrung zu bringen, wer mir damals den Hinweis gegeben hat. Vielleicht ist das Ganze ja zwecklos, aber ich muß dieses Zeug einfach durchgehen, um zu sehen, ob es irgend etwas gibt, das ich viellcicht übersehen habe. Ich muß unbedingt vor Hannon herausfinden, wer meine Informationsquelle war.«

»Hast du wirklich keine Ahnung, wer sie war?«

»Nein. Es war ein anonymer Anruf. Sie hatte eine Todesangst davor, in die Sache verwickelt zu werden. Deswegen habe ich nie einen Artikel geschrieben, der sich auf den Hinweis stützte – nur über Informationen, die später kamen. Da ich keine Möglichkeit hatte herauszufinden, wer sie war, habe ich ihren Hinweis einfach an die Polizei weitergeleitet und denen überlassen, was sie damit anfangen.« Er wandte seinen Blick ab, nur um sie gleich darauf neugierig anzusehen. »Woher wußtest du überhaupt, daß es eine Frau war?«

Sie zuckte die Achseln. »Ich könnte mir einfach vorstellen, daß eine Frau größere Angst vor irgendwelchen Vergeltungsschlägen von einem Vergewaltiger hat, das ist alles. Eine Frau wird sich sagen, daß ein anonymer Anruf bei einem Reporter ein viel geringeres Risiko ist. Wenn sie zur Polizei ginge, würde der Vergewaltiger sich womöglich an ihr rächen.«

Mike nickte. »Es ist nur gut, daß Hannon noch weniger über meine Informantin weiß als ich. Nach dem zu urteilen, wie er seine Opfer aussucht, geht er offenbar davon aus, daß wer immer ihn beim Verlassen der Kabine seines Opfers beobachtet hat, auf demselben Deck, wahrscheinlich in einer der benachbarten Kabinen untergebracht war. Das ist sicherlich gar keine dumme Schlußfolgerung, wenn man bedenkt, daß die Tat in einer von ein paar abseits gelegenen Kabinen am Ende eines Korridors begangen wurde, wo um 3.00 Uhr früh niemand außer den dort untergebrachten Passagieren etwas zu suchen hatte. Aber offenbar hat er keine Ahnung, ob es sich bei dem Zeugen um einen Mann oder eine Frau, einen Weißen oder einen Farbigen, einen alten oder jungen Menschen handelt. Zu seinen Opfern gehören Menschen ziemlich jeden Geschlechts, jeden Alters und jeder Hautfarbe. Im Grunde genommen jeder, der in einer dieser Kabinen untergebracht war.«

Karen rückte auf einen anderen Karton, näher bei Mike, so daß sie auf Augenhöhe mit ihm saß. »Es gibt etwas, das ich an dieser Sache einfach nicht verstehe. Wieso ist Hannon so sehr auf diese anonyme Anruferin fixiert? Man sollte annehmen, daß sein Groll eher dem Richter oder den Geschworenen oder den Zeugen, die tatsächlich im Gerichtssaal ausgesagt haben, gelten müßte.«

»Das ist es ja gerade. Ohne den anonymen Anruf hätte es nie eine Gerichtsverhandlung gegeben. Die Polizei hatte noch nicht einmal einen Verdächtigen, als die Ermittlungen begannen. Sie hatten eine winzige Menge Sperma aus der Scheide des Opfers, aber sie konnten schlecht alle zweitausend Passagiere und Besatzungsmitglieder zwingen, sich einem DNA-Test zu unterziehen. Der große Durchbruch kam, als die Frau mich anrief und mir eine detaillierte Beschreibung des Mannes gab, den sie beim Verlassen der Kabine des Opfers beobachtet hatte. Von diesem Moment an konzentrierten sich die Ermittlungen nur noch auf Hannon. Als die Polizei sich davon überzeugt hatte, daß er ihr Mann war, brauchten sie nur noch die nötigen Beweismittel zusammenzutragen. Die Blutuntersuchungen waren positiv, die am Tatort sichergestellten Fasern paßten. Ein Schamhaar paßte. Und nachdem sie den DNA-Test gemacht hatten, brauchten sie die Aussage der Informantin nicht mehr.«

Karen starrte nachdenklich in die Dunkelheit. »Hast du Angst?«

»Ich habe schon öfter mit ziemlich gefährlichen Typen zu tun gehabt. Aber Hannon ist zweifellos der gefährlichste.«

»Ich meine, hast du Angst, er könnte dich im Visier behalten? Er könnte doch versuchen, dich zu zwingen, ihm den Namen deiner Informantin preiszugeben.«

Mike schüttelte den Kopf. »Er weiß, daß ich den Namen meiner Informantin nicht kenne.«

»Woher?«

»Irgendwann ist es öffentlich bekannt geworden, daß ich keine Ahnung hatte, wer mir den Hinweis gegeben hat. Die Polizei hat nach Hannons Verhaftung eine Erklärung abgegeben, in der sie sich dafür bedankten, daß ich die Information an sie weitergegeben habe. Es wurde erklärt, daß ich nicht groß herauskommen konnte mit der Geschichte, weil ich meine Quelle nicht benennen konnte.«

»Ich hoffe, er war mit der Erklärung zufrieden«, sagte sie tonlos. Eine Weile saß sie schweigend da und starrte auf die Zeitungen, die auf dem Boden vor ihnen lagen. Schließlich blickte sie auf. »Und was glaubst du, was er als nächstes tun wird?«

»Das hängt davon ab, was das FBI tut. Ich denke, er wird eine Zeitlang untertauchen, sich möglicherweise eine andere Identität zulegen, darauf warten, daß das Jagdfieber nachläßt. Er weiß, daß nicht einmal das FBI diesen Aufwand allzu lange betreiben kann.«

»Glaubst du, er wird weitermorden?« fragte sie leise.

Mike blinzelte, dann sah er ihr in die Augen. »Soll ich ehrlich sein? Ich glaube, er wird niemals aufhören. Nicht einmal, wenn er die Informantin endlich gefunden hat. Nur dann, wenn ihn einer aufhält.«

42. Kapitel

Der Nachthimmel war ein wolkenloses Sternenzelt, und die See lag schwarz und ruhig da, nur kleine, weiße Schaumkronen waren ringsum zu sehen. Ein gleichmäßiger Ostwind füllte Hauptsegel und Klüver auf dem Weg nach Puerto Rico. Mit nacktem Oberkörper und nur mit Bermudashorts bekleidet, die er dem Kapitän entwendet hatte, stand Hannon am Ruder. Er hielt sein Gesicht in den Wind und genoß die kühle Nachtluft.

Der Captain saß Hannon gegenüber am anderen Ende des Cockpits. Seine Hände waren auf dem Rücken gefesselt. Ein Seil um die Taille hinderte ihn daran, sich von seinem Platz zu entfernen. Auf dem Sitz neben ihm lagen Navigationskarten, auf denen der Weg von Antigua nach Puerto Rico beschrieben war. Er trug immer noch dasselbe Nachthemd, das er angehabt hatte, als Hannon vor sechsundzwanzig Stunden an Bord gekommen war, und er hatte seitdem, im Gegensatz zu Hannon, nicht geschlafen. An seinen Platz gefesselt, konnte er nichts anderes tun, als Hannon zuzusehen. Er war einundsechzig Jahre alt, wirkte jedoch wesentlich älter, was teilweise wohl auf sein Leben auf See zurückzuführen war, teilweise aber auch auf seine momentane Situation. Die Augen wurden ihm langsam schwer, und er kämpfte gegen den Schlaf.

»Haben Sie schon mal von Ted Bundy gehört, Captain?«

Der Captain schreckte aus seinem Halbschlaf auf. Er machte ein schmatzendes Geräusch mit den Lippen, sagte jedoch nichts. Die Wellen schlugen sanft gegen Steuerbord.

»Hey«, herrschte Hannon ihn an. »Ich rede mit Ihnen. Ich hab gefragt: Haben Sie schon mal von Ted Bundy gehört?«

Der Captain leckte das Salz von seinen trockenen, alten Lippen. »Yeah. Hab von ihm gehört. Das war dieser Killer.«

Hannon grinste vor sich hin. »Da kann man mal sehen, wer wirklich berühmt ist, was? Selbst ein ignoranter alter Knakker, der auf dem Meer herumschippert, weiß, wer man ist.« Er schüttelte beeindruckt den Kopf, dann sah er den Alten an. »Was glauben Sie, wie viele Leute man umbringen muß, um so berühmt zu werden?«

Der Captain zuckte desinteressiert die Achseln. »Keine Ahnung.«

»Na, kommen Sie schon. Zehn? Zwanzig?«

»Ich hab gesagt, ich hab keine Ahnung.«

Hannon ignorierte seinen bestimmten Tonfall. »Also, ich sehe das folgendermaßen. Bundy ist vergleichbar mit dem ersten, der den Vier-Minuten-Weltrekord über eine Meile gebrochen hat. Die ganze Welt war beeindruckt. Jeder kannte seinen Namen – bis schnellere Läufer auf den Plan kamen und die Leute noch bessere Leistungen erwarteten. Können Sie sich noch an den Namen von dem Typen erinnern, der die Meile als erster in vier Minuten gelaufen ist?«

Der Captain schüttelte den Kopf.

»Ist doch klar, daß Sie sich nicht an den Namen erinnern. Heutzutage ist der nicht berühmter als der *letzte*, der die Meile in vier Minuten gelaufen ist. Und jetzt verraten Sie mir mal, Captain, was muß einer *heutzutage* tun, um so berühmt zu werden wie Ted Bundy? Ist das ein Zahlenspiel, oder bekommt man Punkte für originelle Methoden?«

Der Alte kniff die Augen zusammen, schien mutiger zu werden. »Ein Mörder wird immer auf dieselbe Art berühmt, würde ich sagen.«

»Und zwar?«

»Indem er geschnappt wird.«

Hannon sah ihn gereizt an, dann ließ er seinen Blick wieder in die Ferne schweifen. Am Horizont waren die Lichter eines Kreuzfahrtschiffs zu sehen. Mehrere Minuten vergingen, schließlich deutete er mit einer Kopfbewegung auf das Schiff. »Das ist ein schöner Anblick, nicht wahr? Ein Vergnügungsdampfer bei Nacht.«

Der Captain schaute in die angegebene Richtung. Seine

Augen hellten sich auf wie die eines Gefangenen von Alcatraz, der in die Freiheit hinausstarrt.

»Da möchten Sie wohl am liebsten mitfahren, was?« höhnte Hannon.

Der Captain wandte sich ab.

Hannon kostete die Stille aus. »Ich war auch mal auf so einem Vergnügungsdampfer«, sagte er schließlich. »Da hab ich eine junge Frau vergewaltigt. In ihrer eigenen Kabine.«

Der Captain zuckte zusammen. »Ich wünschte nur, man hätte Sie geschnappt«, sagte er grimmig.

»Hat man. Und das hatte ich irgendeinem Verräter zu verdanken, der mich bei einem Journalisten verpfiffen hat.« Er sah den Captain mit eiskalten Augen an. »Irgendwann finde ich raus, wer das war.«

»Hey, lassen Sie das nicht an mir aus. Ich bin noch nie in meinem Leben auf einem Vergnügungsdampfer gewesen.«

»Machen Sie sich nicht gleich in die Hose, okay?« sagte Hannon. Er zwang sich, ruhig zu bleiben. »Ich weiß, daß Sie es nicht waren. Sie stehen nicht auf meiner Liste.«

Der Wind flackerte nochmals auf und ließ dann ganz nach. Die Segel knatterten in der umschlagenden Brise. Hannon drückte die Ruderpinne in Richtung Backbord, bis die Segel sich wieder füllten.

»Was für eine Liste?« fragte der Captain.

»Eine Liste der Passagiere, von denen einer der Verräter gewesen sein muß. Ich hab sie eingegrenzt auf siebenunddreißig, die in Frage kommen. John Wayne Gacy hat dreiunddreißig umgebracht. Ich werde ihn also übertreffen.«

»Sie wollen einfach siebenunddreißig Menschen umbringen?«

Hannons Gesicht war vollkommen ausdruckslos. »Ich bringe sie nicht einfach um. Ich reiße ihnen vorher die Zunge heraus.«

Der Captain wand sich in seinen Fesseln, drückte sich so weit in die Ecke, wie die Seile es zuließen.

»Seien Sie doch nicht so zimperlich. Es ist ja nicht, als ob ich grundlos gewalttätig würde. Aber es ist die effektivste Art und Weise, wie ich einen Petzer dazu bringen kann zuzugeben, daß er oder sie ein Petzer ist.«

»Kommt mir eher vor wie eine Methode, mit der man einen Menschen dazu bringen kann zuzugeben, was immer Sie hören wollen.«

»Nein, so war das nicht. Ich hab sie nicht gefragt: ›Bist du derjenige, der mich verpetzt hat?‹ Ich frage sie nach Einzelheiten. Zum Beispiel: Wie spät war es? Welche Farbe hatte das Hemd, das ich trug? In welche Richtung bin ich gegangen? Nur der echte Verräter kann mir diese Fragen beantworten.«

Die Segel schlugen im unsteten Wind. Der Captain betrachtete Hannon, als sei er sich nicht sicher, ob er träumte oder nicht. Das Hauptsegel begann, wie ein Bettlaken an der Wäscheleine zu flattern. »Sie müssen wenden«, sagte er schließlich.

Hannon bediente die Ruderpinne mit dem Fuß, nahm den Klüver in die eine und das Hauptsegel in die andere Hand. »Ruder nach Luv!« sagte er und stieß mit es mit dem Fuß an. Der Captain duckte sich, als der Baum über ihn hinwegschwang. Das Boot schaukelte heftig. Hannon kam vor den Wind und zurrte die Segel wieder fest. Er grinste zufrieden, als das Boot wieder auf Kurs war.

»Sie haben doch nicht wirklich all diese Leute ermordet, nicht wahr?« fragte der Captain. »Sie wollen mir mit dieser Zungengeschichte doch nur Angst einjagen, stimmt's?«

Hannon starrte ihn ausdruckslos an, dann grinste er wie ein Saufkumpan. »Sie sind zu schlau für mich, Captain.«

Der Alte seufzte erleichtert.

»Aber die Frau hab ich tatsächlich vergewaltigt.«

Der Captain sah ihm in die Augen, als versuche er darin zu lesen, ob das stimmte. »Wieso haben Sie das gemacht?«

»Wieso ich sie vergewaltigt habe? Schwierige Frage. Haben Sie schon mal vom Marfan-Syndrom gehört?«

Der Captain runzelte die Stirn. »Nein.«
»Sie sehen es vor sich.«
Der Alte schluckte schwer.
»Würden Sie gern mal näher hinsehen?«
»Nein«, erwiderte er mit zitternder Stimme.
»Lügner. Sie würden liebend gerne näher hinsehen. Sie haben nur Angst. So sind alle Leute. Die glücklichsten Menschen auf der Welt sind nicht die, die das Leben durch eine rosafarbene Brille betrachten, nein, das sind die, die mit Ferngläsern und Teleskopen ins Schlafzimmer ihrer Nachbarn glotzen.«
»Ich nicht. Darum bin ich immer auf See. Andere Leute interessieren mich einen Scheißdreck.«
Hannon nickte. »Sie sind schon in Ordnung, Captain. Für Sie besteht immer noch Hoffnung.«
Seine Augen leuchteten auf. »Soll das heißen, Sie lassen mich frei?«
»Natürlich werde ich Sie freilassen.«
Der Captain lächelte verlegen. »Wirklich?«
»Wirklich. Und zwar werde ich Sie jetzt gleich freilassen.« Mit zwei schnellen Schritten hatte er das Cockpit durchquert. Er nahm das Fischmesser aus seiner Hosentasche und durchschnitt das Seil, mit dem der Captain an seinen Platz gefesselt war. Dann packte er den Alten am Kragen und zerrte ihn auf die Füße. »Komm schon, Alter! Zeit zu gehen.«
Die Hände des Captain waren immer noch auf dem Rükken gefesselt. Das nervöse Lächeln verschwand von seinem Gesicht. Seine Lippen zitterten vor Angst. »Wieso wollen Sie einem alten Mann mitten auf dem Ozean etwas zuleide tun? Ich bin kein Verräter. Ich kümmere mich nur um meinen eigenen Kram. Ich werde niemandem sagen, daß ich Ihnen jemals begegnet bin.«
»Aber es gibt nur eine Art, wie ich mich dessen versichern kann.«
»Bitte. Wir sind immer noch zwanzig Meilen von der Küste entfernt. Ich werde ertrinken.«

Hannon packte den Mann an der Schulter, drehte ihn um und schnitt die Handfesseln durch. Der Captain rieb sich die Handgelenke. Ihm war fast schwindlig vor Freude und Angst zugleich. »Wir sind noch zu weit vom Land entfernt. So weit kann ich nicht schwimmen. Ich werde ertrinken, glauben Sie mir.«

Hannon hielt sein Messer fest umklammert. Mit blitzschnellen Bewegungen schnitt er zwei tiefe Wunden in die Arme des Captain. Augenblicklich waren die Arme des Alten von den Schultern bis zu den Handgelenken blutüberströmt.

Der Captain schrie auf, mehr vor Schock als vor Schmerz, da die Klinge extrem scharf war. »Was – warum haben Sie das gemacht?«

Hannon zuckte mit keiner Wimper. »Damit Sie nicht ertrinken. Auf diese Weise werden die Haie Sie vorher fressen.«

Er versetzte dem Alten einen heftigen Stoß, und der Captain stürzte kopfüber ins Meer. Er ging kurz unter, tauchte jedoch gleich wieder auf, prustend und hustend und mit den blutigen Armen rudernd. Der Wind blähte die weißen Segel auf und trieb das Boot in schneller Fahrt davon, während die Hilfeschreie des Captain immer leiser wurden und schließlich in der Ferne verhallten.

Hannon schaute zu den Sternen auf und dann hinaus auf die dunklen Wellen. Das Meer war trügerisch, es wirkte so friedlich, doch unter dem Wasserspiegel lauerten tausend Gefahren. Den Fuß auf der Ruderpinne, blickte Hannon zufrieden grinsend zurück. Das Blut des Alten färbte die Kielwellen des Bootes rot – und Haie jagten am liebsten nachts.

43. Kapitel

Der Geruch von verbranntem Kaffee und kaltem Pfeifenrauch hing in der Luft. Sechs übermüdete Agenten saßen am frühen Morgen immer noch im Konferenzsaal zusammen. In sämtlichen Räumen des FBI-Gebäudes in Quantico war Rauchen verboten, doch Steve Caldwell schien den Geruch von Royal Copenhagen überallhin mitzunehmen. Durch die Jalousien fiel das Licht der frühen Morgensonne in Streifen in den Raum. Die große Resopaltischplatte war vollkommen mit Akten, Papier und leeren Styroporbechern übersät. An David Shapiros Ellbogen hatte sich ein kleiner Berg zerknülltes Schokoladenpapier angesammelt. Das Diagramm der PENINSULAR II war im Laufe der Nacht mit weiteren Kreisen und Pfeilen versehen worden, Ergebnis der Spekulationen darüber, welcher der ehemaligen Passagiere als Hannons nächstes Opfer in Frage kam. Jacketts und Krawatten hingen über den Stuhllehnen. Caldwell, immer noch wach und an seiner kalten Pfeife saugend, ruhte sich auf dem Sofa aus. Die anderen saßen auf ihre Ellbogen gestützt am Tisch und brüteten immer noch über ihren Strategien.

Arnold Freeland fuhr sich ratlos mit der Hand durchs Haar. »Eine Sache liegt mir auf dem Magen. Wenn Hannon rausfinden wollte, wer der Informant war, warum ist er dann nicht am Tag seiner Entlassung aus der Haft zu Posten gegangen, hat ihm eine Pistole unter die Nase gehalten und ihn gezwungen, seine Quelle preiszugeben?«

Caldwell war wie üblich der erste, der mit einer Erklärung aufwartete. Er erhob sich von dem Sofa, nahm seine Pfeife in die Hand und begann, im Raum auf und ab zu gehen. »Zu riskant, Arnold. Stellen Sie sich die Situation doch mal vor. Er geht zu Posten und zwingt ihn, den Namen seiner Quelle preiszugeben. Posten nennt ihm den Namen oder auch nicht – egal wie, er muß Posten töten. Der Mord geschieht gleich nach Hannons Entlassung aus dem Gefängnis. Das macht Hannon natürlich zum Hauptverdächtigen, da die Information, die ihn in den Knast gebracht hat, von Posten kam. Auf diese Weise kommt er nie dazu, seinen eigentlichen Mordplan auszuführen.«

Shapiro verzog das Gesicht. Er hatte seine Hemdsärmel bis zu den Ellbogen aufgerollt, und seine lose um den Hals hängende Krawatte war mit Puderzucker von mehreren Donuts übersät. »Das mag teilweise richtig sein, Steve. Aber ich glaube, Hannon ist deswegen nicht hinter Posten her, weil er glaubt, daß Posten tatsächlich nicht weiß, wer ihm damals den Hinweis gegeben hat.« Er suchte einen Ordner aus dem Stapel auf dem Tisch heraus. »Hat nicht in der Zeitung gestanden, daß Posten keine Ahnung hatte, wer sein Informant war?«

Freeland nickte. »Aber selbst wenn Posten seine Quelle kennt, muß Hannon sich doch zu Recht sagen, daß kein Journalist bereit wäre, einen Informanten auf einem Silbertablett anzubieten, damit ein rachsüchtiger Psychopath wie er ihn abschlachten kann.«

»Das sind alles ziemlich logische Erklärungen«, sagte Victoria. »Und darum glaube ich, daß sie alle falsch sind.«

»Welch eine Überraschung«, erwiderte Caldwell sarkastisch. »Vielleicht wollen Sie gleich noch ein Memo für Assistant Director Dougherty verfassen?«

Victoria sah ihn durchdringend an. »Genauso, wie es Ihnen Spaß macht, mich zu beleidigen, Steve, macht es Hannon einfach *Spaß* zu morden. Jedesmal, wenn er einem seiner Opfer die Zunge herausreißt, lebt er erneut seine Phantasie aus, in der er den Informanten bestraft. Genau das ist es, was einen Psychopathen dazu antreibt, seine Verbrechen zu begehen – seine Phantasien. In Wirklichkeit richtet ein Serienmörder seine Wut eher selten gegen denjenigen, den er tatsächlich haßt.«

»Aber man muß die Umstände in Betracht ziehen.«

»O nein«, stöhnte Caldwell. »Bloß nicht noch eine Lektion in Populärpsychologie.«

Diesmal warf Shapiro ihm einen zurechtweisenden Blick zu. »Ich möchte Sie an eins erinnern, Steve: Beim letztenmal war es der Hobbypsychologe, der recht behalten hat.«

Caldwell biß auf seine Pfeife, sagte jedoch nichts.

»Okay, Victoria«, sagte Shapiro. »Wie schätzen Sie Hannon ein?«

Sie nickte ihrem Chef dankbar zu. »Ich möchte vorausschicken, daß ich mir das alles nicht aus den Fingern sauge. Gestern habe ich mich in Miami ausführlich mit dem Staatsanwalt unterhalten, der Hannon wegen der Vergewaltigung den Prozeß gemacht hat, und der hatte ebenfalls ein paar sehr interessante Erkenntnisse gewonnen.

Ich gehe jedenfalls davon aus, daß Hannon ein gutaussehender, charmanter Mann ist, der auf Frauen attraktiv wirkt. Während seiner Collegezeit hat er wahrscheinlich ein paar Freundinnen gehabt, doch ich bezweifle, daß es je zu sexuellen Handlungen kam. Er hatte eine körperliche Mißbildung, die ihn als Schuljunge dem Spott seiner Mitschüler aussetzte. Diese Mißbildung ist ebenfalls der Grund dafür, daß er einen Horror davor hat, in Gegenwart einer Frau, die er womöglich wiedersehen könnte, seine Kleider abzulegen. Er ist davon überzeugt, daß sie ihn verspotten und demütigen wird. Geschlechtsverkehr wagt er nur mit Frauen, die er nie wieder sehen wird. Zu Anfang hat er sich womöglich an Prostituierte gewandt. Dann begann er zu vergewaltigen – was ihm die Macht verlieh, sich jede Frau zu nehmen, die er wollte, auf vollkommen anonymer Ebene.

Als er dann wegen Vergewaltigung vor Gericht stand, wurde seine Anonymität auf die für ihn schlimmste vorstellbare Weise zerstört. Das Opfer hatte sein Gesicht nicht gesehen. Alles, was sie über ihren Angreifer sagen konnte, war, daß er ein großer Weißer war mit einem bemerkenswert kleinen Penis.

Der Staatsanwalt konnte Hannon nicht dazu zwingen, den Geschworenen seinen Penis zu zeigen, da dieser sich damit selbst belastet hätte. Er legte jedoch Hannons Krankengeschichte vor, aus der hervorging, daß er als Jugendlicher am Marfan-Syndrom gelitten hatte. Es handelt sich dabei um eine Krankheit, bei der das Knochengerüst verstärkt wächst, während das Wachstum der Geschlechtsteile aufhört. Das Resultat ist ein großer Mann mit einem winzigen Penis. Für Hannon war es schlimm genug, verurteilt zu werden. Aber viel schlimmer war, daß die ganze Welt plötzlich von seinem demütigenden Geheimnis wußte.

Während der zwölf Jahre, die er im Gefängnis verbrachte, hat er Tag für Tag überlegt, wem er die Schuld für das Desaster geben konnte. Dem Opfer gab er nicht die Schuld; er war schließlich derjenige gewesen, der sie mit hineingezogen hatte. Die Polizei hatte nur ihre Pflicht getan, ebenso der Richter, die Geschworenen und der Staatsanwalt. Selbst die Medien taten nichts als ihre Arbeit. Seine Wut richtete sich gegen die eine Person, die etwas für sie nicht Alltägliches getan hatte, nur um ihn zu treffen. Sie hatte keinen Grund, sich einzumischen. Und wenn sie sich nicht eingemischt hätte, wäre er sowieso nie verhaftet worden. Er gibt der Informantin die Schuld.«

Schweigen herrschte im Raum. Victoria sah ihre Kollegen einen nach dem anderen an und wartete darauf, daß jemand versuchen würde, ihre These zu zerpflücken. Doch niemand sagte ein Wort.

Schließlich sprang Caldwell vom Sofa auf. »Ich wußte doch, daß ich recht hatte! Es gibt also doch eine sexuelle Motivation für diese Morde.« Er ging wieder im Raum auf und ab und gestikulierte mit der Pfeife in der Hand. »Ich hab's ja die ganze Zeit gesagt: Serienmörder sind psychopathische, sadistische Sexualtäter. Haben Sie das schon mal aus meinem Mund gehört, David?«

Shapiro sah zu Victoria hinüber und verdrehte die Augen,

dann wandte er sich wieder an Caldwell. »Setzen Sie sich, Steven.«

Caldwell blieb abrupt stehen. Wieder herrschte Stille im Raum, doch diesmal war es ein angespanntes Schweigen.

Shapiro rieb sich das Gesicht, dann stieß er einen tiefen Seufzer aus. »Wir brauchen eine Ruhepause«, sagte er. »Aber bevor irgend jemand aufsteht, möchte ich noch kurz meinen Standpunkt darlegen. Victoria, Sie müssen Posten dazu bringen, daß er uns den Namen seiner Informantin preisgibt, vorausgesetzt, er kennt ihn. Es besteht kein Zweifel, daß Hannon hinter dieser Informantin her ist.«

»David, ich glaube nicht, daß Posten versucht, uns zu verschaukeln. Er hat mir gesagt, er kennt den Namen nicht, und ich glaube ihm.«

»Wieso?«

»Erstens wegen der freundschaftlichen Beziehung, die sich zwischen uns entwickelt hat. Vor allem aber, weil er nicht einfach so gesagt hat, tut mir leid, ich kann Ihnen nichts sagen. Ich hatte wirklich den Eindruck, daß er mir alles gesagt hat, was er über seine Quelle weiß.«

»Und was war das?«

»Genug für mich, um zu demselben Schluß zu kommen wie er: Wer immer sie sein mag, sie wird sich wahrscheinlich nie jemandem anvertrauen – unter keinen Umständen.«

»Und wieso nicht?«

Sie verzog das Gesicht und versuchte angestrengt, die richtigen Worte zu finden. »Es kommt vor, daß anonyme Informanten, die sich ja einem völlig fremden Menschen anvertrauen, sehr offenherzig werden, ja dem Fremden ihr ganzes Herz ausschütten. Ich selbst habe das schon mehrmals bei meinen eigenen Informanten erlebt. Jedenfalls hat Mike mit seiner Informantin nur ein kurzes Telefongespräch geführt, in dem sie ihm lediglich eine genaue Beschreibung von Hannon gegeben hat. Sie hatte einen Strumpf oder etwas Ähnliches über die Sprechmuschel gelegt, damit er ihre Stimme nicht erkennen konnte. Er hat versucht, sie dazu zu bewegen, ihm ihren Namen zu nennen, aber sie hat sich strikt geweigert. Er hat die Informationen dann an die Polizei weitergeleitet in der Annahme, die Sache sei damit erledigt. Aber ein paar Monate später hat sie sich dann wieder bei ihm gemeldet. Es entwickelte sich eine Art Dialog zwischen den beiden – immer noch anonym. Ich kenne keine Einzelheiten, aber sie hat sich ihm gegenüber schließlich völlig geöffnet. Sie hat ihm viel mehr erzählt, als gut für sie war.«

Shapiro zog eine Braue hoch. »Was meinen Sie damit, daß sie sich völlig geöffnet hat?«

»Sie hat ihm etwas sehr Intimes über sich selbst gestanden. Etwas, das es meiner Meinung nach einer Frau unmöglich macht, jemals zuzugeben, daß sie seine Informantin war.«

»Und was hat sie ihm gestanden?«

Victoria zögerte, dann sah sie Shapiro in die Augen. »Sie hat ihm gesagt, daß sie einen Mann getötet hat.«

44. Kapitel

Um 8.10 Uhr zog Karen ihren Morgenrock über und ging ins Wohnzimmer. Die Leselampe brannte immer noch, obwohl der Raum von der Morgensonne hell erleuchtet war. Mike lag schlafend auf dem Sofa, den Kopf auf der einen Armlehne und die Beine auf der anderen. Er hatte sich die Schuhe ausgezogen, hatte aber immer noch sein Hemd und seine Jeans an. Offenbar war er beim Lesen eingeschlafen.

Karen hatte in der vergangenen Nacht kaum geschlafen. Sie hatte wach gelegen und über vieles nachgedacht. Vor allem hatte sie überlegt, ob sie ihn bitten sollte, sich zu ihr ins Bett zu legen. Sie vermißte die Zeiten, in denen sie eng umschlungen zusammen im Bett gelegen und im Dunkeln miteinander geredet hatten. Sie hatten nicht die ganze Welt in Ordnung bringen können, aber für einen kurzen, vertrauten Moment war die Welt zumindest irrelevant gewesen.

Sie stand neben ihm und betrachtete ihn im Schlaf. So hatte sie ihn schon oft gesehen, eher in einem Zustand der Erschöpfung als der Ruhe. Er war schon immer der Typ, dem die Arbeit wichtiger war als Schlaf. Er konnte tagelang von purem Adrenalin leben, wenn er hinter einer Story her war. Irgendwann hatte sein Körper ihm dann jedesmal die Dienste verweigert, und wenn das passierte, konnte er schlafen wie ein Stein.

Sie setzte sich auf den Couchtisch und streichelte ihm über den Kopf. Sie mußte lächeln, als er sich bewegte. Dann zog sie ihre Hand plötzlich zurück, als ihr Blick auf ein vergilbtes Blatt mit handschriftlichen Notizen fiel, das obenauf auf einem Stapel Papier lag. Es war in Mikes Handschrift mit VERTRAULICH überschrieben.

Laut Datum, das er an den Rand gekritzelt hatte, war das Papier zwölf Jahre alt.

Sie sah Mike an. Er schlief immer noch. Vorsichtig hob sie das Blatt Papier auf.

In dem Augenblick, als sie zu lesen begann, öffnete er die Augen. Schnell versteckte sie die Notizen hinter ihrem Rükken, als fühlte sie sich beim Schnüffeln erwischt.

»Morgen«, sagte er mit einem verwirrten Grinsen. Er stützte sich auf einen Ellbogen.

Sie lächelte ihn an und warf ihr Haar verlegen in den Nakken. Sie hielt immer noch eine Hand auf dem Rücken. »Morgen. Ich wollte gerade, äh ...«

»Hast du mir beim Schlafen zugesehen?«

Ihr freundliches Lächeln konnte ihre Nervosität nicht verdecken. »Ja. Das ist alles.«

Er grinste vielsagend. Ihre Augen konnten ihn nicht betrügen. »Was hast du hinter deinem Rücken?«

Seufzend verdrehte sie die Augen und rückte den Zettel langsam heraus. »Ich wollte dir wirklich nur beim Schlafen zusehen. Aber dann ist mir das zufällig ins Auge gefallen. Okay?«

Er streckte sich und setzte sich auf. Erst lächelte er, doch dann wurde er ernst. »Ist schon in Ordnung. Das sind nur ein paar Notizen, die ich mir nach meinem letzten Gespräch mit – du weißt schon, meiner Informantin von damals – gemacht habe.«

Karen wandte ihr Gesicht kurz ab, dann sah sie ihn an. »Du hast dir diese Notizen die ganze Zeit aufgehoben?«

»Ja«, sagte er achselzuckend. »Ich meine, wenn jemand sich dir so vollkommen öffnet ... Also, es schien mir jedenfalls nicht richtig, sie wegzuwerfen.«

Sie nickte verständnisvoll.

Er richtete sich auf und sah ihr in die Augen »Ich habe nur zweimal mit ihr gesprochen. Beim erstenmal hat sie mir von Hannon erzählt, ganz kurz. Dann hab ich acht Monate lang nichts mehr von ihr gehört, bis sie mich an dem Tag, an dem die Geschworenen für Hannons Prozeß gewählt wurden, wieder angerufen hat. Da war sie völlig aufgelöst, ein nervliches Wrack.«

»Wie meinst du das?«

»Sie hat wieder versucht, ihre Stimme zu verstellen, und gleichzeitig hat sie geweint und geschluchzt. Ich konnte teilweise kaum verstehen, was sie sagte. Dagegen konnte ich gut verstehen, was sie durchmachte.«

»Wirklich?«

»Ja. Sie fürchtete, Hannon könnte freigesprochen werden, weil sie nicht als Zeugin vor Gericht erschien. Sie hatte das Gefühl, die Frau, die er vergewaltigt hatte, zu verraten, weil sie nicht den Mut aufbrachte, alles irgend Mögliche zu tun, damit er verurteilt wurde. Ich glaube, sie wollte einfach, daß jemand verstand, warum sie solche Angst hatte, zur Polizei zu gehen, warum sie sich nicht zu erkennen geben und vor Gericht aussagen wollte. Warum sie unbedingt anonym bleiben mußte.«

»Und konntest du das auch verstehen?«

»Klar. Das hab ich ihr auch am Telefon gesagt. Wir haben uns eine ganze Weile unterhalten, ich weiß gar nicht mehr wie lange. Ich war natürlich ziemlich überrascht über das, was sie mir erzählt hat. Aber ich glaube, es hat ihr gut getan, darüber zu sprechen, es sich von der Seele zu reden. Und das war das Ende der Geschichte. Ich habe nie wieder von ihr gehört.«

»Hast du jemals versucht, sie zu finden?«

»Ich war mir nicht sicher, was ich tun sollte. Ich fragte mich, ob es für einen Journalisten moralisch vertretbar war, sich auf die Suche nach einer Informantin zu begeben, die ausdrücklich anonym bleiben wollte. Schließlich habe ich mit Aaron Fields darüber gesprochen. Er wollte, daß ich der Sache nachging. Er dachte, vielleicht wäre da eine Geschichte zu holen.«

Ihre Augen verdunkelten sich. »Diese Frau hat dir also ihr Herz ausgeschüttet, und das einzige, was dir einfällt, ist zu überlegen, ob da vielleicht noch eine Geschichte zu holen wäre?«

Er sah ihr direkt in die Augen. Einen Augenblick lang mußte er an jenen Morgen in Aaron Fields' Mercedes denken, als sein Verleger behauptet hatte, Mike wäre genau wie er. »Nein«, sagte er ernst. »Das war Aaron. So bin ich nicht.«

Er rutschte zum Ende des Sofas, beugte sich vor und nahm ihre Hand. »Erinnerst du dich noch daran, wie du mir in Maine gesagt hast: ›Die einzigen Menschen, die wirklich offen miteinander sein können, sind Liebende und Fremde‹? Das stimmt wirklich. Diese Frau und ich waren Fremde, aber sie hat mir Geheimnisse anvertraut, von denen sie noch nie jemandem erzählt hatte. Sie hat fürchterlich unter diesen Dingen gelitten, und sie *mußte* einfach einmal mit jemandem darüber reden. Und weißt du was? Es fühlte sich ... richtig an. Es kam mir vollkommen selbstverständlich vor, daß sie sich ausgerechnet mir anvertraute. An wen hätte sie sich sonst wenden sollen? Ich war der einzige, der ihr Dilemma kannte.«

Karen schaute zu Boden. »Diese Frau hat dir also alles erzählt, aber deine Frau hat Geheimnisse vor dir.«

Er versuchte zu lächeln. »Ich mache dir deswegen keine Vorwürfe. Diese Frau kann doch genausogut verheiratet sein. Möglicherweise weiß ich Dinge über sie, von denen nicht mal ihr Mann eine Ahnung hat.«

»Vielleicht«, sagte sie und drückte seine Hand. »Aber vielleicht ist es an der Zeit, daß mein Mann meine Geheimnisse erfährt.«

Er rührte sich nicht. Sie sahen sich lange in die Augen, dann fing sie an zu erzählen. Zehn Minuten lang hörte er einfach zu. Sie zitterte am ganzen Körper, doch sie erzählte ihm alles. Wie der Wind die Gardinen am offenen Fenster aufgebläht hatte. Wie sie brutal im Flur zusammengeschlagen worden war. Das Unsägliche, das sich im Schlafzimmer abgespielt hatte. Und schließlich das Gerangel um die Waffe und der Schuß, der sich plötzlich gelöst hatte.

Durch das Erzählen wurde alles wieder lebendig vor ihren Augen. Sie sah sich auf Händen und Knien über den Boden kriechen, bis zu ihrem Vergewaltiger hin. Ihr nackter Körper war von seinem Blut besudelt. Eine tiefe Wunde leuchtete wie eine blutrote Rose auf seinem T-Shirt. Sie berührte seinen Arm und zuckte zurück, als er aufstöhnte. Sie umklammerte den Revolver in ihrer Hand. Er fühlte sich so groß und schwer an. Ein Röcheln kam aus seinem Mund. Immer noch auf den Knien, rutschte sie noch näher an ihn heran, hob mit zitternden Händen die Waffe und zielte damit auf seinen Kopf. Plötzlich begann er wieder zu sprechen.

»Hilf mir«, sagte er.

Ihre Arme und ihr ganzer Körper zitterten.

Mike hörte ihr gebannt zu. Sie wirkte wie in Trance.

»Hilf mir«, wiederholte sie noch einmal die Worte des Mannes.

Dann schwieg sie eine Weile. Mike seufzte. Er war sich nicht sicher, ob sie fortfahren wollte – oder ob sie fortfahren *sollte*. »Was hast du getan?« fragte er.

Sie biß sich auf die Lippe, ihr Gesicht schwoll an, als ob etwas in ihrem Innern explodieren wollte. »Es war keine Notwehr«, sagte sie tonlos. »Es war Rache.«

Mike schluckte, bemüht, kein Urteil zu fällen. »Jeder würde verstehen, was du getan hast.«

»Nein«, erwiderte sie mit bebender Stimme. »Jeder hätte mich verstanden, wenn ich in der Hitze des Augenblicks oder aus Angst oder Verwirrung oder sogar aus Wut einfach noch einmal geschossen hätte.«

»Das hast du nicht getan?«

»Nein. *Nein*! Ich hab ihm zugehört, wie er mich angebettelt hat. Er hat mich angefleht, einen Krankenwagen zu rufen. Er hat mich angefleht, ihm das Telefon zu geben, damit er selbst anrufen konnte. Aber ich habe es nicht getan. Etwas in mir hat sich mit aller Macht dagegen gesträubt. Verstehst du denn nicht? Ich konnte an nichts anderes denken als an das, was er mir angetan hatte. Ich wollte ihn leiden sehen. Ich hab ihm gesagt, ich würde ihn erschießen, wenn er auch nur einen Finger krumm machte. Ich habe einfach dagesessen und zugesehen, wie er gestorben ist.«

»Viele Frauen hätten genau dasselbe getan. Er hat dich vergewaltigt, dich blutig geschlagen. Wer sagt denn, daß er dich nicht am Ende getötet hätte?«

»Er hat mich getötet«, sagte sie mit tonloser Stimme. »Kurz bevor er gestorben ist.«

Mike zögerte, dann fragte er: »Was hat er denn getan?«

Sie schluckte und schlang ihre Arme um ihn, während ihre Augen sich mit Tränen füllten. Ihr Kinn lag auf seiner Schulter, als sie sprach, so als könne sie es nicht ertragen, ihn anzusehen. »Er hat mich angesehen und gesagt: ›Bitte, Lady, lassen Sie mich nicht sterben,‹«, sagte sie mit zitternder, von Gefühlen überwältigter Stimme, »›ich bin erst fünfzehn Jahre alt‹.«

Mike rührte sich nicht, er war wie erstarrt. Ihr ganzer Körper schüttelte sich in seinen Armen. Er kämpfte selbst mit den Tränen, angesichts der Qualen, die sie durchmachte. Er hielt sie fest an sich gedrückt und streichelte ihre nasse Wange. »Es ist alles gut. Alles wird wieder gut«, sagte er zärtlich mit fest geschlossenen Augen.

Dann, als ihre Worte gesunken waren, öffnete er plötzlich die Augen. Er mußte an jenes quälende Telefongespräch vor zwölf Jahren denken. Die Frau mit der verstellten Stimme, die Frank Hannon erkannt hatte. Die Frau, die ihn angerufen hatte, um ihm unter Tränen zu erklären, warum sie nicht als Zeugin gegen ihn aussagen konnte. Die Frau, die ihm gestanden hatte, ihren eigenen Vergewaltiger umgebracht zu haben.

Die Informantin.

»Es ist alles gut«, sagte er mit einem Kloß im Hals. »Ich beschütze meine Quellen um jeden Preis.«

45. Kapitel

Der Luxusdampfer MS FANTASY lief um 10.00 Uhr aus dem Hafen von San Juan mit Ziel Miami. Grauweißer Rauch quoll aus den Schornsteinen in den wolkenlosen, blauen Himmel. Tausende von freudig strahlenden Touristen mit Strohhüten und Sonnenbrillen drängelten sich an der Reling der fünf Decks und winkten zum Abschied, während das Dröhnen der Nebelhörner die Luft zerriß. Unten im Hafen schwammen braunhäutige Männer in dem kristallklaren Wasser, winkten eifrig zurück und tauchten nach den Münzen, die die Passagiere ihnen zuwarfen. Nach einer halben Stunde befand sich das große weiße Schiff auf offener See.

An Bord der FANTASY standen den Passagieren elf Bars und Salons zur Verfügung. Die mit Bambus und Palmwedeln dekorierte Tiki-Bar lag auf dem Sonnendeck neben dem Swimmingpool. Auf einem Barhocker am Ende des Tresens saß ein ausgeruhter und entspannter Frank Hannon in perfekter Touristenverkleidung.

Hannon wußte, daß Antigua mit Interpol zusammenarbeitete. Er war sich nicht sicher, ob das FBI zur internationalen Jagd auf ihn geblasen hatte, doch für alle Fälle hatte er die notwendigen Vorkehrungen getroffen. Er reiste jetzt unter dem Alias Keith Ellers, dem Namen des Seemanns, den er den Haien zum Fraß vorgeworfen hatte. Eine große Sonnenbrille mit verspiegelten Gläsern und ein breitkrempiger Strohhut verdeckten sein Gesicht. Seine Nase hatte er mit violettem Zinkoxyd entstellt. Gummisandalen, Bermudashorts und ein knallbuntes Hawaiihemd vervollständigten die Verkleidung, die durch eine eisgekühlte Piña Colada in einer Kokosnußschale vor Hannon auf dem Tresen noch abgerundet wurde. Selbst bei seiner auffälligen Größe würde ihn niemand für Frank Hannon, den Serienmörder, oder Eric Venters, den Bankräuber, halten.

Hannon hatte lange überlegt, ob er mit dem Flugzeug oder dem Schiff zurück in die Vereinigten Staaten reisen sollte. Mit Hilfe der Kreditkarte des Captains hätte er sich beides leisten können. Fliegen war schneller, doch er wußte, daß die Grenzkontrollen an Flughäfen strenger waren. Seehäfen galten dagegen als lasche Grenzkontrollstationen.

Hannon schaute zu den Frauen hinüber, die am Pool in der Sonne badeten. Sein Blick blieb an einer gutgebauten Brünetten hängen, die gerade ihre Schenkel mit Sonnenmilch einrieb. Plötzlich fuhr er herum, als im Fernsehen, das hinter der Bar vor sich hin dudelte, sein Name erwähnt wurde.

Auf dem Bildschirm war ein grobkörniges Bild von einem blonden Mann mit blauen Augen und einem gepflegten Vollbart, der fast sein ganzes Gesicht bedeckte, zu sehen. Hannon erkannte es als sein altes Polizeifoto.

»Aus exklusiver CNN-Quelle wird berichtet«, sagte die

Nachrichtensprecherin, »daß alle Frank Hannon zugeschriebenen Opfer Passagiere auf der PENINSULAR II waren, einem Luxusdampfer, der sich vor zwölf Jahren auf einer Kreuzfahrt durch die Karibik von Miami nach Nassau befand. Den Berichten zufolge ist das FBI zur Zeit dabei, mit allen Passagieren sowie den Besatzungsmitgliedern, die an dieser dreitägigen Kreuzfahrt teilgenommen haben, unauffällig Kontakt aufzunehmen, um deren Sicherheit zu gewährleisten.

Darüber hinaus gibt es, wie CNN in Erfahrung bringen konnte, Vermutungen, daß Hannon nicht nur für die sogenannten Zungenmorde verantwortlich ist, sondern ebenfalls für einen Raubüberfall auf eine Frau in Atlanta, bei dem der Täter die Hand der Frau verstümmelte.

Sie sehen HEADLINE NEWS auf CNN. Weitere Nachrichten in einer Minute.«

Hannon starrte mit unbewegtem Gesicht auf den Bildschirm, während die Nachrichten für Werbung unterbrochen wurden. Tief in Gedanken versunken nippte er an seinem Cocktail.

Kein Grund, in Panik zu geraten. Immerhin war er zur Zeit kaum in Gefahr, erkannt zu werden. Seit dem alten Polizeifoto hatte er zwanzig Kilo abgenommen. Mit dem Übergewicht und dem Vollbart war sein Gesicht kaum zu erkennen. Zu diesem Zweck hatte er sich den Bart damals wachsen lassen, für den Fall, daß das Opfer sein Gesicht gesehen hatte. Er war sich nicht sicher, ob sie ihn auch mit den Morden auf Antigua in Zusammenhang brachten, da er den ersten Teil der Meldung verpaßt hatte – aber selbst wenn das der Fall war, würden sie jetzt nach einem Mann aus dem Mittelwesten namens Eric Venters fahnden.

Im übrigen stand er bisher lediglich unter Verdacht, sagte er sich. Irgendwie war irgend jemand darauf gekommen, daß sämtliche Opfer Passagiere auf dem Dampfer gewesen waren, auf dem er die Frau vergewaltigt hatte. Aber man brauchte mehr als ein Motiv, um einem Mann nachzuweisen, daß er ein Mörder war. Eines stand jedoch fest: Die Polizei würde niemals handfeste Beweise finden, die ihn mit den Morden in Zusammenhang brachten. Er beging nur *perfekte* Verbrechen.

Er lächelte zufrieden vor sich hin und wollte gerade noch einen Cocktail bestellen, als sein Gesicht plötzlich einen eiskalten Ausdruck annahm. Mit einemmal war ihm klargeworden, daß CNN gerade berichtet hatte, die Polizei hätte die Mordserie irgendwie mit der Frau aus Atlanta in Zusammenhang gebracht, der er den Diamantring abgenommen hatte.

Valerie hatte den Ring.

Er schloß die Augen und verfluchte den Tag, an dem er ihn ihr gegeben hatte. Es war ihm damals wie ein harmloser kleiner Spaß vorgekommen – eine Frau zu verstümmeln, um das Herz einer anderen zu gewinnen. Bei den Zungenmorden hatte er solchen Versuchungen stets widerstanden. Er hatte sich gezwungen, grundsätzlich nichts vom Tatort mitzunehmen, denn er hatte schon von zu vielen Serienmördern gehört, die aufgrund ihrer lächerlichen »Trophäen« – Schmuck, Fotos, Körperteile – erwischt worden waren. Er hätte sich jedoch niemals träumen lassen, daß sie einen einzelnen Raubüberfall in Atlanta mit den anderen Morden in Verbindung bringen würden.

Er seufzte und überlegte, welche Möglichkeiten ihm zur Verfügung standen. Er konnte überhaupt nichts unternehmen und hoffen, daß Valerie nie darauf kommen würde, daß der »Charlie Ackroyd«, in den sie sich verliebt hatte, in Wirklichkeit Frank Hannon war. Andererseits, so dämlich war sie nun auch wieder nicht. Der Durchschnittsbürger mochte Hannon auf den Fotos von CNN nicht erkennen, aber Valerie *kannte* ihn – persönlich und aus nächster Nähe. Was würde sie tun, fragte er sich, wenn ihr die Ähnlichkeit auffiel? Da sie seit mehr als einer Woche nichts mehr von ihm gehört hatte, würde sie wahrscheinlich Verdacht schöpfen. Sie würde sich Gedanken machen über all die angeblichen Dienstreisen, die er unternommen hatte. Möglicherweise würde sie sogar einen Privatdetektiv anheuern, um »Charlie Ackroyd« auszuspionieren – um herauszufinden, wer er war und wohin seine Reisen ihn geführt hatten. Der Detektiv würde ihr sagen, daß es nie einen Ackroyd gegeben hatte. Und dann würde sie zur Polizei gehen.

Aber wenn sie jetzt seine Stimme hören würde – Charlies Stimme – würde sie sich beruhigen. Sie würde nicht mißtrauisch werden, und sie würde niemals die Polizei anrufen.

Hannon war überzeugt, daß es nur eins zu tun gab. Er glitt von seinem Barhocker und ging ins Schiffsinnere. Auf dem Weg zu den öffentlichen Fernsprechern auf dem Hauptdeck sammelte er sich und überlegte, was er ihr sagen würde. Er betrat eine Telefonzelle, schloß die Tür hinter sich, schob Captain Ellers Kreditkarte in den Apparat und wählte Valeries Nummer.

»Valerie, ich bin's«

»Charlie! Wo bist du? Ich hab mir solche Sorgen gemacht.«

Hannon war erleichtert. Offenbar hatte sie die Nachrichten nicht gesehen, oder zumindest war ihr kein Zusammenhang aufgefallen. »Tut mir leid, daß ich mich bisher nicht gemeldet hab. Es ist etwas Schreckliches passiert.«

»Was denn?«

Er seufzte hörbar, so als fiele es ihm schwer, es ihr zu sagen. »Dein Volvo.«

»Hast du einen Unfall gehabt? Bist du verletzt?«

»Es geht mir gut. Aber der Wagen ist gestohlen worden. Es tut mir wirklich leid. Ich habe die Polizei die ganze Zeit bei der Suche unterstützt. Ich weiß, ich hätte dich anrufen sollen, aber ich hab's einfach – ich hab's immer wieder aufgeschoben in der Hoffnung, wir würden ihn wiederfinden. Aber er ist weg. Tut mir leid, Val. Kannst du mir nochmal verzeihen?«

»O Charlie«, sagte sie mit tränenerstickter Stimme. »Das blöde Auto interessiert mich überhaupt nicht. Ich hab mir solche Sorgen gemacht. Ich dachte, du wärst tot oder lägst im Krankenhaus oder ...« Sie konnte nicht mehr weitersprechen.

Hannon spürte, daß sie noch etwas anderes bedrückte. »Oder was?«

»Daß du mich verlassen hättest. Ich dachte, du wärst bei einer anderen Frau. Ich hab eine Serviette in deinem Buch gefunden, auf der sie ihre Telefonnummer aufgeschrieben hat. Jemand namens Victoria.«

Hannon hatte Mühe, seinen Ärger zu unterdrücken. »Victoria?« fragte er, als erinnerte er sich nicht an den Namen. »Ich bin vor ein paar Wochen einer Victoria am Flughafen begegnet. Wir haben uns kurz miteinander unterhalten. Ich habe sie aber nie um ihre Telefonnummer gebeten, sie muß sie in mein Buch geschoben haben, als ich gerade nicht hingesehen habe. Du weißt doch, wie aufdringlich manche Frauen sein können.«

»Ich würde das wirklich gern glauben.«

»Ich würde dich doch nie belügen.«

Sie schwieg. Hannon holte tief Luft. Er spürte, daß sie immer noch mißtrauisch war und überlegte angestrengt, was er ihr sagen sollte. Der Ring – natürlich! »Valerie«, sagte er mit sanfter Stimme, wie damals, als er aus Atlanta zurückgekehrt war, »ich habe dir den Verlobungsring meiner eigenen Mutter geschenkt, den einzigen Gegenstand auf der Welt, der mir etwas bedeutet. Bedeutet dir das denn gar nichts?«

»Natürlich tut es das«, schniefte sie.

»Du wirst also keine neuen Schlösser einbauen lassen?« fragte er scheinheilig.

Sie schniefte wieder, mußte aber gleichzeitig lachen. »Nein, mach ich nicht. Aber komm nach Hause, Liebling.«

»Nur noch zwei Tage.«

»Warum dauert es denn so lange? Komm doch jetzt.«

»Ich bin soviel rumgerannt, um bei der Suche nach dem

Volvo zu helfen, daß ich noch kaum dazu gekommen bin, mich um den Computervirus zu kümmern.«

»Na ja, dann ... Was hältst du davon, wenn ich zu dir käme?«

»Nein«, erwiderte er bestimmt. »Du weißt doch, wie ich bin, wenn ich viel zu tun hab.«

»Es wird dir gut tun. Komm schon, Charlie, willst du nicht –«

»Ich habe *nein* gesagt, verdammt noch mal.«

Sein Ton war extrem barsch gewesen, wie von Frank Hannon. Er atmete tief durch, um sich zu beruhigen. »Tut mir leid, Val. Ich stehe einfach im Moment total unter Druck. All diese Buchhalter, die mir im Nacken sitzen. Ich tue alles, was ich kann, um ihre Computer wieder in Gang zu bringen. Es wäre einfach nicht gut für dich, wenn du jetzt kämst. Aber ich werde mich beeilen. Eigentlich hab ich noch vier Arbeitstage vor mir, aber ich werde das in zwei, höchstens drei Tagen erledigen. Dann sind wir wieder zusammen. Einverstanden?«

»Einverstanden«, piepste sie.

»Aber versuche, es dir nicht selbst zu machen, bis ich komme. Ich will, daß du ganz verrückt nach mir bist.«

»Charlie!« sagte sie mit gespielter Empörung.

»Ich liebe dich, Baby.«

»Ich liebe dich auch.«

»Ich muß Schluß machen«, sagte er und legte den Hörer auf. Seufzend drehte er den Kopf hin und her, um seine Muskeln zu entspannen.

Er blieb noch eine Weile in der Telefonzelle und dachte angestrengt nach. Ein Teil von ihm – ein winziger Teil – wünschte sich, es gäbe eine andere Möglichkeit, mit der einzigen Frau umzugehen, die ihn nie gedemütigt hatte, die nie etwas von ihm verlangt hatte, was er nicht bringen konnte. Sie war immer vollkommen zufrieden gewesen mit seiner Zunge, mit dem Vibrator, hatte nie versucht, ihn dazu zu überreden, seine Unterhose auszuziehen. Sie hatte einfach immer gewußt, wann es Zeit war, das Licht zu löschen, die Augen zu schließen, ihm ihre Kehrseite darzubieten, so daß er an der Stelle auf seine Kosten kam, wo die Größe keine Rolle spielte.

Andererseits kannte sie einfach zuviele Dinge, die ihn verraten konnten, wenn es drauf ankam. Cybil Hollands Ring. Seine angeblichen Geschäftsreisen, die sich mit Leichtigkeit als Schwindel enttarnen ließen, sollte jemand auf die Idee kommen, das zu überprüfen. Dann würde sich auch schnell herausstellen, daß die Daten mit denen der Morde übereinstimmten. Und zu allem Überfluß gab es jetzt auch noch die Telefonnummer dieser FBI-Agentin.

Blieb nur noch die Frage, *wie* er sie töten würde.

Seine Augen leuchteten auf, als er die Telefonzelle verließ, und er grinste vor lauter Vorfreude. *Wenn schon, dann soll es auch Spaß machen*, dachte er.

46. Kapitel

Ein Stockwerk unter dem Übungsschießstand der FBI-Akademie saß Victoria an ihrem mit Papierkram übersäten Schreibtisch und nahm ein frühes Mittagessen, oder möglicherweise auch ein spätes Frühstück zu sich. Für sie hätte es genausogut ihr Abendessen sein können. Auf ihrer Armbanduhr war es viertel nach elf, doch ihre innere Uhr glaubte immer noch, sie sei in Antigua, um sich mit der örtlichen Polizei herumzuschlagen. Am Morgen hatte sie im Umkleideraum der Akademie geduscht, und sie trug das Kostüm, das sie für alle Fälle stets in ihrem Spind aufbewahrte. Sie wußte nie, wann sie wieder zu Hause sein würde. Deswegen hielt sie auch keine Haustiere. Verdammt, deswegen hatte sie überhaupt kein Privatleben.

Während sie ihre Diätcola schlürfte, studierte sie die vollständige Passagierliste des Unterdecks auf der PENINSULAR II. Zehn Passagiere waren bereits von Frank Hannon ermordet worden. Drei waren auf natürliche Weise gestorben. Als sie die Angaben zu Kabine 515 las, traute sie ihren Augen kaum.

Sofort wählte sie Mikes Pager an. Eine halbe Minute später rief er zurück.

»Toller Exklusivbericht, den ihr CNN verkauft habt«, sagte er. »Ich hätte gedacht, ich wäre wenigstens einen Höflichkeitsanruf wert.«

»Ich bin im Moment nicht in der Stimmung, mich von irgend jemand anmachen zu lassen, okay? Ich hätte Sie angerufen, wenn wir vorgehabt hätten, den Medien die Geschichte unter die Nase zu reiben, aber die Sache ist in einer unserer Außenstellen durchgesickert. Glauben Sie mir, das war das letzte, was wir wollten. Auf diese Weise ist uns das Überraschungsmoment verlorengegangen. Jetzt wird es zehnmal schwerer sein, ihn zu fassen zu bekommen. Jedenfalls brauchen Sie mir nicht die Hölle heiß zu machen, weil *ich Sie* nicht angerufen habe. Wieso haben *Sie mich* nicht angerufen und mir von einer Passagierin namens Karen Malone, dem Geburtsnamen Ihrer Frau, berichtet?«

Mike seufzte gequält. »Ich wollte Sie gerade anrufen.«

»Sie steht auf unserer ›heißen Liste‹ – sie gehört zu den Leuten, die die Kabinen in Hannons Nähe bewohnten. Sie war genau gegenüber der Kabine untergebracht, in der die Vergewaltigung geschah. Sie ist in Gefahr, Mike.«

»Und zwar noch viel mehr, als Sie denken. Sie war meine Informantin.«

Victoria blieb der Mund offenstehen, doch sie sagte nichts.

Mike sprach zuerst, um ihrem Wutausbruch zuvorzukommen. »Ich habe nicht mit Ihnen gespielt. Ich habe erst heute morgen erfahren, daß sie es war. Warum ich es erst jetzt erfahren habe, ist eine Sache zwischen Karen und mir, darauf möchte ich nicht näher eingehen. Das einzige, was Sie wissen müssen, ist, daß sie ihn gesehen hat. Es war um 3.00 Uhr früh. Sie war ein bißchen seekrank und konnte nicht schlafen. Plötzlich meinte sie, jemanden schreien zu hören, und schaute durch den Spion in ihrer Tür. Und da hat sie Hannon aus der Kabine Nummer 503 kommen sehen.«

Victoria runzelte nachdenklich die Stirn. »Kann Rollins eventuell gewußt haben, daß Ihre Frau die Informantin war? Hat er vielleicht deswegen ausgerechnet Sie als den Journalisten ausgesucht, dem er seine Informationen verkaufte?«

»Das habe ich mich auch schon gefragt, aber das scheint mir zu weit hergeholt. Wahrscheinlich hat Rollins tatsächlich den Zusammenhang zwischen den Opfern und Hannons Verurteilung wegen der Vergewaltigung erkannt – es dürfte für ihn schließlich kein Problem gewesen sein, sich Hannons Polizeiakte zu besorgen. Aber bevor er das Geld aus der Erpressung hatte, hätte er es sich nicht leisten können, Nachforschungen über alle Passagiere anstellen zu lassen. Vergessen Sie nicht, es war schon teuer genug, Hannon von einem Tatort zum nächsten zu folgen. Meine Vermutung ist, Rollins ist auf meinen Namen gestoßen, weil ich über Hannons Prozeß berichtet habe. Und dann hat er mich gewählt, um Hannon noch zusätzlich zu ärgern. Da wollte anscheinend einer dem anderen immer um eine Nasenlänge voraus sein. Wahrscheinlich kennen die beiden sich von früher und können sich gegenseitig nicht ausstehen.«

»Klingt plausibel«, sagte Victoria. Sie betrachtete das Schiffsdiagramm mit den Kabinenplänen. »Wahrscheinlich ein Glück, daß Rollins es nicht gewußt hat, sonst hätte Hannon es aus ihm herausgequetscht. Ich würde sagen, Karen ist nur deswegen noch am Leben, weil Hannon noch nicht darauf gekommen ist, daß Karen Malone heute Karen Posten heißt.«

»Ich weiß. Deswegen zerbreche ich mir schon die ganze Zeit den Kopf darüber, wie ich ihn auf eine falsche Fährte locken könnte. Vielleicht sollte ich einen Artikel schreiben, in dem ich davon berichte, daß mein Informant verstorben ist. Ich weiß nicht. Das ist natürlich auch ein moralisches Problem, denn schließlich würde ich damit eine Lüge verbreiten.«

»Tun Sie einfach überhaupt nichts, okay? Ich denke, nach den Morden in Antigua und dem CNN-Bericht befindet er sich im Moment in einer Tiefphase. Wenn er in der Zeitung liest, daß der Informant tot ist, könnte ihn das in eine Wut versetzen, die alles übertrifft, was wir bisher zu sehen bekommen haben.«

»Ja«, erwiderte er spitz. »Das wäre eine Möglichkeit. Die andere ist, daß Karen Malone die nächste auf seiner Liste ist. Erwarten Sie allen Ernstes von mir, daß ich herumsitze und Däumchen drehe?«

Victoria seufzte. »Reden Sie einfach mit mir, bevor Sie etwas unternehmen.«

»Abgemacht. Solange *Sie* mit *mir* reden, bevor das FBI irgend etwas unternimmt.«

»Sie wissen, daß ich das nicht kann.«

»Und Sie wissen, daß ich Ihnen kein Vetorecht darüber einräumen kann, was ich schreibe oder nicht.«

»In Ordnung«, sagte sie seufzend. »Ich komme Ihnen soweit entgegen: Ich kann Ihnen nicht alles sagen, aber von jetzt an werden Sie nie wieder etwas auf CNN hören, was Sie nicht schon wissen.«

»Alles klar«, sagte er. »Sie wissen, wo Sie mich erreichen.«

Sie verabschiedeten sich, doch Mike machte sich keine Illusionen, als er den Hörer auflegte. Er wußte, was sie in Wirklichkeit gemeint hatte.

Von jetzt an würde niemand mehr irgend etwas von ihr erfahren.

Nach dem Telefongespräch mit Mike hatte Victoria ein ungutes Gefühl. Sie fragte sich, ob er nun, da er wußte, daß seine Frau zu den potentiellen Opfern zählte, noch objektiv schreiben konnte.

Sie hatte gerade mal zwei Bissen von ihrem Pita-Sandwich gegessen, als ein junger Sergeant mit Dienstausweis am weißen Hemd den Kopf in die Tür steckte.

»Ich habe die Fotos von Hannon, die Sie angefordert haben«, verkündete er stolz.

Mit einem höflichen Lächeln bat sie ihn einzutreten. Er hatte seine Ausbildung vor höchstens einem halben Jahr abgeschlossen, und er sah aus, als hätte er gerade die Highschool hinter sich – was Victoria unangenehm an ihr eigenes Alter erinnerte.

»Danke, Marc«, sagte sie, als sie den Umschlag entgegennahm. »Shapiro ist aus der Hose gesprungen, als er heute morgen den CNN-Bericht gesehen hat. Ich glaube, das einzige, was ihn noch wütender gemacht hat als die undichte Stelle, war das uralte Foto, das die Leute von CNN ausgegraben hatten. Sie hätten genausogut das alte Phantombild von dem Unabomber benutzen können, das hat wahrscheinlich genausoviel Ähnlichkeit mit Hannon.«

Der junge Mann sah neugierig zu, wie Victoria den Umschlag öffnete und die Fotos entnahm. »Das oberste stammt aus seinem Highschool-Jahrbuch und ist schon ziemlich alt«, erklärte er. »Aber auf dem Foto hat er wenigstens keinen Vollbart wie auf dem Polizeifoto.«

»Außerdem ist er da noch schlanker«, sagte Victoria.

»Ja. Die Leute aus dem Labor meinten, er müßte seit seiner Schulzeit so ungefähr zwanzig Kilo zugenommen haben. Deswegen sind die besten Bilder die untersten, das sind per Computer erstellte Phantombilder, die ihn so zeigen, wie er heute aussehen müßte. Sie sind hauptsächlich von seinem Highschool-Foto ausgegangen, weil er auf fast allen anderen Fotos einen Bart trägt. Der Computer hat die Linien in seinem Gesicht ein bißchen verstärkt, seine Haut ein wenig blasser gemacht und ihm einen modernen Haarschnitt verpaßt.«

Victoria erstarrte, als sie das Bild betrachtete. Das Haar war blond, die Augen waren blau. Doch sie erkannte die Züge, die weder eine veränderte Haarfarbe noch farbige Kontaktlinsen verändern konnten. »Er ist es«, sagte sie, wie zu sich selbst.

Der junge Mann sah sie verblüfft an. »Natürlich ist er das.«

Ohne ihm zuzuhören, starrte sie auf das Computerbild. Ihre Gedanken rasten, doch schließlich paßte alles zusammen. »Jetzt bin ich mir ganz sicher«, sagte sie, während sie immer noch auf das Bild starrte. »Den hab ich schon mal gesehen.«

Sie blickte auf. Marc wollte gerade etwas sagen, als sie von ihrem Stuhl aufsprang und aus dem Zimmer stürzte, das Computerbild in der Hand.

»Wo gehen Sie hin?« rief Marc, hinter ihr her laufend.

Sie rannte so schnell sie konnte den Korridor entlang, ihre hochhackigen Schuhe klapperten auf dem Steinfußboden. Ohne sich einmal umzudrehen oder ihm eine Antwort zu geben, hastete sie im gleichen Tempo die Treppe hinauf.

Es war nur eine Etage bis zur Telefonüberwachungszentrale. Sie steckte ihre Codekarte in das elektronische Sicherheitsschloß und schlüpfte durch die Tür. Der Techniker hinter dem Tresen, ein hagerer, alter Schwarzer in einem kurzärmeligen Hemd und mit extrem breiter Krawatte, kannte sie vom Sehen. Sein freundliches Lächeln verschwand von seinem Gesicht, als sie auf ihn zu stürzte. Atemlos lehnte sie sich gegen den Tresen.

»Ich brauche die Abschrift von den Telefongesprächen, die wir bei Valerie St. Pierre abgehört haben«, keuchte sie.

47. Kapitel

Ein anderthalb Meter langer Computerausdruck flatterte hinter Victoria her, als sie die Treppe hinunter und zurück in ihr Büro rannte. Innerhalb weniger Minuten hatte der Computer in der Überwachungszentrale eine wortwörtliche Abschrift von Valeries Telefongesprächen ausgespuckt, und Victoria war sofort klar, daß sie hatte, was sie brauchte. Ihr Haar fiel ihr ins Gesicht, und ihre Wangen waren vor Aufregung gerötet, als sie atemlos vor David Shapiros Tür ankam. Nach kurzem Klopfen stürzte sie in sein Büro.

»Ich hab ihn!« rief sie aus.

Shapiro saß hinter seinem Schreibtisch und sah sie verblüfft an. Steve Caldwell saß auf der Couch neben dem stacheligen Kaktus seines Chefs. Er starrte Victoria mit offenem Mund an, als hätte sie ihn mitten im Redefluß unterbrochen.

»Er ist auf der MS FANTASY – einem Kreuzfahrtschiff, das von San Juan ausgelaufen ist.«

Die beiden Männer tauschten überraschte Blicke aus. »Woher wissen Sie das?« fragte Shapiro.

»Das ist eine lange Geschichte.«

»Dann machen Sie eine kurze draus«, sagte Shapiro scharf.

Sie trat einen Schritt weiter in den Raum und schloß die Tür. »Letzten Monat habe ich in der Flughafenbar in San Francisco einen Mann kennengelernt. Wir kamen ins Gespräch, und da ich ihn für einen netten Kerl hielt, hab ich ihm schließlich meine Telefonnummer gegeben. Ich habe nie wieder von ihm gehört, aber letzte Woche bekam ich einen Anruf von einer wütenden Frau, die behauptete, sie sei seine Freundin – sie war total eifersüchtig. Sie war mir ein bißchen unheimlich, deswegen habe ich mir ihren Namen und ihre Telefonnummer beschafft und notiert, für den Fall, daß sie mich weiterhin belästigen würde.«

»Und was hat das mit Hannon zu tun?«

»Damals war mir nicht klar, daß es etwas mit ihm zu tun hatte. Aber vor zwei Tagen habe ich Hannons Polizeifoto auf CNN gesehen. Zunächst hab ich ihn nicht erkannt, weil der Vollbart ihn so sehr veränderte, aber je länger ich das Bild betrachtete, um so mehr fiel mir die Ähnlichkcit auf zwischen Hannon und dem Mann am Flughafen. Dann hat mich dieser Gedanke nicht mehr losgelassen. Die Größe stimmte, das Alter auch. Wir flogen beide von San Francisco ab, und zwar gleich nach dem Mord an Copeland. Aber was mich wirklich nachdenklich gemacht hat ...« Sie zögerte einen Augenblick, um sich ihre Worte zurechtzulegen. »Na ja, wir haben uns über seinen Penis unterhalten.«

Shapiro warf ihr einen irritierten Blick zu.

»Es war überhaupt nichts dabei«, verteidigte sie sich. »Er hat mir einfach solche Dinge erzählt, wie zum Beispiel, daß seine Exfrau nie bemerkt zu haben schien, daß er einen solchen Körperteil besaß. Er hat mich nicht angesprochen und gesagt, ›Guten Tag, ich habe das Marfan-Syndrom‹, verflixt noch mal.«

Caldwell grinste. »Mensch, Victoria, *mich* haben Sie noch nie nach meinem Penis gefragt.«

»Verdammt, sehen Sie?« sagte sie wütend und schüttelte den Kopf. »Genau das ist der Grund, warum ich keine Lust hatte, Ihnen diese Geschichte zu erzählen. Ich wollte Ihnen nicht den Stoff für den nächsten Victoria-Witz liefern und mir die nächsten zehn Jahre lang von jedem Penis beim FBI so einen Schrott anhören müssen. Also bin ich der Sache auf eigene Faust auf den Grund gegangen. Seitdem wir wissen, daß Hannon unser Mann ist, wurde ich den Verdacht nicht los, daß er der Mann war, dem ich am Flughafen begegnet bin, aber ich war mir nicht sicher. Also habe ich das Telefon seiner Freundin in Maryland überwachen lassen, denn ich dachte, falls dabei etwas herauskommen sollte, wäre es immer noch Zeit genug, Sie davon in Kenntnis zu setzen. Nun, es ist tatsächlich etwas dabei herausgekommen. Frank Hannon befindet sich auf einem Kreuzfahrtschiff. Und hier ist der Computerausdruck, der das beweist.«

»Was für ein Ausdruck?«

»Heute morgen hat ein Mann, der sich ›Charlie‹ nannte, seine Freundin von einem Kreuzfahrtschiff aus angerufen. Und Charlie ist der Mann, dem ich am Flughafen begegnet bin.«

»Ich verstehe immer noch nicht, wie Sie darauf kommen, es handle sich um Hannon.«

»Sein altes Highschool-Foto und das seinem Alter entsprechende Bild, das der Computer angefertigt hat, haben mir Gewißheit verschafft«, sagte sie, während sie die beiden Bilder vor ihn auf den Schreibtisch legte. »Ich habe sie heute morgen bekommen. Nachdem ich Hannon ohne Vollbart gesehen habe, bin ich mir sicher, daß dies der Mann ist, mit dem ich mich am Flughafen in San Francisco unterhalten habe. Das bedeutet, ›Charlie‹ ist Hannon. Und Charlie ist auf dem Schiff.«

Shapiro sah sie skeptisch an. »Sind Sie sich hundertprozentig sicher?«

»Ich weiß es nicht. Das Highschool-Foto ist fast sechzehn Jahre alt. Auf dem Computerbild ist Hannon blond und blauäugig, während der Mann am Flughafen dunkles Haar und braune Augen hatte. Aber Haar- und Augenfarbe sind leicht zu verändern. Ich würde sagen, ich bin mir zu fünfundneunzig Prozent sicher.«

Er nickte nachdenklich vor sich hin. Es dauerte nur wenige Sekunden, dann sah er ihr in die Augen. »Holen Sie Ihre Sonnenmilch, Victoria. Wir machen einen Ausflug in die Karibik.«

Auf Karens Bitte hin verbrachte Mike den Rest des Vormittags bei ihr im Haus. Er lieh sich einen Einmalrasierer von ihr aus und duschte im Gästebad. Das Gästebad – eine schmerzliche Erinnerung daran, daß er hier immer noch nicht richtig zu Hause war.

Ganz hinten im begehbaren Kleiderschrank lagen noch ein paar Sachen von ihm, die er dagelassen hatte, um sich das Gefühl zu geben, daß ihre Trennung nur vorübergehend war. Die meisten davon waren schon seit Jahren eingemottet, wie zum Beispiel das pastellfarbene Leinen Jackett, das er, als MIAMI VICE noch en vogue war, mit aufgekrempelten Ärmeln und zu bunten T-Shirts getragen hatte. Er wußte nicht, worüber er sich mehr wundern sollte, über die Tatsache, daß er so etwas jemals getragen hatte, oder darüber, daß Karen ihn in einer solchen Aufmachung neben sich geduldet hatte. Glücklicherweise fanden sich noch eine khakifarbene Hose, die ihm immer noch paßte, und ein zeitloses, altes Tennishemd.

Seit dem Anruf von Victoria am Vormittag stand Mike unter Strom. Er hatte das Gefühl, daß etwas im Busch war, und es war nicht seine Art, herumzusitzen und darauf zu warten, daß das Telefon klingelte. Doch er konnte an Karens Augen ablesen, daß sie nicht allein gelassen werden wollte. Diesmal hatte er sich vorgenommen, Karen den Vorrang zu geben.

Gemeinsam bereiteten sie das Mittagessen zu. Während Karen die Tagliatelle kochte und eine Salatsoße machte, putzte Mike die Tomaten, die Möhren und den Brokkoli. Zum Essen setzten sie sich an den hellen Kiefernholztisch in der Frühstücksnische. Karen hatte die Küche in das reinste Gewächshaus verwandelt und rund um das Oberlicht Rankpflanzen gehängt, deren Triebe wie grüne Tentakel von der Decke hingen.

»Gestern abend mußte ich an meinen Großvater denken«, sagte Mike, während er seine Nudelsoße mit reichlich Parmesan bedeckte.

Karen nippte an ihrem Eistee. »Wieso?«

»Erinnerst du dich noch daran, wie er am Ende immer verwirrter wurde?«

Karen hob die Augenbrauen. »Vor oder nachdem er mir einen Heiratsantrag gemacht hat?«

»Er hat sich aufgeführt wie ein Schuljunge«, sagte Mike lächelnd. »Wie er sich in alle möglichen Frauen verknallte. Ich mußte daran denken, wie vernarrt er in Diane Sawyer war. Für ihn war sie die Superfrau. Eine schöne, intelligente Journalistin. Charmant. Und dazu noch eine exzellente Köchin.«

»Diane Sawyer kann kochen?«

»Ich glaube kaum«, sagte er achselzuckend. »Aber wer hätte es übers Herz bringen sollen, dem armen alten Grandpa zu erzählen, daß die Frau im Fernsehen, die all die tollen Rezepte vorführte, in Wirklichkeit Martha Stewart war?«

Karen lachte in sich hinein. »Ein absolut verständlicher Trugschluß für einen siebenundneunzigjährigen Mann.«

»Hey – er war verliebt, er war glücklich. Natürlich hätte ich ihn aufklären können, wenn ich gewollt hätte. Aber solche Dinge muß man sich genau überlegen.« Er wartete, bis sie ihn ansah. »Die Wahrheit zu sagen, ist nicht immer besser. Viel wichtiger ist, daß man in guter Absicht handelt.«

Ihr Lächeln verschwand, und sie senkte ihren Blick. »Gut gemeinter Versuch, Mike. Aber was ich mit dir gemacht habe, steht auf einem ganz anderen Blatt.«

Er sah sie besorgt an, bis sie sich ihm wieder zuwandte. Wehmut lag in ihren Augen.

»Ich war zwanzig Jahre alt«, sagte sie, »eine flippige kleine Studentin in den Semesterferien. Nach der Kreuzfahrt hab ich deinen Artikel in der Tribüne gelesen, in dem stand, daß die Polizei noch keinen Verdächtigen hatte. Da hab ich mich entschlossen, dich anzurufen. Woher sollte ich wissen, daß ich dir fünf Jahre später tatsächlich begegnen würde, daß ich dir auf dem Benefizball für das Miami Ballett buchstäblich in die Arme laufen würde. Im ersten Moment hätte ich am liebsten gleich die Flucht ergriffen.«

»Das hast du aber nicht.«

»Nein. Es war ein komisches Gefühl. Eigentlich warst du ein Fremder für mich, und doch kanntest du mein bestgehütetes Geheimnis. Ich glaube, ich fand damals, ich hätte ein Recht darauf, auch etwas über dich zu erfahren. Zumindest wollte ich mich ein bißchen mit dir unterhalten, herausfinden, was für ein Mensch du bist.«

»Das muß ja ein Schock für dich gewesen sein, als ich dich eingeladen habe, mit mir auszugehen.«

»Das kann man wohl sagen«, erwiderte sie mit großen Augen.

»Na ja, zumindest weiß ich jetzt, warum du mir einen Korb gegeben hast.«

»Aber als ich dich in der Woche darauf in der Bar getroffen habe, dachte ich, das muß Schicksal sein. Erst als ich mich schließlich darauf eingelassen habe, mit dir auszugehen, hat meine Freundin Terri mir erzählt, daß du sie angerufen hast, um dich zu erkundigen, wo ich freitags abends nach der Arbeit hinging.«

»Diese Journalisten«, sagte er. »Man kann ihnen einfach nicht trauen.«

»Das war wirklich süß. Und als wir anfangs zusammen ausgegangen sind, konnte ich die ganze Geschichte einfach vergessen, obwohl ich im Innersten meines Herzens immer das Bedürfnis hatte, dir irgendwann die Wahrheit zu sagen.«

»Und warum hast du es nicht getan?«

»Ich hatte Angst. Öffentlich bin ich nie in Zusammenhang gebracht worden mit der Vergewaltigung oder dem erschossenen Jungen. Die Zeitungen in New York druckten damals grundsätzlich keine Namen von Vergewaltigungsopfern ab, und ... na ja, da er ein Jugendlicher war, hat sein Name auch nie in der Zeitung gestanden. Ich hatte die Uni gewechselt und war wieder in die Nähe meiner Eltern gezogen. Die einzigen, die wirklich etwas wußten, waren meine Eltern, und auch die wußten nicht, daß ich eher aus Rache als aus Notwehr gehandelt hatte.«

»Du kannst es nennen, wie du willst, das ändert nichts an meinen Gefühlen für dich.«

»Damals hätte es das vielleicht doch. Stell dir vor, wir hätten uns getrennt? Ich wollte nicht, daß du – ein Journalist – wußtest, wer ich war und was ich getan hatte. Also habe ich es die ganze Zeit vor mir hergeschoben, dir die Wahrheit darüber zu erzählen, woher wir uns eigentlich kannten. Ich habe mir immer gesagt, ich werde es ihm sagen, wenn wir ein halbes Jahr zusammen sind, wenn wir neun Monate zusammen sind, wenn wir uns verloben. Bis wir dann geheiratet haben, hatte ich das Geheimnis so lange für mich behalten, daß ich es dir nicht mehr sagen konnte – nicht, nachdem ich es dir so lange vorenthalten hatte. Die Heimlichtuerei war inzwischen genauso schlimm geworden wie das Geheimnis selbst.«

»Du bist viel zu streng mit dir.«

»Wirklich? Wenn ich ehrlich bin, muß ich gestehen, daß ich nicht sicher bin, ob ich es dir jemals gesagt hätte, wenn Frank Hannon nicht aus dem Gefängnis entlassen worden wäre und zehn Menschen ermordet hätte.«

Er schwieg eine Weile, dann nahm er ihre Hand. »Wenn du geglaubt hättest, daß unsere Ehe es verkraftet hätte, hättest du es mir gesagt. Die Heimlichtuerei ist nicht der Grund für unsere Ehekrise. Da hatte ich auch ein bißchen was mit zu tun.«

Sie sahen sich lange und liebevoll an. »Danke«, sagte Karen.

Er nickte und lächelte gequält. »So was hab ich noch nie gehört – daß einer ein ›Danke‹ dafür bekommt, daß er seine Ehe ruiniert hat. Ich bin auch Spezialist für lebenslange Freundschaften und Familienverhältnisse, falls du davon ein paar auf Lager hast, die du loswerden willst.«

Sie warf eine zerknüllte Serviette nach ihm und schüttelte lachend den Kopf. »Das ist das Problem mit dir, Posten. Du nimmst das Leben viel zu ernst.«

Sie saßen noch lange ins Gespräch vertieft am Tisch. Um 14.45 Uhr, als Mike gerade dabei war, das Geschirr in die Spülmaschine zu räumen, klingelte das Telefon. Er nahm das Gespräch in der Küche entgegen.

»Hallo, Victoria«, sagte er laut genug, um Karen wissen zu lassen, wer am Apparat war. Sie wischte gerade den Tisch ab und hielt mitten in der Bewegung inne. »Sie lösen also tatsächlich Ihr Versprechen ein, mich *vor* CNN zu benachrichtigen?«

»Ich wollte nur noch einmal wiederholen, was ich Ihnen heute morgen gesagt habe«, sagte sie in streng geschäftlichem Tonfall. »Bitte veröffentlichen Sie nichts über Hannon, die Serienmorde oder Ihre Informantin. Es ist äußerst wichtig.«

»Das haben Sie mir bereits erklärt.«

»Aber jetzt kommt es noch mehr denn je darauf an. Wir befinden uns in einer äußerst delikaten Lage. Egal, was Sie schreiben, es könnte Hannon in Panik versetzen und das Leben von FBI-Agenten und Zivilisten gefährden.«

»Wenn Sie von mir verlangen, daß ich die öffentliche Sicherheit über das Recht der Öffentlichkeit auf Information stelle, dann denke ich, habe ich zumindest das Recht zu wissen, worauf ich mich einlasse.«

Sie seufzte hin- und hergerissen. »Es tut mir leid, ich kann Ihnen über Einzelheiten keine Auskunft geben. Alles, was ich Ihnen sagen kann, ist, daß wir Hannon in der Falle haben, auch wenn er es noch nicht weiß. Alles, was er über sich in der Zeitung liest, könnte ihn provozieren.«

In diesem Augenblick hörte Mike ein langgezogenes, schrilles Geräusch im Hintergrund, wie von einem Fagott. Er verzog irritiert das Gesicht: *Von wo zum Teufel mochte sie anrufen?*

Ihre Stimme klang mit einemmal nervös. »Ich muß Schluß machen. Ich hoffe, ich kann mich auf Sie verlassen.«

Seine Gedanken rasten, als er den Hörer aufgelegt hatte.

Karen trat leise auf ihn zu. An ihrem Gesicht konnte er erkennen, daß sie das Gespräch mitgehört hatte.

»Es ist etwas Wichtiges, nicht wahr?« sagte sie.

Er nickte. »Sie haben Hannon in der Falle.«

»Wo?«

»Das wollte sie nicht sagen. Aber –« Er unterbrach sich mitten im Satz und sah Karen an, als sei ihm gerade ein Licht aufgegangen. »Es war eine Schiffssirene.«

»Was?« fragte sie verwirrt.

»Ich hab im Hintergrund ein Geräusch gehört, während wir telefoniert haben. Es war ziemlich weit weg, aber es war mit Sicherheit eine von diesen fürchterlichen Schiffssirenen. Ich glaube, sie hat von einem Hafen aus angerufen.«

»Und?«

»Und wo glaubst du wohl, haben sie Hannon in der Falle? Wir wissen, er war in Antigua, denn dort hat er die Wachmänner erschossen. Jetzt will er unbedingt zurück in die Vereinigten Staaten, damit er die Suche nach seinem Informanten fortsetzen kann. Victoria sagt, sie haben ihn in der Falle, und ich habe soeben eine Schiffssirene im Hintergrund gehört. Ich wette, er befindet sich auf einem Schiff mit Kurs auf die USA.«

Sie schüttelte verwirrt den Kopf. »Wieso sollte er auf einem Schiff reisen?«

»Antigua liegt über zwölfhundert Meilen von Amerika entfernt. Mit einem kleinen Segelboot würde er Monate brauchen, und wenn er fliegen würde, hätte er Schwierigkeiten, die strengen Sicherheitskontrollen am Flughafen zu passieren.«

»Aber auf was für einem Schiff wird er sein? Auf einem Frachter? Oder auf einem Kreuzfahrtschiff?«

Mike überlegte. »Frachter sind ziemlich langsam, und es ist nicht leicht herauszufinden, wohin sie fahren. Da entspricht ein Kreuzfahrtschiff, wie wir wissen, eher seinem Stil. Auf manchen von den Kähnen reisen über zweitausend

Passagiere, so daß es kein Problem sein dürfte, in der Menge unterzutauchen. Und die Sicherheitskontrollen sind längst nicht so streng wie auf Flughäfen. Vor ein paar Jahren hat die TRIBUNE mal einen Bericht darüber gebracht, wie illegale Immigranten auf Kreuzfahrtschiffen in die USA einreisen. Ein pensionierter Zollbeamter schätzte, daß es jede Woche Hunderte schaffen. Und darüber braucht man sich nicht zu wundern. Wenn die Schiffe in ihren Anlaufhäfen anlegen, braucht man noch nicht mal ein Ticket, um zurück an Bord zu gelangen. Man braucht nur seinen Paß und einen Stempel auf der Hand vorzuzeigen, und so was kriegt man überall auf dem schwarzen Markt. Auf manchen Schiffen waren die einzigen Passagiere, deren Paß überprüft wurde, diejenigen, die sich freiwillig an Bord bei der Einwanderungsbehörde gemeldet haben. Die Leute von der INS haben uns ganz offen erklärt, sie hätten einfach nicht genug Personal, um die Kontrollen vorschriftsmäßig durchzuführen.«

»Du glaubst also, er hat sich in Antigua auf ein Kreuzfahrtschiff geschmuggelt?«

»Möglich.« Ein verschmitztes Lächeln huschte über sein Gesicht. »Ich wette, übers Internet können wir sogar rausfinden, auf welches.«

»Du bist doch wirklich nicht zu bremsen«, sagte sie grinsend. Dann ging sie Mike voraus in ihr Arbeitszimmer und schaltete den Computer ein. Sie warteten, bis das farbenfrohe Logo von America Online auf dem Bildschirm erschien. Karen gab als Suchbegriff »Kreuzfahrt« ein, woraufhin ein großes Farbfoto eines Kreuzfahrtschiffs und ein Menü erschienen. Sie klickte auf »Fahrpläne, Karibik«.

»Ach du Schande«, sagte sie. »Sieh dir bloß an, wieviele es gibt.«

»Aber es kann nicht allzu viele geben, die in Antigua auslauten.«

Karen ließ die Liste durchlaufen. »Du hast recht. Es gibt überhaupt keine. Der einzige Ausgangshafen außerhalb der

USA ist San Juan, in Puerto Rico. Es gibt aber mehrere, die Antigua als Anlaufhäfen haben.«

»Ich kann mir nicht vorstellen, daß er riskieren würde, ein Schiff zu nehmen, das Antigua anläuft. Überleg doch mal. In St. Johns werden zwei Wachmänner ermordet. Mitten auf der Kreuzfahrt geht ein Typ an Bord, der in die Vereinigten Staaten will. Da kann er sich gleich ein Schild um den Hals hängen. Wenn ich Hannon wäre, würde ich mir einen Kahn aussuchen, der seine Kreuzfahrt in der Karibik beginnt. Auf diese Weise könnte ich zusammen mit zweitausend anderen Passagieren an Bord gehen.«

»Mal sehen. Wenn wir alle Schiffe streichen, die in Miami auslauten ... und in Fort Lauderdale ... und in New York ...« Mit jedem Mausklick wurde die Liste kürzer. »Bleiben immer noch vier Schiffe, die in San Juan auslaufen.«

»Ich wette, daß die meisten von denen nur in der Karibik kreuzen. Hannon braucht eins, das mindestens einen Anlauthafen in den Vereinigten Staaten hat.«

»Das können ja nicht allzu viele sein«, sagte sie, während sie den Bildschirm absuchte. »Hier hab ich eins: die PACIFIC PRINCESS. Läuft in San Juan aus, fährt durch den Panamakanal nach Los Angeles. Dreizehn Tage.«

»Zu lang«, sagte Mike. »Und sieh dir mal den Zeitplan an. Im Moment ist das Schiff auf dem Weg von L. A. nach San Juan. Erst in elf Tagen geht es wieder zurück nach Kalifornien. Was haben wir noch?«

Sie ging die Liste weiter durch. »Nur noch eins. Eine Rundreise von San Juan aus. Die Kreuzfahrt geht nach Nordwesten zu den Bahamas, dann nach Key West, von dort aus über Kuba nach Grand Cayman und Jamaika und dann zurück nach San Juan.«

Sie sahen sich an. Beide hatten den gleichen Gedanken. »Hannon bucht also in San Juan eine Karibikkreuzfahrt«, sagte Mike nachdenklich, »dann geht er in Key West von Bord und kommt einfach nicht mehr aufs Schiff zurück.«

»Von dort aus kann er über die Autobahn überall hinfahren, wo er will.«

»Wie heißt das Schiff?«

Mit einem Mausklick holte Karen ein vergrößertes Bild des Schiffs auf den Bildschirm. Der Name prangte in großen Buchstaben auf dem Bug: MS FANTASY.

Mike starrte auf den Monitor, als stellte er sich vor, wie der Mörder sich irgendwo im Innern des Schiffsbauchs versteckt hielt. »Druck es aus.«

Auf einen Tastendruck hin druckte der Computer den Fahrplan aus, dazu die genauen Angaben über die Tonnage, die Kapazität und die technischen Daten des Schiffs. Mike las die Informationen, während der Drucker das Papier ausspuckte.

»Nun«, sagte Karen. »Worauf wartest du noch?«

Er blickte von seinem Papier auf. »Wie meinst du das?«

»Es ist doch deine Story, oder? Willst du nicht dabei sein, wenn sie Hannon festnehmen?«

Er wußte nicht, was er sagen sollte, und starrte sie mit offenem Mund an. Er mußte daran denken, wie er sie hatte stehen lassen, als sie das letztemal drauf und dran gewesen waren, wieder zueinander zu kommen, und zu Aaron Fields gerannt war, um mit ihm über seine Suspendierung zu verhandeln. »Ich glaube, es ist diesmal wichtiger, daß ich bei dir bleibe.«

»Bitte«, sagte sie und verdrehte die Augen. »Seit ein paar Tagen bist du ein wunderbarer Ehemann. Verdirb es nicht, indem du jetzt versuchst, den Heiligen zu spielen.«

Er grinste. »Okay, wenn du das so siehst. Aber das Schiff befindet sich mitten in der Karibik. Wie soll ich denn dahin kommen?«

Sie schaltete den Computer aus. »Wenn wir recht haben, wird Hannon nicht die Flucht ergreifen, bevor er Key West erreicht hat. Du könntest heute abend nach Nassau fliegen und versuchen, an Bord zu gehen, wenn das Schiff dort morgen früh einläuft.«

»Es ist eine ziemlich riskante Angelegenheit. Ich könnte auf dem Schiff ankommen und feststellen, daß wir mit unserer Vermutung völlig danebenliegen.«

»Glaubst du, daß wir uns irren?«

Er dachte einen Augenblick lang nach. »Nein. Ich glaube, er ist auf dem Schiff.«

»Dann fahr.«

»Möchtest du das wirklich?«

Sie nickte. »Diese Exklusivstory hast du dir verdient. Und kein Mensch auf der Welt kann dir vorwerfen, das sei Scheckbuchjournalismus.«

Er bekam Herzklopfen, so als müßte er plötzlich etwas beweisen. Er wandte sich zum Gehen, dann hielt er inne und drehte sich wieder zu ihr um. Er sah sie ernst und liebevoll an.

»Ich liebe dich.«

Sie schluckte. »Ich kann mich gar nicht mehr erinnern, wann du das in drei anstatt in vier Worten zu mir gesagt hast.«

»Was meinst du damit?«

»Gewöhnlich bin ich nicht diejenige, die sagt: ›Ich liebe dich *auch*‹.«

Sie lächelten sich an, dann klopfte er sich an die Stirn, um ›auf Holz‹ zu klopfen, und machte sich auf den Weg.

48. Kapitel

Um 15.30 Uhr an jenem Nachmittag schien die Sonne hell auf den Hafen von Miami. Vom offenen Deck des Kreuzfahrtschiffs MS RHAPSODY, dem Schwesterschiff der MS FANTASY, genoß Victoria den Blick auf die Skyline von Miami. Seit Victorias Kindheit waren die Wolkenkratzer in der

Innenstadt wie Pilze aus dem Boden geschossen und hatten den alten »Freedom Tower« im Westen in den Schatten gestellt. Die höchsten Gebäude standen jetzt im Süden an der Mündung des Miami River. Von einem zweiundfünfzig Stockwerke hohen Turm aus Glas und Granit aus fiel die Silhouette der Stadt wie ein Berghang stetig ab, wie um unerwünschten Elementen nichts anderes übrig zu lassen, als in die Verbrecherhochburg im Norden der Stadt abzurutschen. Von der Reling eines Kreuzfahrtschiffs aus betrachtet allerdings bot selbst die Nordseite einen eindrucksvollen Anblick, als Victorias Blick am Hauptgebäude der TRIBUNE hängenblieb. Die Ironie der Situation gefiel ihr. Sie konnte den Journalisten, die im fünften Stock emsig arbeiteten, praktisch zuwinken, und doch hatte keiner von ihnen eine Ahnung, daß sich die größte Story des Jahres direkt unter ihrer Nase abspielte. *Es sei denn, Mike hatte es doch herausgefunden.*

Das Schiff lag an seinem üblichen Anlegeplatz im Osten, an der Atlantikseite des Hafens, direkt hinter einem der schwimmenden Hotels der Carnival Cruise Line. Die MS RHAPSODY war gerade von einer neuntägigen Kreuzfahrt zu den Jungferninseln zurückgekehrt, und bis vor einer Stunde war die Mannschaft damit beschäftigt gewesen, das Schiff für die nächste Reise vorzubereiten. Jetzt war außer zehn FBI-Agenten und dem achtundvierzigjährigen Bill Odoms, dem Sicherheitschef der Reederei, niemand mehr an Bord.

Odoms sah aus wie ein hartgesottener ehemaliger Polizist, wie einer, der seine ersten Erfahrungen als »Sicherheitsexperte« als Rausschmeißer in einer Collegebar gesammelt hatte. An seiner rechten Hand trug er einen Ring der Polizeiakademie und am Revers seines marineblauen Blazers ein Abzeichen des Rotary Clubs. Sein schütteres Haar hatte er streng nach hinten gekämmt, doch wenn er in eine Brise geriet, kam eine sonnenverbrannte Halbglatze zum Vorschein. Die selbsttönenden Gläser seiner Goldrandbrille hatten sich in der Sonne dunkel gefärbt und verdeckten seine Augen und einen Gutteil seines Gesichts. Trotzdem spürte Victoria seinen durchdringenden Blick, als er zu ihr und ihren Kollegen sprach.

»Die RHAPSODY ist praktisch das Ebenbild der FANTASY«, erklärte er. »Sie ist nur zwei Jahre älter, und ihr Heimathafen ist nicht San Juan, sondern Miami. Mit neunzigtausend Bruttoregistertonnen sind diese beiden Schönheiten unsere Prachtschiffe. Zum Vergleich: Die ursprüngliche QUEEN ELIZABETH trat 1940 ihre Dienste mit dreiundachtzigtausend Bruttoregistertonnen an. Unsere Schiffe allerdings verfügen über einen Komfort, der in den vierziger Jahren noch nicht einmal in Hotels anzutreffen war. Es gibt ein Atrium, das sich über vierzehn Stockwerke hinzieht, vierzehn Aufzüge, ein Glasfaser-Lichtsystem und einen zwölfhundert Quadratmeter großen Fitneßraum. Das Schiff hat eintausendeinhundert Kabinen, zwei zweistöckige Speisesäle mit Panoramablick auf das Meer, eine Promenade, auf der man um das ganze Schiff herum gehen kann. Fast fünfzig Prozent der siebenhundert Kabinen mit Meeresblick haben jeweils eine Veranda mit verglaster Balustrade.«

»Wie lauten die wichtigsten Maße des Schiffs?«

»Länge dreihundert Meter, Breite vierzig Meter. Es gibt zwölf mit Teakholzparkett versehene Passagierdecks, von denen das oberste fünfundvierzig Meter über dem Wasserspiegel liegt. Die Oberkante des Schornsteins liegt siebzig Meter über dem Wasserspiegel.«

»Wie hoch ist die Reisegeschwindigkeit?«

»Einundzwanzig Knoten.«

»Haben die einzelnen Decks die gleichen Grundrisse auf beiden Schiffen?«

Odoms nickte. »Alles, was Sie heute nachmittag sehen werden, entspricht exakt dem, was Sie auf der FANTASY vorfinden werden. Der einzige Unterschied ist der, daß an Bord der FANTASY an die zweitausend Passagiere und neunhundert Mann Schiffsbesatzung sein werden. Und ich möchte noch einmal betonen: Die Sicherheit der Menschen an Bord ist unter allen Umständen vorrangig – selbst wenn das bedeutet, daß Ihr Serienmörder entkommen sollte.«

Shapiro nickte, wie um Odoms zu beruhigen. »Wir planen hier keine Operation im Rambo-Stil. Unser Ziel ist ganz simpel: den Verdächtigen zu identifizieren, ihn zu beobachten und ihn nur zu verhaften, wenn es uns gelingt, ihn zu isolieren. Wenn alles nach Plan verläuft, wird er erst merken, wie ihm geschieht, wenn die Handschellen zuschnappen. Wir haben unser Team ziemlich klein gehalten, damit er keinen Verdacht schöpft. Was wir am allerwenigsten riskieren wollen, ist, daß er sich gezwungen fühlt, Geiseln zu nehmen. Sollte allerdings irgend etwas schiefgehen, verfügen wir notfalls über die Erfahrung und die Waffen, die wir brauchen. Victoria hat fünf Jahre in der Abteilung für Verhandlungsstrategien mit Geiselnehmern gearbeitet, bevor sie in unser Team wechselte. Falls wir es mit einer lebensbedrohlichen Situation zu tun bekommen, stehen uns einige unserer besten Leute von der Spezialeinheit für die Rettung von Geiseln zur Verfügung.«

Odoms verzog keine Miene. »Ich sehe immer noch nicht ein, warum Sie an Bord gehen wollen, bevor das Schiff im Hafen liegt. Die FANTASY läuft in zwölf Stunden in Nassau ein. Das wäre meiner Meinung nach ein günstiger Zeitpunkt für Sie, sich auf das Schiff zu begeben.«

»Während dieser zwölf Stunden könnte Hannon genausogut durchdrehen und einfach auf den Bahamas von Bord gehen. Bei siebentausend Inseln in einem Gebiet von der Größe Connecticuts könnte er auf Nimmerwiedersehen untertauchen. Dieses Risiko können wir nicht eingehen. Nur fünf von uns werden auf See an Bord gehen und der Rest, wenn das Schiff im Hafen ist. Glauben Sie mir, wir werden uns so verhalten, daß niemand auch nur den geringsten Verdacht schöpft.«

»Aber vergessen Sie nicht, daß Schießereien schlecht fürs Geschäft sind.«

»Neunundneunzig Prozent unserer Aktionen sind reine Vorsichtsmaßnahmen. Aber falls tatsächlich das Schlimmste eintritt, will ich genau wissen, wo ich meine Scharfschützen postieren muß. Wenn er von Punkt A nach Punkt B durch einen Korridor flüchtet, müssen meine Leute wissen, wie sie vor ihm dorthin kommen. Wenn Sie also gestatten – lassen Sie uns mit der Operation beginnen.«

Odoms seufzte. »Folgen Sie mir.«

Er führte sie am Pool entlang, während er sich weiter mit Shapiro unterhielt. Die anderen folgten zu zweit und zu dritt. Kevin McCabe, ein Scharfschütze, ging neben Victoria. Sie konnte sich schwach daran erinnern, vor Jahren im FBI-Büro in Miami mit ihm zu tun gehabt zu haben. Er hatte sich damals in der Abteilung für Drogenbekämpfung hervorgetan und einen Aufkleber auf seinem Schreibtisch gehabt, auf dem stand: »So viele Kolumbianer und so wenig Zeit.« Er war etwa im gleichen Alter wie sie, einer von diesen vierschrötigen Typen, die sie absolut unattraktiv fand.

»Ich habe gehört, Hannon hat Ihnen am Flughafen Nachhilfe in Anatomie gegeben«, sagte er grinsend und mit offenem Mund einen Kaugummi kauend.

Ihr Gesicht verfinsterte sich. Die »Penis«-Geschichte hatte offenbar ziemlich schnell die Runde gemacht. »Und?« fragte sie trocken.

»Nichts«, erwiderte er, immer noch grinsend. »Ich dachte nur, daß ich mir unter diesen Umständen Ihre offizielle Erlaubnis einholen sollte, bevor ich einen Kopf in Betracht ziehe.«

»Kein Problem. Wenn Sie sich einen Kopfschuß verpassen wollen, werden alle Frauen jubilieren.«

Die Männer hinter ihnen kicherten über Victorias schlagfertige Antwort. McCabes Gesicht lief vor Wut rot an.

»Sehr witzig«, raunzte er. »Aber wenn dieses Schwein eine Badenixe mit einem Steakmesser bedroht, werden Sie mich noch auf Knien bitten, ihn abzuschießen.«

»Immer mit der Ruhe, McCabe. Wir haben Sie nur zur Sicherheit mitgenommen. Niemand schießt auf Hannon, solange es sich vermeiden läßt.«

Er starrte sie durchdringend an. »Ich will Ihnen mal was sagen, Schwester«, sagte er todernst. »Dieses Tier wird niemals friedlich von diesem Schiff gehen. Er ist verdammt gerissen, und vergessen Sie nicht: Er hat nichts zu verlieren.«

Sie schluckte, während sie weiterging, doch ihr Mut sank, als ihr klar wurde, daß McCabe absolut recht hatte. Mit einem Ratgeber für die Verhandlung mit Geiselnehmern würden sie Hannon nicht beikommen. Dieser Mann war nur mit Gewalt zu bezwingen.

49. Kapitel

Aus einer Höhe von dreihundertfünfzig Metern sah die MS FANTASY aus wie ein Spielzeugboot, das langsam über einen wunderschönen, blauen Teppich glitt. Victoria, die den Anblick vom Hubschrauber der Küstenwache aus bewunderte, konnte plötzlich verstehen, warum das Schwesterschiff auch scherzhaft »Rhapsodie *auf* Blau« genannt wurde.

Victoria, die die Rolle einer Notärztin spielen sollte, war hinten auf dem Klappsitz angeschnallt, neben ihr, auf dem Platz des Bordmechanikers, McCabe und in der mittleren Sitzreihe zwei weitere Mitglieder der Spezialeinheit für Geiselrettung. David Shapiro saß neben dem Piloten der Küstenwache im Cockpit. Alle fünf FBI-Agenten trugen die gleichen dunkelblauen Overalls, Springerstiefel und metallicblaue Helme. Ein auf dem rechten Ärmel angenähtes Abzeichen wies sie als Mitglieder des Seenotrettungsdienstes aus. Auf dem Boden hinter Victoria lag eine mit weißen Laken und Wolldecken bestückte Trage bereit, daneben standen eine rotweiße Kühlbox mit der Aufschrift »Blutkonserven«, eine Sauerstoffflasche und ein kleiner roter Wagen mit der Reanimationsausrüstung, der aussah wie ein Werkzeugkasten, der mit einem Infusionsständer und einem Defibrilator ausgestattet war.

Shapiro blickte über seine Schulter und sah Victoria an. Er zeigte ihr seinen hochgereckten Daumen, während der Hubschrauber seine Geschwindigkeit verlangsamte und zur Landung ansetzte.

Aus dem in ihrem Helm eingebauten Mikrophon ertönte die monotone Stimme des Piloten: »Rettungshubschrauber 37, HH-160 der Küstenwache mit fünf Mitgliedern des Seenotrettungsdienstes an Bord bereit zur Landung auf der MS FANTASY, um einen Verletzten zu evakuieren.«

Beim Anflug auf das Schiff konnte Victoria erkennen, daß sich auf den offenen Decks eine Menge Passagiere versammelt hatten, die zu ihnen aufschauten und mit den Fingern auf den Hubschrauber deuteten. Sie warf einen Blick auf ihre Armbanduhr. Wahrscheinlich hörten die Passagiere gerade in diesem Augenblick die Lautsprecheransage, durch die sie erfuhren, daß es einen medizinischen Notfall an Bord gebe und wegen der Hubschrauberlandung kein Grund zur Aufregung bestehe.

Victoria sah sich in der zwei Meter breiten Kabine um. Ihre Kollegen saßen alle tief in Gedanken versunken unter ihren Helmen, als gingen sie alle noch einmal im stillen die Einzelheiten ihres Einsatzes durch. Seit ihrem Abflug vom Hubschrauberlandeplatz der Küstenwache hatte keiner von ihnen ein Wort gesagt. Victoria spähte durch das Fenster. Sie flogen jetzt parallel zum Schiff dicht über der Wasseroberfläche, auf gleicher Höhe mit dem Hauptdeck. Die See war ruhig, und das Schiff schien bewegungslos im Wasser zu liegen. Der Hubschrauber surrte an dem Schiff vorbei, dann nahm der Pilot die Geschwindigkeit zurück, um sie der des Schiffs anzupassen. Als sie sich genau über dem Bug befanden, schwebte der Helikopter einen Moment lang über dem Hubschrauberlandeplatz, dann setzte der Pilot genau auf dem großen, schwarzen H auf.

Die Tür öffnete sich, und die fünf FBI-Agenten machten sich zum Einsatz bereit.

Sofort füllte sich die Kabine mit warmer, salziger Seeluft, und beim Lärm der sich drehenden Rotorblätter konnte man sein eigenes Wort nicht mehr verstehen. Zwei Männer sprangen hinaus und hoben die Trage an Deck. Victoria reichte ihnen die Kühlbox und die Sauerstoffflasche an, und beides wurde auf der Trage abgestellt. Nachdem Victoria und McCabe den Reanimationswagen abgeladen hatten, sprangen sie aus dem Hubschrauber, packten sie jeder an einem Griff und rannten, gefolgt von Shapiro und den Männern mit der Trage, auf den Eingang zu.

Der Schiffsarzt erwartete sie bereits an der Tür. Er trug einen weißen Kittel und um den Hals ein Stethoskop, um sicherzugehen, daß er als Mediziner zu erkennen war, sollte sie jemand beobachten.

»Hier entlang!« brüllte er, dann hastete er der Rettungsmannschaft voraus den Korridor entlang.

Sie eilten durch einen langen, engen Flur, dann eine eindrucksvolle, breite Treppe hinauf, die einem Luxushotel alle Ehre gemacht hätte. Neugierige Passagiere lugten aus ihren Kabinen, als die Sanitäter bis hinauf zum Aloha-Deck liefen, wo sich die größten und teuersten Suiten befanden. Der Schiffsarzt öffnete die Tür zu einer Suite und winkte die anderen herein. Shapiro, der die Kabine als letzter betrat, schlug die Tür hinter sich zu.

In der Suite wurden sie von sechs Crewmitgliedern erwartet: eine große Frau, drei weiße Männer und ein Schwarzer – die gleiche Zusammenstellung wie das FBI-Team – und ein alter Mann, dessen Gesicht kalkweiß gepudert war, um ihm ein krankes Aussehen zu geben. Victoria und ihre Kollegen schälten sich in Windeseile aus ihren Anzügen und reichten sie ihren jeweiligen »Doubles«. McCabe zog die Decke von der Trage, warf jedem seiner Kollegen von der Spezialeinheit eine vollautomatische M16 zu und nahm selbst das 3o8er Präzisionsgewehr an sich. Victoria nahm die Handfeuerwaffen aus den Schubladen des Reanimationswagens – Kaliber-45-Pistolen für die Männer und eine 9mm-SIG-Sauer P-228 für sich selbst. Den Inhalt der Kühlbox schüttete sie auf das Bett – fünfhundert Schuß 4er ACP-Vollmantelmunition.

»Los, Beeilung!« bellte Shapiro.

Die FBI-Agenten halfen ihren Doppelgängern in ihre blauen Overalls und die metallicblauen Helme. Der alte Mann lag auf der Trage, im Gesicht die Attrappe einer Sauerstoffmaske. Innerhalb einer halben Minute war das neue Team startklar. Die FBI-Leute traten von der Tür weg in den hinteren Bereich der Kabine.

»Los!« sagte Shapiro.

Der Arzt riß die Tür auf, und die falsche Rettungsmannschaft rannte mit dem alten Mann auf der Trage durch den Korridor, zum Hubschrauber zurück. Inzwischen hatten die Flure sich mit Gaffern gefüllt, und der Arzt hatte Mühe, seinen Leuten den Weg freizubrüllen. Innerhalb von neunzig Sekunden waren sie auf dem Hubschrauberlandeplatz.

Auf dem Pool-Deck hatte sich eine Menschenmenge angesammelt. Die Leute drängten sich an der Reling und starrten auf den Hubschrauber hinunter. Die meisten trugen Badekleidung, nippten an ihren Cocktails, lachten und schwatzten, so als wäre der Helikopter nichts weiter als eine harmlose Abwechslung.

Frank Hannon, der ebenfalls an der Reling lehnte und dem Treiben zusah, war alles andere als amüsiert. Er trug immer noch seinen Strohhut und die Sonnenbrille.

»Was ist denn hier los?« hörte er jemanden hinter sich fragen.

Es war ein fetter Mann in einer himmelblauen Badehose,

der gerade dabei war, eine Wochenration Kalorien mit einem Strohhalm aus einer ausgehöhlten Ananas zu saugen. Er redete mit einer alten Frau mit knallrot gefärbtem Haar und einem Schlapphut, die das Ganze mit einem Fernglas beobachtete.

»Ach, so was passiert bei uns im Apartmenthaus alle Tage«, sagte sie mit einem näselnden New Yorker Akzent. »Bestimmt ein Herzinfarkt. Sie bringen ihn mit dem Hubschrauber ins Krankenhaus.«

»Sind die denn rechtzeitig hier angekommen?«

Sie schnalzte mit der Zunge und machte eine wegwerfende Handbewegung. »Er sah ganz gut aus, Gott sei Dank. Es war der Barkeeper, der gestern abend noch mit mir und meinen Freundinnen geschäkert hat. So ein netter Mann.«

Hannon sah voller Mißtrauen zu, wie der Hubschrauber vom Bug abhob und losflog.

50. Kapitel

Um 17.00 Uhr trafen Victoria und David Shapiro im Wäscheraum mit dem Sicherheitschef des Schiffs und zwölf sorgfältig ausgewählten Crew-Mitgliedern zusammen. Zu diesem Teil des Schiffs, der unterhalb des Wasserspiegels lag, hatten Passagiere keinen Zugang. Der Raum war gefüllt mit Regalreihen, in denen Berge von blütenweißen Laken, Handtüchern und Kopfkissenbezügen aufbewahrt wurden. Victoria spürte, wie der Stahlfußboden unter ihren Füßen vibrierte, während die riesigen Motoren tief im Innern des Schiffs rotierten.

Die Crewmitglieder standen in einem Halbkreis um Victoria herum. Sie trugen die traditionellen schwarzen Hosen und weißen Jacketts der Kabinenstewards, obwohl fünf von ihnen

Frauen waren. Alle waren jung, Anfang bis Mitte Zwanzig, acht waren Indonesier, vier stammten aus Jamaika. Jeder hielt ein Hochglanzfoto in der Hand, das den alten und den neuen Frank Hannon zeigte.

»Sie sind eine handverlesene Gruppe, die Ihr Sicherheitschef zusammengestellt hat«, sagte Victoria, »die Chefstewards sämtlicher zwölf Passagierdecks. Sie sind ausgesucht worden, weil Ihr Arbeitgeber davon überzeugt ist, daß Sie diese Aktion absolut vertraulich behandeln werden. Können Sie mir das bestätigen?«

Sie sahen einander an und nickten zustimmend.

»Jeder von Ihnen wird die Aufgabe haben, die Kabinen auf seinem Deck zu überprüfen. Wir suchen einen weißen, einsfünfundneunzig großen Amerikaner. Abgesehen von seiner Größe allerdings wissen wir nichts Genaues über sein Aussehen. Er kann sich eine Glatze rasiert oder die Haare gefärbt haben. Möglicherweise trägt er farbige Kontaktlinsen. Er könnte fett oder auch alt wirken, ja, er könnte sich sogar als Frau verkleidet haben.«

»Frage«, sagte einer der jungen Jamaikaner. Er war auffällig mager, doch durch sein forsches Auftreten wirkte er selbstbewußter als die anderen.

»Ja«, sagte Victoria. »Wie heißen Sie?«

»Leddy Coolidge. Die meisten Leute nennen mich ›Cool‹.«

»Wie lautet Ihre Frage?«

Er sprach mit einem leichten Akzent. »Wenn dieser Typ sich so gut verkleidet hat, nach was zum Teufel sollen wir dann Ausschau halten?« fragte er mit sarkastischem Unterton.

»Es gibt ein Merkmal, das er nicht verändern kann, und das ist seine Größe. Worauf Sie also als allererstes achten müssen, ist, ob sich auf Ihrem Deck ein Passagier befindet, der über einsneunzig groß ist, Mann oder Frau.«

»Mann, das könnten fünfhundert Leute sein«, schnaubte er.

»Was bedeutet, daß wir auf einen Schlag über tausend Leute aussortiert haben. Als nächstes achten Sie auf alles, was Ihnen verdächtig erscheint. Eine Perücke oder Haarfarbe im Badezimmer wären eindeutige Hinweise, aber wir müssen auch weniger augenscheinliche Indizien sammeln. Gibt es zum Beispiel jemanden, der seine Mahlzeiten in der Kabine zu sich nimmt anstatt im Speisesaal? Oder jemanden, der kaum Kontakt zu anderen Passagieren hat, niemand im Vorbeigehen grüßt?«

Der Jamaikaner hob eine Hand und machte ein Gesicht, als würde er an einer Zitrone saugen. »Sollten wir uns nicht vor allem auf die Einzelkabinen konzentrieren?«

»Darauf dürfen Sie sich nicht beschränken. Wir gehen zwar davon aus, daß er allein unterwegs ist, aber einzelne Reisende werden automatisch mit anderen allein reisenden Personen gleichen Geschlechts in Doppelkabinen untergebracht, er könnte also durchaus einen männlichen Kabinengenossen haben. Denkbar ist auch, daß er sich zur Tarnung in San Juan eine Prostituierte als Begleiterin angeheuert hat, so daß er ebenfalls eine Kabine mit einer Frau zusammen bewohnen könnte. Oder er hat eine Doppelkabine für sich und einen Begleiter gebucht, der gar nicht existiert. Sie sollten also in jeder Doppelkabine, die Sie betreten, nach Anzeichen dafür Ausschau halten, daß sie tatsächlich von zwei Personen bewohnt ist. Tun Sie das möglichst unauffällig, aber –«

»Verzeihung.« Es war wieder derselbe hagere Mann, der sie unterbrach. Diesmal erntete er ungeduldige Blicke von seinen Kollegen, als ob sie ihm sagen wollten, er stelle zu viele Fragen.

»Ja?« sagte Victoria geduldig.

»Was sollen wir tun, wenn wir glauben, daß wir ihn entdeckt haben?«

Eine der Indonesierinnen trat nervös vom einen Bein aufs andere. »Wie gefährlich ist der Mann eigentlich?« fragte sie mit belegter Stimme.

Victoria sah erst Shapiro und dann die Crewmitglieder an. »Extrem gefährlich«, sagte sie ernst. »Wir würden lieber FBI-Agenten für diese Aufgabe einsetzen, aber, offen gestanden, wir haben noch nicht genug Leute an Bord. Selbst dann würde ich davon ausgehen, daß Frank Hannon sich längst die Gesichter der Kabinenstewards und sämtlicher Crewmitglieder gemerkt hat, die auf seinem Deck arbeiten oder Zugang zu seiner Kabine haben. Jeder Personalwechsel könnte ihn mißtrauisch machen.«

»Was ist, wenn er einen von uns angreift?« wollte eine andere Frau wissen.

»Dieses Schiff ist Hannons einziger Fluchtweg«, sagte Victoria. »Wir glauben nicht, daß er irgend jemanden anfallen wird – es sei denn, er fühlt sich provoziert. Für den Notfall allerdings wird jeder von Ihnen mit einem Pieper ausgestattet. Tragen Sie ihn immer und überall bei sich. Sollten Sie in Schwierigkeiten geraten, drücken Sie auf den Knopf, dann wissen wir sofort, wo Sie sich befinden.« Sie ließ ihren Blick durch die Runde schweifen, sah die Anspannung in den Gesichtern. »Fühlt sich irgend jemand von Ihnen von dieser Aufgabe überfordert?«

Niemand sagte etwas.

»Gut«, sagte Victoria. Sie wies noch einmal darauf hin, daß die Aktion streng geheim gehalten werden mußte, dann sammelte sie die Fotos wieder ein, damit diese nicht in falsche Hände gerieten.

»Ich danke Ihnen allen«, sagte sie und entließ die Leute.

Schweigend verließen die Stewards den Raum. Der Sicherheitschef hielt die Tür auf und dankte jedem einzelnen für seine Einsatzbereitschaft. Victoria und David Shapiro standen allein hinter einem mit Handtüchern gefüllten Regal.

»Glauben Sie, wir können uns auf die Leute verlassen?« fragte Shapiro leise.

»Der einzige, der mir Sorgen macht, ist dieser Schlaumeier, der mich mit seinen Fragen gelöchert hat. Ich hab das ungute Gefühl, das ist so ein Möchte-gern-James-Bond.«

»Wir müssen uns auf das Urteilsvermögen der Schiffsleitung verlassen. Die kennen schließlich ihre Angestellten. Er wird seine Sache schon machen.«

»Wollen wir's hoffen«, erwiderte sie seufzend. »Um seinetwillen und um unseretwillen.«

Müde von der Reise, zog Mike sich in sein Hotelzimmer in Nassau zurück. Seit fast zehn Jahren war er nicht mehr auf den Bahamas gewesen, und seinen letzten Urlaub hier hatte er hauptsächlich am Strand verbracht, wenn er nicht gerade, bekleidet mit einer blauen Badehose und einem lila T-Shirt, auf einem Moped durch die Gegend gekurvt war. Heute abend jedoch kam er sich in keiner Hinsicht wie ein Tourist vor.

Er stellte seine Reisetasche auf einem Stuhl vor dem winzigen Kleiderschrank ab, zog seine Schuhe aus und ließ sich aufs Bett fallen. Das Bett quietschte bei jeder Bewegung, sogar dann, wenn er nur mit den Augen klimperte (so kam es ihm zumindest vor). Es war gar nicht so leicht, in der Hochsaison ein anständiges Zimmer zu finden, wenn man nicht im voraus gebucht hatte, und diese Bruchbude, in der die geblümte Tapete sich bereits von den Wänden löste, war alles andere als anständig.

Er stützte sich auf seinen Ellbogen und nahm, begleitet von einem Quietschkonzert, den Hörer vom Telefon auf dem Nachttisch. Er hatte Karen gebeten, ihr Handy eingeschaltet zu lassen, für den Fall, daß das FBI ihr Privattelefon noch immer überwachte.

»Also, ich bin gut angekommen«, sagte er.

»Das ist schön«, erwiderte sie, doch in ihrer Stimme lag ein besorgter Unterton. »Hast du schon eine Möglichkeit gefunden, auf das Schiff zu kommen?«

»Es ist komplett ausgebucht, ich konnte also kein Ticket

mehr bekommen. Ich mußte mir einen Paß auf dem schwarzen Markt besorgen.«

»Und was bedeutet das?«

»Wenn das Schiff im Hafen liegt, bekommen die Passagiere Pässe, mit denen sie wieder an Bord gehen können. Ich hatte dir ja schon davon erzählt. Diese Pässe werden auf dem schwarzen Markt gehandelt und hauptsächlich an Leute verkauft, die illegal in die Vereinigten Staaten einreisen wollen. Das einzige Problem ist, daß ich keine Kabine habe.«

»Was?« sagte sie entgeistert.

»Es dauert ja nicht so lange, bis wir Key West anlaufen. Eine Nacht lang kann ich mich im Casino herumtreiben oder auch in einem Liegestuhl schlafen, wenn es sein muß.«

»Ist das nicht gefährlich?«

»Nee. Wenn sie mich erwischen, wirft Captain Stubing mich höchstens über Bord.«

Sie kicherte nervös. »Nein, ich meine, ist es nicht gefährlich, in einem Liegestuhl zu schlafen? Das scheint mir nicht besonders sicher, solange Hannon an Bord ist.«

»Ich würde sagen, das ist bloß eine Frage der Perspektive. Denk doch bloß mal an die Kriegskorrespondenten, die bei der Invasion in der Normandie am Strand herumgelaufen oder in Vietnam durch die Reisfelder gewatet sind.«

»Ich möchte weder, daß du durch Reisfelder watest, noch daß du in Liegestühlen schläfst. Könntest du nicht einfach nur den Tag auf dem Schiff verbringen, solange das Schiff im Hafen liegt?«

»Du scheinst ja richtig Angst um mich zu haben.«

»Nein, nein, ist schon gut.« Sie seufzte tief. »Okay, mir ist die Sache nicht ganz geheuer. Nachdem du weg warst, mußte ich an all die unschuldigen Leute denken, die Hannon ermordet hat, und wie sie gestorben sind. Einer von ihnen hatte damals die Kabine direkt neben mir. Es hätte genausogut mich treffen können. Stell dir bloß vor, ich hätte meinen Geburtsnamen behalten, dann wäre ich wahrscheinlich jetzt schon tot.«

»Vielleicht sollte ich besser nach Hause kommen.«

»Nein. Du hast den weiten Weg gemacht, um die Story zu bekommen. Also bleib jetzt da und bring es zu Ende. Ich möchte, daß du das tust.«

»Was machst du heute abend?«

»Ich werde sämtliche Türen verriegeln«, sagte sie, »und alle Lampen brennen lassen. Diese Männer, die mich beschützen sollten, haben gesagt, es besteht keine Gefahr mehr, ich soll mir keine Gedanken machen, aber –«

Mike schoß plötzlich durch den Kopf, daß Hannon möglicherweise gar nicht auf dem Schiff war oder daß er vielleicht mittlerweile wieder von Bord gegangen war. »Geh doch lieber rüber zu Zack in die Penthousewohnung, du kannst solange in meinem Zimmer wohnen. Das Haus hat einen Wachmann. Dort wirst du dich viel sicherer fühlen.«

Ein Piepton ertönte in ihrem Telefon, um anzuzeigen, daß die Batterie bald leer sein würde. »Ich verliere dich gleich.«

Sie schwiegen beide. Es war klar, daß sie über die fast leere Batterie gesprochen hatte, doch die Art, wie sie sich ausgedrückt hatte, hatte sie beide betroffen gemacht.

»Ich meinte die Batterie«, sagte sie.

»Ich weiß. Ich werde vorsichtig sein, okay?«

»Ich liebe dich«, sagte sie in dem Augenblick, als das Gespräch unterbrochen wurde.

Ehe er dazu kam, noch etwas zu sagen, war die Leitung tot. Er hatte ein flaues Gefühl im Magen, als er den Hörer auflegte. Während er sich in die Kissen sinken ließ, dachte er, daß Karen sich von ihrem Gespräch genauso wenig täuschen ließ wie er. Sie wußten beide, daß er nicht auf die Bahamas geflogen und sich einen Paß zu einem Kreuzfahrtschiff ergaunert hatte, nur um eine Story an Land zu ziehen. Auch bezweifelte er nicht, daß die FBI-Leute wußten, was sie taten, und er war sich nicht einmal sicher, ob er ihnen eine große

Hilfe sein würde. Aber solange Karen auf der Abschußliste eines Serienmörders stand, war eines sicher.

Er mußte dafür sorgen, daß Frank Hannon geschnappt wurde – koste es, was es wolle.

51. Kapitel

Bei Sonnenaufgang legte die MS FANTASY an Pier Nummer drei neben zwei leeren Ankerplätzen am Prince-George-Kai an. Mit schweren Tauen so dick wie Elefantenbeine war das hoch aufragende Schiff an überdimensionalen Klampen an dem alten hölzernen Pier vertäut. Das Wasser im Hafen von Nassau schwappte sanft über die Entenmuscheln, die überall auf dem riesigen Schiffsrumpf festsaßen.

Die Fahrt von San Juan bis hierher war sehr ruhig gewesen, doch Hannon brauchte noch nicht einmal aus dem Bett aufzustehen, um zu wissen, daß sie im Hafen eingelaufen waren. Keine Spur von Bewegung war mehr in der Kabine zu spüren, so als wäre das Schiff auf Grund gelaufen.

Es klopfte leise an der Kabinentür. »Kabinenservice«, hörte er dumpf eine Stimme auf dem Korridor sagen.

Hannon setzte sich im Bett auf und warf einen Blick auf seine Armbanduhr. 7.30 Uhr. Pünktlich auf die Minute. Er wälzte sich aus dem Doppelbett und zog sich einen Frotteebademantel über. Bevor er auf die Tür zuging, sah er sich noch einmal in der Kabine um. Die Rettungsaktion vom Vortag hatte ihn nervös gemacht und ließ ihn besonders vorsichtig sein.

»Einen Moment«, rief er.

Er betrachtete sein Gesicht im Spiegel. Niemand an Bord hatte ihn bisher ohne Hut und Sonnenbrille zu Gesicht bekommen, doch es würde einen ziemlich merkwürdigen Eindruck machen, wenn er am frühen Morgen bereits in diesem Aufzug in der Kabine herumlief. Er überlegte kurz, dann lief er ins Bad, drehte den Warmwasserhahn auf und schmierte sich dicken, weißen Rasierschaum ins Gesicht. Zwei schnelle Striche mit dem Rasierer, und es sah so aus, als sei er mitten bei seiner morgendlichen Rasur unterbrochen worden.

Perfekt, dachte er. Er ging an die Tür und öffnete.

»Guten Morgen«, sagte Leddy Coolidge freundlich. »Es tut mir sehr leid, Sir. Habe ich Sie beim Rasieren gestört?«

»Kein Problem.« Der süße Duft von frischem Toast und Marmelade lag in der Luft. Hannon trat zur Seite, um den Kabinensteward hereinzulassen.

Der Jamaikaner schob den Servierwagen in die Kabine und stellte ihn vor dem Fernseher ab. Der Wagen hatte geschlossene Fächer, in denen die Speisen auf dem Weg von der Küche zur Kabine warmgehalten wurden, und ließ sich durch Hochklappen von beweglich angebrachten Teilen mit wenigen Handgriffen in einen Eßtisch verwandeln. Der Steward öffnete das untere Warmhaltefach und entnahm ihm ein Tablett, dann, als er das zweite hervorholen wollte, hielt er inne und schaute fragend auf.

»Soll ich das zweite Tablett noch drin lassen, bis Mrs. Ellers zurückkommt?«

»Wie? Äh, ja«, sagte Hannon. »Sie ist im Badezimmer. Kein Problem.«

Wieder zögerte der Steward, denn ihm fiel ein, daß die FBI-Leute von einem großen Weißen gesprochen hatten, der möglicherweise allein in einer Doppelkabine reiste. Er schaute zu Hannon hinüber, dann wandte er sich schnell wieder ab. »Ich lasse es einfach im Warmhaltefach«, sagte er und ging auf die Tür zu.

»Muß ich nicht irgendwas für Sie unterschreiben?« fragte Hannon.

Der Steward blieb stehen. Nervös lächelnd zog er einen in

Leder gebundenen Block aus der Brusttasche und reichte ihn Hannon. »Doch, natürlich, Sir.«

Hannon unterschrieb mit »Keith Ellers«. Er bemerkte, daß die Hand des Stewards zitterte, als er den Kugelschreiber entgegennahm.

»Vielen Dank, Sir«, sagte der Jamaikaner.

Hannon nickte und beobachtete den Steward ganz genau, als er die Kabine verließ. Er wollte ja nicht paranoid werden, aber der Mann wirkte ungewöhnlich nervös. Hannon nahm die Stoffserviette vom Tisch und wischte sich nachdenklich den Rasierschaum vom Gesicht. Dieser CNN-Bericht gestern. Dann die Aktion mit dem Rettungshubschrauber. Heute morgen ein nervöser Kabinensteward. Sein Instinkt sagte ihm, daß es verdammt an der Zeit war, das Weite zu suchen.

Er zog seinen Koffer aus dem Schrank, warf ihn aufs Bett und öffnete das Reißverschlußfach an der Seite. In einer innen mit Blei verkleideten, für Röntgenstrahlen undurchdringlichen Fototasche befand sich die Smith & Wesson Kaliber 45 ACP aus rostfreiem Stahl, die er bei einem Waffenhändler in San Juan gekauft hatte. Er öffnete die Schachtel mit der 45er ACP-Vollmantelmunition und entnahm ihr zwölf Patronen. Seine Augen leuchteten auf, als das Magazin mit einem leisen Klicken in der Waffe einrastete.

Mit einer blitzschnellen Bewegung fuhr er herum und zielte wie ein Revolverheld auf sein Ebenbild im Wandspiegel. Langsam richtete er die Pistole auf die farbige Hochglanzbroschüre auf der Kommode, auf der ein braungebranntes Pärchen in knappen Badehosen strahlend den Werbeslogan der Insel verkündete: *Auf den Bahamas ist es schöner.*

»Das werden wir ja noch sehen«, sagte Hannon grinsend.

Mike hatte keine Lust, in seinem schmuddeligen Hotel zu essen, und machte sich statt dessen auf den Weg in die Bay Street, die geschäftige Promenade im Hafen von Nassau. Im Beach Ressort, einem eindrucksvollen, rosafarbenen alten

Gebäude im britischen Kolonialstil mit Blick auf die Kreuzfahrtschiffe, die am Prince George Kai vor Anker lagen, nahm er ein leichtes Frühstück zu sich. Um 8.00 Uhr machte er einen kurzen Spaziergang über die Western Esplanade, die auf der einen Seite von kleinen Läden und Restaurants, auf der anderen von Palmen und Sandstrand gesäumt war. Eine warme, salzige Brise empfing ihn am Ende von Pier Nummer 3.

Selbst aus der Entfernung wirkte die FANTASY so groß und imposant wie das Hotel, in dem er eben gefrühstückt hatte. Eine mit einem blauen Leinenbaldachin überdachte Gangway führte vom Schiff auf den Pier. In der Kabine am Ende der Gangway, die an ein Zelt erinnerte, wurden wahrscheinlich die Bordpässe der Passagiere kontrolliert, dachte Mike. Zahlreiche Passagiere strömten bereits über die Gangway an Land, wo sie auf Schritt und Tritt von der Tourismusindustrie verfolgt werden würden. Ein freundlicher Mann mit Dreadlocks und in einem T-Shirt der New York Yankees begrüßte sie mit lauten »Taxi, Taxi!«-Rufen. Frauen in grellbunten Kleidern boten Strohhüte und Modeschmuck feil. An jeder Ecke gab es Stände mit T-Shirts. Die Touristen amüsierten sich in dem Trubel, warfen mit Dollars um sich.

Mike trug Shorts und ein Polohemd und eine bunte Leinentasche über der Schulter. Eine Baseballmütze und eine dunkle Sonnenbrille reichten aus, um nicht erkannt zu werden, sagte er sich. Er blieb bei einem alten Mann stehen, der handgeschnitzte Figuren, made in Taiwan, verkaufte. Am liebsten wäre er gleich an Bord gegangen, doch ihm war klar, daß es nicht gerade ratsam sein würde, zu einem Zeitpunkt, als die meisten Passagiere das Schiff verließen, sein Glück mit dem gefälschten Bordpaß zu versuchen. Er würde noch ein paar Stunden warten müssen, bis mittags, wenn reges Kommen und Gehen auf der Gangway herrschen würde. In der Zwischenzeit würde es nicht schaden, die Augen offen zu halten. Vielleicht konnte er hier und da einen Hinweis entdecken, der ihm bestätigen würde, daß seine Vermutung richtig und die FANTASY das richtige Schiff war.

Während der Strom der Passagiere, die das Schiff verließen, nicht abriß, kam ihm der Gedanke, daß sich ja auch Hannon einen Morgenspaziergang genehmigen könnte. Aus Neugier begann er, nach auffallend großen Männern Ausschau zu halten, die über die Gangway kamen. Überrascht stellte er fest, daß er nur von ganz wenigen mit Sicherheit sagen konnte, daß sie *nicht* Hannon waren. Bei der Vorstellung, er könne Hannon direkt ins Gesicht sehen, ohne es zu wissen, lief es ihm kalt den Rücken hinunter. Der Rückschluß allerdings ließ ihm das Mark in den Knochen gefrieren.

Hannon konnte auch ihm ins Gesicht sehen.

Mit einem breitkrempigen Hut auf dem Kopf und einer verspiegelten Sonnenbrille auf der Nase ging Hannon durch den Korridor auf das Atrium zu. Über der Schulter trug er seinen Koffer an einem Tragriemen, doch bei seiner Statur wirkte der Koffer kaum größer als die Fototaschen, die die meisten Touristen mit sich herumschleppten.

Vom Wirtschaftsraum am Ende des Flurs aus beobachtete der Kabinensteward, wie Hannon auf die Treppe zuging. Leddy Coolidge schämte sich dafür, daß er beim Servieren des Frühstücks die Nerven verloren hatte – er war so durcheinander gewesen, daß er sich nicht einmal in der Kabine umgesehen hatte. Er hätte die Koffer zählen oder nach Frauenkleidern Ausschau halten oder wenigstens einen Blick auf das Bett werfen können, um zu sehen, ob zwei Personen darin geschlafen hatten. Nichts von alldem hatte er getan. Die Leute vom FBI hatten ihm aufgetragen, alles zu melden, was ihm verdächtig vorkam, doch das einzige, was er wußte, war, daß ein großer Mann beim Zimmerservice Frühstück bestellt hatte. Aber er konnte nicht sagen, ob eine Mrs. Ellers im Badezimmer gewesen war oder nicht.

Niemand würde Leddy Coolidge einen Trottel nennen.

Früher in Jamaika hatten ihn alle nur »Cool« genannt – zumindest erzählte er das jedem, der es hören wollte. Er hatte nicht vor, sein Image zu ruinieren, indem er zugab, daß er absolut nichts zu berichten hatte. Schließlich war es kein Problem, noch einmal zurückzugehen und sich gründlich in der Kabine umzusehen, so wie er es von Anfang an hätte tun sollen.

Nachdem Hannon auf der Treppe verschwunden war, wartete er ein paar Minuten ab, um sicherzugehen, daß er wirklich weg war. Als die Luft auf dem Korridor rein war, ging er zu Hannons Kabine, blieb vor der Tür stehen und sah sich nach rechts und links um.

Dann holte er tief Luft, nahm den Schlüssel aus der Hosentasche und öffnete die Tür.

Das Frühstücksgeschirr wurde bereits abgeräumt, und landhungrige Passagiere strömten aus dem Speisesaal. Hannon mischte sich unter die Leute, die dem Ausgang zur Gangway entgegendrängten. Durch die Öffnung an der Seite des Schiffs konnte er schon den blauen Himmel sehen. Doch dann staute sich die Menge, und es ging nur noch zentimeterweise vorwärts. Hannon war eingeklemmt zwischen einem verliebt dreinblickenden Pärchen auf Hochzeitsreise und einer Gruppe grauhaariger Fossilien, die aussahen, als hätten sie eine Vatikanführung gebucht. Er ging leicht in die Knie, damit er nicht als der Größte in der Menge auffiel.

Es dauerte mehrere Minuten, bis er sich kurz vor den Ausgang vorgearbeitet hatte. Jeweils zu zweit verließen die Leute das Schiff über die schmale Gangway. Knapp fünf Meter vor dem Ausgang blieb Hannon stehen.

»Gehen Sie doch weiter«, knurrte jemand hinter ihm.

Hannon trat zur Seite, um die anderen vorbeizulassen, und sah sich mißtrauisch um. Da hing eine Sicherheitskamera.

War das Ding auch schon da, als wir in San Juan an Bord gegangen sind?

Er konnte sich nicht erinnern, doch er wurde den Verdacht nicht los, daß die Kamera seinetwegen installiert worden war. Er schob sich ganz an den Rand, um die Leute nicht aufzuhalten. Bei dem grellen Licht, das von draußen in den Korridor fiel, war es schwer zu erkennen, doch er hätte schwören können, daß sich an der Wand gegenüber der Kamera winzige rote Markierungen befanden – wie die Markierungen an den Ausgängen von manchen Supermärkten, an denen die Größe von Ladendieben ablesbar war, falls diese von den Sicherheitskameras erfaßt worden waren.

Hannon spürte wieder dieses Kribbeln in der Magengegend – seinen Instinkt, der ihn noch nie getrogen hatte. Er brauchte Zeit, um über sein weiteres Vorgehen nachzudenken. In aller Ruhe löste er sich aus der Menge und ging zurück zu seiner Kabine.

Leddy Coolidge hatte minutenlang vor der offenen Kabinentür gestanden, bis er endlich den Mut aufbrachte, die Kabine zu betreten. Ihm war plötzlich durch den Kopf gegangen, daß es ja tatsächlich eine Mrs. Ellers geben konnte, die womöglich noch in der Kabine war oder auf dem Balkon saß. Das letzte, was er gebrauchen konnte, war, daß man ihn beschuldigte, unbefugt in die Kabinen von Passagieren einzudringen. Er klopfte vorsichtig an die Tür.

»Kabinensteward«, rief er und wartete. Nichts rührte sich.

»Ist jemand hier?« fragte er höflich. Wieder wartete er einen Augenblick lang ab, doch niemand antwortete. Schließlich betrat er die Kabine, schloß die Tür hinter sich und schaltete das Licht an.

Mit äußerster Vorsicht setzte er einen Fuß vor den anderen, als befürchtete er, mit einer falschen Bewegung irgend etwas umzustoßen. Als erstes sah er im Badezimmer nach, wo Mrs. Ellers sich angeblich aufgehalten hatte, als er das Frühstück gebracht hatte. Auf der Spiegelablage befanden sich weder irgendwelche Schminkutensilien noch Parfüm oder Haarspray. Er sah in der Badewanne nach. Keine Spur von kleinen Flaschen mit Damenshampoo oder Cremespülung.

Er runzelte besorgt die Stirn. Eigentlich hatte er bereits genug gesehen, doch dann fiel sein Blick auf den Servierwagen. Darauf stand nur ein Tablett. Möglicherweise hatten sie das andere wieder zurück in das Warmhaltefach gestellt. Neugierig kniete er sich neben den Wagen und öffnete das Fach. Das zweite Frühstück war völlig unberührt.

Mit klopfendem Herzen stand er auf. Als er gerade auf die Tür zugehen wollte, blieb er wie versteinert stehen. Er hörte, wie ein Schlüssel im Schloß gedreht wurde, dann ging die Tür auf.

Schnell trat er ein paar Schritte zurück, überlegte, ob er vom Balkon aus auf das darunterliegende Deck springen sollte. Doch als er die Balkontür öffnen wollte, hatte Hannon ihn bereits entdeckt.

»Was machen Sie hier?« herrschte er ihn an.

Coolidge stand stocksteif hinter dem Servierwagen. »Ich, äh – ich wollte nur nachsehen, ob Mrs. Ellers noch etwas wünscht«, krächzte er.

Hannon sah ihn mit eiskalten Augen an, schloß die Tür hinter sich und verriegelte sie. Dann machte er drei schnelle Schritte auf Coolidge zu – Riesenschritte, mit denen er fast den ganzen Raum durchquerte. Einen halben Meter vor dem Kabinensteward blieb er stehen. Er witterte die Angst des jungen Jamaikaners und starrte mit sadistischem Vergnügen auf ihn hinab.

»Wir beide wissen doch ganz genau, daß ich nicht Ellers heiße«, sagte Hannon, während er nach dem Besteck griff, das immer noch auf dem Frühstückstablett lag.

52. Kapitel

Das Doppelbett war abgezogen, und was von den Laken übrig war, lag in Fetzen am Boden. Die schweren Vorhänge vor der Glastür zum Balkon waren zugezogen, ein dickes Badetuch auf der Türschwelle dichtete die Kabine gegen Außengeräusche ab. Der Pieper, den Coolidge von den FBI-Leuten erhalten hatte, befand sich auf dem Servierwagen neben dem Tablett mit den Resten von Hannons Frühstück. Die Kaffeetasse war leer, Löffel und Gabel lagen über Kreuz auf dem Tischtuch.

Hannon hielt das Messer mit Wellenschliff in der rechten Hand.

Leddy Coolidge saß aufrecht im Gästestuhl. Hannon hatte ihn mit Teilen des Lakens, das er zu diesem Zweck in Streifen gerissen hatte, geknebelt und an Händen und Füßen an den Stuhl gefesselt. Sein rechtes Auge war zugeschwollen. Aus einem Mundwinkel lief ihm Blut über das Kinn.

Hannon fuhr dem Steward mit dem Messer über die Unterlippe und schabte getrocknetes Blut ab. »Ich kann mir nichts Schlimmeres vorstellen, als mit einem stumpfen Messer seziert zu werden.«

Leddy riß angstvoll die Augen auf und biß in den blutgetränkten Knebel.

»Ich werde jetzt den Knebel entfernen«, sagte Hannon. »Und dann wirst du mir sagen, wer die Leute sind, die dich geschickt haben, wo sie sind und was sie wissen. Falls du um Hilfe rufen oder auch nur zu laut sprechen solltest, wirst du mich schon bald anflehen, dir eine Kugel zu verpassen. Kapiert?«

Leddy nickte ängstlich, während Hannon den Stoffstreifen in seinem Nacken aufknotete und ihm den Knebel aus dem Mund nahm.

»Es sind FBI-Leute«, sprudelte er hervor, noch bevor Hannon ihn danach fragen konnte. »Bitte, lassen Sie mich gehen.«

»Wie viele?«

»Ich weiß es nicht. Eine Frau namens Victoria Santos und jede Menge Männer.«

Hannon lief vor Wut rot an. Er stand auf und begann, in der Kabine auf und ab zu gehen. Wahrscheinlich wimmelte das Schiff nur so von FBI-Leuten. Keine Chance, daß sie einen Mann von seiner Größe einfach vom Schiff gehen lassen würden. Er würde mit ihnen verhandeln müssen – und dafür reichte eine Geisel bei weitem nicht aus. Er zog seine Pistole, trat an die Kabinentür und spähte durch den Spion. Es war niemand zu sehen. Er wollte schon die Tür aufmachen, überlegte es sich jedoch anders. Das FBI konnte seine Leute schon längst an beiden Enden des Korridors postiert haben. Er konnte es nicht riskieren, die Kabine zu verlassen. Er legte die Sicherheitskette vor, ging ans Telefon und wählte die Nummer 7.

»Kabinenservice«, meldete sich eine junge Frau.

»Hallo, hier spricht Mr. Ellers aus Kabine 921«, sagte Hannon freundlich. »Es ist mir ein bißchen peinlich, aber meine Frau und ich haben heute früh gemütlich im Bett gefrühstückt und – na ja, jetzt sind die Laken ganz bekleckert. Könnten Sie uns bitte ein paar frische bringen?«

»Selbstverständlich.«

»Ach ja, es ist ziemlich eilig. Heute ist unser Hochzeitstag.«

»Ich komme sofort, Sir«, sagte sie und kicherte über die Turteltauben.

»Vielen Dank. Das ist sehr nett von Ihnen.« *Und sehr dumm*, dachte er, als er auflegte.

Um zwanzig vor zehn standen Victoria und David Shapiro nebeneinander im fensterlosen Funkraum auf dem Hauptdeck der MS FANTASY. Beide waren wie Touristen gekleidet, damit sie sich ungehindert auf dem Schiff bewegen konnten. Victoria trug einen bunten Wickelrock und eine passende Bluse. Um bei der Hitze keine Perücke tragen zu müssen, hatte sie sich die Haare blond gefärbt. Shapiro sah in seinen karierten Shorts und den weißen Sportschuhen aus wie ein passionierter Shuffleboardspieler.

Bill Odoms, der Sicherheitschef, der die FBI-Leute in Miami durch die RHAPSODY geführt hatte, stand vor der Schalttafel. Er war an diesem Vormittag zusammen mit zwei FBI-Ingenieuren von der Abteilung für elektronische Überwachungstechnik, die sich ebenfalls in dem Raum befanden, an Bord gekommen.

Eine ganze Wand war mit Siebzehn-Zoll-Monitoren bestückt, auf denen die Bilder der verschiedenen Sicherheitskameras zu sehen waren, die überall auf dem Schiff verteilt hingen. Die Augen aller Anwesenden waren jedoch auf das Kabelgewirr gerichtet, das sich auf dem Tisch in der Mitte des Raums befand. Seit fast einer halben Stunde waren die beiden Ingenieure dabei, Drähte zu löten, während sie sich in einem Fachjargon unterhielten, den nur sie verstanden.

»So, das müßte funktionieren«, sagte einer der Techniker. Er trat von dem Tisch zurück und betrachtete sein Kunstwerk mit einem Stolz, als wäre er Michelangelo, der seine Pietà begutachtet.

»Lassen Sie mal sehen«, sagte Victoria.

Er betätigte einen Hebel an der Schalttafel, und die Bildschirme an der Wand wurden schwarz. Dann waren plötzlich wieder Bilder zu sehen, allerdings andere als zuvor.

»Hervorragend«, sagte er freudig lächelnd.

»Was sind das für Aufnahmen?« fragte Shapiro.

»Wir haben die Positionen der bereits vorhandenen Sicherheitskameras nicht verändert«, erklärte er. »Die Salons, das Büro des Schiffszahlmeisters und der Haupteingang des Schiffs sind wie gehabt auf den Monitoren eins, zwei und drei zu sehen. Die sechs Bildschirme in der unteren Reihe zeigen die Aufnahmen von vierundzwanzig weiteren Kameras, die wir heute morgen angebracht haben, und zwar zwei pro Deck. Sie können also jetzt jeden einzelnen Korridor einsehen. Sie können das System so eingeschaltet lassen, daß Sie alle acht Sekunden die Aufnahmen einer anderen Kamera sehen. Oder Sie können sich auf ein bestimmtes Deck konzentrieren. Die neuen Kameras sind natürlich von außen völlig unsichtbar hinter den Gittern der Klimaanlagen versteckt. Niemandem wird auffallen, daß wir Veränderungen vorgenommen haben.«

»Ab wann können wir die Bilder in die Zentrale auf dem Festland übertragen?« fragte Victoria.

»Wir müßten in ein paar Minuten soweit sein«, erwiderte er. »Die Kollegen in der Zentrale bekommen dieselben Bilder wie wir hier. Ich sage Ihnen, wir haben genug Ausrüstung an Bord, wir könnten glatt eine eigene Überwachungszentrale einrichten. Wir haben heute morgen alles mitgebracht, was wir brauchen. Wenn man ein bereits bestehendes Sicherheitssystem aufrüstet, das so gut ist wie das auf diesem Schiff, ist das gar kein Problem.«

Shapiro betrachtete die wechselnden Aufnahmen, die auf den Monitoren zu sehen waren. »Wenn die Kameras uns dauernd etwas anderes zeigen, woher wissen wir, welche Stelle gerade gefilmt wird? Diese Korridore sehen doch alle gleich aus.«

Der Techniker zuckte die Achseln. »Sie müssen sich einfach die Reihenfolge einprägen. Jetzt sind wir gerade auf dem Atlantic Deck. In ein paar Sekunden – da ist es schon – sehen wir das Dolphin Deck, dann das Caribbean Deck und so weiter, von unten nach oben.«

Einen Moment lang sahen sie zu, wie die Bilder der Reihe nach auf den Monitoren erschienen. Als das Tropical Deck schließlich zu sehen war, hatte das Interesse der Zuschauer jedoch bereits nachgelassen. Nicht daß etwas Ungewöhnliches zu sehen gewesen wäre, aber niemand schien die attraktive junge Frau in der Uniform des Kabinenservice zu bemerken, die mit frischen Laken unter dem Arm den Korridor entlangeilte.

Hannon horchte auf, als ein leises Klopfen an der Tür ertönte.

»Kabinenservice«, meldete sich eine Stimme aus dem Korridor.

Er warf Leddy einen drohenden Blick zu. Der Jamaikaner war immer noch an den Stuhl gefesselt, doch Hannon hatte ihn ans andere Ende der Kabine in die Nähe der Badezimmertür gerückt, so daß er nicht gesehen werden konnte, wenn die Tür geöffnet wurde. Er war geknebelt, hatte jedoch keine Augenbinde. Hannon sah die Angst in seinen Augen, wußte, was ihm durch den Kopf ging.

»Nicht einen Mucks«, sagte er zu seinem Gefangenen. Mit gezogener Pistole ging er auf die Kabinentür zu.

»Einen Augenblick, bitte«, sagte er, während er durch den Spion spähte. Vor der Tür stand eine zierliche Brünette, vielleicht zwanzig Jahre alt. Sie sah hübsch aus in ihrer weißen Bluse und dem blauen Kittel, dachte Hannon. Sie erinnerte ihn ein wenig an Dominique in Antigua, nur daß sie eine hellere Hautfarbe besaß.

Er hob das Badetuch auf, das er zur Schallisolierung vor die Tür gelegt hatte, dann entriegelte er die Sicherheitskette, öffnete die Tür und blieb dahinter stehen.

»Tut mir leid«, sagte er mit einem verlegenen Lächeln, während er hinter der Tür hervorlugte. »Sie haben meine Frau und mich in der Dusche erwischt, und ich fürchte, ich bin nicht salonfähig angezogen. Könnten Sie die Laken einfach auf das Bett legen, bitte?«

Sie lächelte über das verliebte Pärchen. »Selbstverständlich.«

Sie machte ein paar Schritte in die Kabine, doch da die Vorhänge zugezogen und das Licht ausgeschaltet war, hatte sie im ersten Augenblick Mühe, sich in dem Dämmerlicht zu orientieren. Hinter ihr schlug die Tür ins Schloß. Sie bekam plötzlich Angst und blieb instinktiv stehen. Im gleichen Augenblick legte sich eine Hand über ihren Mund, und sie wurde vornüber zu Boden geworfen, während die Laken im hohen Bogen durch die Kabine flogen.

»Ein Ton, und du bist tot«, sagte Hannon und drückte ihr den Lauf der Pistole in den Nacken. Er saß auf ihren Nieren, so daß sie sich nicht rühren konnte. Ihr ganzer Körper zitterte unter seinem Gewicht. Mit geübten Handgriffen knebelte er sie und fesselte ihr die Hände mit Streifen von dem zerrissenen Laken auf den Rücken.

Sie begann zu schluchzen, als er ihr die Augen mit einem zusammengefalteten Handtuch verband.

»Keine Angst«, sagte er ruhig. »Diese Augenbinde wird dir das Leben retten, denn du darfst auf keinen Fall mitbekommen, wie viele Personen sich in dieser Kabine aufhalten, wo wir sitzen, wo du sitzt, wie die Möbel angeordnet sind – nichts. Du bist meine Trumpfkarte. Wenn du schön brav bist, wirst du hier lebend rauskommen. Aber wenn du irgend etwas siehst, wird das FBI von dir verlangen, daß du ihnen dabei hilfst, ein Phantombild von mir anzufertigen, wenn ich dich gehen lasse. Und ich kann einfach nicht riskieren, daß du mich verpetzt. Kapiert?«

Ihre Lippen zitterten trotz des Knebels in ihrem Mund, doch sie nickte langsam.

»Gut.« Er zerrte sie auf die Füße, überprüfte noch einmal, ob die Augenbinde fest saß, und schaltete das Licht an. Als er sie mit Stoffstreifen an den Schreibtischstuhl fesselte, bemerkte er, daß Leddy sich bemühte wegzuschauen. Und doch sprach die Angst aus den Augen des Jamaikaners, der zu wissen schien, daß er bereits zuviel gesehen hatte.

Er trat auf Leddy zu und flüsterte: »Tut mir leid, Jamaika-Mann. Wir beide werden weit weg von hier sein, bevor ich *dich* laufen lassen kann.«

Victoria und David Shapiro hatten sich in ihre Kabine begeben, um nach Kevin McCabe zu sehen, der eine Bestandsliste ihrer Ausrüstung anfertigen sollte. Den ganzen Vormittag über waren FBI-Leute in Zivil immer wieder an Bord gekommen und hatten zusätzlich zu dem Material, das sie bei der vorgetäuschten Rettungsaktion an Bord geschmuggelt hatten, weitere Utensilien aufs Schiff gebracht – Funkgeräte, Tränengas, kugelsichere Westen, Schutzschilde, Waffen und Munition.

Es klopfte an der Tür. Als Shapiro öffnete, stürzte Bill Odoms, der Sicherheitschef des Schiffs, herein. Mit vor Aufregung gerötetem Gesicht stieß er hervor: »Ich habe ihn am Telefon!«

»Wen?« fragte Victoria.

»Hannon.«

»Mein Gott«, sagte Victoria. »Sie haben ihm doch hoffentlich nicht gesagt, daß wir hier sind.«

»Er weiß bereits, daß Sie hier sind. Er hat Sie mit Namen genannt und verlangt, sofort mit Ihnen zu sprechen.«

»Wissen Sie, wo er ist?«

»Ja. Alle Anrufe, die in meinem Büro eingehen, werden registriert. Er ist in Kabine 921 auf dem Tropical Deck. Er sagt, er hat eine Geisel.«

»Verdammt!« zischte Shapiro.

Victoria versuchte, sich zu konzentrieren. »Wiederholen Sie ganz genau, was er gesagt hat.«

»Etwa: ›Hier spricht Frank Hannon. Ich habe eine Geisel. Holen Sie Victoria Santos an den Apparat, oder die Geisel wird anfangen zu schreien.‹«

Victoria und Shapiro sahen einander an, als wüßten sie, daß man Hannon beim Wort nehmen konnte. »Los, geh'n wir«, sagte sie.

Das kleine, fensterlose Büro des Sicherheitschefs lag nur eine Treppe tiefer, direkt neben dem Büro des Zahlmeisters. Odoms ging voraus, und Victoria und Shapiro folgten ihm dicht auf den Fersen. Im Büro angekommen, traten sie alle drei an das Telefon auf dem Schreibtisch. Ein orangefarben blinkendes Lämpchen zeigte an, daß ein Anruf in der Leitung war.

Victoria holte tief Luft und wollte schon den Hörer abnehmen, doch im letzten Moment hielt sie inne. »Wir müssen das aufzeichnen.«

Die Männer sahen einander an und zuckten dic Achseln. Odoms kramte in seiner Schreibtischschublade herum und förderte ein kleines Diktiergerät zutage. Er legte es neben das Telefon auf den Tisch.

»Ich würde nicht gern die Gegensprechanlage benutzen«, sagte Victoria. »Das könnte ihn irritieren.«

»Drücken Sie zuerst auf die Lautsprechertaste und dann auf die Sternchentaste«, erklärte Odoms. »Dann hören wir ihn über den Lautsprecher, aber Sie können ganz normal in den Hörer sprechen.«

Odoms schaltete das Diktiergerät ein und drückte die Aufnahmetaste. Victoria nahm den Hörer ab und drückte auf die Tasten, die Odoms ihr gezeigt hatte.

Sie holte tief Luft, dann sagte sie freundlich: »Hallo, Frank.«

Es entstand eine kurze Pause. »Ich hab Ihnen doch versprochen, daß ich Sie anrufen würde. Sie sollten Ihre Telefonnummer nicht so leichtfertig an Fremde in Flughäfen geben.«

»Wahrscheinlich sind Sie einfach unwiderstehlich, Frank. Ich wünschte. Sie hätten schon früher angerufen.«

»Nun, ich bin ziemlich beschäftigt gewesen.«

»Wirklich? Erzählen Sie mir doch davon, Frank.«

Er lachte in sich hinein, dann wurde sein Ton plötzlich hart. »Lecken Sie mich am Arsch.«

»Es besteht kein Grund, gehässig zu werden, Frank. Beim letztenmal sind wir doch recht gut miteinander ausgekommen.«

»Sparen Sie sich das dämliche Gequatsche und nennen Sie mich nicht in jedem Satz beim Vornamen, so als hätten Sie eine Spezialausbildung in Verhandlungstaktik mit Geiselnehmern. Ich werde Ihnen sagen, was ich will. Erstens: Das Schiff soll ablegen und auf die offene See hinausfahren. Keiner kommt an Bord, und keiner verläßt das Schiff. Ich bin sicher, Sie haben bereits genug Leute eingeschmuggelt. Zweitens: Bleiben Sie in der Nähe des Telefons und kommen Sie meiner Kabine nicht zu nahe. Ich werde mich wieder melden. Sie haben zehn Minuten.«

»Warten Sie«, sagte Victoria. »Ich kann Ihnen nicht so ohne weiteres irgendwelche Zusagen machen. Solche Dinge brauchen Zeit. Ich muß erst mit dem Kapitän reden und mir von meinen Vorgesetzten grünes Licht geben lassen.«

»Von wegen grünes Licht. Ich weiß ganz genau, wie das FBI funktioniert. Es ist besser, um Vergebung zu bitten als um Erlaubnis. Und jetzt sehen Sie zu, daß Sie Ihren Arsch hochkriegen, ich will, daß dieses Schiff sich in Bewegung setzt.«

»Wer ist Ihre Geisel, Frank?«

»Wer sagt denn, daß ich nur eine Geisel habe?«

»Wie viele haben Sie?«

»Mehr als genug.«

»Ich brauche Namen.«

Hannon stöhnte. »Also gut, einen Namen – Mr. Coolidge.«

»Kann ich mit ihm sprechen?«

»Er spricht nicht.«

»Ich muß wissen, ob er noch lebt.«

»Ich hab gesagt, er spricht nicht. Keiner von meinen Gästen spricht, bis ich es ihnen gestatte. Und jetzt hören Sie auf, mich hinzuhalten.«

Sie sah Shapiro fragend an, so als überlege sie, wieweit sie gehen sollte. Plötzlich fiel ihr die Besprechung in der Wäschekammer ein. »Fragen Sie Leddy nach seinem Spitznamen«, sagte sie.

Sie hörte ein dumpfes Murmeln, als ob Hannon die Sprechmuschel abgedeckt hätte. Dann meldete er sich wieder. »Sein Spitzname lautet ›Cool‹«, sagte er.

Victoria seufzte – Hannon hatte also tatsächlich eine Geisel. Sie fragte sich, wie viele er noch haben mochte. »Ich möchte mit Cool reden.«

»Wenn Sie so weitermachen, können Sie Cool als Leiche wiederhaben. Und jetzt lassen Sie das Schiff auslaufen. Sie haben nur noch neun Minuten.«

»Warten Sie –« sagte sie, doch die Leitung war tot. Schweigen breitete sich im Raum aus. Sie legte den Hörer auf und schaltete das Diktiergerät aus. Dann sah sie zu Shapiro hinüber. Sein Gesicht war aschfahl.

»Setzen Sie die Scharfschützen in Alarmbereitschaft«, sagte Victoria.

»Scharfschützen?« fragte Odom entgeistert. »Noch nicht. Ich habe Ihnen gesagt, daß die Reederei nicht gestattet, daß auf dem Schiff geschossen wird.«

»Das haben wir nicht vor«, sagte Victoria. »Wir wollen sie lediglich in Alarmbereitschaft versetzen. Es wird kein Schuß fallen, bevor wir nicht jede andere Möglichkeit ausgeschöpft haben.«

»Falsch«, entgegnete Odoms. »Es wird kein Schuß fallen, bevor wir nicht jeden einzelnen Passagier evakuiert haben. Die meisten sind bereits für den Rest des Tages an Land gegangen, aber meine Gesellschaft ist rechtlich und moralisch für das Leben von neunhundert Passagieren verantwortlich sowie für das Leben der Crewmitglieder, die sich alle noch an Bord befinden.«

Victoria schüttelte den Kopf. »Hannon hat uns neun Minuten gegeben, um das Schiff auslaufen zu lassen. Wir haben keine Zeit, darauf zu warten, bis alle das Schiff verlassen haben.«

»Dann halten Sie ihn hin.«

Sie sah Shapiro hilfesuchend an. »Wir können ihn nicht hinhalten. Es ist ja nicht so, als ob er Diamanten im Wert von neun Millionen Dollar oder Asyl in irgendeinem Dritte-Welt-Land verlangt hätte. Er hat eine ganz simple Forderung gestellt, aber die Erfüllung dieser Forderung ist ihm so wichtig, daß er uns angerufen hat, obwohl er wußte, daß er uns damit seinen Standort verraten würde. Das hätte er niemals getan, wenn er nicht davon überzeugt wäre, daß jede Minute mehr FBI-Leute und Polizisten auf das Schiff strömen. Genau das will er unbedingt so schnell wie möglich unterbinden. Und wenn wir jetzt versuchen, ihn hinzuhalten, wird er das mit Sicherheit merken, und dann haben wir den Augenblick, in dem Verhandlungen mit Geiselnehmern fast zwangsläufig einen tödlichen Ausgang nehmen – vor allem, wenn man es mit einem Mann zu tun hat, der bereits zehn Menschen brutal abgeschlachtet hat. Da braucht es nicht viel, um den elften Mord zu provozieren.«

Shapiro raufte sich seufzend die Haare. »Was schlagen Sie vor, Victoria?«

»Er befindet sich in Kabine 921 auf dem Tropical Deck, also im Bug. Dieses Schiff verfügt über zwei zweistöckige Speisesäle und sechs Salons im Heck. Lassen wir das Schiff auslaufen und alle, die sich noch an Bord befinden, nach achtern in Sicherheit bringen.«

Odoms schüttelte den Kopf. »Dann würde ein Chaos ausbrechen, und neunhundert Leute würden gleichzeitig versuchen, von Bord zu springen.«

»Wenn wir die Leute von Bord bringen müssen, könnten wir sie in den Rettungsbooten absetzen, die sich an der Steuerbordseite befinden. Hannons Kabine liegt auf der Backbordseite. Solange das Schiff sich auf die offene See zubewegt, wird er nichts davon mitbekommen.«

»Mir gefällt das nicht«, sagte Odoms. »Ich möchte nicht zynisch klingen, aber Coolidge ist ein Crewmitglied. Natürlich möchte niemand, daß er sein Leben verliert. Aber, offen gestanden, wäre es eine viel größere Katastrophe für die Gesellschaft, wenn einer der Passagiere sich beim Besteigen eines Rettungsboots ein Bein bricht.«

Victoria starrte ihn fassungslos an. »Nach diesen Grundsätzen arbeitet das FBI nicht, Sir. Im übrigen scheinen Sie davon auszugehen, daß Hannon lügt, wenn er behauptet, er hätte noch weitere Geiseln in seiner Gewalt.«

Odoms schaute irritiert auf. Er schien etwas sagen zu wollen, überlegte es sich jedoch anders.

»Also, was ist, Odoms?« wollte Shapiro wissen. »Sind Sie bereit, die Möglichkeit in Betracht zu ziehen, daß unser Serienmörder tatsächlich einen Passagier in seiner Kabine hat?«

Victoria und Odoms sahen sich schweigend an. Sekunden vergingen, ohne daß jemand ein Wort sagte. Schließlich unterbrach Shapiro die angespannte Stille.

»Lassen Sie das Schiff auslaufen, Mr. Odoms. Jetzt gleich.«

53. Kapitel

Als die MS FANTASY den Hafen von Nassau verließ, herrschte starker Seegang, und die drei Meter hohen Wellen waren selbst für die seefestesten unter den Passagieren eine harte Probe. Ein starker Nordwestwind, der von der Küste Floridas über den Golfstrom ging, verursachte heftige tropische Turbulenzen. Obwohl das Riesenschiff nur mit halber Geschwindigkeit fuhr, fegten gefährliche Windstöße über das Badedeck. Doch das Schiff hielt mit gleichmäßigem Südsüdwest-Kurs auf die Florida Keys zu.

Fünfzehn zusätzliche Mitglieder der FBI-Spezialabteilung für die Rettung von Geiseln hatten es geschafft, in Nassau an Bord zu gehen. Sie waren alle in Zivil und hatten ihre Waffen und ihre Ausrüstung in ihrem Gepäck auf das Schiff geschmuggelt. Als Crewmitglieder verkleidet, gingen sie von Tür zu Tür, holten die Passagiere aus ihren Kabinen und schickten sie in die Speisesäle und Salons im Heck des Schiffs. Auf elf von zwölf Passagierdecks waren auf den Korridoren die Stimmen von verwirrten und wütend protestierenden Reisenden zu hören. Manche hatten Freunde auf den Bahamas zurückgelassen. Die meisten wollten einfach nur wissen, was das alles zu bedeuten hatte. Ein älteres Ehepaar aus Iowa erkundigte sich, ob das Nachmittagsbingo stattfinden würde. Die FBI-Leute arbeiteten zügig und ließen den Passagieren keine Zeit, ihre Sachen zu packen.

Im vorderen Teil des Tropical Decks herrschte eine völlig andere Stimmung. Vom Bug aus gesehen war die Nummer 922 die neunte Kabine auf dem Korridor, der etwa halb so lang war wie ein Football-Feld. An einem Ende befand sich die Nebentreppe und am anderen Ende die große Treppe, die zum mittschiffs gelegenen Atrium führte. Über einem Handlauf aus Teakholz, der sich entlang des gesamten Korridors erstreckte, hingen gerahmte Bilder von Schiffen und verlokkenden Kreuzfahrtzielen. Die Kabinentüren waren jeweils etwa fünf Meter voneinander entfernt.

Wie Soldaten im Schützengraben hatten sich Spezialagent McCabe und zwei Kollegen auf den Stufen der Haupttreppe verschanzt, und drei weitere Mitglieder des Teams lagen auf der Nebentreppe versteckt. Die Männer trugen alle kugelsichere Westen und Schutzhelme. Die Augen dicht über dem Boden, beobachteten sie den leeren Korridor, ihre M16 im Anschlag.

Den Blick fest auf die Tür von Kabine 921 gerichtet, schaltete McCabe sein Funkgerät ein.

»Gruppe eins in Position«, sagte er.

»Verstanden«, sagte Victoria. Sie saß zusammen mit Shapiro und Odoms im Funkraum und verfolgte die Bewegungen ihrer Kollegen auf den Monitoren.

»Wie viele Leute sind in der Kabine?« fragte McCabe.

»Wir gehen davon aus, daß er mindestens zwei Geiseln hat«, sagte Victoria. »Beides Crewmitglieder. Außer Coolidge wird ein Zimmermädchen vermißt. Shelly Greene, neunzehn Jahre alt. Wir wissen immer noch nicht, ob er außerdem irgendwelche Passagiere in seine Gewalt gebracht hat.«

»Wie sieht es mit den Passagieren aus, die sich noch hier auf dem Deck befinden?«

»Wir haben mit sämtlichen Passagieren zwischen Ihnen und Gruppe zwei telefonisch Kontakt aufgenommen. Die Leute auf der Steuerbordseite werden gerade über ihre Balkone auf das Lido Deck direkt unter ihnen evakuiert. Die Leute an Backbord sind angewiesen worden, sich in ihren Badezimmern einzuschließen und ihre Kabinen unter keinen Umständen zu verlassen.«

»Die müssen alle aus ihren Kabinen verschwinden«, sagte McCabe.

»Es ist zu riskant, die Leute auf der Seite, auf der Hannons Kabine liegt, über die Balkone klettern zu lassen. Wir haben Gruppe drei in einem Rettungsboot mit Blick auf Hannons Kabine auf dem Lido Deck positioniert, aber sie können nicht garantieren, daß er nicht hinter dem Vorhang versteckt auf die Leute schießt. Für die Leute auf der Backbordseite ist es am sichersten, wenn sie sich nicht von der Stelle rühren. Ich schicke Ihnen eine Liste der Kabinen, in denen sich noch Passagiere aufhalten.«

»Ich könnte sie da rausholen.«

»Sie würden nur ihr Leben riskieren.«

»Oder Hannons Leben«, schnaubte McCabe verächtlich, »dann hättet ihr Eierköpfe in Quantico keinen geisteskranken Killer mehr, den ihr verhören könntet. Das wäre doch wirklich eine Schande.«

»Sie können mich mal, McCabe. Wir machen das hier auf meine Art, kapiert?«

»Alles klar«, sagte McCabe, immer noch die Kabinentür im Visier. »Sagen Sie mir einfach Bescheid, wann es auf die richtige Art losgeht.«

Der zweistöckige Speisesaal war bereits brechend voll, und es strömten immer mehr Leute herein. Tische, die für acht, vier oder zwei Gäste vorgesehen waren, wurden mit zehn, sechs oder vier besetzt. Viele Passagiere brachten sich Liegestühle mit, um eine Sitzgelegenheit zu haben. An beiden Eingängen standen als Crewmitglieder verkleidete FBI-Leute und dirigierten die Leute an ihre Plätze. Die meisten Kellner waren in Nassau an Land gegangen, und die wenigen, die noch an Bord waren, eilten zwischen Küche und Speisesaal hin und her und trugen kalte Platten auf, um die irritierten Passagiere bei Laune zu halten.

Ein paar glückliche Passagiere hatten in der neben dem Speisesaal gelegenen Luna Lounge Zuflucht gefunden, einem beliebten Nachtclub mit einer riesigen Disco-Kugel über der Tanzfläche. An der Decke war die Milchstraße abgebildet, und die Wände waren mit astrologischen Zeichen ausgeschmückt; der plumpste aller Anmachsprüche schien als Motiv für die Dekoration der ganzen Bar gedient zu haben: »Und was bist du für ein Sternzeichen?«

Mike Posten saß auf einem Barhocker und knabberte Erdnüsse. Auf dem Fernseher hinter der Bar lief CNN, doch er schrieb über seinen Notizblock gebeugt hastig alles auf, was er beobachtet hatte. Er versuchte gerade zu ergründen, welche der angeblichen Crew-Mitglieder in Wirklichkeit FBI-Agenten waren und welcher von ihnen am ehesten bereit sein könnte, ihm ein paar Antworten zu geben.

Es gab für alle freie Drinks, und die Menge wurde zunehmend lauter. Mike hörte mit halbem Ohr auf das, was der CNN-Sprecher sagte, und versuchte gleichzeitig aufzuschnappen, über was sich die Leute neben ihm unterhielten. Plötzlich war die MS FANTASY auf dem Bildschirm zu sehen.

»Ruhe!« brüllte der Barkeeper.

Mike und alle anderen im Raum richteten augenblicklich ihre Aufmerksamkeit auf den Fernseher.

»Gerade erreichen uns diese Bilder«, sagte der Sprecher. »Vermutlich aufgrund eines Gewaltverbrechens wurden Hunderte von Passagieren der MS FANTASY auf den Bahamas zurückgelassen. Ohne ein Wort der Erklärung seitens der Kreuzfahrtgesellschaft verließ das Riesenschiff acht Stunden früher als geplant den Hafen, während sich fast elfhundert der zweitausend Passagiere und die Mehrzahl der Crewmitglieder noch an Land befanden. Auf diesen Videoaufnahmen, die von einem Fischerboot aus gemacht wurden, ist zu erkennen, daß die offenen Decks des Schiffs fast menschenleer sind, bis auf eine Handvoll Männer, die offenbar dabei sind, Rettungsboote klarzumachen. Bis jetzt hat die Kreuzfahrtgesellschaft jeglichen Kommentar zu den Vorfällen verweigert. Wir werden Sie weiterhin über die Ereignisse auf dem laufenden halten.«

Stille breitete sich im Raum aus. Als Mike sich mit seinem Barhocker umdrehte, sah er reihenweise verblüffte Gesichter. Schließlich brach ein Mann mit einem Bierglas in der Hand das Schweigen. »Die an Land wissen ja mehr als wir hier auf dem Schiff!«

»Ganz genau!« rief ein anderer und leerte sein Glas. Immer mehr aufgebrachte Passagiere machten ihrem Unmut Luft. Innerhalb kürzester Zeit hatte der Geräuschpegel wieder dasselbe Niveau erreicht wie wenige Minuten zuvor.

Mike wandte sich wieder dem Bildschirm zu. Die Leute hatten recht, und das ärgerte ihn. An Land schien man tatsächlich besser Bescheid zu wissen als an Bord. Nur war er davon überzeugt zu wissen, was sich hier abspielte.

Der Nachrichtensprecher war wieder auf dem Bildschirm zu sehen und kündigte eine halbstündige Pause an. »Mehr über das Kreuzfahrtschiff in den Bahamas, wenn wir unsere Sendung fortsetzen«, sagte er.

»Das habt ihr mal wieder gut hingekriegt«, murmelte Mike kopfschüttelnd vor sich hin. »Hannon wird sich keine Minute von eurem dämlichen Bericht entgehen lassen.«

Plötzlich kam ihm ein Gedanke. Er schnappte sich seine Reisetasche, warf eine Schüssel Erdnüsse um, als er von seinem Barhocker sprang und eilte aus der Bar.

In Kabine 921 saß Hannon auf der Bettkante und starrte wütend auf den Fernseher. Er schaltete mit der Fernbedienung den Ton ab und wandte sich an Coolidge, der immer noch gefesselt und geknebelt auf seinem Stuhl saß.

Leddy zuckte zusammen, als fürchtete er, Hannon würde seinen Ärger an ihm auslassen.

»Du paßt genau auf, was sich auf dem Bildschirm tut«, sagte Hannon. »Sobald sie irgendwas über uns senden, machst du dich bemerkbar. Ansonsten möchte ich keinen Muckser von dir hören, kapiert?«

Leddy nickte.

Hannon zog die Pistole aus seinem Gürtel und trat an die Balkontür. Die Matratzen aus beiden Betten standen neben dem Sofa gegen die Tür gelehnt. Hannon zog das Sofa von der Wand und schob die Matratzen ein Stück zur Seite. Mit dem Rücken zur Wand spähte er durch einen schmalen Spalt zwischen dem Türrahmen und dem schweren Vorhang nach draußen. Direkt vor ihm lag der blaue, unruhige Atlantik. Er drückte sein Gesicht seitlich dicht an die Wand, um am Schiff entlangsehen zu können. Da seine Kabine weit vorne im Bug lag, hatte er die Backbordseite bis zur Mitte im Blickfeld. Direkt über ihm befanden sich die Balkone der Luxuskabinen. Auf seinem Deck konnte er sämtliche Balkone der Kabinen bis mittschiff einsehen. Wenn er ein Auge schloß und seine Wange noch dichter an die Wand drückte, gelang es ihm, das Lido Deck eine Etage tiefer zu erkennen, das ein bißchen breiter war als das Tropical Deck, da dort die Rettungsboote untergebracht waren. Hannon zählte neun Rettungsboote, doch die Männer, die laut CNN-Bericht dabei waren, die Boote klarzumachen, waren nirgendwo zu sehen.

Dann müssen die also an Steuerbord sein, dachte er.

In diesem Augenblick gingen Fernseher und Lampen aus, und der Kühlschrank hörte auf zu summen. Hannon erstarrte und lauschte in die Dunkelheit. Ein Streifen Sonnenlicht fiel durch den Spalt im Vorhang in die Kabine. Er stieg auf einen Stuhl und hielt seine Hand vor die Klimaanlage. Nichts.

Er ging zum Badezimmer und öffnete die Tür. Shelly Greene zuckte bei dem plötzlichen Geräusch zusammen. Sie lag mit verbundenen Augen in der Badewanne, an die Duschstange gefesselt.

»Keinen Mucks!« zischte Hannon. In der Dunkelheit tappte er nach dem Wasserhahn und drehte ihn auf. Mit einem gurgelnden Geräusch kamen ein paar Tropfen Wasser aus dem Hahn, dann nichts mehr. »Diese Bastarde!«

Er band Shelly los und zerrte sie aus der Wanne. Er stieß sie – ihre Augen immer noch verbunden und ihre Hände auf dem Rücken gefesselt – aufs Bett und nahm den Telefonhörer ab. Das Freizeichen ertönte. Wütend wählte er die Nummer des Sicherheitschefs.

»Hallo«, meldete sich Victoria.

»Finger weg von den Rettungsbooten«, bellte Hannon.

Victoria zögerte. Wegen des CNN-Berichts hatten sie den Strom abgeschaltet, doch sie hatten gehofft, Hannon hätte die Sendung verpaßt. »Ich weiß nicht, wovon Sie reden. Aber falls sich jemand an den Booten zu schaffen macht, werde ich das unterbinden.«

»Die Rettungsboote auf der Steuerbordseite werden gerade klargemacht. Ich hab den CNN-Bericht gesehen.«

Sie sah Shapiro an und verdrehte die Augen.

»Und schalten Sie den Strom wieder ein – den Fernseher auch. Oder Coolidge stirbt. Ich habe noch eine Geisel, ich brauche seinen Arsch nicht.«

Er riß den Knebel aus Shellys Mund und hielt ihr den Hörer vors Gesicht. »Sag was!«

»Bitte«, wimmerte sie. »Tun Sie mir nichts.«

Er stopfte ihr den Knebel wieder in den Mund und hielt sich den Hörer wieder ans Ohr. »Haben Sie das gehört, Santos? Sie sollen ihr nichts tun.«

»Ich höre Sie, Frank. Aber Sie sagen uns nichts, was wir nicht bereits wissen. Sie ist ein Zimmermädchen und heißt Shelly Greene. Wir wissen alles. Sie sitzen fest, Frank. Das Schiff ist voll mit FBI-Leuten. Sie sind doch ein intelligenter Mensch, lassen Sie uns verhandeln.«

»Schluß mit dem Gequatsche. Pfeifen Sie Ihre Leute von den Rettungsbooten zurück und schalten Sie den Strom ein.«

»Sie verlangen verdammt viel für einen, der nichts als Gegenleistung zu bieten hat.«

»Nichts? Sie sagen, ich habe *nichts* zu bieten? Da wollen wir doch mal Mr. Cool fragen. Hey, Mr. Cool, wollen Sie, daß der Strom wieder eingeschaltet wird?«

Victoria zuckte zusammen, als sie ein dumpfes Geräusch hörte. Dann trat Stille ein, als hätte Hannon den Hörer abgelegt. Plötzlich ertönte ein schriller Schrei. Sie schloß verzweifelt die Augen. Das klang zu echt, um gespielt zu sein.

»Hab ich's mir doch gedacht«, sagte Hannon, der jetzt wieder in den Hörer sprach. »Mr. Cool will unbedingt, daß der Strom wieder eingeschaltet wird. Und ich versichere Ihnen: Das ist sein letztes Wort zu diesem Thema.«

»Ich warne Sie, Hannon, fügen Sie den Geiseln kein Leid zu.«

»Es geht ihm gut. Sie Schlampe. Das war nur ein Fingernagel. Und jetzt sage ich Ihnen, was ich für Forderungen stelle. Erstens: Ich will zwei Taucheranzüge in Übergröße und schwarze Fettschminke. Dazu eine komplette Taucherausrüstung – Sauerstofflaschen, Flossen, Taucherbrillen, Bleigürtel, alles, was dazugehört. Ich weiß, daß man so was auf dem Schiff mieten kann, also versuchen Sie nicht, mich hinzuhalten. Zweitens: Ich will, daß das Schiff seinen Kurs ändert. Steuern Sie auf Mexiko zu, auf die Halbinsel Yucatán. Wenn

Sie sich der Küste bis auf eine halbe Meile genähert haben, drehen Sie nach Norden ab und folgen Sie der Küstenlinie.«

»Wir können nicht einfach in mexikanische Hoheitsgewässer eindringen. Wir brauchen Zeit, um die Erlaubnis dafür einzuholen.«

»Es interessiert mich nicht, was Sie alles regeln müssen. Tun Sie einfach, was ich sage. Rufen Sie mich an, wenn Sie die Ausrüstung für mich fertig haben.«

»Warten Sie. Sie brauchen keine zwei Geiseln, Frank. Lassen Sie das Mädchen gehen, dann können wir über die Ausrüstung reden.«

»Was meinen Sie damit, ich soll das Mädchen gehen lassen?« schnaubte er verächtlich. »*Wohin* soll ich sie denn gehen lassen? Auf diesem Schiff gibt es keinen sicheren Ort mehr. Sie sind *alle* meine Geiseln. Also erzählen Sie mir nicht, was Sie brauchen, versuchen Sie nicht, mich zum Narren zu halten, und vor allem, gehen Sie nicht durch die falsche Tür – oder dieser ganze Kahn fliegt mit uns allen an Bord in die Luft.«

Victoria hörte ein Krachen in der Leitung, als Hannon den Hörer auf die Gabel knallte. Sie sah die anderen an. Niemand sagte ein Wort. Alle schienen zu überlegen, ob sie ihren Ohren trauen sollten.

»Rufen Sie in Quantico an«, sagte Shapiro. »Das ist eine völlig veränderte Situation.«

54. Kapitel

Victoria rief Shapiros direkten Vorgesetzten in Quantico an und unterbreitete ihm Hannons neueste Forderungen. Wie sie es vorausgesehen hatte, wollte der stellvertretende Leiter des Krisenstabs eine Entscheidung von solcher Bedeutung nicht auf seine Kappe nehmen. Victoria wartete, während er versuchte, sie mit Adam Levanthal, seinem Chef, zu verbinden.

Plötzlich klingelte das Haustelefon. Victoria nahm ab, während sie mit einem Ohr weiterhin darauf wartete, daß Levanthal sich über den Lautsprecher meldete. »Funkraum«, sagte sie.

»Hier spricht Agent Kozelka aus der Küche.«

Victoria konnte ihn bei dem Lärm, der aus dem Speisesaal in die Küche drang, kaum verstehen.

»Ihr Freund, der Journalist aus Miami, ist hier«, sagte er. Angesichts des Geräuschpegels mußte er regelrecht schreien.

»Posten?« fragte Victoria verblüfft.

»Yeah. Er will mit Ihnen sprechen.«

Sie wußte nicht, was sie sagen sollte. »Okay, geben Sie ihn mir«, stotterte sie.

Der Kollege übergab Mike den Hörer.

»Hallo«, sagte Mike. »Da sind Sie wohl überrascht, was?«

»Was zum Teufel machen Sie hier?«

»Ich bin hier, um Hannon dazu zu überreden, daß er aufgibt.«

»Seit wann kennen Sie sich in der Verhandlungstaktik mit Geiselnehmern aus?«

»Tu ich gar nicht. Aber mit ein bißchen Phantasie könnte ich als Informant auftreten – und zwar als Hannons Informant. Oder sollte ich lieber sagen *Des*informant? Sind Sie interessiert?«

Sie zögerte und dachte angestrengt nach. »Geben Sie mir noch einmal meinen Kollegen«, sagte sie schließlich. »Ich werde ihn bitten, Sie zu mir zu bringen.«

Eine halbe Minute später war Adam Levanthal, der Chef des Krisenstabs, am Telefon. Odoms verließ den Raum, während Victoria und Shapiro Levanthal die Situation in knappen Worten schilderten. Kevin McCabe stand daneben und hörte zu.

»Haben Sie den Eindruck, daß Hannon planmäßig vorgeht?« wollte Levanthal wissen.

Victoria verzog das Gesicht. »Ich glaube, er hat sich seinen Plan spontan zurechtgelegt, aber was er vorhat, ist gar nicht so dumm. Die Küste von Yucatán ist größtenteils sehr rauh und einsam, und zwar sowohl zum Golf als auch zur Karibik hin. Ich habe vor einigen Jahren mal in Cancún Urlaub gemacht, und soweit ich mich erinnere, ist die ganze Halbinsel mehr oder weniger mit dichtem Dschungel bedeckt. Ich nehme an, er plant, mit voller Taucherausrüstung vom Schiff zu springen und unter Wasser an Land zu schwimmen. Wahrscheinlich geht er recht in der Annahme, daß es uns schwerfallen wird, von den mexikanischen Behörden die Erlaubnis zu bekommen, amerikanische Sicherheitskräfte in Position zu bringen. Wenn es ihm gelingt, in den Dschungel zu entkommen, werden wir ihn wohl nie erwischen, denn von dort aus könnte er nach Mittel- oder Südamerika gehen oder auch in die Vereinigten Staaten.«

»Lassen Sie ihn von den Scharfschützen erledigen, wenn er springt«, sagte Levanthal.

»Ich möchte meine Männer nicht unterschätzen, Sir«, meldete sich Shapiro zu Wort, »aber ich fürchte, das wird nicht möglich sein, denn das wird der Grund sein, warum Hannon *zwei* Taucheranzüge verlangt hat. Ich vermute, daß wir irgendwann mitten in der Nacht zwei Leute sehen werden, die gleichzeitig von diesem Balkon springen, und zwar eng umschlungen wie Romeo und Julia. Unmöglich zu wissen, welcher von den beiden Hannon und welcher die Geisel ist. Deswegen hat er wahrscheinlich auch die schwarze Fettfarbe verlangt, damit nicht zu erkennen ist, welcher von den beiden weiß ist. Aber selbst wenn wir sie auseinanderhalten könnten, wäre ein Schuß zu riskant. Sollte eine der Sauerstofflaschen von einer Kugel getroffen werden, würde es wegen der Preßluft eine riesige Explosion geben wie am Ende von diesem Film ›Der weiße Hai‹. Bei vollen Sauerstofflaschen haben wir es mit einem Druck von 200 Bar zu tun. Das würde keiner von beiden überleben.«

»Was ist mit der Bombendrohung? Glauben Sie, daß er blufft?«

»Möglich«, sagte Victoria. »Ich glaube, er ist ursprünglich nur an Bord gegangen, um unbemerkt in die Staaten einreisen zu können, und hatte nicht die Absicht, das Schiff in die Luft zu jagen. Es ist also kaum anzunehmen, daß er Sprengstoff im Gepäck hatte. Eines allerdings macht uns dabei Sorgen. Als unsere Kollegen die Rettungsboote flottmachten, ist ihnen aufgefallen, daß in einem die Leuchtpistole samt Munition und ein Zwanzig-Liter-Benzinkanister fehlten.«

»Zwanzig Liter«, wiederholte Levanthal. »Das ist so gut wie fünf Stäbe Dynamit. Wissen wir, ob er irgendwelche Erfahrungen mit Sprengstoff besitzt?«

»Möglich«, sagte Victoria. »Er ist als Jugendlicher wegen Brandstiftung verurteilt worden.«

Shapiro beugte sich über das Mikrophon. »Man braucht kein Sprengstoffexperte zu sein, um dieses Schiff in die Luft zu jagen. Es müßten noch ungefähr viertausend Liter Treibstoff in den Tanks sein. Damit könnte man glatt das gesamte Bermuda-Dreieck pulverisieren.«

»Aber wie sollte er eine solche Explosion auslösen?« fragte Levanthal.

»Mit der Leuchtpistole?« überlegte Victoria laut.

Shapiro schüttelte den Kopf. »Er ist doch kein Selbstmörder.«

»Ich glaube, er hat irgendeine Vorrichtung gebastelt, mit der er einen Schuß auslösen kann, ohne selbst den Hahn abzuziehen«, sagte Victoria. »Er hat mir gesagt, wir sollen ›vor allem nicht durch die falsche Tür‹ gehen. Wenn er so etwas sagt, dann nur, weil er uns Angst einjagen will. Wir sollen uns nicht von der Stelle rühren. Das veranlaßt mich zu der Annahme, daß er so einen ähnlichen Mechanismus konstruiert hat wie den, mit dem manche Ladenbesitzer ihr Geschäft nach Ladenschluß sichern. Er könnte zum Beispiel einen Schrank oder eine Wäschekammer mit Benzin getränkt und die Leuchtpistole mit dem Türgriff verbunden haben. Und wenn dann jemand die falsche Tür öffnet, geht die Leuchtpistole los. Zwanzig Liter Benzin in einer dieser kleinen Kammern würden eine Riesenexplosion auslösen. Unterhalb des Wasserspiegels könnte so eine Explosion den Rumpf aufreißen und das Schiff versenken. Und wenn es in der Nähe der Treibstofftanks passiert, dann können wir uns alle gute Nacht sagen.«

Über den Lautsprecher konnte man Levanthal seufzen hören. »Sagen Sie den Kollegen, sie sollen auf Benzingeruch achten, bevor sie irgendwelche Türen öffnen. Aber wir sollten uns nicht selbst blockieren. Der Benzinkanister und die Leuchtpistole können genausogut schon seit einem halben Jahr aus dem Rettungsboot fehlen. Bisher haben wir es lediglich mit einer vagen Drohung von Hannon zu tun.«

»Das stimmt«, sagte Victoria. »Aber er hat genug Menschen umgebracht, um mindestens eins zu beweisen: Er hat noch nie etwas angedroht, was er nicht ausführen konnte.«

McCabe trat näher an das Mikrophon heran. »Sir, was meine Kollegin Santos gerade gesagt hat, kann ich nur unterstreichen. Wir haben es mit einem Geiselnehmer zu tun, der ein brutaler Mörder ist und der nicht gerade dafür bekannt ist, daß er mit irgend jemandem über irgend etwas verhandelt. Es wird Zeit, daß wir die Initiative ergreifen. Er hat bereits einem Crewmitglied einen Fingernagel ausgerissen. Als nächstes reißt er ihm womöglich die Zunge heraus. Meine Männer sind bereit loszuschlagen.«

Eine Zeitlang war die Leitung still, während Levanthal nachdachte.

Victoria wurde plötzlich unruhig. Sie hatte das Gefühl, daß die Sache sich in die falsche Richtung entwickelte, Bilder von dem flammenden Inferno in Waco gingen ihr durch den Kopf. »Sir, bevor wir es völlig aufgeben, mit ihm zu verhandeln, lassen Sie mich noch eins versuchen. Ich habe gerade erfahren, daß Mike Posten sich auf dem Schiff befindet.«

»Der Journalist?« fragte Levanthal.

»Ja. Vielleicht können wir ihn als unparteiischen Unterhändler einsetzen. Es wäre einen Versuch wert.«

Erneut trat Stille ein. »In Ordnung«, sagte Levanthal schließlich. »Setzen Sie ihn ein. Aber was immer Sie tun«, fügte er mit drohendem Unterton hinzu, »wagen Sie es nicht, Hannon entkommen zu lassen.«

55. Kapitel

Kurz nach 16.00 Uhr kniete Hannon vor der Minibar in seiner Kabine und überlegte, ob er die Packung M&Ms anbrechen oder Kekse essen sollte. Das zweite Frühstück aus dem Servierwagen war sein Mittagessen gewesen, doch mit dem Abendessen sah es schlecht aus. Plötzlich begann der Kühlschrank wieder zu summen, und gleichzeitig ging das Licht wieder an. Hannon wischte sich den Schweiß von der Stirn und hielt eine Hand unter die Klimaanlage. Es gab wieder Strom.

Leddy Coolidge machte sich trotz seines Knebels laut bemerkbar. Hannon sah ihn scharf an, dann wandte er sich wieder dem Fernseher zu. Gerade erschien eine Luftaufnahme der MS FANTASY auf dem Bildschirm.

»Gut gemacht, Mr. Cool«, sagte Hannon, griff nach der Fernbedienung und schaltete den Ton ein.

Eine attraktive junge Frau mit ernstem Gesicht sprach diesmal den Kommentar.

»... berichten wir Ihnen über die neuesten Entwicklungen auf der MS FANTASY, dic vor zwei Stunden mit der Hälfte ihrer Passagiere an Bord den Hafen von Nassau verlassen hat. Wir haben inzwischen die Information erhalten, daß das Schiff seinen Kurs geändert hat und auf Mexiko zusteuert. Michael Posten, ein Reporter der MIAMI TRIBUNE, befindet sich an Bord des Schiffs und steht per Handy mit uns in Kontakt.«

Hannons Augen blitzten wütend auf, als plötzlich ein Foto von Mike auf dem Bildschirm erschien.

»Michael«, sagte die Nachrichtensprecherin, »können Sie uns sagen, was auf dem Schiff vor sich geht?«

Unter Mikes Konterfei wurden die Worte *Live, per Telefon* eingeblendet. Die Verbindung schien schlecht zu sein, denn es krachte in der Leitung, als Mike zu sprechen begann.

»Im Moment gehen alle möglichen Gerüchte um, doch es sieht so aus, als sei das Schiff tatsächlich von einem Amerikaner namens Frank Hannon entführt worden. Es heißt, daß Hannon mindestens zwei Geiseln in seiner Gewalt hat, die Lage scheint also sehr ernst zu sein. Wie Ihnen sicherlich bekannt ist, hat das FBI erst gestern offiziell die Fahndung nach Hannon eingeleitet. Er wird verdächtigt, zehn Menschen in verschiedenen Bundesstaaten bestialisch ermordet zu haben – es handelt sich dabei um die sogenannten Zungenmorde.«

»Was für Forderungen hat Hannon gestellt?«

»Das scheint nicht ganz klar zu sein«, sagte Mike. »Es steht jedoch außer Frage, daß es für ihn kein Entkommen gibt. Auf dem Schiff wimmelt es nur so von FBI-Leuten, die in Nassau in Zivilkleidung an Bord gekommen sind. Sie sind mit den modernsten Waffen ausgerüstet und gehören einer Spezialeinheit für die Befreiung von Geiseln an. Sie haben es geschafft, die Passagiere zu beruhigen und in Sicherheit zu bringen. Die Frage ist nur, ob Hannon sich friedlich ergeben und sinnloses Blutvergießen vermeiden wird oder ob er einen selbstmörderischen Fluchtversuch macht.«

»Aber Hannon wird doch bereits wegen Mordes gesucht und hat eigentlich nichts mehr zu verlieren. Warum sollte er also einen verzweifelten Ausbruchsversuch unternehmen?«

»Er hat mehr zu verlieren, als er denkt«, sagte Mike. »Sollte er eine seiner Geiseln töten, wäre das Ironischerweise der einzige Mord, den die Polizei ihm tatsächlich nachweisen könnte. Während das FBI zunächst davon ausging, daß Hannon der Serienmörder ist, konzentrieren sich die Ermittlungen inzwischen auf einen Mann namens Curt Rollins. Wie Sie vielleicht wissen, habe ich für die MIAMI TRIBUNE einige Exklusivartikel über die Mordserie geschrieben. Alle diese Artikel basierten auf dem, was ich von einem Informanten erfuhr, der sämtliche Details der Gewaltverbrechen kannte. Dieser Informant war Curt Rollins. An jedem einzelnen Tatort hat man jede Menge Beweismaterial gefunden, das inzwischen eindeutig Rollins zugeordnet werden konnte. Soweit ich weiß, gibt es, wenn überhaupt, kaum Beweismaterial, das darauf hindeutet, daß Hannon an den Tatorten anwesend gewesen ist.«

»Wollen Sie damit sagen, daß Hannon von Rollins hereingelegt wurde?«

»Laut Information aus vertraulichen Quellen beim FBI ist das der derzeitige Stand der Ermittlungen. Das einzige, was Hannon mit den Morden in Verbindung bringt, ist das Motiv. Hannon ist vor zwölf Jahren aufgrund einer anonymen Zeugenaussage wegen Vergewaltigung angeklagt worden, und sämtliche Mordopfer könnten als diese anonyme Quelle in Frage kommen. Ich möchte noch hinzufügen, daß Hannon verurteilt wurde – obwohl er stets seine Unschuld beteuert hat. Es war nicht schwierig, sich die Liste zu besorgen, auf der die Namen der Opfer zu finden waren, und möglicherweise hat Rollins sich das alles ausgedacht, um Hannon eins auszuwischen. Zu diesem Zeitpunkt ist es schwer vorstellbar, daß es der Staatsanwaltschaft gelingt, Hannon wegen Mordes vor Gericht zu bringen.«

»Angenommen, Hannon ist unschuldig, warum sollte er dann Geiseln nehmen?« fragte die Nachrichtensprecherin verdutzt.

»Eine der möglichen Theorien besagt, daß Hannon glaubt, er würde aufgrund seiner bisherigen kriminellen Laufbahn sowieso keinen fairen Prozeß bekommen: Er könnte davon überzeugt sein, daß er einfach aus dem Verkehr gezogen werden soll.«

»Michael, können Sie uns –«

Es krachte in der Leitung. »Ich muß jetzt Schluß machen«, sagte Mike. »Das FBI hat sämtliche Telefongespräche untersagt, und ich fürchte, ich bin entdeckt worden.«

»Nur noch eins«, versuchte die Frau es noch einmal, doch die Leitung war bereits tot. »Nun, offenbar ist der Funkkontakt abgebrochen«, sagte sie an das Fernsehpublikum gewandt. »Meine Damen und Herren, das war Mike Posten live an Bord der MS FANTASY.«

Hannon saß auf der Bettkante und wartete ab, ob noch weiter über ihn berichtet würde. Als eine bunte meteorologische Karte auf dem Bildschirm erschien, schaltete er den Ton ab. Er seufzte und grinste vor sich hin.

»Willkommen an Bord, Posten.«

Victoria und Mike betraten gemeinsam die Schaltzentrale des Schiffs. Sie hatten das Telefongespräch von einem der offenen Decks aus geführt, wo Mikes Handy einen besseren Empfang hatte. Shapiro stand zusammen mit den beiden Technikern, die in Nassau die zusätzlichen Sicherheitskameras installiert hatten, in der Nähe der Schalttafel.

»Wie ist es denn rübergekommen?« fragte Victoria. »Perfekt«, sagte einer der Techniker. »Wir haben das CNN-Signal von Atlanta über die Schaltzentrale in Miami reingeholt. Es ist über eine verschlüsselte FBI-Frequenz gelaufen, ich bin mir also ziemlich sicher, daß es nur auf diesem Schiff empfangen werden konnte. Die Fernseher in der Bar und im Speisesaal habe ich vorübergehend abgeschaltet, damit die Passagiere nichts davon mitbekamen. Ich kann Ihnen somit so gut wie garantieren, daß Hannon der einzige Mensch auf diesem

Planeten ist, der diese Sendung gesehen hat. Und so wie wir das mit dem Wiedereinschalten des Stroms koordiniert haben, kann er unmöglich bemerkt haben, daß das keine echte CNN-Sendung war.«

»Gut«, sagte Victoria. »Erinnern Sie mich daran, daß ich mich irgendwann bei CNN für die Mitarbeit bedanke.«

Mike räusperte sich vernehmlich.

»Und bei der MIAMI TRIBUNE«, fügte Victoria lächelnd hinzu.

Mike erwiderte ihr Lächeln, dann wurde er ernst. »Glauben Sie, Hannon wird anbeißen?«

»Ich rechne nicht damit, daß er mit erhobenen Händen aus der Kabine kommt, aber er wird es sich vielleicht gut überlegen, bevor er seinen Geiseln etwas zuleide tut. Die Geschichte, die Sie ihm aufgetischt haben, paßt genau zu seinem Persönlichkeitsprofil. Hannon ist davon überzeugt, er sei in der Lage, das perfekte Verbrechen zu begehen. Ich bin sicher, er hat Ihnen geglaubt, als Sie sagten, es sei an keinem einzigen Tatort Beweismaterial dafür gefunden worden, daß er jemals dort gewesen ist. Außerdem glaube ich, daß ihm die Vorstellung gefällt, vor Gericht gestellt und für unschuldig befunden zu werden. Das einzige Problem an der Theorie, daß er reingelegt wurde, wäre, daß er jemand anderem den Ruhm für die Taten gönnen müßte, die er begangen hat. Ich bin mir nicht sicher, ob er dazu bereit ist, selbst wenn er damit seine Haut retten könnte. Trotzdem finde ich, haben Sie für Ihren Auftritt einen Preis verdient.«

»Vielen Dank.«

Das Telefon klingelte. Auf dem Display erschien die Information: Kabine 921.

»Soll ich rausgehen?« fragte Mike.

Victoria schüttelte den Kopf. Sie drückte die Lautsprechertaste, dann nahm sie den Hörer ab.

»Hallo.«

Hannon klang amüsiert. »Für einen Zeitungsreporter hat

Posten einen ziemlich überzeugenden Bericht abgeliefert, meinen Sie nicht?«

»Auch wir haben soeben festgestellt, daß Mr. Posten sich an Bord befindet, und ich kann Ihnen sagen, daß er in großen Schwierigkeiten steckt«, sagte Victoria. »Dieser Bericht war nicht autorisiert.«

»Nicht autorisiert?« Hannon kicherte. »Das möchte ich bezweifeln. Der war doch noch nicht einmal als Provokation gedacht. Ich habe die ganze Zeit gewußt, daß Sie keine Beweise in der Hand haben.«

»Und warum lassen Sie dann nicht die Geiseln frei? Wieso wollen Sie einen Mord begehen, den wir Ihnen einwandfrei nachweisen können?«

»Bei meiner Vorgeschichte würde eine Verurteilung wegen Entführung ausreichen, um mich für den Rest meines Lebens in den Knast zu bringen. Ich gewinne nichts, wenn ich jetzt aufgebe, und ich verliere nichts, wenn ich Mr. Cool und das Mädchen töte.«

»Es besteht ein großer Unterschied zwischen einer lebenslangen Gefängnisstrafe und dem elektrischen Stuhl.«

»Nicht für mich. Ich will nur noch von diesem Schiff runter. Und unser Starreporter wird mir dabei behilflich sein.«

»Und wie stellen Sie sich das vor?«

»Er ist der einzige auf diesem Kahn, von dem ich sicher weiß, daß er *kein* FBI-Agent ist. Deswegen wird er mir meine Taucherausrüstung bringen.«

Victoria sah zu Mike hinüber und schüttelte den Kopf. »Wir können keinen Zivilisten –«

»Er ist bereits bis zum Hals in diesen Fall verwickelt!« brüllte Hannon. »Also« – er sprach jetzt wieder ganz ruhig – »wollen Sie Ihre Geiseln lebend oder nicht? Ach ja, und vergessen Sie nicht: Sie haben noch das kleine Problem mit der Bombe, die Sie bisher nicht gefunden haben.«

»Ich glaube Ihnen nicht, daß es eine Bombe gibt, Frank.«

»Und ich glaube nicht, daß Sie und Posten dieses Risiko eingehen können.«

»Niemand, der seine fünf Sinne beisammen hat, wird auch nur einen Fuß in Ihre Kabine setzen.«

»Tja, das ist der Haken. Ich müßte ebenfalls von Sinnen sein, wenn ich meine Kabine verließe und meine Taucherausrüstung auf dem Korridor entgegennähme. Wie ich das FBI kenne, haben Sie längst Ihre Scharfschützen auf dem Korridor in Position gebracht.«

»Was schlagen Sie also vor?«

»Schicken Sie Posten – allein. Er wird wahrscheinlich einen Wagen brauchen, um das ganze Zeug zu transportieren. Wenn die Kabinentür sich öffnet, schiebt er den Wagen einfach über die Schwelle. Ich verlasse die Kabine nicht, er kommt nicht herein. Während der ganzen Prozedur werden der Wagen und eine der Geiseln sich ständig zwischen uns befinden. Wenn die Tür sich schließt, kann Posten gehen. Niemandem wird ein Haar gekrümmt. Ich erwarte ihn um Punkt sechs.«

»Ich kann Ihnen nicht versprechen, daß er bereit sein wird zu kommen.«

»Er wird kommen. Bleiben Sie doch mal kurz am Apparat.«

Victoria spürte, wie ihr Puls schneller wurde. »Wagen Sie es nicht, den Geiseln etwas anzutun.«

Hannon antwortete nicht. Er hielt sich den Hörer weiterhin ans Ohr, so daß Victoria ihn hören konnte, als er mit dem Zimmermädchen sprach. »Steh auf, Shelly.«

Langsam erhob sie sich von ihrem Stuhl. Ihre Hände waren auf dem Rücken gefesselt, und sie trug immer noch eine Augenbinde. Mit einem leichten Stubs dirigierte Hannon sie zur Kabinentür. Dann nahm er das Messer vom Servierwagen. »Tun Sie genau, was ich Ihnen sage, Shelly.«

Victoria schlug das Herz bis zum Hals. »Was machen Sie mit ihr, Frank?«

Wieder ignorierte er ihre Frage. Shelly schnappte vor

Schreck nach Luft, als er mit einem schnellen Schnitt ihre Hände von der Fessel befreite.

»Jetzt geh los, Shelly, und geh so lange weiter, bis ich stop sage.«

Sie machte einen zögerlichen Schritt, dann noch einen. Ihre Augen waren immer noch verbunden.

»So ist es gut«, sagte Hannon. »Schön langsam. Immer geradeaus. Stop!«

Direkt vor der Tür blieb Shelly wie versteinert stehen. Hannon stand am anderen Ende der Kabine. Er duckte sich hinter die Kommode, klemmte sich den Hörer zwischen Kinn und Schulter und zielte mit der Pistole auf Shellys Hinterkopf. »Jetzt löst du mit der rechten Hand die Kette von der Tür, Shelly.«

Ihre Hand zitterte, als sie wie eine Blinde nach der Kette tastete. Als sie sie gefunden hatte, löste sie sie aus dem Sicherheitsschloß.

Hannon kniff die Augen zusammen und zielte. »Jetzt mach die Tür auf.«

Im Funkraum griff Victoria nach ihrem Funkgerät und befestigte den Kopfhörer in ihrem Ohr.

»Die Kabinentür öffnet sich«, meldete einer der Scharfschützen, die am Ende des Korridors vor Hannons Kabine postiert waren.

Victoria sah verwirrt zu Shapiro hinüber. Einer der Techniker richtete die versteckten Kameras so aus, daß alle auf den Korridor gerichtet waren, der zu Kabine 921 auf dem Tropical Deck führte. Auf sechs Bildschirmen an der Wand konnte nun verfolgt werden, was sich vor Hannons Kabine abspielte.

Victoria beugte sich über den Tisch und sprach in das Mikrophon. »Frank, was haben Sie vor?«

»Passen Sie auf. Sie werden es gleich sehen«, sagte Hannon in den Hörer, der noch immer unter seinem Kinn klemmte. Von seiner Position hinter der Kommode behielt er Shelly im Auge, die nun in der offenen Tür stand. »Shelly«, sagte er laut, »geh einen Schritt vor und dann auf die Knie.«

Shelly stieß einen ängstlichen Seufzer aus. Mit dem ersten Schritt gelangte sie bis zur Türschwelle. Als sie auf Händen und Knien war, befanden sich Kopf und Schultern im Korridor, die Füße immer noch in der Kabine. Sie zitterte in ihrer blauweißen Uniform. Das Handtuch bedeckte ihre Augen und die obere Hälfte ihres Gesichts.

Victoria erhielt plötzlich eine weitere Meldung von ihren Teamkollegen. »Geisel im Korridor. Allein.« Victoria verfolgte das Geschehen auf den Bildschirmen.

Hannons Stimme war wieder über Lautsprecher zu hören. »Jetzt geht's um die Wurst«, sagte er in einem belustigten Tonfall. »Ich könnte mich gutgläubig zeigen und eine Geisel freilassen. Oder ich könnte Ihnen zeigen, daß ich nicht zu Scherzen aufgelegt bin und ihr die Birne wegpusten. Fragen Sie Posten, was ich tun soll.«

Victoria spürte, wie sich ihr Magen umdrehte. »Lassen Sie sie doch gehen, Frank.«

»Kommt er nun?« fragte er, während er seine Pistole entsicherte. »Oder kommt er nicht?«

Mike starrte auf die Bildschirme an der Wand. Er und Victoria sahen sich an.

»Ich habe ein ungutes Gefühl dabei«, flüsterte Victoria. »Womöglich hat er das mit Karen rausgefunden, bevor hier auf dem Schiff alles für ihn schiefgelaufen ist. Wenn das so ist, wird er Sie als Ersatz für Karen betrachten.«

»Also, was jetzt?« wollte Hannon wissen.

Im Funkraum waren alle Augen auf Mike gerichtet. Langsam nahm er Victoria den Hörer ab. »Hannon, hier spricht Posten. Ich werde Ihren Laufburschen spielen.«

Hannon grinste zufrieden. »Wie nett«, sagte er. Dann konzentrierte er sich wieder auf die Kabinentür. »Shelly!« brüllte er. »Zurück! Auf die Knie!«

Victoria übernahm den Hörer wieder von Mike. »Sie hatten versprochen, sie laufenzulassen, Frank.«

»Das werde ich auch. Sobald Posten sein Versprechen eingelöst hat. Wenn er kommt, kann er Shelly mitnehmen. Kommt er nicht ... na ja, sagen wir einfach, dann wäre es viel besser für sie gewesen, wenn er jetzt nein gesagt hätte und ich ihr gleich eine Kugel in den Kopf gejagt hätte.«

Es klickte in der Leitung. Alle starrten auf die Bildschirme und sahen hilflos zu, wie Shelly auf Händen und Knien zurück in die Kabine kroch. Dann wurde die Tür geschlossen.

Victoria wandte sich angewidert ab. »Dieses Schwein!«

Mike schluckte schwer.

»Sind Sie sicher, daß Sie das durchziehen wollen, Mike?« fragte Shapiro.

Mike sah erst Victoria, dann Shapiro an. »Ich glaube kaum, daß ich eine Wahl habe. Ich wage gar nicht, mir auszumalen, was er dem Mädchen antun könnte, wenn ich jetzt einen Rückzieher machte.«

Victoria seufzte, denn sie wußte, daß er recht hatte. »Lassen Sie mich mit unseren Scharfschützen reden. Vielleicht können die Ihnen Rückendeckung geben.«

56. Kapitel

Im Laufschritt kam Kevin McCabe im Funkraum an. Mike stand draußen vor der Tür, damit die FBI-Leute sich ungestört beraten konnten. McCabe grüßte Mike mit einem Augenzwinkern und betrat den Raum, in dem David Shapiro vor den Bildschirmen auf und ab ging. Victoria saß am Tisch. In fünf Minuten erläuterte sie McCabe die Situation.

»Wir können die Sache auf zwei verschiedene Arten lösen«, sagte McCabe mit leuchtenden Augen. »Wir können in der Defensive bleiben und Posten lediglich beschützen. Oder wir können die Gelegenheit für einen Blitzangriff nutzen.«

Shapiro verzog das Gesicht. »Ich lasse nicht zu, daß ein Zivilist die Sturmspitze beim Angriff auf den Schlupfwinkel eines Psychopathen anführt.«

»Selbstverständlich nicht«, erwiderte McCabe. »Lassen Sie uns Posten ganz aus der Sache raushalten. *Ich* werde den Wagen über den Korridor schieben. Und mein Kollege wird sich in dem Wagen verstecken wie im Trojanischen Pferd.«

»Das geht nicht. Hannon weiß, wie Posten aussieht. Deshalb will er unbedingt, daß er ihm das Zeug bringt. Wenn er Posten vor sich sieht, ist er sich sicher, daß er es nicht mit einem FBI-Agenten zu tun hat.«

»Also gut«, sagte McCabe. »Wir sind also auf Posten angewiesen. Er kann uns aber auch von Nutzen sein. Er könnte zum Beispiel versuchen, einen Blick in die Kabine zu werfen, wenn er die Taucherausrüstung abliefert. Ich wüßte gern, wo die Geiseln sich aufhalten oder ob irgendwelche Möbelstücke verrückt worden sind. Das wären sehr wichtige Informationen für uns, falls wir uns entscheiden, die Kabine doch noch zu stürmen.«

»Mike hat keine Zeit, sich umzusehen«, sagte Victoria. »Er muß sich voll auf Hannon konzentrieren.«

»Okay«, sagte McCabe, »anderer Vorschlag. Während er sich auf Hannon konzentriert, könnte er mit ihm reden und versuchen, ihn aus der Kabine zu locken, damit die Scharfschützen ihn ins Visier bekommen.«

»Es ist zu gefährlich für Mike, sich auf ein Gespräch mit ihm einzulassen, außerdem ist Hannon viel zu schlau, um sich aus der Kabine locken zu lassen.«

»Sie haben recht. Dann bleibt uns nur noch meine Lieblingslösung zur Wahl. Jeder Geiselnehmer ist in dem Augenblick, in dem ein Austausch zwischen ihm und einem Emissär stattfindet, kurzfristig abgelenkt. Diesen Augenblick könnten wir ausnutzen. In dem Moment, in dem Posten den

Wagen über die Schwelle schiebt, lassen wir unsere Männer durch die Balkontür in die Kabine eindringen.«

»Das ist extrem gefährlich«, sagte Victoria. »Wir würden riskieren, daß Posten aus Versehen von einem unserer eigenen Leute erschossen wird.«

»Hören Sie«, erwiderte McCabe ungehalten, »ich versuche, konstruktive Vorschläge zu machen, und Sie führen sich auf wie eine Glucke, die ihre Küken zu beschützen hat. Also, entweder haben Sie an dem Typen einen Narren gefressen, oder diese blonde Haarfarbe hat Ihnen den Verstand vernebelt.«

»Bleiben Sie auf dem Teppich, McCabe.«

»Nein, Sie bleiben auf dem Teppich. Wenn wir die Kabine nicht stürmen, sind unsere Geiseln tot. Sie haben gehört, was Hannon gesagt hat: Er hat nichts zu verlieren, wenn er sie tötet. Er wollte Sie noch nicht mal am Telefon mit Coolidge reden lassen. Würde mich wundern, wenn der arme Junge seine Zunge noch im Mund hat.«

Shapiro blieb abrupt stehen und sah die beiden an. »Sie haben recht, McCabe. Es sieht so aus, als ob uns nichts anderes übrigbleibt, als die Kabine zu stürmen. Aber Victoria hat auch recht. Es geht nicht, solange Posten in der offenen Tür steht.«

McCabe verdrehte die Augen. »Wenn wir den Moment der Ablenkung nicht ausnutzen können, ist die Sache für unsere Männer zehnmal so gefährlich.«

»Wir können das Risiko für alle Beteiligten am besten minimieren«, sagte Shapiro, »wenn Posten uns etwas darüber sagen kann, wie es in der Kabine aussieht. Victoria hat recht, wenn sie einwendet, daß Posten keine Zeit hat, sich umzusehen. Aber vielleicht können unsere Techniker ihn mit einer versteckten Kamera ausrüsten. Er wird zwar nicht hineingehen, aber diese Kabinen sind ja nicht besonders groß. Vielleicht können wir vom Korridor aus ein paar gute Bilder schießen.«

Victoria nickte. »Einverstanden.«

»Okay«, sagte McCabe. »Bleiben wir in der Defensive. Aber sollte Posten in Schwierigkeiten geraten, haben wir nur dann eine realistische Chance, ihm zu Hilfe zu eilen, wenn wir über den Balkon gehen. Ich bin der Beste für diesen Job. Ich möchte die Aktion anführen.«

Shapiro sah ihn prüfend an. »In Ordnung. Aber niemand stürmt die Kabine ohne direkten Befehl von Victoria. Ich lasse nicht zu, daß Posten als Köder mißbraucht wird.«

»Einverstanden«, erwiderte McCabe, selbstbewußt grinsend. »Rufen Sie Ihren Zeitungsjungen herein, Victoria.«

57. Kapitel

Da Hannons Kabine sich in der Nähe des Bugs befand, wählte Victoria das leere Kasino als Kommandozentrale. An der hinteren Wand waren lauter einarmige Banditen aufgereiht, wie in stummem Gruß verharrend. Vor einem Fenster mit Blick auf das Meer standen zwei lange Würfeltische und auf königsblauem Teppichboden überall im Raum verteilt kleinere Tische zum Roulette- und Blackjackspielen. Die auf volle Stärke aufgedrehte Deckenbeleuchtung verbreitete eine Helligkeit, die jeden Nachtschwärmer augenblicklich vertrieben hätte.

»Wie fühlen Sie sich, Mike?« fragte Victoria.

»Wie einer, der mit fünf Dollar in der Tasche an einem Fünfzigdollartisch spielt.«

Sie lächelte schwach, denn sie spürte, daß er das nur halb im Scherz gesagt hatte. In der Nähe waren zwei Kollegen dabei, einen Servierwagen umzurüsten und mit der Taucherausrüstung zu beladen. Victoria war Mike dabei behilflich, eine kugelsichere Weste anzulegen.

»Das ist der unauffälligste Körperschutz, den wir haben.

Sie besteht aus Kevlar 129. Brust, Rücken, Seiten, Lenden, Schultern und Oberarme sind geschützt. Vor dem Brustbein ist eine Stahlplatte als Extraverstärkung eingearbeitet. Die Weste macht Sie ein bißchen fülliger, aber wenn Sie ein weites Hemd anziehen, ist sie kaum zu bemerken.« Mit Hilfe der Klettverschlüsse zog sie die Weste um seine Hüften stramm. »Ist das zu eng?«

»Nur, wenn ich noch Kinder zeugen will.«

Sie lockerte die Weste ein wenig, dann zog sie ein buntbedrucktes Hawaiihemd aus einer Kiste, die neben ihr stand.

Mike verzog das Gesicht. »Lieber Gott, bitte, laß mich nicht in diesem Aufzug sterben.«

»Sie sollten lieber keine Witze darüber machen«, sagte sie mit leicht zitternder Stimme.

»Kriegen Sie auf einmal weiche Knie?« scherzte er.

Sie biß sich auf die Lippe. »Ich möchte nur, daß Sie vorsichtig sind«, sagte sie, dann blickte sie zu Boden, als er sich das Hemd überzog.

»Das muß ganz schön anstrengend sein«, sagte er, während er langsam sein Hemd zuknöpfte.

»Wovon reden Sie?«

»Ich meine, wenn man sich immer so hartgesotten geben muß.«

Ihre Blicke trafen sich. »Manchmal«, sagte sie. »Manchmal ist es anstrengend.«

Dann war sie plötzlich wieder ganz geschäftsmäßig. »Unsere Techniker wollten, daß Sie ein knallbuntes Hemd tragen, damit die Kamera möglichst nicht auffällt«, sagte sie. »Die Linse ist hier zwischen den Begonien auf der Brusttasche versteckt. Das Muster ist so verworren, daß Hannon nichts auffallen wird. Sie brauchen nur in der offenen Tür zu stehen, dann müßten wir ein paar gute Weitwinkelaufnahmen vom Innern der Kabine bekommen.«

»Ist die Kamera kugelsicher?«

»Nein. Aber der Servierwagen wird zusätzlich mit einem

Schutzschild ausgestattet. Sollte es zu einer Schießerei kommen, gehen Sie einfach dahinter in Deckung. Versuchen Sie nicht wegzurennen, es sei denn, ich fordere Sie dazu auf.«

»Und wie werde ich Sie hören?«

»Hiermit«, sagte sie, während sie einen Minisender an die kugelsichere Weste unter seinem Hemd klemmte. Ein dünner Draht verband den Sender mit einem ›elektronischen Kragen‹ um seinen Hals, der aussah wie eine dicke, goldene Halskette. Schließlich steckte sie ihm einen winzigen Kopfhörer ins Ohr. »Sprechen Sie in normaler Lautstärke, ich werde Sie gut verstehen. Ich werde Ihnen von dem Augenblick an, in dem Sie sich auf den Weg machen, bis Sie wieder bei uns und in Sicherheit sind, Anweisungen geben. Das Ding um Ihren Hals ist ein Mikrophon, ich werde also jedes Wort, das Sie oder Hannon sagen, hören.«

»Was ist mit einer Pistole?«

»Tut mir leid. Wir können nicht riskieren, daß noch eine weitere Schußwaffe in seine Hände fällt.«

Mike zog die Brauen hoch. »Sie verlangen von mir, daß ich Hannon völlig unbewaffnet entgegentrete?«

»Keineswegs. Wir haben an jedem Ende des Korridors Scharfschützen postiert. Ich vermute, daß Hannon sich, falls Sie ihn zu Gesicht bekommen, hinter einer Geisel verschanzen wird, der er zusätzlich eine Pistole an den Kopf hält. Falls er die Waffe gegen Sie richtet, und sei es auch nur andeutungsweise, werfen Sie sich sofort auf den Boden. Wir werden die Tür glatt aus ihren Angeln schießen. Wir werden zwar nicht auf Hannon zielen können, aber er wird garantiert nicht aus der Kabine kommen, um Sie zu überwältigen.«

»Und was mache ich dann?«

»Bleiben Sie einfach auf dem Boden liegen und drücken Sie sich gegen die Wand. Unsere Männer werden die Kabine von hinten durch die Balkontür stürmen.«

»Ich hoffe, die wissen, daß ich einer von den Guten bin.«

»Natürlich. Diese Männer können manchmal selbst ziemlich üble Burschen sein, aber in Augenblicken wie diesen bin ich froh, daß sie auf meiner Seite stehen. Aber wenn Sie sich an meine Anweisungen halten, wird es dazu nicht kommen.«

»Was haben Sie denn vor? Wollen Sie eine Auszeit beantragen?«

»Ich meine das ernst, Mike. Sollten wir auch nur den geringsten Verdacht schöpfen, daß er irgend etwas anderes von Ihnen will als seine Ausrüstung, werde ich Sie zurückpfeifen. Wir haben uns nur darauf eingelassen, daß Sie diese Rolle übernehmen, weil wir davon ausgehen, daß er keine Ahnung davon hat, welche Rolle Karen in seinem Vergewaltigungsprozeß gespielt hat. Sollte er auf irgendeine Weise zu erkennen geben, daß er es doch weiß – oder auch nur vermutet – kommen Sie sofort zurück.«

Einer der Techniker trat zu ihnen und sagte: »Der Wagen ist einsatzbereit.«

Victoria sah Mike an. »Sind Sie bereit?«

Er atmete tief durch. »Ich glaube schon. Aber falls die Sache schiefläuft, würden Sie mir einen Gefallen tun?«

Sie sah ihn tadelnd an. Wieder waren ihre Augen glasig. »Welchen?«

»Sagen Sie CNN, sie sollen sich ein besseres Foto von mir besorgen.«

Die rote Abendsonne war gerade am Horizont versunken, als McCabe und seine Männer, drei dunkle Gestalten in Kampfausrüstung, lautlos ihre Positionen auf dem offenen Deck über Hannons Kabine bezogen. Ihre kugelsicheren Westen waren für den Fall, daß einer von ihnen über Bord gehen sollte, mit aufblasbaren Schwimmtaschen ausgestattet sowie mit kleinen Funkgeräten, über die sie mit Victoria in Kontakt standen. In ihren schwarzen Trikots, schwarzen Handschuhen und schwarzen Schutzhelmen waren sie in der Dunkelheit kaum auszumachen. Jeder der drei Männer war mit einer halbautomatischen Heckler & Koch MP5 und einer FBI 45er HRT-Pistole und dreizehn Schuß 45er ACP-Munition ausgerüstet.

McCabe trat als erster auf den Balkon der Luxussuite Nummer 1021, direkt über Hannons Kabine. Sieben Meter unter ihm lag das schmale Lido Deck mit den Rettungsbooten. Dreißig Meter unterhalb der Reling lag der dunkle Ozean. Ein frischer Wind blies ihnen die salzige Gischt ins Gesicht, während das große Schiff sanft auf den Wellen schaukelte.

McCabe winkte die beiden anderen Männer zu sich auf den Balkon, wo sie sich hinter die Ballustrade kauerten. Er warf einen Blick auf seine Uhr, dann hob er drei Finger und deutete mit der Hand dreimal nach unten. Die anderen nickten.

In drei Minuten würden sie die Kabine stürmen.

58. Kapitel

Mike holte tief Luft, dann machte er sich von der Treppe aus auf den Weg, den Korridor entlang. Der Wagen rollte fast lautlos über den Teppichboden. Obenauf lagen zwei Sauerstoffflaschen. Die Taucheranzüge, Masken und Flossen waren in den unteren Fächern untergebracht.

Bis zu Hannons Kabine waren es ungefähr dreißig Meter durch den Korridor, der wie ein langer schmaler Tunnel vor Mike lag. Die Bilderrahmen an den Wänden waren aus Teakholz, die Türknäufe aus poliertem Messing. Wäre nicht das leichte Schaukeln zu spüren gewesen, hätte er annehmen können, er befinde sich in einem Luxushotel. Am anderen Ende des Korridors sah er die Scharfschützen mit der Waffe im Anschlag. Es gab ihm ein beruhigendes Gefühl, als er ihnen mit jedem Schritt näher kam, bis ihm bewußt wurde, daß er sich in gleichem Maße von den Männern hinter sich entfernte.

Die vollkommen identischen Kabinentüren lagen in gleichmäßigen Abständen nebeneinander. Die Kabinen mit den ungeraden Nummern lagen auf der Backbordseite, die mit den geraden an Steuerbord. Mike zählte sie im Vorbeigehen ab. Er mußte an fünf Türen vorbeigehen, bis er die Kabine mit der Nummer 921 erreichte.

Plötzlich hörte er Victorias Stimme über den Kopfhörer in seinem Ohr. »Gehen Sie ein bißchen langsamer, Mike.«

Er holte tief Luft und versuchte, ruhig zu bleiben. Vor lauter Aufregung hatte er gar nicht bemerkt, wie schnell er sich bewegt hatte. Er begann, unter seiner kugelsicheren Weste zu schwitzen.

»Noch langsamer«, sagte Victoria, als er Kabine Nummer 925 erreichte.

Noch zwei Türen. Noch zehn Meter.

Sein Hals wurde trocken, als er an Nummer 923 vorbeiging, der letzten Tür zwischen sich und Hannons Kabine. Am liebsten hätte er kehrtgemacht und die ganze Sache einfach vergessen. Aber dann dachte er an die Artikel, die er über Hannon und seine Opfer geschrieben hatte – an Gerty Kincaid in Georgia, an Timothy Copeland in San Francisco und all die anderen. Er erinnerte sich daran, daß Karen möglicherweise ebenfalls auf dieser Liste stand. Er stellte sich vor, wie Shelly Greene und Leddy Coolidge auf Händen und Knien in der Kabine hockten und auf ein Wunder hofften. Aber vor allem dachte er daran, wie er Aaron Fields erklärt hatte, wie wichtig ihm all die Leute waren, über die er täglich schrieb – und daß er sich um keinen einzigen von ihnen mehr gekümmert hatte, *nachdem* seine Artikel in der TRIBUNE erschienen waren.

Direkt vor Kabine Nummer 921 blieb er mit seinem Wagen stehen. Es summte in seinem Kopfhörer.

»Bleiben Sie nicht in der Schußlinie stehen, wenn die Tür aufgeht«, sagte Victoria. »Stellen Sie sich auf die rechte Seite, damit sie nicht an der Tür vorbei müssen, falls Sie die Flucht ergreifen.«

Mike stellte den Wagen vor die Tür und trat dann einen Schritt nach rechts. Er warf einen Blick auf seine Uhr. Punkt sechs – die Zeit, die Hannon vorgegeben hatte.

»Sind Sie da draußen, Posten?« fragte eine Stimme aus der Kabine.

Das Herz schlug ihm bis zum Hals. Hannon *klang* sogar hünenhaft. »Ja, ich bin's. Ich bin allein.«

»Treten Sie vor, damit ich Sie durch den Spion sehen kann. Und lassen Sie sich ja nicht einfallen, auf die Tür zu schießen, die Chancen stehen fünfzig zu fünfzig, daß Sie eine meiner Geiseln treffen.«

Victoria schaltete sich ein. »Nehmen Sie den Schutzschild von dem Wagen, Mike, damit er *Sie* nicht durch die Tür erschießen kann.«

Mike löste den Schild von dem Wagen. Er war vollkommen schwarz bis auf ein durchsichtiges Fenster, durch das er hindurchsehen konnte. Wie ein Polizist, der sich randalierenden Demonstranten nähert, hielt er den Schild vor sich und trat hinter den Wagen, so daß er genau vor der Tür stand. Er starrte auf den Spion und fragte sich, ob Hannon zurückstarrte.

»Sie brauchen nicht den Helden zu spielen«, sagte Hannon hinter der Tür. »Ich weiß, das ist ziemlich persönlich, aber verlieren Sie nicht den Kopf.«

Mike zuckte zusammen, doch dann meldete sich Victoria wieder. »Lassen Sie sich nicht in ein Gespräch mit ihm verwickeln, Mike. Liefern Sie die Sachen ab, übernehmen Sie die Geisel und machen Sie, daß Sie wegkommen.«

Er leckte sich die trockenen Lippen. Er hatte sie verstanden, doch er konnte nicht widerstehen, mit Hannon zu reden. »Was meinen Sie damit: ›Das ist ziemlich persönlich‹?«

Es entstand eine lange Pause. Schließlich sagte Hannon: »Ich weiß, daß es Ihre Frau war, die mich verpfiffen hat.«

Mikes Puls begann zu rasen, doch er sagte nichts.

»Als ich dieses Segelboot in Puerto Rico zurückgelassen und mich nach einem Kreuzfahrtschiff umgesehen habe, wußte ich, daß ich auf meinem Heimweg über Florida kommen würde. Da ich nur noch eine Frau aus Florida auf meiner Liste hatte, dachte ich mir, das könnte ich doch gleich auf dem Weg erledigen. Nun stellen Sie sich meine Überraschung vor, als ich bei Mrs. Malone in Clearwater anrief, um mich wegen eines Klassentreffens nach der Adresse ihrer Tochter zu erkundigen, und erfuhr, daß die mittlerweile verheiratet ist – und zwar mit keinem Geringeren als Mike Posten. Und versuchen Sie bloß nicht, mir zu erzählen, es sei purer Zufall, daß meine alte Schiffskameradin und mein Lieblingsjournalist zueinander gefunden haben. Wenn das ein Zufall ist, dann wären Sie jetzt nicht hier auf diesem Schiff, Posten.«

Mike schlug das Herz bis zum Hals, doch er wich nicht von der Stelle und starrte weiterhin auf den Spion in der Tür. Victorias Stimme gellte aus seinem Kopfhörer.

»Gehen Sie von der Tür weg, Mike. Brechen Sie die Aktion ab. Ich wiederhole: Brechen Sie ab!«

Langsam schob Mike seinen rechten Fuß ein paar Zentimeter weit nach hinten – dann hielt er inne. Victoria hatte recht; es bestand kein Zweifel, Hannon wollte sich an ihm rächen. Aber irgend etwas sagte ihm, daß er das bis zum Ende durchstehen müsse. Noch bevor er sich auf den Weg gemacht hatte, war ihm klargewesen, daß es kein Zurück geben würde.

Er wartete auf Hannons Reaktion.

Victoria fluchte in dreißig Meter Entfernung und beobachtete hilflos, was sich vor Hannons Kabinentür abspielte.

Plötzlich hörte Mike, wie die Sicherheitskette gelöst wurde. Doch die Tür öffnete sich nicht.

»Wir gehen von der Tür weg«, hörte er Hannon sagen. »Zählen Sie bis fünf, dann öffnen Sie die Tür und schieben den Wagen herein.«

Mike holte tief Luft. »Eins.«

Victoria verfolgte das Geschehen mit äußerster Konzentration. »McCabe, halten Sie sich bereit. In fünf Sekunden geht er rein.«

»Zwei.«

»McCabe, hören Sie mich?«

»Drei.«

»McCabe, melden Sie sich!« forderte sie ihn mit vor Anspannung zitternder Stimme auf.

»Vier.«

»Verdammt, McCabe!«

»Fünf«, sagte Mike und schluckte schwer. Dann öffnete er die Tür.

Im selben Augenblick riß McCabe die Balkontür auf. Eine Vorhangschnur, die mit dem Türgriff verbunden war, betätigte den Abzug der Leuchtpistole, die auf den hinter den Matratzen versteckten Benzinkanister gerichtet war.

Der Schuß aus der Leuchtpistole löste eine riesige Explosion aus, durch die der Balkon weggerissen wurde, denn die Gewalt der Detonation war hauptsächlich nach außen und durch die offene Balkontür gegangen. Eine große Stichflamme schoß aus der Seite des Schiffs wie Wasser aus einem Hydranten. Durch die Schockwelle zerbarsten die Fenster der umliegenden Kabinen. Kleine Trümmer des Balkons klatschten ins Meer, und McCabe landete dumpf auf dem Lido Deck unterhalb Hannons Kabine.

Innerhalb der Kabine war von der Wucht der Explosion alles, was nicht niet- und nagelfest war, auf die Steuerbordseite geschleudert worden. Mike flog gegen die gegenüberliegende Tür und stürzte zu Boden. Er schrie vor Schmerz auf, als der Wagen auf seinem Bein landete. Sein Hawaiihemd war vollkommen zerfetzt, und Gesicht und Hände waren von

Asche und Staub geschwärzt. Dicker, schwarzer Rauch quoll aus der Kabine und füllte den Korridor. Mike hatte das Gefühl zu ersticken, als er sich aufsetzte, er warf sich auf den Boden, um besser Luft zu bekommen. Die Sprinkleranlage hatte sich eingeschaltet und berieselte seinen Rücken mit kaltem Wasser.

Victoria stand am Ende des Korridors und brüllte, durchnäßt vom Wasser aus der Sprinkleranlage, in ihr Funkgerät. McCabe meldete sich nicht. Auch zu Mike bekam sie keine Verbindung. Der dunkle Rauch, der sich mittlerweile im gesamten Korridor ausgebreitet hatte, machte jegliche Sicht unmöglich.

Victoria schnappte sich eine Taschenlampe und eine Schutzbrille aus der Ausrüstungskiste, zog ihre Waffe und drang in den Korridor ein. Einer der Scharfschützen in voller Kampfmontur gab ihr Feuerschutz. Plötzlich stürzten zwei Gestalten aus einer Kabinentür in den rauchgefüllten Flur.

»Keine Bewegung!« brüllte Victoria – doch es war nur ein älteres Ehepaar, zwei Passagiere von der Backbordseite, die sie nicht rechtzeitig hatten evakuieren können. Zwei weitere Kabinentüren wurden aufgerissen, und noch mehr Passagiere flüchteten hustend aus ihren Kabinen, die sich langsam mit Rauch füllten. »Bringen Sie die Passagiere von hier weg!« befahl Victoria ihrem Begleiter.

Er blieb zurück und kümmerte sich um die Leute. Victoria war auf sich selbst gestellt.

Der Rauch löste sich langsam auf, während sie weiter in den Korridor vordrang. Die Sprinkleranlage verbreitete mittlerweile eher einen Nieselregen als eine Dusche. Sämtliche Lampen im Umkreis von Hannons Kabine waren zerstört. Sie wartete einen Augenblick ab, bis sich ihre Augen an die Dunkelheit gewöhnt hatten. Mit dem Rücken zur Wand sah sie sich um, um das Ausmaß der Verwüstung beurteilen zu können. Zwischen den Trümmern entdeckte sie den Wagen und die Taucherausrüstung. Glücklicherweise waren die Sauerstoffflaschen unversehrt geblieben. Der Schutzschild lag versengt auf dem Boden – hoffentlich hatte er Mike das Leben gerettet. Von ihm selbst jedoch fehlte jede Spur.

Victoria arbeitete sich vorsichtig auf das in der Wand klaffende Loch zu, wo sich die Tür zu Kabine Nummer 921 befunden hatte. Dicht am Rand der Öffnung blieb sie stehen. Sie nahm einen verkohlten Geruch wahr, der nichts Gutes verhieß. Alle drei oder vier Sekunden hörte sie ein knisterndes Geräusch, es klang wie Wasser, das auf glühende Kohlen tropft. Sie ging in die Hocke, dann drehte sie sich blitzschnell auf einem Fuß und spähte in die Kabine.

Der Anblick, der sich ihr bot, war schlimmer, als sie erwartet hatte.

Die Rückwand und der Balkon waren gänzlich verschwunden, so daß der Raum aussah, als gehörte er zu einem Puppenhaus. Sie hörte das Rauschen des Meeres und blickte hinaus in den sternenübersäten Nachthimmel. Der Mond tauchte die Szene in ein unheimliches Licht. Das Innere der Kabine sah aus, als hätte jemand dort mit einem Flammenwerfer gewütet. Verbrannte Tapetenreste schälten sich von den Wänden. Die Decke war teilweise weggerissen worden, so daß man in die darüberliegende Kabine sehen konnte. Zwischen den verkohlten Resten des Betts und der Kommode lagen Teile des Fernsehers und des Kühlschranks.

Vorsichtig betrat sie die Kabine. Sie richtete ihre Pistole auf das Badezimmer, dann schaltete sie ihre Taschenlampe an. Das Bad war nur leicht beschädigt, doch auch hier fand sich keine Spur von Mike, Hannon oder den Geiseln. Sie wandte sich um und ging auf den Wandschrank zu. Wieder brachte sie ihre Waffe in Anschlag und schaltete die Taschenlampe ein. Nichts. Der Schrank war ebenso verkohlt wie die übrige Einrichtung. Sie ließ die Taschenlampe an und suchte den Rest der Kabine ab. Offensichtlich war die Wucht der Explosion hauptsächlich in Richtung des Balkons gegangen.

Innerhalb des Raums war keine Spur von Menschen oder deren Überresten zu entdecken.

Erst jetzt fiel ihr die Seitentür auf, die in die angrenzende Kabine zu führen schien.

Sie schaltete die Taschenlampe aus und faßte nach dem Türknauf. Er fühlte sich warm an unter ihrem Handschuh. Mit gezogener Pistole drehte sie den Knauf.

Im selben Augenblick zersplitterte die Tür unter einer Gewehrsalve. Eine Kugel prallte an ihrer kugelsicheren Weste ab und schleuderte sie zu Boden. Einen Augenblick lang war sie völlig verblüfft, doch dann gleich wieder auf den Beinen. Sie wollte gerade die Flucht ergreifen, als die Seitentür so heftig aufgestoßen wurde, daß sie fast aus den Angeln flog. Hannon stand in der Tür. Er hielt Mike wie einen Schutzschild vor sich und drückte ihm seinen Pistolenlauf an die Schläfe.

Victoria blieb wie versteinert stehen.

»Die Waffe weg!« befahl Hannon.

Ihre Gedanken rasten. Sie stand mit dem Rücken vor dem klaffenden Loch in der Außenwand, darunter in der Tiefe das Meer. Der einzige Ausgang lag hinter Hannon. Zwischen ihr und Hannon stand Mike. Und Mike war von der Taille aufwärts nackt – Hannon trug seine kugelsichere Weste.

»Ich hab gesagt, Waffe weg!«

Victoria verharrte in der klassischen Haltung: die Arme geradeaus von sich gestreckt, die Waffe in beiden Händen, um sicher zielen zu können. Für den Bruchteil einer Sekunde sah sie sich in Mikes Situation, wie damals in Quantico, als sie in den Lauf einer Pistole gestarrt hatte, während ein nervöser Polizist versucht hatte, sich zu entscheiden, was er tun sollte.

»Wo sind die Geiseln?« schrie sie.

»In der Kabine nebenan. Manche Leute sind schlau genug, sich in Sicherheit zu bringen, bevor die Kabine in die Luft fliegt.«

»Sie Mistkerl. Sie haben die Kabine verlassen, während Mike bis fünf gezählt hat. Sie haben uns reingelegt.«

»Sie haben sich selbst reingelegt. Und jetzt lassen Sie die Waffe fallen.«

Sie zielte auf seine Stirn. Er war nur unwesentlich größer als Mike, so daß ihr nur ein paar Zentimeter blieben. Am liebsten hätte sie auf Verstärkung gewartet oder auf eine günstigere Schußmöglichkeit, aber sie sah, wie Hannon seine Pistole ganz langsam von Mikes Schläfe wegbewegte, um auf sie zu zielen. Hannon hatte nicht vor, einen von ihnen lebend entkommen zu lassen.

»Die Waffe weg!« brüllte er noch einmal.

»Hol dich der Teufel«, flüsterte sie.

Instinktiv feuerte sie einen Schuß ab, der die Luft wie ein ohrenbetäubender Donnerschlag zerriß. Blutüberströmt gingen Mike und Hannon gemeinsam zu Boden und landeten nebeneinander in den Trümmern.

Keiner von beiden regte sich.

Victoria stürzte auf sie zu. »Mike, sind Sie okay?«

Mike richtete sich benommen auf. Er faßte sich mit einer Hand an den Kopf, als wolle er eine Einschußwunde befühlen. Dann sah er sich nach Hannon um, der reglos mit offenen Augen neben ihm lag. Die obere Hälfte seines Kopfes fehlte. Kein schöner Anblick.

»Sie hätten mir die Birne wegpusten können«, sagte er ungläubig.

»Oder ich hätte warten können, bis Hannon das besorgt hätte.«

Er seufzte, dann brachte er ein schwaches Lächeln zustande. »Sie haben recht. Danke. Ich bin Ihnen was schuldig.«

»Dafür, daß ich Ihnen das Leben gerettet habe, oder dafür, daß ich Hannon erledigt habe?«

Er verzog die Mundwinkel zu einem schiefen Grinsen. »Dafür, daß Sie mir die Exklusivrechte für den Nachruf auf diesen Bastard garantieren.«

Epilog

Mike schickte seinen Augenzeugenbericht von Hannons Ableben rechtzeitig für die Morgenausgabe per Modem vom Schiff aus an die MIAMI TRIBUNE. In der Nachrichtenzentrale, wo übereifrige Redakteure, die keine Ahnung von den Fakten hatten, versuchten, seine Geschichte umzuschreiben, war die Reaktion vorhersehbar. Er hatte eine kurze telefonische Auseinandersetzung mit einem Kollegen, der sich darüber auslassen wollte, daß McCabes Tod ein weiterer Beweis für die Unfähigkeit des FBI war, gefolgt von einem Gespräch mit Aaron Fields, der der Meinung war, Mike sollte, was diese Aktion anging, sein Licht nicht unter den Scheffel stellen. Schließlich schrieb er einen Artikel, der, wäre die Welt perfekt, Victoria Santos auf die Liste der Kandidaten für die Stelle des FBI-Direktors gebracht hätte.

Natürlich gab es nicht nur erfreuliche Nachrichten. Die gestohlene Kreditkarte, mit der Hannon seine Kreuzfahrt bezahlt hatte, ließ die Polizei nach dem echten Keith Ellers fahnden, dem alten Seemann, der zuletzt in Antigua gesehen worden war und dessen Boot man in Puerto Rico gefunden hatte. Im Admiral's Inn in Antigua erinnerten sich Kunden, die junge Bardame Dominique, die seitdem nicht mehr zur Arbeit erschienen war, mit einem Mann zusammen gesehen zu haben, der Hannon ähnlich sah. Die Polizei ging davon aus, daß beide tot waren, womit sich die Zahl von Hannons Opfern auf siebzehn erhöhte, wenn man McCabe und die beiden Sicherheitsleute in der Bank hinzurechnete – auf achtzehn, wenn man

Curt Rollins dazu zählte. Der einzige wenn auch geringe Trost sei, daß es kein weiteres Opfer geben werde, so schrieb Mike.

Er erwähnte jedoch nicht, was ihm die größte Erleichterung verschaffte: Karen war endgültig von Hannons Liste gestrichen.

Die MS FANTASY legte am nächsten Morgen im Hafen von Miami an. Sie hob sich von all den anderen prächtigen, weißen Kreuzfahrtschiffen durch das große, verkohlte Loch ab, das die Explosion in die Seitenwand gerissen hatte. Mike ging zusammen mit Victoria und Shapiro von Bord, gefolgt von dem Rest des FBI-Teams. Obwohl sie alle einen kampfesmüden Eindruck machten, leuchteten ihre Augen, als sie mit einem stolzen Siegerlächeln die Gangway hinuntergingen. Victoria wandte sich um und winkte den elfhundert dankbaren Passagieren und Crewmitgliedern zu, die ihnen von der Reling aus zujubelten.

Hunderte von Reportern erwarteten sie auf dem Pier und bedrängten sie mit Fragen, während sie auf die Abfertigungshalle zugingen. Victoria mußte innerlich grinsen, als sie hörte, wie Leddy Coolidge sich mit stolzgeschwellter Brust mit einem Fernsehreporter unterhielt.

»Mein Name ist Coolidge«, erklärte er wichtig. »Die meisten nennen mich einfach ›Cool‹.«

David Shapiro blieb in der Haupthalle stehen und gab eine improvisierte Pressekonferenz. Er und Victoria waren auf der Stelle von den Reportern umringt, die sie von allen Seiten mit Fragen bombardierten. Aus einiger Entfernung lächelte Mike Victoria zum Abschied zu. Er wollte sich schon auf den Weg zur Paßkontrolle machen, doch dann kämpfte er sich noch einmal durch die Menge der Journalisten auf sie zu. Victoria wandte sich ihm unauffällig zu, während Shapiro gerade eine Frage beantwortete.

»Ich wollte Ihnen nur noch sagen, daß Sie eine verdammt gute FBI-Agentin sind«, sagte Mike so leise, daß nur sie ihn hören konnte.

»Und Sie sind ein ganz schlechter«, erwiderte sie lächelnd. »Bleiben Sie lieber bei Ihrem Metier.«

Er lächelte zurück, dann drehte er sich um und verschwand in der Menge. Ein paar Journalisten folgten ihm, als er durch den Korridor zurück zur Paßkontrolle in die Haupthalle eilte. Er hörte nur mit halbem Ohr auf ihre unablässigen Fragen. Er hatte nur eins im Sinn – er wollte Karen finden.

Am Ende des Korridors entdeckte er sie schließlich.

Sie war nur fünfzehn Meter von ihm entfernt, jenseits der Grenzschranke, wo die Sicherheitsbeamten jeden außer den Pressevertretern aufgehalten hatten. Sie stand eingeklemmt zwischen Dutzenden von Freunden und Verwandten der übrigen Passagiere. Ihre Blicke trafen sich sofort. Karen wollte auf ihn zulaufen, wurde jedoch von den Sicherheitsleuten zurückgehalten. Mike rannte die letzten Meter. In dem Gedränge wurde aus ihrer Umarmung beinahe ein Frontalzusammenstoß, doch keinen von beiden schien das zu stören. Sie nahmen sich gegenseitig in die Arme und hielten sich ganz fest.

Plötzlich wurde ein Mikrophon zwischen sie geschoben. »Mr. Posten, wie fühlen Sie sich?«

Er wandte sich zu dem Journalisten um, dann sah er Karen in die Augen. »Laß uns zusehen, daß wir hier wegkommen.«

Hand in Hand schlängelten sie sich durch die Menge auf den Ausgang zu. Sie liefen um so schneller, je mehr die Masse sich lichtete. Grinsend wie Davongekommene, rannten sie schließlich durch die Tür und über den Parkplatz. Karen warf Mike die Autoschlüssel zu, dann rissen sie die Türen auf und sprangen in ihren Wagen. Eine halbe Minute später standen sie auf dem vierspurigen Biscayne Boulevard vor einer roten Ampel. Mike wollte gerade nach Süden in Richtung Innenstadt abbiegen, aber Karen deutete nach Norden.

»Fahr auf die Autobahn.«

Er sah sie fragend an. »Wieso?«

»Ich habe einen Koffer für dich gepackt. Wir fahren zum Flughafen.«

Grinsend steuerte er auf die Auffahrt zu und trat auf das Gaspedal, nachdem er sich in den Verkehr eingefädelt hatte. »Was hat das denn zu bedeuten?«

»Ich habe einen Tip für eine Geschichte, dem wir nachgehen müssen.«

»Was für einen Tip?«

»Kennst du noch diese Frau, die du vor acht Jahren geheiratet hast?« fragte sie kokett.

Er schaute sie kurz an. »Yeah. Ich vermisse sie irgendwie.«

»Tja ... Sie will sich mit dir unterhalten.«

»Wirklich? Wo ist sie denn?«

»In Paris. Im Hotel Plaza Athéné.«

Mike nickte langsam, dann trat er das Gaspedal durch.

»Da bin ich aber erleichtert«, sagte er und nahm ihre Hand. »Einen Augenblick lang hatte ich befürchtet, du würdest sagen in Antigua.«

Danksagung

Die Liste all derer, denen ich zu Dank verpflichtet bin, ist lang, aber eine Person verdient besondere Erwähnung – meine Frau Tiffany, die nicht nur die Höhen mit mir geteilt hat, sondern auch die Tiefen, die durch ihre Anteilnahme schnell überwunden waren.

Es hat mich besonders gefreut, daß die echten Profis, die mir bei meinem ersten Buch geholfen hatten, mir auch bei diesem zur Seite standen. Mein Lektor, Rick Horgan, ist mir auch diesmal wieder ein großartiger Lehrmeister gewesen, der mir die Bedeutung einer wohlstrukturierten Rahmenhandlung aufgezeigt hat, ganz zu schweigen von den mitternächtlichen Tröstungen, die er mir reichlich spendete. Meine beiden literarischen Agenten Artie und Richard Pine haben mich davon überzeugt, daß niemand in der Branche bessere Arbeit leistet als sie, und zwar dadurch, daß ihre Taten mehr für sich sprechen als ihre Worte. Und Joan Sanger steuerte, wie nicht anders zu erwarten, hilfreiche Kommentare zu meinen ersten Entwürfen bei.

Es heißt, man soll über das schreiben, was man kennt, aber es schadet auf keinen Fall, kluge Freunde zu haben. Rick Castillo, M.D., und Julietta Rodriguez, Ph.D., verschafften mir Einblick in die Psyche eines Serienmörders. Detective James Hall und die Mitarbeiter des Yakima County Sheriff's Office brachten mir das Gefängnis fast näher, als mir lieb war. Jerry Houlihan und Rebeccah Posten steuerten ihre beträchtliche Fachkenntnis in Sachen Bankgeheimnis und Offshore-Bankgeschäften bei. »Miß Magg« aus dem Candler County Sheriff's Office und David Moore, der Gerichtsmediziner von Candler County, unterstützten mich mit der großzügigen Gastfreundschaft der Südstaatler dabei, die fiktive Stadt Hainesville, Georgia, zu kreieren. Die Mitarbeiter der Abteilung für Sozialwissenschaft der Broward County Library haben mir mehr geholfen, als ihnen bewußt ist, das gleiche gilt für die vielen Journalisten und Gesetzeshüter, die ich im Laufe meiner Recherchen befragt habe, unter anderen Professor Bruce Garrison vom University of Miami College of Communications und Chief Warrant Officer Dan Waldschmidt von der United States Küstenwache. Ihnen allen gilt mein Dank.

Eleanor Raynor, Judy Russell, Carlos Sires, Terri Gavulic und Nancy Lehner rechne ich ihre hilfreichen Kommentare und die gewährleistete Unterstützung hoch an. Und schließlich möchte ich noch betonen, wie sehr ich die begeisterte Anteilnahme meiner Freunde bei Steel Hector & Davis zu schätzen weiß, vor allem die freudige Unterstützung durch meine Freundin Bonnie Kahn-DeVreeze, die seit zehn Jahren meine Sekretärin ist.

Ein kurzer Augenblick verändert ein ganzes Leben. Ein fataler Augenblick, in dem der erfolgreiche Wallstreet-Anwalt Ben Bradford die Beherrschung verliert und seinen Rivalen, den Geliebten seiner Frau, tötet. Ein Augenblick des Entsetzens ... und dann des eiskalten Kalküls: Ben beschließt, die Identität des Toten anzunehmen. Ein neues Leben beginnt, ein Leben stets auf der Flucht in immer neue Rollen.

In einem der spannendsten und anrührendsten Romane der letzten Jahre inszeniert Douglas Kennedy mit großem Einfühlungsvermögen das Drama eines Mannes mit geraubter Identität, „... als hätte Patricia Highsmith eine Art »*Pferdeflüsterer*« geschrieben, eine düstere Fabel und ein unwiderstehlicher Thriller zugleich.“

(Mail On Sunday)

„Man jagt durch das Buch und hofft, es werde nie enden.“

(New York Times)

ISBN 3-404-14278-0

BASTEI LÜBBE

»Thomas Giffords bestes Buch.« (DAILY NEWS)

1940: Hitlers Armeen überrennen Europa und Nordafrika. Der britische Premierminister Winston Churchill setzt alles auf eine Karte. Er startet ein geheimes Kommandounternehmen und erteilt den möglicherweise kriegsentscheidenden Auftrag, den deutschen Generalfeldmarschall Erwin Rommel zu töten.
Max Hood, Mitarbeiter des britischen Nachrichtendienstes, soll die gefährliche Mission leiten. Unterstützung erfährt er vor allem von seinem langjährigen Freund Rodger Godwin, einem amerikanischen Journalisten, für den der Auftrag die Story des Lebens bedeutet. Zwischen den beiden steht Priscilla DewBrittain – Hoods Frau und Godwins Geliebte. Für die drei wird das Unternehmen zu einer Tour de force ...

Thomas Gifford, Autor der Weltbestseller ASSASSINI und GOMORRHA, legt mit PROTECTOR einen Thriller vor, der Maßstäbe setzt.

ISBN 3-404-14249-7

BASTEI LÜBBE

Drei ominöse Todesfälle, die scheinbar in keinem Zusammenhang miteinander stehen: 1994 wird in Berlin ein politischer Aktivist auf offener Straße erschossen; in Asunción kommt ein Schmuggler bei einer Verfolgungsjagd ums Leben, während ein reicher Geschäftsmann in der paraguayischen Hauptstadt Selbstmord begeht. Als der Journalist Rudi Hernandez vor Ort den vermeintlichen Suizid unter die Lupe nimmt, stößt er auf eine Gruppe deutscher Immigranten, die einen perfiden Plan verfolgt. Dieses Unternehmen könnte die politische Landkarte Europas verändern und das wiedervereinigte Deutschland um sechzig Jahre zurückwerfen ...

Nach OPERATION SCHNEEWOLF hat Glenn Meade mit UNTERNEHMEN BRANDENBURG einen Thriller geschaffen, ›den Alfred Hitchcock sofort verfilmt hätte, ohne ein einziges Detail zu ändern‹.
THE SUNDAY TELEGRAPH

ISBN 3-404-14190-3

BASTEI
LÜBBE

Paul Graves ist ein erfolgreicher Schriftsteller, der von einem Kindheitstrauma geplagt wird: Als kleiner Junge mußte er mit ansehen, wie seine Schwester von einem sadistischen Killer gequält und ermordet wurde – ein Verbrechen, das nie aufgeklärt werden konnte. Graves versucht seitdem, dieses Trauma in einer Reihe von Kriminalromanen zu verarbeiten.
Eines Tages erhält er die Einladung einer Künstler-Kolonie, die Jahr für Jahr bekannte Schriftsteller zu sich gesellt. Doch der Leiterin dieser Kolonie, Allison Davies, geht es nicht nur um Graves Fähigkeiten als Autor: Graves soll mit Hilfe seiner Imaginationskraft den Mord an einer von Davies' Schulfreundinnen aufklären, ein Verbrechen, das über fünfzig Jahre zurückliegt. Den Krimininalschriftsteller wird diese Aufgabe an die Abgründe seiner eigenen Vergangenheit führen ...

»Kein anderer Schriftsteller verrät dem Leser mehr über die Schattenseiten der menschlichen Seele.« (NEW YORK TIMES)

ISBN 3-404-14253-5

BASTEI LÜBBE